ein Ullstein Buch

ein Ullstein Buch
Nr. 2709
im Verlag Ullstein GmbH,
Frankfurt/M – Berlin – Wien
Titel der amerikanischen
Originalausgabe:
»The Dream Merchants«
Übersetzt von Gertrud Pröhl

Ungekürzte Ausgabe

Umschlagentwurf:
Hansbernd Lindemann

Printed in Germany 1982
Gesamtherstellung:
Ebner Ulm
ISBN 3 548 02709 1

Oktober 1982
368.–392. Tsd.

Vom selben Autor
in der Reihe der
Ullstein Bücher:

Die Unersättlichen (2615)
Die Moralisten (2659)
Die Manager (2723)
Die Playboys (2824)
Die Wilden (2885)
Die Profis (2946)
Die Bosse (3100)
Der Clan (3198)
Der Pirat (3494)
Sehnsucht (20080)
Träume (20114)

Harold
Robbins

Die Traumfabrik

Roman

ein Ullstein Buch

Inhalt

Nachspiel 1938
Montag 7

Dreißig Jahre 1908 21

Nachspiel 1938
Dienstag 54

Dreißig Jahre 1911 64

Nachspiel 1938
Mittwoch 113

Dreißig Jahre 1917 128

Nachspiel 1938
Donnerstag 170

Dreißig Jahre 1923 185

Nachspiel 1938
Freitag 225

Dreißig Jahre 1925 232

Nachspiel 1938
Samstag 258

Dreißig Jahre 1936 273

Nachspiel 1938
Sonntag und Montag 316

Nachspiel 1938

Montag

Am Rockefellerplatz stieg ich aus dem Taxi. Selbst für März war es ein windiger Tag, und mein Mantel schlug mir um die Hosenbeine. Ich gab dem Chauffeur einen Dollar und ließ ihn den Rest behalten. Als das Taxi weggefahren war, atmete ich noch ein paar Minuten die frische reine Luft ein, ehe ich in das Gebäude trat. Es war noch früh am Tag, und von der Bushaltestelle an der Ecke kam noch nicht der übliche Benzingeruch. Ich fühlte mich wohl, vielleicht besser als seit langem.

Dann ging ich hinein, kaufte mir an meinem Kiosk die »Times« und ging in die Arkaden hinunter zum Friseur.

De Zemmler ist unter den Friseuren, was Tiffany unter den Juwelieren. Die Tür öffnete sich gleichsam magisch, als ich näher kam. Ein kleiner stämmiger Italiener, in dessen schwärzlichem Gesicht große weiße Zähne aufblitzten, hielt sie mir auf. »Guten Morgen, Mr. Edge«, sagte er, »heute sind Sie aber früh dran.«

Automatisch blickte ich auf die Uhr gegenüber: es war zehn. »Ja, Joe«, sagte ich, während er mir den Mantel abnahm. »Ist Rocco schon da?«

»Sicher, Mr. Edge«, grinste er, »er zieht sich gerade um. In einer Minute wird er hier sein.«

In diesem Moment kam Rocco auch schon aus dem Hinterzimmer. Anscheinend machte Joe ihm hinter meinem Rücken ein Zeichen, denn Rocco sah mich an und lächelte.

»Rocco ist fertig, Mr. Edge«, sagte Joe. Dann rief er ihm zu: »In Ordnung, Nummer sieben.«

Ich nahm meine Zeitung auf und ging zu dem Stuhl, bei dem Rocco stand. Er legte mir ein Tuch um, stopfte Seidenpapier in meinen Kragen. »Noch früh heute, Johnny«, begann er das Gespräch.

Beim Ton seiner Stimme mußte ich lächeln. »Hm«, machte ich.

»Großer Tag für dich, Johnny«, sagte er »konntest wohl nicht schlafen?«

»Stimmt!«

Er ging zum Waschbecken vor dem Stuhl, um sich die Hände zu waschen. Über seine Schulter nach mir blickend, sagte er: »Wahrscheinlich könnte ich auch nicht schlafen, wenn ich gerade einen Job bekommen hätte, der einen Tausender pro Woche einbringt.«

Ich lachte auf. »Einen Tausender und fünfhundert, Rock«, sagte ich, »dann stimmt's.«
»Na, was bedeuten schon fünfhundert die Woche, wenn man erst mal so viel Moneten kriegt?« fragte er und trocknete sich beim Zurückkommen die Hände an einem Frottiertuch ab. »Nur noch ein Taschengeld.«
»Wieder falsch, Rock. Wenn man's erst mal soweit gebracht hat, ist es keine Geldfrage mehr, es ist eine Prestigefrage.«
Er nahm seine Schere aus der Tasche und begann an meinen Haaren herumzuschnippeln. »Prestige ist wie ein dicker Bauch. Du siehst wohlgenährt damit aus, wie jemand, dem's gut geht. Aber heimlich schämst du dich, und oft wünschst du dir, du wärst ihn los und könntest wieder mager sein.«
»Saure Trauben, Rock«, sagte ich, »mir steht's.«
Er gab keine Antwort, schnitt nur weiter an meinen Haaren herum, und so schlug ich die Zeitung auf. Auf der ersten Seite waren nur uninteressante Nachrichten. Aber auf der Unterhaltungsseite fand ich es, die Überschrift zwei Spalten breit: »John Edge zum Präsidenten der Magnum-Film gewählt.« Dann folgte das Übliche: Geschichte der Filmgesellschaft, mein Lebenslauf. Bei dem zog ich ein bißchen die Stirn kraus. Sie hatten es sich nicht verkneifen können zu schreiben, daß ich von der berühmten Schauspielerin Dulcie Warren geschieden war.
Rocco sah mir über die Schulter in die Zeitung. »Na, willst du Zeitungsausschnitte sammeln, jetzt, wo du ein großer Mann geworden bist, Johnny?«
Das war immerhin ein Stich. Es war, als ob er einen Augenblick lang meine Gedanken gelesen hätte. Ich gab mir Mühe, nicht gekränkt zu sein, und brachte ein schwaches Grinsen zustande. »Sei nicht albern, Rock«, sagte ich, »ich bin immer noch derselbe, ich hab' nur einen andern Job. Sonst ändert sich für mich nichts.«
»Nein?« grunzte Rocco. »Hättest dich nur mal sehen sollen, wie du vorhin reinkamst. Wie Rockefeller persönlich.«
Nun war ich doch gekränkt. Ich hob eine Hand und sah sie an. »Ruf die Maniküre«, sagte ich.
Das Mädchen hörte es und kam sofort herüber. Sie nahm meine Hand, während Rocco den Stuhl nach hinten schraubte und mein Gesicht einseifte. Die Zeitung konnte ich nun nicht mehr lesen und ließ sie auf den Boden fallen.
Ich bekam alles: Rasieren, Schampunieren, Höhensonne. Als ich aufstand, kam Joe mit meinem Schlips angestürmt, den ich vor dem Spiegel

band und zur Abwechslung gleich richtig hinkriegte, so daß ich ihn nicht noch mal zu binden brauchte wie sonst. Ich drehte mich zu Rocco, zog aus der Tasche einen Fünfdollarschein und gab ihm den.

Er stopfte ihn achtlos in seine Brusttasche, so, als ob er mir einen Gefallen täte, daß er ihn annahm. Dann fragte er: »Schon was von dem alten Mann gehört? Was ist seine Meinung?«

»Nichts«, sagte ich, »ist mir auch egal. Ich scher' mich nicht um ihn oder um seine Meinung.«

Rocco schüttelte sachte den Kopf. »So solltest du nicht reden, Johnny. Er ist schon in Ordnung, wenn er dir auch ein bißchen zugesetzt hat. Er hat dich immer gern gehabt, beinahe so wie seinen eigenen Sohn.«

»Aber er hat mir ganz hübsch zugesetzt, nicht?« fragte ich angriffslustig.

»Wenn schon. Er ist ein alter Mann. Er war nur müde und verzweifelt, und er wußte, daß er sein Pulver verschossen hatte.« Er schwieg eine Sekunde, um mir eine Zigarette anzuzünden. Sein Gesicht war dicht vor meinem, als er weitersprach: »Er wurde ein bißchen verrückt und ließ es an dir aus. Na und, Johnny? Du kannst die dreißig Jahre vorher doch nicht auslöschen. Du kannst doch nicht so tun, als wären sie nie gewesen.«

Ich wollte etwas sagen, schwieg aber dann doch. Statt dessen ging ich zur Tür, zog meine Jacke an, nahm den Mantel über den Arm und ging hinaus.

Die Touristen waren schon im Gebäude. Eine ganze Reihe von ihnen stand Schlange und wartete auf den Führer, der ihnen alles zeigen sollte. Diese Sorte änderte sich nie. Sie hatten genau denselben Gesichtsausdruck wie die vor dreißig Jahren auf dem Rummelplatz: eifrig, erwartungsvoll, mit offenem Mund, als ob sie so mehr sehen könnten. Ich ging an ihnen vorbei zur Rolltreppe und fuhr hinauf zum Hauptstock, von da zur zweiten Fahrstuhlwand, von wo aus die Fahrstühle direkt zum dreißigsten Stockwerk durchfuhren. Der Fahrstuhlführer sah mich an, als ich in den Fahrstuhl kam, und drückte auf den Knopf Nr. 32, ohne daß ich was gesagt hatte.

»Guten Morgen, Mr. Edge.«

»Guten Morgen.«

Die Tür schloß sich, und dann kam jenes leichte Gefühl der Übelkeit, als der Fahrstuhl mit zunehmender Geschwindigkeit aufwärts schoß. Die Tür ging auf, und ich trat hinaus.

Das Mädchen am Anmeldepult lächelte, als ich vorbeiging. »Guten Morgen, Mr. Edge.«

»Guten Morgen, Mona«, sagte ich, bog in den Korridor ein und ging zu meinem neuen Büro. Früher war es seines gewesen, aber jetzt stand in Goldbuchstaben mein Name an der Tür: »Mr. Edge.« Es sah komisch aus. Ich schaute mir die Buchstaben genau an, ob darunter vielleicht noch Spuren von seinem Namen zu erkennen wären, aber nein. Sie hatten gründliche Arbeit gemacht, und es hatte nicht mal lange gedauert. Selbst wenn so ein Name tausend Jahre an der Tür steht, ein paar Minuten genügen, ihn wegzunehmen.
Ich streckte meine Hand aus, um die Türklinke herunterzudrücken, hielt aber plötzlich inne. Das war alles nur ein Traum, es war nicht mein Name da an der Tür, es war seiner. Ich sah mir den Namen noch einmal genau an.
»Mr. Edge« stand da in Goldbuchstaben.
Ich schüttelte den Kopf. Rocco hatte recht, man kann dreißig Jahre nicht einfach auslöschen.
Ich machte die Tür auf und trat ein. Es war das Büro meiner Sekretärin; meins war durch die nächste Tür zu erreichen.
Jane legte gerade den Hörer auf, als ich hereinkam. Sie stand auf, nahm meinen Mantel, hängte ihn in einen schmalen Wandschrank und sagte: »Guten Morgen, Mr. Edge«, und das alles in einem Zug.
»Guten Morgen, Miß Andersen«, gab ich lächelnd zurück, »na, wir sind aber formell heute morgen!«
Jane lachte. »Himmel, Johnny, schließlich bist du jetzt der Boß, und jemand muß mit gutem Beispiel vorangehen.«
»Laß es jemand anders tun, Janey«, sagte ich zu ihr, während ich in mein Zimmer ging.
An der Tür hielt ich einen Moment inne, um mich ein bißchen zu gewöhnen. Ich sah es zum erstenmal, seit es neu ausgestattet worden war. Bis Freitag abend war ich im Atelier gewesen, Sonntag nacht nach New York geflogen, und jetzt war erst Montag morgen.
Jane war mir nachgekommen. »Gefällt es dir?« fragte sie.
»O ja!« Wem würde wohl ein Büro nicht gefallen, das aussah, als wäre es aus gesponnenem Gold gemacht? Es war ein Eckzimmer, hatte zehn Fenster, fünf an jeder Seite. Die inneren Wände waren mit Holzimitation getäfelt. Die Hauptwand nahm eine direkt auf die Mauer aufgezogene Luftaufnahme der Studios ein, die Schmalseite ein elektrischer Kamin mit allem Drum und Dran: Kaminbock, Rost, Kaminsessel. Überall im Zimmer standen außerdem tiefrote Ledersessel, mein Schreibtisch aus Mahagoni war auf Hochglanz poliert und mit dazu passendem Leder bezogen. In der Mitte der Lederplatte leucheten in

kontrastierender Farbe reliefartig meine Initialen. Der Raum war groß genug, um einen Ball oder eine Gesellschaft drin zu geben, und auch dann hätte man immer noch eine stille Ecke für sich gehabt.

»Gefällt es dir, Johnny?« fragte Jane wieder.

Ich nickte. »Bestimmt«, ging zum Schreibtisch und setzte mich.

»Du hast noch nicht alles gesehen.« Sie trat zum Kamin und drückte auf einen Knopf in der Wand.

Der Kamin drehte sich, und eine Bar kam zum Vorschein.

Ich pfiff leise.

»Schick, was?« fragte sie stolz.

»Ich bin sprachlos.«

»Das ist noch nicht alles.« Sie drückte wieder auf den Knopf, und der Kamin kam zurück. Dann ging sie ein paar Schritte weiter und drückte auf einen andern Knopf. Ein Teil der Wand wich zurück, und man sah ein spiegelblankes gekacheltes Badezimmer. »Wie gefällt dir das?« fragte sie.

Ich stand auf und umarmte sie. »Janey, du hast mich zum glücklichsten Menschen der Welt gemacht. Woher wußtest du, daß ich mir immer einen privaten Waschraum gewünscht habe?«

Sie lachte ein wenig verlegen. »Ich bin froh, daß es dir gefällt, Johnny. Ich war ein bißchen nervös deswegen.«

Nun steckte ich meinen Kopf ins Badezimmer; es war alles da, sogar eine Duschecke. Ich wandte mich ihr wieder zu. »Brauchst nicht mehr nervös zu sein, Kind. Papa ist zufrieden.«

Aber so schnell konnte ich mich doch nicht an das Neue gewöhnen. Als es noch Peters Büro war, war es wie er: einfach und altmodisch. Man sagt: Das Büro eines Mannes sieht so aus, wie seine Sekretärin denkt, daß er ist. Ich begann mir Gedanken zu machen: Hielt Janey mich wirklich für einen so tollen Kerl?

Das Telefon in Janes Zimmer läutete, sie lief hinaus und schloß die Tür hinter sich. In diesem Augenblick begann ich mich einsam zu fühlen, so einsam, daß es geradezu lächerlich war.

In den alten Zeiten, als Peters Assistent, war mein Büro um diese Stunde immer voller Leute. Wir redeten, die Luft war blau von Rauch, und wir fühlten uns wohl. Sie pflegten mir ihre Ideen zu erzählen, über Filme, über den Verleih, über Reklame. Wir zankten uns, kritisierten uns gegenseitig, argumentierten; aber alles basierte auf selbstverständlicher Kameradschaft, die es nun nie wieder geben würde — das wußte ich.

Was hatte Peter doch einmal gesagt? »Wenn du Boß bist, Johnny, bist du auf dich allein gestellt. Du hast keine Freunde mehr, nur noch Gegner. Wenn Leute nett zu dir sind, fragst du dich, warum und was sie wohl von dir wollen. Du hörst ihnen zu und versuchst, es ihnen gemütlich zu machen, aber es geht nicht mehr. Sie vergessen niemals, daß du der Boß bist und daß du ihr Leben dauernd ändern kannst. Es ist eine verdammt einsame Angelegenheit, Boß zu sein, Johnny.«

Damals hatte ich darüber gelacht, aber jetzt begann ich zu verstehen, was er meinte. Ich versuchte, meine Gedanken davon loszureißen, und wandte meine Aufmerksamkeit dem dicken Stapel Post zu. Schließlich war ich nicht drauf aus gewesen, den Posten zu bekommen. Ich griff nach dem ersten Brief, hielt aber plötzlich inne. Oder war ich es doch? Der Gedanke zuckte durch mein Gehirn, war wieder verschwunden, und ich las den Brief. Es waren Glückwünsche, genauso wie die übrige Post, auch die Telegramme. Jeder aus der Filmindustrie wünschte mir Glück und war bereit, mit mir zu arbeiten, die Großen wie die Kleinen. Das ging immer so in unserem Geschäft; beliebt oder unbeliebt, wenn irgend etwas passierte, schickte jeder ein paar Zeilen. Man galt gleichsam als Glied einer großen Familie, wo jeder aufpaßte, ob der andere erfolgreich oder ein Versager war. An seiner Post konnte man ablesen, was die Leute von einem hielten. Ich war mit den Briefen beinahe fertig, als Jane mit einem großen Blumenstrauß in mein Büro kam.

Ich sah auf. »Wer hat *die* denn geschickt?«

Sie stellte sie in eine Vase auf den Klubtisch und warf ohne ein Wort einen kleinen weißen Umschlag auf meinen Schreibtisch.

Noch ehe ich das Monogramm »D. W.« auf dem Umschlag sah, wußte ich aus der Art, wie Jane sich benahm, von wem sie waren. Ich öffnete den Umschlag und zog eine kleine Karte heraus, auf der in einer vertrauten zierlichen Handschrift gekritzelt stand:

»Nichts ist so erfolgreich wie Erfolg, Johnny. Es sieht so aus, als ob ich falsch gesetzt habe.« Unterschrift: »Dulcie.«

Ich warf das Ding in den Papierkorb und steckte mir eine Zigarette an. Dulcie war eine Hure. Aber ich hatte sie geheiratet, weil sie mir damals wundervoll erschien, weil sie schön war und weil sie eine Art hatte, einen anzusehen, daß man sich wie der prächtigste Kerl auf der Erde vorkam. Es zeigt, wie man zum Narren gehalten werden kann. Als ich herausbekam, wie sehr, wurden wir geschieden.

»Hat jemand für mich angerufen, Jane?«

Ihr Gesicht war besorgt gewesen, während ich den Brief las. Jetzt hellte es sich auf. »Ja«, sagte sie, »kurz ehe du kamst, George Pappas. Du sollst ihn anrufen, wenn du Zeit hast.«

»Gut, verbinde mich mit ihm.«
Sie ging hinaus. George Pappas, der Präsident der Borden-Filmgesellschaft, war in Ordnung, und wir kannten uns seit langem. Er war der Mann, der Peters kleines Fünfcentkino gekauft hatte, als Peter sich entschlossen hatte, zur Filmproduktion überzugehen.
Mein Telefon summte. Ich nahm den Hörer ab. Janes Stimme sagte: »Mr. Pappas für dich.« – »Stell ihn durch.« Ein Knacken, dann Georges Stimme: »Hallo, Johnny?« Er sprach das »J« weich und verschwommen aus.
»George, wie, zum Teufel, geht es dir?«
»Gut, Johnny. Und dir?«
»Kann mich nicht beklagen.«
»Wie wär's, wenn wir zusammen lunchten?«
»Ich fürchtete schon, ich müßte allein essen«, sagte ich.
»Wo wollen wir uns treffen?«
Ich hatte eine Idee. »George, komm rüber. Ich möchte dir mein Büro zeigen.«
»Na, es ist wohl hübsch, Johnny?« sagte er lachend.
»Hübsch ist gar kein Ausdruck. Es ist wie der Empfangsraum eines teuren französischen Bordells. Also, komm rüber und sag mir, was du davon hältst.«
»Um eins bin ich da, Johnny.«
Wir legten auf.
Ich rief Jane und trug ihr auf, alle Abteilungsleiter zu mir zu bitten. Es war Zeit, daß sie was von mir hörten. Außerdem: Wozu ist man Chef, wenn man niemanden hat, für den man's ist?
Die Konferenz dauerte fast bis ein Uhr. Das Übliche; sie waren voller Glückwünsche und Bereitwilligkeit. Ich sagte ihnen, daß die Firma mies dran sei und daß wir ernsthaft arbeiten müßten, wenn wir nicht alle plötzlich ohne Job dastehen wollten. Während ich so redete, kam ich mir etwas komisch vor. Ein solcher Sermon schien ganz fehl am Platz in einem Büro, dessen Neueinrichtung fünfzehn Tausender gekostet hatte, aber augenscheinlich dachte sonst niemand so. Sie waren alle beeindruckt. Zum Schluß der Konferenz sagte ich, noch vor Ende der Woche wünschte ich aus jeder Abteilung eine Aufstellung darüber, wen und was wir einsparen könnten. Wir müßten alle unnötigen Ausgaben vermeiden, wenn wir diese Wirtschaftskrise überdauern wollten. Dann fügte ich hinzu, sie sollten jetzt lunchen gehen, und während sie einer nach dem anderen hinausgingen, sah ich den Gesichtern an, daß keiner von ihnen imstande sein würde zu essen.

Als die Tür sich hinter dem letzten geschlossen hatte, ging ich zu der Wand mit der Bar, fand aber den Knopf nicht. Ich öffnete Janeys Tür.
»Ich kann diese verdammten Knöpfe nicht finden.«
Sie sah einen Augenblick bestürzt aus, stand dann auf. »Ich werd' sie dir zeigen.«
Ich ging ihr nach und sah zu, wie sie auf den Knopf für die Bar drückte. Ich sagte ihr, sie solle mir was zu trinken mischen, während ich mich waschen ginge. Automatisch wollte ich zur Tür nach außen, aber sie hielt mich an.
»Privat!« sagte sie und drückte auf einen anderen Knopf. Die Tür zum Badezimmer glitt auf. Als ich zurückkam, fand ich George im Büro, einen Cocktail vor sich. Wir schüttelten uns die Hände. »Na, George, was hältst du davon?«
Er lächelte sachte, trank seinen Cocktail aus, stellte das leere Glas auf die Bar zurück und sagte: »Noch ein paar Aktfotos an die Wände, und die Sache ist in Ordnung, Johnny.«
Zum Essen gingen wir in den Englischen Grillroom. Er liegt in den Arkaden des Funkhauses, mit Blick auf den Springbrunnen. Es war noch kühl genug für die Kunsteisbahn, und George und ich schauten von unserem Fensterplatz aus ein paar Minuten den Schlittschuhläufern zu.
Der Ober kam. Ich bestellte Lammkotelett vom Grill und George einen Salat. Er müsse auf seine Diät achten, erklärte er. Wir sahen wieder eine Weile den Schlittschuhläufern zu.
Zuletzt seufzte er. »Man möchte wieder jung sein, wenn man das sieht, Johnny.«
»Mhm.«
Er sah mich genau an. »Tut mir leid, Johnny, hab' nicht dran gedacht.«
Ich lächelte. »Schon gut, George. Ich denke selbst nicht mehr oft dran – und wenn auch, du hast ja recht.«
Er gab keine Antwort, aber ich wußte, daß er an mein Bein dachte, mein rechtes Bein. Ich hatte es im Krieg verloren. Ich hatte die modernste Prothese, und jemand, der es nicht wußte, konnte nie vermuten, daß ich nicht auf meinem eigenen Bein herumlief.
Ich erinnerte mich noch an den Zustand, in dem ich war, als Peter mich im Lazarett auf Staten Island besuchte: verbittert, mit der Welt zerfallen. Noch nicht dreißig Jahre alt und ein Bein verloren! Ich bildete mir ein, ich würde den Rest meines Lebens im Krankenhaus verbringen, aber Peter hatte gemeint: »Du hast also dein Bein verloren, Johnny. Dafür hast du ja deinen Kopf noch auf den Schultern, oder

nicht? Ein Mann lebt nicht davon, daß er rumlaufen kann, sondern von dem, was er zwischen den Ohren hat. Sei kein Narr, komm zurück ins Geschäft, und bald hast du alles vergessen.«

So ging ich zurück, und Peter behielt recht. Ich vergaß es bis zu jener Nacht, in der Dulcie mich einen Krüppel nannte. Aber Dulcie war eine Hure, und mit der Zeit vergaß ich auch das.

Der Ober brachte, was wir bestellt hatten. Wir fingen an zu essen. Als wir halb fertig waren, sagte ich: »George, ich bin froh, daß du angerufen hast und mich sehen wolltest. Sonst hätte ich nämlich dich angerufen.«

»Warum?« fragte er.

»Geschäft. Du weißt, was los ist. Du weißt, daß ich Präsident geworden bin, weil Ronsen glaubt, daß ich den Karren aus dem Dreck ziehen kann.«

»Willst du es auch?«

»Nicht besonders gern. Aber du weißt ja, wie es ist. Wenn man dreißig Jahre damit verbringt, etwas aufzubauen, sieht man es nicht gern vor die Hunde gehen. Außerdem ist es ein Job.«

»Und den hast du so bitter nötig?« fragte er lächelnd.

Darüber mußte ich grinsen. Eine Stellung war genau das, was ich nicht nötig hatte. Ich war eine Viertelmillion Dollar wert. »Nicht in dem Sinn, aber ich bin zu jung, um untätig rumzusitzen.«

Er gab keine Antwort. Nachdem er seinen Salat runtergeschluckt hatte, fragte er: »Und was soll ich tun?«

»Ich möchte, daß du mir die Zehnerreihe abnimmst.«

Sein Gesicht zeigte nicht, was er dachte, keine Überraschung darüber, daß er die Filme spielen sollte, von denen man innerhalb der Branche lachend sagte, es seien die zehn schlechtesten, die je gemacht worden seien. »Willst du meine Theater dichtmachen, Johnny?« fragte er sanft.

»Die Filme sind nicht so schlecht, George. Und ich biete dir gute Bedingungen. Du kannst sie spielen, wie du willst, für fünfzig Dollar pro Termin. Gib mir eine Garantie über fünfhundert Termine, danach kannst du sie frei spielen.«

George gab keine Antwort.

Ich aß mein Kotelett zu Ende, lehnte mich zurück und zündete mir eine Zigarette an. Es waren gute Bedingungen, die ich ihm geboten hatte. George besaß an die neunhundert Kinos; das bedeutete, daß er die angebotenen Filme in vierhundert Häusern mietfrei laufenlassen konnte.

»Sie sind nicht so schlecht, wie die Presse sie macht«, warf ich ein.

»Ich hab' sie gesehen, und ich hab' eine Menge schlechtere in meinem Leben gesehen.«

»Versuch nicht, mich zu überreden, ich kaufe sie ja schon.«

»Noch eins, George. Ich brauche das Geld sofort.«

Er zögerte eine halbe Sekunde, ehe er antwortete: »Gut, Johnny, deinetwegen.«

»Danke, George. Es ist eine verdammt große Hilfe.«

Beim Kaffee fragte George mich, ob ich Peter in der letzten Zeit gesprochen hätte.

Ich schüttelte den Kopf. »Ich hab' ihn fast sechs Monate nicht gesehen.«

»Warum rufst du ihn nicht an, Johnny? Ich kann mir denken, daß er jetzt gern von dir hören würde.«

»Er kann mich ja anrufen«, sagte ich kurz.

»Noch immer beleidigt, Johnny?«

»Ich bin nicht beleidigt, ich bin angewidert. Er denkt, ich bin einer von denen, die das Filmgeschäft stehlen wollen. Antisemiten nennt er sie.«

»Du glaubst doch nicht im Ernst, daß er das noch denkt?«

»Wie, zum Teufel, soll ich wissen, was er denkt. Er hat mich an jenem Abend aus seinem Haus geworfen, als ich ihm sagte, er müsse verkaufen oder er werde alles verlieren. Er nannte mich einen Spion von Ronsen und sagte, ich sei mit Leuten im Komplott, die ihn ruinieren wollten. Er hat mir die Verantwortung für alles, was schiefging, zugeschoben, für alles, was er getan hatte und von dem er nun sagte, ich hätte es verhindern sollen! Nein, George, ich habe es lange Zeit hindurch hingenommen, aber das war für mich das Ende.«

Er nahm eine lange Zigarre, steckte sie umständlich in Brand, während er mich die ganze Zeit dabei ansah. »Und Doris?«

»Sie entschied sich für ihren Alten. Hab' von ihr auch nichts mehr gehört.« Noch als ich das sagte, tat es weh. Ich hatte vieles falsch gemacht, und gerade als ich glaubte, alles käme ins rechte Geleis, ging es wieder schief.

»Was erwartest du denn von ihr?« fragte George. »Ich kenne sie. Glaubst du, sie konnte den alten Mann im Stich lassen, als alles in die Brüche ging? Dazu ist sie zu anständig.«

Aber er sagte nichts darüber, was ich all die Jahre getrieben hatte, und ich war ihm dankbar dafür. »Sie sollte ihn auch nicht im Stich lassen. Sie sollte mich nur heiraten.«

»Und wie hätte das für Peter ausgesehen?« Ich gab keine Antwort, es gab keine darauf. Wir wußten, wie es für Peter ausgesehen hätte, aber mich hatte es trotzdem empfindlich getroffen. Jeder muß schließ-

lich mal sein eigenes Leben leben, und wir hatten ihm beide mehr als genug von unserm Leben gegeben.
George ließ sich die Rechnung bringen.
Dann, draußen in den Arkaden, schüttelte er mir fest und herzlich die Hand.
»Ruf ihn an. Ihr werdet euch dann beide wohler fühlen.«
Ich gab keine Antwort.
»Und alles Gute, Johnny«, fuhr er fort. »Du wirst es schon schaffen. Ich bin froh, daß du den Posten bekommen hast und nicht Farber. Und ich möchte wetten, Peter geht es genauso.«
Ich dankte ihm und ging zurück. Die ganze Zeit im Fahrstuhl dachte ich darüber nach, ob ich Peter anrufen sollte. Als ich schließlich in meinem Stockwerk ankam, schlug ich's mir aus dem Sinn: Zum Teufel damit! Wenn er mich sprechen wollte, konnte er mich ja anrufen.
Janes Büro war leer. Vermutlich war sie noch beim Lunch. Während ich weggewesen war, hatte sie einen neuen Berg Post auf meinen Schreibtisch gelegt; der Stapel türmte sich ziemlich hoch, und obendrauf lag ein Briefbeschwerer.
Dieser Gegenstand kam mir irgendwie bekannt vor. Ich nahm ihn auf: es war eine kleine Büste von Peter. Ich wog sie in der Hand, setzte mich und sah sie an. Vor ein paar Jahren hatte Peter den Einfall gehabt, daß eine Büste von ihm jeden Angestellten zur Arbeit anregen würde. Er hatte einen Bildhauer bestellt, der ihm tausend Dollar für das Modell abgenommen hatte. Eine kleine Metallfabrik hatte Abgüsse angefertigt, und bald stand die Büste auf jedem Pult.
Sie war außerordentlich schmeichelhaft. Sie hatte mehr Haare, als Peter meiner Erinnerung nach je besessen hatte, ein kräftigeres Kinn, eine kühnere Nase als die, mit der er geboren worden war, und einen Ausdruck ruhiger Entschlossenheit, den Peter ebensowenig hatte wie der Mann im Mond. Und darunter standen auf dem Sockel die Worte: »Nichts ist unmöglich für den, der zu arbeiten gewillt ist — Peter Kessler.«
Ich stand auf und ging mit der Büste in der Hand ins Badezimmer. Rechter Hand waren ein paar kleine Borde für Flaschen und dergleichen. Sorgfältig stellte ich Peters Büste in die Mitte des obersten Fachs und trat zurück, um sie zu betrachten.
Das idealisierte Gesicht, das zugleich so echt aussah, starrte mich an. Ich drehte mich um, ging ins Büro zurück und schloß die Tür. Ich sah einen Teil der Post durch, aber es half nichts, ich konnte mich nicht

konzentrieren. Ich dachte dauernd an Peter und wie er mich von dem Bord im Badezimmer aus angestarrt hatte. Es hatte keinen Zweck so. Wütend auf mich selbst ging ich zurück und holte die Büste herunter. In meinem Zimmer sah ich mich nach einem Platz um, wo sie mich nicht stören würde. Schließlich stellte ich sie aufs Kaminsims. Da sah sie besser aus. Sie schien mir beinahe zuzulächeln. Fast glaubte ich, sie mit seiner Stimme sagen zu hören: »So ist es viel besser, Junge.«
»Ist es, du alter Bastard?« sagte ich laut. Dann mußte ich grinsen und ging zu meinem Schreibtisch zurück. Jetzt war ich in der Lage, mich auf die Post zu konzentrieren.
Um drei Uhr kam Ronsen in mein Zimmer. Sein rundes, wohlgenährtes Gesicht strahlte mich an, die Augen hinter der randlosen eckigen Brille sahen selbstzufrieden drein. »Alles schon im Geleise, Johnny?« fragte er mit seiner überraschend kräftigen Stimme. Wenn man ihn zum erstenmal sprechen hörte, wunderte man sich, daß eine so starke, zwingende Stimme aus diesem rundlichen bequemen Körper kam. Dann fiel einem ein, daß dies ja immerhin Laurence G. Ronsen war. In seiner Gesellschaftsschicht wurde man eben mit einem tiefen befehlenden Organ geboren. Ich wette, daß er als Baby nicht weinte, wenn er was zu trinken haben wollte, sondern seiner Mutter befahl, ihm die Brust zu geben. Oder vielleicht irre ich mich, vielleicht haben die Mütter jener Klasse überhaupt keine Brust.
»Ja, Larry«, sagte ich. Was ich auch nicht an ihm mochte, war, daß mich seine Anwesenheit ganz unbewußt zwang, ein nahezu vollkommenes Englisch zu sprechen – wozu ich doch immer unfähig blieb.
»Wie bist du mit Pappas zurechtgekommen?« fragte er.
Seine Spione machen wohl Überstunden, dachte ich. Laut gab ich zur Antwort: »Ziemlich gut. Ich hab' ihm die Zehnerreihe für eine glatte Viertelmillion verkauft.«
Sein Gesicht leuchtete auf. Ich verlängerte meinen Augenblick des Triumphes noch: »Und zwar im voraus, morgen kriegen wir das Geld.«
Er rieb sich die Hände, kam zu meinem Schreibtisch und schlug mir auf die Schulter. Seine Hand war überraschend schwer, und mir fiel ein, daß er ja in seiner Collegezeit ein bekannter Fußballspieler gewesen war. »Ich wußte, daß du der Richtige für uns bist, Johnny, ich wußte es.«
Ebenso rasch wurde er wieder reserviert. »Wir sind jetzt auf der rechten Spur, Junge«, sagte er, »wir können nicht fehlgehen. Eine gründliche Neuorganisation des Betriebes, und wir sind durch.«

Ich erzählte ihm von der morgendlichen Konferenz und meinen Vorschlägen. Er hörte aufmerksam zu und nickte hier und da bei verschiedenen Punkten.
Als ich fertig war, meinte er: »Na, an Arbeit wird es dir nicht fehlen.«
»Himmel, nein. Ich werde wahrscheinlich die nächsten drei Monate in New York bleiben, um immer auf dem laufenden zu sein.«
Er stimmte zu. »Ja, das ist wichtig. Wenn man die Dinge nicht genau kontrolliert, können wir zumachen.«
In diesem Augenblick läutete das Telefon. Jane sagte: »Doris Kessler ruft aus Kalifornien an.«
Ich zögerte eine Sekunde. »Stell sie durch.«
Ein Knacken, dann Doris' Stimme: »Hallo, Johnny.«
»Hallo, Doris.« Ich dachte darüber nach, warum sie wohl anrief; ihre Stimme klang fremd.
»Papa hatte einen Schlaganfall, Johnny. Er verlangt nach dir.«
Automatisch sah ich zu der Büste auf dem Kaminsims. Ronsen folgte meinem Blick.

»Wann ist es passiert, Doris?«
»Vor etwa zwei Stunden. Es ist schrecklich. Wir bekamen zuerst ein Telegramm, daß Mark in Spanien gefallen ist. Papa nahm es sich furchtbar zu Herzen, er wurde ohnmächtig. Wir brachten ihn eilig zu Bett und holten den Arzt, der sagte, es sei ein Schlaganfall, und er wisse nicht, wie lange Papa noch leben würde, ein, zwei Tage vielleicht. Dann öffnete Papa die Augen und sagte: ›Holt mir Johnny, ich muß ihn sprechen!‹« Sie fing an zu weinen.
Es dauerte nur einen Augenblick, dann hörte ich mich sagen: »Weine nicht, Doris, ich bin heute abend da. Warte auf mich.«
»Ja, Johnny«, sagte sie, und ich legte auf. Ein paar Sekunden drückte ich die Gabel auf und nieder, bis Jane sich wieder meldete.
»Besorg mir einen Platz im nächsten Flugzeug nach Kalifornien. Sobald du ihn hast, ruf mich an.«
Ronsen stand auf. »Was ist los, Johnny?« Ich steckte mir eine Zigarette an, meine Hände zitterten. »Peter hat einen Schlaganfall gehabt, ich fahr' hin.«
»Und die Pläne hier?«
»Müssen ein paar Tage warten.«
»Johnny, ich weiß, wie dir zumute ist, aber dem Vorstand wird es nicht gefallen. Außerdem — was kannst du schon tun?«
Ich sah ihn an und stand von meinem Schreibtisch auf. Ich gab mir

gar keine Mühe, seine Frage zu beantworten. »Zum Teufel mit dem Vorstand.«
Er war der Vorstand, und er wußte, daß ich es wußte. Er kniff die Lippen zusammen und verließ wütend mein Büro.
Ich ließ ihn gehen. Zum erstenmal, seit ich auf Ronsens Angebot hin den Posten angenommen hatte, war mir friedvoll zumute.
»Zum Teufel auch mit dir!« sagte ich laut zu der geschlossenen Tür. Was wußte der von den letzten dreißig Jahren?

Dreißig Jahre 1908

1

Johnny hielt sein Hemd in der Hand, während er der Turmglocke lauschte, die elf Uhr schlug. Nur noch vierzig Minuten bis zur Abfahrt des Zuges, dachte er und begann wütend zu packen. Zornig warf er die restlichen Kleidungsstücke in den Koffer und schlug ihn zu. Mit einem Knie auf der Kofferecke preßte er den Deckel mit seinem Gewicht herunter und zog die Riemen straff. Als er fertig war, richtete er sich auf, nahm den Koffer vom Bett, trug ihn durch den Laden und setzte ihn an der Tür nieder.

Er sah sich kurz um. In der Dunkelheit schienen die Automaten ihn und seinen Fehlschlag zu verhöhnen. Er preßte die Lippen zusammen, als er daran vorbei in der kleine Hinterzimmer ging. Jetzt kam das Unangenehmste von der ganzen scheußlichen Geschichte: Er mußte ein paar Zeilen für Peter schreiben und erklären, warum er mitten in der Nacht weglief.

Es wäre ihm leichter gefallen, wenn Peter nicht so gut zu ihm gewesen wäre, oder vielmehr, wenn die ganze Familie nicht so verdammt nett gewesen wäre; Esther, die ihn beinahe jeden Abend zum Essen bei sich hatte, die Kinder, die ihn »Onkel Johnny« nannten. Seine Kehle schnürte sich zusammen, als er sich an den Tisch setzte. Irgendwie waren sie alle genau die Familie, von der er immer geträumt hatte in den langen einsamen Jahren seiner Arbeit auf dem Rummelplatz.

Er nahm ein Stück Papier, einen Bleistift und schrieb: »Lieber Peter . . .« und dann starrte er auf das Papier. Wie sagt man auf Wiedersehen und danke zu Menschen, die so gut zu einem gewesen sind? Schreibt man ganz beiläufig »Es war nett, euch kennengelernt zu haben, danke für alles . . .« und vergißt sie dann?

Er begann nachdenklich auf seinem Bleistift herumzukauen, legte ihn hin und steckte sich eine Zigarette an. Nach ein paar Minuten nahm er den Bleistift wieder auf und schrieb:

»Du hattest recht, ich hätte das verdammte Ding nie aufmachen sollen.«

Ihm fiel ein, wie er zuerst in den Laden gekommen war. Er hatte fünfhundert Dollar in der Tasche, war neunzehn Jahre alt und platzte vor Besserwissen. Er hatte sein Leben lang auf dem Rummelplatz gearbeitet, jetzt wollte er seßhaft werden und es zu was bringen. Ein Bekannter hatte ihm den Tip mit dem vollständig eingerichteten Spielsalon in Rochester gegeben, der nur darauf wartete, daß er ihn übernahm.

An dem Tag lernte er Peter Kessler kennen. Peter gehörte das Haus und das Eisenwarengeschäft, das außer der Spielautomatenhalle das einzige Geschäft im Block war. Peter mochte Johnny vom ersten Augenblick an. Man konnte Johnny gern haben. Er war groß, sein dickes schwarzes Haar und sein rasches Lächeln mit den ebenmäßigen weißen Zähnen wirkten sympathisch. Peter tat der Junge leid, noch ehe er ihm sein Geschäft vermietet hatte. Er war so eifrig, so willig.

Peter beobachtete Johnny, wie er herumging, die maschinellen Figuren berührte und prüfte. »Mr. Edge.«

Johnny drehte sich um: »Ja?«

»Mr. Edge, es geht mich ja nichts an, aber glauben Sie, daß es eine gute Gegend für Spielautomaten ist?« Peter zögerte. Er kam sich selbst komisch vor. Schließlich war er der Hauswirt, und sein einziges Interesse sollte sein, daß der Junge die Miete bezahlte, aber ...

Johnnys Augen wurden hart. Mit neunzehn gibt man nicht gern zu, daß man unrecht haben könnte. »Warum fragen Sie, Mr. Kessler?« sagte er kühl.

Peter stotterte leicht. »Nun, die beiden letzten Inhaber haben nicht so gut abgeschnitten.«

»Vielleicht hatten sie nicht die richtigen Ideen für diese Art Geschäft«, sagte Johnny. »Außerdem haben Sie recht: Es geht Sie wirklich nichts an.«

Peters Gesicht erstarrte. Er war außerordentlich empfindlich, obwohl er sich sehr bemühte, es nicht zu zeigen. Seine Stimme wurde rein geschäftsmäßig, wie zuerst, als Johnny in seinen Laden gekommen war und sich vorgestellt hatte. »Tut mir leid, Mr. Edge, ich wollte Ihnen nicht zu nahetreten.«

Johnny nickte.

Peter fuhr im gleichen Ton fort: »Jedenfalls muß ich, nach meinen Erfahrungen mit den früheren Inhabern, sicherheitshalber darauf bestehen, daß die Miete für drei Monate im voraus bezahlt wird.« Nun läßt er vielleicht davon ab, dachte er.

Johnny rechnete schnell. Fünfhundert Dollar weniger hundertzwanzig, blieben dreihundertachtzig. Genug für das, was er wollte.

Peter lehnte sich gegen eine der Figuren und schrieb eine Quittung aus. Dann gab er sie Johnny und streckte ihm die Hand hin. »Tut mir leid, wenn ich Ihnen grob vorgekommen bin, aber ich mein's gut.« Er lächelte zaghaft.

Johnny sah ihn genau an; da er aber keinen Spott in Peters Gesicht wahrnahm, ergriff er die ausgestreckte Hand. Ein rasches Händeschütteln, und Peter ging zur Tür. Dort zögerte er. »Wenn Sie irgendwas brauchen, Mr. Edge, kommen Sie nur zu mir. Ich bin direkt nebenan.«
»Ich werd' schon nichts brauchen, Mr. Kessler, danke.«
»Und viel Glück«, sagte Peter noch, während er rausging. Johnny winkte. Peters Gesicht war ungewöhnlich nachdenklich, als er in sein eigenes Geschäft trat.
Esther, seine Frau, die im Laden geblieben war, während er Johnny die Spielhalle zeigte, kam auf ihn zu und fragte: »Hat er es genommen?«
Peter nickte langsam: »Ja, der arme Junge. Hoffentlich kommt er zurecht.«

Johnny steckte sich noch eine Zigarette an und schrieb weiter. »Glaub mir, mir tut's nicht leid um das Geld, das ich verloren hab', nur um das, das ich euch gekostet habe. Mein alter Chef Al Santos gibt mir meinen früheren Job wieder, und sobald ich meinen Lohn habe, schicke ich dir Geld als Abzahlung für die schuldige Miete.«
Er ging nicht gern zum Rummelplatzbetrieb zurück; nicht, weil er die Arbeit nicht mochte, sondern weil er die Kesslers vermissen würde. Er erinnerte sich an seine Eltern nicht sehr deutlich. Sie waren durch einen Unfall auf dem Jahrmarkt umgekommen, als er zehn Jahre alt war. Al Santos hatte ihn damals unter seine Fittiche genommen, aber Al war ein vielbeschäftigter Mann, und Johnny mußte sehen, wie er allein zurechtkam.
Er war ein einsames Kind gewesen, denn es gab nicht viel Kinder seines Alters auf dem Jahrmarkt, und die Kesslers füllten einen Platz in seinem Leben aus, der bis dahin leer geblieben war.
Ihm fielen die Abendessen mit Peter und seiner Familie ein. Er glaubte beinahe, den Geruch von Esthers Hühnerbrühe und von ihren Klößen zu spüren. Er dachte an den vergangenen Sonntag, als er mit den Kindern im Park war. Wie hatten sie gelacht, und wie stolz war er, wenn sie »Onkel Johnny« zu ihm sagten. Es waren nette Kinder. Doris war ungefähr neun, Mark drei Jahre alt.
Nein, er ging nicht gern zum Jahrmarktsbetrieb zurück, aber er konnte nicht ewig Peter zur Last fallen. Er schuldete ihm schon für drei Monate die Miete, und wenn Esther ihn nicht so oft zum Essen bei sich gehabt hätte, wäre er manches Mal hungrig schlafen gegangen.
Wieder kritzelte der Bleistift über das Papier.

»Es tut mir leid, daß ich so weglaufe, aber morgen kommen ein paar Gläubiger mit einem Zahlungsbefehl, und da ist es wohl am besten so.« Unten schrieb er seinen Namen hin und las alles noch einmal durch. Es sah so leer aus. So sagte man seinen Freunden nicht Lebewohl. Impulsiv schrieb er dicht unter seinen Namen:
»P. S. Sag Doris und Mark, daß sie umsonst Karussell fahren dürfen, wenn wir einmal in die Stadt kommen. Danke noch mal für alles. Onkel Johnny.«
Jetzt war ihm wohler. Er stand auf, lehnte den Brief gegen ein leeres Glas auf dem Tisch und sah sich sorgfältig im Zimmer um. Er wollte nichts liegenlassen; er konnte es sich nicht leisten, denn er hatte nicht mehr genug Geld, um etwas Vergessenes zu ersetzen. Nein, es war alles in Ordnung, er hatte nichts vergessen.
Ein letzter Blick zum Brief auf dem Tisch, dann drehte er das Licht aus und schloß die Tür hinter sich. Er sah nicht, daß durch die Zugluft der Brief herunterflatterte und auf die Erde fiel. Langsam ging er durchs Geschäft, noch einmal Umschau haltend. Dann ergriff er seinen Koffer und trat auf die Straße.
Für eine Sekunde sah er zu Peters Fenstern empor. Alle Lichter waren aus. Die Familie schlief. Er stellte fröstelnd seinen Kragen hoch und trabte Richtung Bahnhof.
Oben in ihrem Bett im dunklen Zimmer wachte Doris plötzlich auf. Unruhig drehte sie sich nach dem Fenster um. In dem Licht der Straßenlaterne sah sie einen Mann über die Straße gehen, der einen Koffer trug. »Onkel Johnny«, murmelte sie im Einschlafen vor sich hin. Am Morgen hatte sie alles vergessen, aber ihr Kopfkissen war feucht, als ob sie im Schlaf geweint hätte.

2

Peter öffnete die Augen. Er lag still in dem großen Doppelbett, während der Schlaf langsam von ihm wich. Er streckte die Hände aus und berührte mit der Rechten die Vertiefung in dem Kissen, wo Ester neben ihm gelegen hatte und die noch warm von ihr war. Er hörte sie in der Küche Doris ermahnen, sich mit dem Essen zu beeilen, um nicht zu spät zur Schule zu kommen, und darüber wurde er völlig wach. Er stand auf, ging ins Badezimmer und begann Rasierschaum zu schlagen, während er vor sich hinsummte. Es war ein altes deutsches Lied aus seiner Jugendzeit.

Mark kam ins Badezimmer gewatschelt. »Muß mal, Papi«, sagte er.
»Na, dann los, du bist ja jetzt ein großer Junge.«
Mark beendete sein Geschäft, dann sah er seinen Vater an, der das Rasiermesser abzog. »Soll ich mich heute rasieren?«
Peter sah ihn ernsthaft an. »Wann hast du dich denn zuletzt rasiert?«
Mark rieb sich mit den Fingern übers Gesicht, wie er es seinem Vater abgesehen hatte, und sagte: »Vorgestern. Aber mein Bart wächst schnell.«
»In Ordnung«, sagte Peter, der sein Messer geschärft hatte, und gab Mark den Rasiernapf und Pinsel. »Seif dich schon ein, während ich mich fertigmache.« Er rasierte sich.
Mark bedeckte sein Gesicht mit Seifenschaum und wartete dann geduldig, bis sein Vater fertig war. Er sprach nicht, denn er wußte, daß Rasieren eine wichtige und heikle Angelegenheit ist und daß man sich unter Umständen schneidet, wenn man dabei gestört wird.
Endlich war sein Vater soweit und fragte ihn: »Fertig?«
Mark nickte; er wagte nicht zu sprechen, weil sein Mund mit Seifenschaum bedeckt war und er nichts davon verschlucken wollte.
Peter kniete nieder und sagte zu Mark: »Dreh deinen Kopf!« Mark drehte den Kopf und schloß die Augen. »Schneid mich nicht«, sagte er nun doch.
»Ich werde aufpassen«, versprach sein Vater. Peter drehte das Messer um und schabte mit der stumpfen Seite den Schaum von Marks Gesicht. »Alles fertig«, sagte er ein paar Sekunden später und stand auf.
Mark öffnete die Augen und rieb sich mit der Hand das Gesicht. »Ganz glatt«, sagte er glücklich.
Peter lächelte auf ihn hinunter, spülte sein Rasiermesser ab und trocknete es. Dann hob er Mark hoch und schwang ihn auf seine Schulter. »Jetzt wollen wir essen«, sagte er und trabte mit ihm in die Küche.
Doris kam und küßte ihn. »Guten Morgen, Papi«, sagte sie mit ihrer hohen klaren Stimme.
Er drückte sie an sich. »*Gut' morgen, liebe Kind, zeese Kind.*« Er sprach immer so zu ihr, vor allem seit Mark auf der Welt war. Mark war sein Liebling, und er hatte ein schlechtes Gewissen deswegen und machte daher mehr von Doris her als vor Marks Geburt.
Sie war ein hübsches kleines Mädchen mit goldenen Zöpfen, die um ihren Kopf gelegt waren, und weichen warmen blauen Augen. Ihre Wangen schimmerten frisch und rosig. Peter war zufrieden. Als kleines Kind war sie kränklich gewesen, und ihretwegen waren sie aus New York nach Rochester gezogen.

Esther kam mit einer Platte an den Tisch, hoch voll mit köstlich duftendem Rührei, geräuchertem Lachs und Zwiebeln, alles in Butter gebraten.
Peter schnupperte. »Lachs und Eier! Wie hast du das fertiggekriegt, Esther?«
Sie lächelte geschmeichelt; in Rochester gab's keinen Räucherlachs, aber sie hatte sich welchen aus New York schicken lassen. »Meine Cousine Rachel hat ihn besorgt«, sagte sie.
Er sah sie an, während sie einen Teller füllte. Sie war ein Jahr jünger als er, noch immer schlank und gut aussehend, von jener ruhigen dunklen Schönheit, die ihn gleich angezogen hatte, als er nach seiner Ankunft in Amerika im Geschäft ihres Vaters arbeitete. Sie trug ihr dickes schwarzes Haar nach der Mode der Zeit im Nacken aufgesteckt; ihre braunen Augen blickten in gleichmäßiger Heiterkeit aus einem glatten runden Gesicht. Sie füllte Marks Teller.
»Ich habe mich rasieren lassen«, erzählte er ihr. »Ich kann's sehen«, sagte sie und fuhr mit dem Handrücken über sein Gesicht
»Wann darf ich mich allein rasieren?« fragte er. Doris lachte. »Du bist noch viel zu klein. Du brauchst dich überhaupt noch nicht zu rasieren.«
»Doch, doch«, protestierte er.
»Seid still und eßt«, sagte Esther.
Als sie sich hinsetzte, war Peter schon fast fertig. Er sah auf die Uhr, stürzte seinen Kaffee hinunter und lief die Treppe hinab, um das Geschäft zu öffnen. Er sagte nichts, als er wegging, und niemand kümmerte sich drum. Er war morgens immer spät dran, und heute war es schon ein paar Minuten nach acht.
Der Morgen ging langsam herum. Es gab nichts zu tun, es war noch zu warm für diese Jahreszeit, und die Hitze hielt die Leute von jeder Extraanstrengung ab.
Um elf etwa kam ein Rollwagenkutscher in den Laden. »Wann macht denn der nebenan auf?« fragte er und zeigte mit dem Daumen nach Johnnys Spielsalon.
»Um zwölf etwa. Weshalb?«
»Ich soll einen Apparat abliefern, aber es ist alles zu, und ich kann nicht noch mal zurückkommen.«
»Klopfen Sie nur kräftig an die Tür, er schläft im Hinterzimmer und kommt dann heraus.«
»Hab' ich schon«, sagte der Kutscher, »aber es gibt niemand Antwort.«

»Moment«, Peter holte unter dem Ladentisch einen Schlüssel hervor, »ich werd' Sie reinlassen.«

Der Kutscher folgte ihm auf die Straße, Peter klopfte, aber es kam keine Antwort. Er guckte durchs Fenster, konnte aber nichts sehen. So schloß er auf, ging direkt zum Hinterzimmer und klopfte. Wieder keine Antwort. Er öffnete die Tür und sah hinein, aber Johnny war nicht da. Peter sagte zu dem Kutscher:

»Bringen Sie es nur ruhig rein, Johnny ist wahrscheinlich für 'ne Weile weggegangen.«

Peter ging auf die Straße, während der Kutscher den Apparat ablud. Er sah ihn neugierig an, er hatte so etwas noch nie gesehen. »Was ist das?« fragte er.

»Ein Filmapparat; er wirft Bilder auf eine Leinwand, und die bewegen sich.«

Peter schüttelte den Kopf. »Was die sich alles ausdenken! Funktioniert das Ding denn?« Der Kutscher brummte: »Hm. Hab' sie in New York gesehen.«

Als der Apparat drin war, unterschrieb Peter eine Quittung, verschloß die Tür und vergaß sofort alles bis halb vier, als Doris aus der Schule kam.

»Pappi, warum ist bei Onkel Johnny noch nicht auf?«

Er sah sie erstaunt an. »Weiß nicht.« Zusammen gingen sie hinüber zur Spielhalle.

Er spähte durchs Fenster, aber drinnen war alles still. Die Lattenkiste mit dem Apparat stand noch da, wo der Rollwagenkutscher sie hingestellt hatte. Er sagte zu Doris: »Spring mal rauf zu Mama, sie soll für einen Augenblick runterkommen und aufs Geschäft aufpassen.«

Langsam ging er durch Johnnys Geschäft ins Hinterzimmer. Diesmal fand er den Brief. Er las ihn, ging zurück und gab ihn Esther.

Sie las und sah ihn dann fragend an. »Er ist weg?« Er sah verletzt aus und schien ihre Frage nicht zu hören. »Ich hab' das Gefühl, es ist meine Schuld. Ich hätte es ihm nicht vermieten sollen.«

Auch Esther hatte Johnny gern gemocht. »Du konntest es nicht ändern, Peter. Du hast es ja versucht.«

»Der Junge hätte nicht fortzulaufen brauchen. Er konnte mir ja sagen, wie's stand.«

»Wahrscheinlich schämte er sich ein bißchen.« Peter schüttelte den Kopf. »Ich kann's immer noch nicht verstehen. Wir waren doch seine Freunde.«

Plötzlich fing Doris an zu weinen. Sie hatte dabeigestanden und ernsthaft zugehört.
»Kommt Onkel Johnny nie mehr zurück?« schluchzte sie.
Peter hob sie auf. »Doch, natürlich. Er sagt, er kommt wieder und läßt euch auf allen Karussells fahren.«
Doris hörte auf zu weinen. »Ehrenwort?«
»Ehrenwort«, antwortete Peter und sah über den Kopf des Kindes hinweg seine Frau an.

3

Der Fremde wartete ruhig, bis Peter den Kunden abgefertigt hatte, dann kam er herüber. »Ist Johnny Edge irgendwo in der Nähe?«
Peter betrachtete ihn neugierig. Er sah nicht aus wie einer von den Gläubigern, die Johnny in seinem Brief erwähnt hatte; Peter kannte auch die meisten. »Im Augenblick ist er nicht da. Aber vielleicht kann ich Ihnen helfen? Ich bin Peter Kessler, der Hauswirt.«
Der Fremde hielt ihm lächelnd die Hand hin. »Ich bin Joe Turner von der Graphik-Filmgesellschaft. Ich wollte Johnny zeigen, wie man den Filmapparat bedient, der gestern hier abgeliefert wurde.«
Peter schüttelte ihm die Hand. »Freut mich, Sie kennenzulernen. Aber ich fürchte, ich muß Sie enttäuschen. Johnny ist vorgestern weggefahren.«
Turner sah wirklich enttäuscht aus. »Konnte er nicht noch ein bißchen durchhalten?«
Peter schüttelte den Kopf. »Es stand ziemlich schlimm, und so ist er zu seinem alten Job zurück.«
»Zu Santos?« fragte Turner.
»Ja. Kannten Sie Johnny?«
»Wir haben früher mal zusammen bei Santos gearbeitet. Er ist ein ordentlicher Junge. Schade, daß er nicht länger durchhalten konnte, mit den Filmen hätte er es geschafft.«
»In Rochester?« sagte Peter lachend.
»Warum nicht? Rochester ist auch nicht anders als andere Städte, und Filme sind in der Unterhaltungsbranche jetzt das größte Geschäft und werden täglich ein größeres. Haben Sie mal welche gesehen?«
»Nie. Bis Ihr Mann gestern den Apparat brachte, hab' ich auch noch nie was davon gehört.«
Turner nahm eine Zigarre aus der Tasche, biß die Spitze ab und steckte

sie an. Er blies eine Rauchwolke vor sich hin und sah Peter einen Augenblick an, ehe er sprach. »Sie sehen mir wie ein Mann aus, der in Ordnung ist, Mr. Kessler, und deshalb mache ich Ihnen einen Vorschlag. Ich hab' in meiner Firma Johnnys Apparat schon als verkauft angegeben. Wenn ich ihn jetzt zurücknehmen muß, muß ich die Fracht und die Installationskosten bezahlen, auch wenn der Apparat nie benutzt worden ist. Das sind über hundert Dollar. Lassen Sie mich Ihnen heute abend den Apparat vorführen, und wenn es Ihnen gefällt, versuchen *Sie's* doch mal damit.«

Peter schüttelte den Kopf. »Ich bin Metallwarenhändler, ich versteh' nichts von Filmen.«

Turner gab nicht nach: »Das macht nichts, es ist ja eine ganz junge Branche. Vor zwei Jahren hat ein Mann namens Fox ohne jede Erfahrung ein Kino aufgemacht, und es geht ihm gut. Auch ein gewisser Mr. Laemmle hat's so gemacht. Sie haben weiter nichts zu tun, als den Apparat laufenzulassen. Die Leute werden gern Geld bezahlen, um Filme zu sehen. Es ist das kommende Geschäft, da steckt Gold drin.«

»Für mich nicht«, sagte Peter, »ich hab' ein gutes Geschäft, was soll ich mir unnötig Sorgen aufladen.«

»Schauen Sie, Mr. Kessler, es kostet Sie ja nichts, es sich mal anzusehen. Der Projektionsapparat ist schon da. Ein paar Filmrollen hab' ich draußen, und zu tun hab' ich auch nichts. Lassen Sie sich von mir eine Vorführung zeigen, und sehen Sie sich selbst an, wie es ist. Und wenn es Ihnen nicht gefällt, nehm' ich den Apparat zurück.«

Peter dachte einen Augenblick nach. Er war auf die Filme gespannt; die paar Worte des Rollwagenkutschers gestern hatten seine Phantasie erregt. »In Ordnung. Ich seh' sie mir an, aber ich kann nichts versprechen.«

Turner lächelte und gab Peter die Hand. »Das sagen alle, bis sie sie gesehen haben. Ich sage Ihnen, Mr. Kessler, jetzt stecken Sie schon im Filmgeschäft drin, auch wenn Sie es noch nicht wissen.«

Peter lud Mr. Turner zum Abendessen ein. Als er ihn Esther vorstellte, sah sie ihn fragend an, sagte aber nichts. Er erklärte: »Mr. Turner zeigt uns heute abend ein paar Filme.«

Nach dem Essen entschuldigte Turner sich, er sagte, er wollte unten alles vorbereiten. Peter ging mit ihm. Als sie die Spielhalle betraten, sah Turner sich um. »Zu schade, daß Johnny aufgeben mußte. Kino ist gerade das, was er brauchte.«

Dann erzählte Peter von Johnnys Brief und warum Johnny weggegangen war.

Turner hörte aufmerksam zu, während er seine Vorbereitungen traf, und als Peter geendet hatte, sagte er: »Wegen des Geldes brauchen Sie sich keine Sorgen zu machen, Mr. Kessler; wenn Johnny sagt, er bezahlt, dann bezahlt er auch.«
»Wer macht sich denn Sorgen wegen des Geldes? Wir hatten den Jungen gern, er war beinahe einer von der Familie geworden.«
Turner nickte. »So ist Johnny. Als seine Leute umkamen, war er zehn Jahre alt, und Santos und ich unterhielten uns, was aus ihm werden sollte. Er hatte keine Verwandten mehr und hätte ins Waisenhaus gemußt, aber Santos behielt ihn lieber, und nach einer Weile sagte er, er käme ihm wie sein eigenes Kind vor.«
Turner machte seine Arbeit nun schweigend fertig, und Peter ging Esther holen. Als sie herunterkamen, waren alle Lichter aus. Befangen setzten sie sich im Dunkeln auf die Plätze, die Turner ihnen anwies. So gespannt Peter auch wegen der Filme war, so froh war er doch, daß nicht viel Leute auf der Straße standen, die ihn sehen konnten.
»Fertig?« fragte Turner.
»Ja.«
Plötzlich wurde die Leinwand hell, die Turner vor ihnen aufgespannt hatte. Einige gedruckte Worte waren undeutlich zu sehen und wurden schärfer, als Turner den Apparat einstellte. Dann waren die Worte weg, ehe sie sie lesen konnten, und statt dessen erschien ganz klein in der Ecke der Leinwand ein Zug, aus dem Rauchwolken quollen. Er bewegte sich auf sie zu und wurde mit jeder Sekunde größer. Dann war er über ihnen, er schien von der Leinwand in sie hineinzufahren.
Esther stieß einen leisen Schrei aus und verbarg ihr Gesicht an Peters Schulter, während sie nach seiner Hand griff. Peter hielt sie fest. Seine Kehle war trocken, er konnte nicht reden, und sein Gesicht war blaß und schweißbedeckt.
»Ist er weg?« fragte Esther mit halberstickter Stimme.
»Ja, er ist weg.« Peter war überrascht, daß er sprechen konnte.
Noch ehe die Worte ausgesprochen waren, sahen sie einen Badestrand, mit schwimmenden und herumstehenden lachenden Mädchen; dann eine Fähre, die in den New Yorker Hafen einfuhr, und die vertrauten Gebäude sahen so wirklich aus, daß sie in Versuchung waren, die Hand auszustrecken, um sie zu berühren, aber ehe sie etwas dergleichen tun konnten, waren sie auf einer Rennbahn, Pferde rannten, eine Menge schob und drängte sich, ein Pferd, das gewaltig lief, kam vor den andern ans Ziel – und alles war vorbei. Die Leinwand strahlte hell auf, so daß es den Augen weh tat.

Zu seiner Überraschung hielt Peter noch immer Esthers Hand. Er hörte Turner fragen: »Na, wie hat's Ihnen gefallen?«

Peter stand blinzelnd auf. Er sah, wie Turner ihn lächelnd anblickte, und fuhr sich nachdenklich über die Augen. »Wenn ich es nicht selbst gesehen hätte, würde ich es wirklich nicht für möglich halten.«

Turner lachte. »Das sagen alle zuerst.« Er knipste das Licht im Laden an.

Da erst sah Peter die Menge. Sie standen auf der Straße, die Gesichter gegen die Fenster des Geschäfts gepreßt, in ihren Augen das gleiche Erstaunen, die gleiche Verwunderung wie in den seinen. Er sagte zu Esther gewandt: »Was hältst du davon?«

»Ich weiß nicht, was ich denken soll, ich hab' noch nie so etwas gesehen.«

Die Tür ging auf, und die Menge strömte herein. Peter begann, einzelne Gesichter zu erkennen. Sie sprachen alle auf einmal.

»Was ist das?« fragte einer.

»Filme aus New York«, hörte Peter Turner antworten.

»Werden Sie sie hier vorführen?«

»Ich weiß nicht; das hängt von Mr. Kessler ab.«

Die Leute sahen Peter an.

Peter stand einen Augenblick wortlos da, den Kopf noch erfüllt von dem Gesehenen. Plötzlich hörte er sich sagen: »Sicher, sicher führen wir sie vor, ab Samstag abend.«

Esther packte seinen Arm: »Bist du verrückt? Das ist schon übermorgen!«

Er flüsterte: »Ich? Verrückt? Wo all diese Leute Geld ausgeben wollen, um die Filme zu sehen?«

Sie gab keine Antwort.

Peter begann sich groß zu fühlen, sein Herz schlug. Samstag abend würde er eröffnen — schließlich hatte Esther ja nicht nein gesagt.

Knapp sechs Wochen später kam Johnny nach Rochester zurück. Den Koffer in der Hand, kam er die Straße entlang auf seine alte Bude zu. Vor dem Haus auf dem Trottoir blieb er stehen. Das Metallwarengeschäft war noch unverändert da, aber nicht mehr die Spielhalle. Das alte Schild war weg, statt dessen hing ein neues da:

»Kesslers Fünf-Cent-Kino.«

Es war früh am Morgen und die Straße noch leer. Johnny sah das Schild an. Dann nahm er den Koffer in die andere Hand und ging in

Peters Geschäft. Er zögerte einen Augenblick im Eingang, bis seine Augen sich an das Halbdunkel drinnen gewöhnt hatten.
Peter sah ihn zuerst und lief mit ausgestreckter Hand auf ihn zu. »Johnny!«
Johnny stellte den Koffer hin und ergriff Peters Hand.
»Du bist doch zurückgekommen«, Peter war ganz aufgeregt; »ich habe zu Esther wieder und wieder gesagt, du würdest kommen. Sie meinte, du möchtest vielleicht nicht, aber ich sagte, dann telegrafieren wir und werden schon sehen.«
»Na, ich weiß nicht, warum du mich zurückwünschst, nachdem ich dich so hab' sitzenlassen, aber ...«
Peter ließ ihn nicht ausreden. »Kein Aber. Was geschehen ist, ist vergessen und vorbei.« Er hielt Ausschau nach Doris und rief ihr zu: »Geh rauf und sag Mama, daß Johnny da ist.« Er zog Johnny weiter in den Laden hinein.
»Ich hatte das Gefühl, daß du zurückkommen würdest. Schließlich war es deine Idee, du mußt also auch was davon haben.« Er sah Doris immer noch dastehen. »Hab' ich dir nicht gesagt, du sollst Mama Bescheid geben?«
»Ich wollte Onkel Johnny nur guten Tag sagen.«
»Also los, sag guten Tag, und dann lauf schnell zu Mama.«
Doris kam zu Johnny und gab ihm ernsthaft die Hand. »Guten Tag, Onkel Johnny.«
Johnny lachte, hob sie auf den Arm und drückte sie an sich. »Tag, Liebling, du hast mir gefehlt.«
Sie wurde rot, kletterte aus seinem Arm und lief zur Treppe. »Ich muß Mama Bescheid sagen«, und weg war sie.
Johnny wandte sich wieder Peter zu. »Jetzt erzähl mir, was geschehen ist.«
»Einen Tag, nachdem du weggefahren bist, kam Joe Turner, und ehe ich wußte, was geschah, war ich im Filmgeschäft. Aber ich hab' nicht gedacht, daß es sich so entwickeln würde, es wird zuviel für mich. Esther arbeitet an der Kasse, aber ich bin abends, wenn ich den ganzen Tag im Geschäft gestanden hab', zu müde, um noch die Filme vorzuführen. Deshalb wollten wir dich bitten wiederzukommen. Wie ich schon telegrafierte: Du kriegst hundert im Monat und zehn Prozent der Einnahmen.«
»Klingt gut. Ich hab' unterwegs eine Menge dieser Fünf-Cent-Kinos gesehen, und sie entwickeln sich zu 'ner großen Sache.«
Später gingen sie hinüber ins Kino. Johnny sah sich beifällig um. Die

anderen Apparate waren alle entfernt und statt dessen Bankreihen aufgestellt worden.
Johnny sah sich um: »Ich kann es noch kaum glauben.« Er dachte daran, wie er Peters Telegramm bekommen hatte. Er hatte es Al Santos gezeigt und gesagt:
»Ich weiß nicht, warum er mich wiederhaben will, nachdem ich ihn mit der Miete für drei Monate hab' sitzenlassen.«
»Zwei Monate«, hatte Al Santos ihn verbessert. »Am letzten Zahltag hast du ihm die Miete für einen Monat geschickt.«
»Ich weiß, aber trotzdem ...«
»Vielleicht mag er dich«, hatte Santos gesagt. »Was willst du jetzt tun?« Johnny war überrascht gewesen: »Zurückgehen, was sonst?«
Johnny fragte Peter: »Wieviel Vorführungen hast du am Tag?«
»Eine« sagte Peter.
»Von jetzt ab machen wir drei. Eine nachmittags und zwei abends.«
»Und wo sollen die Zuschauer herkommen?« Johnny sah Peter an, ob er vielleicht Spaß mache. Aber da Peter es ganz ernst meinte, antwortete Johnny: »Peter, du hast noch 'ne Menge zu lernen im Schaugeschäft. Ich werd' dir sagen, wie man's machen muß. Erst mal werden wir Reklame machen. Überall auf dem Land werden wir Plakate ankleben und in den Zeitungen annoncieren. Wir sind das einzige Kino im ganzen Umkreis. Die Leute werden angereist kommen, um es zu sehen, wenn sie erst wissen, wo es ist. Außerdem sind drei Vorführungen am Tag nicht teurer als eine, weil wir für die Filme eine feste Miete zahlen.«
Der Junge hat einen gesunden Menschenverstand; dreifaches Geschäft, dachte Peter, und zugleich fühlte er eine große Beruhigung in sich aufsteigen. Jetzt, wo Johnny zurück war, brauchte er sich wegen des Kinos keine Sorgen mehr zu machen.
»Eine gute Idee«, sagte er laut. »Eine sehr gute Idee.«
Spät am Abend beim Einschlafen dachte er noch immer daran. Dreifaches Geschäft!

4

George stand auf der Straße gegenüber von Kesslers Kino und sah die Leute in die Vorstellung gehen. Er sah nach der Uhr und schüttelte seufzend den Kopf. Diese Filmvorstellungen änderten die ganzen Gewohnheiten der Stadt. Ehe es das Kino gegeben hatte, traf man nach

sieben Uhr abends kaum noch Leute auf der Straße. Und jetzt war es fast acht, und die Leute gingen ins Kino.
Es waren nicht nur die Städter. Die Leute kamen auch vom Land herein, um die Filme zu sehen. Dieser Edge, den Kessler bei sich hatte, war ein lebender Telegrafendraht – er hatte das ganze Land mit Plakaten von dem neuen Kino bedeckt.
George Pappas seufzte wieder. Er hatte das Gefühl, daß dieser Wechsel von Dauer war. Er war schon im Kino gewesen, und es schien ihm, daß es auch für sein Leben bedeutsam war, wenn er auch noch nicht wußte, auf welche Weise.
Er hatte fünf Häuserblocks weiter eine kleine Eisdiele. Um sieben Uhr abends pflegten sein Bruder und er zuzumachen und nach Hause zum Essen zu gehen. Außer samstags war abends nichts mehr zu tun. Aber jetzt war Dienstag, und mehr Leute gingen in Kesslers Kino, als George früher sogar samstags abends auf den Straßen von Rochester gesehen hatte. Er seufzte wieder und dachte darüber nach, wie er einen Teil dieses Publikums wohl in seine Eisdiele locken könnte.
Mit diesem Problem beschäftigt, machte er sich auf den Weg nach Hause, blieb aber plötzlich stehen; es war ihm ein Gedanke gekommen, und zwar auf griechisch. Es ging so schnell, daß er ihn erst verstand, als er ihn ins Englische übersetzt hatte. Dann aber war es eine so vollständige Antwort auf die Frage, die ihn beschäftigte, daß er sich umdrehte und zurück zum Kino ging.
An der Tür blieb er stehen. Esther nahm von den Besuchern das Eintrittsgeld in Empfang. »Hallo, Mrs. Kessler«, sagte er.
Esther hatte zu tun und sagte nur kurz: »Hallo, George.«
»Ist Mr. Kessler wohl in der Nähe?« fragte er in seiner spaßigen, etwas gespreizten Art.
»Er ist drinnen.«
»Ich würde ihn gern sehen.«
Neugierig sah sie ihn an; seine ernsthafte Eindringlichkeit nahm ihre Aufmerksamkeit gefangen. »Er wird in ein paar Minuten rauskommen, wenn die Vorstellung anfängt. Kann ich etwas für Sie tun?«
George schüttelte den Kopf. »Ich werde warten, ich habe etwas Geschäftliches mit ihm zu besprechen.«
Esther sah zu, wie er zur Tür ging und sich gegen die Wand lehnte. Sie dachte darüber nach, was das wohl für ein Geschäft sein könnte, hatte aber zu tun und vergaß nach ein paar Sekunden, daß er da war. George war auch beschäftigt. Während er in der Nähe der Tür stand, zählte er etwa vierzig Leute, die hineingingen. Reihe an Reihe saßen

die Zuschauer und plauderten erwartungsvoll miteinander. Einige hatten Obst mitgebracht und aßen es. George berechnete gerade, daß mehr als zweihundert Menschen im Kino waren, als Peter herauskam und die Tür zumachte. Es waren noch immer Leute auf der Straße, und es kamen noch welche. Er sah zu, wie Peter die Tür schloß und die Hand erhob. »In einer Stunde beginnt die nächste Vorstellung«, sagte Peter zu den Wartenden, »wir sind jetzt ausverkauft, aber wenn Sie warten, kommen Sie alle rein.«

Ein gutartiges, wenn auch enttäuschtes Murmeln ging durch die Menge, aber nur wenige gingen weg; die meisten entschlossen sich zu warten. Für die, die weggegangen waren, kamen noch mehr neue. Allmählich bildete sich die Straße entlang eine Schlange.

Peter steckte den Kopf durch die Tür. »In Ordnung, Johnny. Die Vorstellung kann anfangen.«

Als die Lichter ausgingen, klatschten die Zuschauer; dann leuchtete das erste Bild auf der Leinwand auf, und eine plötzliche Stille trat ein.

Peter steckte gerade seine Zigarre in Brand, als George zu ihm trat. »Hallo, Mr. Kessler.«

»Hallo, George, wie geht's Ihnen?« sagte Peter freundlich, an seiner Zigarre ziehend.

»Ziemlich gut, Mr. Kessler«, antwortete George höflich. Er sah sich um. »Eine Menge Leute kommen zu Ihnen.«

Peter schmunzelte. »Stimmt, George. Jeder will die Filme sehen. Waren Sie schon drin?«

George nickte.

»Es ist die kommende Sache«, sagte Peter.

»Das glaub' ich auch, Mr. Kessler. Sie haben ein Gefühl dafür, was das Publikum will.«

Peter strahlte über das Kompliment. »Danke, George.« Er griff in seine Westentasche. »Hier, nehmen Sie eine Zigarre.«

Ernsthaft nahm George sie. Obwohl er Zigarren gar nicht mochte und sie auch nicht vertragen konnte, hielt er sie sachverständig unter die Nase und roch daran. »Eine gute Zigarre.«

»Ich lass' sie mir extra aus New York schicken. Kosten pro Stück sechs Cent.«

»Wenn es Ihnen recht ist, Mr. Kessler« — und George steckte die Zigarre sorgfältig in seine Tasche —, »werd' ich sie nach dem Essen rauchen, dann hab' ich mehr davon.«

Peter nickte; er war mit den Gedanken schon woanders, während er die wartende Menge betrachtete.

George fühlte diese Unaufmerksamkeit, wußte aber nicht, wie er das, was er wünschte; zur Sprache bringen sollte. Schließlich platzte er heraus: »Mr. Kessler, ich möchte hier eine Eisdiele aufmachen.«
Peter war mit einem Schlage aufmerksam. »Eine Eisdiele? Hier? Wozu?«
George wurde vor Verlegenheit rot im Gesicht. Sein ohnehin unzureichendes Englisch wurde noch unverständlicher. »Diese Leute«, stammelte er, »sind gut fürs Geschäft. Eis, Bonbons, Obst, Nüsse.«
Peter hörte auf zu lächeln; ihm ging plötzlich auf, was George meinte, er wurde ernst. »Eine gute Idee, George. Aber wo? Wir haben keinen Platz!«
Wie durch Zauber fand George die richtigen Worte. Er sprach rasch und leicht. Er erklärte Peter, wie wenig Raum er brauchte. Und sein Angebot, außer der Miete einen Anteil seines Gewinns zu zahlen, machte die Sache perfekt.

Das Kino ging zwar gut, brachte aber auch seine Probleme mit sich. Peter hatte ein Abkommen mit der Graphik-Gesellschaft, wonach er alle drei Wochen ein neues Programm bekam. Das war so lange in Ordnung gewesen, bis sie anfingen, drei Vorstellungen am Tag zu geben. Dann drängten sich in der ersten Woche alle Leute aus der Umgegend zu den Vorstellungen, aber in den nächsten beiden Wochen ließ das Geschäft stark nach. Er hatte mit Johnny darüber gesprochen, und sie waren übereingekommen, Joe Turner bei seinem nächsten Besuch zu fragen, ob sich da nichts tun ließe.
Etwa zwei Wochen, nachdem George im Kino seinen kleinen Stand aufgemacht hatte, kam Joe zu seinem üblichen monatlichen Besuch. Er beobachtete in der engen Vorhalle, wie George und sein Bruder geschäftig hinter ihrer Theke hin und her gingen. Nach einer Weile ging er hinein und sprach mit Johnny.
Die Nachmittagsvorstellung war gerade zu Ende, und Johnny spulte den Film für die nächste Vorführung auf.
»Wessen Idee war das mit dem Stand?« fragte Joe.
»Peters. Was hältst du davon?«
Joe nickte beifällig. »Ausgezeichnet. Ich glaube, das wird sich auch anderswo durchsetzen, wenn ich davon erzähle.«
Johnny war mit dem Aufspulen fertig und setzte die Filmrolle in den Apparat ein, so daß alles für die nächste Vorführung bereit war. Er kletterte von der kleinen Plattform, auf der der Apparat stand. »Komm und laß uns was trinken«, lud er Joe ein. Sie gingen zum Stand und

bestellten. Johnny machte Joe mit George und dessen Bruder bekannt. Einen Augenblick schlürften sie nachdenklich ihre Getränke, dann sagte Johnny: »Hast du keine andern Filme für uns? Das Publikum will nicht drei Wochen hintereinander dieselbe Vorführung sehen.«
Joe schüttelte den Kopf. »Es ist nicht viel zu kriegen, aber einen neuen Streifen hätte ich, den ich euch schicken kann.«
»Was soll ich mit einem Streifen, wenn wir ein vollständiges Programm brauchen?«
Joe sah ihn einen Moment an, ehe er Antwort gab. »Ich könnte euch vielleicht helfen, aber es darf nicht drüber geredet werden.«
»Du kennst mich, Joe. Ich kann stumm wie eine Auster sein, wenn's nötig ist.«
Joe lächelte über Johnnys Miene. »Vermutlich hast du schon davon gehört, daß die großen Firmen sich zu einem Verband zusammengeschlossen haben, der die Filmproduktion kontrolliert.«
»Ja.«
»Nun, dann weißt du wohl, daß der Grund dafür die Konkurrenz einer Menge kleiner Produzenten ist. Der Verband will, daß ihr Theaterbesitzer nur sein Programm spielt, und um das zu erreichen, hat er alle Verleihverträge an sich gebracht, so daß für niemanden außerhalb des Verbandes die Filmproduktion sich lohnt.«
»Na und? Ich sehe immer noch nicht, wie wir zu einem reicheren Programm kommen können.«
»Das kommt jetzt. Die ›Graphik‹ tritt in den Verband ein, und ich scheide aus, weil ich mich den unabhängigen Produzenten anschließe, die so viele Filme herstellen wollen, daß es für ein neues Programm jede Woche reicht.«
»Klingt gut, aber wo kommen wir hinein? Wir haben einen Vertrag mit der ›Graphik‹, daß wir nur deren Filme zeigen dürfen.«
»Viele Theaterbesitzer denken: Was der Verband nicht weiß, macht ihn nicht heiß«, antwortete Joe. »Ihr müßt die Filme für drei Wochen nehmen, braucht sie aber nicht drei Wochen zu spielen, wenn es kein Geschäft ist.«
»Aha«, sagte Johnny und trank aus, »wir wollen mit Peter drüber reden.«
Auf dem Weg zu Peters Geschäft erklärte Joe, alles, was Johnny zu tun habe, um das nötige Programm zu bekommen, sei, nach New York zu fahren und einen Verleihvertrag abzuschließen.
»Für wen wirst du nun arbeiten?« fragte Johnny.
»Bill Borden. Er ist der größte der unabhängigen Produzenten.«

»Was wirst du für ihn tun? Filme verkaufen?« Johnny steckte sich eine Zigarette an. Joe verneinte. »Damit bin ich fertig. Ich mache Filme. Ich hab' Borden klargemacht, daß er einen Mann braucht, der weiß, was die Kinobesitzer wollen, und daß ich dieser Mann bin.«
Johnny lachte. »Du hast dich überhaupt nicht verändert, seit wir zusammen auf dem Jahrmarkt gearbeitet haben. Du schießt immer noch den Vogel ab.«
Joe stimmte in Johnnys Lachen ein. »Aber im Ernst, Junge, was ich vorhabe, wird eines Tages eine große Sache; ich möchte, daß du mitmachst!«

5

Johnny blieb, die Hand auf der Türklinke, stehen. Er hörte Esther, die mit Peter sprach.
»Nun? Bist du immer noch nicht angezogen? Du sollst heute mit Doris und Mark in den Park gehen.«
Johnny grinste in der Diele vor sich hin. Er hörte, wie Peter seiner Frau antwortete, konnte aber nichts verstehen. Es klang faul und mürrisch. Johnny grinste wieder. Es war Sonntag, und er wußte, daß Peter dann gern den ganzen Morgen Zeitung las, die Füße auf einem Kissen. Er drückte die Klinke herunter und ging in die Küche.
Esther sah ihn überrascht an, dann auf die Uhr. »Du bist aber früh auf, Johnny.« Auf dem Herd hinter ihr brodelte es in einem großen Topf.
»Es dauert nur eine Minute. Ich will Peter nur fragen, ob ich etwas für ihn in New York erledigen soll.«
»Du fährst heute nach New York?«
Er nickte; sie sah ein wenig verdrießlich aus. Er überlegte, was los sei. Peter kam zur Küchentür und sah hinein. »Du fährst nach New York?« fragte auch er.
»Ja«, sagte Johnny lakonisch. Er sah Peter an, der in Hemdsärmeln war und den Gürtel um seine Hosen bequem gelockert hatte. Peter war in der letzten Zeit etwas dicker geworden, dachte er. Und warum nicht? Die Geschäfte gingen ja ziemlich gut.
»Warum?« fragte Peter.
»Ich hab' Joe versprochen, mir ein paar der neuen Filme anzusehen. Ich bin morgen rechtzeitig zur Abendvorstellung zurück.«

Peter zuckte die Achseln. »Wenn du acht Stunden reisen magst, nur um ein paar Filme anzusehen – mir soll es recht sein, aber ich würde es nicht tun.«

Johnny lächelte. Wenn du es tätest, dachte er im stillen, würdest du vielleicht verstehen, was ich dir die ganzen letzten Monate klarzumachen versucht habe: daß das Kinogeschäft sich zu einem großen Unternehmen auswächst. Laut sagte er: »Ich tu's gern. Man kriegt mal 'ne Vorstellung, was eigentlich los ist.«

Ein sonderbar fanatischer Ausdruck war in Johnnys Augen getreten, während er redete. Der Film hatte sich seines ganzen Wesens bemächtigt. Er aß, schlief, träumte Filme. Seit er begonnen hatte, nach New York zu fahren, um Filme für das Kino zu kaufen, sprach er von nichts anderem mehr. Peter erinnerte sich, daß Johnny eines Tages nach einer solchen Reise gesagt hatte:

»Dieser Borden ist auf dem richtigen Weg. Er macht Filme, die sechshundert Meter lang sind und eine Handlung haben. Fox und Laemmle machen das auch. Sie sagen, es wird ein großes Geschäft, und eines Tages wird es richtige Filmtheater geben, so wie jetzt Schauspielhäuser.«

Peter hatte die Nase gerümpft, aber insgeheim war er beeindruckt. Vielleicht hatten all diese Männer doch was Besonderes los. Er hatte ihre Filme gesehen, die zweifellos besser waren als die des Verbandes. Vielleicht wußten sie, was sie taten.

Er dachte darüber nach, wie es wohl wäre, ein Theater zu besitzen, in dem nur Filme liefen, verbannte aber den Gedanken wieder energisch. Es war töricht, überhaupt Zeit an solche Gedanken zu verschwenden. Es würde sich niemals bezahlt machen, er war besser so dran, wie es jetzt war.

Doris kam in die Küche gelaufen, Mark hinter ihr her. Sie sah Johnny strahlend an, sie hatte vom Zimmer aus seine Stimme gehört. »Gehst du in den Park, Onkel Johnny?« fragte sie aufgeregt.

»Heute nicht, Liebling. Onkel Johnny muß geschäftlich weg.«

»Oh!« machte sie ganz kleinlaut.

Esther drehte sich um und sah ihren Mann bedeutungsvoll an; er fing den Blick auf, trat einen Schritt vor und nahm Doris' Hand. »Papa geht mit dir, Liebchen«, sagte er. Und zu Johnny: »Warte auf uns, wir bringen dich zur Bahn.« Er ging seine Jacke holen.

»Eine Tasse Kaffee, Johnny?« fragte Esther. »Nein, danke, ich hab' schon gefrühstückt.« Peter kam, sich die Jacke zuknöpfend, in die Küche zurück. »In Ordnung, Kinder, wir können gehen.«

Auf der Straße zupfte Mark an Johnnys Hand. Der sah auf ihn hinunter.
»Pferdchenreiten«, sagte Mark mit seiner Piepsstimme.
Lachend hob Johnny das Kind auf die Schultern.
»Hüh!« schrie Mark.
Als sie den Block bereits zur Hälfte entlanggegangen waren, merkte Peter erst, daß Doris zu Johnny hinübergewechselt war und dessen freie Hand hielt. Er lächelte vor sich hin, es war immer ein gutes Zeichen, wenn Kinder jemanden mochten.
»Wie kommt Joe zurecht?« fragte er Johnny. Er hatte Joe nicht mehr gesehen, seit dieser aus dem Verband ausgeschieden war und für Borden arbeitete.
»Gut. Er hat ein paar prachtvolle Filme gemacht. Borden sagt, er ist sein bester Mann.«
»Fein. Ist Joe zufrieden?«
»Es gefällt ihm schon, aber er möchte noch was anderes.« Johnny versuchte, Marks Fäuste in seinem Haar zu lockern.
Peter sah auf und sagte streng: »Laß Onkel Johnnys Haar los, oder ich sag' ihm, er soll dich runtersetzen.«
Mark lockerte seinen Griff, und Peter sagte zu Johnny: »Was möchte er denn?«
Johnny gab seiner Stimme einen ausgesucht beiläufigen Klang. »Er möchte selbst ins Geschäft einsteigen. Er sagt, es ist eine Menge Geld dabei zu machen.«
»Was hältst du davon?« Peter war sichtlich interessiert, obwohl er es sich nicht anmerken lassen wollte.
»Ich glaube«, sagte Johnny, »er ist da einer Sache auf der Spur; wir haben es zusammen durchkalkuliert. Ein Film von dreihundert Meter Länge kostet etwa dreihundert Dollar, zuzüglich der Kosten für die Kopien. Von jedem Negativ stellt man hundert Kopien her, und jede Kopie verleiht man mindestens zweimal zu zehn Dollar. So holt man aus jedem Film zweitausend Dollar heraus; es kann gar nicht schiefgehen.«
»Was hält ihn dann zurück?«
»Das Anfangskapital fehlt ihm. Er braucht mindestens sechstausend Dollar für die Kamera und die sonstige Ausrüstung, und die hat er nicht.«
Sie waren jetzt am Bahnhof angelangt, und Johnny hob Mark von seiner Schulter. »Weißt du, Peter«, sagte er nachdenklich, »es wäre kein schlechtes Geschäft für uns.«

Peter lachte. »Ohne mich. Ich bin kein *Schlemihl*! Ich weiß, wann ich aufhören muß. Was geschieht, wenn du deinen Film nicht loswirst? Du gehst pleite.«

»Glaub' ich nicht«, sagte Johnny rasch. »Nimm uns als Beispiel. Wir mieten Filme, wo wir sie nur kriegen können, und haben doch nie genug. Es kann gar nicht schiefgehen. Und alle andern Kinobesitzer, die ich in New York getroffen habe, sind in der gleichen Lage. Sie lecken sich die Finger nach neuen Filmen.«

Peter lachte wieder, aber nicht mehr ganz so selbstsicher wie vorher. Johnny sah, daß die Idee ihn zu fesseln begann. »Ich bin nicht geldgierig. Laß die andern sich den Kopf zerbrechen. Uns geht es gut genug.«

Ein paar Minuten später lief Johnnys Zug ein. Bei der Abfahrt stand er auf der Plattform und winkte. Sie winkten zurück, und er lächelte.

Er kannte Peter inzwischen gut genug, um zu wissen, daß er ihm eine Idee in den Kopf gesetzt hatte. Vorläufig mußte man ihn nun in Ruhe lassen und nur hier und da ein paar Worte über die Sache fallenlassen. Dann würde sich die Idee Peters bemächtigen und zu wachsen anfangen. Vielleicht würden Peter und Joe gleichzeitig soweit sein.

Doris begann zu weinen, als der Zug abfuhr. Peter sah sie überrascht an. »Warum weinst du denn, Liebchen?«

Sie schnupfte. »Ich mag niemanden mit dem Zug abfahren sehen.«

Peter kratzte sich verwundert am Ohr. Soviel er wußte, hatte sie noch nie jemanden mit dem Zug abfahren sehen. »Warum denn nicht?«

Sie sah ihn mit ihren weichen blauen Augen an, die in Tränen schwammen. Kleinlaut antwortete sie: »Ich – ich weiß nicht, Papa. Mir ist nur so zum Weinen. Vielleicht kommt Onkel Johnny nicht wieder.«

Einen Augenblick blieb Peter stehen, ohne ein Wort zu sagen, dann nahm er ihre Hand. »Unsinn«, sagte er brummig, »komm, jetzt gehen wir in den Park.«

6

Johnny kam in die Küche, in der es warm und gemütlich war; der große Herd strömte Wärme aus. »Wo ist Peter?« fragte er.

Esther tat den Deckel auf den Suppentopf zurück. »Er macht einen Spaziergang.«

»Bei diesem Wetter?« fragte er überrascht und sah aus dem Fenster. Es schneite heftig; die Straße war bereits mit Schneewehen bedeckt.

»Der Schnee liegt fast dreißig Zentimeter hoch.«

Sie machte mit der Hand eine hilflose Bewegung. »Ich hab' es ihm ja gesagt«, meinte sie ruhig, »aber er ging weg. Er ist in den letzten Tagen so rastlos gewesen.«

Auch Johnny hatte Peters Rastlosigkeit bemerkt, seit sie vor drei Tagen wegen des schweren Schneefalls das Kino hatten schließen müssen. Im Sommer war das Geschäft gut gewesen, aber der erste Schnee hatte sie lahmgelegt.

Halb zu sich selbst sagte Esther: »Ich weiß nicht, was neuerdings in ihn gefahren ist; früher war er nie so.«

Johnny ließ sich in einen Stuhl fallen und zog die Augenbrauen verwundert zusammen. »Wie meinst du das?«

Sie sah ihm direkt in die Augen, als ob sie dort die Lösung ihrer Probleme fände. Langsam sagte sie: »Seit wir das Kino eröffnet haben, ist er verändert. Früher hat es ihm nichts ausgemacht, ob das Geschäft mal ein bißchen besser oder schlechter ging; jetzt steht er jeden Morgen am Fenster und flucht auf den Schnee. ›Er kostet uns Geld‹, sagt er.«

Johnny lächelte. »Na, so schlimm ist es nun wieder nicht. Auf dem Rummelplatz wußten wir auch, daß die Sonne nicht jeden Tag scheint. Das ist so im Geschäft.«

»Ich hab' ihm ja gesagt, daß wir keinen Grund zur Klage hätten, es ist uns ja bisher gutgegangen. Aber er hat gar nicht zugehört und ist weggegangen.« Sie setzte sich Johnny gegenüber und sah auf ihre Hände, die sie im Schoß gefaltet hielt. Als sie wieder aufschaute, standen Tränen in ihren Augen. »Es ist fast, als ob ich ihn gar nicht mehr kennen würde, als ob er ein anderer Mensch wäre, ein Fremder. Damals in New York, als Doris noch ein Baby war und der Arzt sagte, sie müßte raus aus der Stadt, wenn sie wieder gesund werden sollte, hat Peter sein Geschäft verkauft und ist hierhergezogen, ohne eine Sekunde zu zögern. Ich weiß nicht, ob er das heute noch tun würde.«

Johnny rückte unbehaglich auf seinem Stuhl hin und her. Dieser plötzliche Vertrauensausbruch machte ihn verlegen. Er versuchte sie zu trösten: »Er hat in der letzten Zeit ziemlich hart gearbeitet. Es ist nicht so leicht, zwei Geschäfte gleichzeitig zu führen.«

Ein plötzliches Lächeln über seinen ungeschickten Versuch, sie zu trösten, schimmerte durch ihre Tränen. »Sag mir das nicht, Johnny, ich weiß es besser. Seit du zurück bist, hat er sich um das Kino überhaupt nicht zu kümmern brauchen.«

»Aber er trägt doch die Verantwortung«, sagte er lahm.

Sie nahm seine Hand, noch immer lächelnd. »Du meinst es gut, Johnny, aber mir kannst du nichts vormachen.«
Die Suppe auf dem Herd hinter ihr begann zu kochen; sie ließ seine Hand los und stand auf, um danach zu sehen. Sie nahm einen Löffel und rührte in dem Topf, während sie über die Schulter gewandt zu ihm sagte: »Nein, das ist es alles nicht. Es drückt ihn etwas, aber ich weiß nicht, was.« Ihre Stimme klang entmutigt, als ob Peter weiter von ihr entfernt sei als je zuvor.
Sie hörte, wie die Tür geöffnet wurde. Peter kam, sich den Schnee abklopfend, in die Küche.
Johnny räusperte sich erleichtert. Er war froh, daß Peter kam. Esthers Ausbruch hatte ihn verlegen gemacht. »Schlechtes Wetter«, sagte er.
Peter nickte trübsinnig und irritiert. »Werden morgen wohl auch geschlossen halten müssen, es sieht nicht so aus, als ob es nachläßt.« Er zog seinen Mantel aus und ließ ihn auf einen Stuhl fallen.
»Hab' ich mir auch gedacht; ich wollte deshalb nach New York und Joe wegen des Studios sehen. Warum kommst du nicht mit?«
»Was hat das für einen Zweck?« sagte Peter scharf. »Ich hab' dir schon mal gesagt, daß ich nicht interessiert bin.«
Esther sah plötzlich zu ihm auf. Intuitiv spürte sie aus dem Klang seiner Stimme, daß es das war, was ihn bedrückte. Sie wandte sich an Johnny. »Was soll er denn?«
Johnny witterte eine Bundesgenossin. »Borden baut in Brooklyn ein neues Studio und gibt sein altes auf. Peter soll mit nach New York kommen und es sich ansehen. Wenn er was davon hält, können er, Joe und ich es vielleicht übernehmen.«
»Du meinst, um Filme zu produzieren?« fragte sie, während sie Peter von der Seite beobachtete.
»Ja. Da ist 'ne Menge Geld zu machen.«
Erregt begann er die Möglichkeiten zu schildern, die er in der Filmproduktion vor sich sah.
Esther hörte aufmerksam zu. Für sie war alles neu, aber Peter sank offenkundig gelangweilt in einen Stuhl. Nur Esther bemerkte, daß er unter der Maske der Gleichgültigkeit von der Idee gepackt war.
Johnny sprach während des ganzen Abendessens von nichts anderem. Er konnte ohne Ende darüber reden, und als er schlafen gegangen war, hatte Esther seine Worte immer noch im Ohr. Peter hatte nichts dazu gesagt, er schien mit seinen Gedanken woanders zu sein.
Um neun etwa gingen sie zu Bett. Es schneite immer noch, und im Zimmer war es kalt.

Esther wartete, bis Peter ins Bett kam; er war schläfrig, aber Esther wollte reden.

»Warum gehst du nicht und siehst dir mal selbst an, worüber Johnny redet?« fragte sie.

»Wozu?« murmelte er ins Kissen. »Der Junge regt sich über nichts und wieder nichts auf.«

»Er hatte mit dem Kino recht, vielleicht hat er jetzt auch den richtigen Riecher.«

Er setzte sich auf. »Das ist was anderes. Der Kinematograph war was Neues. Wenn das sich abgenutzt hat, machen wir ihn zu und verlieren nichts, weil wir billig drangekommen sind. Aber hier handelt es sich um ein großes Geschäft, das auch ein großes Kapital erfordert. Und doch basiert es auf derselben Neuigkeit, und wenn die Kinos schließen, was dann?«

»Aber Johnny meint, es entwickelt sich erst. Er sagt, etwa zwanzig neue Kinos pro Woche werden eröffnet.«

»Um so schneller gehen sie pleite.« Er legte sich in die Kissen zurück. Dann kam ihm plötzlich ein Gedanke. »Warum bist du denn auf einmal an allem, was Johnny sagt, so interessiert?«

»Weil du es bist«, gab sie schlicht zur Antwort, »ich suche nur nicht nach Ausreden, etwas nicht zu tun, wovor ich Angst habe.«

Peter antwortete nichts. Er dachte: Sie hat recht. Ich habe Angst, diese Chance zu ergreifen. Deshalb will ich nicht mit Johnny fahren. Ich habe Angst, er könnte recht haben, und ich würde doch nicht zugreifen.

Sie lagen eine Weile still. Peter war gerade im Begriff einzuschlafen, als sie wieder sprach: »Bist du noch wach?«

»Ja«, sagte er gereizt.

»Peter, ich hab' so ein Gefühl, als ob Johnny einer guten Sache auf der Spur ist.«

»Ich hab' auch so ein Gefühl«, brummte er, »daß ich nämlich schlafen möchte.«

»Nein, Peter. Ich meine es wirklich. Weißt du noch, wie der Doktor sagte, wir sollten Doris aus New York wegnehmen, und wie ich ein Vorgefühl über Rochester hatte?«

Er sah durch die Dunkelheit zu ihr hinüber. Obwohl er es nicht zugeben wollte, hatte er einen mächtigen Respekt vor ihrem Instinkt. Sie hatte oft recht behalten. Damals zum Beispiel, als er woanders hingehen wollte. Sie waren hierhergekommen, und es ging ihnen gut.

während der Mann, der jenes andere Geschäft übernommen hatte, pleite gegangen war. »Na und?« fragte er.
»Nun, ich hab' das Gefühl, als ob für uns die richtige Zeit wäre, nach New York zurückzugehen. Wir sind damals wegen Doris' Gesundheit hergekommen, aber jetzt geht es ihr gottlob gut, und ich fühl' mich hier einsam. Meine Verwandten fehlen mir. Ich möchte, daß Mark in die Synagoge geht, wo mein Papa predigte. Ich möchte wieder Jiddisch reden hören und mit meinen Kindern zu dem Matzenbäcker in die Rivingtonstraße gehen und die warmen Matzen riechen, so wie Papa und ich früher. Und das Gefühl ist plötzlich ganz stark geworden, daß es jetzt die richtige Zeit ist, heimzugehen. Bitte, Peter, fahr mit und sieh es dir an. Wenn es nichts ist, brauchst du es ja nicht zu tun, aber geh und sieh selbst.«
Es war für ihre Verhältnisse eine lange Rede; sie ähnelte in der Beziehung ihrem Vater, und Peter war beeindruckt. Er zog ihren Kopf an seine Schulter. Ihre Wange an seinem Hals fühlte sich weich und naß an. Mit der freien Hand strich er ihr übers Haar. Als er schließlich sprach, war seine Stimme sanft, und er sprach jiddisch. »In Ordnung, ich geh' und seh' es mir an.«
Sie wandte ihm ihr Gesicht zu.
»Morgen?«
»Morgen.« Und dann plötzlich auf englisch: »Aber ich verspreche nichts!«
Esther lag noch lange wach und lauschte Peters tiefen Atemzügen. Manchmal war es ein hartes Stück Arbeit, einen Mann davon zu überzeugen, daß es richtig war, das zu tun, was er doch so gern tun wollte.

7

Am nächsten Nachmittag um drei Uhr kamen sie in Bordens Studio an. Johnny führte sie kundig hindurch zu Joe, der ihnen zuwinkte, als er sie bemerkte. »Setzt euch irgendwohin und seht zu!« schrie er ihnen durch den Atelierlärm zu. »Ich komme bald zu euch.«
Aber es dauerte fast eine Stunde, bis Joe kam. Inzwischen hatte sich Peter im Atelier umgesehen. Trotz seiner Unerfahrenheit merkte er, wie angespannt um ihn herum auf drei verschiedenen Plattformen gearbeitet wurde. Johnny erklärte ihm, daß man sie Bühnen nenne. Alle

Leute hatten einen Ausdruck im Gesicht, als hielten sie ihre Arbeit für die wichtigste Sache der Welt.

Peter beobachtete Joe, der mit einer Gruppe von Schauspielern eine Szene probierte, die er drehen wollte. Wieder und wieder ließ er sie alle Bewegungen wiederholen, bis sie genau das taten, was er wollte. Es erinnerte Peter an die Zeit, als er als Kind seinem Vater das Frühstück ins Theater in München gebracht hatte. Sein Vater spielte dort im Orchester die zweite Geige. Wenn Peter kam, war die Probe in vollem Gange, der Dirigent schrie, und dann plötzlich trat Stille ein. Wenn sie mit dem Stück fertig waren, nickte der Dirigent zufrieden und sagte: »So, Kinder, jetzt könnt ihr vor dem König spielen, falls er kommt.«

Genauso machte Joe es. Er ließ sie eine Szene wieder und wieder spielen, bis sie ganz in Ordnung war, und dann fing er sie mit der Kamera ein. Denn hier war die Kamera der König. Peter wurde es eng um die Brust, als er zusah. Das war etwas, was er verstehen konnte. Sein Vater hatte ihn tagein, tagaus Geige üben lassen, weil er wollte, daß er eines Tages neben ihm im Orchester spielen sollte. Die Zeit verging ihm schnell. Die Stunde, die Joe für die Szene brauchte, kam Peter nur wie wenige Minuten vor, so sehr war er gefangengenommen.

»Du bist also schließlich gekommen?« fragte Joe lächelnd.

Peter war auf der Hut. »Es ist augenblicklich ruhig im Geschäft, so daß ich nichts Besseres zu tun hatte.«

»Nun, und was hältst du davon?« Und Joe zeigte mit der Hand im Atelier herum.

»Es ist sehr interessant«, sagte Peter, noch immer vorsichtig.

Joe wandte sich an Johnny. »Ich glaube, ich habe den Boß kommen sehen, während ich bei der Arbeit war. Wie wär's, wenn du Peter zu ihm brächtest? Ich muß ohnehin noch eine Szene drehen, wenn ich mein Tagespensum schaffen will.«

»In Ordnung«, sagte Johnny.

Peter folgte ihm ins Büro. Es war ein großer Raum, in dem einige Männer und Mädchen an Pulten saßten und arbeiteten. William Borden saß hinter einem großen Rollschreibtisch, der den kleinen Mann vollständig verbarg. Nur sein kahler Schädel war zu sehen, wenn er sich bewegte oder ins Telefon sprach, das etwas seitlich stand.

»Mr. Borden«, sagte Johnny, »ich möchte Sie gern mit Peter Kessler, meinem Chef, bekannt machen.«

Der kleine Mann sprang auf die Füße, Peter und er sahen sich ein

paar Augenblicke verblüfft an. Dann lächelte Borden und streckte die Hand aus. »Peter Kessler«, sagte er mit einer dünnen hohen Stimme, »natürlich! Erinnerst du dich nicht an mich?«
Peter schüttelte ihm die Hand. Er schien verwundert, aber plötzlich leuchteten seine Augen auf. »Willi – Willi Bordanow!« Er nickte freudig erregt mit dem Kopf. »Natürlich. Dein Vater hatte . . .«
»Richtig« – Borden grinste – »den Karren in der Rivingtonstraße vor Greenbergs Geschäft. Du hast seine Tochter Esther geheiratet, nicht wahr? Wie geht es ihr?«
Johnny verließ die beiden, die aufgeregt aufeinander einredeten, und ging zu Joe. Er hatte das Gefühl, daß etwas dabei herauskommen würde. Etwas mußte dabei herauskommen, Borden war der beste Kaufmann der ganzen Filmbranche. Sein Vorgefühl vertiefte sich, als Peter ihm mitteilte, sie würden heute abend bei Borden essen.

Nach dem Essen, als sie in Bordens Küche saßen, kam das Gespräch schließlich auf das Filmgeschäft. Die Zeit verging, und die beiden Männer hatten, sehr zu Johnnys Unwillen, bis jetzt nur von ihren gemeinsamen Freunden und ihrer Jugend geredet. Johnny brachte das Gespräch auf den Film, indem er Borden veranlaßte, über sein Lieblingsthema, den Verband, zu reden. Dann brachte er ihn schließlich zu der Feststellung, daß der Verband nachgeben müsse, wenn es mehr unabhängige Produzenten gebe.
Johnny nickte zustimmend. »Hab' ich Peter auch gesagt, aber er meint, das Metallwarengeschäft ist sicherer.«
Borden sah erst Peter an, dann Johnny. »Vielleicht hat Peter recht, vielleicht ist es sicherer. Aber das Filmgeschäft hat mehr Möglichkeiten. Für den, der was wagt, bietet es höhere Gewinne. Seht mich an. Ich hab' vor drei Jahren mit tausendfünfhundert Dollar Kapital angefangen. In ein paar Wochen wird in Brooklyn mein neues Studio fertig, das mich fünfzehntausend Dollar kostet, ohne die Einrichtung. Ich verkaufe meine Filme im ganzen Land und habe einen Wochenumsatz von achttausend, und in einem Jahr wird er sich verdoppeln.«
Die Zahlen machten Eindruck auf Peter.
»Wieviel Anfangskapital braucht man heute?« fragte er.
»Ist es dir ernst?« Kam Bordens Gegenfrage. Peter nickte, auf Johnny zeigend. »Mein junger Freund hier hat mir die letzten sechs Monate über die Hölle heiß gemacht, ich soll mit ihm ins Filmgeschäft einsteigen. Es ist mein Ernst. Warum soll ich spaßen, wenn Geld dabei zu verdienen ist?«

Borden sah Johnny mit Respekt an. »Deshalb wolltest du also die Stellung nicht nehmen, die ich dir angeboten habe, weil du eigene Pläne hast.« Er wandte sich an Peter. »Ein dutzendmal hab' ich Johnny wohl angeboten, für mich zu arbeiten, und immer hat er abgelehnt. Na, jetzt weiß ich, weshalb.«

Aus irgendeinem Grund war Peter gerührt. Johnny hatte die Stellung ausgeschlagen und es nicht einmal erwähnt. »Johnny ist ein guter Junge«, sagte er, »er gehört mit zur Familie.«

Johnny war verlegen.

»Wieviel brauchen wir, Mr. Borden?«

Die beiden älteren Männer lächelten sich verständnisvoll zu. Borden lehnte sich im Stuhl zurück. »Mit zehntausend Dollar könntet ihr ins Geschäft einsteigen.«

»Dann kommt es nicht in Frage für mich«, sagte Peter und steckte sich eine Zigarre an, »soviel hab' ich nicht.«

Borden lehnte sich vor, er wurde aufgeregt. »Ich hab' eine Idee.« Er stand auf und ging zu Peter. »Wenn es wirklich dein Ernst ist, werde ich dir einen Vorschlag machen.«

»Na?« fragte Peter.

»Wie ich schon sagte«, fuhr Borden wieder ruhig fort, »eröffne ich in ein paar Wochen in Brooklyn ein neues Studio. Weil ich dafür eine neue Ausrüstung bekomme, wollte ich die alte verkaufen.« Er lehnte sich zu Peter hinüber und senkte die Stimme zu einem vertraulichen Flüstern. »Für sechstausend Dollar kannst du die Ausrüstung in meinem alten Studio haben, und du machst ein gutes Geschäft.«

»Willi«, sagte Peter und stand auf, »du hast dich kein bißchen verändert seit der Zeit, wo du mir von deines Vaters Karre Schuhbänder für einen Fünfer verkaufen wolltest, die nur zwei Cent wert waren. Ich bin zwar grün im Filmgeschäft, aber so dumm, wie du denkst, bin ich doch nicht. Glaubst du, ich weiß nicht, in welchem Zustand das Zeug ist? Ich hab' nicht umsonst all die Jahre im Metallwarenhandel zugebracht, ich versteh' mich auf die Ware. Wenn du dreitausend gesagt hättest, hätte ich vielleicht zugehört, aber bei sechs kann ich nur lachen.«

Johnny stockte der Atem. War Peter verrückt? Wußte er nicht, daß überhaupt keine Filmausrüstung zu kriegen war, daß der Verband alles kontrollierte und daß es Leute gab, die mit beiden Händen bei dem Angebot von sechstausend Dollar zugreifen würden?

Aber Bordens Antwort setzte Johnny noch mehr in Erstaunen. »Peter«, sagte der, »der einzige Grund, warum ich dir ein so sensationelles

Angebot mache, ist der, daß ich dich gern ins Geschäft kommen sehen möchte. Ich hab' ohnehin das Gefühl, daß du beim Film landest, und so mache ich dir noch einen Vorschlag. Von dir und nur von dir verlange ich dreitausend Dollar bar auf den Tisch und dreitausend in Verpfändungen. Ich habe nämlich Zutrauen zu dir, daß du mich bezahlen kannst, wenn du das Geld verdienst.«
Der Geist des Handels war über Peter gekommen.
»Sag fünftausend, zweitausend bar und dreitausend in Obligationen, und ich will's mir überlegen. Ich werd' sogar mit Esther drüber reden.«
Johnny war abermals überrascht. Er verstand nicht, warum Peter sagte, er wolle mit Esther darüber reden. Er sah nicht ein, warum das nötig sein sollte. Schließlich verstand sie nichts vom Filmgeschäft. Aber Borden schien nicht überrascht. Was er sah, schien ihm zu gefallen, denn er knuffte Peter plötzlich vergnügt in den Arm. »Gut, Landsmann! Wenn es Esther gefällt, geht das Geschäft in Ordnung!«

8

Auf der Heimreise war Peter sehr still, und Johnny, der sah, daß er in Ruhe gelassen werden wollte, redete auch nicht viel. Die meiste Zeit sah Peter aus dem Fenster.
Als sie schließlich aus dem Zug stiegen und nach Hause stapften, lag immer noch dicker Schnee. Kurz vor dem Haus fing Peter an zu sprechen.
»Es ist nicht so leicht, wie du denkst, Johnny. Es sind eine Menge Dinge zu bedenken, bevor ich mich auf so etwas einlassen kann.«
Johnny gab keine Antwort, weil er den Eindruck hatte, daß Peter mehr zu sich selber als zu ihm redete.
Und er hatte recht, Peter erwartete auch keine Antwort, sondern fuhr fort: »Ich hab' hier eine Menge Verantwortung. Ich hab' zwei Geschäfte und das Haus, die ich verkaufen muß, damit wir genug Bargeld bekommen. Im Augenblick geht das Eisenwarengeschäft nicht besonders gut, ich hab' ein großes Lager, das ich im Frühjahr losschlagen wollte.«
»Aber so lange können wir nicht warten«, protestierte Johnny, »wir können nicht verlangen, daß Borden sich so lange geduldet, er muß jetzt verkaufen.«
»Weiß ich«, stimmte Peter ihm zu, »aber was soll ich tun? Du hast selbst gehört, daß er zweitausend in bar auf den Tisch verlangt, und

die hab' ich jetzt nicht. Ich weiß auch nicht einmal, ob man überhaupt zugreifen sollte. Es ist ein riskantes Geschäft. Wenn man die Filme nun nicht los wird? Ich versteh' nichts von Filmproduktion.«

»Joe würde zu uns kommen, und der versteht was davon. Seine Filme sind die besten, die Borden hat. Es kann gar nichts schiefgehen.«

»Vielleicht«, sagte Peter zweifelnd, als sie vor der Haustür waren, »aber eine Garantie gibt's nicht.«

Peter ging hinauf in seine Wohnung und Johnny ins Kino.

»Hallo, Johnny«, rief George hinter der Theke hervor.

»Hallo, George«, Johnny ging zu dem Stand und setzte sich.

George stellte eine Tasse Kaffee vor ihn hin. »War die Reise gut?« Johnny schlürfte dankbar den Kaffee, während er seinen Mantel aufknöpfte. »Ziemlich«, nickte er. Wenn Peter nur nicht so verdammt vorsichtig wäre, setzte er in Gedanken hinzu.

Laut sagte er: »Ich hab' nicht gedacht, daß du heute hier sein würdest. Es ist so kalt, daß niemand kommen wird.«

»Die Leute kommen trotzdem. Du hättest gestern abend hier sein sollen. Im selben Augenblick, wo es aufhörte zu schneien, kamen die Leute und warteten am Eingang, daß du aufmachen würdest.«

Johnny war überrascht. »Es waren gestern abend tatsächlich Leute hier, trotz all dem Schnee?«

»Gewiß.«

»Hast du ihnen gesagt, daß wir erst heute wieder aufmachen?«

»Unsinn«, sagte George stolz, »was viel Besseres. Ich bin raufgegangen und hab' Mrs. Kessler Bescheid gesagt. Sie hat den Kopf aus dem Fenster gesteckt, die Leute gesehen und ist heruntergekommen. Wir haben eine Vorstellung gegeben, und es war sogar ein gutes Geschäft.«

»Mich laust der Affe«, murmelte Johnny vor sich hin, »aber wer hat den Projektionsapparat bedient?«

»Ich«, George strahlte. »Mrs. Kessler gab die Karten aus, und mein Bruder Nick hat den Stand bedient. Ich hab' es sogar ziemlich gut gemacht, der Film ist nur zweimal gerissen.«

Zweimal in der Vorführung war gar nichts. »Aber wo hast du denn gelernt, den Apparat zu bedienen?« fragte Johnny ungläubig.

»Ich hab' dich beobachtet. Es ist auch nicht schwer.« Er lächelte. »Das ist mal ein gutes Geschäft. An dem einen Ende steckst du den Film rein, am anderen kommt das Geld raus.«

Johnny hatte es nie plastischer ausgedrückt gehört. Er trank seinen Kaffee aus und wollte ins Hinterzimmer gehen.

»Johnny!« rief George ihm nach.
»Ja?«
»Mrs. Kessler sagt, Peter ist nach New York gefahren, weil er vielleicht ins Filmgeschäft will.«
»Vielleicht.«
»Was macht ihr dann mit dem Kino? Verkaufen?«
»Vielleicht.«
Aufgeregt ging George zu ihm und legte seine Hand auf Johnnys Arm. »Meinst du, er würde es mir verkaufen?«
Johnny zögerte. »Wenn er verkauft, und du hast das Geld, sehe ich nicht ein, warum nicht.«
George sah auf den Boden; sein Gesicht rötete sich leicht, wie immer, wenn er aufgeregt war. »Vor fünfzehn Jahren bin ich in dieses Land gekommen, ein armer griechischer Junge, aber mein Bruder Nick und ich haben sparsam gelebt und ein bißchen was zurückgelegt, damit wir vielleicht eines Tages in unsere Heimat zurück können. Aber jetzt wollen wir vielleicht nicht so schnell zurück, sondern nehmen das Geld und machen ein Kino auf.«
»Wie bist du darauf gekommen?« fragte Johnny neugierig.
»Ich hab' in den Zeitungen gelesen, daß sie überall Kinos aufmachen. In New York haben sie sogar richtige Theater, die nur Filme zeigen.« George sprach langsam, er wählte seine Worte vorsichtig. »Wenn Peter mir das Haus verkauft, geb' ich das Eisenwarengeschäft auf und baue ein richtiges Theater, wie in New York.«
»Aus dem ganzen Haus?« Johnny traute seinen Ohren nicht.
»Aus dem ganzen Haus«, bestätigte George, fügte aber vorsichtig hinzu: »Das heißt, wenn Peter nicht zuviel dafür verlangt.«

Peter hatte Esther gerade erklärt, warum es ihnen doch wohl nicht möglich sein würde, Bordens Vorschlag anzunehmen, als Johnny die Treppen herauf ins Zimmer gestürzt kam.
»Peter, wir haben es, wir haben es!« Peter sah ihn an, als ob er verrückt wäre.
»Haben was?«
Johnny konnte nicht stillstehen. Er hob Esther auf und schwang sie herum. Peter sah ihnen mit offenem Mund zu. »Unsere Sorgen sind vorbei! George will das ganze Haus kaufen!« Seine Aufregung war ansteckend. Peter ging zu ihm und schrie:
»Steh mal eine Minute still, du verrückter Narr! Was heißt das, George will es kaufen? Woher will er das Geld nehmen?«

Johnny lachte. »Er hat das Geld, und er will alles kaufen.«
»Du bist verrückt. Das ist ausgeschlossen.«
»Ausgeschlossen?« brüllte Johnny. Er machte die Tür auf und rief hinunter in die Diele: »He, George, komm mal rauf!«
Man hörte Fußtritte auf der Treppe, zuerst langsam und zögernd, dann fester werdend, als sie näher kamen. Schließlich trat George ins Zimmer.
»Was redet Johnny da?« fragte Peter. George wollte sprechen, konnte aber nicht. Die englischen Ausdrücke wollten einfach nicht auf seine Zunge. Er schluckte zweimal und sah Peter hilflos an.
Schließlich kam Esther ihm zu Hilfe. Sie fühlte seine Verlegenheit. »Komm, George«, sagte sie ruhig, »setz dich, und während ihr euch aussprecht, mach' ich Kaffee.«
So entschied es sich. Eine Woche später hatte George das Haus und das Kino für zwölftausend Dollar gekauft, die Hälfte in bar und die andere Hälfte in Hypotheken. Peter verkaufte das Eisenwarenlager dem einzigen Konkurrenten in der Nachbarschaft, der nur zu froh darüber war, weil er nun das Feld allein behielt. Am nächsten Tag bereits unterzeichnete Peter den Vertrag mit Borden, und eine Stunde später mietete er das Haus, in dem sich das Studio befand.
Als alle Papiere unterzeichnet waren, sagte Borden schmunzelnd zu Peter: »Du brauchst jemand, der dir bei der Produktion hilft. Ich hab' ein paar Verwandte, die was vom Geschäft verstehen und dir nützlich sein könnten. Soll ich sie dir mal schicken?«
Peter schüttelte lächelnd den Kopf. »Ich glaube, ich brauche sie nicht.«
Borden protestierte. »Aber du brauchst Hilfe. Ich meine es nur gut mit dir, du verstehst schließlich nichts von Filmproduktion.«
»Stimmt. Aber ich hab' ein paar Ideen, die ich zuerst einmal ausprobieren möchte.«
»Mir ist es recht«, sagte Borden, »mein Begräbnis ist es nicht.«
Sie saßen um einen großen runden Tisch in Luchows Restaurant in der Vierzehnten Straße, Borden und seine Frau, Peter, Esther, Johnny und Joe. Borden stand auf und trank ihnen zu. »Auf Peter Kessler und Esther, seine gute Frau!« sagte er mit dem Champagnerglas in der Hand. »Und alles Gute für die Produktion.« Mitten in seinem Toast hielt er inne.
»Mir ist gerade etwas eingefallen«, sagte er. »Du hast noch keinen Namen für deine Firma. Wie willst du sie nennen, Peter?«
Peter sah überrascht aus. »Daran habe ich noch gar nicht gedacht. Ich wußte nicht, daß man einen Firmennamen für Filme braucht.«

»Das ist sehr wichtig«, versicherte Borden feierlich, »woher sollen die Zuschauer sonst wissen, daß es deine Filme sind?«
»Ich habe eine Idee«, sagte Esther.
Alle sahen sie an.
Sie errötete leicht. »Peter, wie nannte der Kellner die große Flasche Champagner, die du bestellt hast?«
»Eine Magnum.«
»Das ist's. Wollen wir die Firma nicht Magnum-Film nennen?«
Ein Beifallschor erhob sich ringsum.
»Dann ist's in Ordnung«, sagte Borden und hob abermals sein Glas. »Auf die Magnum-Filme! Mögen sie ebenso wie die Borden-Filme auf jeder Leinwand des Landes zu sehen sein!«
Sie tranken alle, dann stand Peter auf, sah sich um und nahm sein Glas. »Auf Willi Borden, dessen Freundschaft ich nie vergessen werde.«
Sie tranken wieder, als sie die Gläser niedersetzten, stand Peter immer noch. Er räusperte sich. »Heute ist ein großer Tag in meinem Leben. Ich habe eine Filmproduktion übernommen, und meine liebe Frau hat ihr einen Namen gegeben. Nun möchte ich noch etwas ankündigen.« Er sah sich dramatisch um. »Ich ernenne Mr. Joe Turner zum Produktionschef der Magnum-Film.«
Borden schien nicht weiter überrascht. Er lächelte und schüttelte über den Tisch hinweg Joe die Hand. »Kein Wunder, daß Peter meine Verwandten nicht haben wollte«, sagte er wehmütig. Jedermann lachte erleichtert. Peter hatte sich Sorgen gemacht, wie Borden diese Nachricht wohl aufnehmen würde. Er wußte nicht, daß Joe und Johnny schon früher mit Borden darüber gesprochen hatten.
»Wartet einen Augenblick«, sagte er, »ich muß noch etwas ankündigen.«
Sie sahen ihn an.
Er hob sein Glas: »Auf meine Partner, Johnny Edge und Joe Turner.«
Joe saß nur mit offenem Mund da; er schluckte, konnte aber nicht sprechen.
Johnny aber sprang auf. Sein Herz schlug heftig, und seine Augen glitzerten feucht. »Peter, Peter ...«
Peter grinste. »Reg dich nicht auf, Johnny. Schließlich kriegt ihr jeder nur zehn Prozent!«

Nachspiel 1938

Dienstag

Man setzt sich in seinen Sitz zurück und versucht, entspannt auszusehen. Der Druck in den Ohren wird stärker, und man hat das Gefühl, in der Magengrube einen dicken Klumpen zu haben. Die Kabinenbeleuchtung ist gedämpft, und man strengt die Augen an, um zu sehen, wie die Mitreisenden reagieren, und dann berühren die Flugzeugräder plötzlich den Boden. Ohne es zu merken, hatte ich schneller und schneller auf dem Kaugummi herumgekaut, und jetzt hatte ich einen schlechten Geschmack im Mund.

Ich nahm ein Stück Kleenex aus dem Behälter, wickelte den Kaugummi hinein und tat ihn weg. Die Räder rollten stoßartig über den Boden, und allmählich kam das Flugzeug zum Stehen. Die Stewardeß kam den Gang entlang und machte den Sicherheitsgürtel los.

Ich stand auf und streckte mich. Meine Muskeln waren ganz verkrampft von der Anspannung. Ich konnte es nicht ändern, ich hatte Angst beim Fliegen. Ganz egal, wie oft ich schon geflogen war, ich fürchtete mich immer wieder.

Die Motoren schwiegen und hinterließen in meinen Ohren ein hohles, leeres Sausen. Unbewußt wartete ich darauf, daß dies Sausen aufhörte, denn dann ging es mir erfahrungsgemäß wieder normal.

Vor mir saßen ein Mann und eine Frau; während das Flugzeug landete, hatten sie miteinander geredet, aber durch den Motorenlärm hatte ich sie kaum hören können, und jetzt in der Stille kam es mir vor, als ob sie schrien.

»Ich meine, wir hätten ihnen unsere Ankunft mitteilen sollen«, sagte die Frau. Als sie merkte, daß sie zu laut sprach, hörte sie mitten im Satz auf und sah zu mir hin, als ob ich an der Tür gehorcht hätte. Ich sah weg, und sie nahm mit leiser Stimme die Unterhaltung wieder auf. Die Stewardeß kam wieder durch den Gang.

»Wie spät ist es?« fragte ich.

»9 Uhr 35, Mr. Edge.«

Ich nahm meine Armbanduhr ab, stellte sie und ging nach hinten. Die Flugzeugtür stand bereits offen, und ich ging die Gangway hinunter. Das Scheinwerferlicht tat meinen Augen weh, und ich blieb einen Augenblick stehen.

Mir wurde kühl, und ich war froh, daß ich meinen Überzieher anhatte. Ich schlug den Kragen hoch und ging zur Sperre. An mir vorbei dräng-

ten sich eilig die anderen Passagiere zum Ausgang, aber ich ging langsam. Im Gehen steckte ich mir eine Zigarette an und nahm ein paar tiefe Züge, während ich mit den Augen die Menge absuchte.
Da war sie. Ich blieb einen Augenblick stehen. Sie hatte mich noch nicht entdeckt. Sie zog nervös an ihrer Zigarette, ihr Gesicht hatte in dem grellen Licht einen blassen Schimmer. Ihre tiefblauen Augen sahen müde aus und waren von Ringen umschattet; ihr Mund war angespannt. Unter dem weiten Kamelhaarmantel, den sie über die Schulter geworfen hatte, war ihr Körper gestrafft, und ihre freie Hand öffnete und schloß sich.
Sie sah mich, hob die Hand, als ob sie mir winken wollte, hielt sie aber mitten in der Luft still, und es sah aus, als ob sie nach einer unsichtbaren Klingel griffe. Sie beobachtete mich, während ich durch die Sperre zu ihr ging. Sie war wie eine zu stark angespannte Feder.
»Hallo, Liebling«, sagte ich.
Im nächsten Augenblick war sie in meinen Armen, ihr Kopf lag an meiner Brust.
Sie schluchzte. »Johnny, Johnny!«
Ich fühlte, wie sie am ganzen Körper zitterte, ließ meine Zigarette fallen und fuhr ihr übers Haar. Ich sagte nichts, es hatte ja keinen Zweck zu reden, das würde ihr nicht helfen. Ich dachte immer wieder an dasselbe:
»Wenn ich groß bin, heirate ich dich, Onkel Johnny.«
Sie war beinah zwölf, als sie das sagte. Ich wollte gerade nach New York zurückfahren, mit dem ersten Magnum-Film, der in Hollywood gedreht worden war, und wir aßen alle zusammen in Peters Haus zu Abend, ehe ich abfuhr. Wir waren sehr glücklich und nervös zugleich, wir wußten ja nicht, was geschehen würde. Der fertige Film würde uns entweder ruinieren oder reich machen, und so versuchten wir alle zu scherzen und unbeschwert zu tun, um die andern nicht merken zu lassen, wie ängstlich wir waren.
Esther hatte lachend gesagt: »Laß dich im Zug nicht von einem hübschen Mädchen herumkriegen, sie zu heiraten, mit ihr durchzugehen und den Film zu vergessen.«
Ich war ein bißchen rot geworden. »Keine Angst, mich will kein Mädchen heiraten.«
Da hatte Doris gesprochen. Ihr Gesicht war ernst, ihre Augen ganz tiefblau und ihre Stimme viel älter als ihre Jahre. Sie kam zu mir, nahm meine Hand und sagte:
»Wenn ich groß bin, heirate ich dich, Onkel Johnny.«

Ich weiß nicht mehr, was ich antwortete, aber alle lachten. Doris hielt meine Hand fest und sah mich an, ihre Augen schienen zu sagen: Laß sie lachen.

Jetzt hielt ich ihren Kopf fest an meine Schulter gepreßt, und die Worte von damals gingen mir wieder und wieder durch den Sinn. Hätte ich ihr doch geglaubt, hätte ich mich früher daran erinnert, unser beider Leben wäre weniger mit Schmerz beladen gewesen.

Langsam hörte sie auf zu zittern.

Ich tupfte ihr mit meinem Taschentuch die Tränen von den Wangen und aus den Augenwinkeln. »Ist dir nun ein bißchen besser, Liebling?« Sie nickte.

Ich fischte ein paar Zigaretten aus meiner Tasche und gab ihr eine.

»In Chikago wurden wir durch schlechtes Wetter aufgehalten«, sagte ich.

»Ich weiß, ich hab' dein Telegramm bekommen.«

Sie nahm meinen Arm, und wir setzten uns in Bewegung.

»Wie geht es ihm?«

»Er schläft. Der Arzt hat ihm Beruhigungsmittel gegeben, und er wird bis zum Morgen durchschlafen.«

»Hat sich irgend etwas gebessert?«

Sie machte eine kleine hilflose Handbewegung. »Der Arzt weiß es nicht, er sagt, es sei noch zu früh, um etwas festzustellen.« Sie blieb stehen und drehte mir ihr Gesicht zu, ihre Augen füllten sich wieder mit Tränen. »Johnny, es ist schrecklich; er will gar nicht mehr leben, es liegt ihm nichts mehr dran.«

Ich drückte ihre Hand. »Sei tapfer, Liebes. Er wird schon durchhalten.«

Sie lächelte zum erstenmal, und es sah schön aus, auch wenn es ihr Mühe machte. »Ich bin froh, daß du da bist, Johnny.«

Sie fuhr mich zu meiner Wohnung und wartete, während ich badete, mich rasierte und umzog. Ich hatte den Dienstboten ein paar Wochen freigegeben, weil ich dachte, ich würde eine Weile weg sein, und die ganze Wohnung sah irgendwie leer aus.

Als ich ins Wohnzimmer zurückkam, hatte sie den Plattenspieler angestellt und spielte irgend etwas von Sibelius. Nur die Tischlampe neben ihrem Stuhl brannte und warf einen sanften Schein über ihr Gesicht; sie sah entspannt aus. Ihre Augen waren geschlossen, ihr Atem kam sanft und gleichmäßig. Sie schlug die Augen zu mir auf, als sie mich neben sich fühlte.

»Hungrig?«

»Ein bißchen«, antwortete sie. »Ich hab' noch gar nichts Richtiges gegessen, seit es passiert ist.«
»Also gehen wir erst einmal zu Murphy und essen ein Steak.« Ich war gerade ins Schlafzimmer zurückgegangen, um meinen Mantel anzuziehen, als das Telefon läutete. »Nimm ab, Liebling, ja?« rief ich durch die offenstehende Tür.
Ich hörte, wie sie den Hörer abnahm; dann rief sie mir zu: »Es ist Gordon, er möchte dich sprechen.«
Gordon war der Produktionschef.
»Frag ihn, ob es bis morgen Zeit hat, dann komm' ich ins Atelier.«
Ich hörte sie ins Telefon reden, dann rief sie:
»Er sagt, es sei eilig, er müsse dich sprechen.« Ich nahm im Schlafzimmer den Hörer ab, hörte das Klicken, als sie drüben auflegte, dann:
»Johnny?«
»Ja, was ist los?«
»Ich kann am Telefon nicht darüber reden, ich muß dich sehen.«
»Gut«, sagte ich abgespannt, »wo bist du, zu Hause?«
»Ja.«
»Ich komm' zu dir rüber«, sagte ich und legte auf.
Wir fuhren zu Gordon.
Er machte uns die Tür schon auf, ehe wir überhaupt die Stufen hinauf waren. Sein Haar war zerzaust, in der Hand hielt er ein Glas; er sah nervös aus und war überrascht, daß Doris bei mir war.
Wir begrüßten uns und gingen ins Wohnzimmer, wo Joan, seine Frau, saß. »Hallo, Johnny«, sagte sie und ging dann zu Doris und küßte sie. »Wie geht es Peter?«
»Ein bißchen besser. Er schläft.«
»Das ist gut. Wenn du ihn dazu kriegen kannst, zu schlafen, wird er sich schon erholen.«
»Was ist eigentlich los?« fragte ich Gordon.
Er trank sein Glas aus und sah zu Doris hin. Joan verstand den Wink.
»Komm, laß uns Kaffee kochen, die Männer wollen übers Geschäft reden.«
Doris lächelte mich verständnisvoll an und ging mit Joan aus dem Zimmer.
Ich wandte mich zu Gordon. »Also?«
»Es geht das Gerücht, daß Ronsen versucht, dir was anzuhängen.«
Die beiden Haupterzeugnisse von Hollywood sind Filme und Gerüchte. Von morgens bis abends werden Filme hergestellt, von abends bis morgens Gerüchte. Es wurde oft darüber gestritten, welches von beiden

Erzeugnissen das wichtigere sei, aber diese Frage wurde, glaube ich, noch nie zur Zufriedenheit von irgendwem gelöst.

»Erzähl mir mehr.«

»Du hast dich in New York mit ihm gestritten. Er wollte nicht, daß du herkommst, um Peter zu sehen. Du hast es doch getan. In derselben Minute, in der du weg bist, hat er sich mit Stanley Farber in Verbindung gesetzt, und morgen kommt er rübergeflogen, um sich mit ihm zu treffen.«

»Ist das alles?«

»Ist das nicht genug?«

Ich grinste ihn an. »Ich dachte, es wäre wichtig.« Er füllte sich gerade sein Glas und ließ es beinahe fallen, als ich das sagte. »Schau, Johnny, mach keine Witze, die Sache ist verdammt ernst. Er hat Dave Roth nicht aus Liebe behalten.«

Damit hatte Gordon nicht unrecht. Dave war Farbers rechte Hand, und Ronsen gab ihm eine Stellung als Gordons Assistent, um mich psychologisch unter Druck zu setzen. Und Farber hätte Roth diese Stellung nicht annehmen lassen, wenn er nicht sicher gewesen wäre, daß eines Tages etwas dabei herauskommen würde.

»Was hat Dave getrieben?« fragte ich.

Er zuckte die Achseln. »Du kennst Dave ja. Der hält dicht wie 'ne Auster, wenn er will. Aber er sieht verdammt selbstsicher aus.« Er hielt mir etwas zu trinken hin.

Ich nahm das Glas und nippte nachdenklich daran. Vielleicht kam Ronsen, um Farber zu sehen, aber ich war derjenige, der die ganze Organisation kannte, mit ihren schwachen und starken Punkten. Ich wußte, was getan werden mußte, und bis ich damit fertig war, war meine Position gut.

»Schau, Gordon, hör auf, dir Sorgen zu machen. Ich komme morgen ins Atelier, und wir sprechen die Situation durch.« Er sah mich zweifelnd an. »Gut, aber ich hoffe, du weißt, was du tust.«

Joan kam mit einer Kanne Kaffee ins Zimmer. Doris folgte ihr mit einer Platte winziger belegter Brote. Die Frauen von Diplomaten und Hollywoodleuten müssen ein Gefühl für den richtigen Augenblick haben. Sie müssen wissen, wann sie sich zurückziehen und wann sie wiederkommen müssen. Ich habe mich oft gefragt, woher sie wissen, daß es der richtige Augenblick zum Zurückkommen ist.

Doris und ich gingen nach einer Weile. Es war fast halb drei, als wir zu ihrem Haus kamen.

Drinnen war es ruhig; im Wohnzimmer brannte nur eine kleine

Lampe. Doris zog ihren Mantel aus und ging nach oben. Einen Augenblick später war sie wieder da.
»Er schläft noch, ebenso Mutter. Die Pflegerin hat mir gesagt, daß der Arzt ihr auch eine Spritze gegeben hat. Die Arme, sie kann gar nicht verstehen, was geschehen ist, es war zuviel.«
Ich ging ihr nach in die Bibliothek, wo ein großes Feuer brannte. Es tat gut, denn es war kalt geworden. Ein plötzlicher Frost hatte eingesetzt, in den Obsthainen würden wohl die Räucherbecken in Betrieb sein. Wir setzten uns auf eine Couch.
Ich legte meine Hand auf ihre Schulter, zog ihren Kopf an mich und küßte sie. Sie legte ihre beiden Hände auf meine Wangen und hielt mein Gesicht ganz dicht an ihres.
»Ich wußte, daß du kommen würdest, Johnny«, flüsterte sie.
»Ich hätte gar nicht wegbleiben können, auch wenn ich es gewollt hätte.«
Sie drehte sich so, daß ihr Kopf an meiner Schulter lag, und wir sahen ins Feuer.
Nach einer Weile sagte ich: »Möchtest du darüber reden, Liebes?«
»Für einen Mann hast du gar keinen schlechten Instinkt«, sagte sie leise, »du hast gemerkt, daß ich vorher nicht darüber reden wollte.«
Ich gab keine Antwort.
Nach ein paar Minuten fing sie wieder an. »Es begann gestern. Ein Telegramm kam. Der Butler nahm es in Empfang. Ich war in der Nähe, also nahm ich es ihm ab.
Es war vom Ministerium und an Vater adressiert. Ich las es gottlob zuerst. Drin stand nämlich: ›Unsere Botschaft in Madrid teilt uns mit, daß Ihr Sohn Mark Kessler in einem Gefecht in der Nähe von Madrid gefallen ist.‹ In so dürren Worten stand es da. Mir gefror das Blut. Wir wußten, daß Mark in Europa war, obwohl wir seit fast einem Jahr nichts von ihm gehört hatten, aber wir hatten niemals daran gedacht, daß er in Spanien sein könnte. Wir glaubten, er wäre in Paris mit ein paar von seinen alten Kameraden, und machten uns weiter keine Sorgen. Wir kannten Mark ja. Wir sagten uns, wir würden schon wieder von ihm hören, wenn er auf dem trockenen säße. Und Papa dachte, inzwischen wäre es ganz gut, wenn er eine Weile weg wäre, nach allem, was geschehen war.«
Sie nahm eine Zigarette von dem Tisch neben ihr und beugte sich vor, damit ich ihr Feuer geben konnte. Dann lehnte sie sich wieder zurück und blies langsam den Rauch aus. Ihre Augen waren dunkel und verwirrt.

»Weißt du«, sagte sie, »das ist etwas, was ich nie verstehen werde. Mark war einer der selbstsüchtigsten, egozentrischsten Menschen, die je gelebt haben, er scherte sich keinen Deut darum, wie es jemand anders ging. Und trotzdem ging er nach Spanien, trat in die Abraham-Lincoln-Brigade ein und kämpfte für eine Sache, an die er nie wirklich geglaubt hatte, und gegen etwas, was er vielleicht sogar bewundert haben würde, wenn er nicht zufällig Jude gewesen wäre. Mein erster Gedanke war Mutter und wie sie es aufnehmen würde. Seit Mark weg war, ging es ihr nicht gut. Er war immer noch ihr Baby, und seit Papa ihn aus dem Haus warf, war sie nicht mehr dieselbe wie früher. Sie war immer hinter Papa her, er solle Mark zurückkommen lassen. Ich glaube, Papa wünschte ihn auch zurück, aber du kennst ihn ja — er kehrte seine deutsche Hartnäckigkeit heraus und schob es immer wieder hinaus.«

Sie schwieg und sah in die züngelnden Flammen. An was sie wohl dachte? Mark war immer Peters Liebling gewesen, und sie wußte es. Aber sie hatte sich niemals beklagt. Sie redete überhaupt nicht viel. Mir fiel ein, wie wir herausbekamen, daß sie schreiben konnte. Es war in dem Jahr, als sie vom College abging. Sie hatte nichts davon erzählt, daß sie ein Buch schrieb, bis es von einem Verleger angenommen war. Und auch dann veröffentlichte sie es unter einem Pseudonym, weil sie nicht aus dem Namen ihres Vaters Nutzen ziehen wollte. Das Buch hieß »Das Fuchsenjahr« und behandelte die Geschichte eines Mädchens, das das erste Jahr auf der Universität und weg von zu Hause ist; es hatte viel Erfolg. Es war voller Wärme und Heimweh und zeigte das Erwachsenwerden eines Mädchens. Die Kritiker machten viel davon her, sie waren alle erstaunt über die Tiefe der Beobachtung und des Verständnisses darin. Als es herauskam, war sie gerade zweiundzwanzig.

Ich hatte ihm nicht viel Aufmerksamkeit geschenkt; um die Wahrheit zu sagen, hatte ich es damals noch nicht einmal gelesen. Das erstemal, als ich sie nach der Veröffentlichung ihres Buches wiedersah, war am Tag nach meiner Hochzeit, als ich Dulcie in Peters Haus brachte.

Als wir hereinkamen, saßen sie gerade beim Frühstück.

Esther stand auf und brachte uns Stühle. Bis zu diesem Augenblick hatte ich ihnen noch nicht gesagt, daß wir verheiratet waren, und ich begann verlegen zu werden, weil ich nicht recht wußte, wie ich es ihnen beibringen sollte. Ich sah mich am Tisch um, und da saß Doris und sah uns neugierig an. Ihre Augen schienen etwas zu fragen.

Da kam mir eine Idee. Ich sagte zu ihr: »Also, Liebes, du brauchst dir um Onkel Johnny keine Sorgen mehr zu machen, er hat schließlich ein Mädchen gefunden, das ihn heiraten wollte.«

Doris wurde blaß, aber ich war zu aufgeregt, um darauf zu achten. »Du — du meinst, du wirst heiraten?« fragte sie, und ihre Stimme war etwas zittrig.

Ich lachte. »Was meinst du mit ›wirst heiraten‹? Wir haben gestern geheiratet!«

Peter sprang auf, kam um den Tisch herum und schüttelte mir die Hand. Esther war zu Dulcie gegangen und legte den Arm um sie. Nur Doris saß da, ihr Gesicht noch blaß, die Augen groß und weit geöffnet, den Kopf etwas zur Seite geneigt, als ob sie so besser hören könnte.

»Willst du deinem Onkel Johnny keinen Kuß geben?« fragte ich.

Sie stand auf und kam zu mir; ich küßte sie, ihre Lippen waren kalt. Dann ging sie zu Dulcie und nahm ihre Hand. »Ich hoffe, ihr werdet sehr glücklich sein«, sagte sie und küßte Dulcie auf die Wange.

Die beiden waren etwa gleichaltrig, aber mir fielen plötzlich eine Menge Dinge an ihnen auf.

Doris war blaß und trug das Haar kurz geschnitten. Neben Dulcie sah sie wie ein Schulmädchen aus. Dulcie studierte sie ebenfalls. Ich kannte diesen Gesichtsausdruck schon. Für die meisten Leute sah es nur wie ein flüchtiger Blick aus, aber ich wußte es besser. Sie sah in ein paar Sekunden mehr als die meisten Leute in ein paar Stunden.

Esther wandte sich zu mir. »Sie ist reizend, Johnny. Wo hast du sie getroffen?«

»In den Kulissen eines New Yorker Theaters; sie ist Schauspielerin.«

»Schauspielerin?« sagte Peter. »Vielleicht haben wir eine Rolle für sie.«

Dulcie lächelte ihm zu.

»Na, dafür ist noch Zeit genug«, antwortete ich, »erst müssen wir uns mal häuslich einrichten.«

Dulcie sagte nichts.

Als wir weggegangen waren, sagte Dulcie: »Johnny.« Ich war mit dem Steuern des Wagens beschäftigt. »Ja, Liebling?«

»Sie liebt dich.«

Ich sah sie schnell an. Sie beobachtete mich amüsiert mit ihren lohfarbenen Augen. »Du meinst Doris?«

»Du weißt schon, wen ich meine, Johnny.«

Ich lachte unbehaglich. »Diesmal hast du unrecht, Schatz, ich bin für sie nur Onkel Johnny.«

Sie lachte auch, ein Lachen voll Wissen und Amüsiertsein über die männliche Dummheit. »Onkel Johnny!« Sie lachte wieder. »Hast du mal ihr Buch gelesen?«
»Nein, hab' keine Zeit gehabt.«
»Du solltest es lesen, Onkel Johnny«, sagte sie mit leisem Spott, »du kommst drin vor!«

Doris begann wieder mit leiser Stimme zu reden.
»Ich dachte, ich wollte erst Mutters Arzt anrufen, ehe ich ihr das Telegramm zeigte, und dann fiel mir ein, ich sollte es erst Papa zeigen. Er war in der Bibliothek. Ich klopfte an, er gab keine Antwort, und ich ging hinein. Er saß da am Schreibtisch, das Telefon vor sich, und sah es an. Ich hab' mich oft gewundert, warum er es nicht wegnehmen ließ. Du weißt, welches ich meine — die direkte Verbindung zum Studio.«
Ich wußte es. Unwillkürlich sah ich hinüber, wo es auf dem Schreibtisch stand, verloren, unbenutzt. Früher flammte im Studio am Klappenschrank ein blaues Licht auf, wenn der Hörer abgenommen wurde. Das bedeutete, daß der Präsident telefonierte und daß das Gespräch allen andern Anrufen vorging.
»Er sah es mit leiser Sehnsucht an, und ich sagte: ›Papa.‹ — ›Was ist denn, Liebchen?‹ fragte er. Plötzlich wußte ich nicht mehr, was ich sagen sollte. Ich gab ihm wortlos das Telegramm. Er las es langsam und wurde unter seiner Bräune blaß. Er sah mich einen Augenblick lang ungläubig an, seine Lippen bewegten sich, er las das Telegramm noch einmal. Er stand auf, seine Hand zitterte.
›Ich muß es Mama sagen‹, sagte er mit toter Stimme. Er machte ein paar Schritte und taumelte. Ich hielt seinen Arm fest.
›Papa‹, sagte ich, ›Papa!‹ und fing plötzlich an zu weinen. Er hielt sich eine Minute lang an mir fest, seine Augen suchten meine, sie standen auch voller Tränen. Dann fiel er zusammen. Es ging so schnell, daß ich ihn nicht halten konnte. Ich versuchte ihn aufzuheben, aber es ging nicht. Ich rief den Butler, und zusammen hoben wir ihn auf die Couch. Ich lief zum Schreibtisch und hob den Hörer vom Telefon. Aus Versehen hatte ich das falsche genommen, das zum Studio. Augenblicklich kam die Stimme der Telefonistin, fragend: ›Hier Magnum-Film.‹ Ich hing auf, überrascht und betroffen. Magnum-Film, dachte ich. Ich begann den Klang dieser Worte zu hassen. Ich hatte sie mein ganzes Leben lang gehört, und sie hatten unser aller Existenz verändert. Warum mußten wir je in die Filmindustrie gehen?«

Sie sah mich an. Ihre weitgeöffneten Augen hatten ein seltsam flackerndes Licht. »Warum konnten wir nicht weiter in Rochester leben, warum konnte uns dies alles nicht erspart bleiben? Mark ist tot, Papa liegt mit gebrochenem Herzen da. Es ist deine Schuld allein, Johnny. Ich habe Papa oft sagen hören, ohne dich hätte er es nie getan. Nur deinetwegen ist er nach New York gekommen, ohne dich und dein Gerede wäre unser Leben friedlich und ohne all das geblieben, was jetzt auf uns liegt.«

Plötzlich weinte sie wieder, ihre Fäuste hämmerten gegen meine Brust. »Ich hasse dich, Johnny, ich hasse dich. Papa hätte sein Leben zu Ende leben können, auch ohne den Film. Aber du nicht, du warst dafür geboren und mußtest Papa dazu treiben, weil du es allein nicht schafftest.«

Ich wollte ihre Hände festhalten, aber es gelang mir nicht, sie trommelten zu schnell.

»Du bist die Magnum-Film, Johnny, und warst es immer. Aber warum konntest du nicht aufhören, als du nach New York gekommen warst? Warum mußtest du ihn hierherschleppen und ihn in dem Glauben lassen, er sei so groß, daß sein Herz brach, als die Seifenblase platzte?«

Ich fing schließlich ihre Hände ein und hielt sie fest. Sie weinte bitterlich. Sie hatte wegen mehr Dingen nach mir geschlagen, als sie wußte, wegen all der Jahre, in denen ich blind gewesen war.

Zuletzt war sie ruhig, ihr Körper zitterte noch leicht an meinem, und als sie sprach, merkte ich, welche Anstrengung es sie kostete, ihre Stimme zu kontrollieren. Sie sprach leise und heiser und immer noch etwas zitternd, so leise, daß ich es kaum verstehen konnte: »Es tut mir leid, Johnny, aber warum sind wir je nach Hollywood gekommen?«

Ich antwortete nicht, ich wußte nicht, was ich hätte sagen sollen. Über ihren Kopf weg sah ich zum Fenster. Es begann draußen bereits in schwachen grauen Streifen zu dämmern. Auf Peters Schreibtischuhr war es halb fünf.

Sie war elf Jahre alt, Peter fünfunddreißig und ich einundzwanzig, als wir hierherkamen. Niemand von uns wollte es, aber wir mußten es. Wir hätten nichts daran ändern können.

Dreißig Jahre 1911

1

Alle, außer Johnny, waren glücklich. Borden war zufrieden, weil er das Geld bekam, das Peter ihm schuldete; Joe, weil er zum erstenmal Filme drehen konnte, ohne daß jemand ihm sagte, was er tun und was er lassen sollte; Peter, weil das Geschäft noch besser ging, als er gedacht hatte. Er hatte all seine Schulden bezahlt, hatte achttausend Dollar auf der Bank, eine neue Wohnung und hielt Esther ein Kindermädchen. Und Esther war glücklich, weil Peter es war. Aber Johnny war es nicht. In mancher Hinsicht war er zufrieden, aber irgend etwas fehlte. Das erregende Gefühl, daß etwas Großes geschehen, sich entwickeln würde, war immer noch in ihm, nur zugedeckt von den Alltagsaufgaben.

Wenn der Film-Verband nicht gewesen wäre, hätte Johnny zufrieden sein können. Aber schon seit der Zeit auf dem Rummelplatz hatte er eine tiefe Abneigung, ja Verachtung dagegen, in eine Schablone gezwängt zu werden, die nicht seiner eigenen Wahl entsprach. Und gerade das versuchte der Verband mit der Filmproduktion zu machen.

Die unabhängigen Produzenten, unter denen sich Borden und Kessler befanden, hingen dennoch in gewisser Weise von dem Verband ab; er kontrollierte das Rohmaterial für die Filme, die Patente auf die Filmkameras und auf die Hilfsausrüstung, die zur Filmherstellung nötig war, wie etwa die Quecksilberlampen und der Lichtsynchronisator.

Mit Hilfe dieser Kontrolle war es dem Verband möglich, sich die unabhängigen Produzenten gefügig zu machen, da jeder im Vertrag mit ihm stand. So konnte er diktieren, welche Art Filme der Produzent herstellen und welche Leihgebühr er dafür nehmen durfte. Die Regeln waren streng und durch die Verträge gedeckt. Kein Film durfte länger als sechshundert Meter sein. Der Theaterbesitzer mußte, wenn er seinen Produktionsapparat behalten wollte, einen Satz von Verbandsfilmen zeigen, neben denen er dann Filme unabhängiger Produzenten vorführen durfte. Aber der Verbandssatz war groß genug, um die Möglichkeiten für die Filme der Unabhängigen von vornherein zu begrenzen.

Johnny stöhnte unter diesen Behinderungen. Er hatte eine noch ungeformte Vorstellung davon, was aus der Filmindustrie werden könnte. Aber er schimpfte vergeblich auf den Verband, der in seinen Augen den Fortschritt in der Filmproduktion aufhielt. Er wußte, daß er ebensogut den Mond anbellen konnte, denn kein unabhängiger Produzent konnte es wagen, sich gegen die Vorherrschaft des Verbandes aufzulehnen – der war unumschränkter Herr der Lage; er duldete die Unabhängigen wie ein Vater seine Sprößlinge. Die Grenzen, die die Unabhängigen einhalten mußten, waren genau gezogen. Tat einer es nicht, wurde die Lizenz sofort zurückgezogen; seine Wechsel wurden vom Verband angekauft und die Quellen seines Umsatzes rasch verstopft. Hielt er die Regeln ein, so duldete ihn der Verband und erhob nur eine Abgabe auf jeden Meter Film, den er kaufte oder verkaufte.

In den letzten drei Jahren hatte Johnny eine Menge über Filme gelernt, und die Überzeugung setzte sich in ihm fest, daß ihnen noch etwas fehlte; was, wußte er nicht; er wußte nur, daß die von dem Verband auferlegte Schablone des Kurzfilms dem Hersteller nicht erlaubte, eine Filmgeschichte richtig zu entwickeln und zu erzählen.

Mit Interesse beobachtete er die Entwicklung von Serienfilmen, mit denen manche Hersteller die Bestimmung des Verbandes zu umgehen versuchten. Aber sie wurden, um sich den Regeln des Verbandes anzupassen, auch nur in sechshundert Metern wöchentlich gezeigt, oder in einem Kapitel, wie man es nannte. Die Kinobesucher drängten sich von Woche zu Woche zu diesen Filmen, aber für Johnny fehlte noch etwas.

Das lag ständig und unberührt in Johnnys Unterbewußtsein und quälte ihn. Es war, als ob er sich einer Melodie zu erinnern versuchte, die er einmal gehört hatte. Innerlich vernahm er die Melodie, die Musik, aber wenn er sie singen wollte, kam sie nicht. Sie war nur innerlich vernehmbar und quälte ihn mit ihren Tönen. So ging es ihm mit dem Film.

Er konnte sich genau vorstellen, welche Art von Filmen man machen sollte. Er wußte, was für einen Umfang, was für eine Form sie haben müßten. Er wußte, wie lange sie laufen sollten, ja sogar, wie das Publikum auf sie reagieren würde. Und so bedeuteten ihm, der der kommenden Entwicklung ungeduldig und erregt entgegensah, die augenblicklichen Erfolge nichts.

Dann eines Tages nahm die Idee Gestalt an. Es war spät im Dezember des Jahres 1910, und er stand in der Vorhalle von Pappas' neuem Theater in Rochester und sprach mit George, als ein Mann und eine Frau herauskamen.

Der Mann blieb in der Nähe stehen, um sich eine Zigarre anzuzünden, und die Frau sagte: »Ich wünschte, sie hätten uns die anderen Episo-

den der Serie heute abend auch gezeigt. Ich möchte einmal einen ganzen Film sehen, statt immer nur Teile.«
Ihre Stimme drang in Johnnys Gedanken, und unwillkürlich hörte er auf, mit George zu sprechen, und lauschte statt dessen.
Der Mann hatte gelacht. »Das machen sie doch, damit wir jede Woche wiederkommen. Sie zeigen immer nur einen Teil; wenn du das Ganze auf einmal sähest, wie im Theater, brauchtest du doch nicht wiederzukommen.«
»Das weiß ich nicht«, sagte die Frau, während sie zusammen weggingen, »ich käme gern jede Woche wieder, wenn ich wüßte, ich krieg' für mein Geld eine vollständige Vorführung.«
Johnny konnte nicht mehr hören, was der Mann entgegnete, weil die beiden bereits außer Hörweite waren, aber seine Gedanken nahmen jene erregte Färbung an wie immer, wenn er an die künftige Entwicklung der Filmproduktion dachte. Er sagte zu George: »Hast du das gehört?«
George nickte.
»Und was hältst du davon?«
»Eine Menge Leute denken so«, sagte George einfach.
»Aber du?« forschte Johnny.
George überlegte ein paar Sekunden, ehe er antwortete. »Ich weiß nicht«, sagte er schließlich. »Es könnte gut sein, es könnte auch schlecht sein. Es hängt von dem Film ab. Ich müßte erst einen sehen, dann wüßte ich es.«
Im Zug, auf der Rückfahrt nach New York, beschäftigte sich Johnny in Gedanken immer wieder mit der Idee. »Einen ganzen Film«, hatte die Frau gesagt. Was bedeutete das? Er zog verwirrt die Brauen zusammen, während er darüber nachdachte. Meinte sie eine Serie, die hintereinander gezeigt wurde? Unbewußt schüttelte er den Kopf. So ging es nicht. Eine Serie umfaßte sechstausend Meter, und die Vorführung würde einen halben Tag in Anspruch nehmen. Vielleicht mußte man die Serie zusammenschneiden? Aber auf welche Länge? Er mußte es in Erfahrung bringen.
Es war spät, als er ins Büro kam, aber die Erregung war noch in ihm. Er erzählte Peter und Joe, was er gehört hatte, und die Gedanken, die er sich darüber machte.
Joe zeigte Interesse, aber Peter nicht. Er sagte: »Das ist nur einer, die meisten Zuschauer sind zufrieden, wie es ist. Man soll nichts Neues anfangen, das nur Ärger macht.« Jedoch Johnny gab sich nicht zufrieden; er hatte das Gefühl, als ob in der Bemerkung, die er zufällig

gehört hatte, der Schlüssel zu dem läge, was ihn beschäftigte. Und die Geschehnisse der kommenden Tage und Wochen bestärkten ihn darin.

Immer öfter fragten ihn die Theaterbesitzer, wenn er sie aufsuchte: »Haben Sie nichts anderes? Die Zuschauer wollen mal etwas Neues sehen.«

Johnny wußte, daß sie recht hatten. Für die Theaterbesitzer war es gleichgültig, wessen Filme sie spielten – alle Produzenten stellten ja doch die gleiche Art Filme her.

Er beschloß, eine Serie zusammenzuschneiden und sich das Ergebnis anzusehen. Aber hier tauchte eine neue Schwierigkeit auf. Die Magnum-Film produzierte keine Serien, er mußte sie sich also von einer andern Gesellschaft beschaffen. Und welche Firma würde ihm eine Kopie überlassen, damit er damit experimentieren konnte? Außerdem hätte er dann von seinem Vorhaben erzählen müssen, und das wollte er nicht.

Er löste das Problem, indem er George um eine Kopie einer Borden-Serie bat. George erzählte Borden, sie gefiele ihm so gut, daß er gern eine Kopie für sich hätte, und Bill Borden fühlte sich sehr geschmeichelt und bestand darauf, sie George zu schenken. Wenn Borden gewußt hätte, wozu die Kopie dienen sollte, hätte er eher sonst etwas angestellt, als sie wegzugeben; aber er ahnte nichts, und so gelangte die Kopie über George an Johnny.

Johnny nahm sie mit nach New York, und gemeinsam mit Joe schnitt er sie zusammen; sie arbeiteten fünf Wochen daran – das Ergebnis war ein Film von achtzehnhundert Meter und einer Vorführdauer von einer guten Stunde. Sie erzählten Peter erst davon, als sie mit ihrer Arbeit fertig waren, und baten ihn, sich das Ergebnis anzusehen. Er willigte ein, und sie setzten für den nächsten Abend eine Vorführung an.

Johnny schickte George ein Telegramm, er solle kommen und sich den Film ansehen. Am nächsten Abend waren sie alle in dem kleinen Vorführraum des Magnum-Studios versammelt: Peter, Esther, Joe, George und Johnny. Der Vorführer war nach Hause geschickt worden, Johnny bediente den Projektionsapparat selbst.

Solange die Vorführung dauerte, herrschte Schweigen, aber sobald sie zu Ende war, begannen alle auf einmal zu reden.

»Es ist zu lang«, sagte Peter. »Mir gefällt das nicht. Niemand kann so lange stillsitzen und sich an einem Film freuen.«

»Warum nicht?« fragte Johnny. »Du hast ja auch so lange stillgesessen, und ohne Schwierigkeit.«

»Es tut den Augen weh, wenn man so lange auf die Leinwand starrt«, erklärte Peter, »das ist ungesund.«
»Die Leute sitzen jetzt genausolang im Kino, und es tut ihren Augen nicht weh«, sagte Johnny hitzig. Peters Dickköpfigkeit ärgerte ihn. »Wo ist der Unterschied, ob sie einen langen Film sehen oder vier kurze?«
Joe grinste. »Vielleicht brauchst du eine Brille, Peter?«
Peter explodierte. Seine Augen machten ihm tatsächlich zu schaffen, aber er weigerte sich, eine Brille zu tragen. »Meine Augen haben nichts damit zu tun; der Film ist zu lang!«
Johnny wandte sich an George; seine Stimme war kriegerisch. »Nun?«
»Mir gefällt es, aber ehe ich mehr sage, möchte ich es erst mal in einem Theater sehen.«
Johnny lächelte. »Ich auch, aber das geht nicht.«
Esther aber war es, die den Finger auf die schwache Stelle legte. »Es war interessant, aber nicht vollständig. Etwas fehlte. In einer Serie ist es in Ordnung, wenn in jedem Kapitel etwas Aufregendes passiert; wenn man es zu einem Film zusammenzieht, wird es zuviel. Man kommt aus dem Aufregenden nicht mehr raus, das wirkt wie etwas Unmögliches und nach einer Weile sogar komisch.«
Johnny dachte darüber nach und spürte, daß sie recht hatte. Man durfte keine Serie zusammenschneiden, sondern mußte Filme von neuem Umfang herstellen. Er hatte sich die zusammengeschnittene Serie öfters angesehen und war zu dem Ergebnis gekommen, daß sie zwar die richtige Länge hatte, aber daß andere notwendige Elemente fehlten. Man mußte eine Handlung entwickeln, die der Länge des Filmes entsprach.
Peter sah auf die Uhr. »Ich will euch was sagen« – er versuchte Johnny aufzuheitern –, »es ist noch früh. Wie wär's, wenn wir alle zusammen essen und uns dann eine Revue ansehen?«

2

»Nein!« schrie Peter, »unter keinen Umständen! Ich werde es nicht tun!« Er ging zornig an Joe vorbei und blieb vor Johnny stehen, vor dessen Gesicht er aufgeregt mit dem Zeigefinger fuchtelte. »Ich wär' ja verrückt, wenn ich täte, was ihr wollt! Seit zwei Jahren schuften wir wie die Sklaven, um auf die Beine zu kommen, und jetzt, wo wir mal einen Dollar verdienen, wollt ihr alles wegschmeißen für eine neue Idee. Ich mache nicht mit!«

Seit Johnny mit dem Vorschlag gekommen war, einen Film von der Länge von achtzehnhundert Meter herzustellen, hatte Peter getobt. Er war noch ganz ruhig geblieben, als Johnny vorschlug, den »Banditen«, ein Stück, das am Broadway lief, zu kaufen und einen Film daraus zu machen, auch als Johnny sagte, er wolle den Autor des Stückes engagieren, um das Drehbuch zu schreiben, und auch noch, als Johnny auseinandersetzte, daß sie aus der gewissen Berühmtheit, die das Stück bereits erlangt hatte, Nutzen ziehen könnten. Es war augenscheinlich, daß ihn die Idee interessierte, denn er fragte: »Wie teuer kommt das?«

Johnny hatte diese Frage vorausgesehen. Er hatte die Herstellungskosten mit etwa dreiundzwanzigtausend Dollar berechnet und gab Peter die Aufstellung darüber.

Peter warf nur einen Blick darauf und schmiß es Johnny hin. »Dreiundzwanzigtausend Dollar für einen Film!« schrie er. »Man müßte ja direkt *meschugge* sein! Ein Stück kaufen und einen Autor engagieren für zweitausendfünfhundert Dollar? Dafür kann man einen ganzen Film herstellen!«

»Irgendwo muß man anfangen«, beharrte Johnny, »eines Tages wirst du doch dahin kommen.«

»Eines Tages vielleicht«, sagte Peter hitzig, »aber jetzt noch nicht. Wir sind jetzt gerade im trockenen, und du willst mich wieder in Schulden jagen. Woher soll ich das Geld nehmen? Ich bin noch nicht die Schatzkammer der Vereinigten Staaten.«

»Wer nichts wagt, gewinnt nichts«, zitierte Johnny ruhig.

»Aber der verliert auch nicht sein Hemd«, antwortete Peter schnell. »Außerdem handelt es sich nicht um dein Geld.«

Jetzt wurde Johnny zornig. »Du weißt verdammt genau, daß ich dich nie dazu verleiten würde, Geld in etwas zu stecken, wo ich meins nicht reinstecke!«

»Dein Geld!« sagte Peter höhnisch. »Es reicht nicht mal, um eine Woche lang Toilettenpapier fürs Studio zu kaufen!«

»Es ist genug, um zehn Prozent der Kosten zu tragen«, schrie Johnny, der dunkelrot angelaufen war.

»Sachte, sachte«, sagte Joe und trat zwischen sie. »Aus all dem Geschrei kommt nichts raus.« Er wandte sich an Peter. »Ich hab' genug für weitere zehn Prozent. Du brauchst also nur noch achtzehntausend.«

Peter warf die Hände in die Luft. »Nur achtzehntausend. Als ob ich sie mal eben auf der Straße aufsammeln könnte!« Er warf den Deckel seines Pultes zu. »Nein«, schrie er, »unter keinen Umständen! Ich tu's nicht!«

Johnnys Zorn war verraucht. Er konnte verstehen, daß Peter das, was sie jetzt erreicht hatten, nicht gefährden wollte, war aber überzeugt, daß sie dennoch tun mußten, was er vorgeschlagen hatte. Er sprach langsam und überlegt.

»Damals in Rochester hieltest du mich auch für verrückt, aber es kam nicht schlecht heraus, oder?« Er ließ Peter keine Zeit zum Antworten. »Du hast eine hübsche Wohnung in Riverside Drive, achttausend auf der Bank, keine Schulden, stimmt's?«

Peter nickte. »Und das setz' ich auch nicht aufs Spiel für deine verrückten Ideen. Das letztemal hatten wir Glück. Diesmal ist es was anderes; wir müßten nicht nur unser Geld riskieren, sondern auch gegen den Verband kämpfen. Und du weißt, wie weit wir damit kämen.« Er war auch ruhiger geworden und sprach mit mehr Verständnis. »Es tut mir leid, Johnny, wirklich. Vielleicht ist deine Idee gut, auch wenn ich es nicht glaube. Aber so, wie die Dinge liegen, können wir es nicht riskieren. Das ist mein letztes Wort.« Er ging zur Tür, sagte noch: »Gute Nacht«, und draußen war er.

Johnny sah Joe an und zuckte die Achseln; Joe lachte. »Sieh nicht so enttäuscht aus, Junge. Schließlich ist es sein Geld.« Er stand auf. »Komm, wir wollen ein Bier trinken und das Ganze vergessen.«

»Nein, danke. Ich will noch eine Weile hierbleiben, vielleicht fällt mir ein Weg ein, wie ich es ihm plausibel machen kann. In unserem Geschäft darf man nicht behaglich sitzen bleiben, sonst ist man verraten und verkauft.«

»Gut, tue, was du für richtig hältst. Aber du rennst mit dem Kopf gegen eine Betonwand.«

Als Joe gegangen war, blieb Johnny noch eine Weile sitzen; dann stand er auf, ging zu Peters Pult, rollte den Deckel auf und nahm die Aufstellung heraus, die er Peter gegeben hatte.

Fast zehn Minuten lang studierte er sie. Zuletzt legte er sie zurück und schloß das Pult. »Gut, du alter Bussard«, sagte er zu dem Pult, als ob es Peter wäre, »eines Tages wirst du es doch tun.«

Langsam öffnete Johnny die Augen. Die Luft im Zimmer war warm. Es war dieses Jahr zeitig Frühling geworden, und man spürte schon deutlich den kommenden Sommer. Es war erst Mitte März, aber kein

Mensch trug mehr Mäntel, die Männer gingen in Jacken und sogar in Hemdsärmeln zur Arbeit.

Faul stand er auf, ging durch die Diele zur Wohnungstür und öffnete sie. Die Sonntagszeitungen lagen davor. Er hob sie auf und setzte sich in einen Sessel, während er die Schlagzeilen las.

Durch die geöffnete Tür konnte er Joes Schnarchen hören. Joe lag zusammengerollt in einer Ecke des Bettes und sägte Holz. Johnny schloß leise die Tür und ging zu seinem Stuhl zurück.

Er drehte die Seiten um, bis er zu den Theaternachrichten kam. Noch berichteten die Tageszeitungen nicht regelmäßig über die Filme, aber die Sonntagsausgabe brachte gelegentlich Nachrichten von und aus der neuen Branche. Diesen Sonntag standen zwei Notizen drin, die Johnny plötzlich in seinem Stuhl auffahren ließen.

Die erste war aus Paris. »Madame Sarah Bernhardt wird bei der Verfilmung des Lebens der Königin Elisabeth die Hauptrolle übernehmen.«

Die zweite stammte aus Rom. »Der berühmte Roman ›Quo Vadis‹ wird nächstes Jahr in Italien verfilmt werden.«

Die Notizen waren nur kurz und standen versteckt in einer Ecke, aber für Johnny waren es riesige Schlagzeilen, die verkündeten, daß er recht gehabt hatte. Er starrte lange auf die Zeitung und dachte darüber nach, ob Peter ihm jetzt wohl zustimmen würde. Zuletzt gab er es auf, ging in die Küche und stellte Kaffeewasser auf.

Der Kaffeeduft holte Joe aus dem Bett. »Morgen«, brummte er. »Was gibt's zum Frühstück?«

Johnny war dran, das Sonntagsfrühstück zu machen. »Eier«, antwortete er.

»Oh.« Joe drehte sich um und stelzte zum Badezimmer.

»Einen Augenblick«, rief Johnny hinter ihm her. Er nahm die Zeitung und zeigte Joe die beiden Notizen.

Joe las sie und gab Johnny die Zeitung zurück. »Und was beweist das?«

»Das beweist, daß ich recht habe«, sagte Johnny triumphierend. »Siehst du das nicht? Jetzt muß Peter mich anhören.«

Joe schüttelte langsam den Kopf. »Du gibst wohl niemals auf, wenn du dir was vorgenommen hast, was?«

»Warum sollte ich?« meinte Johnny indigniert. »Es ist eine gute Idee, und ich hatte recht, als ich sagte, längere Filme seien im Kommen.«

»Vielleicht«, gestand Joe ein, »aber wo und wie willst du sie herstellen? Selbst wenn wir das Geld zusammenkriegen, so weißt du ganz genau, daß unser Studio nicht groß genug ist. Außerdem brauchen wir für einen solchen Film das gesamte Rohmaterial eines halben Jahres. Und du weißt ferner, daß der Verband gegen jeden Film über sechshundert Meter Einspruch erhebt, und wo sind wir, wenn er herauskriegt, was wir vorhaben, und uns die Lizenz entzieht? Schön in der Traufe, was?«

»Wir stellen eine Zeitlang keine Kurzfilme her, sparen das Rohmaterial für unseren Film und produzieren ihn, ehe sie rauskriegen, was los ist.«

Joe steckte sich eine Zigarette an und blies den Rauch in die Luft. »Vielleicht hast du recht, vielleicht kommen wir damit durch, vielleicht aber nicht. Wenn nicht, ist die ›Magnum‹ aus dem Geschäft raus. Als Gegner für uns sind sie ein bißchen zu groß. Sie werden uns wie ein Insekt zerquetschen. Laß Borden oder einen von den andern den Kampf aufnehmen. Sie haben mehr Kapital, aber ich seh' trotzdem nicht, daß sie es eilig haben, sich mit dem Verband anzulegen.«

»Und ich glaube immer noch, daß es einen Weg gibt«, sagte Johnny hartnäckig.

Joe seufzte. »Mag sein, aber sieh mal, was du riskierst. Ich mach' mir um meinen oder deinen Hals keine Sorgen. Wir sind allein, und wenn die Sache schiefgeht, kommen wir immer durch. Aber mit Peter liegen die Dinge anders. Wenn's schiefgeht, ist er ruiniert. Und was soll er dann anfangen? Er hat Frau und zwei Kinder. Alles, was er besitzt, hat er in das Geschäft gesteckt, und er ist erledigt, wenn das danebengeht.« Er tat einen tiefen Atemzug und sah Johnny direkt in die Augen. »Willst du das auf dich nehmen?«

Johnny gab lange keine Antwort. Er hatte schon früher über all dies nachgedacht. Er kannte das Wagnis in seinem vollen Umfang, ohne daß Joe etwas zu sagen brauchte. Aber irgend etwas in ihm drängte ihn weiter, flüsterte ihm unausgesetzt zu: Das Goldene Vlies liegt vor dir, du brauchst nur genug Mut, um zuzugreifen. Die Vision in ihm war wie eine lockende Circe. Er konnte so wenig aufhören, ihr zu folgen, wie er aufhören konnte zu atmen.

»Ich muß es tun, es ist das einzige, worauf es ankommt. Es ist die Chance, daß aus unserem Unternehmen etwas Großes, Bedeutsames wird. Sonst stecken wir unser ganzes Leben im Fünf-Cent-Kino; aber auf dem Weg, der mir vorschwebt, geht es weiter. Wir werden eine Kunstform wie das Theater, die Musik, die Literatur sein, nur eines Tages vielleicht noch besser und größer als sie alle. Wir müssen voran.«

»Du meinst, du mußt voran«, sagte Joe langsam. Ein seltsames Gefühl der Enttäuschung nagte an ihm. Er zerdrückte seine Zigarette auf dem Tablett. »Du hast Träume von dem, was du möchtest, und denkst, das ist der Weg, den das Geschäft einschlagen muß. Wenn ich dich nicht kennen würde und so gern hätte, würde ich sagen, du seist selbstsüchtig und ehrgeizig. Aber ich weiß es ja besser. Du meinst wirklich, was du sagst. Nur eins mußt du immer bedenken.«
Johnny war bei Joes Worten weiß im Gesicht geworden. Mühsam zwang er sich zu fragen: »Und das ist?«
»Peter ist schrecklich gut zu uns gewesen. Vergiß das nicht.« Joe ging aus dem Zimmer.
Johnny sah ihm nach und wandte sich dann dem kochenden Wasser zu. Als er den Gashahn abdrehte, zitterte seine Hand.

3

»Wessen Wohnung sagten Sie, Sir?« fragte der Fahrstuhlführer, als er die Tür schloß und der Fahrstuhl langsam aufwärts glitt.
Johnny steckte sich eine Zigarette an. Er hatte gar keinen Namen genannt, nur das Stockwerk, zu dem er wollte. Er dachte bei sich, daß sie hier ganz schön aufpaßten, daß die Mieter nicht unnötig gestört wurden. »Zu Mr. Kessler«, sagte er. Es war ein weiter Weg von Rochester – wo man nur nach oben zu schauen brauchte, nach dem Fenstern über dem Geschäft – bis Riverside Drive.
Seine Gedanken beschäftigten sich wieder mit der Unterhaltung, die er am Morgen mit Joe gehabt hatte. Was Joe gesagt hatte, quälte ihn immer noch. Sie hatten danach nicht mehr viel miteinander geredet, und bald nach dem Frühstück war Joe weggegangen. Joe hatte ihn freilich gefragt, ob er nicht mitkommen und May und Flo besuchen wollte, aber er hatte gesagt, daß er am Nachmittag zu Peter ginge.
Der Fahrstuhl hielt, lautlos glitt die Tür auf. »Die Halle rechts runter, Apartment 9 C, Sir«, sagte der Fahrstuhlführer höflich.
Johnny dankte, ging durch die Halle und drückte auf den Klingelknopf.
Das Mädchen machte auf. Johnny trat ein und gab ihr seinen Hut.
»Ist Mr. Kessler zu Hause?«
Ehe das Mädchen antworten konnte, fegte Doris in die Diele. »Onkel Johnny! Ich hab' deine Stimme gehört!«
Er hob sie auf und drückte sie an sich. »Hallo, mein Schatz.«

Sie sah ihm ins Gesicht. »Ich hab' so gehofft, daß du heute kommen würdest. Du besuchst uns nicht mehr oft.«
Er wurde rot. »Hab' nicht viel Zeit, Schatz. Dein Vater sorgt dafür, daß ich ganz schön zu tun habe.«
Jemand zog an seinen Hosen. Es war Mark. »Heb mich hoch, Onkel Johnny!«
Johnny setzte Doris nieder, schwang ihn in die Luft und dann auf seine Schultern. Mark schrie vor Seligkeit und grub seine Finger gerade in Johnnys Haar, als Esther hereinkam.
»Nanu, Johnny, komm herein.«
Er folgte ihr ins Wohnzimmer, Mark auf der Schulter. Peter las die Zeitung. Er hatte sein Oberhemd ausgezogen, und Johnny stellte überrascht fest, daß er einen kleinen Bauch bekommen hatte.
»Sieh ihn dir an«, sagte Esther, mit einem Zwinkern in den Augen, »den ganzen Tag sitzt er vor dem Mädchen im Unterzeug herum. Mr. Elegant von Riverside Drive.«
Peter grunzte. Er sprach jiddisch. »Nu und? Ich kenne das Dorf in Deutschland, aus dem sie stammt. Wenn sie da überhaupt Hemden haben, ist es ein Wunder.«
Johnny sah verständnislos drein, und sie lachten ihn beide aus.
»Zieh dir ein Hemd an«, sagte Esther.
»Schön, schön«, brummelte Peter, während er ins Schlafzimmer ging. Er kam zurück und knöpfte sich das Hemd zu, als Johnny gerade Mark auf den Boden setzte. »Was bringt dich denn her?«
Johnny lächelte innerlich. Peter entging nichts. Es war seit Wochen das erstemal, daß Johnny zu Besuch kam. »Ich wollte mal sehen, wie die andere Hälfte lebt«, sagte er.
»Du bist doch schon hier gewesen«, meinte Peter völlig humorlos.
Johnny lachte laut auf. »Aber nicht, seit du ein Mädchen hast.«
»Und das macht solchen Unterschied?«
»Manchmal.« Johnny lächelte noch immer.
»Bei mir nicht.« Peter war ganz ernst. »Ich könnte das Haus voller Dienstboten haben und würde mich doch nicht anders benehmen.«
»Bestimmt nicht«, meinte Esther. »Er würde immer noch in seinem Unterzeug im Haus herumsitzen.«
»Das beweist ja, was ich sage«, triumphierte Peter, »Dienstboten oder nicht, Peter Kessler ist stets derselbe.«
Johnny gestand sich ein, daß Peter recht hatte. Peter hatte sich in den letzten paar Jahren nicht verändert, wohl aber er. Peter war damit zufrieden, wie die Dinge waren, im Gegensatz zu Johnny, der mehr

wollte, ohne recht zu wissen, was. Nur das Gefühl des Unbefriedigtseins war ganz deutlich. Alles, was Joe morgens gesagt hatte, fiel ihm wieder ein. Peter hatte einen langen Weg zurückgelegt von dem kleinen Eisenwarengeschäft in Rochester. Er hatte ein gewisses Maß an Sicherheit erlangt und war zufrieden damit. Welches Recht hatte er, von Peter zu verlangen, dies alles für eine Idee aufs Spiel zu setzen? Auf der anderen Seite hätte Peter auch das nicht, was er jetzt besaß, wenn Johnny ihn nicht vorwärtsgedrängt hätte. Ob ihm das aber ein Recht gab, Peter noch weiter zu stoßen – das wußte Johnny nicht. Er wußte nur, daß er jetzt nicht aufhören konnte. Die Zukunft, wie nebelhaft sie auch noch schien, war schon zu sehr ein Teil von ihm, als daß er sie aufgeben konnte. Er sah Peter mit leichtem Spott an.

»Du meinst, du bist noch kein zu großer Herr geworden, um nicht einen guten Vorschlag anzuhören?«

»Das glaube ich; guten Rat nehme ich immer an.« Johnny tat, als ob er erleichtert seufzte. »Freut mich. Manche Leute sagen, du seist sehr hochnäsig geworden, seit du in Riverside Drive wohnst.«

»Wer sagt so etwas?« Peter war ganz empört. »Im Augenblick, wo es jemandem gut geht, hacken die Leute auf ihm herum.«

Esther lächelte verständnisinnig; sie fühlte, daß Johnny etwas Bestimmtes im Schilde führte, war neugierig, was es wohl war, und gleichzeitig davon überzeugt, daß er bald damit herausrücken würde. »Mißverständnisse lassen sich nicht vermeiden«, sagte sie. »Vielleicht hast du irgend jemand Grund dafür gegeben?«

»Niemals«, protestierte Peter, immer noch empört. »Ich bin zu allen freundlich, wie immer.«

»Dann mach dir keine Sorgen«, sagte sie beruhigend; und zu Johnny: »Möchtest du vielleicht etwas Kaffee und Kuchen?«

Sie gingen mit ihr in die Küche. Als Johnny sein zweites Stück Kuchen aufgegessen hatte, fragte er so nebenbei: »Hast du heute die ›Welt‹ gelesen?«

Esther mußte wohl einen sechsten Sinn haben, denn sie drehte sich um und sah ihn an. Die Frage war ganz beiläufig – zu beiläufig, dachte sie. Sie hatte das Gefühl, daß jetzt herauskäme, was er eigentlich wollte.

»Mhm«, antwortete Peter.

»Hast du gelesen, daß Sarah Bernhardt filmt? Und die Notiz über ›Quo Vadis‹?«

»Natürlich. Warum fragst du?«

»Erinnerst du dich an das, was ich über längere Filme gesagt habe?«

»Natürlich. Und ich erinnere mich auch an die Serie, die du zusammengeschnitten hast.«
»Das war etwas anderes, das war nur ein Experiment. Aber hier das beweist, daß ich mit den ›Banditen‹ recht hatte«, trumpfte Johnny auf.
»Wieso?« fragte Peter. »Es hat sich nichts dadurch geändert.«
»Nein? Wenn die größte Schauspielerin unserer Zeit sich entschließt, zu filmen, wenn man einen berühmten Roman verfilmen will, hat sich nichts geändert? Siehst du nicht, daß der Film anfängt erwachsen zu werden und daß die Kurzfilmkinderschuhe des Verbandes zu drücken beginnen?«
Peter stand auf. »Du redest dummes Zeug. Irgend jemand auf der Welt dreht einen langen Film; gut, du liest in der Zeitung, daß gleichzeitig zwei gemacht werden sollen, und schon glaubst du dich im Recht. Vielleicht würde ich auch einen längeren Film produzieren, wenn ich Sarah Bernhardt dafür bekäme – aber wer wird sich einen langen Film ohne Star ansehen?«
Johnny gab Peter innerlich recht. Ohne bekannte Namen würde es schwierig sein, das Publikum anzuziehen. Sogar auf dem Jahrmarkt hatte es Nummern gegeben, die allein durch ihren Namen die Zuschauer anzogen. Auch das Theater stellte bestimmte Schauspieler und Schauspielerinnen aus diesem Grund groß heraus, nur der Film tat das noch nicht. Der Verband wollte es nicht, weil er fürchtete, die Darsteller würden damit ihren Wert erfahren und höhere Gagen fordern.
Aber das Publikum merkte sich trotzdem bestimmte Darsteller, und wann immer ihre Filme liefen, kam es wieder und bezahlte, um seine Lieblinge zu sehen. Wie jener komische kleine Vagabund, der gerade ein paar Lustspielfilme gemacht hatte. Wie hieß er doch noch? Johnny hatte den Namen schon einmal gehört, aber er mußte nachdenken, bevor er ihm einfiel – Chaplin. Und das Mädchen, das als »das Mädchen aus der Lebensbeschreibung« bekannt war – er wußte nicht einmal ihren Namen. Aber die Zuschauer hatten ihn sich gemerkt und kamen ihretwegen wieder, auch wenn sie sonst vielleicht keine Lust gehabt hätten, ins Kino zu gehen.
Er nahm sich vor, Joe zu sagen, daß der Name der Darsteller künftig unter dem Titel erscheinen sollte. Es würde dem Zuschauer dadurch leichter, sich die Darsteller zu merken, und der Theaterbesitzer konnte besser Reklame für den Film machen.
Johnny war so lange still gewesen, daß Peter glaubte, er hätte ihn geschlagen. »Jetzt weißt du nicht, was du sagen sollst, was?« fragte er triumphierend.

Johnny riß sich aus seiner Träumerei. Er steckte sich eine Zigarette an. »O doch. Aber du hast mich gerade auf das gebracht, was ich noch brauche, damit der Erfolg eines langen Films sicher ist: einen großen Namen. Jemand, den jeder kennt. Wenn du den richtigen Darsteller hast, kannst du dich nicht länger sträuben, einen großen Film herzustellen.«
»Mit einem großen Namen ginge es wohl«, gestand Peter zu. »Aber wen willst du dafür kriegen?«
»Den Schauspieler, der auch auf der Bühne den ›Banditen‹ spielt, Warren Craig.«
»Warren Craig?« Peter traute seinen Ohren nicht. »Und warum nicht gleich John Drew?« Er sah Johnny sarkastisch an.
»Warren Craig ist gut genug«, antwortete Johnny ganz ernst.
»*Zei nicht a Narr*«, sagte Peter auf jiddisch, und als er Johnnys verständnislosen Blick sah, wiederholte er es auf englisch: »Sei kein Narr! Du weißt, daß sie alle auf den Film runtersehen. Du kriegst sie nicht dazu!«
»Jetzt, wo Sarah Bernhardt filmt, wird es vielleicht nicht so schwer sein.«
»Vielleicht beschaffst du mir dann auch gleich John Jacob Astors Geld, um sie bezahlen zu können«, meinte Peter bissig.
Johnny achtete nicht auf diese letzte Bemerkung. Er war aufgeregt aufgestanden, die Zigarette hing vergessen zwischen seinen Fingern. »Ich kann es schon auf der Leinwand sehen: ›Peter Kessler zeigt Warren Craig in dem berühmten Broadway-Stück *Der Bandit* – ein Magnum-Film.‹« Mit der Hand wies er dramatisch auf Peter.
Unbewußt hatte der sich im Stuhl vorgebeugt, als ob er das zu sehen versuchte, wovon Johnny sprach. Jetzt war der Bann gebrochen, und er lehnte sich wieder zurück. »Und ich kann schon sehen«, sagte er und versuchte, sein eben gezeigtes Interesse zuzudecken, »wie Peter Kessler Bankrott anmeldet!«
Esther beobachtete die beiden, erst den einen, dann den andern, mit einem undeutlichen Gefühl der Überraschung. In Wirklichkeit möchte Peter es ja! dachte sie.
Peter stand auf; seine Worte klangen abschließend, endgültig. »Nichts zu machen, Johnny, wir können es nicht, das Risiko ist zu groß. Dem Verband würde es bestimmt nicht gefallen, und wenn er uns die Lizenz entzieht, sind wir aus dem Geschäft raus. Für ein solches Risiko haben wir nicht genug Kapital.«
Johnny sah ihn nachdenklich an, eine kleine Ader an seiner Schläfe

hämmerte. Er sah, wie Esther Peter beobachtete. Er sah durch die geöffnete Tür ins Wohnzimmer, wo Mark auf dem Fußboden mit Bauklötzen spielte; während er noch hinstarrte, warf Mark die Klötze durcheinander, und Doris legte ihr Buch weg und half ihm, sie aufzusammeln.

Langsam wandte Johnny sich zu Peter. Die Worte kamen gleichmäßig, und seine Stimme verriet nichts von einem inneren Kampf. Er war jetzt fest entschlossen.

»Ihr Produzenten seid alle gleich! Alle habt ihr Angst vor dem Verband. Ihr schreit alle, daß er euch nicht leben läßt, daß er euch aushungert, aber was unternehmt ihr dagegen? Nichts! Ihr lungert um seinen Tisch herum und nehmt die Krumen und Abfälle, die er euch zuwirft. Denn mehr als Krumen kriegt ihr ja nicht. Weißt du, wieviel er im letzten Jahr verdient hat? Zwanzig Millionen Dollar! Und alle unabhängigen Produzenten zusammen, vierzig an der Zahl, vierhunderttausend Dollar, also nur zehntausend jeder. Aber gleichzeitig bezahlt ihr Unabhängigen dem Verband etwa acht Millionen Dollar, um im Geschäft zu bleiben. Acht Millionen Dollar! Geld, das ihr verdient und nicht behalten könnt! Das Zwanzigfache dessen, was euch selber bleibt. Und der einzige Grund dafür, daß es so bleibt, ist eure Angst, den Verband abzuschütteln!«

Die Zigarette verbrannte ihm die Finger. Er drückte sie aus, ohne weiter darauf zu achten. Seine Stimme wurde hart und eindringlich, ja ergriffen; die Gefühle, die er in anderen hervorrufen wollte, schwangen stets in seiner eigenen Stimme mit und wurden durch neue verdrängt, wenn es Zeit war.

»Wann werdet ihr endlich klug? Es ist euer Geschäft so gut wie das des Verbandes. Ihr verdient das Geld. Warum behaltet ihr es nicht? Früher oder später kommt es doch zum Kampf; warum dann nicht jetzt? Bekämpft ihn mit besseren Filmen. Er weiß, daß ihr's könnt, deshalb schreibt er euch vor, was ihr herstellen sollt. Er hat Angst davor, daß ihr auf eigenen Füßen steht. Schließt euch zusammen. Vielleicht könnt ihr ihn gerichtlich bekämpfen, vielleicht ist das, was der Verband tut, gegen die neuen Anti-Trust-Gesetze. Ich weiß es nicht, aber was auf dem Spiel steht, ist schon einen Kampf wert.

Weißt du noch, wie ich dich damals in Rochester in die Filmproduktion bringen wollte? Ich hatte guten Grund dazu. Ich hätte ja zu Borden oder irgendeinem andern Produzenten gehen können, aber ich wollte dich, weil ich dich für den richtigen Mann hielt, der auch im gegebenen Augenblick kämpfen könnte. Oft genug hab' ich andere

Stellungen angeboten bekommen, aber ich hab' bei dir ausgehalten, immer aus diesem Grund. Und jetzt muß ich wissen, ob ich richtig gehandelt habe oder nicht. Denn jetzt ist die Zeit gekommen, wo wir den Kampf mit dem Verband aufnehmen müssen, oder er wird uns bald ganz verdrängen.«

Er sah Peter an und versuchte, die Wirkung seiner Worte abzuschätzen. Peters Gesicht verriet nichts, aber an anderen Zeichen las Johnny ab, daß er gewonnen hatte; Peter hatte die Hände geballt wie ein Mann, der sich in den Kampf stürzt.

Peter schwieg lange Zeit. Er diskutierte nicht mit Johnny, er konnte es nicht. Er wußte seit langem, daß Johnny recht hatte. Im letzten Jahr hatte er einhundertvierzigtausend Dollar an den Verband abgeführt und nur achttausend für sich behalten. Aber Johnny war jung und allzu bereit, gegen Windmühlen anzukämpfen. Wenn er etwas älter wäre, würde er vielleicht einsehen, daß man manchmal Geduld haben mußte.

Er ging zum Ausguß, füllte sich ein Glas mit Wasser und trank es langsam. Es war schon etwas dran an Johnnys Worten. Wenn sich die unabhängigen Produzenten einigten, konnten sie den Kampf mit dem Verband aufnehmen und vielleicht sogar gewinnen. Manchmal war Kämpfen besser als Warten. Vielleicht war der Zeitpunkt gekommen. Er stellte das Glas in den Ausguß und drehte sich zu Johnny um:

»Wieviel, sagtest du, würde ein solcher Film kosten?«

»Etwa fünfundzwanzigtausend Dollar, wenn Warren Craig die Hauptrolle spielen soll.«

Peter nickte. Es war eine Menge Geld für einen Film. Gelang es aber, war ein Vermögen damit zu machen. »Wenn wir so einen Film machen, *muß* Warren Craig die Hauptrolle spielen, anders können wir es nicht riskieren.«

Johnny ergriff die Gelegenheit eifrig. »Du brauchst die fünfundzwanzigtausend nicht allein aufzubringen; Joe und ich können fünftausend geben, du gibst achttausend, den Rest leihen wir uns. Viele Theaterbesitzer werden, glaub' ich, die Chance ergreifen. Sie schreien ja immer nach was anderem. Wenn wir es ihnen beschaffen, schießen sie uns vielleicht das Geld vor.«

»Aber wir brauchen Warren Craig.«

»Überlaß das nur mir«, sagte Johnny zuversichtlich, »ich krieg' ihn schon.«

»Zehntausend kann ich aufbringen.«

»Du willst es also tun?« fragte Johnny. Der Puls an seiner Schläfe hämmerte wie toll.
Peter zögerte einen Augenblick. Er sah Esther an und sagte langsam: »Ich sag' jetzt nicht ja und auch nicht nein. Ich sage nur: Ich werde es mir überlegen.«

4

Peter wartete vor der Synagoge auf Borden. Die Synagoge am unteren Broadway war morgens der Treffpunkt vieler wichtiger Filmleute aus den Reihen der Unabhängigen. Als Borden die Straße entlangkam, trat er neben ihn.
»Guten Morgen, Willi.«
Borden sah ihn lächelnd an. »Was macht das Geschäft, Peter?«
»Kann nicht klagen. Aber ich muß mit dir reden. Hast du Zeit für 'ne Tasse Kaffee?«
Borden schaute wichtig auf seine Uhr. »Sicher«, meinte er dann. »Was ist los?«
»Hast du die gestrige Zeitung gelesen?« fragte Peter, als sie in dem in der Nähe gelegenen Restaurant Platz nahmen.
»Sicher. Was speziell meinst du?«
»Die Notizen über den Film mit der Bernhardt und ›Quo Vadis‹.«
»Ja, die hab' ich gesehen.« Borden überlegte bei sich, worauf Peter hinaus wollte.
»Meinst du, daß längere Filme im Kommen sind?«
»Könnte sein«, antwortete Borden vorsichtig. Peter schwieg, während die Kellnerin den Kaffee brachte. »Johnny möchte einen Film von achtzehnhundert Meter machen.«
Bordens Interesse war geweckt. »Achtzehnhundert Meter? Und worüber?«
»Ich soll ein Stück kaufen, einen Film daraus machen und den Hauptdarsteller dafür engagieren.«
»Ein Stück kaufen?« Borden lachte. »Das ist Unsinn. Wer hat je so etwas gehört? Du kannst alle Geschichten, die du willst, für nichts haben.«
»Ich weiß.« Peter schlürfte seinen Kaffee. »Aber Johnny sagt, der Name des Stückes zieht die Zuschauer an.«
Borden sah ein, daß da etwas dran war. Sein Interesse wurde lebhafter. »Wie willst du die Regeln des Verbandes umgehen?«

»Johnny meint, wir sollen genug Rohfilm aufsparen und den Film dann heimlich drehen. Sie sollen es nicht eher erfahren, als bis der Film herauskommt.«
»Wenn sie es herauskriegen, können sie euch ausschließen.«
»Vielleicht«, sagte Peter. »Vielleicht tun sie's, vielleicht auch nicht. Aber irgendwo müssen wir mal eine Grenze ziehen und den Kampf aufnehmen. Sonst machen wir immer noch Kurzfilme, wenn überall sonst auf der Welt Großfilme gedreht werden. Dann erobern die ausländischen Produzenten unsern Markt, und wir werden darunter mehr zu leiden haben als der Verband. Wir haben uns lange genug von den Brosamen ernährt, die er vom Tisch fallen ließ, jetzt müssen wir Unabhängigen uns zusammenschließen und kämpfen.«
Borden dachte nach. Peter hatte nur ausgesprochen, was sie alle fühlten, aber keiner von ihnen wollte anfangen. Sogar er hatte keine Lust, ein solches Wagnis einzugehen. Aber wenn Peter es auf sich nehmen wollte und Erfolg haben sollte, käme es auch ihm zugute, das war ihm klar. »Wieviel würde ein solcher Film kosten?« fragte er.
»Ungefähr fünfundzwanzigtausend.«
Borden versuchte abzuschätzen, wieviel Geld Peter hatte, und kam nach ein paar Augenblicken zu dem Ergebnis, daß es etwa zehntausend Dollar sein müßten. Er müßte sich also den Rest leihen. Er legte ein Geldstück auf den Tisch und stand auf. »Wirst du den Film machen?« fragte er, als sie auf der Straße waren.
»Ich überlege es mir, aber ich hab' nicht genug Geld. Wenn diese Schwierigkeit behoben wäre, würde ich es vielleicht riskieren.«
»Wieviel hast du?«
»Etwa fünfzehntausend.«
Borden war überrascht. Peter hatte besser abgeschnitten, als er gedacht hatte. Er sah ihn respektvoll an und sagte impulsiv: »Zweitausendfünfhundert kannst du von mir haben.« Es war ein kleiner Betrag für ihn angesichts der Möglichkeiten, die sich auch ihm erschlossen, wenn die Sache gutging. Er kam sich sehr schlau vor – es war besser für ihn, wenn Peter die Sache riskierte.
Aber Peter hatte nur wissen wollen, ob Borden so stark an der Idee interessiert war, daß er sein Geld riskierte. Daß es eine so kleine Summe war, störte ihn nicht; es kam ihm gar nicht in den Sinn, daß Borden ihm den gesamten fehlenden Betrag vorstrecken konnte, wenn er wollte. »Ich bin noch nicht fest entschlossen. Ich werde dir Bescheid geben.«
Jetzt wollte Borden, daß Peter die Sache machte. »In Ordnung«, sagte

er listig. »Wenn du's nicht tust, laß es mich wissen, dann werd' ich es vielleicht machen. Je mehr ich darüber nachdenke, desto besser gefällt mir die Idee.«
»Ich weiß noch nicht«, sagte Peter schnell, »ich muß mir erst klarwerden. Aber ich sag' dir Bescheid.«

Johnny sah die Tür an. Auf der Glasscheibe stand: »Samuel Sharpe« und in kleineren Buchstaben darunter: »Theateragentur«. Er drückte die Klinke herunter und trat ein. Das Zimmer war nur klein; die Wände waren mit Fotos bedeckt, alle mit der Widmung: »Meinem lieben Sam.« Johnny sah sie genau an, es schien immer dieselbe Handschrift zu sein. Er lächelte vor sich hin.
Durch eine andere Tür kam ein Mädchen herein und setzte sich an ein Pult an der Wand. »Was kann ich für Sie tun?« fragte sie.
Sie war hübsch, dieser Sharpe hatte Geschmack, fand Johnny. Er warf seine Karte auf ihr Pult. »Mr. Edge möchte Mr. Sharpe sprechen.«
Sie nahm die Karte und betrachtete sie. Es war eine einfache Karte mit sorgfältiger Gravierung »Johnny Edge, Vizepräsident der Magnum-Film«. »Wollen Sie nicht Platz nehmen?« sagte sie respektvoll. »Ich werde nachsehen, ob Mr. Sharpe frei ist.«
Johnny lächelte sie an, als er sich setzte. »Sie sollten zum Film.«
Sie wurde rot und ging hinaus. Nach einem Augenblick kam sie zurück. »Mr. Sharpe wird in ein paar Minuten frei sein.« Sie setzte sich an ihr Pult und versuchte, beschäftigt auszusehen.
Johnny nahm eine Theaterzeitschrift auf und warf einen Blick hinein. Aus den Augenwinkeln sah er, daß sie ihn beobachtete, und legte die Zeitschrift hin. »Schöner Tag, nicht?« sagte er freundlich.
»Ja, Sir.« Und sie schob einen Bogen in die Schreibmaschine und begann zu tippen.
Johnny stand auf und ging zu ihr hinüber. »Glauben Sie, daß man aus der Handschrift den Charakter erkennen kann?« fragte er.
Sie schien verblüfft. »Ich hab' nie darüber nachgedacht, aber es könnte schon sein.« Sie hatte eine angenehme Stimme.
»Schreiben Sie mal was auf ein Stück Papier.«
Sie nahm einen Bleistift. »Was soll ich schreiben?« Er dachte eine Sekunde nach: »Schreiben Sie: für Sam von – und dann Ihren Namen.« Er lächelte entwaffnend.
Sie kritzelte etwas auf ein Stück Papier und gab es ihm. »Da, Mr. Edge, aber ich weiß nicht, ob Sie was damit anfangen können.«
Johnny sah erst auf das Papier und dann mit plötzlicher Überraschung

zu ihr. Sie lachte, und er grinste und las noch einmal, was sie geschrieben hatte.

»Sie hätten mich ruhig fragen können«, stand da, »Jane Andersen. Zu weiteren Auskünften bereit.«

Er stimmte in ihr Lachen ein. »Ich hätte mir denken können, Jane, daß Sie mich durchschauen.«

Sie wollte antworten, aber es klingelte neben ihrem Pult. »Sie können rein, Mr. Sharpe ist frei«, sagte sie lächelnd.

Er ging zur Tür, blieb aber stehen und sah zu ihr zurück. »Sagen Sie« – er sprach im Bühnenflüsterton –, »war Mr. Sharpe wirklich beschäftigt?«

Sie warf den Kopf zurück. »Natürlich«, antwortete sie im gleichen Tonfall, »er hat sich rasiert.«

Johnny lachte und ging ins andere Zimmer, das genauso aussah wie das erste, nur größer. Die gleichen Fotos an den Wänden, aber ein größerer Schreibtisch. Dahinter saß ein kleiner Mann im hellgrauen Anzug.

Er hielt Johnny die Hand hin. »Freut mich, Sie kennenzulernen, Mr. Edge«, sagte er mit dünner, aber nicht unangenehmer Stimme.

Johnny kam gleich zur Sache. »Die Magnum-Film kauft die Verfilmungsrechte für den ›Banditen‹, und wir möchten, daß Warren Craig auch im Film die Titelrolle spielt.«

Sharpe schüttelte betrübt den Kopf, sagte aber nichts.

»Warum schütteln Sie den Kopf, Mr. Sharpe?«

»Tut mir leid, Mr. Edge, wenn es irgendein anderer von meinen Klienten gewesen wäre, hätten Sie ihn vielleicht kriegen können, aber Warren Craig –«, er beendete den Satz nicht, machte nur eine hilflose Geste mit den Händen.

»Was meinen Sie mit ›aber Warren Craig‹?«

Sharpe lächelte beschwichtigend. »Mr. Craig ist einer unserer ersten Schauspieler, und Sie wissen, wie die über die Flimmerkiste denken – sie sehen auf sie herab, das ist es. Und außerdem, um aufs Praktische zu kommen, zahlen Sie nicht genug.«

»Wieviel ist das Übliche für Warren Craig, Mr. Sharpe?«

»Craig bekommt einhundertfünfzig Dollar die Woche, und ihr Flimmerleute wollt nicht mehr als fünfundsiebzig zahlen.«

Johnny beugte sich vor und senkte seine Stimme. »Mr. Sharpe, was ich Ihnen jetzt sage, ist streng vertraulich.«

Sharpe hob den Kopf. »Ich weiß dieses Vertrauen zu schätzen«, sagte er rasch.

»Gut«, und Johnny zog seinen Stuhl näher heran. »Die Magnum-Film will keinen gewöhnlichen Streifen aus dem ›Banditen‹ machen, sondern einen ganz neuen Filmtyp schaffen, etwas, was neben den besten Theaterstücken rangieren kann. Deshalb möchten wir Warren Craig für die Rolle haben, die er auf der Bühne kreiert hat.« Er schwieg eindrucksvoll.

»Wir sind bereit, ihm für diese Rolle vierhundert Dollar pro Woche zu zahlen, mit einer Mindestgarantie von zweitausend Dollar.« Johnny lehnte sich zurück, um die Wirkung seiner Worte auf Sharpe zu beobachten.

Er konnte sehen, daß Sharpe interessiert war und die Sache gern machen würde. Aber Sharpe seufzte tief und sagte bedauernd: »Ich will aufrichtig zu Ihnen sein, Mr. Edge; Ihr Angebot ist sehr großzügig, aber ich fürchte, ich kann Craig nicht dazu bringen, es anzunehmen. Ich muß Ihnen wiederholen, daß Craig nichts vom Film hält, daß er ihn sogar verachtet und für unter der Würde seiner Kunst ansieht.«

Johnny stand auf. »Wenn Sarah Bernhardt es nicht unter ihrer Würde findet, in Frankreich zu filmen, kann sich Mr. Craig vielleicht auch entschließen, hier in einem Film zu spielen.«

»Ich hab' davon gehört, aber ich hab's nicht geglaubt«, sagte Sharpe. »Ist es wirklich wahr?«

Johnny nickte. »Sie können es glauben«, log er, »unser französischer Vertreter war dabei, wie der Vertrag abgeschlossen und unterzeichnet wurde.« Er zögerte eine Sekunde und fügte dann hinzu: »Natürlich würden wir Ihnen dieselbe Tantieme zahlen, die der Agent von Madame Bernhardt erhielt, nämlich zehn Prozent der Garantiesumme.«

»Mr. Edge«, sagte Sharpe, indem er aufstand, »Sie haben mich überzeugt und für Ihr Vorhaben gewonnen, aber Sie müssen auch Mr. Craig überzeugen. Mir würde er gar nicht zuhören, wollen Sie selbst mit ihm reden?«

»Jederzeit.«

Als Johnny wegging, hatten sie sich geeinigt, daß Sharpe ihn anrufen würde, sobald eine Verabredung mit Craig getroffen war.

Beim Hinausgehen blieb er an Janes Pult stehen und sagte lächelnd: »Wegen der weiteren Auskünfte ...«

Sie gab ihm einen Bogen, auf dem sauber mit Schreibmaschine ihr Name, ihre Adresse und ihre Telefonnummer getippt waren.

»Rufen Sie bitte nicht nach acht Uhr an«, sagte sie, »es ist eine Pension, und die Wirtin hat es nicht gern, wenn noch nach acht telefoniert wird.«

Johnny lachte. »Ich werde Sie hier anrufen, Jane. Dann brauchen wir uns wegen der Wirtin nicht zu sorgen.«
Und er ging pfeifend weg.

Johnny kam erst spät am Nachmittag ins Studio.
»Wo hast du denn gesteckt?« fragte Peter. »Ich hab' den ganzen Tag nach dir gesucht.«
Johnny ließ sich auf einer Ecke des Schreibtisches nieder. »Ich hatte zu tun. Zuerst war ich bei Craigs Manager. Dann hab' ich mit George gegessen, der heute in der Stadt war.«
»Warum?«
»Wegen Geld«, sagte Johnny vergnügt. »Es sieht so aus, als ob wir Craig bekommen, und da kann es ja nichts schaden, wenn wir langsam das Geld für den Film beschaffen; George gibt uns tausend.«
»Ich habe noch nicht gesagt, daß wir den Film machen.«
»Weiß ich; aber wenn du ihn nicht drehst, macht es jemand anders. Und ich will nicht dabeistehen und zusehen, während das passiert.«
Peter sah ihn an, aber Johnny hielt seinem Blick stand. Schließlich fragte Peter: »Du bist also fest entschlossen?«
Johnny nickte. »Ganz fest. Ich hab' es satt.«
Das Telefon läutete. Peter nahm den Hörer ab und hielt ihn dann Johnny hin. »Es ist für dich.«
Johnny nahm ihn. »Hallo!«
Dann hörte er ein paar Minuten lang der Stimme im Telefon zu, legte die Hand über die Muschel und sagte zu Peter:
»Es ist Borden. Hast du heute morgen mit ihm über den Film gesprochen?«
»Ja. Was will er?«
Johnny antwortete nicht, sondern sprach statt dessen in den Apparat, während er Peter fragend ansah: »Ich weiß noch nicht, Bill, er hat sich noch nicht entschlossen.«
Eiliges Sprechen am andern Ende des Drahtes.
»Bestimmt, Bill, bestimmt, ich geb' dir Bescheid.« Johnny legte auf.
»Was wollte er denn?« fragte Peter mißtrauisch.
»Er wollte wissen, wozu du dich entschlossen hast. Wenn du's nicht tun willst, will er mich sehen.«
Jetzt explodierte Peter. »Der Gauner!« Er kaute wütend auf seiner Zigarre herum. »Heute morgen hab' ich erst mit ihm darüber gesprochen, und schon versucht er, meine Idee zu klauen. Was hast du gesagt?«

»Das hast du ja gehört: daß du dich noch nicht entschieden hast.«
»Ruf ihn an und sag ihm, daß wir den Film machen.«
»Wirklich?« Johnny grinste.
»Ja«, sagte Peter zornig, »ich werde Willi Bordanow zeigen, daß er meine Ideen nicht stehlen kann.«
Johnny nahm den Hörer ab.
»Einen Augenblick, ich werde ihn selbst anrufen«, sagte Peter. »Er hat mir versprochen, mir für den Film zweitausendfünfhundert Dollar zu leihen, und er soll sie mir gleich rüberschicken.«
Das leichteste an dem ganzen Projekt war die Beschaffung des Geldes. Die Theaterbesitzer, mit denen Johnny gesprochen hatte, waren nur zu bereit, das Geld für den Film aufzubringen. Sie hatten die üblichen Filme satt. Johnny erhielt Summen von eintausend Dollar, wie von George Pappas, bis herunter zu hundert Dollar von einem kleinen Kinobesitzer auf Long-Island.
Es war innerhalb der Filmbranche das größte offene Geheimnis. Jeder, außer den Leuten vom Verband, wußte davon. Die andern Unabhängigen warteten gespannt darauf, was geschehen würde.
Peter kaufte inzwischen in aller Stille so viel Rohfilm auf, wie er bekommen konnte, und Joe schrieb mit dem Autor zusammen das Stück für den Film um.

Warren Craigs Garderobe war überfüllt, während er sich abschminkte. Im Spiegel konnte er sehen, wie die Leute angeregt miteinander sprachen, nur das hübsche Mädchen in der Ecke sagte nichts, sie sah nur beeindruckt dem Prozeß des Abschminkens zu.
Er fühlte sich wohl. Die Vorstellung heute abend war gut gewesen, und er wußte es. Es gab Abende, an denen alles wie geschmiert ging, und umgekehrt. Er kreuzte abergläubisch die Finger bei dem Gedanken. Das Mädchen sah die Bewegung im Spiegel und lächelte, noch ein wenig zaghaft. Er lächelte zurück.
Mit Schwung wischte er den letzten Rest Cold Cream ab und drehte sich um. »Und jetzt entschuldigt mich, gute Leute«, sagte er mit seinem vollen Bariton, »aber ich muß aus diesem provinziellen Kostüm heraus.«
Sie lachten, wie immer, wenn er das sagte; es war ein Teil der Vorstellung geworden. Er hatte ein Cowboykostüm an, das ihm gut stand. Die kräftigen Farben des Hemdes betonten seine breiten Schultern ebenso wie die dunklen Lederhosen seine sehr schmalen Hüften.
Er ging hinter einen Wandschirm, und nach ein paar Minuten erschien

er in gewöhnlichen Kleidern. Im Abendanzug sah er genauso gut aus wie im Kostüm. Er war Schauspieler und wußte es. Alles, was er trug, tat und sagte, ließ einen niemals vergessen, daß er aus einer Familie kam, die seit drei Generationen dem amerikanischen Theater angehörte.

Sie konnten ihm jetzt ihre Huldigungen darbringen. Er stand mit leicht vorgeneigtem Kopf mitten im Zimmer und sprach zu jedem, der zu ihm kam und ihn beglückwünschte, ein paar Worte. Zwischen den Lippen hielt er lässig eine lange russische Zigarettenspitze.

In dieser Pose sah Johnny ihn zuerst, als er hinter Sam Sharpe in die Garderobe trat. Warren Craig war nicht sehr glücklich über Sams Erscheinen; es fiel ihm ein, daß er Sam – wenn auch widerstrebend – versprochen hatte, mit dem Flimmerkistenkerl zu reden, und er hätte lieber versucht, sich mit dem hübschen Mädchen in der Ecke zum Essen zu verabreden.

Aber er lächelte philosophisch. Wenn man einer der ersten Schauspieler Amerikas war, dachte er, war man nicht immer Herr seiner Zeit.

Allmählich leerte sich das Zimmer. Zuletzt ging das hübsche Mädchen. Von der Tür lächelte sie noch einmal zu ihm zurück. Er machte eine hilflose kleine Geste, die deutlicher als Worte sagte: Tut mir leid, Liebe. Aber es hat eben auch seine Nachteile, wenn man ein großer Schauspieler ist.

Ihr Lächeln antwortete ihm, er verstand es: Ich begreife; ein andermal. Die Tür schloß sich hinter ihr.

Johnny entging die kleine Szene nicht. Er stand ruhig da und schätzte Craig ab. Zweifellos war er ein guter Schauspieler, aber seine Eitelkeit hing um ihn wie ein weiter Mantel. Nun, er hatte Grund zur Eitelkeit. Er war jung, etwa fünfundzwanzig, schätzte Johnny, gut aussehend, mit schmalen ebenmäßigen Zügen, dickem schwarzem lockigem Haar, das sich wundervoll fotografieren lassen würde.

Craig nahm Johnny nun erst wirklich wahr. Sein erster bestürzter Gedanke war: Der ist ja jünger als ich, und schon Vizepräsident von so einem Flimmerkonzern. Aber dann sah er andere Dinge, die ein Durchschnittsmensch zuerst nicht an Johnny bemerkte. Die vom Theater lernen, auf bestimmte Kennzeichen zu achten, die wichtig sind. Johnnys Mund war breit und großzügig, aber zugleich fest und entschlossen. Sein Kiefer hatte eine leicht aggressive Wölbung, aber wirkte beherrscht. Das Ungewöhnlichste an ihm aber waren seine Augen. Sie waren dunkelblau, und tief innen schien eine verborgene Flamme zu brennen. Ein Idealist, dachte Craig.

»Hast du Hunger, Warren?« fragte Sharpe mit seiner dünnen kleinen Stimme.
Craig zuckte die Achsel. »Ich könnte was essen«, sagte er, so als ob Nahrung ihm gleichgültig wäre. Und zu Johnny: »Diese Vorstellungen nehmen einen mit.«
»Kann ich mir denken, Mr. Craig.«
Craig erwärmte sich an Johnnys Stimmklang. »Hören Sie, wir wollen nicht so formell sein. Mein Name ist Warren.«
»Meiner Johnny.«
Die beiden schüttelten sich die Hand, und Sam Sharpe lächelte vor sich hin, als sie die Garderobe verließen. Es sah so aus, als ob er die zehn Prozent Kommission kriegen würde.

5

Joe saß im Sessel und sah zu, wie Johnny sich die Krawatte band. Er mußte sie zweimal neu binden, dann riß er sie ab und nahm eine andere vom Ständer. »Verdammt!« murmelte er. »Ich krieg' sie nie beim erstenmal richtig hin.«
Joe lächelte. Seit er an jenem Morgen Johnny vor dem Risiko gewarnt hatte, in das er Peter mit seinem Film stürzen würde, hatte er nichts mehr zu dem Thema gesagt. Er leistete seinen Beitrag an der Arbeit und hoffte, daß alles gut auslaufen würde. Aber bis jetzt ging alles zu glatt. Er hatte böse Vorahnungen, wenn er sah, *wie* glatt, und schalt sich dann einen Pessimisten.
»Hast du 'ne Verabredung?« fragte er Johnny.
Johnny nickte, ganz mit seiner Krawatte beschäftigt.
»Kenn' ich sie?«
Die Krawatte war endlich in Ordnung. »Glaub' ich nicht«, meinte Johnny. »Sharpes Sekretärin.«
Joe pfiff vor sich hin. »Sei vorsichtig, Junge. Ich hab' die hübsche kleine Blondine einmal gesehen; sie gehört zu der Sorte, die geheiratet werden will.«
Johnny lachte. »Unsinn. Die kann Spaß verstehen.« Joe schüttelte den Kopf in gespielter Traurigkeit. »Ich hab' so was schon mal passieren sehen. Du gehst mit einer Dame rein zum Vergnügen aus und kommst an der Kette nach Hause.«
»Jane ist nicht so. Sie weiß, daß ich keine ernsten Absichten habe.«
»Das mag eine Dame wissen – glauben wird sie's nie.« Dann aber wurde Joe ernst. »Du gehst mit Peter morgen zum Verband?«

Johnny nickte. Es war Ende Mai, und alles war fertig, um mit den Dreharbeiten zu dem Film anzufangen. Drehbuch und Rollenbesetzung standen; die einzige Schwierigkeit war, ein Studio zu finden, das groß genug war. Ihr eigenes war erbarmungswürdig klein.
Sie hatten es bei den andern Unabhängigen versucht; aber kein Studio war frei. So hatten sie sich entschlossen, ein Studio vom Verband zu mieten, der mehrere große Studios besaß, die für den »Banditen« genügen würden; eins davon, das wußte Johnny, wurde während des Sommers nicht gebraucht. Sie waren übereingekommen, dem Verband zu sagen, daß sie eine Serie drehen wollten – eine plausible Erklärung.
»Und wenn sie es ablehnen?« fragte Joe.
»Sie werden schon nicht«, sagte Johnny zuversichtlich. »Hör mit der Schwarzseherei auf.«
»Gut, gut, ich hab' ja nur gefragt.«

Das Geklapper der Pferdehufe auf dem Pflaster verstummte, die Droschke hielt. Der Kutscher fragte: »Wohin jetzt, Sir?«
»Noch mal um den Park«, sagte Johnny, und zu Jane: »Es ist dir doch recht? Oder bist du müde?«
Ihr Gesicht schien im Mondlicht blaß. Die Nacht war warm, aber sie trug einen Schal um die Schultern. »Ich bin nicht müde.«
Die Droschke setzte sich wieder in Bewegung, und Johnny lehnte sich in die Polster zurück. Er sah zum Himmel: Die Sterne waren aufgegangen und blinkten auf ihn nieder. Er verschränkte die Hände hinter dem Kopf. »Wenn wir mit dem Film fertig sind, Janey, sind wir auf dem richtigen Weg, und nichts kann uns mehr aufhalten.«
Er fühlte, wie sie sich neben ihm bewegte.
»Johnny?«
»Ja, Jane?«
»Denkst du nie an etwas anderes? Immer nur an den Film?«
Er wandte sich ihr überrascht zu. »Was meinst du damit?«
»Es gibt im Leben auch noch was anderes als nur Filme.«
Er reckte sich lachend. »Für mich nicht.« Sie drehte ihr Gesicht von ihm weg und blickte aus dem Wagen hinaus. »Andere Leute finden neben ihrem Geschäft auch noch Zeit für etwas anderes.«
Er legte einen Arm um ihre Schultern, mit der anderen Hand drehte er ihr Gesicht zu sich. Einen Augenblick lang sah er sie an, ehe er sie küßte. Ihre Lippen waren warm, und ihre Arme schlossen sich hungrig um ihn, fielen aber ebenso rasch wieder von seinen Schultern.
»Meinst du diese Dinge, Janey?« fragte er weich.

Sie antwortete nicht gleich, erst nach ein paar Sekunden sagte sie leise: »Ich wünschte, du hättest das nicht getan, Johnny.«
Johnny war überrascht. »Warum nicht, Liebes? Hast du das nicht gemeint?«
Sie sah ihn wieder mit ihrem offenen Blick an. »Ja und nein. Ein Kuß bedeutet an sich nichts, nur was dahinter ist, zählt. Es tut mir leid, daß du mich geküßt hast, weil ich jetzt weiß, daß nichts dahinter ist. Du hast keinen Raum in dir für Gefühle, Johnny. Es gibt nur den Film.«

Das Büro des Verbandes war in einem großen Gebäude in der 23. Straße. Das Gebäude hatte zwölf Stockwerke, und der Verband brauchte sie alle. Das Büro war im siebten Stock, und als Johnny und Peter aus dem Fahrstuhl stiegen, wurden sie von einem jungen Mädchen empfangen. »Wen wollen Sie sehen, bitte?«
»Mr. Segale«, antwortete Peter. »Wir sind Mr. Edge und Mr. Kessler; wir sind angemeldet.«
»Wollen Sie Platz nehmen?« Das Mädchen zeigte auf ein bequemes Sofa an der Wand. »Ich werde Mr. Segales Büro anrufen.«
»Ein Riesenladen«, flüsterte Johnny.
»Ich bin nervös«, sagte Peter.
»Nimm's leicht. Sie haben keine Ahnung von unserem Plan. Wir brauchen uns nicht zu sorgen.«
Peter wollte antworten, aber das Mädchen unterbrach ihn. »Mr. Segale wartet auf Sie. Gehen Sie bitte die Halle rechts runter, sein Name steht an der Tür.« Sie bedankten sich und gingen. Das Gebäude war groß und bedrückte sie. Gelegentlich eilte jemand mit ungeheuer wichtiger Miene an ihnen vorbei. Sogar auf Johnny machte es Eindruck.
Auf der Tür stand: »Mr. Segale – Produktionsleiter.« Sie traten ein und befanden sich in einem Vorzimmer. Ein Mädchen wies auf eine andere Tür an einer Innenwand: »Dort hinein, bitte. Mr. Segale erwartet Sie.«
Sie gingen hinein; der Raum war schlicht, aber großzügig eingerichtet. Ein dicker weinroter Teppich bedeckte den Boden, an den graugetünchten Wänden hingen mehrere Gemälde, und überall standen üppige Ledersessel und -sofas.
Hinter einem imponierenden Nußbaumschreibtisch saß Mr. Segale. Er begrüßte sie herzlich und zeigte auf die Sessel. »Machen Sie es sich bequem, meine Herren. Rauchen Sie?« Er reichte eine Zigarrenkiste herum.

Peter nahm eine und steckte sie an. Johnny dankte und nahm eine Zigarette.
Mr. Segale war ein kleiner fetter Mann mit einem Kindergesicht. Aber seine blauen Augen waren ungewöhnlich scharfblickend, und die Lippen seines kleinen runden Mundes waren schmal.
Unter seinem Blick bekam Johnny ein schlechtes Vorgefühl. Dieses Baby ist kein Narr, dachte er. Es wird nicht so leicht sein, diese hellblauen Augen hinters Licht zu führen. Aber er sagte nichts.
Mr. Segale sprach als erster. »Was kann ich für Sie tun?«
Peter entschloß sich, ohne Umschweife zu reden. »Die Magnum-Film möchte gern für drei Wochen die Slocum-Studios für eine Serie mieten.« Mr. Segale faltete die Hände über seinem Magen und lehnte sich zurück. Er sah zur Decke und blies den Rauch nach oben. »Ich verstehe. Ich glaube, Sie haben von uns eine Lizenz erhalten zur Produktion von Kurzfilmen, nicht über sechshundert Meter lang.«
»Stimmt, Mr. Segale«, sagte Peter schnell.
»Die Geschäfte damit laufen gut?« fragte Segale. Johnny sah Peter an. Die Dinge nahmen nicht den gewünschten Verlauf. Aber Peter antwortete mit sanftem Erstaunen: »Was für eine Frage! Sie wissen ja, wie unsere Geschäfte gehen.«
Mr. Segale setzte sich gerade auf. Seine rundlichen Hände suchten auf dem Schreibtisch nach einem Papier; er fand und studierte es. »Im letzten Jahr haben Sie über zwanzigtausend Meter Film produziert.«
Peter antwortete nicht. Auch er fühlte, daß irgend etwas schiefging, und sah schnell zu Johnny hinüber. Dessen Gesicht war kalt, seine blauen Augen hart hinter den zusammengekniffenen Lidern. Er sah mit sinkendem Mut, daß es Johnny genauso ging wie ihm. »Warum alle diese Fragen, Mr. Segale? Wir wollen nur Platz, um eine Serie zu produzieren.«
Mr. Segale stand auf und ging zu Peter. Vor dessen Stuhl blieb er stehen und sah auf ihn hinunter. »Ist das alles, Mr. Kessler?«
Johnny fühlte, daß der Mann mit Peter spielte wie die Katze mit der Maus, daß er wußte, was sie vorhatten, es gewußt hatte noch vor ihrem Kommen. Warum sagte er es nicht gerade heraus?
Peters Stimme war glatt und ohne Ausdruck, als er erwiderte: »Natürlich, Mr. Segale. Wozu sollten wir das Studio sonst haben wollen?«
Segale sah ihn an. »Es ist mir zu Ohren gekommen, daß Sie aus dem ›Banditen‹ einen Großfilm machen wollen.«
Peter lachte. »Lächerlich. Vielleicht habe ich mal davon gesprochen, eine Serie daraus zu machen, aber einen Großfilm — niemals.«

Segale ging zu seinem Sessel zurück und setzte sich. »Es tut mir leid, Mr. Kessler, aber das Slocum-Studio ist den Sommer über bereits vermietet, so daß Sie es nicht bekommen können.«
Johnny sprang erregt auf. »Was meinen Sie mit ›vermietet‹? Das ist nur eine Ausrede. Ich weiß, daß diesen Sommer dort nicht gedreht wird.«
»Ich weiß nicht, woher Sie Ihre Informationen beziehen, Mr. Edge«, sagte Segale glatt, »aber ich muß es ja schließlich wissen.«
»Ich nehme also an«, warf Peter ein, »daß der Verband nicht wünscht, daß die Magnum eine Serie herstellt.«
»Mr. Kessler, der Verband wünscht, daß die ›Magnum‹ ab 1. Juni überhaupt keine Filme mehr herstellt. Gemäß Paragraph 6, Abteilung A unseres Vertrages nehmen wir hiermit unsere Lizenz an Sie zurück.«
Johnny sah, daß Peters Gesicht bei Segales Worten grau wurde. Für eine Sekunde sank er im Sessel zusammen, dann straffte er sich, die Farbe kehrte in sein Gesicht zurück, und er stand auf. »Der Verband übt also seine Monopolrechte aus, um jede Konkurrenz auszuschalten.«
Segale betrachtete ihn. »Nennen Sie es, wie Sie wollen. Der Verband übt nur die ihm vertraglich zustehenden Rechte aus.«
»Sie können die ›Magnum‹ nicht daran hindern, Filme herzustellen, indem Sie den Vertrag kündigen, Mr. Segale. Sie können überhaupt den Fortschritt in der Filmproduktion nicht aufhalten. Die ›Magnum‹ wird auch weiterhin Filme machen, mit oder ohne Ihre Lizenz!«
»Der Verband will Sie keineswegs aus der Branche drängen, Mr. Kessler. Sie müssen sich bloß erneut verpflichten, nur Kurzfilme nicht über sechshundert Meter Länge herzustellen.«
Peter stand ruhig da, aber innerlich wirbelten seine Gedanken durcheinander. Hier war eine Chance, sein Geschäft zu retten, aber wenn er sie ergriff, war es mit jeder eigenen Initiative gegen den Verband vorbei.
Er wollte nur einen Film machen – Hunderte, Tausende Meter Zelluloid mit kleinen Bildern darauf. Aber auf der Leinwand erwachten sie zum Leben, da wurden sie zu wirklichen Personen, wirklichen Landschaften, gewannen Bedeutung und Sinn. Die Leute weinten und lachten mit ihnen, sie waren in der Lage, Gefühle zu erregen, genau wie das Theater, die Literatur, die Musik – wie jede Kunst. Und Kunst mußte frei sein, um sich zu entfalten, um bedeutend zu werden, genau wie ein Mensch frei sein mußte, um das Leben zu leben, das er sich vorstellte.

Damals, als er dies anfing, hatte Esther gesagt: »Tu nur, was du möchtest. Daß wir eine Wohnung in Riverside Drive haben, ist nicht so wichtig . . .«
Er wußte genau, was er Segale sagen wollte, aber es kamen ganz andere Worte heraus, die gleichsam selbständig über seine Zunge fluteten. »Die ›Magnum‹ wird keinen Vertrag mehr unterzeichnen, der ihr die Art der Filme vorschreibt, die sie herstellt. Es ist nicht so wichtig, in Riverside Drive zu wohnen.«
Er drehte sich um und ging aus dem Zimmer, Johnny hinterher.
Drinnen kratzte sich Mr. Segale den Kopf und fragte sich, was eine Wohnung in Riverside Drive mit Filmen zu tun hatte.

6

Das weiße gleißende Sonnenlicht tat ihren Augen weh, als sie vor dem Bürogebäude des Verbandes standen. Johnny sah Peter an, dessen Gesicht ihm blaß und eingefallen vorkam. »Komm, wir wollen etwas trinken«, schlug er vor.
Peter schüttelte den Kopf. »Nein, ich glaube, ich gehe nach Hause und lege mich ein bißchen hin. Mir ist nicht besonders gut.« Seine Stimme zitterte.
Johnny sagte mitfühlend: »Es tut mir leid, Peter, das wollte ich nicht«, schließlich war es seine Schuld, daß es soweit gekommen war.
Peter fiel ihm ins Wort: »Laß nur, Johnny. Es ist meine Schuld genauso wie deine. Ich wollte es.« Er sog an seiner Zigarre, die kalt geworden war. Er versuchte, sie wieder in Brand zu setzen, aber seine Hand zitterte so sehr, daß es ihm nicht gelang. Schließlich warf er sie angewidert weg.
Sie sahen einander bedrückt an, jeder mit seinen Gedanken beschäftigt. Für Peter schien dies das Ende all seiner Pläne. Sein Gewissen begann ihn zu plagen. Er war bei Segale zu voreilig gewesen. Er hätte das Angebot annehmen und jemand anderem den Kampf mit dem Verband überlassen sollen, jemandem, der mehr Kapital und eine festere Position besaß. Er fühlte sich verwirrt und elend. Vielleicht konnte er die Dinge klarer sehen, wenn er nach Hause ging und alles mit Esther besprach.
Johnny plante bereits, den Film woanders zu machen. Es mußte doch noch ein anderes Studio geben, das sie mieten konnten. Der Verband konnte doch nicht in ganz New York die einzige Organisation mit

einem Studio sein, das für den »Banditen« groß genug war. Er mußte sich umsehen. Vielleicht konnte Borden ihm Raum vermieten – der stellte Serien her, und wenn man sich einrichtete, reichte es eventuell für den »Banditen«. Schließlich war Borden mit zweitausendfünfhundert Dollar beteiligt, die er sicher nicht gern verlieren würde.

»Ich hole dir eine Droschke«, sagte Johnny.

Als die Droschke kam, half er Peter hinein. »Mach dir nicht allzuviel Sorgen, wir seifen die Kerle schon ein!«

Peter nickte; zu sprechen traute er sich nicht, er fürchtete, in Tränen auszubrechen. Die Droschke setzte sich in Bewegung, und Johnny sah ihr nach, bis sie um die Ecke bog.

Als Johnny hereinkam, saß Joe am Schreibtisch und las Zeitung. Er sprang erregt auf und wollte fragen: »Wie ging –«, brachte aber den Satz nicht zu Ende, als er Johnnys Gesicht sah. Er sank in seinen Stuhl zurück. »Nicht gutgegangen?«

Johnny schüttelte den Kopf.

»Wie ist das gekommen?«

Johnny sagte wütend: »Sie wußten über alles Bescheid. Irgendein Lump hat den Mund nicht halten können.«

Joe nickte philosophisch. »Das hat ja kommen müssen.«

Johnny schrie fast: »Es hätte nicht so kommen müssen. Es hätte gutgehen können.«

Joe hob die Hand. »Sachte, sachte, Junge. Es hat keinen Zweck, daß du mich anschreist. Ich hab' nichts verraten.«

Johnny war sofort zerknirscht. »Tut mir leid, Joe, ich weiß es ja. Aber ich hätte Peter nicht dazu drängen sollen. Wenn ich meine große Klappe gehalten hätte, wären wir noch im Geschäft.«

Joe pfiff. »So schlimm steht es?«

»Ja«, sagte Johnny düster, »sie haben die Lizenz zurückgezogen.«

»Auf den Schreck muß ich was trinken«, sagte Joe.

»Wo ist die Flasche?«

Joe öffnete ein Schreibtischfach und nahm eine Flasche und zwei kleine Gläser heraus, die er schweigend füllte. Eins gab er Johnny und sagte: »Na denn Prost.«

Sie tranken in einem Zug aus.

Johnny hielt Joe sein Glas hin. Sie tranken wieder. Dann saßen sie eine ganze Zeit schweigend da.

Zuletzt brach Joe das Schweigen. »Und was tun wir jetzt?«

Johnny sah ihn an; Joe war ein anständiger Kerl. Er machte ihm keine

Vorwürfe, obwohl er es hätte tun können. »Ich weiß nicht. Laemmle macht seinen Pickford-Film in Kuba, aber dazu fehlt uns das Geld. Wir müssen schon hier in der Nähe was finden. So ohne weiteres geb' ich nicht auf.«
»Jetzt weiß ich, warum Santos mal gesagt hat, du seist ein Kämpfer. Du gibst wohl nie auf, was?«
Johnny hatte einen entschlossenen Zug um den Mund. »Wir machen den Film.« Er nahm den Hörer ab und verlangte Bordens Nummer.
Borden meldete sich.
»Bill«, sagte er, »hier spricht Johnny.«
Borden zögerte leicht, ehe er antwortete. »Oh – hallo, Johnny.«
»Wir waren beim Verband, hatten aber kein Glück. Können wir von dir Atelierraum kriegen?«
Borden schien verlegen. »Es ist jetzt schon verflucht eng hier, Johnny.«
»Weiß ich. Aber vielleicht können wir uns dazwischenquetschen. Wir haben in die Geschichte schon zuviel reingesteckt.«
»Ich würde dir gern helfen, Johnny« – Borden sprach sehr zögernd –, »aber ich kann nicht.«
»Was meinst du damit?« fragte Johnny zornig. »Du warst ja einverstanden damit, daß Peter den Film machen wollte. Ihr wißt ja alle, daß es auch eure Sache ist.«
Bordens Stimme klang außerordentlich demütig. »Es tut mir wirklich leid, Johnny, ehrlich.«
Plötzlich ging Johnny ein Licht auf. »Hast du was vom Verband gehört?«
Borden schwieg eine Sekunde und antwortete dann entschuldigend: »Ja.«
»Was haben sie gesagt?«
»Ihr steht auf der schwarzen Liste. Du weißt, was das heißt.«
Johnny fühlte Übelkeit in sich aufsteigen. Er wußte Bescheid, jeder der anderen unabhängigen Produzenten, der mit der »Magnum« Geschäfte machte, würde seine Lizenz verlieren. »Und du richtest dich danach?« fragte er.
»Was sollen wir machen? Wir können es uns nicht leisten, ausgeschlossen zu werden.«
»Aber Peter kann es, wie?« sagte Johnny böse. Borden geriet ins Stottern. »Laß – laß mich darüber nachdenken. Ich ruf' dich morgen an.«
»Gut«, sagte Johnny und hing auf. Und zu Joe: »Der Verband war schon tätig; wir stehen auf der schwarzen Liste.«

Joe stand auf.
Johnny sah ihn überrascht an. »Wohin gehst du?«
Joe lächelte. »Eine Zeitung kaufen. Ich will mal die Stellenangebote durchsehen.«
»Laß den Unfug und setz dich. Wir haben Sorgen genug.«
Joe setzte sich. »Also, was tun wir als nächstes?«
»Weiß ich noch nicht. Aber es muß einen Ausweg geben. Ich hab' Peter in diese Lage gebracht und ich muß ihn auch wieder rausholen.«
»Gut, Junge. Auf mich kannst du jederzeit zählen.«
»Danke, Joe.«
»Bedank dich nicht. Erinnere dich, daß ich immerhin zweitausendfünfhundert in das Geschäft gesteckt hab'.«

7

Der Sommer ging langsam dahin, ohne daß sie ein Studio fanden, wo sie ihren Film drehen konnten. Johnny war bei jedem einzelnen der Unabhängigen gewesen, aber keiner half.
Sie waren alle voller Sympathie und stimmten mit Johnny darin überein, daß man nur auf dem Wege, den die Magnum-Film eingeschlagen hatte, mit dem Verband fertig werden konnte, aber das war auch alles. Vergeblich bewies Johnny ihnen, daß die »Magnum« für sie alle kämpfte, daß es für sie alle von großem Vorteil sein würde, wenn die »Magnum« die Oberhand behielt – sie stimmten zu, aber keiner war gewillt, den Entzug seiner Lizenz zu riskieren.
Ende August waren sie nahezu erledigt. Das Geld war zu Ende. Esther hatte im Juli ihr Mädchen entlassen, Peter war mager geworden und sah neidisch und nachdenklich zu den Metallwarengeschäften hin, an denen er vorbeiging.
Joe verbrachte fast den ganzen Tag im Studio mit endlosen Patiencen. Weder er noch Johnny hatten einen Pfennig von ihrem Gehalt angenommen, seit die Lizenz entzogen worden war, aber sie hielten zusammen. Um Geld zu sparen, aßen sie alle bei Peter, einfache, aber kräftige Mahlzeiten, und Esther beklagte sich nie über die Extraarbeit.
Hier und da erhielt Joe eine Aushilfsstellung bei einem andern unabhängigen Produzenten; das Geld, das er so verdiente, warf er in den gemeinsamen Topf. Am meisten von ihnen allen hatte sich Johnny verändert.
Er lächelte nur noch selten. Als die ganzen Sorgen anfingen, war er

schon schlank gewesen, jetzt aber war er dünn, ja mager, mit tief in die Höhlen gesunkenen Augen. Nur die Flamme darin war nicht erloschen. Nachts lag er da und starrte schlaflos gegen die Decke. Er fühlte, daß es ohne sein Drängen nie soweit gekommen wäre.

Sein einziger Gedanke war, diesen Film zu machen. Er wußte, daß sie den Kampf gewonnen hatten, wenn ihnen das gelang. Jeden Morgen wachte er mit der Überzeugung auf, daß er heute ein Studio finden würde. Aber die Tage gingen hin, und seine Hartnäckigkeit fing an, den Produzenten auf die Nerven zu gehen. Sie ließen sich verleugnen, wenn er kam, und gingen ihm aus dem Wege, wenn sie ihn sahen.

Als Johnny das merkte, wurde er verbittert. Die Schufte, dachte er, sie spielen sich als die Helden auf, solange ein anderer für sie den Kampf austrägt, aber wenn sie mal ein bißchen Hilfe leisten sollen, reden sie nicht einmal mehr mit dir.

Ihr Rechtsanwalt hatte den ganzen Sommer über vergeblich versucht, gerichtlich den Verband daran zu hindern, die »Magnum« auf die schwarze Liste zu setzen. Schließlich kam er zu Peter und sagte ihm, es sei nutzlos, den Kampf fortzusetzen. Der Lizenzvertrag war zu geschickt abgefaßt und die Position des Verbandes zu gut gesichert, als daß man von dieser Seite her hätte angreifen können. Außerdem wollte er Geld statt Versprechungen.

Peter bezahlte ihn schweigend, und sie setzten ihren Kampf fort. Aber jetzt war es Ende August, und der Tag, an dem sie abrechnen mußten, rückte immer näher.

Peter, Johnny und Joe saßen zusammen im Büro, als Warren Craig mit Sam Sharpe hereinkam.

Johnny stand auf und hielt ihm die Hand hin. »Hallo, Warren.«

Aber Craig ignorierte ihn und ging an ihm vorbei zu Peter. »Mr. Kessler.«

Peter sah müde zu ihm auf. Er hatte in der letzten Nacht nicht allzugut geschlafen, weil er versucht hatte auszurechnen, wie weit ihr Geld reichen würde. Es war nicht sehr weit. »Ja, Mr. Craig.«

»Mr. Kessler, ich muß jetzt endgültig wissen, wann wir mit dem Film beginnen, oder ich muß kündigen«, sagte Craig hochtrabend.

Peter spreizte matt die Hände auf dem Schreibtisch. »Ich würde Ihnen gern ein festes Datum nennen, Mr. Craig, aber wie kann ich? Ich weiß es ja selbst nicht.«

»Dann muß ich kündigen.« Sam Sharpe sprach mit seiner dünnen Stimme dazwischen. »Sei nicht voreilig, Warren. Es ist schließlich nicht ihre Schuld, und vielleicht ...«

Craig drehte sich rasch um. Seine Stimme klang scharf und schneidend. »Mit ›vielleicht‹ ist es aus, Sam. Ich habe mich von dir zu dieser ganzen Sache überreden lassen. Als wir den Vertrag unterzeichneten, hieß es, der Film sollte Mitte Juli fertig sein. Jetzt ist bald September, und die neue Saison am Broadway fängt an. Wenn du ein tüchtiger Manager wärst, hättest du mir eine Rolle in einem neuen Stück verschafft, statt mich mit diesem närrischen Projekt hinzuhalten.«

Sam schien förmlich zusammenzuschrumpfen. »Aber, Warren...«, fing er an, doch ein Blick von Craig brachte ihn zum Schweigen.

»Einen Augenblick« – Johnny pflanzte sich kampflustig vor Craig auf –, »Sie sind für die ganze Zeit, die Sie sich zur Verfügung gehalten haben, bezahlt worden, nicht?«

»Das stimmt.«

»Zweitausend im Monat, für Juni, Juli und August, nicht wahr?«

»Stimmt. Aber...«

»Zum Teufel mit dem ›aber‹!« schrie Johnny. »Wir wollten Ihnen zweitausend für den Film zahlen. Als wir merkten, daß wir nicht rechtzeitig anfangen konnten, waren Sie einverstanden damit, so lange monatlich zweitausend Dollar zu bekommen, bis der Film fertig ist. Jetzt, wo der Sommer und damit Ihre tote Zeit zu Ende geht, wollen Sie kneifen!«

»Ich kneife nicht«, sagte Craig unbehaglich. »Aber ich muß an meine Karriere denken. Am Broadway ist man rasch vergessen, wenn man nicht jede Saison mit einem neuen Stück herauskommt.«

»Sie sind bei uns im Vertrag, daß Sie den Film machen!« schrie Johnny mit geballten Fäusten, »und bei Gott, Sie werden den Vertrag erfüllen!«

»Johnny«, rief Peter scharf.

Johnny drehte sich überrascht zu ihm um.

»Was hat das alles für einen Zweck?« sagte Peter leise. »Laß ihn raus, wenn er will. Die ganze Geschichte ist ohnehin nichts mehr wert.«

»Aber wir haben ihm bereits sechstausend Dollar bezahlt.«

»Wir könnten ihm noch weitere hunderttausend bezahlen, wenn wir sie hätten, und wären keinen Schritt weiter als jetzt«, sagte Peter. Und dann zu Craig:

»In Ordnung, Mr. Craig, ich nehme Ihre Kündigung an.«

Craig wollte etwas sagen, besann sich aber anders, drehte sich auf dem Absatz um und ging hinaus. »Komm, Sam«, rief er über die Schulter.

Sharpe blieb eine Sekunde zurück. »Es tut mir leid, Johnny. Ich wollte es nicht und hab' auch versucht, es ihm auszureden.«
Johnny nickte.
»Morgen schick' ich meine Kommission zurück«, sagte Sharpe voller Mitgefühl.
»Das brauchst du nicht; du hast dir dein Geld ehrlich verdient. Dich trifft keine Schuld.«
»Unser Vertrag sah voraus, daß Craig den Film machen sollte; er hat es nicht getan. Ich lass' mich nicht dafür bezahlen, daß ich den Vertrag nicht gehalten hab'.«
Johnny sah ihn an; der kleine Mann hatte seinen Stolz. »In Ordnung, Sam.« Sie schüttelten sich kurz die Hand, und Sharpe eilte hinter seinem Klienten hinaus.
Ein paar Sekunden herrschte Stille. Dann sprach Joe mit angespannter brüchiger Stimme. »Ich glaub', ich geh' mich jetzt besaufen.«
Johnny blinzelte. »Das ist die erste gute Idee in diesem Sommer!«

8

Johnnys Kopf lag auf dem Tisch. Die kühle Marmorplatte tat gut. Jemand versuchte ihn hochzuziehen, aber er wollte nicht aufstehen. Er schob die Hände weg. »Meine Schuld, Peter, alles meine Schuld.«
Joe sah auf ihn hinunter und sagte dann zu dem Mann neben ihm: »Er ist betrunken, Al.«
Al Santos sagte kurz: »Du bist der Richtige, um so zu reden.«
»Er ist betrunkener als ich.«
»Er hat noch nicht die Erfahrung wie du beim Trinken; er ist noch ein Kind.«
»Er ist zweiundzwanzig.«
»Meinetwegen kann er fünfzig sein«, gab Al zurück, »für mich ist er immer noch ein Kind.« Er schüttelte Johnny. »Komm, Junge, steh auf. Ich bin Al, ich hab' die ganze Nacht nach dir gesucht.«
Johnny drehte nur den Kopf und murmelte: »Tut mir leid, Peter, alles meine Schuld.«
Al fragte Joe: »Was redet er da immer?«
Joe wurde langsam nüchtern, seine Augen wurden klarer. »Armer Kerl, er wollte einen Film machen, und dabei ist die ganze Firma geplatzt. Wir haben alle unser Geld verloren, und Johnny sagt, es ist seine Schuld.«

»Ist es?«
»Nein. Es war freilich seine Idee; aber die Idee war gut, und außerdem hat uns ja niemand gezwungen. Wir sind alt genug, um zu wissen, was wir tun.«
»Komm hierher und erzähl mir alles«, sagte Al und ging zu einem andern Tisch; er bestellte eine Flasche Wein.
Schweigend hörte er zu, während Joe berichtete. Hier und da sah er zu Johnny hinüber, der schlief, und lächelte nachsichtig.
Johnny Edge. Ihm fiel ein, wie er diesen Namen zum erstenmal gehört hatte. Eines Abends, spät im Jahre 1898, war ein Wagen auf seinem Rummelplatz gefahren. Das war dreizehn Jahre her – eine lange Zeit, aber sie kam ihm gar nicht so lang vor.
Es war in dem Jahr, als er und sein Bruder Luigi die Farm in Kalifornien gekauft hatten. Luigi wollte Trauben und Orangen züchten, wie in der alten Heimat, und er wollte einen Platz haben, wohin er gehen konnte, wenn er sich vom Geschäft zurückzog. – Und jetzt war es soweit, er war vierundfünfzig Jahre alt, hatte das Geschäft aufgegeben und wollte auf seine Farm in Kalifornien.
Es war eines Morgens früh gewesen, er war aus seinem Wagen gekommen. Die purpurgrauen Morgennebel bedeckten noch den Boden, als er um den Wagen ging und sich erleichterte. Er fühlte, daß jemand ihn beobachtete, und drehte sich um.
Es war ein kleiner Junge, ungefähr neun Jahre alt. Al betrachtete ihn genau. Jungen von diesem Alter gab es sonst nicht auf dem Rummelplatz. »Wer bist du?«
»Johnny Edge«, hatte der Junge gesagt und ihn aus unschuldigen blauen Augen angesehen.
Al sah verständnislos drein, und der Junge erklärte eilig: »Ich bin mit Vater und Mutter gekommen. Sie sind gestern abend in Ihrer Schau aufgetreten.«
»Oh«, Al verstand plötzlich, »du gehörst zu Doc Psalter?«
»Das ist mein Vater«, hatte Johnny ernsthaft gesagt, »aber es ist nicht sein richtiger Name. In Wirklichkeit heißt er Walter Edge und meine Mutter Jane Edge. Da drüben, das ist ihr Wagen.«
»Gut«, hatte Al gesagt, »laß uns rübergehen und guten Morgen sagen.«
»Du bist Al Santos, nicht?«
Al nickte und ging auf den Wagen zu. Plötzlich blickte er hinab: Der Junge hatte seine Hand genommen und ging mit ihm.
Ihm fiel die Nacht ein, in der Johnnys Eltern in dem Feuer umgekom-

men waren, das im großen Zelt ausgebrochen war. Jane war von dem Zelt erfaßt worden, als der Hauptmast zusammenbrach, und Johnnys Vater lief ihr nach. Als sie ihn herausholten, hatte er schwere Brandwunden. Sein Haar war weg, überall sah das rohe Fleisch durch die verbrannte Haut.

Sie legten ihn auf die Erde. Auf der einen Seite kniete Al, Johnny auf der anderen.

Johnnys Vater schlug die Augen auf und fragte: »Jane?« Seine Stimme war so schwach, daß man sie kaum hören konnte.

Al schüttelte den Kopf und schaute mitleidig zu Johnny hin. Johnny war erst zehn Jahre alt und begriff noch nicht recht, was so schnell geschehen war.

Walter Edge ergriff die Hand seines Sohnes, mit der anderen nahm er Als Hand. »Kümmere dich um ihn, Al«, flüsterte er, »er ist doch noch so ein kleiner Kerl.« Er rang nach Atem und sah mit schmerzverzerrtem Gesicht zu Al auf. »Hilf ihm, wenn er jemals aus unserm Geschäft raus will, Al. Laß ihm nicht passieren, was mir passiert ist.«

Das war der Grund, warum Al Johnny nicht zurückhielt, als er vom Rummelplatz wegging. Er erinnerte sich auch, wie Johnny ihm überallhin gefolgt war, um alles zu lernen, was es auf dem Rummelplatz zu tun gab.

Al hatte niemals Zeit gehabt zu heiraten und eine Familie zu gründen wie sein Bruder Luigi, und nach einer gewissen Zeit kam es ihm vor, als ob Johnny sein eigener Sohn sei. Als Johnny zu Peter zurückging, sagte Al nichts. Wenn der Junge es so wollte, war es ihm recht.

Jetzt, wo er sich vom Geschäft zurückgezogen hatte, wollte er Johnny noch einmal sehen, ehe er nach dem Westen ging. Er war ins Studio gegangen, hatte aber niemanden getroffen. Als er Peter anrief, wußte der nicht, wohin Johnny gegangen war. Er hatte Johnny angerufen, aber da meldete sich niemand.

Und nun hatte er ihn durch Zufall gefunden. Er war in das Lokal in der Vierzehnten Straße gegangen, wo alle Leute vom Rummelplatz verkehrten, um sich nach Joe umzusehen. Er hatte nicht damit gerechnet, Johnny zu finden, hatte im Grunde nur gehofft, daß Joe wissen würde, wo er war.

Joe war mit seinem Bericht zu Ende. Al schwieg einen Augenblick und steckte sich eine dünne schwarze Zigarre an.

»Was ist denn dieser Verband, von dem du immer redest?« fragte er.

»Der kontrolliert alle Kinopatente; ohne seine Zustimmung kann man keine Filme machen.« Joe war gespannt, worauf Al hinauswollte.

»Das Material für diesen Film habt ihr?«
»Liegt alles im Studio.«
Al drehte die Zigarre nachdenklich in der Hand. »Weck Johnny auf, ich muß mit ihm reden.«
Joe stand auf und ging zur Bar. Er hatte eine Gänsehaut, wie immer, wenn er aufgeregt war. »Gib mir einen Kübel mit Eiswasser«, sagte er zu dem Mixer.
Der füllte schweigend einen Kübel unter der Theke und gab ihn Joe.
Joe ging zu Johnny und goß das Eiswasser über ihn.
Das Wasser platschte auf Johnnys Hinterkopf und rann an den Kleidern herunter. Johnny regte sich nur ein bißchen.
Joe ging zur Bar zurück. »Mach ihn noch mal voll.«
Der Mixer füllte den Kübel, und Joe wiederholte die Prozedur.
Diesmal erwachte Johnny. Er setzte sich auf, schüttelte den Kopf. »Es regnet«, sagte er.
Joe sah ihn an und sagte dann zu dem Mixer: »Noch mal dasselbe, dann müßte er in Ordnung sein.«
Johnny versuchte, seinen Blick auf Joe zu konzentrieren, aber vor seinen Augen verschwamm alles. Was hatte Joe bloß in der Hand?
Das Wasser traf ihn. Es war eiskalt, er fühlte es bis ins Mark. Plötzlich war sein Kopf klar, er stand auf – allerdings noch ein bißchen wackelig – und brachte mit klappernden Zähnen heraus: »Was, zum Teufel, machst du da?«
Joe grinste. »Ich versuche, dich nüchtern zu kriegen. Wir haben Gesellschaft.« Und er zeigte auf Al.

9

Als Peter um Viertel vor acht ins Studio kam, saß Johnny am Schreibtisch und sprach aufgeregt auf einen kleinen dunklen Mann ein, den Peter nie zuvor gesehen hatte. Johnny hatte etliche Bogen Papier vor sich liegen, die er gerade dem Fremden zeigte, als er Peter sah.
Er sprang auf und ging Peter entgegen. Der Mann im grellkarierten Anzug folgte ihm. »Das ist Al Santos«, stellte Johnny vor.
Peter sah einen kleinen sonnengebräunten Mann mit einer dünnen schwarzen Zigarre zwischen den kräftigen weißen Zähnen.
Johnny erklärte: »Wir können bei Al drehen.« Peter lächelte. »Freut mich, Sie kennenzulernen, Mr. Santos.«

Al nahm die Zigarre aus dem Mund und winkte Peter damit zu. »Ich heiße Al. Zu mir sagt niemand Mister.«

Peters Lächeln wurde breit. Mit solchen Männern wie Al, einfach, unkompliziert, fühlte er sich wohl. »Gut, Al«, sagte er, während er eine Zigarre aus der Tasche nahm, »ich kann Ihnen gar nicht sagen, wie ich mich freue, daß wir in Ihrem Studio drehen können.«

Johnny fuhr dazwischen: »Wer hat denn gesagt, daß er ein Studio hat?«

Peter ließ beinahe das brennende Streichholz fallen, das er gegen seine Zigarre hielt. »Er hat kein Studio?«

»Nein.«

»Wo sollen wir dann drehen?«

»Auf seiner Farm«, sagte Johnny. »Er hat Platz genug. Letzten Winter hat Griffith in der Nähe gedreht und sagt, es ist ideales Filmgelände.«

Nun war Peter erst recht bestürzt. »Griffith hat in Kalifornien gedreht. Wir haben kein Geld, um dahinzufahren.«

Johnny lachte. »Doch, Al leiht uns das Zeug.«

Peter wandte sich mit ernstem Gesicht an Al. »Sie sind sehr freundlich; aber ich kann Ihnen keine Sicherheit bieten.«

Für einen Augenblick studierte Al den Mann da vor ihm. Er wußte nach allem, was er von Joe und Johnny über Peters Lage erfahren hatte, was für eine Anstrengung es ihn kosten mußte, so zu reden. Johnny hatte recht, dieser Kessler war grundanständig. Er lächelte sachte. »Ich hab' alle Sicherheiten, die ich brauche, Peter. Ich kenne Johnny seit vielen Jahren, seit er ein kleiner Junge war. Zweimal ist er von mir weggegangen, um für Sie zu arbeiten. Wenn er so was tut, muß der Mann in Ordnung sein, für den er arbeitet, hab' ich mir gedacht. Und jetzt, wo Sie mit mir geredet haben, weiß ich es.«

»Ihnen hat der Rummelplatz gehört?« Langsam begann Peter die Zusammenhänge zu verstehen.

»Stimmt. Aber jetzt hab' ich mich vom Geschäft zurückgezogen.« Er wandte sich zu Johnny. »Schau, Johnny, bring alles mit Peter in Ordnung. Ich geh' ins Hotel und leg' mich ein bißchen schlafen. Ich bin nicht mehr so jung wie ihr.« Er hatte die ganze Nacht über mit Johnny geredet, und man sah es ihm an, daß er jetzt müde war.

»Gut, Al. Wir machen alles fertig und rufen dich dann an.«

Al schüttelte Peter die Hand. »Freut mich, Sie kennengelernt zu haben, Peter. Jetzt machen Sie sich keine Sorgen mehr, es wird schon alles in Ordnung kommen.«

»Mit Ihrer Hilfe. Ich wüßte nicht, was wir sonst . . .«
Al ließ ihn nicht ausreden. »Danken Sie mir nicht, Peter. Ich bin lange Zeit im Schaugeschäft gewesen. Um die Wahrheit zu sagen, ich wollte mich noch gar nicht zur Ruhe setzen, aber mein Bruder Luigi hat drauf bestanden. Er hat gesagt: ›Al, du hast Geld genug, jetzt hör auf zu arbeiten und genieß auch mal dein Leben. Wir machen guten Wein hier draußen, wie in Italien. Wir haben Orangen und Leute wie zu Hause. Komm raus und lebe mal.‹ Ich hab's mir überlegt, er hat recht. Ich werde alt. Es hat keinen Sinn, wie ein Pferd zu arbeiten, ich tu', was Luigi sagt. Aber ich denk' immer, ein Mann soll ein bißchen was zu tun haben, ein Interesse, das ihn beschäftigt hält. Mit dem Rummelplatz bin ich übers ganze Land gereist und hab' die Leute überall ins Kino gehen sehen; jeden Tag nimmt das zu. Wie Johnny mit mir geredet hat, hab' ich mir gesagt: Es ist eine gute Idee, und so hab' ich mich entschlossen.«
Peter lächelte verständnisvoll; er hatte gesehen, wie Al beim Reden zu Johnny hinübergeblickt hatte, und alle seine Worte verrieten Peter nicht halb soviel wie dieser Blick. Die Worte waren nur der Rahmen um den wirklichen Grund, warum Al das alles tat.
Al lächelte zurück; er fühlte, daß Peter ihn verstand, und ohne weitere Worte fühlten beide sich zueinander hingezogen. Al verließ das Büro. Die drei sahen einander an. Joe ergriff Peters Arm. »Was für eine Wendung!«
»Kalifornien!« sagte Peter, wie aus einer Betäubung erwachend. »Das ist ja 3000 Meilen weit weg!«
»Dreitausend oder zwanzigtausend«, lachte Johnny, »was macht's?«
»Aber ich kann Esther und die Kinder nicht hierlassen.«
»Wer sagt denn, daß wir sie hierlassen? Wir nehmen sie natürlich mit.«
»Fein«, sagte Peter. Ein Lächeln dämmerte auf seinem Gesicht; plötzlich aber sah er wieder bestürzt und sorgenvoll aus.
»Was ist jetzt wieder los?« fragte Johnny.
»Ich dachte gerade an all die Gefahren.«
Johnny sah verblüfft zu Joe. »Was denn für Gefahren?«
»Die Indianer«, sagte Peter ernsthaft.
Joe und Johnny brachen in Gelächter aus. Joe lachte, daß ihm die Tränen über die Backen liefen und er sich die Seiten halten mußte. »Die Indianer!« brachte er heraus.
Peter sah sie an, als ob sie übergeschnappt wären. »Was ist daran so komisch?«
Aber sie lachten nur noch mehr.

Die Kamera und die Ausrüstung sollten sofort verpackt werden. Es würde etwa eine Woche dauern, bis alles zum Versand fertig war.
Am späteren Nachmittag, als die Aufregung sich etwas gelegt hatte, ging Johnny zu Sam Sharpe. Den Scheck, den Sam mit der Morgenpost geschickt hatte, nahm er mit, er war entschlossen, ihn zurückzugeben und darauf zu bestehen, daß Craig seinen Vertrag erfüllte.
Jane sah ihn kommen. »Der Herr Vizepräsident persönlich! Was macht der Film?«
Er schwieg verletzt. Das Licht der Deckenlampe fiel voll auf ihn, und nun merkte sie erst, wie er aussah. Seit jener Nacht, als sie durch den Park gefahren waren, hatte sie ihn nicht wiedergesehen, und das hatte ihr weh getan. Aber als sie jetzt sah, wie dünn er geworden war, daß er Falten um Augen und Mundwinkel bekommen hatte, war sie zerknirscht. Alles, was Sam ihr erzählt hatte, wurde ihr jetzt klar.
Impulsiv ergriff sie seine Hand und sagte leise: »Verzeih, Johnny, ich wollte nicht gemein sein.«
»Es ist meine Schuld, Jane. Ich hätte es besser wissen sollen.«
»Es ist meine Schuld genauso gut wie deine. Wir wünschen uns nur jeder was anderes, und jetzt, wo wir das wissen, können wir vergessen, was geschehen ist.«
Er lächelte sie an, und sie dachte: Erstaunlich, wie jung und strahlend er aussieht, wenn er lächelt. »Du bist in Ordnung, Jane«, sagte er.
»Du auch, Johnny.« Dann fragte sie geschäftsmäßig: »Du willst Sam sprechen?«
Er nickte.
»Geh nur hinein.«
Sam saß hinter seinem Schreibtisch, als Johnny den Kopf zur Tür reinsteckte. »Komm rein, Johnny, ich hab' gerade an dich gedacht.«
Sie schüttelten sich die Hand, und Johnny nahm den Scheck heraus und legte ihn auf den Schreibtisch. »Hier hast du ihn zurück.«
»Einen Augenblick, Johnny. Erinnere dich bitte an das, was ich gestern gesagt habe. Ich nehm' kein Geld dafür, daß ich etwas nicht getan habe.«
»Du wirst schon was dafür tun, Sam. Ich kann dir heute ein Datum für den Film geben, und Craig muß seinen Vertrag erfüllen, ob er will oder nicht.«
»Du hast einen Platz zum Drehen?« fragte Sam. »Und gestern dachte ich, ihr wäret fertig.«
Johnny lächelte. »Das war gestern, Sam. Aber im Filmgeschäft zählt das Gestern nicht. Heute ist es in Ordnung.«

»Das wird Craig nicht gefallen«, grinste Sam. »Aber mir macht's Spaß. Wo dreht ihr denn?«
»Streng vertraulich, Sam – in Kalifornien!«
»Kalifornien!« Sam war ganz glücklich. »Jetzt weiß ich bestimmt, daß es Craig nicht gefallen wird.«
»Nächste Woche reisen wir ab. Ich werde aufpassen, daß er seine Fahrkarte so rechtzeitig bekommt, daß er gleichzeitig mit uns an der Bahn sein kann.«
Sam nahm den Scheck und zerriß ihn. »Er wird da sein«, versprach er, »und wenn ich ihn an den Haaren herbeischleifen muß.«

Nur Borden und Pappas wußten, wohin sie gingen. Man wollte nicht riskieren, daß wieder etwas von den Neuigkeiten durchsickerte. Dem ganzen Stab war strengstens anbefohlen, den Mund zu halten.
Al Santos reiste mit dem Versprechen nach Kalifornien ab, alles bei ihrer Ankunft fertig und bereit zu haben. Esther lagerte ihre Möbel bis zur Rückkehr ein, schloß die Wohnung und nahm die Kinder aus der Schule.
Doris las jedes Buch über Kalifornien, das sie bekommen konnte. Sie war die erste von ihnen, die eine richtige Kalifornierin wurde – sie wurde es eigentlich an dem Tag, an dem sie erfuhr, daß sie hinreisten.
Zwei Tage vor ihrer Abreise läutete das Telefon auf Peters Schreibtisch. Johnny kam aus dem Atelier, wo er beim Packen geholfen hatte, und hob den Hörer ab, weil Peter nicht da war.
Borden meldete sich. »Ist Peter da?« fragte er mit vor Aufregung schriller Stimme.
»Nein. Warum? Was soll er?«
»Ich habe gerade erfahren, daß der Verband einen Teil eurer Wechsel aufgekauft hat und diesen Morgen bei Gericht einen Zahlungsbefehl gegen euch erwirken will.«
»Heute morgen?« schrie Johnny. Dann könnten sie kein Stück der Ausrüstung verschicken! »Aber Freitag abend fahren wir ab!«
»Nicht, wenn sie das Urteil kriegen. Am besten fahrt heute abend, wenn ihr es schafft.«
Johnny hing auf und sah auf die Uhr. Es war fast elf. Der ganze Stab mußte benachrichtigt, die Ausrüstung an den Zug gebracht werden, Peter mußte die Wohnung räumen, und schließlich und endlich mußten die Fahrkarten umgetauscht werden.
Wenn sie es bis abends nicht schafften, waren sie erledigt.

10

Johnny raste ins Studio, auf der Suche nach Joe, aber das Atelier war leer, nur die Kisten standen da, fertig zum Versand.
Er rannte in die Kneipe an der Ecke. Dort stand Joe an der Theke, ein Glas Bier in der Hand.
Er warf nur einen Blick auf Johnny und setzte das Glas hin. »Was ist jetzt los?«
»Das Dach stürzt ein«, sagte Johnny kurz und bündig, »komm zurück ins Büro.«
Joe ging mit; an der Tür blieb er stehen, sagte: »Einen Augenblick ...«, ging zur Theke zurück und trank sein Bier aus, wischte sich den Mund und folgte Johnny. Unterwegs erklärte Johnny, was geschehen war. »Wir sind erledigt«, sagte Joe mit langem Gesicht, als sie ins Studio kamen.
»Nicht, wenn wir heute abend abfahren.«
»Heute abend? Du bist verrückt, das schaffen wir nie!«
»Wir müssen«, sagte Johnny dickköpfig.
»Vielleicht geht gar kein Zug«, sagte Joe hart, »oder wir kriegen keine Fahrkarten mehr. Wir täten besser dran, klein beizugeben, die Kerle sind zu mächtig für uns, wir können sie nicht schlagen.«
»Läßt du mich im Stich, Joe?«
Joe wich seinem Blick nicht aus. »Du solltest mich besser kennen, Junge. Ich war zuerst gegen diese verrückte Idee, aber als du Peter rumkriegtest, hab' ich mitgemacht, oder nicht? Den ganzen Sommer hab' ich damit zugebracht, daß ich zu dir gehalten hab'. Aber jetzt versuchst du was Unmögliches. Die Chance, daß wir damit durchkommen, ist eine Million zu eins, das mußt du doch auch sehen. Wir sind am Ende, Johnny, du hast es so lange aufgehalten, wie du nur konntest.« Johnny ließ ihn ausreden und wiederholte nur kalt: »Du läßt mich also im Stich?«
»Nein«, schrie Joe, »nein, ich lass' dich nicht im Stich, aber wenn wir damit fertig sind, trete ich dich so lange in den Hintern, bis du einmal um den Block läufst!«
Johnny lächelte, seine innere Anspannung ließ etwas nach. »Wenn wir damit fertig werden, wird es mir ein Vergnügen sein, wenn du das tust!«
Er ging zum Schreibtisch, nahm die Fahrkarten und gab sie Joe. »Renn zum Bahnhof, versuch sie für heute abend umzutauschen. Wenn kein Zug geht, nimm Karten nach irgendeinem Ort außerhalb des Staates.

Von da aus müssen wir halt sehen, wie wir nach Kalifornien kommen.«
Joe nahm schweigend die Karten und ging. »Und ruf mich an, sobald du Bescheid weißt!« rief Johnny ihm nach.
Dann setzte er sich und rief bei Peter an.
Esther war am Apparat.
»Wo ist Peter?«
»Ich weiß nicht«, sagte sie überrascht, »ist er nicht bei dir?«
»Nein.«
»Unbegreiflich. Er ging heute früh von hier weg ins Studio.«
Johnny schwieg einen Augenblick.
»Was ist los? Ist irgend etwas nicht in Ordnung?« fragte sie schnell.
»'ne ganze Menge. Wir müssen heute abend weg. Kannst du das schaffen?«
»Aber was machen wir mit Peter?«
»Ich suche ihn; aber wenn er dich vorher anruft, sag ihm, er soll mich anrufen.«
»In Ordnung«, und sie hing auf. Sie verschwendete keine überflüssige Zeit mit Fragen; wenn Johnny sagte, sie müßten weg, hatte er seinen Grund.
Johnny telefonierte mit der Frachtgesellschaft, und sie erklärten sich bereit, sofort zwei Lastwagen zu schicken. Eine Stunde später rief Joe an, daß heute abend ein Zug ginge, aber ohne Schlafwagen.
»Gibt es Karten für die zweite Klasse?« fragte Johnny.
»Bestimmt.«
»Worauf, zum Teufel, wartest du noch? Nimm sie! Wir nehmen den Zug heute abend, und wenn wir bis Kalifornien stehen müssen!«
»In Ordnung. Ich komme dann mit den Karten zurück ins Büro.«
»Nein!« schrie Johnny. »Ruf dann deine Leute zusammen und sorg dafür, daß sie am Zug sind, geh nach Hause und pack unsre Sachen. Wir treffen uns heute abend am Zug.«
Als der letzte Lastwagen mit den Kisten abfuhr, läutete das Telefon. Johnny nahm ab.
»Hier ist Borden. Ist Peter jetzt da?«
»Nein.«
»Dann halt ihn vom Studio weg. Der Verband hat den Zahlungsbefehl erwirkt und will ihn Peter heute nachmittag präsentieren.«
»Wie kann ich ihn weghalten, wenn ich nicht einmal weiß, wo er ist?« Johnny war außer sich.
»Ich weiß auch nicht, wo er ist. Als ich ihn heute früh sah, dachte ich, er ginge ins Studio.«

»Du hast ihn gesehen? Wo denn?« schrie Johnny.
»In der Synagoge, wo wir jeden Morgen hingehen.«
»Ach so.« Johnny war enttäuscht. Da würde Peter ja nicht den ganzen Tag bleiben.
»Dann hab' ich noch was rausbekommen, Johnny.«
»Ja?«
»Jemand hat dem Verband verraten, daß ihr am Freitag abfahren wolltet, ich weiß nur nicht, wer.«
»Der Lump«, sagte Johnny bitter. Der zweite Apparat läutete. »Bill, das andere Telefon läutet, vielleicht ist es Peter. Ich versuche, dich später noch mal anzurufen.«
Am Apparat war Joe.
»Was willst du?«
»Ich konnte Craig nicht erreichen.«
»Laß es, ich rufe Sharpe an. Geh du nach Hause, packen.«
Er rief Sharpe an. »Jemand hat uns beim Verband verraten, so daß wir noch heute abend aus der Stadt müssen. Kannst du Craig erreichen?«
»Mach dir keine Sorgen, Johnny«, sagte Sam, »ich bring' ihn an den Zug.«
Der Tag ging hin. Johnny konnte nicht stillsitzen. Zigarette nach Zigarette trat er mit dem Absatz aus, während er sich am Ende der einen die andere ansteckte. Wo, zum Teufel, steckte Peter? Er sah auf seine Uhr: Es war vier, nur noch drei Stunden bis zur Abfahrt des Zuges. Er betete schweigend: »Peter, Peter, wo du auch bist, ruf mich an, ruf Esther an! Oder ruf um Gottes willen überhaupt jemand an und laß uns wissen, wo du bist.«
Es schien, als ob sein Stoßgebet erhört würde: das Telefon läutete. Er riß den Hörer an sich und schrie »Peter?« in die Muschel.
»Ist er denn noch nicht da?« fragte Esther.
Er sank in seinem Stuhl zusammen. »Nein.«
»Alles ist fertig, Johnny. Die Möbelleute waren da, wir können weg.«
Er richtete sich langsam auf. »Gut, geh zum Bahnhof. Joe ist dort, ich komme etwas später.«
»Aber Johnny«, sagte sie, und ihre Stimme klang, als ob sie den Tränen nahe sei, »was sollen wir denn tun? Wir können ihn nicht finden. Vielleicht ist ihm was zugestoßen.«
Er versuchte sie zu beruhigen. »Mach dir keine Sorgen. Als Borden ihn heute morgen in der Synagoge sah, ging es ihm gut.«

Sie war einen Augenblick ganz still und fragte dann ungläubig: »Willi hat ihn heute morgen in der Synagoge gesehen?«
»Ja. Mach dir keine Gedanken ...« Sie ließ ihn nicht ausreden. »Ich mach' mir keine Gedanken mehr, Johnny. Da ist er noch! Wie dumm von mir, daß ich nicht eher daran gedacht habe! Es ist der zehnte Todestag seines Vaters, und er wird den *Kaddisch* für ihn sagen!«
»Bist du sicher?«
»Ganz sicher.« Sie lachte glücklich. »Da ist er. Vor lauter Aufregung und Nervosität hab' ich es vergessen.«
»Esther, du bist ein Engel. Geh du jetzt zum Zug, ich hole ihn!«

Peter saß in der vordersten Reihe, die Augen auf sein Gebetbuch geheftet; er bewegte die Lippen beim Lesen.
Johnny blieb ihm gegenüber stehen und rief leise: »Psst!«
Peter sah auf. Er zeigte keine Überraschung, Johnny hier zu sehen. Seine Augen waren umwölkt und schienen in eine weite Ferne zu blicken. Plötzlich schien sein Blick klar zu werden. »Johnny!« sagte er und zeigte auf seinen Kopf.
Johnny begriff ihn nicht. »Ich muß mit dir reden!« flüsterte er ihm zu. Einige andere Männer in der Synagoge blickten zu Johnny hin, anscheinend unwillig über die Störung.
Peter nahm etwas von der Bank auf und hielt es Johnny hin: es war ein kleines schwarzes Käppchen. Er bedeutete Johnny, er solle es aufsetzen. »Dein Kopf ist unbedeckt«, flüsterte er.
Johnny setzte das Käppchen auf. »Komm mit, ich muß dich sprechen.« Peter folgte ihm nach hinten in die Synagoge. »Was ist los?«
»Ich hab' dich den ganzen Tag gesucht; warum hast du nicht Bescheid gesagt, wo du hingehst?«
»Seit wann muß ein Mann ankündigen, wenn er in die Synagoge geht? Ich frage dich ja auch nicht, wann du in die Kirche gehst«, sagte Peter gekränkt.
Johnny war verzweifelt. »Ich frage dich ja nicht, warum du gehst, nur, warum du nicht Bescheid sagst. Wir sitzen in der Tinte. Heute abend müssen wir aus der Stadt heraus sein.«
»Heute abend?« schrie Peter. Der Klang der eigenen Stimme bestürzte ihn, er sah sich schuldbewußt um. Flüsternd wiederholte er: »Heute abend?«
»Ja. Der Verband hat einen Vollstreckungsbefehl gegen uns, und wenn sie uns den präsentieren, sind wir erledigt.«
»Mein Gott!« sagte Peter. »Ich muß es Esther sagen.«

»Nicht nötig, ich hab' schon mit ihr gesprochen. Sie wird mit den Kindern am Zug sein.«
»Und die Ausrüstung?«
»Die ist bereits verladen; um zwei Uhr heute nachmittag ist sie weg.«
»Dann laß uns ins Büro gehen«, sagte Peter, »ich muß noch ein paar Sachen mitnehmen«, und er ging zur Straße.
Johnny holte ihn ein. »Das kannst du nicht, sie warten dort wahrscheinlich mit ihrem Urteil auf dich.«
Aber Peter blieb hartnäckig. »Ich muß noch mal zurück. Das Drehbuch liegt in meinem Schreibtisch.«
»Ach, zum Teufel damit! Wir müssen zum Zug!«

Esther sah sie als erste, als sie durch die Sperre kamen. »Peter!« rief sie, lief auf ihn zu und warf weinend die Arme um ihn.
Er sagte mit rauher Stimme, die seine Zärtlichkeit verbergen sollte, auf jiddisch: »Warum weinst du denn?«
Johnny fragte Joe: »Sind alle da?«
»Alle außer Craig.«
Johnny sah sich um. »Ich möchte wissen, was ihn nun wieder aufhält.«
»Johnny!« rief da jemand.
Johnny sah auf. Sam Sharpe kam angelaufen, hinter ihm Jane. Vor Johnny blieb er stehen, nach Luft schnappend; sein sonst so rotbackiges Gesicht war blaß.
»Wo ist Craig?« fragte Johnny.
»Er kommt nicht«, Sharpe rang immer noch nach Luft, »er hat euch an den Verband verraten!«
»Der Schuft!« brach es verbittert aus Johnny heraus. Dann kam ihm ein Gedanke. Noch konnte der Verband sie ja erreichen. »Wo ist er jetzt?«
»In meinem Büro«, sagte Sharpe.
Johnny starrte ihn mit wilden Blicken an. »Er kann noch verraten, daß wir unsere Pläne geändert haben. Wir müssen ihn kriegen.« Er wollte weg.
Sharpe hielt ihn am Arm fest. »Einen Augenblick, Johnny; er kann euch nicht verraten.«
»Was heißt das?«
»Als er mir sagte, was er getan hat, wurde ich so wütend, daß ich ihn niederschlug.«
Johnny sah den kleinen Mann ungläubig an. Craig hatte fast den doppelten Umfang von Sharpe.

Aber Sam blieb dabei. »Ich hab's getan, Johnny. Ich habe ihn gestoßen. Jane hat den Fuß vorgestreckt, und er ist drübergefallen, und dann haben wir ihn festgebunden.«
»Mit einer Wäscheleine«, setzte Jane hinzu.
Johnny lachte. Es mußte zu komisch ausgesehen haben, wie der kleine Mann und das Mädchen dieses aufgeblasene Idol festbanden.
Sharpe fragte ihn besorgt: »Glaubst du, daß wir mit euch kommen können? Wenn er loskommt, wird es peinlich für uns.«
»Sicher«, brachte Johnny, noch immer lachend, heraus, »kommt nur mit, wir können da draußen vielleicht eine Leibwache gut gebrauchen.«

Nachspiel 1938

Mittwoch

Es war fünf Uhr, als ich auf die Armbanduhr sah. Das graue Frühlicht färbte sich langsam golden, und ich sagte zu Doris: »Müßtest du nicht noch ein bißchen schlafen, Liebling?«

Ihre Augen waren dunkelblau und umschattet. »Ich bin nicht müde«, sagte sie; aber die Linien in ihrem Antlitz straften sie Lügen.

»Du mußt ruhen, Kleines, so kann das nicht immer weitergehen.«

Der Schatten eines Lächelns glitt über ihr Gesicht und war wieder weg. Mit einem leisen Unterton von Neckerei sagte sie: »Bist du müde, Johnny?«

Es war ein alter Familienscherz; er hatte vor langer Zeit begonnen, als Peter zu jeder Tages- und Nachtzeit ins Studio kam und mich dort fand.

»Johnny schläft nie«, pflegte er lachend zu sagen, »der sorgt sich um sein Geld.«

»Ein bißchen«, gestand ich, »aber du brauchst vor allem Ruhe. Die Lage ist ernst genug, und du darfst nicht schlappmachen.«

Ein Lächeln blühte auf ihrem Gesicht auf und erfüllte mit seiner Wärme ihre Augen. »Gut, Onkel Johnny«, sagte sie mit Kleinmädchenstimme, »aber versprichst du mir, mich morgen zu besuchen?«

Ich zog sie an mich und hielt sie fest: »Morgen und jeden Tag meines Lebens, wenn du es willst.«

»Ach, Johnny«, sagte sie, »ich hab' nie etwas anderes gewollt.« Ich küßte sie. Sie hielt mein Gesicht nah an das ihre, die Hände um meinen Hinterkopf gelegt – aber *wie* sie das machte! Ihre Berührung war leicht und fest zugleich und voll von dem Wissen einer Leidenschaft, die Jahre überdauert hatte. Ich mochte die Weichheit ihres Gesichts an meinem, den leichten Duft, der von ihrem Nacken und ihren Schultern aufstieg, das zarte Knistern ihres Haares unter meinem Streicheln.

Sie trat zurück und sah mich einen Augenblick an, dann nahm sie meine Hand, und wir gingen in die Halle.

An der Tür blieb ich stehen und sagte streng: »Jetzt gehst du direkt nach oben und schläfst etwas.«

»Johnny, du bist süß.«

»Ich kann auch anders sein« – ich versuchte streng zu bleiben, aber es gelang mir nicht so ganz –, »wenn du ...«

»Wenn ich nicht ins Bett gehe, verhaust du mich, wie schon einmal«, sagte sie mutwillig.

»Hab' ich nie getan!« protestierte ich.

»O doch.« Sie legte den Kopf auf die Seite. »Ob du es wohl tun würdest, wenn du zornig genug wärst? Es könnte Spaß machen.«

»Ich werde dich mit einem Stock verhauen, wenn du nicht sofort ins Bett gehst.«

Sie ging den halben Weg zur Treppe, drehte sich um und sah mich an. Schließlich sagte sie ernst: »Verlaß mich nie, Johnny.«

Aus irgendeinem Grunde konnte ich ein paar Sekunden lang nicht reden. Irgend etwas in ihrem Ton, der leise, ruhige Klang, die Einsamkeit und Geduld darin, traf mich tief innen. Dann kamen mir die Worte wie von selbst, ohne daß ich sie formen, ja auszusprechen schien. Sie kamen einfach aus meinem Innern und schlugen eine Brücke zwischen uns, die keine Entfernung je wieder zerstören konnte.

»Niemals mehr, Geliebtes.«

Ihr Ausdruck veränderte sich nicht, aber von innen her schien sie zu leuchten – es drang zu mir durch den Raum hindurch. Einen Augenblick lang stand sie da, dann ging sie die Treppe hinauf.

Ich sah sie gehen. Ihr Schritt war leicht und von der ruhigen Anmut einer Tänzerin. Von oben warf sie mir noch einen Kuß zu.

Draußen, unter einem klaren Himmel, war die Luft kalt. Tau glänzte auf den Blumen in den schrägen Strahlen der Frühsonne. Plötzlich war ich nicht mehr müde. Mit dem ersten Atemzug in der Morgenluft war meine Erschöpfung von mir abgefallen. Es war kurz nach fünf, zu spät, um schlafen zu gehen.

Zwei Häuserblocks weiter fand ich ein Taxi. »Zu den Magnum-Studios«, sagte ich zu dem Fahrer, während ich mir, in die Kissen zurückgelehnt, eine Zigarette anzündete.

Es waren nur fünfzehn Minuten von Peters Wohnung bis zum Studio. Ich bezahlte das Taxi und ging zu dem Tor, das noch verschlossen war; also läutete ich und wartete auf den Wächter.

In dem Torhüterhaus bewegte sich ein Schatten an dem erleuchteten Fenster vorbei, die Tür öffnete sich, und er kam heraus.

Durch das Tor sah und erkannte er mich. Fast unmerklich beschleunigte er seine Schritte, bis er beinahe rannte. Er schloß das Tor auf und sagte: »Ich hab' Sie nicht so schnell zurückerwartet, Mr. Edge.«

»Ich mich auch nicht; es kam ganz überraschend.«

»Kann ich was für Sie tun, Mr. Edge?«

»Nein, danke, ich gehe in mein Büro.«

Ich ging die lange Straße hinunter zum Verwaltungsgebäude. Im Atelier war es ruhig, meine Schritte hallten hohl. In den Bäumen wachten die Vögel auf und fingen an zu zwitschern, ärgerlich über die frühe Störung. Ich lächelte vor mich hin, als ich daran dachte, wie sie immer in den langen Jahren hinter mir her geschimpft hatten, wenn ich so früh ins Studio gekommen war.

Am Verwaltungsgebäude wartete der Nachtwächter auf mich. Er stand in der Tür, noch ganz verschlafen. Der Torhüter hatte ihn wohl angerufen und ihm gesagt, daß ich käme. »Guten Morgen, Mr. Edge.«

»Guten Morgen«; ich ging hinein.

Er eilte vor mir her durch die Halle und schloß mein Büro auf. »Kann ich Ihnen etwas besorgen, Mr. Edge, Kaffee oder sonst etwas?«

»Nein, danke.« Ich schnupperte. Die Luft im Büro war tot und muffig. Er bemerkte es, stürzte ans Fenster und öffnete es. »Ein bißchen frische Luft hier kann nicht schaden.«

Ich dankte lächelnd, und er ging eilig, die Tür sorgfältig hinter sich zuziehend. Ich zog meinen Überzieher aus und hing ihn in den Schrank. Mir war nach etwas Stärkendem zu trinken zumute nach der langen Nacht.

Zwischen meinem Büro und dem von Gordon war eine kleine Küche mit einem Eisschrank, Speiseschrank und einem kleinen elektrischen Herd, auf dem ein Kaffeetopf stand, noch warm. Der Nachtwächter hatte sich wohl Kaffee gekocht. Aus dem Eisschrank holte ich eine kleine Flasche Ingwerbier und aus meinem Schreibtisch eine Flasche Bourbon-Whisky, von einem kleinen Tisch dahinter ein Glas. Ich füllte das Glas zwei Finger hoch mit Whisky und goß dann das Bier darüber, bis es halb voll war. Es schmeckte genau richtig. In einem Zug trank ich fast die Hälfte davon, dann ging ich ans Fenster.

Der Himmel war schon heller, ich konnte gut sehen. Direkt hinter unserm Gebäude lag das Autorenhaus, rechts und links in einer Art von Halbmond standen die technischen Gebäude, hinter dem Autorenhaus die Tonhalle Nummer eins.

Ja, das war ein neues Haus, schneeweiß, ganz modern, feuerfest. Die erste Halle, die Peter und ich eröffnet hatten, war mehr eine Scheune als sonst etwas. Es war ein planloser Bau mit vier Wänden und ohne Dach, so daß die Sonne hineinscheinen konnte. Beim ersten Anzeichen von Regen pflegten wir eine große Zeltbahn drüberzudecken. Auf einer kleinen Plattform hoch oben saß immer ein Mann, der den Himmel genau beobachtete.

Wir nannten ihn den Regenwächter. Sobald Regen drohte, schrie er warnend nach unten, und die Zeltbahn wurde eilig hochgezogen. Wir verschoben das immer auf die letztmögliche Minute, weil die Quecksilberlampen, die wir für die Innenausleuchtung benutzten, so viel Strom verbrauchten. Joe Turner hatte sich das ausgedacht. Als wir ausrechneten, wie teuer die Lampen waren, hatte er vorgeschlagen: »Baut die Halle doch ohne Dach; wenn es regnet, decken wir sie zu.«

Joe war jetzt schon fast zwanzig Jahre tot, aber vieles von ihm lebte so frisch in meiner Erinnerung, als ob ich ihn in den letzten beiden Jahrzehnten täglich gesehen hätte. Ich hörte immer noch sein schallendes Lachen, wenn er erzählte, wie wir den Grund und Boden für das Studio umsonst bekommen hatten; es war eine seiner Lieblingsgeschichten. Als ich die Bodenfläche überblickte, auf der unser Studio heute stand, mußte ich auch lächeln. Sie hatte uns wirklich keinen Cent unseres eigenen Geldes gekostet.

Es war, nachdem ich mit der ersten Kopie des »Banditen« nach New York zurückgekommen war. Peter konnte wegen des Urteils, das der Verband noch gegen ihn in Händen hielt, nicht mitkommen. Die erste Vorführung fand in Bill Bordens Studio statt. Seit Fox einen erfolgversprechenden Prozeß gegen den Verband angestrengt hatte, zeigten die unabhängigen Produzenten etwas mehr Rückgrat.

Der Vorführraum war überfüllt. Alle wichtigen Verleiher hatten sich eingefunden, dazu noch eine große Anzahl unserer Gläubiger. Ich weiß nicht, wer mehr Begeisterung zeigte: die Verleiher, die den Film alle mieten wollten, oder die Gläubiger, die die Möglichkeit vor sich sahen, ihr Geld zurückzubekommen und vielleicht sogar einen kleinen Gewinn obendrein.

Ich glaube nicht, daß einer von uns auch nur in seinen wildesten Träumen mit dem rechnete, was nun geschah. Innerhalb von zwei Stunden, nachdem ich den »Banditen« vorgeführt hatte, besaß ich von den Verleihern bereits Schecks über vierzigtausend Dollar Vorauszahlung für den Film. Borden, der neben mir stand und zusah, wie jeder Verleiher mir seinen Scheck in die Hand drückte, sagte nur immer wieder: »Ich glaub's nicht, ich glaub's nicht.«

Um Mitternacht rief ich Peter an. Ich war so aufgeregt, daß ich stotterte. »Wir haben vierzigtausend Dollar, Peter!« schrie ich in die Muschel.

Seine Stimme kam ganz dünn und zittrig zurück. »Was hast du gesagt, Johnny? Es klang so ungefähr wie vierzigtausend Dollar!«

»Es stimmt!« schrie ich. »Es sind vierzigtausend Dollar! Alle sind verrückt nach dem Film!«

Schweigen am anderen Ende des Drahtes, dann eine Stimme voller Zweifel: »Johnny, wo bist du denn?«
»In Bordens Studio.«
»Ist Willi auch da?«
»Steht direkt neben mir.«
»Laß mich mit ihm reden«, sagte Peter. Ich gab Borden den Hörer.
»Hallo, Peter, alter Junge«, sagte Borden. Ich konnte Peters Stimme im Telefon hören, aber nicht verstehen, was er sagte. Borden drehte sich um und sah mich an, ein leises Grinsen um den Mund.
Er wartete, bis Peter fertig war. Mit breiter werdendem Grinsen sagte er: »Nein, Johnny hat den ganzen Abend nichts zu trinken gehabt. Er ist stocknüchtern, genau wie ich.« Er schwieg, während Peter wieder sprach, und sagte dann: »Ja, vierzigtausend Dollar. Ich hab' die Schecks mit meinen eigenen Augen gesehen!«
Borden gab mir den Hörer zurück, und ich fragte Peter: »Hast du mir nicht geglaubt?«
»Dir nicht geglaubt?« sagte er glücklich. »Mein Junge, ich habe meinen eigenen Ohren nicht geglaubt. Vierzigtausend Dollar!«
»Morgen früh überweise ich dir das Geld.«
»Nein; überweise mir die Hälfte, damit ich Al die zwanzigtausend Dollar bezahlen kann, die ich ihm schulde. Mit der anderen Hälfte bezahlst du unsre New Yorker Verpflichtungen.«
»Aber Peter, dann sitzen wir ja wieder auf dem trockenen. Wir schulden hier ja fast zwanzigtausend, und wir brauchen doch auch Geld für unseren nächsten Film.«
»Wenn ich meine Schulden bezahle«, sagte er, »kann ich mal eine Nacht ruhig schlafen. Morgen mach' ich mir dann Sorgen um das Geld für den nächsten Film.«
»Und das Geld für ein Studio? Wir können nicht immer auf einer Farm arbeiten. Bezahl jetzt die Hälfte; sie warten gern auf den Rest. Der Film ist wahrscheinlich eine Viertelmillion wert, und sie wissen es.«
»Wenn er so viel einbringt, können wir sie auch jetzt bezahlen!«
»Aber wir müssen fast ein Jahr auf das Geld warten«, protestierte ich. Nach dem Gesetz stand uns unser Geld sechs Monate nach der Vermietung des Films durch den Verleiher zu. »Was tun wir solange? Herumsitzen und warten? Das können wir uns jetzt nicht leisten.«
Peters Stimme war fest. »Bezahle das Geld, wie ich gesagt habe. *Eine* ruhige Nacht will ich haben!«
Ich wußte, daß ich geschlagen war. Wenn Peters Stimme so hartnäk-

kig klang, konnte ich ihn nicht umstimmen, auch wenn ich mich auf den Kopf stellte. »Gut, Peter.«

Seine Stimme lockerte sich. »Sie mochten den Film also?«

»Sie sind verrückt danach, besonders bei der Szene mit der Schießerei zwischen dem Sheriff und dem Banditen in dem Wohnzimmer des Mädchens.« Das würde ihm Freude machen. Es war seine Idee gewesen. In dem Stück fand die Schießerei in einer großen Kneipe statt, aber wir hatten nicht genug Geld, um sie zu bauen, und so verlegte Peter die Szene in das Wohnzimmer.

Er lachte. »Hab' ich nicht gesagt, daß es so noch dramatischer sein würde?«

»Du hast recht gehabt, Peter.« Ich mußte darüber lächeln, wie stolz er war.

Er lachte vor sich hin. »Es hat ihnen nichts ausgemacht, so lange stillzusitzen?«

»Es tat ihnen leid, als es zu Ende war, so gut hat es ihnen gefallen. Du hättest sie sehen sollen, Peter, sie standen auf und klatschten.«

Ich hörte, daß er zu irgend jemand etwas sagte, konnte aber nicht verstehen, was.

»Ich hab' Esther gerade gesagt, daß ich recht hatte damit, daß zweitausend Meter nicht zu lang sind.«

Ich lachte, als mir einfiel, daß er einmal der Meinung gewesen war, daß man nicht so lange stillsitzen könne.

Er unterbrach mein Gelächter: »Esther fragt gerade, wer dies Telefongespräch bezahlt.«

Ich sah Borden schmunzelnd an. »Wir natürlich. Du hast doch nicht geglaubt, daß ich über das Telefon von jemand anderem ein solches Gespräch führe und nicht dafür bezahle?«

Erschrockenes Schweigen am anderen Ende; dann sagte er schwach: »Wir haben beinahe zwanzig Minuten gesprochen – ein Hundertdollargespräch.« Und mit stärkerer Stimme: »Auf Wiedersehen, Johnny.«

Ich wollte noch etwas sagen, aber er hatte schon aufgehängt. Einen Moment war ich überrascht, dann hängte ich auch auf.

Ich sah Borden an und lachte. Er zuckte die Achseln, und zusammen gingen wir in das Hauptbüro. Es waren immer noch eine Menge Leute da, die angeregt miteinander sprachen, unter ihnen die führenden der unabhängigen Produzenten. Die Luft war ganz blau von Rauch.

Einer sagte: »Ich glaube, jetzt ist ein für allemal bewiesen, daß die Zeit des Kurzfilms vorbei ist. Jetzt müssen wir in Großfilmen denken.«

»Was sagst du da, Sam?« antwortete ein anderer. »Es kann schon wahr sein, aber wo sollen wir die drehen? In New York ist die Saison für Außenaufnahmen höchstens drei Monate lang. In der Zeit kann man allenfalls fünf Filme herstellen. Und was machen wir den Rest des Jahres? Stilliegen?«

Der erste dachte eine Minute nach, ehe er antwortete. »Wir müssen irgendwohin, wo die Saison länger dauert.«

Der andere sagte trübsinnig und ohne viel Hoffnung: »Aber wohin? Nicht jeder hat so einen Freund wie Mr. Kessler. Wir können nicht alle in Kalifornien drehen.«

Plötzlich ging mir ein Licht auf.

»Warum nicht, meine Herren?« sagte ich. »Warum sollten Sie keinen Film in Kalifornien drehen können?«

Ich sah, wie der Ausdruck auf ihren Gesichtern zwischen Überraschung und verhaltener Neugier wechselte.

»Wie meinen Sie das?« fragte einer. Ich sah sie einen Augenblick an, ehe ich antwortete. Ich wollte, daß sie von dem, was ich nun sagte, auch gehörig beeindruckt würden. Ich begann in leisem vertraulichem Ton:

»Die Magnum-Film, meine Herren, hat vorausgesehen, welche Auswirkungen der ›Bandit‹ auf die künftige Entwicklung der Filmproduktion haben wird. Peter Kessler ist voller Dankbarkeit gegen seine vielen Freunde, die ihm in der dunkelsten Zeit beigestanden haben. Deshalb, meine Herren« – ich sprach noch leiser, und sie drängten sich um mich, um etwas zu verstehen –, »hat Kessler mich eben am Telefon beauftragt, Ihnen zu sagen, daß er Ihnen die gleiche Chance geben will, wie er sie hat, nämlich Filme in Kalifornien zu drehen. Überdenken Sie es, meine Herren!« Innerlich grinste ich, es war der alte Leim. »Sie kriegen die Möglichkeit, nicht nur dreizehn Wochen lang im Jahr Filme zu machen, und in einem Land, wo ewig Sonne ist und genug Platz für jede Art von Film. Die Magnum-Film hat die Option auf beinahe tausend Morgen Grund und Boden in Hollywood, genug, um hundert Studios darauf zu bauen. Als Lasky, Goldwyn und Laemmle dahin gezogen sind, hatte Peter den brillanten Einfall, daß alle anderen Unabhängigen nachfolgen und Hollywood zur Film-Metropole der Welt machten sollten! Deshalb hat er mich beauftragt, Ihnen folgendes vorzuschlagen: Als Gegengabe für Ihre Freundschaft und Hilfe bietet er Ihnen so viel Land an, wie Sie wollen, zu dem Preis, den er für die Option bezahlt hat, nämlich zu hundert Dollar pro Morgen.

Natürlich erwartet er nicht, daß Sie die Katze im Sack kaufen. Er gibt Ihnen jetzt die Option auf so viel Land, wie sie haben wollen, entscheiden können Sie sich, wenn Sie es gesehen haben. Die Auswahl der Grundstücke geschieht in der Reihenfolge der Optionen. Der erste, der optiert, hat als erster die Wahl. Sollte jemand nicht zufrieden sein, erhält er sein Geld zurück.«

Borden war genauso erstaunt wie die anderen. »Davon hast du mir vorher gar nichts gesagt.«

»Tut mir leid, Bill«, sagte ich zu ihm. »Ich hatte den Auftrag von Peter, vorher nicht darüber zu reden.«

»Aber was wird mit unseren Studios hier?« fragte Bill. »Da steckt eine Menge Geld drin.«

»Du kannst sie ja noch für Kurzfilme verwenden. Aber für Großfilme und großen Gewinn mußt du nach Hollywood kommen. Wie groß ist dein Studio hier? Kannst du eine hundertköpfige Rinderherde hindurchtreiben, oder kannst du eine Reitergruppe im vollen Galopp fotografieren, wie wir es im ›Banditen‹ gemacht haben? Die Antwort ist klar. Wenn du hierbleibst, hast du nur begrenzten Raum, begrenzte Zeit, begrenzte Möglichkeiten.«

Ich sah mich um. Ihre Gesichter zeigten, daß sie beeindruckt waren, und ich wußte, jetzt hatte ich sie. Es war nur noch ein Haken dabei. Wenn einer von ihnen mich fragte, woher Peter das Geld für all diese Optionen hatte, war ich erledigt. Aber meine Sorgen waren überflüssig. Borden schluckte den Köder als erster.

Er nahm seinen Federhalter und schrieb einen Scheck aus. »Ich möchte fünfzig Morgen.«

Binnen einer Stunde hatte ich Optionen auf Land, das wir gar nicht besaßen, im Werte von sechzigtausend Dollar verkauft.

Als die andern Borden anbeißen sahen, drängten sie sich auch an den Köder.

Es war leichter, als auf dem Rummelplatz die dummen Bauern in das Zelt zu locken, wo Salome ihren Tanz mit den sieben Schleiern aufführte.

Um drei Uhr morgens rief ich Peter wieder an, diesmal von meinem Hotel aus, wo mir niemand zuhörte.

Als er abnahm, hörte ich, daß hinter ihm lebhaft gesprochen wurde.

»Peter, hier ist Johnny.«

Er wurde aufgeregt. »Hab' ich dir nicht gesagt, daß du nicht anrufen sollst? Es ist zu teuer!«

»Laß mal die Ausgabe, ich mußte dich anrufen. Ich habe gerade für

sechzigtausend Dollar Land in Kalifornien verkauft, und du mußt sofort welches kaufen.«
Er schrie jetzt mit schriller Stimme. »Mein Gott, bist du verrückt geworden? Willst du uns alle ins Zuchthaus bringen?«
»Beruhige dich«, sagte ich so gleichmütig, wie ich nur konnte, »ich mußte es tun. Die sind alle versessen darauf, nach Kalifornien zu kommen, und es ist besser, wir verdienen was dran als diese Haie von Grundstücksmaklern. Was kostet denn ein Morgen Land draußen?«
»Wie soll ich das wissen?« fragte er, immer noch mit zitternder Stimme.
»Ist Al bei dir? Wenn ja, frag ihn.«
Nach ein paar Sekunden sagte Peter: »Al meint, fünfundzwanzig Dollar.«
Ich fühlte, wie mir das Blut ins Gesicht strömte, und seufzte auf: ich hatte richtig getippt. »Kauf tausend Morgen, das kostet uns fünfundzwanzigtausend Dollar. Ich hab' gerade sechshundert für hundert pro Stück verkauft, so haben wir fünfunddreißigtausend Dollar übrig und können Studios bauen.«
Peter schwieg erst. Dann sagte er mit einem seltsamen Ausdruck in der Stimme, den ich für Respekt gehalten hätte, wenn ich ihn nicht besser gekannt hätte: »Du bist ein *gonif*, Johnny. Aber ein smarter.«

Ich ging vom Fenster weg, setzte mich an meinen Schreibtisch und trank mein Glas aus. Das alles war lange her, aber mir kam es wie gestern vor. Hollywood war auf Schwindel aufgebaut, und Schwindel regierte es heute noch, aber die Schwindler von gestern hatten ihre Meister gefunden, nämlich die von heute, die nahmen, was sie konnten – nicht wie wir in den alten Zeiten aus Notwendigkeit, sondern aus Gewinnsucht, aus Gier. Und ihr Beutefeld war die ganze Welt.
Meine Augen waren müde. Die Lider fühlten sich schwer und heiß an. Ich wollte sie ein paar Minuten schließen.

Dumpfer Stimmenklang schlug an mein Ohr; ich drehte den Kopf weg, um die Stimmen auszuschließen, aber sie blieben hartnäckig. Ich setzte mich im Stuhl auf und rieb die Augen. Meine Glieder taten weh, mein Rücken war steif von der unbequemen Stellung, in der ich eingeschlafen war. Ich streckte mich und sah mich um, wobei mein Blick auf die Schreibtischuhr fiel. Mit einem Ruck war ich wach. Es war halb vier nachmittags, ich hatte fast den ganzen Tag geschlafen.

Ich stand auf und ging in den kleinen Raum nebenan, drehte das kalte Wasser auf und wusch mein Gesicht gründlich. Unter der Kälte kam ich vollständig zu mir.
Als ich gerade zum Friseur gehen wollte, um mich rasieren zu lassen, hörte ich Gordons Stimme durch die Wand.
»Es tut mir leid, Larry, aber ich kann meine Zustimmung nicht geben. Mein Vertrag mit Johnny macht mich zum Produktionsleiter. Dein Vorschlag der Aufteilung führt nur zu unnötiger Verwirrung und Verdoppelung der Arbeit.«
Ich dachte nicht mehr an Rasieren. In Gordons Büro ging etwas vor, das ich wissen mußte. Also öffnete ich die Tür. Gordon saß mit zorngerötetem Gesicht hinter seinem Schreibtisch, ihm gegenüber Ronsen und Dave Roth. Ronsens Gesichtsausdruck war ruhig und unerschütterlich wie immer, aber Dave sah wie eine Katze aus, die gerade den Kanarienvogel gefressen hat.
Ich trat ins Zimmer, und sie sahen mich an. Gordon sichtlich erleichtert, Ronsen irritiert, Roth furchtsam. »Was ist los?« sagte ich lächelnd. »Könnt ihr einen nicht mal schlafen lassen?«
Sie gaben keine Antwort. Ich ging zu Gordon und streckte ihm die Hand hin. »Tag, alter Junge, nett, dich wiederzusehen.«
Er spielte seine Rolle gut und verriet mit keinem Zeichen, daß wir uns schon in der Nacht getroffen hatten, sondern nahm meine Hand. »Was tust du denn hier? Ich glaubte dich noch in New York.«
»Ich bin gestern abend angekommen, um Peter zu sehen.« Und zu Ronsen gewandt, fügte ich hinzu: »Dich hab' ich hier nicht erwartet, Larry.«
Für eine Minute sah er mich prüfend an, als wollte er herausfinden, wieviel ich wußte, aber das gelang ihm nicht. Mein Gesicht war genauso ausdruckslos wie seines. »Nachdem du weg warst, ist was passiert, und da du nicht da warst, bin ich hierhergeflogen, um es zu erledigen.«
Ich zeigte etwas Interesse. »Ja? Und was ist passiert?«
»Stanley Farber hat uns angerufen«, antwortete er. Sogar sein Gleichmut war durch mein unerwartetes Erscheinen ins Wanken geraten, er suchte nach Worten. »Er hat uns den Vorschlag gemacht, Dave mit der Überwachung unserer Spitzenfilme zu beauftragen. Dafür will er dafür sorgen, daß unsere Filme in allen seinen Theatern gespielt werden, und uns außerdem eine Million Dollar leihen.«
Jetzt schaute ich zu Dave Roth hinüber, richtete meine Worte aber an Ronsen: »Ich kenne Stanley; er will für seine Million noch was anderes, als seinen Protegé unterbringen.«

Während Ronsen antwortete, wandte ich keinen Blick von Daves Gesicht. »Nun, wir mußten ihm natürlich für so viel Geld Sicherheit geben.«
Ich nickte langsam. Dave war unter meinem Blick blaß geworden. Ronsen redete eifrig weiter, er konnte nicht verhindern, daß seine Stimme seine innere Anspannung verriet. »Du hältst es also für eine gute Idee?«
Langsam wandte ich mich ihm zu. Hinter seiner Brille brannten seine Augen, und er erinnerte mich mehr denn je an einen Tiger, der im Begriff ist, seine Beute anzuspringen. »Ich sage nicht, daß es eine gute Idee ist, aber ich werde darüber nachdenken. Eine Million ist viel Geld.«
Ronsen wollte meine Zustimmung, das konnte ich merken. »So ist es, Johnny«, meinte er eifrig. »Farber will sofort Bescheid, er hält sein Angebot nicht ewig aufrecht.«
»Aber wenn wir erst einmal angenommen haben, sitzen wir fest«, sagte ich trocken. »Wie schon gesagt, ich kenne Stanley, und wir werden nicht mehr loskommen, wenn es nachher doch nicht klappt. Dave ist ein heller Junge, er kann Theater leiten, das weiß ich. Aber er hat nie in seinem Leben einen Film gemacht, und – bei allem Respekt vor ihm – was tun wir, wenn er versagt? Ich hab' so was schon vorkommen sehen.«
Roths Gesicht war schneeweiß geworden. Ich lächelte ihm beruhigend zu: »Ich will dich nicht verletzen, Junge, aber hier geht es ums Geschäft, und man muß erst ein bißchen in Erfahrung bringen, wie eine Sache wohl läuft, ehe man sie anfängt. Ich weiß, daß Larry es gut meint, aber ich muß es mir erst mal überlegen. Morgen reden wir weiter drüber.«
Mit diesen Worten ließ ich Ronsen wissen, daß ich auf sein Urteil nichts gab, zeigte Dave, daß ich ihn für unerfahren hielt, und schloß die Diskussion.
Aus den Augenwinkeln konnte ich sehen, daß Larry bleich vor Zorn war, aber er beherrschte sich. »Falls du ein paar Minuten Zeit hast, Larry«, sagte ich zu ihm, »möchte ich dich gern sprechen, wenn ich mich rasiert hab'.«
Seine seltsam tiefe Stimme klang ganz normal, als er sagte: »Natürlich, Johnny. Ruf mich an, wenn du zurück bist.«
Ich ging zur Tür und sah sie alle noch einmal an. Gordon, der hinter den andern saß, blinzelte mir zu. »Ich seh' euch später«, sagte ich und zog die Tür hinter mir zu.

Gordon wartete schon auf mich, als ich vom Friseur zurückkam – Rasieren und eine heiße Gesichtsmassage können eine Menge für einen tun –, und ich lachte ihn an.
»Was ist los, Junge? Du siehst nicht besonders gut aus.«
Er fluchte los.
»Na, du scheinst von unserem ausgezeichneten Vorstandspräsidenten nicht viel zu halten.«
Gordon wurde rot im Gesicht. »Warum, zum Teufel, kann er sich nicht darauf beschränken, bei den lausigen Vorstandssitzungen zu präsidieren, sondern muß er seine lange Nase ins Atelier stecken?« brüllte er. »Er hält uns nur bei der Arbeit auf.«
»Sachte, Junge. Vergiß nicht, daß er nichts vom Film versteht. Du weißt, wer er ist: jemand mit genug Geld, den die Gewinnsucht gepackt hat, als er sah, daß man beim Film unter Umständen schnell reich werden kann. Als er aber gemerkt hat, daß nicht alles Gold ist, was glänzt, ist er nervös geworden und probiert, wie er entweder sein Geld zurückbekommen oder aus dem Ganzen wieder aussteigen kann.«
Als Gordon sah, wie gelassen ich blieb, kühlte er ein wenig ab. »Du bist deiner Sache sicher?«
»Ja«, sagte ich zuversichtlich. »Ich bleibe fest sitzen und lass' ihn sich den Schädel einrennen. Wenn er dessen müde ist, kommt er schon zu mir zurück.«
Er sah skeptisch drein. »Er ist hartnäckig. Wenn er nun auf der Sache mit Farber besteht?«
Für eine Sekunde schwieg ich. Wenn Ronsen darauf bestand, konnte ich es nicht ändern, und dann war es aus mit meiner Position. Vielleicht wäre es sogar gut. Ich war seit dreißig Jahren im Geschäft und hatte genug Geld. Vielleicht wäre es mal ganz schön, nur einfach auszuruhen und alles zu vergessen. Aber so leicht war es doch nicht – ein Teil meines Lebens steckte darin, daß ich nicht ohne weiteres aufgeben konnte.
Schließlich sagte ich mit mehr Zuversicht, als ich empfand: »Er wird schon nicht. Wenn ich mit ihm fertig bin, wird er Farber nicht mehr reinnehmen wollen, und wenn man ihm die Schatzkammer der Vereinigten Staaten dafür bietet.«
»Ich hoffe, du weißt, was du tust«, meinte Gordon beim Hinausgehen. Ich sah ihm nach und dachte: ich auch!
Das Telefon läutete; es war Doris. »Wo bist du gewesen?« fragte sie. »Ich hab' dauernd angerufen, ohne dich zu erreichen.«
»Ich bin im Büro eingeschlafen«, sagte ich reuig. »Ich bin von dir aus

direkt hierhergekommen. Niemand wußte, daß ich hier war. Aber wie geht es Peter?«
»Der Arzt war gerade da und meint, besser; er schläft jetzt.«
»Und Esther?«
»Sie steht neben mir und möchte dich sprechen.«
»Ich sie auch.«

Als Esther sprach, bekam ich zuerst einen Schrecken; ihre Stimme klang so verändert. Als ich sie zuletzt gehört hatte, war sie jung und fest gewesen, jetzt klang sie alt und unsicher, so, als ob sie plötzlich in einem Raum mit lauter fremden Menschen wäre, von denen sie nicht wußte, wie sie sie aufnehmen würden.
»Johnny?« sagte sie fragend.
»Ja«, antwortete ich weich.
Einen Augenblick lang hörte ich nur ihren Atem, dann ihre seltsam zögernde Stimme: »Ich bin froh, daß du gekommen bist; es bedeutet mir viel, und ihm wird es noch mehr bedeuten, wenn er es erfährt.«
Es tat mir weh. Am liebsten hätte ich gerufen: Ich bin es, Johnny! Dreißig Jahre haben wir zusammen verbracht, ich bin kein Fremder. Du brauchst keine Angst davor zu haben, mit mir zu reden! Aber ich brachte es nicht heraus, ich sagte nur einfach: »Ich mußte kommen. Ihr beide gehört doch in mein Leben.« Und zögernd setzte ich hinzu: »Es tut mir so entsetzlich leid um Mark.«
Plötzlich hörte ich ihre alte Stimme, als ob sie mich erst jetzt erkannt hätte. Aber der Schmerz, der Verzicht waren noch darin. Es war die Stimme eines mit dem Leid vertrauten Menschen. »Es ist Gottes Wille, Johnny, wir können nichts daran ändern. Wir können nur hoffen, daß Peter ...«, sie sprach den Satz nicht zu Ende, ihre Stimme brach. Ich hörte sie weinen.
»Esther«, sagte ich scharf, um sie wieder zum Sprechen zu bringen.
Mir war, als könnte ich sehen, wie sie darum rang, sich zu beherrschen, die Tränen zurückzuhalten, die so leicht kamen und zu denen sie soviel Grund hatte.
Zuletzt antwortete sie: »Ja, Johnny.«
»Du hast keine Zeit zum Weinen«, sagte ich, aber ich kam mir wie ein Narr dabei vor. Welches Recht hatte ich dazu? Es war ihr Sohn. »Du mußt erst dafür sorgen, daß Peter wieder gesund wird.«
»Ja«, sagte sie schwer. »Er muß gesund werden, damit er das Totengebet für seinen Sohn sagen kann und wir zusammen die Totenwache halten können.«

Bei der hebräischen Totenwache wurden alle Spiegel und Bilder im Hause verhängt. Man saß eine Woche lang nach dem Tode des geliebten Menschen auf dem Fußboden oder auf Kisten.
»Nein, Esther, nein«, widersprach ich ihr sanft. »Nicht für die Totenwache, sondern damit ihr zusammen leben könnt.«
Ihre Stimme klang sanft und gelehrig, fast als ob sie zu sich selber spräche: »Ja, Johnny, wir müssen weiterleben.«
»So ist es besser, das klingt mehr nach der Frau, die ich kenne.«
»Wirklich, Johnny? Die war ich bis zu diesem Unglück. Aber jetzt bin ich alt. Vorher hat mich nie etwas wirklich verändert, aber dies hat es getan.«
»Es geht vorbei, die Zeit heilt.«
»Es wird nie wieder wie früher sein«, sagte sie still, aber es klang endgültig.
Wir sprachen noch ein paar Worte und hängten dann auf.
Ich zündete mir eine neue Zigarette an, die alte war unbeachtet im Aschenbecher verglüht.
Ich weiß nicht, wie lange ich so dasaß und das Telefon anstarrte. Ich erinnerte mich daran, wie Mark als Kind gewesen war. Es ist seltsam, wie man die Dinge vergißt, welche man an einem Menschen nicht mochte, wenn er tot ist. Mark als Erwachsenen hatte ich nie gemocht, so dachte ich an Mark als Kind. Er hatte es so gern, wenn ich ihn hochhob und auf meiner Schulter reiten ließ. Ich konnte jetzt noch hören, wie er dabei vor Seligkeit schrie; fast fühlte ich seine Finger, die sich in mein Haar gruben und darin rissen.
Mein Bein tat weh. Ich dachte immer noch daran, als mein Bein – aber es war ja nur ein Stumpf. Der Rest war in Frankreich geblieben. Ich fühlte, wie der Schmerz durch meinen Schenkel stach. Der Stumpf war wund, in den letzten drei Tagen hatte ich die Prothese nur einmal für ein paar Minuten abgenommen.
Ich lockerte meine Hosen, lehnte mich zurück und machte den Riemen um meine Taille los, der das künstliche Bein an seinem Platz hielt; dann löste ich den andern Riemen an meinem Schenkel, und die Prothese fiel mit einem dumpfen Aufschlag auf den Fußboden.
Ich massierte den Stumpf mit gleichmäßig kreisenden Bewegungen, wie ich es vor Jahren gelernt hatte. Langsam begann das Blut wieder zu zirkulieren. Der Schmerz ebbte ab.
Da ging die Tür auf, und Ronsen kam herein. Er kam mit elastischen Schritten zu mir an den Schreibtisch; er war groß und stark, seine Augen hell und durchdringend hinter der Brille.

»Johnny«, sagte er mit seltsam sicherer Stimme, »könnten wir nicht in der Farber-Geschichte . . .«

Ich starrte ihn an, ohne mich auf das, was er sagte, konzentrieren zu können. Meine Hände, die automatisch mit der Massage fortfuhren, begannen zu zittern.

Warum hatte er nicht gewartet, bis ich ihn anrief?

Ich stimmte zu, bevor er überhaupt ausgeredet hatte, bevor ich wußte, was er sagte, nur um ihn loszuwerden, nur damit ich ihn nicht anzuschauen brauchte, wie er gelassen, stark und elastisch dastand, damit ich die Lebenskraft nicht zu spüren brauchte, die ihn erfüllte.

Seine Augen verengten sich vor Überraschung bei meinem schnellen Einverständnis. Dann ging er eilig aus meinem Büro, als ob er befürchtete, ich könnte meine Meinung ändern.

Mit ungeschickten Fingern versuchte ich, den Riemen wieder um meinen Schenkel zu befestigen; es gelang mir nicht, und ich fluchte lautlos vor mich hin. Ich fühlte mich so verdammt hilflos ohne mein Bein.

Dreißig Jahre 1917

1

Johnny trat aus dem Vorführraum in den Korridor, blieb stehen und zündete sich eine Zigarette an.
Ein Mann kam auf ihn zu. »Können wir mit Kopieren anfangen, Johnny?«
Johnny warf sein Streichholz in eine mit Sand gefüllte Kiste. »Natürlich, Irving, fang an.«
Der Mann lächelte erfreut. »Ein paar gute Aufnahmen, die von Wilson, wie er den Eid ablegt, was?«
»Wirklich gut, Irving.« Sie gingen zusammen die Halle entlang. »Jetzt bring sie noch bei den Theatern unter, dann schlagen wir jede andere Wochenschau.«
Wilson hatte an diesem Morgen, vor noch nicht drei Stunden, den Eid seiner zweiten Amtszeit als Präsident abgelegt, und Johnny hatte ein Flugzeug gemietet, um die Filmkopie nach New York zu bringen. Er rechnete aus, daß er auf diese Weise mindestens sechs Stunden Vorsprung vor den anderen Gesellschaften hatte; das bedeutete, daß der Film bereits heute abend in den Broadway-Theatern laufen konnte – ein Rekord.
Irving Bannon machte die Wochenschau. Er war früher, ehe Johnny ihn für diesen Posten empfohlen hatte, Kameramann gewesen. Johnny gefiel an ihm, daß er keine ausgedehnten Vorbereitungen brauchte. Alles, was er nötig hatte zum Drehen, war ausreichend Licht. Er war ein aktiver kleiner Mann, gerade der richtige Typ für einen solchen Posten. Johnny konnte mit ihm zufrieden sein.
Er lief neben Johnny her, seine kurzen Beine machten jedesmal zwei Schritte, wenn Johnny einen tat. »Ich hab' die Kriegsbilder aus England, Johnny«, sagte er, ein bißchen außer Atem von der Anstrengung, mit Johnny Schritt zu halten. »Willst du sie dir heute ansehen?«
Johnny blieb vor seinem Büro stehen. »Heute nicht, Irving, ich hab' keine freie Minute mehr; lieber morgen früh.«
»Gut, Johnny.« Der kleine Mann lief eilig die Halle hinunter.
Johnny sah ihm lächelnd nach. Ja, der war in Ordnung. Es ging auf sein Konto, daß die Magnum-Wochenschau als die beste galt.
Im Büro empfing ihn Jane. »Wie sind die Aufnahmen, Johnny?«
»Ausgezeichnet. Irving hat großartige Arbeit geleistet. Hast du Peter angerufen?«

Sie nickte und legte Johnny verschiedene Papiere vor, säuberlich in zwei Stapel geordnet. »Die hier mußt du durchsehen und die hier unterzeichnen.«
»Sonst noch was, Boß?« fragte er vergnügt.
Sie schaute ihren Notizblock durch. »Um zwölf Uhr kommt George Pappas, und um eins gehst du mit Doris zum Lunch.«
Er sah auf seine Armbanduhr. »Höchste Zeit, daß ich mit diesem Zeug fertig werde, bevor George kommt. Du bist ein Sklaventreiber, Jane.«
»Jemand muß es sein, sonst würdest du nie etwas tun.«
Johnny durchblätterte die Papiere auf seinem Schreibtisch; es waren die üblichen Verträge mit den Verleihern – der Teil seiner Arbeit, den er verabscheute. Jane hatte recht, ohne sie würde er sie nicht einmal ansehen. Seufzend begann er, sie zu unterschreiben.
In den letzten fünf Jahren war er kräftiger geworden. Er war noch immer schlank, aber sein Gesicht hatte den mageren hungrigen Zug verloren. Der Magnum-Film ging es gut. Sie hatten ein Studio in Kalifornien, dessen Produktion Peter mit Joes Hilfe leitete. Die beiden arbeiteten glänzend zusammen. Peter bestimmte, was getan werden sollte, Joe führte es aus. Das Ergebnis war, daß die Magnum-Filme zu den besten auf dem Markt zählten.
Johnny leitete das New Yorker Büro. Seine Voraussage, daß der Hauptteil der Produktion sich nach Kalifornien verlagern würde, daß aber New York das Verleihzentrum und der Produktionsort für Kurzfilme bleiben würde, hatten sich erfüllt. William Fox hatte ganz unerwartet seinen Prozeß gegen den Verband gewonnen, andere Niederlagen des Verbandes waren gefolgt, und alles schien darauf hinzudeuten, daß der amerikanische Gerichtshof die Auflösung des Verbandes anordnen würde.
Als sie erfuhren, daß Fox seinen Prozeß gewonnen hatte, überredete Johnny Peter, ihn nach New York zurückgehen und das dortige Büro eröffnen zu lassen. Er fragte Jane, die bei Joe als Script-Girl arbeitete, ob sie mit ihm nach New York kommen wolle, und sie nahm an. Sam Sharpe war bis zum vergangenen Herbst Aufnahmeleiter bei ihnen gewesen, nun aber zur Agentur zurückgegangen. »Es gibt hier draußen eine Menge Talente«, sagte er erklärend zu Peter, »um die sich niemand kümmert. Außerdem ist es mein Beruf, ohne den ich nun mal nicht glücklich bin.«
Das konnte Peter verstehen. »Gut, Sam. Tu, was du für richtig hältst. Ich werde mit unsern Leuten reden, daß sie dich als Manager nehmen, das ist dann ein Anfang.«

Sam lächelte. »Hab' ich schon, ich vertrete sie alle.«
»Wundervoll«, gratulierte ihm Peter. »Wann willst du anfangen?«
»Sofort«, antwortete Sam. »Nämlich wegen des Cooper-Vertrages. Das Mädchen muß mehr Gage haben, schließlich hat ihr letzter Film ein Vermögen eingebracht.«
Peter schnappte nach Luft. »Ich bin von Räubern umringt«, sagte er lachend.

Zu Beginn des Jahres 1912 war am Broadway die Premiere des »Banditen«. Es war die erste der großen Filmpremieren, und man erwartete ein gutes Geschäft, aber auch Johnny ahnte nichts von dem, was kommen sollte.
Um die Mittagszeit, also zwei Stunden vor Eröffnung des Theaters, hatte sich vor der Kasse eine Schlange gebildet, die den ganzen Block hinunterreichte. Der Bürgersteig war vollständig blockiert, und wer vorbeiwollte, mußte auf der Fahrbahn gehen. Die Straße füllte sich immer mehr; irgend jemand, der von einem Bürofenster aus die Menschenmenge sah, alarmierte die Polizei.
Der Geschäftsführer des Theaters raufte sich die Haare und lief hinaus, um einem ältlichen Polizeihauptmann zu erklären, daß alle diese Menschen weiter nichts als einen Film sehen wollten.
Der Hauptmann, ein ergrauter Mann mit gerötetem Gesicht, nahm seine Mütze ab, um sich den Kopf zu kratzen. »Na, so was«, sagte er mit starkem irischem Akzent, »daß ich das noch erlebe, daß die Leute einen solchen Wirbel machen, nur um ins Kino zu kommen!« Er sah die Menge an, dann den Geschäftsführer. »Aber sie können nicht hier auf der Straße bleiben und den ganzen Verkehr aufhalten. Sie müssen dafür sorgen, daß sie von der Straße gehen.«
Voller Verzweiflung sagte der Geschäftsführer zu Johnny: »Was soll ich denn bloß tun? Der Film fängt erst um zwei Uhr an.«
Johnny lachte. »Machen Sie jetzt schon auf und lassen Sie die Leute rein.«
»Aber was wird dann aus der Zweiuhrvorstellung?«
»Wenn die Leute nicht von der Straße kommen«, warf der Hauptmann ein, »gibt es überhaupt keine Zweiuhrvorstellung. Ich habe Auftrag, die Straße zu räumen!«
Johnny faßte einen Entschluß. »Lassen Sie die Leute rein und fangen Sie nachher um zwei Uhr wieder von vorn an. Lassen Sie den Film so lange laufen, bis niemand mehr neu dazukommt.«
»Aber sie platzen dann ja mitten in den Film hinein«, protestierte der Geschäftsführer.

»Sie können ja bleiben, bis der Film wieder an dem Punkt ist, bei dem sie gekommen sind. Bei den Kurzfilmvorführungen machen wir es ja auch so!«
Der Geschäftsführer sah den Hauptmann hilfeflehend an, aber der schüttelte nur den Kopf. So ging er langsam zur Kasse, klopfte an das Fenster und sagte unglücklich zu der Kassiererin: »Fangen Sie mit dem Kartenverkauf an.«
Die Leute in den ersten Reihen der Schlange hörten ihn, drängten die Polizisten beiseite und strömten zur Kasse.
Der Geschäftsführer drängte sich durch die Menge zu Johnny durch, der einen Blick auf ihn warf und zu lachen begann. Man hatte ihm die Knöpfe seiner Jacke und eine Seite seines Kragens abgerissen, die Knopflochblume hing auf dem Jackettaufschlag und der Schlips über seiner Schulter. Der Geschäftsführer starrte Johnny an und sagte schockiert: »Wer hat so etwas schon einmal erlebt? Durchgehende Vorstellungen? Man könnte meinen, es sei ein Karussell.«
Das war der Anfang. Andere Gesellschaften, andere Filme folgten. Ein Jahr später kam die langangekündigte »Königin Elisabeth« nach New York, 1913 »Quo Vadis«, gefolgt von Laemmles und Cecil de Milles ersten Großfilmen. 1914 wurde das erste große New Yorker Filmtheater eröffnet, im selben Jahr sah man den ersten Großfilm mit Charlie Chaplin und Marie Dressler als Stars – im nächsten Jahr folgten Griffith und Fox im neuen Fahrwasser.
Namen wie »Paramount«, »Metro«, »Vitagraph« wurden in der Branche berühmt. Im Publikum wurden Starnamen wie Mary Pickford, Charlie Chaplin, Clara Kimball Young, Douglas Fairbanks und Theda Bara immer bekannter. Die Zeitungen erkannten rasch die Möglichkeiten, die diese Namen in sich bargen. Man setzte Reporter ein, die täglich über das Leben und Treiben dieser Schauspieler und Schauspielerinnen berichteten.
Das Publikum schloß den Film ins Herz, die Filmindustrie begann erwachsen zu werden, wenn auch nicht ohne Schwierigkeiten. Produzenten bekämpften sich, man versuchte, sich gegenseitig die Stars mit immer phantastischeren Gagen abspenstig zu machen, Vertragsbrüche waren an der Tagesordnung. Trotz allem aber wuchs die Produktion.
Johnny sagte eines Tages halb im Ernst, halb im Scherz zu Peter: »Wir haben zum erstenmal ein Theater fürs Volk. Der Film gehört ihm, es hat ihn gemacht.«
Und das Publikum stützte sie mit den langen Schlangen, die überall vor den Kassen der Kinotheater standen.

2

Gegen Mittag schob Johnny die Zeitungen weg und sagte zu Jane: »Ruf Peter noch mal an, ich muß ihn sprechen, bevor George kommt.«
Jane nahm den Hörer ab, und Johnny stand auf und streckte sich, ging zum Fenster und sah hinaus. Draußen regnete es ganz fein. Er dachte nach.
George Pappas hatte in den letzten paar Jahren gut verdient. Er besaß neun Kinotheater und erwog weitere Erwerbungen. Er hatte Johnny vorgeschlagen, gemeinsam zehn Theater in der New Yorker Innenstadt zu kaufen. Er hätte es gern allein getan, hatte er in seiner sanften, etwas zögernden Art erklärt, hatte aber nicht genug Kapital dafür. Für die in Frage kommenden Theater – zehn Häuser in guten Gegenden, wenn auch keines davon am Broadway – waren etwa eine Viertelmillion Dollar nötig. Die Hälfte könnte George aufbringen, wenn die »Magnum« die andere Hälfte beisteuerte. Es wäre eine Partnerschaft mit gleichen Rechten, die Leitung der Theater wollte George übernehmen.
Johnny hatte gründlich über den Plan nachgedacht und wollte ihn Peter empfehlen. Borden, Fox und Zukor besaßen eigene Theater, in denen sie ihre Filme laufen ließen – mit großem Profit. Sie gaben ihren Filmen die bevorzugten Daten, nämlich die Wochenenden, und bezahlten sich selbstverständlich die Spitzenleihgebühren. Es funktionierte sehr gut, und Johnny erhoffte sich für die »Magnum« einen ähnlichen Ablauf.
Janes Stimme unterbrach seine Gedanken. »Peter ist in ein paar Minuten am Apparat.«
Johnny setzte sich und wartete. Er hoffte, daß Peter diesmal nicht lange diskutieren würde. Ihm fiel ein, wie Peter sich vor sechs Jahren gesträubt hatte, als er größere Filme herstellen sollte, und er mußte lächeln. Er hatte damals recht gehabt und hatte auch jetzt recht, aber Peter liebte nun einmal ausführliche Debatten.
Peter nannte es allerdings anders; er sagte, er spräche sich über eine Sache aus. Johnny erinnerte sich an Dinge, über die sich Peter mit Joe »ausgesprochen« hatte, Filmideen, die Joe verwirklichen wollte und Peter nicht. Einem Außenstehenden mußten diese »Aussprachen« vorkommen, als ob beide kurz vor Tätlichkeiten ständen. Dann plötzlich trat eine Stille ein, sie sahen sich etwas verlegen über die eigene Heftigkeit an, und dann gab einer von ihnen nach, gleichgültig, wer; war der Film fertig, so lobte jeder den andern in den höchsten Tönen und

schob ihm den Hauptanteil am Gelingen des Films zu. Die Ergebnisse dieser Zusammenarbeit aber waren so gut, daß die Magnum-Filme mit unter den besten der gesamten Produktion rangierten.

Johnny zuckte philosophisch die Achseln. Sollte Peter nur Schwierigkeiten machen – er war gerüstet; er hatte sich ein paar Statistiken über die Gewinne verschafft, die bei einer Verbindung zwischen Filmproduktion und Filmtheatern möglich waren.

»Er ist am Telefon, Johnny«, sagte Jane aufgeregt. Für sie bedeuteten diese täglichen Telefongespräche über den ganzen Kontinent hinweg immer noch eine Sensation.

Johnny nahm den Hörer und dachte: Also los, laß ihn argumentieren, ich bin bereit. Laut sagte er: »Hallo, Peter.«

»Hallo, Johnny.« Peters Stimme klang über die Entfernung hinweg dünn. »Wie geht es dir?«

»Gut. Und dir?«

»Auch gut.« Peters Stimme klang jetzt kräftiger. Seltsamerweise merkte man am Telefon seinen deutschen Akzent stärker. »Hast du Doris gesehen? Ist sie gut angekommen?«

Johnny hatte fast vergessen, daß sie da war. »Ich war im Vorführraum, als sie kam«, erklärte er entschuldigend, »aber Jane hat sie abgeholt. Sie ist jetzt im Hotel und zieht sich um. Ich gehe mit ihr zum Lunch.«

»Du wirst sie nicht wiedererkennen, Johnny. Sie ist in den letzten Jahren tüchtig gewachsen – sie ist jetzt eine junge Dame.«

Die letzten Male, als Johnny draußen in Kalifornien gewesen war, hatte er sie nicht gesehen. Sie war in einem Mädchenpensionat gewesen. In Gedanken rechnete er die Jahre zusammen – und stellte fest, daß sie jetzt achtzehn sein müsse.

»Ich wette, ich kenne sie wirklich nicht wieder. Ich hab' gar nicht gemerkt, wie die Zeit vorbeifliegt.«

Peter wurde immer stolzer. »Du würdest auch Mark nicht wiedererkennen. Er ist so groß wie ich.«

Johnny zeigte sich erstaunt, wie es sich gehörte. »Nicht möglich!«

»Bestimmt«, versicherte Peter. »Esther kann gar nicht so schnell Anzüge für ihn kaufen, wie er sie auswächst.«

Er schwieg einen Augenblick und sagte dann geschäftsmäßiger: »Hast du schon die letzte Monatsabrechnung?«

Johnny nahm eine Liste von seinem Schreibtisch, las rasch ein paar Zahlen vor und das Ergebnis. Sie hatten im letzten Monat mit einem Gewinn von sechzigtausend abgeschlossen.

Peter schien zufrieden. »Wenn wir so weitermachen, bringen wir es in diesem Jahr auf über eine Million.«
»Leicht!« meinte Johnny. »In der vergangenen Woche lag das Geschäft bei zwanzigtausend brutto.«
»Gut. Macht so weiter«, sagte Peter.
»Werden wir schon.« Und nicht ohne Stolz setzte Johnny hinzu: »Ich habe heute die Wochenschauaufnahmen von Wilson bekommen.«
»Phantastisch!« Peter bediente sich bereits der in der Filmbranche üblichen Ausdrücke.
»Heute abend laufen sie bereits in den Broadway-Theatern, und zwar zu Spielfilmmieten. Als ich ihnen sagte, daß die Aufnahmen per Flugzeug gebracht worden sind, haben sie über die Kosten gar nicht mehr geredet.«
»Ich möchte sie gern sehen«, sagte Peter.
»Deine Kopie geht mit dem Abendzug ab. Was gibt's bei euch Neues?«
Peter sprach ein paar Minuten lang, und Johnny hörte aufmerksam zu. Die »Magnum« hatte mehrere Filme fertiggestellt, jetzt war sie beim letzten Film der Serie dieser Saison. Zum Schluß seines Berichtes kam Peter eine Idee.
»Ich glaube, ich werde nächsten Monat nach New York kommen, wenn wir hier fertig sind. Ich bin fast ein Jahr nicht dagewesen, und Esther würde Ostern gern bei ihren Verwandten sein. Ferien würden ihr mal guttun.«
Johnny lächelte vor sich hin. Peter hatte nichts darüber gesagt, daß er gern einmal sehen wollte, was im Hauptbüro vor sich ging, aber er drängte: »Tut das doch, es wird euch beiden Freude machen. Laß mich nur wissen, wann ihr kommt, damit ich alles vorbereite.«
»Gut.« Dann sagte Peter, etwas zögernd: »Wie ist denn in New York die Stimmung in bezug auf den Krieg?«
Johnny, der sich an Peters deutsche Herkunft erinnerte, fragte zurückhaltend: »Wie meinst du das?«
»Joe möchte einen Film über den Einzug der Deutschen in Belgien und Frankreich machen.« Peters Stimme klang leicht verlegen. »Ich weiß nicht, ob ein solcher Film ein gutes Geschäft wäre.«
»Die Stimmung hier ist für die Alliierten«, antwortete Johnny vorsichtig. Er wußte von dem Film. Joe hatte ihn angerufen, um mit ihm darüber zu reden. Joe hatte ihm auch gesagt, daß Peter dagegen war; er konnte sich nicht dazu überwinden, einen Film zu machen, der das Land seiner Geburt in irgendeiner Form anklagt, auch wenn er über dieses Land keine Illusionen hegte. Aber Gerüchte von einem solchen

Film waren zu den Zeitungen durchgesickert, und wenn Peter jetzt widerrief, war er als prodeutsch abgestempelt. Johnny wies ihn darauf hin.

Er konnte fast sehen, wie Peter dazu nickte, während er unsicher sagte: »Unter diesen Umständen müssen wir den Film wohl machen.«

»Die Situation ist ungefähr so«, sagte Johnny, »daß du Kritik erregst, ob du es tust oder nicht.«

Peter seufzte; er wußte, wenn er geschlagen war. »Joe soll das Drehbuch in Arbeit geben«, sagte er schwerfällig.

Johnny konnte nachfühlen, was Peter empfand, denn er hatte ihn oft von seiner Familie, seinen Verwandten in Deutschland reden hören. Er wollte sie eines Tages einmal besuchen. »Sag Joe, er soll sich Zeit lassen«, sagte er ruhig, »vielleicht ist alles entschieden, bevor ihr mit den Dreharbeiten anfangt.«

Peter begriff, daß Johnny ihn schonen wollte. »Nein, das hat keinen Zweck. Wir können es ebensogut hinter uns bringen.« Er lachte etwas beschämt. »Warum mache ich mir eigentlich soviel Gedanken deswegen? Seit über zwanzig Jahren bin ich amerikanischer Staatsbürger. In der Zeit können sich die Leute drüben sehr geändert haben.«

»So wird es wohl sein«, sagte Johnny freundschaftlich.

»Bestimmt.« Aber Peter wußte es besser. Sie hatten sich sicher nicht verändert.

»Gut, Johnny, wir machen den Film«, sagte er abschließend. Seine Zweifel schienen ihn zu verlassen. »Sag Doris, sie soll uns heute abend zu Hause anrufen.«

»Werd' ich bestellen.«

»Ich ruf' dich morgen an.«

»Ja.« Johnny war mit seinen Gedanken woanders – er dachte immer noch darüber nach, wie Peter wegen jenes Filmes empfinden mußte. Dann fiel ihm plötzlich ein, daß George heute eine Antwort haben mußte. »Peter!«

»Ja?«

»George muß wegen der Kinotheater Bescheid haben.«

»Ach so.« Peters Stimme klang uninteressiert, und Johnnys Herz sank; nach dem vorhergehenden Gespräch fühlte er sich nicht in der Lage, mit Peter eine Debatte anzufangen. Aber Peter sagte: »Ich habe mit Joe und Esther darüber gesprochen, und sie stimmen mit mir überein, daß es eine gute Sache ist. Schließt ab.«

Johnny gab Jane die Statistiken, nachdem er aufgelegt hatte. »Die brauche ich nicht mehr, lege sie ab.« Er lehnte sich kopfschüttelnd zurück. Man konnte aus dem Burschen nicht klug werden, er tat niemals, was man erwartete.

3

Doris stand vor dem Spiegel, seltsam erregt. Sie nickte sich zu; was sie sah, gefiel ihr. Dieses Kleid stand ihr viel besser als das von vorher. Sie sah älter, reifer darin aus. Zum Glück hatte es aufgehört zu regnen, so daß sie es tragen konnte. In all ihren andern Kleidern wirkte sie wie ein Kind.

Johnny konnte nun jede Minute eintreffen. Sie war enttäuscht gewesen, daß er nicht an den Zug gekommen war, aber Jane hatte ihr erklärt, daß er mit den Wilson-Aufnahmen für die Wochenschau beschäftigt war, und sie hatte diese Erklärungen hingenommen. Seit langem war sie daran gewöhnt, daß die Filmleute unter einem ständigen Druck lebten. Als sie erfuhr, daß er mit ihr zum Essen gehen und sie vom Hotel abholen wollte, lebte sie auf.

Es klopfte. Da ist er, dachte sie und wollte zur Tür laufen. Mitten im Zimmer aber blieb sie plötzlich stehen. Du benimmst dich kindisch, warf sie sich vor, aber ihr Herz schlug schnell, als sie öffnete.

Es war, als ob jemand Fremder und nicht sie selbst die Tür geöffnet hatte. Sie sah sich abwartend dastehen, sie sah sein Gesicht, sein Lächeln, das verschwand, sein Erstaunen, als er sie ansah, dann wieder sein Lächeln, diesmal warm und bewundernd.

Er hielt einen Strauß Blumen in der Hand. Auch er hatte sich auf dieses Wiedersehen vorbereitet; er hatte sich gesagt, daß sie erwachsen sein würde, aber innerlich hatte er es nicht geglaubt. Er wollte sie aufheben und herumschwenken und »Hallo, Liebling« sagen, wie früher, aber jetzt konnte er es nicht. Er sah sie im Türrahmen stehen, ins Zimmer zurücktreten, ihre Wangen leicht gerötet, die Augen vor innerer Erregung leuchtend, die Lippen leise zitternd.

Er trat ins Zimmer und gab ihr die Blumen.

Sie nahm sie schweigend, ihre Hände berührten sich. Plötzlich war es wie ein elektrischer Strom zwischen ihnen, seine Finger prickelten wie von einem Schock. Sie gaben sich die Hand.

»Hallo, Liebling«, sagte er ruhig, aber seine Stimme war voll von dem Staunen, das er empfand.

»Hallo, Johnny.«

Zum erstenmal nannte sie ihn bei seinem Namen, ohne »Onkel« da-

vor. Plötzlich wurde ihr bewußt, daß sie sich immer noch bei der Hand hielten. Sie wurde rot und zog ihre Hand zurück. »Ich werde die Blumen ins Wasser stellen«, sagte sie leise.
Er beobachtete sie genau, während sie die Blumen in der Vase ordnete. Sie hatte sich etwas von ihm abgewandt, so daß er nur ihr Profil sah. Ihr kupferbraunes Haar schimmerte über dem lieblichen rosigen Gesicht, die tiefliegenden Augen über den hohen Wangenknochen waren blau, der Mund sanft gewinkelt, die Wangen zart, aber das runde Kinn fest modelliert.
Sie drehte sich um und sah, daß er sie beobachtete. »Ist es nicht besser so?« fragte sie und zupfte noch einmal an den Blumen. Er nickte verwirrt. Er wußte nicht, was er mit dieser selbstsicheren jungen Dame reden sollte, die er eben erst kennengelernt hatte. »Ich kann es noch nicht glauben. Du bist . . .«
Sie unterbrach ihn lachend. »Sag bloß nicht, wie groß ich geworden bin. Wenn ich das noch einmal hören muß, schreie ich.«
Er lachte etwas verlegen mit. »Das wollte ich gerade sagen«, gestand er. »Ich wußte es. Warum die Leute das bloß immer sagen. Auch für mich steht die Zeit doch nicht still. Natürlich bin ich erwachsen geworden. Du möchtest doch nicht, daß ich ewig ein Kind bleibe?«
Er fühlte sich behaglicher, entspannter. »Ich weiß nicht«, begann er, »als du noch ein Kind warst, konnte ich dich noch in die Luft schwenken, dich küssen und Liebling zu dir sagen, und es gefiel uns beiden. Das kann ich jetzt nicht mehr.«
Ihre Augen wurden rasch ernst. Es war seltsam, wie schnell sie ihre Farbe verändern und dunkel werden konnten. Ruhig, wenn auch sehr leise, sagte sie: »Immerhin könntest du eine alte Freundin küssen, wenn du sie nach fast vier Jahren wiedersiehst.«
Er sah auf sie hinunter und beugte sich dann zu ihr. Sie hob ihm ihr Gesicht entgegen, und ihre Lippen trafen sich.
Er empfand es wie einen Schlag. Ohne daß er es wollte, legte er die Arme um sie und zog sie an sich. Sie schlang ihre Arme um seinen Hals und hielt ihr Gesicht an seines geschmiegt. Er fühlte, wie die Wärme ihres Körpers in ihre Lippen flutete und zu ihm herüberströmte, spürte den zarten, erregenden frischen Duft ihres Haares. Dann sah er, daß sie die Augen geschlossen hatte.
Gedanken schossen ihm durch den Kopf wie Blitze: Dies ist Wahnsinn. Sie mag wie eine Frau aussehen, aber sie ist doch noch ein Kind, das zur Schule geht und das zum erstenmal von zu Hause weg ist, ein romantisches Kind obendrein. Sei kein Narr, Johnny!

Er ließ sie plötzlich los. Sie verbarg ihr Gesicht an seiner Schulter. Er strich ihr über die Wange und das Haar. Einen Augenblick lang standen sie schweigend da, dann sagte er so ernst, wie sie vorhin gewesen war: »Du bist erwachsen, Liebling, zu groß zum Spielen.«
Sie sah zu ihm auf, ihre Augen leuchteten, ihre Stimme war so jung, sie lächelte. »Bin ich, Johnny?«
Noch immer ernst, nickte er. Er antwortete nichts, innerlich suchte er immer noch seine eigene überraschte Frage zu beantworten: Was ist bloß mit mir geschehen?
Sie ging durchs Zimmer, um ihren Mantel zu holen. In ihr sang es: Er liebt mich, er liebt mich, auch wenn er es noch nicht weiß! Laut sagte sie: »Wohin gehen wir essen, Johnny? Ich bin halb verhungert.«

4

Johnny sah von seinem Schreibtisch auf und fragte Jane zum viertenmal: »Du bist ganz sicher, daß Doris gesagt hat, sie käme hierher, bevor wir an den Zug gehen?«
Sie nickte müde. »Ganz sicher.« Sie wunderte sich, warum er so nervös war. Für den Fall, daß sie nicht kam, hatte Doris die genaue Ankunftszeit des Zuges und konnte ihre Eltern allein abholen. Diese Nervosität sah Johnny gar nicht ähnlich.
Er unterzeichnete ein paar andere Schriftsätze, dann sah er wieder auf. »Wie ist doch der Name des Mannes, den George als Geschäftsführer für die drei Theater in der Oberstadt haben will?«
»Stanley Farber.«
Er prüfte noch einmal den Brief, der vor ihm lag und der ein Dankesbrief für die Bestätigung der Einstellung war. Es überraschte ihn, denn er hatte diese Bestätigung noch gar nicht vorgenommen; er pflegte dergleichen nie zu tun, ehe er nicht mit dem Betreffenden persönlich gesprochen hatte. Aber diesen Farber hatte er noch nicht einmal gesehen. Er schob Jane den Brief hin. »Leg den Brief George vor und laß mich wissen, was er dazu sagt.«
Er sah ungeduldig auf die Uhr. Es waren nur noch zwei Stunden bis zur Ankunft des Zuges. Was hatte sie wohl aufgehalten? Die Tür ging auf, noch ehe er die Uhr weggesteckt hatte, und Doris kam ins Büro.
Er stand auf, ging ihr entgegen und nahm ihre Hand. »Ich hab' mir schon Gedanken gemacht, wo du bleibst.«

Sie lächelte. »Ich hab' den Schnellzug versäumt und mußte den Personenzug nehmen.«
Jane sah die beiden überrascht an. Eine Sekunde saß sie ganz still, in einer Art Betäubung. Sie war nicht in Johnny verliebt, wäre aber dazu bereit gewesen, wenn er es gewollt hätte. Seit langem ahnte sie, daß er eines tiefen und starken Gefühls fähig war, das sich eines Tages Raum schaffen würde. Aber nichts, was er je gesagt oder getan hatte, wies darauf hin, daß es sich ihr zuwenden könnte. Jetzt wußte sie, daß es nie geschehen würde, und sie fühlte eine unerklärliche Erleichterung. Doris wandte sich ihr zu und begrüßte sie.
Automatisch fragte Jane, wie es ihr ginge.
Doris antwortete, und Johnny führte sie zu einem Sessel.
»Hab einen Augenblick Geduld, bis ich noch ein paar Sachen erledigt habe«, sagte er, auf sie herablächelnd, »dann können wir noch eine Kleinigkeit essen, ehe wir sie abholen.«
»Ich warte gern«, sagte sie sanft.
Jane spürte, wie Johnny erregt war, als er sich wieder hinter seinen Schreibtisch setzte. Wie ein Junge, der zum erstenmal verliebt ist, dachte sie, und es noch gar nicht weiß.
Aber Doris saß ruhig in ihrem Sessel. Sie hatte ihren Hut abgenommen, und ihr Haar schimmerte im Licht. Sie sah glücklich und zufrieden aus, und ihre ganze Seele lag in ihren Augen, während sie Johnny zuschaute. Dabei merkte sie nicht, daß Jane sie beobachtete.
Impulsiv stand Jane auf und ging zu ihr, beugte sich über sie und nahm lächelnd ihre Hand. So leise, daß Johnny es nicht hören konnte, sagte sie: »Es ist wie ein Traum, nicht wahr, Doris?«
Doris sah die Wärme und Freundschaft in Janes Augen und nickte wortlos.
Die Tür ging auf, und Irving Bannon kam herein. Sein Gesicht war vor Aufregung gerötet. »Der Fernschreiber kündigt was Wichtiges an, Johnny, komm lieber mit und sieh es dir an.«
»Was ist denn los?«
»Ich weiß nicht. Der Streifen sagt einfach: ›Wichtige Nachricht folgt.‹
Johnny stand auf und sagte zu Doris: »Kommst du mit?«
»Ja.«
Sie gingen mit Irving ins Büro der Wochenschau. Das Büro war nur ein kleiner Raum, der Irvings Schreib- und Arbeitstisch enthielt. Neben dem Schreibtisch stand der Fernschreiber. Bannon hatte Johnny dazu überredet, ihn anzuschaffen, damit die Wochenschau alle neuesten Nachrichten erfassen konnte.

Um den Apparat herum standen ein paar Leute. Als sie Johnny sahen, machten sie ihm Platz. Doris stand neben ihm, gegenüber Irving und Jane. Der Fernschreiber schwieg, als sie hereinkamen, aber jetzt begann er zu ticken.

Johnny nahm den Streifen auf und las laut:

»›Washington, 12. März. — Durch Exekutiv-Erlaß hat Präsident Wilson heute angeordnet, daß die Handelsflotte zum Schutz gegen weitere Zerstörungen durch die deutschen Unterseeboote bewaffnet wird. Der Erlaß ist genau acht Tage, nachdem der Kongreß ein Gesetz ablehnte, das der Handelsflotte dieses Recht zusprach, herausgekommen. Der genaue Wortlaut des Erlasses wird sobald wie möglich folgen.‹«

Fast eine Minute herrschte vollständiges Schweigen, man wurde sich der Wichtigkeit dieser Nachricht langsam bewußt. Bannon war der erste, der die Sprache wiederfand. »Das bedeutet Krieg«, sagte er tonlos, »niemand kann es jetzt noch aufhalten. Es scheint, der Präsident hat sich endlich entschlossen.«

Johnny sah ihn an. Die Vereinigten Staaten würden in den Krieg eintreten. Plötzlich erwachte er zu fieberhafter Aktivität. Zu Jane sagte er: »Ruf Joe Turner im Studio an, schnell!«

Dann wandte er sich zu Bannon. »Mach daraus einen Extrafilm, so schnell du kannst, und dann fahr mit einem Sonderstab nach Washington. Dreh alles, was irgendwie wichtig ist. In zwei Stunden mußt du unterwegs sein!«

Er ging mit Doris in sein Büro zurück. Für ein paar Sekunden hatte er ihre Gegenwart ganz vergessen, jetzt fühlte er ihre Hand auf seinem Arm, blieb stehen und sah sie an.

Im gelben Licht des Korridors war ihr Gesicht blaß und ihre Augen weit geöffnet. Leise fragte sie: »Was wirst du tun, Johnny, wenn es Krieg gibt?«

Er lächelte sie beruhigend an, vermied aber eine direkte Antwort. »Ich weiß nicht, Liebling, wir müssen erst abwarten, was geschieht.«

Jane erwartete ihn schon im Büro. »In fünfzehn Minuten etwa kommt dein Gespräch, Johnny.«

»Tüchtiges Mädchen.« Er setzte sich an seinen Schreibtisch und zündete sich eine Zigarette an. Er dachte darüber nach, was er wohl tun würde, wenn es Krieg gäbe. Er wußte es nicht und wußte es doch — es gab nur eine Antwort in einem solchen Fall.

Er konnte nicht stillsitzen, rutschte unruhig auf dem Stuhl hin und her und stand schließlich auf. »Ich geh' zu Irving, ruft mich da an, wenn Joe am Telefon ist.« Und er ging hinaus.

Doris folgte ihm mit den Augen. Sie sagte nichts; aber etwas schnürte ihr beim Anblick seiner Rastlosigkeit die Kehle zu, bis sie kaum mehr atmen konnte.
»Beunruhigt?« fragte Jane, der es im Gefühl ihrer neugewonnenen Freiheit nun ganz leichtfiel, herzlich zu sein.
Doris nickte. Sie kämpfte hart mit den Tränen.
»Du liebst ihn«, sagte Jane.
Doris erwiderte mit verschleierter Stimme: »Ich habe ihn immer geliebt, seit meiner Kindheit schon. Ich hab' von ihm geträumt, ohne zu wissen, was es bedeutet, aber eines Tages ist es mir klargeworden.«
»Er liebt dich auch, aber er weiß es noch nicht«, sagte Jane weich.
Jetzt weinte Doris doch. »Ja, aber wenn es nun Krieg gibt – und er muß fort – wird er es vielleicht nie merken.«
»Mach dir keine Sorgen, er wird es schon merken.«
Doris lächelte durch ihre Tränen hindurch. »Glaubst du wirklich?«
»Natürlich«, versicherte Jane. Bei sich aber dachte sie: Armes Kind, so schlimm ist es also.
Das Läuten des Telefons schreckte sie auf. Die Telefonistin meldete sich. »Ihr Gespräch mit Los Angeles ist da.«
»Einen Augenblick.« Jane bedeckte die Muschel mit der Hand und sagte zu Doris: »Würdest du ihn wohl holen, Liebes?«
Doris war froh, irgend etwas zu tun zu haben; Jane zulächelnd, nickte sie und ging aus dem Zimmer.
Eine Minute später kam sie mit Johnny zurück. Er nahm Jane den Hörer ab. »Hallo, Joe?«
»Ja, Johnny. Was ist los?«
»Der Präsident bewaffnet die Handelsflotte. Es sieht ziemlich sicher nach Krieg aus.«
Joe pfiff. »Das ging schneller, als ich gedacht habe.« Er war einen Augenblick still. »Was soll ich tun?«
»Ist der Kriegsfilm schon fertig?«
»Heute morgen haben wir die letzte Szene gedreht«, antwortete Joe stolz.
»Schick ihn gleich nach New York, wir müssen ihn sofort herausbringen.«
»Kann ich nicht. Er muß doch geschnitten und kopiert werden – das dauert mindestens ein paar Wochen.«
Johnny überlegte. »Solang können wir nicht warten«, sagte er entschieden. »Nimm dir drei gute Fachleute, laß dir im Zug zwei nebeneinanderliegende Abteile reservieren und schneidet den Film unterwegs

auf der Fahrt. Die Kopien können wir dann hier herstellen und schleunigst an die Theater schicken.«
»Ich weiß nicht, ob das geht, die Frist ist sehr kurz.«
»Du wirst es schon schaffen«, meinte Johnny zuversichtlich. »Ich benachrichtige die Verleiher, daß der Film nächste Woche fertig ist.«
Joe explodierte. »Du lieber Gott! Du hast dich überhaupt nicht verändert. Du kannst aber auch gar nicht warten!«
»Wir können es uns nicht leisten zu warten.«
»Was sagt Peter dazu?«
»Weiß ich nicht, er ist noch nicht hier.«
»Schön, schön, also, ich werd's versuchen.«
»Gut. Ich bin überzeugt, daß du es schaffst. Hast du schon einen Titel für den Film?«
»Noch nicht. Der Arbeitstitel hieß: Eine Kriegsgeschichte!«
»Schön, wir werden ihn benennen, wenn du hier bist«, sagte Johnny und hing auf. Zu den beiden Mädchen gewandt, setzte er hinzu: »Vielleicht ist das alles ja für etwas gut.«
»Johnny«, rief Doris gequält aus: »Wie kannst du so reden? Wie kannst du nur sagen, ein Krieg gegen soviel Unschuldige könne für etwas gut sein?«
Er starrte sie an, ohne den Vorwurf in ihrer Stimme zu fühlen, ergriff ihre beiden Hände und schüttelte sie aufgeregt. »Das ist es, Doris, das ist es!«
»Was?« fragte sie bestürzt.
Er gab keine Antwort, sondern sagte eilig zu Jane: »Schreib an alle Verleiher und an die Reklameabteilung.«
Er schwieg einen Augenblick, während Jane Papier und Bleistift ergriff. »Die Magnum-Film kündigt die Fertigstellung ihres letzten und größten Films ›Der Krieg gegen die Unschuldigen‹ an; der Film wird in der nächsten Woche herauskommen.«
Dann sagte er lächelnd zu Doris: »Nimm deinen Mantel, Liebling, wir wollen nicht zu spät an den Zug kommen!«

5

Der Vorführraum war überfüllt, als die erste Kopie von »Krieg gegen die Unschuldigen« lief, und am Ende der Vorstellung gingen die Zuschauer schweigend hinaus; auf dem Korridor bildeten sich kleine Gruppen.

Zur Vorschau des Films war ein ausgewählter Kreis geladen worden. Vor einer Woche hatten die Vereinigten Staaten den Kriegseintritt erklärt, daher das starke Interesse an dem Film. Vertreter der großen Zeitungen, der Nachrichtenagenturen, der Regierung, prominente Verleiher und Theaterbesitzer waren anwesend.
Jetzt drängten sie sich gratulierend um Peter und Joe.
Einer der Gäste sagte zu Peter: »Eine ausgezeichnet gemachte, glänzende Propaganda für unsere Seite. Das trifft den Gegner an der empfindlichsten Stelle.«
Peter nickte. Während des Films hatte er sich elend gefühlt. Jetzt, bei diesem Glückwunsch, dachte er bitter: Man gratuliert mir dazu, daß ich gegen mein eigenes Volk, meine eigene Familie Krieg führe. Sprechen konnte er nicht, das Herz war ihm zu schwer; er war froh, als der letzte Gast weg war und sie in Johnnys Büro gehen konnten, wo es verhältnismäßig ruhig war und er sich hinsetzen konnte. Esther, Doris, Joe und Johnny waren bei ihm.
Sie sprachen nicht viel miteinander, sahen einander nur gequält an. Es lag eine Spannung in der Luft, die sie alle fühlten, für die nur jeder eine andere Ursache annahm.
Schließlich sagte Peter: »Hast du Schnaps oder sonst etwas da, Johnny? Ich fühl' mich ein bißchen abgespannt.«
Schweigend holte Johnny aus seinem Schreibtisch eine Flasche und ein paar Pappbecher, in die er Whisky goß. Er reichte Peter und Joe die Becher und trank ihnen zu. »Auf den Sieg!« sagte er.
Sie tranken aus.
Der Alkohol löste Joe die Zunge. »Ich hab' den verdammten Film selbst gemacht, aber jetzt, nachdem ich ihn gesehen hab', möchte ich mich am liebsten freiwillig melden.«
Peter antwortete nicht. Von Johnnys Schreibtisch nahm er verschiedene Papiere und sah sie geistesabwesend durch. Es waren Leihverträge für den neuen Film, und er ließ sie fallen, als ob er sich die Finger an ihnen verbrannt hätte. Und daran soll ich auch noch verdienen! dachte er.
Esther ahnte, wie ihm zumute war. Sie ging zu ihm und stand schweigend neben ihm; er sah dankbar zu ihr auf – sie verstanden einander.
Johnnys Stimme platzte wie eine Granate in das allgemeine Schweigen: »Wer soll mich vertreten, wenn ich weg bin?« fragte er. Sie sahen ihn bestürzt an. Er lächelte, aber seine Augen waren ernst.
Peter antwortete zuerst. »Was meinst du damit?«

»Genau das, was ich gesagt habe. Morgen melde ich mich freiwillig.«
»Nein!« Doris rief es gequält und entsetzt.
Esther bemerkte, daß aus dem Gesicht ihrer Tochter alle Farbe gewichen war; es schien weiß, ja aschfarben. Ich hätte es wissen müssen, warf Esther sich innerlich vor. Vieles, was Doris getan und gesagt hatte, bekam plötzlich einen neuen Sinn. Sie ging zu Doris und ergriff ihre zitternde Hand.
Die Männer achteten nicht darauf. »Und ich geh' mit dir!« sagte Joe.
Peter dachte: Ich mußte diesen Tag erleben, um es zu glauben. Die Männer, die ich gern habe, ziehen in den Krieg gegen meine Brüder. Er stand auf und sagte laut: »Müßt ihr denn gehen?«
Johnny sah ihn mit einem seltsamen Blick an. »Es bleibt mir nichts anderes übrig. Es ist meine Heimat.«
Peter bemerkte den Blick, und er tat ihm weh. Zweifelt er an meiner Loyalität? fragte er sich. Er zwang sich zu einem Lächeln. »Geh, wenn du mußt«, sagte er schwerfällig, »und mach dir um uns keine Sorgen. Aber seid vorsichtig, wir wollen euch beide wiedersehen.« Er hielt Johnny die Hand hin.
Johnny schüttelte sie über den Schreibtisch hinweg. »Ich wußte, daß du mich verstehen würdest.«
Doris stiegen die Tränen in die Augen. Aber ihre Mutter flüsterte ihr etwas zu, woran sie noch lange denken sollte und was den Tränen Einhalt gebot. »Weine niemals vor deinem Mann, liebes Kind«, sagte sie verständnisvoll.

Johnny stand von seinem Schreibtisch auf. Das letzte Schreiben war unterzeichnet, alles war erledigt. Er legte die Feder hin und sah Peter an. »Ich glaube, das wär's. Hast du noch Fragen?«
Peter schüttelte den Kopf. »Nein, alles klar.«
»Gut. Wenn etwas auftauchen sollte, womit du nicht Bescheid weißt, frag Jane. Sie ist ohnehin der Chef hier.« Er lächelte Jane zu.
Sie sagte, zurücklächelnd: »Wir müssen halt sehen, wie wir durchkommen, während du weg bist, Boß.«
Er lachte. »Ich weiß schon Bescheid, Jane.« Er sah auf die Uhr.
»O je, ich muß mich beeilen. Ich hab' Joe versprochen, ihn um drei Uhr zu treffen.«
Er nahm seinen Hut. »Na denn – Peter, ich seh' dich wieder, wenn alles vorbei ist.«
Peter hielt für ein paar Sekunden schweigend seine Hand fest und ließ sie dann los.

Johnny ging an Janes Schreibtisch und fuhr ihr durchs Haar. »Wiedersehen, Baby.«
Sie stand auf und küßte ihn schnell. »Wiedersehen, Boß«, sagte sie heiser. »Sei vorsichtig.«
»Bestimmt.« Die Tür schloß sich hinter ihm.
Als er gegangen war, sahen Peter und Jane sich an. »Ich – ich glaube, ich muß weinen«, sagte sie kleinlaut.
Er schneuzte sich heftig in sein Taschentuch. »Also los, wer hindert dich daran?«

Als Johnny vor dem Bürohaus stehenblieb, um sich eine Zigarette anzustecken, hörte er, wie jemand ihn anrief, und sah auf.
»Johnny! Johnny!« Doris lief auf ihn zu.
»Warum bist du nicht in der Schule, Liebling?« fragte er streng, aber sein Herz wurde leicht bei ihrem Anblick.
»Ich bin gestern gar nicht zurück«, sagte sie atemlos. »Ich wollte dich noch einmal sehen, bevor du weggehst. Ach, bin ich froh, daß ich dich nicht verpaßt habe!«
Sie standen da und sahen einander an, ohne zu wissen, was sie sagen sollten.
Johnny brach das Schweigen. »Ich bin froh, daß du gekommen bist, Liebling.«
»Wirklich, Johnny?« Ihre Augen leuchteten.
»Sehr froh.«
Sie schwiegen wieder. Diesmal sprach Doris zuerst. »Schreibst du mir wieder, Johnny, wenn ich dir schreibe?«
»Natürlich.« Verlegenes Schweigen abermals. Nur ihre Augen sprachen. Er sah auf die Uhr. »Es ist schon spät, ich muß gehen«, sagte er ganz unnötig.
»Ja, Johnny.« Sie sah zu Boden.
Er legte seine Hand unter ihr Kinn und hob ihr Gesicht zu sich empor. »Sei ein gutes Mädchen«, sagte er mit einem Versuch zu scherzen, »und warte auf mich. Vielleicht bring' ich dir was Hübsches mit, wenn ich zurückkomme.«
In ihren Augenwinkeln standen Tränen. »Ich werde immer auf dich warten, Johnny.«
Die Intensität, mit der sie das sagte, machte ihn verlegen. Er wurde rot und versuchte weiter, ungeschickt zu scherzen. »Tu das, dann bring' ich dir ein Geschenk mit.«

»Du brauchst mir nichts mitzubringen, Johnny. Komm nur so wieder, wie du bist, mehr will ich gar nicht.«
»Was kann mir schon passieren?« Er lachte.

6

Auf dem Boden des Granatloches war eine Pfütze, und sie drückten sich an die Seiten, um nicht naß zu werden. Nicht, daß es noch viel ausgemacht hätte. Die ganze Nacht hatte es geregnet, und ihre Kleider waren völlig durchweicht und mit Lehm verkrustet.
»Wo, zum Teufel, sind die Kerle, die uns hier treffen sollten?« brummte Joe Turner.
Johnny sog hinter der gekrümmten Hand an seiner Zigarette. »Weiß nicht, ist mir auch egal. Ich bin gern bereit, den Rest des Krieges hier auf sie zu warten, wenn's sein muß. Da draußen gefällt es mir nicht, da ist es nicht gut für die Gesundheit.«
Joe nahm eine Zigarette von ihm. Sorgfältig steckte er sie an Johnnys Zigarette an, mit der Hand einen Schild bildend, damit das Aufleuchten ihren Schlupfwinkel nicht verriet. Das Knattern der Maschinengewehre schwoll immer mehr an, und sie konnten das Pfeifen der Kugeln über ihren Köpfen hören.
»Die Spritze müssen sie erst lahmlegen, ehe wir weiter können«, sagte Joe.
»Hast du's eilig?« spottete Johnny.
Joe schüttelte den Kopf. »Nee, aber vielleicht denken die, wir sollten weiter.«
»Na und? Sind wir Gedankenleser? Niemand hat uns was gesagt. Der Hauptmann hat gesagt, wir sollen nur tun, was man uns befiehlt. Haben wir. Von jetzt an bleib' ich hier, bis ich einen neuen Befehl krieg'.«
Joe antwortete nicht, sondern kratzte sich nur nachdenklich den Kopf unter dem Helm. Plötzlich fluchte er, zog etwas aus seinem Haar und warf es ins Wasser. »Die verdammten Läuse machen mich wahnsinnig.«
Johnny lehnte sich gegen die Kraterwand und schloß die Augen. Er war müde. Seit drei Tagen waren sie ohne Rast im Angriff, und jetzt hatte er das Gefühl, er könnte hier mitten im Niemandsland auf der Stelle einschlafen.
Joe schüttelte ihn, und er öffnete die Augen. Als er sie geschlossen

hatte, war es Abend gewesen, mit den letzten Spuren des Tageslichtes noch am Himmel, und jetzt war es Nacht. »Ich hab' wohl geschlafen«, sagte er einfältig.

Joe grinste. »Kann man wohl sagen. Du hast so laut geschnarcht, daß ich Angst hatte, man höre es in Berlin. Allerhand, daß du hier schlafen kannst, das muß ich zugeben.«

Johnnys Antwort ging im Maschinengewehrgeknatter unter. Eine Weile schwiegen sie, bis Joe aus seinem Rucksack einen Riegel Schokolade hervorholte, von dem er Johnny die Hälfte gab. Sie kauten darauf herum, der volle süße Geschmack erfüllte ihren Mund.

»Ich hab' nachgedacht«, sagte Joe.

»Ja?«

»Die denken sicher, wir sollen die Spritze erledigen, sonst würden sie nicht warten.«

»Das geht uns nichts an, niemand hat uns was davon gesagt«, meinte Johnny.

Joe sah ihn mit zusammengekniffenen Augen an. »Das hier ist ein Fall, wo uns niemand etwas sagen kann, wo wir uns allein entscheiden müssen, und das weißt du auch ganz genau.«

»Ich hab' entschieden. Ich bleib' hier.«

Joe kniete sich hin, nahm zwei Handgranaten aus dem Gürtel und prüfte sie. »Ich versuch's.«

»Du bleibst hier«, sagte Johnny ausdruckslos.

Joe legte den Kopf auf die Seite und sah Johnny prüfend an. »Willst du mich zwingen?« sagte er ebenso ausdruckslos.

Sie starrten einander an, dann lächelte Johnny und gab Joe mit der flachen Hand einen Stoß. »Also schön, wenn du den Helden spielen willst, muß ich wohl mitkommen und auf dich aufpassen.«

»Ich wußte, daß du es einsehen würdest, Junge.«

Johnny nahm aus seinem Gürtel ebenfalls zwei Handgranaten und prüfte sie, ob sie in Ordnung waren. »Ich bin soweit, wenn du es bist.«

»Ich bin fertig.« Joe kroch zur Höhe des Kraters, er sah sich nach Johnny um, der ihm nachkam. »Ich konnte diese Läuse ohnehin nicht mehr aushalten.«

Sie waren jetzt am Kraterrand und äugten vorsichtig hinüber. Vor ihnen flammten beim Knattern des Maschinengewehrs Lichtstreifen auf.

»Siehst du es?« flüsterte Johnny.

Joe nickte.

»Nimm du's von rechts, ich komme von links.«

Joe nickte wieder.
»Was ist los?« fragte Johnny nervös. Er stemmte sich auf Hände und Knie. »Los, Junge, auf sie!« Und damit lief Joe im Zickzack über das Feld.
Johnny kauerte noch für eine Sekunde da, dann folgte er ihm.

7

Er lag still auf dem Bett und lauschte der Musik, die durch das geöffnete Fenster kam. Seine Augen standen weit offen, aber er nahm nichts wahr. Er sah nicht zum Fenster, er wollte nicht wissen, was für ein Tag es war, wie weiß und blau der Himmel, wie golden das Licht auf dem frischen Frühlingsgrün der Bäume. Mit einer Hand hielt er das Leintuch fest, das ihn bis zur Brust bedeckte, als ob er fürchtete, man könnte es ihm entreißen.
Die Musik schwieg. Stille trat ein. Unwillkürlich wartete er auf die nächste Melodie. Er wußte, welche es sein würde; sie spielten sie immer gerade dann, wenn der Omnibus abfuhr.
Er langte auf das Tischchen an seinem Bett nach einer Zigarette, zündete sie an und nahm einen tiefen Zug.
Stimmengewirr drang zu ihm, leicht und weich in der Luft, Männerstimmen, Frauenstimmen, angenehme Stimmen, weiche, zärtliche und zugleich brummige Worte.
»Wiedersehen, Schwester, wenn's nicht wegen der Tracht wäre, würde ich Sie küssen.«
Weiches, warmes Lachen, dann die Antwort: »Tun Sie's ruhig, aber passen Sie auf Ihren Arm auf. Vergessen Sie nicht, was der Arzt gesagt hat!«
Männerstimmen, Männergespräche. »Ehrenwort, ich hätte sie haben können, aber sie hielt mir meinen Rang unter die Nase!«
Angewiderte Zustimmung. »Die sind nur auf Offiziere aus.«
Dann zwei Stimmen. Seine Stimme: »Sie werden mir fehlen.«
Ihre Stimme: »Sie mir auch.«
»Darf ich wiederkommen und Sie besuchen?«
Eine Sekunde Zögern, dann: »Warum wollen Sie das? Sie gehen doch jetzt nach Hause!«
Die Stimmen wurden schwächer, dann war Stille.
Seine Hand krampfte sich fester um das Leintuch: Jetzt kam es. Die Musik traf ihn wie eine Meereswoge und rollte über ihn, bis er das

Gefühl hatte, darin zu ertrinken. Es war eine laute metallische Musik, geschrieben, um ihn zu quälen.
»Wenn Johnny wieder nach Hause marschiert, tralala.«
Er hielt sich die Ohren zu, aber er hörte die Musik trotzdem. Schließlich hörte es auf, und er nahm die Hände von den Ohren. Sie waren feucht von Schweiß. Er legte die Zigarette in den Aschenbecher und trocknete sich die Hände am Leintuch. Allmählich ließ die Anspannung nach, die Augenlider fielen ihm zu. Nach einer Weile schlief er ein.

Das Klappern von Geschirr auf einem Tablett weckte ihn. Während er die Augen öffnete, griff er schon nach seiner Zigarette. Eine ruhige Hand hielt ein Streichholz dran, ehe er selbst eins anzünden konnte.
Ohne aufzusehen, nahm er einen tiefen Zug. »Danke, Rock.«
»Ich hab' dein Essen, Johnny. Willst du aufstehen?« Roccos Stimme war so ruhig wie seine Hand.
Instinktiv sah Johnny nach den Krücken am Fußende des Bettes, die ständige Erinnerung an das, was er geworden war. Er schüttelte den Kopf. »Nein.«
Er setzte sich, auf die Hände gestützt, auf, und Rocco schüttelte das Kissen und schob es ihm als Stütze in den Rücken. Dann stellte er ihm das Tablett mit dem Essen aufs Bett. Johnny betrachtete es und schaute dann weg. »Ich hab' keinen Hunger.«
Rocco zog sich einen Stuhl ans Bett. Er zündete sich eine Zigarette an und blies den Rauch langsam durch die Nase. »Ich werde nicht klug aus dir, Johnny«, sagte er ruhig.
Johnny gab keine Antwort.
»Du bist ein großer Held und hast doch Angst, aus dem Bett zu steigen. Du hast ganz allein ein deutsches Maschinengewehrnest angegriffen, hast einen Orden dafür bekommen, sogar zwei, unsern und einen französischen, und willst doch nicht aus dem Bett.« Seine Stimme war nachdenklich geworden.
Johnny stieß heftig ein häßliches Wort aus, während er in Roccos unbewegliches Gesicht sah. »Laß sie auf ihren verdammten Orden gehen, wenn sie können. Sie haben Joe auch welche verliehen, aber es nützt ihm nichts mehr. Ich hab' dir oft genug erzählt, daß ich das Ding nicht allein angegriffen hab'. Wenn ich gewußt hätte, daß Joe dabei draufgeht, hätte ich es nie getan. Mir liegt nichts daran, ein Held zu sein.«
Rocco antwortete nicht; sie saßen da und rauchten ihre Zigaretten.
Johnny brach zuerst das Schweigen. Er zeigte auf die sieben leeren Betten im Zimmer. »Wann kommt der neue Schub?«

»Morgen früh«, sagte Rocco. »Bis dahin hast du ein Zimmer für dich.« Er sah Johnny prüfend an. »Was ist los, Johnny, fühlst du dich einsam?«

Keine Antwort.

Rocco stand auf und schob seinen Stuhl zurück. Er sah auf Johnny hinunter. Sein Gesicht zeigte das Mitleid, das er empfand, aber seine Stimme verriet nichts davon, als er beiläufig sagte: »Du hättest mit ihnen gehen können, wenn du gewollt hättest.«

Johnnys Gesicht erstarrte zur Maske. Auch er sagte ganz beiläufig: »Mir gefällt es hier, Rock, ich glaube, ich bleibe noch eine Weile.«

Rocco lächelte. »Das ist hier ein Durchgangshotel, Johnny, nichts zum Seßhaftwerden nach meinem Geschmack.«

Johnny drückte seine Zigarette aus. »Du kannst es dir ja leisten, Rock. Niemand zwingt dich, hier zu bleiben.« Seine Stimme klang bitter.

Da nahm Rocco das Tablett, stellte es auf den kleinen Wagen zurück, den er zur Tür schob, kehrte noch einmal um und nahm die Krücken auf. »Es gibt hier eine Menge Jungens, die wären glücklich, wenn sie die benutzen könnten. Werde damit fertig, Johnny. Du kannst nicht dein Leben lang im Bett liegen.«

Johnny drehte das Gesicht zur Wand.

Rocco stand einen Augenblick lang da. Am liebsten hätte er geweint. Es war immer so gewesen, seit er Johnny in dem kleinen Graben gefunden hatte, in dem das Maschinengewehr gewesen war.

Ein paar Meter weiter lag Joes Leiche und im Graben drei tote deutsche Soldaten. Johnny war fast bewußtlos, aber wiederholte immer wieder in einem wilden Delirium: »Die Schufte haben mir das Bein mit lauter Nadeln zerstochen!«

Er kniete neben Johnny nieder und drehte ihn herum. Johnnys rechtes Hosenbein war mit Blut durchtränkt. Er fluchte vor sich hin, während er rasch die Hose aufschnitt und die Kugellöcher direkt über dem Knie sah, durch die das Blut quoll.

Er schnitt einen Streifen von seiner Bluse und band das Bein ab, um die Blutung zum Stehen zu bringen. Dann versuchte er das Bein zu bewegen.

Noch jetzt hörte er Johnnys Schrei in seinen Ohren gellen. Es war ein Schrei der Qual und des Entsetzens, der über das still gewordene Schlachtfeld schrillte.

»Rocco«, schrie Johnny, der seinen Feldwebel erkannte, »reiß mein Bein nicht ab!« Dann fiel er in Ohnmacht.

Rocco trug ihn zurück zum Verbandsplatz. Er stand dabei, als der Arzt

den Kopf schüttelte. Er sah zu, wie das Fleisch über dem Knie weggeschnitten und der zersplitterte Knochen abgesägt wurde.
Während Rocco neben der Bahre herging, auf der sie Johnny nach der Operation in das kleine Lazarett trugen, fühlte er Johnnys Hand an seinem Ärmel und sah hinunter.
Johnny starrte ihn mit offenen Augen an. »Rocco, laß sie nicht mein Bein abnehmen, bleib bei mir!«
Roccos Augen füllten sich mit Tränen. »Schlaf, Johnny, ich pass' auf, daß sie dir nicht weh tun!«
Der Krieg war zu Ende, und Rocco ging nicht mit den andern nach Hause. Er ließ sich zu den Sanitätern versetzen und folgte Johnny von dem Lazarett in Frankreich in das auf Long Island. Er hatte sich gelobt, bei Johnny zu bleiben, solange dieser ihn brauchte. Vielleicht, weil er fühlte, daß er schuld an allem war. Er hatte den Befehl gegeben, der Johnny damals mit Joe auf seine Mission geschickt hatte, aber irgend etwas war schiefgegangen. Alles war an jenem Tag schiefgegangen, und ihm war immer noch nicht klar, wieso dabei der Angriff gelingen konnte. Aber er war gelungen.
Und jetzt stand er neben Johnnys Bett und sah auf ihn hinab. Mitleid ergriff ihn, und er legte seine Hand auf Johnnys Schulter.
»Sieh mich an, Johnny.«
Der kehrte sich langsam um, bezwungen von der Wärme, die von der Hand ausging.
»Ich weiß, wie dir zumute ist, Johnny. Aber du mußt den Tatsachen ins Gesicht sehen. Du hast noch eine Menge zu tun da draußen. Deine Freunde warten auf dich. Und ich lasse nicht zu, daß du dich hier verkriechst.« Er tat einen tiefen Atemzug. »Du wirst auch wieder gehen – ich werd' schon etwas finden, damit du es willst.«
Johnny sah ihm in die Augen, fühlte seinen Widerstand schwinden, und verschloß sich instinktiv. »Wenn du willst, daß ich wieder laufe, such mir mein Bein«, sagte er bitter.
Rocco ließ die Hand sinken und ging still aus dem Zimmer.

8

Der Aufenthaltsraum war überfüllt, als Rocco den Rollstuhl zu einem freien Fleck schob, von wo aus Johnny die Leinwand sehen konnte. Johnny sah sich um. Die Gesichter ringsum waren eifrig, erwartungsvoll.

Seit einer Woche, als sie zum erstemal hörten, daß sie einen Film zu sehen bekommen sollten, war im ganzen Lazarett von nichts anderem die Rede. Männer, die bisher teilnahmslos geblieben waren, zeigten plötzlich Interesse.

Sehr zu Roccos Überraschung gehörte Johnny zu ihnen. Als er davon erfuhr, setzte er sich im Bett auf und sagte zu Rocco: »Ich möchte den Film sehen.« Dabei hatte Johnnys Gesicht einen Ausdruck, den Rocco seit langem nicht an ihm bemerkt hatte, einen Ausdruck der Vorfreude, der Erregung. »Natürlich. Willst du laufen oder fahren?«

Johnny sah die Krücken an und dann Rocco. »Ich glaub', ich fahre«, sagte er und versuchte zu lächeln. »Es ist vornehmer, und außerdem habe ich dann bestimmt einen Sitzplatz.«

Rocco lachte; er fühlte sich plötzlich leichter. Es war das erstemal seit langem, daß Johnny zu scherzen versuchte.

Während der folgenden Woche überschüttete Johnny Rocco mit Fragen. Was für ein Film es war? Wer spielte mit? Welche Gesellschaft hatte ihn produziert? Wer führte Regie?

Rocco konnte keine einzige Frage beantworten. Niemand konnte es. Alles, was sie wußten, war, daß sie einen Film sehen würden. Er fand es seltsam, daß Johnny alle diese Fragen stellte. »Warum bist du denn so neugierig?« fragte er.

Johnny gab keine Antwort, und Rocco dachte, er wäre eingeschlafen. Aber er war es nicht. Er lag mit geschlossenen Augen da, aber er war hellwach und von einer Erregung erfüllt, von er er nicht geglaubt hatte, daß er sie je wieder empfinden könnte. Er hatte seit seiner Verwundung weder an Peter noch an sonst jemanden geschrieben. Alle Briefe hatte er unbeantwortet gelassen. Er wollte kein Mitleid in irgendeiner Form. Wenn er heil geblieben wäre, wäre er freudig zurückgegangen. Aber er glaubte, daß er als Krüppel nur eine Last für sie alle sein würde. Deshalb hatte er nicht geschrieben und sein Herz und Gemüt gegen die Vergangenheit verschlossen.

Nun aber entdeckte er nicht allzuweit hinter sich den Projektionsapparat. Er sah ihn liebevoll an, so wie ein Mann sein Zuhause ansieht. Und plötzlich hatte er Heimweh. Heimweh nach dem Geruch der Filmstreifen, wenn sie durch den Apparat liefen, und nach dem scharfen Kohlegeruch des Apparates selbst.

Er winkte Rocco. »Schieb mich an den Apparat, ich möchte sehen, wie er aussieht.«

Rocco schob ihn näher, und Johnny paßte auf, wie der Vorführer den Film einlegte. Es tat ihm gut, einfach zuzuschauen.

Man zog die Fenstervorhänge zu, und allmählich verdunkelte sich der Raum. Dann war es finster. Johnny hätte sich fürs Leben gern eine Zigarette angesteckt, aber ihm fiel ein, daß er so nahe am Projektionsappparat nicht rauchen durfte. Er hörte das vertraute Summen, und dann wurde die Leinwand hell.
Worte flimmerten auf und wurden deutlicher. Johnny las sie und bewegte die Lippen dabei.

»Die Filmausrüstung und den Film, den Sie heute sehen werden, hat uns Mr. Peter Kessler gestiftet, der Präsident der Magnum-Film. Mehr als fünfzig seiner Mitarbeiter und Angestellten haben am Krieg teilgenommen, viele von ihnen sind nicht zurückgekehrt; um ihretwillen hat er dieses Geschenk gemacht.
Wir danken Mr. Kessler für seine freundschaftliche und großmütige Gabe und wollen unserer Dankbarkeit Ausdruck geben, indem wir den Film, der jetzt folgt, recht genießen.«
Die Worte verschwanden von der Leinwand, ehe Johnny ihren Sinn recht erfaßt hatte. Er war in seinem Stuhl erstarrt, als Peters Name aufleuchtete und an dessen Stelle jetzt das bekannte Zeichen erschien, das jeden Magnum-Film einleitete: die große Champagnerflasche, aus der der Champagner in ein Glas floß, bis es zum Rand gefüllt war. Dann in gotischen Lettern über die ganze Leinwand:

»Magnum-Film zeigt«

Rocco hörte, wie Johnny gequält flüsterte: »Bring mich raus, Rocco, bring mich raus!«
Rocco stand überrascht still. Er verstand nichts. Johnny hatte sich so auf den Film gefreut, und jetzt, wo es anfangen sollte, wollte er weg. »Was ist los, Johnny?« flüsterte er ihm ins Ohr. »Ist dir nicht gut?« Er konnte Johnnys Hände sehen, die die Armlehnen seines Rollstuhles umklammerten. »Nein, nur bring mich raus, bring mich raus!«
Rocco schob den Rollstuhl hinaus. Dabei bemerkte er, daß Johnny die Augen so fest zusammengepreßt hielt, daß er Tränen in den Augenwinkeln hatte. Sein Gesicht war weiß, angespannt und schweißbedeckt. Rasch brachte Rocco ihn in sein Zimmer und half ihm ins Bett. Johnny zitterte am ganzen Körper. Rocco deckte ihn sanft zu und blieb neben ihm stehen. »War es jemand, den du kanntest, Johnny?«
Der öffnete plötzlich die Augen. Zufällig hatte Rocco die Wahrheit erraten. Aber er sollte nicht mehr erfahren. »Nein ...«, sagte er langsam. Vor ein paar Tagen hatten die Ärzte über Claustrophobie ge-

sprochen, die Angst, in einen engen Raum eingeschlossen zu sein und nicht heraus zu können. Rocco sollte denken, das sei es gewesen.

»Ich konnte es plötzlich da drinnen nicht mehr aushalten. Ich hatte das Gefühl, ich müßte unbedingt raus.« Er lachte verlegen. »Ich hab' wohl Claustro – na, das Ding, über das die Ärzte reden.«

Rocco betrachtete ihn, ohne zu antworten. Diesmal konnte Johnny ihn nicht zum Narren halten. Er war entschlossen, den wahren Grund für sein Verhalten herauszufinden. Wäre es wirklich die Angst gewesen, da drinnen eingepfercht zu sein, hätte er es niemals so lange in diesem Zimmer ausgehalten.

Das Mädchen kam aus dem Offiziersbüro und lächelte Rocco an. »Sie können jetzt hinein. Hauptmann Richards erwartet Sie.«

Er dankte und ging in das kleine Büro, stand stramm und grüßte militärisch.

Der Hauptmann erwiderte den Gruß nachlässig und sah müde auf. »Nehmen Sie Platz, Feldwebel, nur nicht zuviel Formalitäten.«

Rocco setzte sich dem Schreibtisch gegenüber, während der Hauptmann ein Papier zur Hand nahm. »Sie verlangen etwas ziemlich Ungewöhnliches.«

Rocco beugte sich vor. »Ich glaube, man kann ihm nur auf diese Weise helfen, Herr Hauptmann.«

Der Hauptmann brummte etwas und sah sich wieder das Papier an, das er ein paar Minuten genau studierte.

»Ich habe hier Unteroffizier Edges Dienstpapiere, wie Sie beantragt haben, aber ich finde nirgends einen Schlüssel zu seinem Privatleben. Er hat keine Lebensversicherung mit uns abgeschlossen, und der einzige, der im Falle einer Verwundung benachrichtigt werden sollte, ist der gefallene Josef Turner.« Er stopfte sich eine Pfeife und hielt ein Streichholz daran, bis sie zog. »Sie sagen, er hat keinen Platz, wohin er gehen könnte, und möchte hier bleiben.«

Rocco nickte.

»Nun, wir können ihn nicht zwingen, hier wegzugehen, wenn er nicht will. Wir könnten ihn höchstens in eine Nervenheilanstalt überweisen.«

Rocco sprang auf. »Dazu liegt kein Grund vor, Herr Hauptmann«, sagte er rasch. »Johnny ist in Ordnung. Er ist genauso gesund wie ich.«

»Sie scheinen ihn gut zu kennen.«

»Wir waren Kameraden. Wir waren drüben in derselben Kompanie. Ich hab' ihn in die Unternehmung geschickt, bei der er verwundet wurde und Joe gefallen ist.«

Der Hauptmann nickte bedächtig. »Ich verstehe. Und nun fühlen Sie sich verantwortlich für ihn?«
»Ein bißchen«, gestand Rocco.
»Haben Sie deshalb Ihre Entlassung nicht beantragt?«
»Ja, Herr Hauptmann.«
Der Hauptmann schwieg eine Weile, dann sagte er: »Ihre Gefühle ehren Sie, aber wenn alle beim Militär ihre Verantwortung so auffaßten, hätten wir mehr Sanitäter als Patienten in den Lazaretten.«
Rocco antwortete nicht.
Der Hauptmann fuhr fort: »Das aber löst unser Problem nicht. Haben Sie noch weitere Vorschläge?«
Rocco lehnte sich vor und sagte besorgt: »Vielleicht könnte man Joe Turners Militärakte bekommen und dort einen Schlüssel zu Johnnys Privatleben finden.«
Der Hauptmann dachte nach. »Selbst wenn wir sie bekämen, dürften wir nicht weiterforschen.« Er schwieg und setzte hinzu: »Offiziell.«
Rocco lächelte verständnisvoll. »Das weiß ich, Herr Hauptmann. Aber ich könnte doch zufällig auf etwas stoßen, was von großem Nutzen wäre.«
Der Hauptmann stand auf; er gab Roccos Lächeln zurück. »Zufällig, natürlich.«
»Dann werden Sie versuchen, eine Kopie von Joes Papieren zu bekommen, Herr Hauptmann?«
Der Hauptmann nickte.

Rocco stand vor dem Gebäude. Über der Tür stand: »Magnum-Film-Gesellschaft.« Er zögerte einen Augenblick und trat dann ein; er befand sich in einem kleinen Empfangsraum.
Ein Mädchen blickte durch ein Fensterchen zu ihm hin. »Hier wird niemand angestellt.«
»Ich suche keine Stellung, Fräulein, ich wollte jemanden sprechen.«
»Oh, Verzeihung. Wen wollten Sie sprechen?«
Rocco nahm einen Papierstreifen aus der Tasche und las ab. »Mr. Peter Kessler.«
»Ihr Name, bitte?«
»Rocco Savold.«
»Bitte, nehmen Sie Platz, ich will sehen, ob Mr. Kessler frei ist.«
Rocco setzte sich. Er wartete fast fünfzehn Minuten und dachte schon, das Mädchen hätte ihn vergessen, als das Fenster plötzlich aufflog und das Mädchen ihm winkte. »Mr. Kesslers Sekretärin ist am Apparat. In

welcher Angelegenheit möchten Sie Mr. Kessler sprechen? Er ist im Augenblick beschäftigt. Wenn Sie ihr sagen, worum es sich handelt, gibt sie Ihnen einen Termin.«

Rocco zögerte etwas, er wollte nicht gern mit der Sekretärin sprechen, mußte es aber wohl, wenn er Mr. Kessler nicht direkt erreichen konnte. Er nickte.

Das Mädchen gab ihm das Telefon durch das Fenster. »Hallo.«

Die unpersönliche Stimme der Sekretärin meldete sich. »Hier ist Miß Andersen, Mr. Kesslers Sekretärin. Kann ich etwas für Sie tun?«

»Ich – ich weiß nicht. Ich hätte Mr. Kessler gern in einer persönlichen Angelegenheit gesprochen.«

»Sie können ruhig zu mir sprechen«, sagte die angenehme, sachliche Stimme, »ich bin auch seine Privatsekretärin.«

Er dachte einen Augenblick nach; es mußte genügen. »Ich wollte ihn wegen Johnny Edge sprechen«, sagte er. Am anderen Ende des Telefons war es plötzlich still. »Haben Sie mich verstanden, Fräulein?« fragte er besorgt.

Eine veränderte Stimme sagte so leise, daß er es kaum hören konnte: »Ich hab' Sie verstanden. Wegen Johnny Edge, sagten Sie?«

»Richtig, Fräulein.« Er war plötzlich aufgeregt. »Kannten Sie ihn?«

»Ja. Geht es ihm gut?«

»Natürlich«, er lächelte ins Telefon, »bestimmt.«

Ein leidenschaftliches Flüstern klang in sein Ohr. »Gott sei gedankt.«

9

Rocco schob den Rollstuhl in einen schmalen Weg am Ende des Geländes. Sie waren fast zweihundert Meter vom Hospital entfernt. Es war still hier. Hohe Hecken wuchsen zu beiden Seiten des Weges, mit schmalen Blumenbeeten dazwischen. Der Rollstuhl hielt, und Johnny sah auf.

Rocco suchte etwas in seinen Taschen.

»Was suchst du?«

»Meine Zigaretten, aber ich hab' keine bei mir.«

»Nimm meine«, sagte Johnny und griff in die Tasche. Verwundert fühlte er in der andern Jackentasche nach, aber sie war auch leer. Seltsam, dachte er; er hatte welche eingesteckt, ehe sie weggingen. »Ich hab' auch keine.«

»Macht es dir was aus, wenn ich mal eben in die Kantine laufe und welche hole?« fragte Rocco. »Ich bin in ein paar Minuten wieder da.«
»Geh ruhig los, ich brauch' dich nicht.«
Rocco trabte fort, während Johnny den Rollstuhl in die Sonne drehte und den Kopf zurücklegte. Er konnte die Wärme der Strahlen auf seinem Gesicht spüren. Seine Hände hingen herunter und spielten mit den langen Grashalmen. Er riß ein paar aus und kaute darauf herum. Sie schmeckten bitter-grün, und er lächelte. Du kannst doch eine Farbe nicht schmecken, dachte er. Er genoß die Sonne.
Er fühlte sich faul und schläfrig. Es wäre schön, aus dem Stuhl herauszukommen und sich in das frische Gras zu legen. Es wäre schön, aber für ihn gab es das nicht. Er konnte nicht herumlaufen und sich auf den Boden werfen wie früher. Das war nur noch für die andern da. Er schloß die Augen wieder.
Er hörte jemanden hinter sich gehen.
»Rocco?« fragte er, ohne den Kopf zu drehen oder die Augen zu öffnen. »Gib mir eine Zigarette.«
Jemand steckte ihm eine Zigarette zwischen die Lippen. Er hörte, wie ein Streichholz angezündet wurde. Er zog tief an der Zigarette und fühlte den Rauch in seinen Lungen. »Hübsch hier draußen«, sagte er.
»Gefällt es dir, Johnny?« Es war eine bekannte Stimme, aber nicht die Roccos.
Er öffnete die Augen und drehte hastig den Stuhl herum. »Peter!«
Peter stand vor ihm, mit blassem angespanntem Gesicht und nassen Augen. Er nickte mit dem Kopf. »Ja, Peter. Wolltest du mich nicht sehen, Johnny?«
Johnny saß vollständig still, die Zigarette hing ihm wie angefroren an den Lippen, er konnte nicht sprechen.
Peter kam näher und nahm seine Hand.
Er fühlte die Wärme von Peters Hand auf seiner, und plötzlich schnürten ihm seine Empfindungen die Kehle zu. Er beugte sich über Peters Hand und begann zu weinen.
Peter legte seine andere Hand auf Johnnys Haar. »Johnny«, sagte er mit zitternder Stimme, »hast du geglaubt, du könntest dich für immer vor denen verbergen, die dich lieben?«

10

Während die Droschke wegfuhr, standen sie auf dem Bürgersteig. Johnny besah seine Krücken, die neu und hellgelb leuchteten. Sein Hosenbein war ordentlich zusammengesteckt. Das eine Bein sah seltsam und verloren zwischen den gelben Krücken aus.

Er lächelte Rocco ein wenig verzerrt an und sah zu dem Gebäude hinüber. Die Steinbuchstaben daran lauteten: »Magnum-Film«.

»Wir können es ebensogut hinter uns bringen«, sagte er.

»Ja.«

Johnny ging langsam auf die Tür zu und blieb zögernd davor stehen. Sein Gesicht war blaß, und Schweiß stand auf seiner Stirn. Leise sagte er: »Es soll mich niemand bemitleiden.«

»Mach dir keine Sorgen, niemand wird dich bemitleiden. Sie werden sich zuerst etwas fremd vorkommen und dir mehr helfen wollen, als nötig ist, aber das wird rasch vorbeigehen, wenn sie sehen, daß du zurechtkommst. Dann wird alles wieder wie früher sein.«

»Hoffentlich.«

»Bestimmt«, und Rocco öffnete die Tür für ihn.

Johnny betrat das kleine Wartezimmer, von Rocco gefolgt. Das Mädchen betrachtete ihn neugierig durch das kleine Fenster, sie öffnete es aber nicht.

Rocco lächelte ihr zu und sagte zu Johnny: »Durch diese Tür.«

Johnny sah sich neugierig um. Der Raum hatte sich verändert. Er sagte nichts, sondern humpelte durch die Tür; sie befanden sich in einem langen Korridor. Man hörte Arbeitsgeräusche: Schreibmaschinen, Rechenmaschinen. Gespräche. Sie gingen dem Ende des Korridors zu. Gelegentlich kam jemand an ihnen vorbei, der sie neugierig und unpersönlich betrachtete.

Johnny hatte das Gefühl, an einem ganz fremden Ort zu sein. Er erkannte niemanden von den Leuten, die an ihm vorbeigingen. Sie kamen an eine andere Tür mit der Aufschrift: »Verwaltungsbüros.«

Sie gingen hindurch und betraten einen kleinen, angenehm erleuchteten Korridor. Ein paar bequeme Stühle standen herum, der Boden war mit einem weichen roten Teppich bedeckt. Man hörte keinerlei Geräusche.

»Scheint niemand da zu sein«, sagte Johnny.

»Wir sind früh. Peter hat mir gesagt, daß vor zehn kaum jemand kommt.«

Johnny sah auf seine Armbanduhr, es war Viertel nach neun. »Gut, dann kann ich mich ein paar Minuten hinsetzen, bevor es losgeht.«

»Dein Büro ist unten am Ende, neben dem von Peter«, sagte Rocco.
Johnny folgte ihm den Korridor hinunter. Verschiedene Türen trugen Namen, die Johnny nicht kannte. Er war nur zwei Jahre weggewesen, aber inzwischen war die Firma so gewachsen, daß lauter neue Namen an den Türen standen. Er fühlte sich fremd, nicht zugehörig.
Sie gingen an der Tür mit Peters Namen vorbei. »Deins ist das nächste«, sagte Rocco und blieb davor stehen.
Johnny sah die Tür an, auf die sein Name gemalt war; die Farbe schien so frisch, als ob sie noch nicht trocken wäre. Impulsiv legte er die Finger darauf – sie war nicht mehr naß.
Rocco lächelte über die Geste.
Er lächelte zurück.
»Sollen wir hineingehen?« fragte Rocco.
Johnny nickte.
Rocco riß die Tür auf und trat zurück, als Johnny über die Schwelle ging.
Johnny blieb überrascht stehen, als ihm ein Wortschwall entgegenschlug. Sein Gesicht wurde fahl, und er schien etwas zu taumeln, wie er da auf seine Krücken gelehnt stand.
Rocco streckte seine Hand aus, um ihn zu beruhigen.
Das Zimmer war voll von Leuten – Leute, die Johnny kannte, und auch solche, die er nie zuvor gesehen hatte. Peter, George und Jane standen vor den andern und blickten ihm entgegen.
Der Raum war mit rot-weiß-blauem Fahnentuch dekoriert, von der Decke hing ein großes gemaltes Schild, auf dem in roten Buchstaben stand: »Willkommen wieder daheim, Johnny.«
Erwartungsvolle Stille. Zweimal versuchte Johnny zu sprechen, aber er brachte keinen Ton heraus.
Da trat Jane vor und hielt ihm die Hand hin. »Hallo, Boß«, sagte sie, als ob er gerade vom Lunch zurückgekommen wäre.
Wie auf ein Signal stellte jemand den Phonographen an, Musik ertönte, und alle begannen zu singen:
»Wenn Johnny wieder heimmarschiert, tralala.« Er konnte die Tränen in ihren Augen sehen, seine eigenen Augen brannten, und »Jane« brachte er heraus.
Sie warf ihre Arme um ihn und küßte ihn.
Seine Augen wurden feucht. Er wollte sie umarmen, dabei fiel ihm eine seiner Krücken mit Gepolter hin. Er stolperte und wäre gefallen, wenn Rocco ihn nicht gehalten hätte.
Er schaute auf die Krücke nieder, und als er sie daliegen sah, gelblich

glänzend auf dem weichen roten Teppich, fühlte er sich hilflos. Mit diesem Gefühl der Hilflosigkeit zugleich ergriff ihn Angst – Angst vor all diesen Leuten, die ihn beobachteten.

Er mußte die Augen schließen. Verzweifelt sagte er sich, daß dieses Gefühl vorübergehen würde. Aber es dauerte an. Sein Kopf begann zu schwimmen, er fühlte, wie er taumelte und fiel, aber er hielt die Augen fest geschlossen. Er hörte, wie Rocco sie alle bat, ihn allein zu lassen, wie er erklärte, er sei noch schwach und erschöpft und die Erregung sei zuviel für ihn.

Er fühlte die plötzliche Stille, als sie hinausgingen. Langsam öffnete er die Augen und sah sich um. Er lag auf einer kleinen Couch. Peter, George und Jane beobachteten ihn mit erschrockenen Gesichtern, Rocco hielt ihm ein Glas an den Mund.

Automatisch trank er. Der Alkohol brannte wie eine Flamme in seiner Kehle und in seinem Magen. Farbe kehrte in seine Wangen zurück, er lächelte ihnen schwach zu, noch einen Rest der Furcht, die ihn erfüllt hatte, in seinem Herzen.

»Geht es dir besser?« fragte Peter besorgt. Er nickte. »Es ist schon besser. Es war wahrscheinlich zuviel Aufregung. Wenn ich mich ein bißchen ausgeruht habe, wird's mir wieder gutgehen.« Wenn sie doch gehen und ihn allein lassen wollten! Und als sie es spürten, gingen sie wirklich.

Nur Rocco blieb bei ihm.

»Rock«, sagte er flüsternd.

»Was ist, Johnny?«

»Du mußt bei mir bleiben, Rock«, seine Stimme war angespannt und verzweifelt, »ich hab' Angst davor, mit ihnen allein zu sein.«

Rocco versuchte, ihn zu beruhigen. »Wovor hast du denn Angst, Johnny? Es sind alles deine Freunde!«

»Ich weiß, aber ich fühl' mich so hilflos ohne das Bein. Als ich runtersah, und es war nicht da, dachte ich, sie würden mich auslachen.«

»Niemand wird lachen.«

»Es ist egal, ich hab' Angst. Du mußt immer ganz in meiner Nähe bleiben, Rock, ich kann sie allein nicht aushalten.« Er griff nach Roccos Hand und preßte sie. »Versprich es mir, Rock, versprich es mir.«

Rocco sah ihn weich an. »In Ordnung, Johnny, ich bleib' bei dir.«

»Versprich es!«

»Ich verspreche es«, sagte Rocco zögernd.

Eine kleine Weile später kam Jane in das Büro zurück. Sie trug ein

Tablett mit einer Kanne Kaffee und zwei Tassen, das sie auf einen kleinen Tisch neben die Couch stellte. »Ich dachte, etwas Kaffee würde dir guttun.«

»Bestimmt«, sagte Rocco, goß eine Tasse voll und gab sie Johnny.

»Danke.« Plötzlich sah Johnny ihre Hand. Etwas funkelte an ihrem Finger.

Er setzte die Tasse hin, griff nach ihrer Hand und betrachtete sie. Es war ein Ehering. »Jane«, sagte er überrascht, »du bist verheiratet! Das hättest du mir auch sagen können. Wann war es?«

»Ich hab's dir geschrieben«, sagte sie ruhig, »etwa vier Monate, nachdem du weggegangen warst.«

»Ich hab' den Brief nie bekommen. Wie ist er?«

»Er war ein netter Junge. Ich lernte ihn bei einer Tanzerei kennen.«

Plötzlich merkte er die Anspannung, mit der sie sprach. Er sah ihr in die Augen. »Ist er nicht zurückgekommen?«

Sie schüttelte fast unmerklich den Kopf.

Er ergriff ihre beiden Hände. »Es tut mir so leid, Jane, ich wußte es nicht, niemand hat mir etwas gesagt.«

»Das konnte auch niemand. Wir wußten nicht, wo du warst; wir haben vergeblich versucht, dich zu finden.«

Sie schwiegen. Dann sagte sie: »Aber es ist nicht ganz so schlimm. Ich hab' einen prächtigen kleinen Jungen.«

Johnny sah sie an; sie erwiderte seinen Blick ruhig, ein bißchen stolz. Er senkte den seinen auf ihre Hand. »Ich muß mich an eine Menge gewöhnen, es hat sich alles verändert.«

»Nicht alles, Johnny, nur deine Gedanken.«

11

Den ganzen Morgen saß Johnny mit Peter in seinem Büro. Er hörte ruhig zu, während Peter geduldig alles berichtete und erklärte, was sich während seiner Abwesenheit ereignet hatte. Das Geschäft war in einer Weise gewachsen, die nicht einmal Johnny erwartet hatte. Allein die Gewinne der »Magnum« im letzten Jahr betrugen über drei Millionen Dollar.

Sie produzierten pro Jahr jetzt dreißig Spielfilme und eine Reihe von Kurzfilmen aller Art. Und es reichte nicht, wie Peter sagte. Die Nachfrage nach Unterhaltungsfilmen war unerschöpflich. Er plante bereits, das Studio so zu erweitern, daß eine Jahresproduktion von fünfzig

Filmen möglich wäre. Darüber hinaus besaß die »Magnum« nun zusammen mit George über vierzig Theater rings im Land, und der Erwerb oder Bau weiterer war ebenfalls geplant.
Im Augenblick diskutierte man die Notwendigkeit, in den Hauptstädten Zweigbüros zu errichten und einen eigenen Filmverleih aufzuziehen, was der Gesellschaft pro Jahr viele tausend Dollar sparen würde, die sie jetzt als Vermittlungsgebühren bezahlte. Borden hatte im letzten Jahr einen eigenen Verleih aufgezogen, und es hatte sich als sehr gewinnbringend für ihn erwiesen.
Als Johnny in die Armee eingetreten war, hatte die »Magnum« etwas über zweihundert Leute im Studio und ungefähr vierzig in ihrem Büro in New York beschäftigt. Jetzt waren es im Studio achthundert, in New York beinahe zweihundert, und eine weitere Ausdehnung schien notwendig.
Während Johnny zuhörte, versuchte er das alles innerlich zu ordnen und zu überschauen. Peter leitete das Studio nicht mehr allein. Er hatte einen Produktionsleiter eingestellt, der nur ihm verantwortlich war. Der Verleihbetrieb zerfiel in zwei Gruppen, eine für den Inlands- und eine für den Auslandsmarkt.
Im nächsten Jahr beabsichtigte Peter, mit seinen Auslandsvertretern herumzureisen und in jedem Land eine Zweiggesellschaft zu gründen. Auf Peter, bei dem alle Fäden zusammenliefen, lag eine große und mannigfache Verantwortung. Er brauchte tüchtige Assistenten, Leute, denen er vertrauen konnte. Er konnte sich nicht um jede Angelegenheit persönlich kümmern, und er hatte sich gedacht, daß Johnny sein erster Assistent werden sollte.
Johnny sollte in New York bleiben, die ganze Abwicklung der Geschäfte würde durch seine Hände laufen. Alles, was nicht direkt Peters persönliche Entscheidung verlangte, sollte Johnny regeln.
Um sein gigantisches Expansionsprogramm auszuführen, hatte Peter Verhandlungen mit Al Santos' Bank wegen einer Anleihe von viereinhalb Millionen Dollar angeknüpft. Als er den Betrag hörte, pfiff Johnny leise vor sich hin, nicht nur, weil Peter so beiläufig die Anleihe einer solchen Summe erwähnte, sondern auch, weil die Santos-Bank eine solche Summe zu verleihen in der Lage war.
Den ganzen Morgen hindurch, während sie redeten, kamen ununterbrochen Leute – Leute, die Johnny von früher her kannte, die ihn zu Hause willkommen heißen wollten, und andere, die ihm unbekannt waren, die es eilig hatten, den ersten Assistenten des Chefs kennenzulernen. Wie kurz diese Begegnungen auch waren, sie bedeuteten alle

ein gegenseitiges Abtasten und Fühlungnehmen: Johnny versuchte herauszufinden, wie wichtig diese Männer in der gegenwärtigen Organisation waren, die andern, wie nahe Johnny wohl dem Chef stehen mochte.

Johnny, der in allen menschlichen Beziehungen rasch reagierte, fühlte sofort etwas Neues. Es hatten sich Cliquen gebildet, verschiedene Gruppen, die dauernd versuchten, das Gehör des Chefs zu erlangen. Er lehnte sich zurück und lächelte Peter an. »Mein Kopf dreht sich«, gestand er reuig, »ich hatte keine Vorstellung, daß das Geschäft sich so ausgedehnt hat. Ich muß wieder ganz von vorn lernen.«

»Du wirst keine Schwierigkeiten haben«, sagte Peter vertrauensvoll, »es ist das alte Geschäft, nur größer.« Er stand auf. »Fertig zum Lunch? George wartet im Restaurant auf uns.«

Johnny sah hinüber zur Couch, wo Rocco die ganze Zeit so ruhig gesessen hatte, als ob er ein Teil der Zimmereinrichtung wäre; er hatte sich nur bewegt, wenn Johnny ihn anredete oder etwas wollte. Er hatte Johnny den ganzen Morgen über intensiv aus seinen dunkelbraunen Augen beobachtet, ob er irgendeine Art von Schwäche zeigte. Aber er hatte keine gesehen, im Gegenteil, Johnny blühte zu einer Art von neuem Leben auf, erwartungsvoll, bereit, wie er ihn nie zuvor gesehen hatte. Vieles Gehörte verstand er nicht, aber er konnte sehen, daß Johnny es aufsaugte wie ein Schwamm die Flüssigkeit.

Er sah zu, wie Johnny Leuten mit einer Wärme, einem Charme begegnete, dessen er ihn nie fähig geglaubt hatte. Das Militär war solchen Eigenschaften nicht gerade günstig, aber er begann jetzt zu verstehen, warum Joe Turner so an Johnny gehangen hatte.

Nur wenn Johnny aufstand, verschwand das alles. Sein Gesicht wurde dann weiß und angestrengt, er fühlte sich unsicher und unbehaglich, begann zu stammeln und nach Worten zu suchen, während er sonst präzise und genau sprach.

In solchem Augenblick überflutete Rocco die Sympathie für Johnny wie eine Welle. Er konnte nachempfinden, wie stolz Johnny einmal auf seine körperliche Erscheinung gewesen sein mußte, eine Erscheinung, die seinem Wesen entsprach: jung, stark, gesund und erfüllt von Leben und dem Gefühl der eigenen Stärke.

Er merkte, wie Johnny ihn ansah, und las den stummen Hilferuf in diesem Blick. Ruhig stand er auf, ging zu ihm und legte einen Arm unter Johnnys Schulter, während dieser die Krücken zurechtrückte. Dann gab er ihm seinen Hut.

Es ist zu schade, daß man nichts dagegen tun kann, dachte er. Aber es

war nichts dagegen zu tun, niemand auf Gottes Erde konnte Johnny sein Bein wiedergeben.
An der Tür blieb Johnny stehen und sagte verlegen zu Peter: »Wir müssen etwas für Rock finden, ich kann ohne ihn nicht auskommen.«
Peter kam sofort mit einem Vorschlag. »Ich hab' einen Job für ihn hier bei dir, wenn er ihn will. Er bringt fünfundsiebzig die Woche.«
Johnny sah Rocco an, der nachdachte. Fünfundsiebzig war mehr, als er verdienen würde, wenn er ins Friseurgeschäft zurückginge. Es war ein gutes Einkommen. Außerdem hatte er Johnny versprochen, bei ihm zu bleiben. Fast unmerklich nickte er.
Johnny lächelte Peter zu. »Danke, Peter, er nimmt es an.«
Als Johnny fort war, hatte Rocco ein Gespräch mit Jane. »Sie mögen ihn, nicht wahr?« fragte das Mädchen.
»Ja«, sagte er einfach. »Sie nicht?«
Es dauerte einen Augenblick, bevor sie antwortete. »Einmal hab' ich ihn geliebt. Und ich hab' ihn immer noch gern, nur anders.« Sie sah zu Boden und suchte nach Worten, um ihre Empfindung auszudrükken. »Es muß schon was sein, wenn man wie verrückt verliebt ist in einen, und dann ist es weg, weil man merkt, daß er einen nicht liebt oder doch nicht so sehr; aber man hat ihn für das, was er ist, gern — und daraus wächst eine neue Zuneigung, die dauert, und man vergißt darüber die andere, die schmerzliche. Das ist schon was.«
Er antwortete ruhig: »Es könnte Achtung sein.«
»Stimmt«, gestand sie zu, »aber es ist mehr als das. Ich kann es nicht erklären. Aber ich denke jetzt nicht an mich, sondern an Doris.«
»Wer ist Doris?«
»Peters Tochter. Sie liebt ihn, und ich glaube, er liebte sie auch, bevor er wegging, wenn er es sich auch nicht eingestand.«
»Warum?«
»Sie ist zehn Jahre jünger als er. Er hat sie sozusagen mit großgezogen, sie pflegte Onkel zu ihm zu sagen.«
»Ich verstehe.«
»Aber ich glaube nicht, daß sie jetzt eine Chance hat. Ich hab' das Gefühl, er hat sich gegen sie verschlossen. Den ganzen Morgen hat er sie gar nicht erwähnt, hat nicht einmal gefragt, wie es ihr geht.«
»Er hat seinen Grund«, verteidigte Rocco seinen Freund, »er will sich nicht an sie hängen, jetzt, wo er sein Bein verloren hat.«
»Für sie würde das keinen Unterschied machen. Es macht niemandem etwas aus, der wirklich liebt.«
»Aber dem macht es was aus, der sich als Last fühlt«, sagte Rocco.

Jane antwortete nicht. Sie nahm ihre Handtasche vom Schreibtisch auf und erneuerte ihr Make-up.
Rocco schaute ihr mit einem halben Lächeln zu; dann sagte er: »Wenn Sie zum Lunch noch nicht verabredet sind – wie wär's mit mir?«
Sie sah ihn überrascht an, dann lachte sie beinahe hinterhältig. »Sie wollen also die ganze Geschichte hören?«
»Gern«, gestand er freimütig.
»Es fing so an«, sagte sie und nahm ihren Hut aus dem Schrank, »ich war Sekretärin bei Sam Sharpe, einem Theateragenten, und Johnny kam in sein Büro.« Sie setzte vorm Spiegel ihren Hut auf und sah plötzlich verwundert drein. »Nein, es stimmt nicht, es fing lange vorher an, ehe ich ihn überhaupt kannte. Kommen Sie, lassen Sie uns essen gehen, dann erzähle ich Ihnen alles von Anfang an.«
Er nahm seinen Hut, und sie verließen das Büro.

12

Beim Lunch ging es ruhig zu. Peter und George redeten, und Johnny hörte zu. Er fühlte, daß er viel zu lernen hatte, und sie waren bemüht, ihn in alles Neue einzuweihen. Beide vermieden sorgfältig, auf seine Verletzung anzuspielen. Auch über Joe sprachen sie nicht, um nicht schmerzliche Erinnerungen wachzurufen.
Es ging schnell vorbei, und als Peter Johnny in seinem Büro verließ, sagte er ihm, er wolle ihn nach den Vorführungen, die für Johnny vorbereitet seien, hier abholen. Johnny winkte ab. »Nicht nötig, Peter, ich sehe dich ja morgen früh.«
»Wie meinst du das? Du kommst nicht mit mir nach Hause zum Essen? Esther hat dein Lieblingsessen vorbereitet – Klöße und Hühnersuppe. Und Doris kommt extra von der Schule hin. Es wird wie in den alten Zeiten sein, Johnny. Du kommst mit mir, ich nehm' keine Absage an. Ich kann gar nicht verstehen, daß du an was anderes denkst an deinem ersten Abend zu Hause.«
Johnny schwieg. Doris. Er hatte den ganzen Tag versucht, nicht an sie zu denken, obwohl ihm klar war, daß er diesem Problem eines Tages ins Gesicht sehen mußte. Sie hatte früher einmal geglaubt, ihn zu lieben, aber das war nur eine Schulmädchenschwärmerei gewesen, die jetzt vorbeisein würde, so redete er sich ein. Dabei wußte er es im Grunde besser. Es war etwas Tieferes, Stärkeres. Sonst hätte er anders

empfunden. Und er war ein einbeiniger Krüppel. Er konnte sich vorstellen, daß sie Mitleid mit ihm hatte, Mitleid, das seine früheren Gefühle wecken mußte.

Aber es gab keinen Ausweg. Er mußte es durchstehen. Und wenn sie auf das anspielte, was war, ehe er wegging, mußte er ihr sagen, daß es von ihrer Seite eine Jugendschwärmerei war und daß er nie etwas anderes empfunden habe als eine fast väterliche Zuneigung.

Peter würde es seltsam finden, wenn er nicht mitkäme. Er würde verletzt sein und Esther ebenso.

Er zwang sich zu lächeln. »Gut, wenn du willst. Ich wollte euch nur nicht zur Last fallen.«

Peter lachte. »Seit wann fallen einem die eigenen Angehörigen zur Last?«

Mit dem Klang dieser Worte im Ohr ging Johnny nachdenklich in sein Büro. »Die eigenen Angehörigen.« Hatte Peter Pläne mit Doris und ihm? Hatte sie etwas zu ihren Eltern gesagt?

Nein, das war töricht, sie hatte nichts zu erzählen. Es war nur Peters Art. Sie waren sich so nahe gewesen, daß Peter ihn als zur Familie gehörig betrachtete, das war alles.

Er und Rocco saßen im verdunkelten Vorführraum. Als der erste Film abgelaufen war, sah er, daß auch hier technische Verbesserungen gemacht worden waren. Es flimmerte längst nicht mehr so stark auf der Leinwand. Die Bewegungen der Schauspieler waren echter, nicht mehr so abrupt. Die Figuren bewegten sich nicht länger ruckartig von einem Platz zum andern wie früher.

Auch die Methode, mit der die Handlung auf der Leinwand erzählt wurde, hatte sich verbessert. Man konnte dem Ablauf leicht folgen. Aus Großaufnahmen, Überblendungen usw. war ein harmonisches Ganzes entstanden. Ihm wurde klar, daß er eine Reise zum Studio machen mußte, um die neue Technik kennenzulernen.

Er steckte sich eine Zigarette an. Im Schein des Streichholzes sah er Roccos Gesicht, der von den Geschehnissen auf der Leinwand ganz gebannt war, und er lächelte vor sich hin. Es war seltsam, wie gut ihm Rocks Nähe tat.

Wenn Rocco bei ihm war, fühlte er sich sicher, Rocco hatte eine Art, schwierige Situationen vorauszusehen und zu vermeiden. Er lenkte das Gespräch von Dingen ab, die ihn aufregten, und trat zwischen ihn und alles, was ihn verletzen konnte.

Er war froh, daß Rocco versprochen hatte, bei ihm zu bleiben.

»Mein Wagen wartet unten«, sagte Peter, »ich hab' gerade Esther angerufen und ihr gesagt, daß wir in einer halben Stunde zu Hause sind. Sie war so aufgeregt wie eine junge Frau, wenn die Verwandten zum erstenmal zum Essen kommen.«
»Ich bin fertig«, antwortete Johnny.
Peter ließ Johnny zuerst einsteigen. Der Wagen war innen luxuriös gepolstert und ausgestattet.
»Große Klasse. Neu?« fragte Johnny.
Peter nickte stolz. »Eine Spezialanfertigung.«
»Großartig.«
Der große Wagen rollte lautlos und weich dahin. Bald waren sie auf der Fünften Avenue. Vor einem großen Haus gegenüber dem Centralpark hielten sie.
Ein Portier öffnete den Wagenschlag. »Guten Abend, Mr. Kessler.«
»'n Abend, Tom.«
Sie warteten, bis Johnny aus dem Wagen gestiegen war, dann gingen sie ins Haus. Es war ein neues Gebäude.
Johnny sah sich um. Er sagte nichts, aber er war beeindruckt. Man mußte eine Menge Geld haben, um hier zu wohnen. Ihm wurde die Bedeutung dessen, was er im Laufe des Tages gehört und gesehen hatte, erst jetzt richtig klar.
Er folgte Peter in den Aufzug. Im elften Stock stiegen sie aus und waren in einer luxuriös eingerichteten Halle.
Peter blieb vor einer Tür stehen und läutete.
Johnnys Herz begann heftig zu schlagen. Unbewußt straffte er sich.
Die Tür öffnete sich, Esther stand da und nahm ihn weinend in die Arme.
Johnny konnte die Hände nicht von den Krücken nehmen, aus Angst zu fallen. Während sie ihn küßte, starrte er über ihre Schulter. Doris stand in der Tür. Ihr Gesicht war blaß und schmal, im Licht der Halle schimmerten ihre Augen dunkel.
Rocco, der hinter Johnny stand, sah, wie sie mit den Augen Zwiesprache hielten. Er betrachtete Doris. Das Haar hing ihr lose auf die Schultern, und in seinem Rahmen erschien ihr Gesicht wie eine ovale Maske. Ihre Hände waren zu Fäusten geballt, und es war, als ob jemand alles Licht in ihrem Gesicht ausgelöscht hätte. Sie senkte die Augenlider und blickte zu Boden, und Rocco sah, daß sie sich vergeblich bemühte, die Tränen zurückzuhalten.
Irgendwie wußte sie alles, was Johnny ihr sagen wollte. Kein Wort war gefallen, aber sie wußte es. Ihr ganzer Körper verriet es — das

plötzliche Nachlassen der Anspannung, die leicht herabgesunkenen Schultern.

Es dauerte nur einen Augenblick, aber Rocco wußte, daß er für sie so lange wie ein ganzes Leben gewesen war.

Esther ließ Johnny los, trat zurück und betrachtete ihn, während sie ihn bei den Schultern hielt. »Mein Johnny, was haben sie mit dir gemacht?«

»Mama, sei nicht närrisch«, sagte Peter brummig, »er ist da, nicht wahr? Was können wir mehr verlangen?«

Es wurde eine schweigsame Mahlzeit. Sie redeten, aber nicht von dem, was sie wirklich bewegte.

Rocco beobachtete, wie Doris während der ganzen Mahlzeit Johnny ansah. Sie saßen einander gegenüber. Wann immer er aufsah, ruhte ihr Blick auf ihm. Johnny war blaß und sprach wenig. Er wußte nicht, was er sagen sollte.

Sie war reifer geworden, seit er sie zuletzt gesehen hatte. Damals war sie ein schönes Mädchen gewesen, aber jetzt war sie eine Frau, eine schöne, anmutige, warmherzige Frau.

Nach dem Essen gingen sie ins Wohnzimmer. Johnny und Doris standen als letzte auf, und für einen Moment waren sie allein im Eßzimmer. Sie stellte ihre Kaffeetasse hin und ging zu ihm. Er sah sie an.

Sie beugte sich über ihn und sagte mit ruhiger beherrschter Stimme: »Du hast mich nicht geküßt, Johnny.«

Er gab keine Antwort, sah ihr nur in die Augen.

Langsam preßte sie ihre Lippen auf seine. Jäh sprang ein Funke zwischen ihnen auf. Johnny fühlte, wie es ihn zu ihr hinzog, und hielt sich zurück. Ihre Mundwinkel zitterten an seinen Lippen, und er wandte sich von ihr ab.

Da richtete sie sich auf. Leise, mit einem wehen Unterton, sagte sie: »Du hast dich verändert, Johnny.«

Er schaute auf sein Bein. »Ja, ich habe mich verändert«, sagte er bitter.

»Das meine ich nicht. Innerlich bist du anders.«

Seine Stimme war ganz gelassen. »Mag sein. Alles, was die Erscheinung eines Menschen verändert, verändert auch sein Wesen. Selbst wenn man einen Zahn verliert, ändert man sich. Man lacht nicht mehr so oft.«

»Aber doch manchmal, Johnny; man wird doch nicht kalt und bitter.«

Er antwortete nicht.

Sie fühlte die Tränen zurückkommen und schämte sich darüber. Mit

zitternder Stimme sagte sie: »Erinnerst du dich an das letztemal, als wir uns sahen – wie wir lachten und wie du versprachst, mir ein Geschenk mitzubringen?«
Er schloß die Augen. Er erinnerte sich. »Ja«, sagte er und wußte, daß er ihr sehr weh tun würde, »ich weiß. Du warst ein Kind und der Krieg ein Abenteuer, aus dem ich dir ein Andenken mitbringen wollte.«
Sie zuckte unter seinen Worten zusammen. »Das ist alles, was es dir bedeutete?«
Er öffnete die Augen und sah sie mit gespielter Unschuld an. »Alles. Sollte es mehr bedeuten?«
Sie wandte sich ab und lief aus dem Zimmer.
Mit zitternden Fingern steckte er sich eine Zigarette an. Einen Moment noch blieb er sitzen, dann stand er mühsam auf und ging hinüber.

Nachspiel 1938

Donnerstag

Das Geräusch vom Aufziehen der Vorhänge und Öffnen der Fenster weckte mich. Einen Augenblick lag ich da und starrte gedankenlos zur Decke. Das Zimmer kam mir fremd vor, bis mir plötzlich einfiel, wo ich war. Aber es stimmte noch nicht. Ich sollte in New York sein – was machte ich in Hollywood?

Dann kam mir alles wieder zu Bewußtsein. Ich hatte es vermutlich vergessen über jenem Traum, in dem ich eine Straße entlang einem Mädchen nachlief, das ich nicht sehen konnte. Seit dem Krieg träumte ich diesen Traum immer wieder, und er endete immer damit, daß ich fiel und die Leute mich auslachten.

Sie würden wahrscheinlich heute morgen auch über mich lachen. Nach allem Vorgefallenen hatte ich Farber Fuß fassen lassen, nun mußte ich ihn wieder ausschalten. Ich hatte es schon einmal getan, aber ich war nicht sicher, ob es mir wieder gelingen würde. Und diesmal war es meine eigene Schuld.

»Guten Morgen, Mr. John.« Christopher stand an meinem Bett. Sein schwarzes Gesicht glänzte, und er lächelte breit.

»Guten Morgen, Christopher. Woher wußtest du, daß ich hier bin?« Ich hatte ihm ein paar Wochen frei gegeben, weil ich glaubte, ich würde eine Weile weg sein.

»Ich hab' in der Zeitung gelesen, daß Mr. Peter krank ist, und da dachte ich mir, Sie würden bei ihm sein wollen.« Er stellte das Frühstückstablett aufs Bett, ich antwortete nichts. Wußte denn jeder außer mir selbst, wie ich handeln würde? Christopher kannte meinen Streit mit Peter, und trotzdem wußte er, daß ich zurückkommen würde. Und sie hatten recht – ich war ja hier.

Auf dem Tablett lagen ordentlich zusammengefaltet die Zeitungen. Während ich meinen Orangensaft trank, schlug ich sie auf. Die Schlagzeile im »Reporter« war klein und deutlich: »Farber mit einer Millionenanleihe in der ›Magnum‹.«

Es stimmte – aber nicht mehr lange, wenn ich es ändern konnte.

Wäre Ronsen nicht in jenem kritischen Augenblick in mein Büro gekommen, wäre es nie geschehen. Mit Interesse las ich den Bericht:

»Über die Bedeutung einer Anleihe von einer Million Dollar an die Magnum-Film durch Stanley Farber gingen heute innerhalb der Filmindustrie viele Gerüchte um. Es ist allgemein bekannt, welches Interesse Farber an der ›Magnum‹ nimmt, seit Peter Kessler seine Anteile an Laurence G. Ronsen verkauft hat. Ronsen war seinerzeit geneigt, Farber partizipieren zu lassen, scheiterte aber an dem Widerstand John Edges. Edge und Farber bekämpfen sich seit fünfzehn Jahren, seit Farber von der Leitung der Magnum-Filmtheater durch Edge ausgeschlossen worden war.

Farbers Neffe, David Roth, wurde vor zwei Monaten zum Produktionsleiter der Magnum-Studios ernannt, als Edge zum Präsidenten der Gesellschaft gewählt worden war. Das erste Anzeichen eines Bruches zwischen Ronsen und Edge zeigte sich zu Beginn dieser Woche, als Edge entgegen Ronsens Wünschen hierherflog, um bei Peter Kessler zu sein, der einen Schlaganfall erlitten hatte.

Das Gerücht geht um, daß Farber als Sicherheit für seine Anleihe einen großen Anteil der Magnum-Aktien erhalten soll und daß er und Roth in den Vorstand gewählt werden. Es heißt auch, daß Roth die Produktion der Magnum-Spitzenfilme übernehmen soll.

Man hört ferner, daß Bob Gordon, Produktionsleiter der ›Magnum‹, wegen dieses Eingriffes in seine Befugnisse zurücktreten will. Die Folge könnte sein, daß auch Edge seinen Posten zur Verfügung stellt.

Zusätzlich zu der Anleihe garantiert Farber der ›Magnum‹, daß sie alle ihre Filme in Farbers Theatern spielen darf.«

Ich stand auf dem Bürgersteig und zündete mir eine Zigarette an, während ich darauf wartete, daß Christopher mit dem Wagen vorfuhr. Es war ein frischer heller Tag, und ich fühlte mich bereits wohler. Die Depression, die seit der Nachricht von Peter wie eine Wolke auf mir gelegen hatte, schien sich zu verflüchtigen. Es ist schwer zu erklären, aber ich fühle mich immer besser, wenn ich gegen etwas oder gegen jemanden zu kämpfen habe.

Bis jetzt hatte ich nur gekämpft, um die Gesellschaft zusammenzuhalten. Ronsen war mir nie als ein echtes Problem erschienen. Er war ein Außenseiter, ein notwendiges Übel, das man eine gewisse Zeit dulden mußte; man konnte ihn eines Tages wieder loswerden. Aber jetzt, gegen Farber, hatte ich ein persönliches Interesse an dem Kampf. Jetzt ging es nicht mehr darum, die Gesellschaft zusammenzuhalten, sondern darum, *wer* das tun sollte. Wenn Farber interessiert war, so bewies das, daß doch Geld mit der Firma zu machen war. Ich mußte herausbekommen, was Farber tun wollte, ihn in die Enge treiben und gleichzeitig etwas unternehmen, was besser war. In dieser Branche brachte

erst der Konkurrenzkampf die besten Fähigkeiten in einem zur Entfaltung. War einem das zu hart, so blieb man besser nicht dabei.
Der Wagen fuhr vor, und ich stieg ein. Christopher fragte: »Zu den Studios?«
»Nein, erst zu Mr. Kesslers Haus.«
Das Studio konnte jetzt warten. Es war besser, daß Farber und Ronsen erst ihre Pläne machten und ankündigten, bevor ich zu arbeiten begann. Dann wußte ich, was sie vorhatten, und konnte ihre Karre umwerfen. Ich lächelte; es gab gar keinen Grund, daß ich mich so wohl fühlte, aber Tatsache war, daß ich es tat.
Die Pflegerin kam in die Halle und zog die Tür sanft hinter sich ins Schloß. Sie sprach so leise, daß man sie im Krankenzimmer nicht hören konnte. »Sie können jetzt hinein, Mr. Edge, aber bleiben Sie nicht zu lange, er ist noch sehr schwach.«
Als Doris mit mir kommen wollte, legte ihr die Schwester die Hand auf den Arm. »Nur einer auf einmal, bitte.«
Doris lächelte und trat zurück. »Geh du, Johnny, ich hab' ihn heute morgen schon gesehen, und ich weiß, daß er auf dich wartet.«
Peter lag im Bett, den Kopf von zwei Kissen gestützt. Zuerst dachte ich, er schliefe, weil er sich nicht bewegte. Sein Gesicht war weiß und mager, und die Augen lagen tief eingesunken. Aber langsam drehte er den Kopf zu mir, öffnete die Augen und lächelte.
»Johnny.« Seine Stimme klang schwach und doch erfreut.
Ich setzte mich an sein Bett und nahm seine Hand. Man konnte seine Fingerknochen fühlen, wenn er die Hand bewegte, so dünn war sie. Das verschlug mir die Worte.
»Johnny, ich war ein Narr«, sagte er und sah mir in die Augen. Mir wurde warm ums Herz. »Ich auch, Peter.« Meine Stimme klang seltsam rauh.
»Wir verbringen unser Leben damit, daß wir Fehler machen und dann versuchen, sie wiedergutzumachen.«
Langsam schlossen sich seine Augen, und ich dachte, er wäre eingeschlafen. Ich saß ganz ruhig, bewegte mich nicht, um ihn nicht aufzuwecken. Seine Hand lag immer noch in meiner. Auf ihrem Rücken klopfte eine schmale blaue Ader, die auf- und abschwoll und die ich fasziniert beobachtete.
Beim Klang seiner Stimme sah ich auf. Seine Frage: »Wie geht das Geschäft, Johnny?« wunderte mich. Seine Augen glänzten interessiert. Für einen Moment war es ganz wie in den alten Zeiten. Es war seine Lieblingsfrage, die er vor allen andern stellte, die erste von dreien.

Die zweite und dritte waren: »Wie sind die Eingänge? Wie steht das Bankkonto?«
Bevor ich es recht begriff, berichtete ich ihm über die Abmachung mit George wegen der Zehnerreihe, über Ronsens Eifer, Farbers Million zu bekommen. Nur die Gründe, aus denen Ronsen und ich verschiedener Ansicht waren, ließ ich weg.
Bei meinem Bericht kam die Farbe in sein Gesicht zurück, und er sah wieder mehr aus wie der Peter von damals. Er unterbrach mich nicht, sondern hörte nur zu, und als ich fertig war, lehnte er sich mit einem Seufzer in die Kissen zurück.
Ich sah ihn besorgt an: Ich fürchtete, ihn ermüdet zu haben. Aber ich brauchte mir keine Sorgen zu machen, der Bericht über das Geschäft war wie eine stärkende Medizin für ihn. Nach ein paar Sekunden sprach er, und seine Stimme klang schon fester:
»Sie haben keinen Mumm, Johnny«, sagte er, ein leichtes Lächeln um die Mundwinkel, »es sah sehr schön für sie aus, Filme zu machen und Geld zu verdienen. Aber wenn sie auf Schwierigkeiten stoßen, wie wir so oft, kriegen sie Angst. Sie laufen wie Küken mit abgeschlagenem Kopf herum und halten Ausschau nach einem Retter.« Nun lächelte er wirklich. »Wenn wir es nicht zulassen, Johnny, können sie nicht gewinnen. Wir haben uns mal von ihrem Geld einschüchtern lassen, aber jetzt wissen wir es besser. Geld spielt beim Filmgeschäft nicht die Hauptrolle. Die Filme allein sind wichtig. Und da haben wir sie, denn wir können Filme machen und sie nicht.«
Die Schwester kam herein, trat wichtig ans Bett und fühlte an seinem Handgelenk nach dem Puls. Mich sah sie dabei vorwurfsvoll an. »Sie müssen jetzt gehen, Mr. Edge. Mr. Kessler braucht Ruhe.«
Ich lächelte Peter zu, stand auf und ging zur Tür. Er rief mir nach: »Besuch mich morgen wieder, Johnny.«
»Natürlich, Peter. Ich erzähl' dir, wie alles geht.«
Da ließ er befriedigt den Kopf in die Kissen sinken. Die Schwester schob ihm ein Thermometer in den Mund. Eine Zigarre hätte besser dorthin gepaßt, dachte ich unsinnigerweise, als ich hinausging.
Doris wartete in der Halle. »Wie geht es ihm?«
Ich lachte. »Ich glaube, er möchte am liebsten wieder anfangen zu arbeiten.« Ich steckte mir eine Zigarette an und setzte hinzu: »Wär' im übrigen gar keine schlechte Idee. Es würde uns beiden guttun.«
Und die ganze Zeit über dachte ich nach. Vorhin in seinem Zimmer hatte ich gar nichts von dem gesagt, was doch wichtig gewesen wäre, nichts über mein Gefühl für ihn, nichts über unsere Beziehungen;

schließlich hatten wir die meiste Zeit unseres Lebens miteinander verbracht. Zum Teufel, war das einzige, was uns nach all diesen Jahren verband, worüber wir reden konnten, die Filmgesellschaft?

Kurz nach eins ging ich in die Kantine, die mit Leuten vollgestopft war. Die Luft war voll Rauch und Reden. Ich merkte, wie man mich beobachtete, als ich in ein kleineres Eßzimmer ging, das das Sonnenzimmer hieß. Über der Tür stand: »Alle Tische reserviert.« Es war eine Warnung für die kleineren Leute, denn dies Zimmer gehörte nur der Elite.
Der Raum war leeer, als ich hindurchging, auch Ronsens Tisch. Ich setzte mich, und die Kellnerin kam.
»Guten Tag, Mr. Edge.«
»Hallo, Ginny, was gibt's denn heute Gutes?«
»Das Kalbsfrikassee ist gerade so, wie Sie's mögen.«
»Also schön.«
Als sie sich entfernte, kam Gordon gerade herein, sah mich und trat auf mich zu. »Hallo, Robert.«
Er ließ sich schwer auf einen Stuhl fallen. »Scotch Whisky«, sagte er zu Ginny und zu mir: »Ich hab' was zu trinken nötig.«
»So was hab' ich schon mal gehört.«
»Und du wirst es auch noch öfter hören, ehe das Picknick zu Ende ist. Farber ist schon da und spielt sich gewaltig auf.«
Ich antwortete nicht, und er sah mich an. Ginny stellte sein Glas vor ihn hin, das er in einem Zug austrank. »Ich dachte, du wolltest nicht einen Zoll breit nachgeben«, sagte er niedergeschlagen.
»Ich hab's mir anders überlegt.«
»Warum? Ich dachte, du wolltest ihn nicht. Gestern . . .«
Ich unterbrach ihn. »Ich will ihn immer noch nicht. Aber eine Million ist eine Million. Spart uns 'ne Menge Sorgen.«
»Kann auch 'ne Menge Sorgen bringen«, sagte er sarkastisch. »Ronsen, Farber und Roth waren heute morgen bei mir. Sie sagen, Dave soll die ›Schneekönigin‹ produzieren. Dir wär's recht.«
Die »Schneekönigin« war der größte Film, an dem wir zur Zeit arbeiteten. Es war ein Revuefilm mit einem jungen Ding als Star, das Gordon mit viel Mühe Borden abgejagt hatte. Sie war erst vierzehn Jahre alt, und Gordon hatte hart mit ihr gearbeitet. Ihre Stimme war die einer reifen Frau. Bob hatte sie in einer Rundfunksendung herausgestellt, und sie hatte einen Riesenerfolg gehabt. Er hatte viel Geld dafür ausgegeben, ihren Vertrag mit Borden zu lösen, und hatte eigens für sie ein Drehbuch geschrieben. Wir wußten, daß es ein Treffer werden

mußte, ein sicherer Kassenschlager. Es war sein Lieblingsprojekt, und jetzt, wo alles bereits glattging, würde Dave den Ruhm ernten. Ich konnte es Bob nicht übelnehmen, daß er vor Wut kochte.
Er war bei seinem zweiten Whisky, als ich beiläufig sagte: »Interessant.«
Er erstickte beinahe. »Ist das alles, was du zu sagen hast?«
Ich nickte.
Er wurde rot im Gesicht und wollte aufstehen.
Da grinste ich ihn an. »Komm, setz dich und behalt dein Hemd an. Ich lass' schon nicht zu, daß man dich rausdrängt. Meinetwegen kann Dave Produktionsassistent werden, wenn's sein muß, aber es bleibt eine Robert-Gordon-Produktion.«
»Ich hab' sehr was anderes gehört«, sagte er wütend.
»Aber so wird es sein, und wenn es ihnen nicht paßt, können sie mir den Buckel runterrutschen.«
Er setzte sich nachdenklich wieder hin und schlürfte sein Getränk.
»Hast du einen Einfall, Johnny?«
Das war wieder echt Hollywood. Jedermann mußte Einfälle haben. Es gab Leute, die waren bereit, sich aufzuhängen, wenn sie dachten, das wäre ein Einfall, mit dem sie jemanden, den sie nicht leiden mochten, in den Hintergrund drängen könnten.
»Einen Millioneneinfall«, sagte ich schmunzelnd.
Er lächelte jetzt auch. »Ich hätte dich besser kennen sollen, Johnny. Es tut mir leid, daß ich so in die Luft gegangen bin.«
»Schon gut, Bob«, sagte ich großmütig. Ich konnte es mir leisten, großmütig zu sein.
»Was hast du vor?« fragte er leise im Verschwörertonfall.
Nun senkte ich ebenfalls meine Stimme. Die besten Schauspieler in der Branche waren nicht immer die, die man auf der Leinwand sah. In unserm Zweig wurde in jeder Minute mehr geschauspielert als in einem Jahr vor der Kamera. »Hier kann ich nicht darüber reden, Bob. Ich sag's dir später.«
Jetzt war er restlos glücklich. Er sah sich um, nickte und lächelte sogar einigen Leuten zu. Jede seiner Gesten war voller Zuversicht. Es war erstaunlich, wie das die Atmosphäre im Raum veränderte.
Vorher hatten alle leise geredet und uns argwöhnisch aus den Augenwinkeln beobachtet. Sie machten sich Gedanken, ob wir morgen wohl noch ihre Chefs sein würden, und machten schon Pläne, falls wir es nicht mehr sein sollten; dann mußte man neuen Leuten schmeicheln, neue Beziehungen pflegen, vielleicht sogar eine neue Stellung suchen.

Aber aus Gordons Betragen schlossen die meisten jetzt, daß sie noch eine Zeitlang sicher waren.

Über Gordons Kopf sah ich zur Tür. Ronsen, Farber und Roth standen dort. Ronsen fing meinen Blick auf und kam auf mich zu. Er ging mit Farber, seine Hand freundschaftlich auf dessen Arm. Dave lief hinterher wie ein junger Hund. Ich mußte beinahe lächeln. Peter hatte recht: Ronsen zeigte in jeder Bewegung sein eifriges Bemühen um Farber.

Ronsen hatte sich etwas verändert, seit er sich in die Firma gedrängt hatte. Damals war er selbstsicher gewesen. Mir fiel ein, was er gesagt hatte: »In der Branche hapert es daran, daß alles zu sehr von den Leuten abhängt und daß man zuwenig Vertrauen in die guten alten amerikanischen Geschäftsprinzipien hat. In Wirklichkeit ist alles ganz einfach. Das Studio ist nichts als eine Fabrik. Man muß Filme machen und sie ordentlich verkaufen. Mein Job ist es, dem Filmgeschäft zu zeigen, wie es geführt werden muß: Wenn ich hier fertig bin, wird die Firma laufen wie die Fordwerke.«

Ich lachte beinahe laut auf, als ich daran dachte. Die Fordwerke. Das erste, was er getan hatte, war ein Versuch, unsere Verträge mit den Gewerkschaften zu brechen. Das hätte uns beinahe den Kopf gekostet. Neun Wochen lang lief keiner unserer Filme. Er hatte getobt und gerast, aber es hatte nichts genutzt. In der letzten Woche des Streiks gab er schließlich nach, und ich mußte alles wieder in Ordnung bringen. Ja, Peter hatte recht. Letzten Endes mußten sie doch immer wieder zu uns kommen. Vielleicht, weil wir nichts zu verlieren hatten und sie alles. Als wir anfingen, hatten wir nichts, und wir konnten es uns leisten, auch mit nichts wieder aufzuhören, wenn es sein mußte. Wir wußten, daß das Geschäft auf einem Glücksspiel aufgebaut war. Jeder Film war ein Glücksspiel, und wie echte Hasardeure konnten wir den Ausgang nicht abwarten und fingen einen neuen Film an, ehe heraus war, ob der alte gut war, und so ging es immer weiter.

Das konnten sie sich nicht leisten. Sie kamen mit vollen Taschen zu uns, mit Geld, das sie seit Jahren besaßen, das schon ihren Vätern gehört hatte, und wenn sie es verloren, brach ihre Welt zusammen. Sie mußten zu uns kommen.

Als sie sich meinem Tisch näherten, stand ich auf. Ich betrachtete Stanley, den die Jahre nur wenig verändert hatten. Vielleicht war er grau geworden und im ganzen voller, aber er hatte noch immer das schnelle breite Lächeln, dem jede Wärme fehlte. Seine Augen sahen immer noch so aus, als ob sie ständig addierten und subtrahierten, und ich reagierte genauso auf ihn wie stets: Ich mochte ihn nicht.

Larry sprach als erster. »Hallo, Johnny«, sagte er mit seiner tiefen Stimme, die in jeden Winkel des Raumes drang. »Du kennst doch Stanley, nicht wahr?«

Jeder im Raum beobachtete uns. Ich lächelte und streckte die Hand aus. »Natürlich, ich würde ihn überall wiedererkennen.« Er gab mir die Hand, und es war genau wie früher: als ob man einen toten Fisch berührte. »Wie geht's dir?« fuhr ich fort. »Freut mich, dich zu sehen.«

Unter seiner kräftigen Farbe war er etwas blaß, aber seine Augen glänzten unmißverständlich vor Triumph. »Johnny, es ist Jahre her.« Für jeden Außenstehenden sahen wir wie alte Freunde aus, die sich nach langer Zeit wieder trafen, dabei hätten wir uns nur zu gern gegenseitig die Kehle durchgeschnitten.

»Setzt euch«, sagte ich.

An meinem Tisch waren nur vier Stühle. Bob und ich hatten uns gesetzt, so blieben nur noch zwei Plätze frei. Larry setzte sich rechts, Stanley links von mir, und Dave stand und sah sich nach einem Platz um.

Ginny wollte ihm einen Stuhl holen, aber ich fing ihren Blick auf, und sie drehte sich um, ein Lächeln unterdrückend, und ging in die Küche.

Dann wandte ich mich freundlich an Dave: »Nimm dir einen Stuhl und setz dich zu uns. Ich weiß nicht, was mit den Kellnerinnen los ist. Wenn man sie braucht, sind sie nie da.«

Dave mußte hinüber zur Wand und sich einen Stuhl holen. Ich beobachtete ihn und sagte, ohne den Kopf zu wenden, so laut zu Stanley, daß man es im ganzen Raum hören konnte: »Heller Junge, dein Neffe. Erinnert mich an dich, wie du früher warst. Er kann's zu was bringen, wenn er einen kühlen Kopf behält.«

Aus den Augenwinkeln sah ich, wie Stanleys Gesicht sich verfärbte. Dave blieb eine Sekunde stehen, als meine Worte ihn erreichten; dann nahm er einen Stuhl und kam zum Tisch zurück. Er war blaß.

Zu Stanley gewandt, sagte ich: »Du siehst gut aus, alter Junge. Aber du bist dicker geworden, stimmt's?«

Das Gespräch ging in diesem Sinne weiter. Ich dachte daran, als Stanley und ich zum erstenmal an einem Tisch gesessen hatten, nämlich als er mit dem Vorschlag gekommen war, wir sollten uns zusammentun und die Firma für uns übernehmen. Noch nicht einmal so sehr lange her. Nur fünfzehn Jahre. Es war 1923.

Der kleine Mann stand auf. Seine hellen blanken Augen zwinkerten mir zu; der graue Haarkranz um seinen kahlen Schädel stand seitlich wie eine Drahtbürste ab. Er sprach mit schwerem deutschen Akzent. »Ich denke, so müßte es gehen, Mr. Etch.«

Ich sah auf meine Beine – es waren zwei. Eins war fleischfarben und meins, das andere war aus Holz und hatte Aluminiumgelenke. Es schloß genau an den Stumpf an und wurde von zwei Riemen gehalten. Einer lief um meinen Schenkel, der andere um meine Taille. Zweifelnd betrachtete ich es.

Er schien meine Gedanken zu erraten. »Machen Sie sich keine Sorgen, Mr. Etch, es geht schon. Ziehen Sie Ihre Hosen an, dann versuchen wir's.«

Plötzlich war ich begierig darauf, es zu versuchen. Wenn es funktionierte, konnte ich gehen, konnte wieder wie andere Leute sein. »Kann ich es nicht ohne Hosen versuchen?«

Er schüttelte den Kopf. »Nein, ziehen Sie erst die Hosen an. Glauben Sie mir, ohne Hosen werden sie immer hinschauen, und das ist nicht gut. Sie dürfen gar nicht dran denken.«

Also zog ich die Hosen an, und er half mir dabei. Dann rollte er etwas zu mir heran, was wie ein Laufstall für Babys aussah, nur größer. Zwei parallele Stahlstangen wurden von vier senkrechten Stangen getragen, darunter vier kleine Räder.

»Halten Sie sich daran fest, Mr. Etch, und hängen Sie sich zwischen die Stangen.«

Ich tat es, während er besorgt dabeistand.

»Stützen Sie Ihre Achseln auf die Stangen«, er ging zur andern Seite des Zimmers, »und jetzt kommen Sie zu mir.«

Ich sah zu ihm hin und dann an mir hinunter. Meine beiden Hosenbeine fielen gerade zur Erde; es sah seltsam aus, daß das eine nicht hochgesteckt war.

»Sehen Sie nicht nach unten«, sagte er scharf, »kommen Sie zu mir, wie ich gesagt habe!«

Versuchsweise tat ich einen Schritt. Das Gestell rollte unter meinen Armen, und ich wäre beinahe hingefallen, wenn die Stangen mich nicht gehalten hätten.

»Nicht stehenbleiben, Mr. Etch! Gehen Sie weiter!«

Ich tat noch einen Schritt, dann noch einen und noch einen und noch einen. Ich hätte tausend Meilen gehen können. Das Gestell rollte mit mir. Ich erreichte ihn.

Er legte die Hand auf die Stangen und brachte es zum Stehen. »So weit ging es gut.« Er kniete hin und zog den Riemen um meinen Oberschenkel fester an. »Nun gehen Sie hinter mir her!«

Er sah mich an und ging rückwärts. Langsam folgte ich ihm. Er ging weiter in einem großen Bogen rückwärts. Er sah sich keinen Moment um, seine Augen beobachteten ständig meine Beine.

Ich begann müde zu werden. Mein Oberschenkel schmerzte, und mein Nacken tat von dem Druck der Stangen weh; jedesmal wenn ich atmete, schnitt der Riemen um meine Taille in mich ein. Endlich blieb er stehen. »Genug für das erstemal. Setzen Sie sich hin und nehmen Sie das Bein ab. Wenn Sie einen Monat lang geübt haben, sind Sie durch.«

Schwer atmend sank ich auf einen Stuhl. Ich öffnete meine Hosen, und er streifte sie mir ab. Dann löste er rasch die Riemen und nahm das Bein ab. Mit kundigen Fingern massierte er den Stumpf. »Tut weh, nicht?«

Ich nickte.

»Am Anfang ist es immer so, aber Sie werden sich daran gewöhnen, und dann geht der Schmerz weg.«

Nun verließ mich das Kraftgefühl, das mich zuerst durchdrungen hatte. »Ich werde mich nie daran gewöhnen, ich werde es nie mehr als ein paar Minuten benützen können.«

Er zog sein Hosenbein hoch. »Wenn ich es geschafft habe, Mr. Etch, wird ein junger Mann wie Sie erst recht keine Schwierigkeiten haben.«

Ich sah sein Bein an – es war künstlich. Wir lächelten einander zu.

»Sehen Sie, es ist nicht so schlimm.«

Ich nickte.

»Als Mr. Kessler in Deutschland war, hab' ich ihm gesagt, daß es funktionieren wird, und das wird es auch. Er sagte: ›Herr Heink, wenn Sie meinem Freund das Gehen wieder möglich machen, sorge ich dafür, daß Sie mit Ihrer Familie nach Amerika kommen können.‹ Da habe ich gesagt: ›Dann bin ich schon so gut wie Bürger von Amerika.‹ Stimmt's?«

Ja, Peter! So beschäftigt er auch gewesen war, er hatte mich nicht vergessen. Er hatte sich die Zeit genommen, in jene kleine Stadt zu fahren, wo Herr Heink lebte, auch wenn es sein Arbeitsprogramm um mehr als eine Woche zurückwarf.

Dann schickte er den Mann und seine ganze Familie nach Amerika und bezahlte die Überfahrt für sie, weil das der Preis war, den Heink forderte. Er hatte mir nichts davon gesagt, weil er wußte, wie oft mich die hier hergestellten Prothesen schon enttäuscht hatten. Es waren keine künstlichen Beine, es waren einfach plumpe Stümpfe.

Ich erfuhr zuerst davon durch eine Karte, die Herr Heink zusammen mit einem Brief von Peter in meinem Büro abgab. Peters Brief lautete

einfach: »Dies ist Herr Joseph Heink, der nach den USA gekommen ist, um hier ein Geschäft zu eröffnen. Er stellt künstliche Beine her. Vielleicht kann er dir helfen, Peter.«
Kein Wort über die Kosten. Erst nachdem ich mit Heink gesprochen hatte, erfuhr ich, was Peter alles getan hatte.
Und der Mann konnte etwas. Das Gelenk der Prothese funktionierte ganz natürlich. Die Bewegungen waren locker und leicht, und ein anderer konnte nicht sehen, daß es ein künstliches Bein war, auf dem man ging.
Peter war noch mit Doris und Esther in Europa. Sie wollten weitere sechs Monate bleiben, und inzwischen ruhte das ganze Geschäft auf meinen Schultern.
Ich stand auf und lehnte mich auf meine Krücken.
»Kommen Sie bitte morgen wieder, Mr. Etch«, sagte Heink, »dann mache ich mit Ihnen weitere Gehübungen.«
Als ich ins Büro kam, wartete Rocco auf mich. »Wie war es?« fragte er.
»Gut. Ich glaube, diesmal klappt es.«
»Fein.«
Ich setzte mich hinter meinen Schreibtisch, er nahm mir die Krücken ab, die er gegen die Wand lehnte. »War inzwischen etwas Besonderes?« fragte ich.
»Das Übliche. Aber Farber hat angerufen und wollte wissen, ob du zum Lunch noch frei wärst.«
»Was hast du gesagt?«
»Ich wüßte es nicht, du seist noch nicht da.«
Ich dachte nach. Ich mochte Farber nicht und hatte ihn nie gemocht, wenn ich auch nicht wußte, warum. Er verstand was vom Geschäft, aber etwas an ihm störte mich. Vielleicht ging meine Abneigung auf jenen Brief zurück, den ich vor meinem Eintritt in die Armee von ihm erhalten hatte und in dem er sich für eine Stellung bedankte, die ich ihm noch gar nicht gegeben hatte.
George hatte für ihn gebürgt, und ich hatte es dabei bewenden lassen. Aber jetzt hatte er die Leitung des gesamten Kinotheatergeschäftes, und wir besaßen über zweihundert Theater. George, der etwa ebenso viele hatte, war von seinen eigenen Geschäften in Anspruch genommen, und wir waren übereingekommen, Farber die Leitung der Theater zu überlassen, die uns gemeinsam gehörten.
»Was wollte er denn?«
Rocco wußte es nicht.

»Na schön«, sagte ich, »ich kann ihn ebensogut sehen und es hinter mich bringen. Eher läßt er mir ja doch keine Ruhe. Sag ihm, er soll mich um halb zwei im Klub erwarten.«

Rocco ging hinaus, und ich konnte ihn mit Jane reden hören.

Stanley wartete in der Klubhalle auf mich. Bei ihm war ein großer schwerer Mann mit stahlgrauem Haar und scharfen Augen. Die beiden kamen mir entgegen. Stanley gab mir die Hand und fragte mit einem Lachen, das eine Nuance zu laut und zu forciert war: »Hallo, Johnny, wie geht's dir?«

Ich zwang mich zurückzulächeln. »Gut, Stanley, und dir?« Warum er wohl so nervös war?

»Gänzend«, sagte er und hörte ebenso plötzlich zu lachen auf, wie er angefangen hatte. »Johnny, das ist mein Schwager, Sydney Roth; Sid, das ist Johnny Edge, von dem ich dir schon erzählt hab'.«

Wir gaben uns die Hand. Mir gefiel der kräftige, feste Händedruck des Mannes ebenso wie sein grader, ehrlicher Blick.

»Freut mich, Sie kennenzulernen«, sagte ich.

Für einen so großen Mann hatte er eine überraschend weiche, sanfte Stimme. »Ganz meinerseits, Mr. Edge.«

Stanley ging zu einem Tisch. »Wollen wir essen?« fragte er mit seinem albernen Lachen.

Ich überlegte mir, warum in aller Welt ich mit ihm und seinem Schwager essen sollte, aber ich brauchte nicht lange auf die Lösung zu warten. Schon bei der Suppe fing Stanley damit an.

»Du bist schon ziemlich lange in der Branche, nicht wahr, Johnny?«

Er wußte genauso gut wie ich, wie lange ich dabei war, aber ich antwortete höflich: »Fünfzehn Jahre. Seit 1908.« Ich war selbst überrascht — es schien eine lange Zeit.

»Hast du je daran gedacht, dich selbständig zu machen?« fuhr Stanley fort.

Ich schüttelte den Kopf. »Ich bin mir immer sehr selbständig vorgekommen.«

Stanley warf seinem Schwager einen raschen Blick zu, der hieß: Ich hab's dir gesagt. Eine seltsame Herablassung lag in diesem Blick. Zu mir sagte er: »Ich meine, eine eigene Gesellschaft zu gründen oder zu übernehmen?«

»Nein. Ich sehe keinen Grund dafür, ich komme mit Kessler gut zurecht.«

Stanley schwieg einen Moment. Als er wieder sprach, verfolgte er einen andern Kurs: »Ich hab' gehört, daß du der eigentliche Leiter bei

Kessler bist, daß du ihn zu allem angetrieben hast und daß er seinen Erfolg nur dir verdankt.«
Mir gefiel die Richtung nicht, die die Unterhaltung nahm, aber ich nahm mich zusammen, weil ich herausbekommen wollte, worauf er aus war. »Das würde ich nicht sagen, Stan, wir haben alle dabei mitgeholfen.«
Jetzt lachte er zuversichtlich. »Nur keine falsche Bescheidenheit, Johnny. Du bist unter Freunden. Du hast die eigentliche Arbeit geleistet, und Peter hat das Geld und den Ruhm geerntet.«
»Ich hab' auch nicht so schlecht abgeschnitten«, warf ich ein.
»Was hast du schon dabei verdient?« Stanley schwenkte überlegen die Hand. »Kleine Fische, und er ist Millionär. Als du ihn kennengelernt hast, hatte er ein kleines Eisenwarengeschäft.«
Ich versuchte, interessiert auszusehen, und beugte mich, ohne zu sprechen, über den Tisch.
Er sah seinen Schwager an und dann mich. »Meinst du nicht, daß es an der Zeit ist, daß der Alte dich fair behandelt?«
»Wie?« Ich machte eine ratlose Handbewegung.
»Jedermann weiß, daß Kessler auf dich hört. Es ist ganz einfach. Sein Wechsel bei der unabhängigen Bank wird dieses Jahr fällig; jeder weiß, daß er versuchen wird, ihn zu verlängern. Leg ihm nahe, statt dessen Geschäftsanteile zu verkaufen.«
Ich stellte mich dumm. »Aber wer hat so viel Geld, sie zu kaufen?«
»Mein Schwager hätte Interesse an einer fünfzigprozentigen Partnerschaft.«
Ich schaute zu Roth hinüber, der die ganze Zeit geschwiegen hatte. »Und was soll ich dabei?« fragte ich sanft.
»Du sollst mit uns arbeiten. Wenn wir das Geschäft zur Hälfte übernehmen, kann ich Pappas seinen Anteil an den Kinotheatern abkaufen. Das gibt uns die Kontrolle über das Theatergeschäft, und von da aus ist es nur ein Schritt zur Kontrolle des Gesamtgeschäftes.«
Plötzlich ereiferte er sich. »Ich sag' dir, Johnny, wir machen reinen Tisch. Mit deinen Kenntnissen von der Produktion und meinen vom Theaterwesen machen wir zusammen ein Vermögen. Wir haben das ganze Geschäft in der Hand!« Er hielt ein Streichholz an meine Zigarette. »In kurzer Zeit haben wir Kessler rausgedrängt!«
Ich nahm einen tiefen Zug von meiner Zigarette, dann sah ich seinen Schwager und ihn an. »In welcher Branche sind Sie, Mr. Roth?« fragte ich plötzlich.
Ruhig gab er zur Antwort: »Im Schrotthandel.«

»Das Geschäft muß ziemlich gutgegangen sein, wenn Sie vier Millionen übrig haben.«
Er zuckte die Achseln und meinte zurückhaltend: »Nicht schlecht.«
»Na, ziemlich gut«, bestand ich.
»Während des Krieges haben wir viel Geld gemacht«, sagte er leichthin, »jetzt geht's nicht mehr ganz so gut, aber immerhin ganz ordentlich.«
»Was halten Sie von dem vorgeschlagenen Geschäft, Mr. Roth?«
»Es klingt gut, Mr. Edge«, sagte er betont beiläufig.
»Ich rede nicht über die materielle Seite, Mr. Roth, sondern über die moralische.«
Er lächelte langsam, und ich konnte sehen, wie seine Augen wärmer wurden. »Das ist Ihre Sache, nicht meine, Mr. Edge.« Und nach einer Pause: »Nun, was halten Sie denn davon?«
Meine Bewegungen waren noch immer beiläufig, wie ich da im Stuhl zurückgelehnt saß, aber die plötzliche Wut in meiner Stimme überraschte sogar mich. »Ich denke, es stinkt zum Himmel, Mr. Roth, und wenn Sie die dreckige Ratte nicht von meinem Tisch entfernen, mach' ich den Schuft mit meinen bloßen Händen kalt!«
Stanley sprang auf; er war weiß geworden und sagte rauh: »Du meinst, du hast kein Interesse? Nachdem du es mich erst hast glauben lassen?«
Ich merkte, wie man sich im Restaurant nach ihm umsah. Kalt antwortete ich: »Wenn ich ins Büro zurückkomme, erwarte ich, deine Kündigung auf meinem Schreibtisch zu finden.«
Stanley stand auf und sah mich wütend an. Ich wandte mich Roth zu.
Sein Gesicht trug einen Ausdruck stillen Einverständnisses. Stanley wollte etwas sagen, aber Roth hob die Hand und brachte ihn zum Schweigen. »Geh in ein anderes Zimmer und warte auf mich«, sagte er ruhig. »Ich möchte mit Mr. Edge allein reden.« Stanley ging.
Eine lange Zeit saßen wir schweigend da. Schließlich sagte Roth: »Ich möchte mich für meinen Schwager entschuldigen, Mr. Edge. Ich schäme mich, daß ich mich auf so etwas überhaupt eingelassen habe.«
Ich antwortete nichts.
»Ein Mann tut alles für seine einzige Schwester, Mr. Edge. Ich bin gut zwanzig Jahre älter als sie, und als meine Mutter starb, hab' ich versprochen, mich um sie zu kümmern. Ich dachte, wenn ich ihrem Mann helfe, helfe ich auch ihr. Aber ich weiß, ich hatte unrecht.« Er hielt mir die Hand hin.

Langsam stand ich auf und ergriff sie. Sein Gesicht war traurig, aber er sah mir in die Augen. Er neigte den Kopf leicht und verließ den Raum.
Als ich ins Büro zurückkam, lag Stanleys Kündigung auf meinem Schreibtisch, und ich vergaß ihn für eine gewisse Zeit. Ich erfuhr, daß er mit seinem Schwager nach Chikago zurückgegangen war und dort verschiedene Kinotheater eröffnet hatte; aber ich schenkte dem nicht viel Beachtung. Ich war zu beschäftigt damit, gehen zu lernen.

Ich sah mich um. Larry redete, aber ich wußte nicht, worüber. Plötzlich war ich neugierig, was aus dem Mann geworden war, den ich ein einziges Mal vor fünfzehn Jahren gesehen hatte. Zum erstenmal wurde mir klar, daß Dave ja Roths Sohn war.

Ich unterbrach Larry mitten im Satz. »Was macht dein Vater, Dave?«

Dave war überrascht und verlegen. »Wer? Mein Vater?« stammelte er.

Larry schwieg vor lauter Überraschung, daß ich ihn unterbrochen hatte. Daran war er nicht gewöhnt. Ich kümmerte mich nicht um ihn und sagte zu Dave: »Ja, dein Vater. Ich hab' ihn einmal vor Jahren getroffen. Ein prächtiger Mann.«

Dave sah aus, als ob er sich darüber freute. Wenn er ruhig war, sah er seinem Vater sehr ähnlich, nur hatte sein Gesicht nicht dessen Kraft. »Mein Vater ist vor zwei Jahren gestorben«, sagte er einfach.

Es tat mir wirklich leid, und ich sagte es. »Zu schade, daß wir uns nicht näher kennengelernt haben. Ich glaube, wir hätten uns gut vertragen.«

Ich betrachtete Dave und dann Stanley. Ein verrückter Gedanke kam mir. Sie waren nur durch Heirat verwandt und doch einander ähnlich. Beide hatten den gleichen selbstsüchtigen und sinnlichen Gesichtsausdruck, beide einen schmallippigen runden verwöhnten Mund.

Stanley sah unbehaglich drein. Alles, was er über seine harte Arbeit sagte, war Unsinn. Nicht er, seine Frau besaß das Geld, hatte es von ihrem Bruder geerbt. Sie und Dave. Deshalb protegierte Stanley ihn. Ich lachte laut. Sie sahen mich an, als ob ich übergeschnappt sei, aber ich lachte wieder. Was mir bevorstand, war leichter, als ich geglaubt hatte.

Dreißig Jahre 1923

1

Johnny verdeckte mit der Hand die Telefonmuschel und sagte zu Rocco: »Hol den Wagen, ich komme runter, sobald Peter und ich fertig sind.«

Rocco nickte und ging hinaus.

Johnny nahm die Hand vom Telefon und sprach hinein. Peter hatte sich über einen gewissen Will Hays beklagt, den die Produzenten als Geschäftsführer ihres Verbandes angestellt hatten und der Peter zufolge die Branche ruinierte. »Hör auf, dir wegen dieses Hays Sorgen zu machen, Peter. Er tut nur, wozu du und die anderen Produzenten ihn engagiert haben. Das Filmgeschäft ist keine Würstchenbude mehr, sondern ein großes Unternehmen, das im Mittelpunkt des öffentlichen Interesses steht. Deshalb habt ihr einen Schutzverband gegründet.«

Peter unterbrach ihn. »Aber weißt du, was er verlangt? Wir sollen ihn darüber informieren, wie groß das Geschäft in jedem Gebiet ist. Kannst du dir vorstellen, was Borden, Laemmle, Fox oder Mayer tun, wenn sie erfahren, daß die ›Magnum‹ in New York im Jahr zwei Millionen macht, und noch dazu in ihren Theatern? Sie würden versuchen, uns rauszudrängen. Ich kenne die Burschen, sag' ich dir, und ich traue ihnen nicht!«

Johnny sagte beruhigend: »Na und? Dafür laufen ihre Filme wieder in unsern Theatern. Eine Hand wäscht die andere. Außerdem erklärt Hays, daß alle Informationen streng vertraulich sind und nur die Gesamtziffern benutzt werden. Keine Gesellschaft erfährt etwas über die andern, also mach dir keine Gedanken.«

»Gut, gut«, brummte Peter. »aber mir gefällt's nicht. Hays hätte in Washington bleiben und weitere Briefe austragen sollen, oder was er sonst früher getan hat.«

Johnny lächelte darüber. Er stellte sich den Generalpostmeister der Vereinigten Staaten vor, wie er Briefe austrug. Er wechselte das Thema. »Was machen die neuen Filme? Die ›Paramount‹ macht uns starke Konkurrenz, wir müssen bald was Besonderes herausbringen, oder wir kriegen keine guten Termine mehr.«

Jetzt klang Peters Stimme wirklich deprimiert. »Damit hab' ich auch Sorgen, Johnny. Ich komme aus Europa zurück, und alles hier ist in Unordnung. Filme, die fertig sein sollten, sind es nicht. Ich kann hier keine Minute weg, aber ich müßte an fünfzehn Stellen gleichzeitig

sein. Ich brauchte einen guten Produktionschef, der das Studio nicht in einen Dornröschenschlaf sinken läßt, wenn ich mal den Rücken drehe.«
»Dann stell einen ein! Wir brauchen neue Filme.«
»Stell einen ein!« Peter machte Johnnys Tonfall nach. »Als ob ich ihn von einem Orangenbaum pflücken könnte! Du sitzt die ganze Zeit in New York und weißt nicht, was wir hier für Schwierigkeiten haben. Wir müssen vierzig Filme pro Jahr machen.«
»Ich weiß«, sagte Johnny ruhig, »aber wenn wir sie verkaufen können, müßtet ihr sie produzieren können.«
Peters Stimme wurde schrill. »Wenn du soviel davon verstehst, warum kommst du nicht her und hilfst uns? Es ist leicht, in New York zu sitzen und zu sagen, wir brauchen Filme, aber hier draußen sieht es sich anders an!«
Johnny begann sich zu ärgern. »Wenn du willst, komme ich.«
Peter sagte mit Nachdruck: »Also gut! Überzeuge dich selbst, mit was ich zu kämpfen habe. Wann kannst du weg?«
Johnny überlegte rasch. »Wie wär's mit Neujahr?«
»Das ist ungefähr in vier Wochen. Gut.«
Beide schwiegen verlegen, dann räusperte Peter sich und sagte: »Ich freue mich, daß du kommst, Johnny. Es wird wie in den alten Zeiten sein. Wenn es Schwierigkeiten gibt, vertragen wir uns immer am besten.«
Johnny antwortete herzlich: »Hoffentlich kann ich helfen.«
»Bestimmt«, versicherte Peter ernsthaft. »Ich sag' Esther, daß du kommst; sie soll dein Zimmer herrichten.«
»Und Hühnersuppe kochen!«
»Die kriegst du!« versprach Peter.
Nachdenklich hing Johnny auf. Draußen fiel ein leichter Schnee, die Straße war schon weiß. Er stand auf und holte Hut und Mantel aus dem Schrank.
Während er hinausging, überlegte er. Peter schien seit seiner Rückkehr aus Europa ständig überanstrengt zu sein. In Europa hatte er eine Riesenarbeit geleistet. Die »Magnum« hatte jetzt Büros in ganz Europa, in Asien, in Südamerika. Ihre Filme liefen überall auf dem Erdball. Sie hatten den größten Auslandsvertrieb, und das hatte Peter fast ausschließlich allein zuwege gebracht.
Kein Wunder, daß er abgespannt war. Er hatte achtzehn Stunden am Tage gearbeitet, sich keinen freien Augenblick gegönnt, und jetzt war die Produktion im Rückstand. Es war schon zuviel für einen einzelnen

Mann, und trotzdem hatte er Zeit gefunden, noch an Johnny zu denken.
Johnny sah an seinen Beinen hinab. Wer es nicht wußte, konnte die Prothese nicht von seinem eigenen Bein unterscheiden. Peter hatte Zeit gefunden, jenen spaßigen kleinen Mann aufzusuchen und zu Johnny zu schicken. Johnny schüttelte den Kopf. Für einen solchen Mann arbeitet man nicht nur, den mußte man gern haben.
Auf der Straße war es nicht so kalt, wie Johnny geglaubt hatte. Rock hatte den Motor laufenlassen, während er wartete. Johnny stieg vorn bei Rock ein und sah nach hinten, wo Jane saß. »Hast du's warm genug, Jane?«
Sie nickte.
Rocco startete und fragte: »Was wollte der Alte?«
»Ich soll rauskommen und helfen.«
Rocco gab keine Antwort.
»Was ist los?«
»Nichts«, brummte Rocco.
»Eine Reise an die Küste um diese Jahreszeit wär' ganz hübsch.«
Rocco sah vor sich auf die Straße, mit Steuern beschäftigt.
Johnny beobachtete ihn ein paar Sekunden lang. »Was ist los? Gehst du nicht gern mit?«
Rocco murmelte etwas Unverständliches.
Johnny nahm zwei Zigaretten, schob eine Rocco und die andere sich in den Mund und steckte sie an. Rauchend lehnte er sich zurück, ohne etwas zu sagen. In letzter Zeit war jeder nervös, sogar Rocco, der sonst so Ruhige. Er überlegte, warum wohl, beschloß aber, nicht zu fragen. Ein paar Wochen in Kalifornien würden einen neuen Mann aus ihm machen.
Der Wagen hielt vor dem Theater, und Rocco sagte zu Johnny: »Steig du mit Jane aus, ich parke und treffe euch gleich.«
Sie sahen ihm nach. »Jane, was hat er denn?« fragte Johnny verwirrt.
»Weißt du's nicht?«
Er schüttelte den Kopf.
»Er ist schon eine ganze Weile so; ist es dir nicht aufgefallen?«
»Schon, bloß ich hab' es nicht ernst genommen.«
Sie wollte etwas sagen, aber Rocco kam zurück, und sie gingen ins Theater. Einen Augenblick herrschte verlegenes Schweigen, dann lachte sie. »Spaßig, daß wir uns nach allem, was vorgefallen ist, eine Aufführung mit Warren Craig ansehen!«
Johnny stimmte in ihr Lachen ein. »Es wär' noch komischer, wenn er

wüßte, daß wir hier sind. Was er wohl sagen würde, wenn wir zu ihm hinter die Bühne gingen?«
»Nach dem, was ich gehört habe, würde er dich wohl hinauswerfen«, meinte Rocco.

2

Der Beifall wurde stärker, als sich der Vorhang langsam hob. Johnny beobachtete Warren Craig, wie er da auf der Bühne stand. Er applaudierte mit den Zuschauern – trotz allem. Er sah zu Jane hinüber: sie klatschte auch.
Sie fing seinen Blick auf und schnitt eine Grimasse. »Ich kann ihn immer noch nicht leiden, aber ...«
Johnny unterbrach sie. »Ich weiß. Der Kerl ist ein großartiger Schauspieler.«
Die Jahre waren nicht spurlos an Craig vorübergegangen. Er war reifer geworden, ohne seinen Charme verloren zu haben. Er war noch sicherer geworden, seine Stimme ausdrucksvoller und schöner.
Der Vorhang senkte sich langsam. Der Beifall erstarb, die Zuschauer verließen das Theater. Johnny saß in Gedanken verloren da.
»Fertig?« fragte Jane.
Er sah bestürzt auf.
Sie bemerkte seinen Ausdruck. »Woran hast du gedacht?« fragte sie argwöhnisch.
Er lächelte schuldbewußt, wie ein kleiner Junge, der beim Naschen ertappt worden ist. »Du weißt es ja!« gestand er.
»O Johnny! Nicht noch einmal!«
»Doch. Er ist zu gut. Wir brauchen ihn.«
Sie protestierte. »Er wird nicht einmal mit dir reden.«
Er stand entschlossen auf. »Ein Versuch kann ja nichts schaden. Kommst du mit?«
»Nein. Du hast vielleicht vergessen, was Sam und ich mit ihm gemacht haben, aber er bestimmt nicht.«
Er fragte Rocco: »Würdest du Jane wohl nach Hause bringen? Ich hab' das Gefühl, daß er Vernunft annehmen wird.«
Rocco lächelte. »Gern.«
»Ich kann gut allein nach Hause gehen«, sagte Jane schnell, »Rock kann bei dir bleiben.«
Johnny wußte, woran sie dachte, und lächelte ihr beruhigend zu.

»Mach dir keine Sorgen, ich komm' gut damit zurecht.« Er klopfte an seine Prothese.
»Bestimmt?«
»Ganz gewiß.«

Draußen auf der Straße sagte sie zu Rocco: »Wahrscheinlich ist es dumm von mir, aber ich mache mir Sorgen, ob er zurechtkommt.«
»Nicht mehr nötig, er schafft es schon.« Er schwieg und setzte dann hinzu: »Er braucht niemanden mehr, der nach ihm sieht. Ich weiß nicht, warum ich noch da bin.«
Sie sah ihn nachdenklich an. »Aber Rocco, Johnny könnte gar nicht ohne dich auskommen.«
Sein Gesicht war ausdruckslos, und sie wußte nicht, was in ihm vorging, als er sagte: »Ich bin nicht so sicher.« Zum erstenmal bemerkte sie einen schmerzlichen Ausdruck in seinen Augen.
Unwillkürlich legte sie ihre Hand auf seinen Arm, fühlte, wie er angespannt war und sich langsam unter ihrer Berührung lockerte. Nach einer Weile fragte sie: »Was bedrückt dich? Du bist nicht mehr du selbst.«
»Nichts, ich bin nur ein bißchen herunter.«
Er sah, daß sie verletzt war, weil er kein Vertrauen zu ihr hatte, und es tat ihm wohl. Er war sich vereinsamt und überflüssig vorgekommen, das hatte sich plötzlich geändert. Abrupt blieb er stehen.
»Interessiert es dich wirklich?«
Sie sah ihn nicht direkt an, als sie leise zur Antwort gab: »Das weißt du doch, Rock.«
Ein Gefühl von Befreiung durchlief ihn. Er nahm ihre Hand, als sie weitergingen. Seltsamerweise war das, was ihn gequält hatte, nicht länger wichtig. Ihre Hand fühlte sich gut an. »Der Wagen steht am nächsten Block.«
Sie lächelte ihm wortlos zu.
Ihr Lächeln gefiel ihm. Sie hatte ihn nie zuvor so angelächelt. Es würde ihm guttun, sich auf dem Nachhauseweg ihr gegenüber auszusprechen.

Johnny bahnte sich einen Weg in die überfüllte Garderobe. Es war ein neues Theater, und der Raum war größer, aber die Szene schien die gleiche wie die, an welche er sich erinnerte.
Craig entfernte, vor seinem Toilettentisch sitzend, das Make-up und beobachtete im Spiegel die Leute im Zimmer. Er war auch hier der Mittelpunkt wie auf der Bühne.

Johnny war sicher, daß Craig ihn hatte hereinkommen sehen, aber da dieser kein Zeichen des Erkennens gab, ging er an die gegenüberliegende Seite des Zimmers und setzte sich. Dann zündete er sich eine Zigarette an und sah sich um.

Die Menschen blieben sich immer gleich, sie änderten sich nie. Als Craig schließlich aufstand, umdrängten sie ihn; verschiedene Frauen baten ihn um sein Autogramm auf ihrem Programm, andere gratulierten ihm. Für alle hatte er ein Lächeln und ein freundliches Wort. Er schien glücklich und in seinem Element.

Er sah aus, als ob es lange dauern würde, und Johnny schaute gelangweilt in den Gang hinaus. Durch die geöffnete Tür konnte er andere Garderoben sehen. Aus einer kam gerade ein Mädchen heraus, auf Craigs Zimmer zu. Im schwachen Licht des Korridors hatte ihr Gang etwas Fließendes, etwas ausgesprochen Feminines. Einen Augenblick hatte Johnny den Eindruck, als ob er durch ihr enganliegendes Kleid hindurch die Bewegung ihrer Oberschenkel, den Umriß ihrer Brüste sehen könnte.

Nun trat sie ins Zimmer. Im hellen Licht des Raumes sah er, daß sie ein junges Mädchen war, mit honigfarbenem Haar, das auf ihre Schultern herabfloß.

Johnny folgte ihr unwillkürlich mit den Augen, wie sie sich den Weg zu Craig bahnte. Das Mädchen hatte etwas Magnetisches. Zuerst wußte er nicht, woran das lag, aber plötzlich begriff er. Die Mode der Zeit verlangte dünne Gestalten und knabenhaft kurz geschnittenes Haar. Sie beugte sich keiner dieser Forderungen. Sie war schlank, aber ausgesprochen weiblich, und trug ihr Haar in langen blonden Wellen.

Johnny konnte hören, was sie sagte. An ihrer tiefen geschulten Stimme merkte er, daß sie Schauspielerin war.

»Warren«, sagte sie, »Cynthia hat sich etwas verspätet.«

Craig nickte. »Sag ihr, daß ich auf sie warte, Dulcie.«

Das Mädchen ging schweigend weg. Johnny sah ihr nach, bis sie in der Garderobe verschwand, aus der sie gekommen war. Im schwachen Licht des Korridors sah sie wieder wie nackt aus.

Johnny schüttelte den Kopf und dachte: Sie würde mir eine runterhauen, wenn sie meine Gedanken wüßte.

Die Leute begannen hinauszugehen. Er zündete sich eine neue Zigarette an und machte sich auf weiteres Warten gefaßt. Aber es dauerte nicht lange: Plötzlich waren alle weg, und Craig kam auf ihn zu. Er stand auf.

Der Schauspieler streckte ihm die Hand hin. »Hallo, Johnny.«

»Hallo, Warren.«

Craig sah ihm in die Augen und lächelte zögernd. »Ich hab' nie erwartet, dich hier zu sehen.«

»Ich auch nicht«, sagte Johnny offen. »Aber ich hab' die Aufführung erlebt und muß dir sagen, wie gut sie mir gefallen hat.«

»Ich freue mich, daß du da bist. Ich hab' oft gewünscht, mich bei dir zu entschuldigen, daß ich damals so ein Esel war. Ich hab' eure Gesellschaft beobachtet und bin froh, daß es euch so gutgeht.«

Instinktiv wußte Johnny, daß es echt war und daß Craig nicht Theater spielte. »Das freut mich, denn ich bin aus demselben Grund hier wie das letztemal.«

Craig warf den Kopf zurück und lachte herzlich. »Du hast dich kein bißchen verändert, Johnny.«

»Ich hab' ein eingleisiges Gehirn. Vergiß nicht, daß du mir noch einen Film schuldest.«

Craig wurde ernst. »Ich weiß nicht, ob ich kann, Johnny. Du kennst meine Lage.«

Johnny kannte sie. Seit dem Bruch seines Vertrags, den »Banditen« zu spielen, hatte Craig dauernd öffentlich erklärt, er sei am Film nicht interessiert. Er sah den Schauspieler unbefangen an: »Gewiß. Aber die Zeiten ändern sich, und du kannst deine Ansichten ja auch ändern.« Er schwieg und fügte wie einen nachträglichen Gedanken hinzu: »Ich weiß, es bedeutet dir nichts, aber du kannst beim Film in einem Monat so viel verdienen wie beim Theater in einem Jahr.«

Craig schien interessiert zu sein. Die Spielzeit des Stücks näherte sich dem Ende; es war fast ein Jahr gelaufen, und er hatte noch keine Pläne für die Zukunft. »Ich will dir was sagen, Johnny, laß uns zusammen essen, und wir sprechen es durch. Ich kann dir nichts versprechen, aber du kannst mir ja deine Ideen auseinandersetzen.«

Johnny nickte. »Das ist alles, was ich will. Wenn wir jetzt zusammenkommen, wollen wir das Vergangene vergessen.«

Craig meinte reuig: »Hast recht, reib es mir nur unter die Nase.« Aber seine Worte waren ohne Bosheit.

Johnny lächelte und sah zu, wie er sich Hut und Mantel holte. »Wir holen Cynthia in ihrer Garderobe ab«, sagte er.

Johnny protestierte. »Halt, ich will deine Verabredung nicht stören.«

Craig lachte. »Unsinn, alter Junge, das tust du auch nicht. Cynthia und ich essen immer zusammen nach der Vorstellung. Außerdem bist du mir hochwillkommen, denn meine Kusine Dulcie geht mit uns. Sie möchte gern Schauspielerin werden, wenn meine Frau und ich es ihr auch auszureden versuchen, und sie wird selig sein, einen großen Filmmann wie dich kennenzulernen.«

Johnny war zunächst überrascht; dann erinnerte er sich, im Programm gelesen zu haben, daß während der Spielzeit des Stücks Craig und die Hauptdarstellerin geheiratet hatten. »Ich hatte im Augenblick vergessen, daß du jung verheiratet bist. Herzliche Glückwünsche!«

Craig schüttelte ihm die Hand. »Danke. Können wir gehen?« Johnny nickte und drehte sich um, um seinen Mantel vom Stuhl aufzunehmen. Er rutschte dabei aus und wäre beinahe hingefallen.

Craig hielt ihn fest und lachte: »Einen zuviel getrunken?«

Johnny lächelte kleinmütig. »Ich wollte, es wäre das. Aber ich hab' mein Bein in Frankreich verloren.«

»Entschuldige«, sagte Craig rasch und mitfühlend, »ich benehme mich wie ein Narr, aber ich wußte es wirklich nicht.«

»Macht nichts«, sagte Johnny leichthin, während sie hinausgingen. Er tippte gegen die Prothese. »Das Gute an dem Ding ist, daß du es manchmal sogar vergessen kannst.«

3

Pfeifend kam er ins Büro. Jane sah überrascht auf – so sorglos hatte sie ihn lange nicht gesehen. »Wie war's gestern abend? Hat er unterschrieben?« fragte sie.

»Nein, wir haben zusammen gegessen, aber er war nicht interessiert.«

Verwundert bemerkte sie, wie er pfeifend den Mantel auszog. »Ist irgend etwas Besonderes heute morgen?« fragte er.

»George Pappas wartet in deinem Büro auf dich. Du hast dich um neun Uhr mit ihm verabredet, erinnerst du dich?«

Er sah auf die Uhr, es war beinahe zehn. Er hatte es vollständig vergessen und ging jetzt eilig in sein Büro, wo George wartete und aufstand, als Johnny hereinkam.

»George, es tut mir leid, daß ich dich so lange hab' warten lassen, ich hab' heute verschlafen.«

»Macht nichts, Johnny, ausschlafen tut einem manchmal ganz gut.«

»Wie geht das Geschäft?«

»Zu gut, Johnny. Ich werde nervös.«

»Was meinst du damit?«

George setzte sich Johnny gegenüber und sah ihn ernsthaft an. »Täglich werden neue Theater gebaut und verkauft. Dabei steigen die Preise die ganze Zeit. Vor zwei Jahren kostete ein Kino mit zwölfhundert Plätzen dreißigtausend Dollar. Heute kostet es fast das Doppelte.«

»Und was ist daran so Schlimmes?« fragte Johnny mit einem nachsichtigen Lächeln. »Das bedeutet, das unser Eigentum doppelt soviel wert ist, als wir dafür bezahlt haben.«

George schüttelte den Kopf. »Das wäre so, wenn sich die Anzahl der Theater nicht veränderte. Aber bald werden wir so viele haben, daß die Preise fallen müssen.«

Johnny beugte sich mit plötzlichem Interesse vor; Georges Argumentation leuchtete ihm ein. »Und was schlägst du vor, George?«

»Wir besitzen jetzt mehr als zweihundert Theater; ein paar Jahre lang sind sie noch gut. Aber dann?« Er zuckte bedeutungsvoll die Achseln.

»Nun?«

»Ich denke, wir prüfen die Theater sorgfältig darauf hin, welche wirklich gut sind, und die andern verkaufen wir, solange die Preise noch hoch sind.«

Johnny steckte sich eine Zigarette an und blies den Rauch vor sich hin. »Ich weiß nicht, ob Peter das gefallen wird. Er ist sehr stolz auf den Ring von Theatern, die den Namen der ›Magnum‹ tragen.«

»Man muß es Peter erklären, damit er es einsieht, auch wenn es ihm nicht gefällt«, entgegnete George ruhig.

»Und wenn er trotzdem nicht verkaufen will?«

»Darüber hab' ich auch mit meinem Bruder Nick gesprochen. Vielleicht kauft er dann unsern Anteil.«

Johnnys Gesicht wurde nachdenklich. »Du glaubst also wirklich, daß ein Krach kommt?«

»Vielleicht kein Krach, aber es wird nicht so glatt weitergehen.«

»Welche Theater möchtest du denn loswerden?«

George öffnete seine Brieftasche und nahm ein Bündel Papiere heraus, das er auf den Schreibtisch legte. »Hier ist eine Aufstellung aller Theater; die rot markierten sollten wir verkaufen, die Gründe dafür sind angegeben.«

Johnny sah sich die Papiere bedächtig durch. Als er damit fertig war, sah er zu George auf. »Das ist mehr als die Hälfte.«

George nickte. »Einhundertundfünfzehn.«

»Wenn wir uns zum Verkauf entschließen — wer wird so viele Theater auf einmal kaufen?«

George zuckte wieder die Achseln. »Loew vielleicht oder Proctor. Vielleicht sogar Borden. Er baut sein Theatergeschäft rapide aus.«

»Was könnten wir wohl dafür bekommen?«

»Wenn wir sie zusammen verkaufen, etwa vier Millionen, wenn wir sie einzeln verkaufen, etwas mehr.«

Johnny lehnte sich zurück. Die Hälfte davon war der Anteil der »Magnum«. Es wäre für sie allein ein Gewinn von einer runden Million gegenüber dem Preis, den sie dafür gezahlt hatten. Ebensoviel würde George daran verdienen. Kein Wunder, daß er sie loswerden wollte. Man konnte nicht alle Tage eine glatte Million verdienen.

»Ich will dir was sagen, George«, meinte er schließlich, »in ein paar Wochen fahr' ich runter in die Studios, dann spreche ich mit Peter darüber, und wenn ich zurückkomme, kriegst du Bescheid. Ist es dir so recht?«

George stand auf. »Natürlich. Es hat keine Eile. Ein, zwei Jahre sind sie noch gut. Man muß nur vorbeugen.«

»Das versteh' ich.« Johnny stand auf und lächelte ihm zu. »Du bist wirklich fair gegen uns, alter Kamerad.«

»Wir sind langjährige Freunde; ihr habt mir geholfen, jetzt helfe ich euch.«

Als George gegangen war, setzte Johnny sich wieder an den Schreibtisch. Wenn George gewollt hätte, hätte er seinen Anteil einfach verkaufen können, ohne vorher mit ihm darüber zu reden. Aber er wußte, daß er damit dem einen oder anderen Gelegenheit gab, in die Magnum-Theater-Gesellschaft einzusteigen, wie Farber das schon versucht hatte. Bei dem Gedanken an Farber lachte Johnny angewidert.

Es war gut, daß er den losgeworden war. Er hatte sich gar nicht klargemacht, wie tief Farber sich schon in ihre Organisation hineingedrängt hatte. Er hatte den größten Teil des Kinotheaterpersonals engagiert und hatte darüber hinaus viele Beziehungen zur Filmgesellschaft angeknüpft. Erst nach Farbers Kündigung hatte Johnny herausgefunden, wie weit er in dieser Beziehung gegangen war.

Er nahm den Hörer ab und fragte: »Ist Rocco schon da?« Rocco hatte den Wagen geparkt.

»Er ist gerade gekommen.«

»Sag ihm, ich möchte ihn sprechen.«

Rocco kam herein. »Was möchtest du denn, Boß?« fragte er lächelnd.

»Geh in ein gutes Blumengeschäft und kauf ein Dutzend der schönsten Rosen, nein, lieber zwei, und schick sie mit meiner Karte an Miß Dulcie Warren im Plaza-Hotel.«

Rocco starrte ihn überrascht an, nahm sich aber rasch zusammen. »Gut, Boß«, sagte er und ging zur Tür.

Johnny rief ihm nach: »Hast du den Namen richtig verstanden?«

»Natürlich, Johnny. Dulcie Warren im ›Plaza‹. Zwei Dutzend der schönsten Rosen mit deiner Karte.«

Johnny nickte erfreut. »Stimmt.«

Rocco schloß die Tür hinter sich und fluchte leise vor sich hin. »Was ist gestern abend mit ihm passiert?« wollte er von Jane wissen.

»Ich weiß nicht. Er kam pfeifend hier an. Ich hab' ihn gefragt, ob Craig unterschrieben hat, und er hat verneint, als ob ihm gar nichts daran läge. Dann ist er zu Pappas gegangen, der auf ihn wartete. Warum?«

Rocco kratzte sich verwirrt den Kopf. »Weißt du, was ich tun soll?«

»Nein, was denn?«

»Blumen an eine Dame im ›Plaza‹ schicken. Zwei Dutzend der schönsten Rosen, volle zwei Dutzend, an eine Dulcie Warren. Wer ist das überhaupt?«

»Weiß ich nicht. Hab' nie von ihr gehört.«

Rocco sah sie kriegerisch an. »Siehst du nun, daß ich recht hatte, als ich gestern abend zu dir sagte, er braucht mich als Laufjungen? Rock, hol den Wagen, Rock, hol mir dies, hol mir das. Jetzt soll ich Blumen an eine Dame schicken. Ich sag' dir, Jane, ich bin hier nur Laufbursche, und das paßt mir ganz und gar nicht.«

»Still«, Jane versuchte ihn zu beruhigen, »er kann dich hören.«

»Na und?« sagte Rocco wütend.

Sie antwortete nicht, sondern sah ihn nur flehend an. Gestern abend im Wagen hatte er ihr gestanden, daß er damals gezögert hatte, seinen Job zu übernehmen, aus Angst, er würde eine Art Dienstbote für Johnny werden. »Besser, ich ginge in meinen Friseurberuf zurück«, hatte er gesagt, »wenigstens wäre ich da nicht Laufbursche.«

Sie hatte ihm geantwortet, er sähe es falsch an. Johnny würde ihm bestimmt eine vernünftige Stellung geben, wenn er nur mal Zeit hätte, über all das nachzudenken.

Er hatte sie ausgelacht. »Was soll ich denn tun? Es ist nicht mein Beruf. Was könnte ich da schon machen?«

Abermals wußte sie keine Antwort. Aber zwischen ihnen hatte irgend etwas begonnen gestern abend. Er hatte ihre Hand gehalten, und sie hatte wieder gefühlt, daß sie lebte. Sie war nicht länger eine einsame Frau mit einem Kind. Als der Wagen vor ihrer Tür hielt, hatte sie ihn plötzlich geküßt.

Er hatte seine Arme um sie gelegt und sie wieder geküßt. Mit einer ganz sanften Stimme hatte er leise gefragt: »Steht es so mit uns?«

Und sie sagte ja und schlang die Arme um seinen Nacken.

Während sie ihre Wohnung aufschloß, hatte sie vor sich hingesummt, dann war sie an das Bettchen ihres Jungen gegangen und hatte ihn betrachtet. Sie erinnerte sich, wie jung und töricht sie sich vorgekommen war, als sie ihn zugedeckt hatte und sich auszuziehen begann.

Sie sah überrascht zu Rocco auf. Johnny war pfeifend ins Büro gekommen, und sie war selber so glücklich gewesen, daß sie nicht über den Grund nachgedacht hatte. Aber jetzt ging es ihr auf, und das Herz wurde ihr schwer. Sie hatte immer geglaubt, Johnny würde sich Doris zuwenden, sobald er wieder ganz in Ordnung wäre, und jetzt wußte sie, daß Doris unglücklich werden würde.

Sie hätte es merken müssen. Seit er seine Prothese hatte, wurde er von Tag zu Tag mehr wieder wie früher. Sein Selbstvertrauen kehrte zurück, und jetzt war er der alte: Es gab nur ihn und den Film. Damals hatte er an nichts anderes gedacht, und so war es heute wieder.

Fast flüsternd fragte sie Rocco: »Wie heißt das Mädchen?«

»Dulcie Warren.«

Der Name gefiel ihr nicht, er hatte etwas betont Feminines. Und irgendwie wußte sie jetzt schon, ohne sie gesehen zu haben, daß ihr auch die Frau nicht gefallen würde.

4

Der Sprühregen der Dusche auf ihrem Körper, die scharfen Nadelstiche des Wassers, die ihre Haut prickeln ließen, waren ihr angenehm. Sie bog den Körper, so daß das Wasser auf ihre Brust sprühte und ihre Brustwarzen erstarren ließ wie von der Hand eines Liebhabers. Sie lachte – sie liebte ihren Körper und war stolz auf ihn.

Andere Frauen hatten jene modischen knabenhaften Figuren, aber sie hatte den Körper einer Frau, und es freute sie, wenn andere es bemerkten. Jedesmal, wenn sie in ein Zimmer kam, sahen sich die Männer darin unwillkürlich nach ihr um, und sie wußte es. Waren sie mit ihren Frauen oder Freundinnen da, so warfen sie ihr nur verstohlene Blicke aus den Augenwinkeln zu, aber waren sie allein, so sahen sie sie ununterbrochen an, und sie las die Begierde in ihren Blicken. Es gefiel ihr, so angeschaut zu werden.

Sie war schon während ihrer Schulzeit so gewesen. Die andern Mädchen hatten Angst, sie mit ihren Freunden zusammenzubringen, die törichten Geschöpfe. Was machte sie sich aus diesen grünen Jungen? Sie wollte eine große Schauspielerin werden.

Sie war dafür geboren. Ihre Familie war schon immer beim Theater, ihr Vater und seine Schwester, Warren Craigs Mutter. Die beiden größten Theaterfamilien Amerikas waren die Warrens und die Craigs, die untereinander geheiratet hatten, und Warren Craig war der einzige Sohn. Bei seiner Taufe hatte sein Vater gesagt: »Eines Tages wird er den größten Namen am Theater haben.« Die Prophezeiung schien sich zu erfüllen.

Das Theaterspielen lag Dulcie im Blut, sie konnte es nicht ändern. Sie war einfach dafür geboren. Sie war nach New York gekommen in der Überzeugung, daß ihr Vetter Warren Craig ihr eine Chance geben würde. Aber sie hatte nicht mit seiner jungen Frau gerechnet.

Cynthia warf nur einen Blick auf Dulcie und schrie im stillen nach Hilfe. Diese Kokotte von Geburt war nicht gerade ideal als Gesellschafterin in einer jungen Ehe, aber sie konnte nichts dagegen machen, Warren bestand hartnäckig darauf, das Dulcie blieb, so lange sie wollte. Und Dulcie blieb.

Cynthia versuchte sogar, Dulcie Rollen zu verschaffen, mit denen sie hätte auf Tournee gehen müssen, aber Warren wies das zurück. »Das ist nicht das Richtige für sie«, sagte er, »sie braucht noch dramatische Schulung, und ich werde dafür sorgen, daß sie sie bekommt.«

Cynthia dachte, wenn sie Dulcie ansah, ein Mädchen mit einer solchen Figur sollte nicht zum Theater, sondern zu Ziegfeld gehen. Er würde ihr neunzig Prozent ihrer Kleider wegnehmen und sie über die Bühne gehen lassen. Aber Cynthia vergaß etwas: Dulcie konnte wirklich spielen und brauchte nichts als eine Chance.

Schließlich gab Cynthia Dulcie ein paar Ratschläge. »Du kannst bestimmt Rollen kriegen, wenn du schlanker wirst und dein Haar abschneiden läßt. Dann siehst du nicht mehr wie ein Mädchen von gestern aus.«

Dulcie sah sie geringschätzig an. Sie betrachtete Cynthias schlanke Gestalt von oben bis unten, bis diese rot wurde. Dann warf sie den Kopf zurück, daß ihr Haar im Licht aufleuchtete. »Ich fühl' mich wohl so, wie ich bin.«

Das Wasser tat ihr gut. Sie drehte sich um und ließ es auf ihren Rükken sprühen. Plötzlich neigte sie den Kopf auf eine Seite: Das Telefon klingelte. Ihr fiel ein, daß sie allein in der Wohnung war, und seufzend streckte sie einen braunen Arm aus und stellte das Wasser ab.

Rasch schlang sie sich ein Badetuch um und ging ins Wohnzimmer ans Telefon. »Hallo?«

»Dulcie?«

Sie erkannte die Stimme sofort, ließ es aber nicht merken. »Ja, hier ist Dulcie.«

»Hier ist Johnny; was machst du heute abend?«

Johnny war ein netter Junge, aber nicht besonders aufregend. Er hatte nur Filme im Kopf, vom Theater verstand er nichts. Sie war ein paarmal mit ihm ausgegangen, und er hatte ihr jedesmal Blumen geschickt, aber heute war sie nicht in der Stimmung, sich mit ihm zu treffen. Vorwurfsvoll sagte sie: »Oh, Johnny, warum hast du nicht früher angerufen? Jetzt hab' ich mich gerade mit einer Freundin verabredet.«

Johnny fragte enttäuscht: »Wie wär's dann mit morgen?«

»Vielleicht haben Cynthia und Warren schon was verabredet. Rufst du mich morgen früh an?«

Seine Stimme klang schon etwas fröhlicher. »Gut, dann bis morgen, Dulcie.«

»Bis morgen, Johnny.« Sie hing auf und dachte nach, was sie wohl morgen für eine Ausrede erfinden sollte, als sie plötzlich zusammenfuhr. Jemand war ins Zimmer gekommen und beobachtete sie. Es war Warren.

Sie wickelte das Handtuch fester, das sich beim Telefonieren gelockert hatte. »Warren! Du hast mich aber erschreckt!«

Er lachte. »Das möcht' ich mal erleben, Dulcie. Dich erschreckt doch nichts, nicht einmal Cynthia.«

Er sprach mit etwas schwerer Zunge, offenbar hatte er reichlich Cocktails getrunken. »Wie meinst du das?« fragte sie.

»Du brauchst mir nichts vorzumachen, Dulcie. Ich hab' dich und Cynthia beobachtet, und ich glaube, sie hat etwas Angst vor dir.« Dabei sah er auf ihre Brüste, die unter dem Handtuch hervorsahen. Es war ein Blick, den sie kannte und der ihr wohltat. Warren schaute sie zum erstenmal so an. Sie schüttelte den Kopf. »Ich weiß nicht, warum, ich hab' ihr keinen Grund gegeben.«

Sie wollte an ihm vorbei ins Badezimmer, aber er streckte seinen Arm aus und hielt sie fest. »Nein?« fragte er stockend. »Bestimmt nicht? Ich glaube zum Beispiel, daß sie sich Sorgen machen würde, wenn sie wüßte, daß du so im Haus herumläufst.«

Sie schob seine Hand nicht weg. »Das braucht sie nicht«, sagte sie gelassen, »es ist ja niemand zu Hause.«

Eine Sekunde sahen sie sich an, dann zog er sie an sich. Willig hielt sie ihm ihre Lippen hin. Das Handtuch fiel unbeachtet zu Boden, als er sie aufhob und in sein Zimmer trug.

An der Tür hielt sie ihn einen Augenblick fest. »Cynthia?«

»Cynthia ist mit ihrem Manager essen gegangen. Ich soll sie im Theater treffen«, sagte er. Seine Stimme klang heiser.

Es war still im Zimmer. Draußen dunkelte es schon. Sie drehte sich auf dem Bett um. »Gib mir eine Zigarette.«
Er holte zwei, eine für sie, eine für sich selber, und beobachtete, wie sie sich aufsetzte, an ihrer Zigarette ziehend. Gegen das Fenster konnte er den Umriß ihrer Brüste sehen. Er legte seine Hand auf ihren Körper, der sich warm und fest anfühlte.
»Woran denkst du, Warren?«
Er setzte sich auf. »Du weißt verdammt gut, woran ich denke. Seit du hier bist, hatte ich Angst, daß es passieren würde, und doch konnte ich dich nicht in Ruhe lassen.«
Sie nahm seine Hand und führte sie über ihren Körper. »Jetzt ist es passiert, und es hat keinen Zweck, sich Sorgen zu machen«, sagte sie gelassen.
Er drehte die Nachttischlampe an und betrachtete sie erstaunt. Er konnte kaum glauben, daß sie sich noch vor ein paar Minuten leidenschaftlich stöhnend an ihn geklammert hatte.
»Ich soll mir keine Sorgen machen?« explodierte er. »Wie lange, glaubst du, dauert es, bis Cynthia dahinterkommt?«
»Das braucht sie ja nicht.«
»Unterschätz sie nicht, Dulcie. Sie ist nicht dumm.« Er stand auf und zog sich einen Hausmantel an. »Ich muß dich wegschicken, und zwar so weit wie möglich. Dies darf nicht wieder passieren.«
Sie senkte die Augen und sagte kleinlaut: »Warum, Warren? Gefall' ich dir nicht?«
Er lachte auf. »Du gefällst mir viel zu gut.« Er ging vor den Spiegel und kämmte sich. Halblaut sagte er: »Aber wohin kann ich dich schikken?«
Sie stand auf und trat zu ihm. Sie schmiegte sich an seinen Rücken und schob die Arme unter seinen Hausmantel. »Wenn ich aber nicht von dir weg will?«
»Darauf kannst du dich verlassen, du kommst weg.«
»Du bist gemein.« Sie küßte ihn auf die Brust.
Er zog ihren Kopf an den Haaren nach rückwärts und küßte sie. »Es ist besser für uns beide. Wer war das vorhin am Telefon?«
»Johnny Edge.«
»Den siehst du in letzter Zeit ziemlich oft, nicht?«
»Ja, aber ich hab' ihn satt. Er redet nur über Filme. Ich glaube, er ist in

mich verliebt, aber ich will ihn loswerden, er fängt an, mir auf die Nerven zu gehen.«
Mit plötzlichem Interesse fragte er: »Glaubst du, daß er dich heiraten möchte?«
»Wahrscheinlich«, sagte sie gleichgültig.
»Warum heiratest du ihn dann nicht? Er kann eine Menge für dich tun. Außerdem kann man beim Film viel Geld verdienen.«
»Ich will aber zum Theater. Außerdem würd' ich ihn nicht heiraten, auch wenn er nicht so langweilig wär'. Er ist ein Krüppel.«
»Sei nicht so närrisch«, sagte er wütend, ohne ihr letztes Argument überhaupt zu beachten. »Meinst du, ich würde nicht auch gern filmen, wenn ich nur wüßte, wie ich es mit meinen Erklärungen in Einklang bringen soll?«
»Soll ich Johnny heiraten, damit du mich los bist?«
»Nein, du Dummes. Aber wenn du verheiratet bist, brauch' ich mir wegen Cynthia keine Sorgen mehr zu machen.«
Sie umschlang und küßte ihn. Dann ging sie ans Telefon und nannte eine Nummer.
»Wen willst du anrufen?«
»Johnny. Er hat mich heute zum Essen eingeladen.«
Er nahm ihr den Hörer ab und legte ihn auf die Gabel zurück. »Das kannst du morgen machen, heute hab' ich ein nacktes Mädchen zum Essen bei mir.«

5

Auf Janes Schreibtisch läutete das Telefon. »Hier Mr. Edges Büro.«
Eine Frauenstimme, seltsam heiser und tief, fragte: »Ist Mr. Edge da?«
»Wer ist da?« Aber Jane wußte es schon.
»Dulcie Warren.«
»Einen Augenblick, ich will sehen, ob ich ihn erreichen kann.«
Ein paar Minuten später kam Johnny aus seinem Zimmer. Sein Gesicht war gerötet und strahlend. »Heute mittag kommt Miß Warren hierher. Sag mir gleich Bescheid, wenn sie da ist, ich hab' versprochen, ihr alles zu zeigen.«
»Noch was?« fragte Jane sarkastisch.
Aber er merkte den Spott nicht. »Nein«, und er ging in sein Büro zurück.

Jane empfand eine heftige Schadenfreude, als Peter unerwartet gerade in dem Augenblick anrief, als sie Dulcie in Johnnys Büro führte.
Er lächelte Dulcie entschuldigend zu. »Ich muß den Anruf annehmen, er ist vom Chef.« Und zu Jane: »Hol Rock für mich, er soll sie inzwischen herumführen.«
Dulcies Parfüm hing noch in der Luft, als Jane wütend nach Rocco telefonierte. Dulcie war genauso, wie Jane sie sich vorgestellt hatte. Widerwillig gestand sie sich ein, daß Dulcie schön war. Sie konnte sehen, was Johnny an ihr reizte, aber instinktiv mochte sie sie nicht.
Schließlich erreichte sie Rocco im Büro der Wochenschau. Sie war so zornig, daß sie einfach sagte: »Sie ist hier, Rock.«
»Wer ist hier?« fragte er verwundert.
»Sie. Das Mädchen, dem Johnny Blumen schickt. Du sollst gleich herkommen und ihr alles zeigen.«
Er pfiff. »Deinem Zorn nach zu urteilen, muß sie toll sein.«
»Sei nicht töricht, Rock«, sagte sie hitzig, »sie ist mir ganz egal.«
»Natürlich, Jane«, er versuchte sie zu beruhigen, »aber ich sehe ja gleich mit eigenen Augen, wie sie ist.«
Das rote Licht auf ihrem Pult ging an und aus, Peter wurde ungeduldig. Sie klingelte ein paarmal nach Johnny. »Peter wartet.«
Sie hörte, wie Johnny sich bei Dulcie entschuldigte. Dann sagte er zu ihr: »Stell ihn durch.«
Rocco kam herein, sah sie fragend an und ging in Johnnys Büro. Er kam mit Dulcie wieder heraus und brachte sie, seltsam lächelnd, an Janes Pult.
Höflich stellte er sie einander vor. »Miß Andersen, Johnnys Sekretärin, Miß Warren.«
Dulcie lächelte ihr zu, herablassend, wie Jane glaubte, und ihre Abneigung vertiefte sich.
Rocco nahm Dulcies Arm und ging mit ihr hinaus. Ein paar Minuten später kam er allein zurück und grinste sie verschmitzt an. »Kein Wunder, daß Johnny aus dem Häuschen ist! Das ist ein Mädchen! Wenn man sie anfaßt, sprüht sie Funken.«
Sie schnitt ihm eine Grimasse. »Ihr Männer seid alle gleich.«
Er lachte. »Ich wollte dir nur sagen, Baby, du sollst dich um mich nicht sorgen. Ich bleib' dir treu! Aber der arme Johnny!«

Dulcie wußte, daß er sie ansah, aber sie schaute weiter den Tanzenden auf dem Parkett zu. Die Beleuchtung war gedämpft, die Musik schmelzend, die Tanzenden bewegten sich wie in einem Traum.
Ihr fiel ein, was Warren heute morgen gefragt hatte, ehe Cynthia ins Zimmer gekommen war. »Und wie steht es mit dem großen Filmmann?«
»Gut«, hatte sie geantwortet, »ich glaube, er sammelt Mut, um mit der großen Frage herauszuplatzen.« Er hatte sie spöttisch angelächelt. »Entfalte lieber ein bißchen mehr Charme, Liebling, sonst beißt der Fisch nicht an. In der Zeitung hab' ich gelesen, daß er morgen ins Studio fährt.«
Johnnys Stimme unterbrach ihre Gedanken. »Dulcie?«
»Ja, Johnny?«
Er lächelte entschuldigend. »Ich glaube, es ist nicht gerade ein Vergnügen, mit mir in eine Tanzbar zu gehen.«
Sie wußte, was er meinte, und plötzlich empfand sie Mitleid mit ihm und legte ihre Hand auf seine. »Das stimmt nicht, Johnny«, sagte sie weich, »sonst wär' ich ja nicht hier.«
Er hielt ihre Hand fest, die schmal und zartgliedrig in seiner lag. »Es ist wirklich lieb von dir, daß du in den letzten Wochen soviel mit mir zusammen gewesen bist«, sagte er demütig.
Sie hielt ein Lächeln zurück. »Es hat mir Freude gemacht, Johnny.«
Er sah nicht auf, sondern sagte im gleichen Ton: »Und für mich bedeutet es soviel. Es ist schwer zu verstehen, wie Leute wie ich fühlen. Wir sind immer Außenseiter, niemals wirklich dabei.« Er sah zu ihr auf, seine dunkelblauen Augen waren offen und voller Wärme. »Du hast mir eine Zeitlang das Gefühl gegeben, daß ich wieder dazu gehöre.«
Der Narr, dachte sie verzweifelt, warum sagt er es nicht und bringt es hinter sich? Aber sie sagte nichts, sie wartete, daß er endlich mit der Sprache herauskäme.
»Du wirst mir fehlen«, sagte er.
Er fragte sie nicht. Sie war so überrascht, daß man es ihrer Stimme anmerkte. »Ich werde dir fehlen?«
Bei dem enttäuschten Ton, in dem sie das sagte, tat sein Herz einen Sprung. »Ja. Hast du vergessen, daß ich morgen nach Kalifornien fahre?«
»Oh, Johnny« – sie war wirklich enttäuscht –, »mußt du denn?«

Er nickte. »Ja, Geschäfte.«
Sie warf zornig den Kopf zurück und blitzte ihn mit ihren Augen an. »Manchmal glaube ich, das ist alles, woran dir liegt! Geschäfte! Du kannst nie mal ausspannen und dich amüsieren!«
»Amüsement ist nichts für mich«, meinte er lächelnd, »ich kann nur arbeiten.«
Sie beugte sich vor, ihr Gesicht war dicht an seinem. »Laß das, Johnny! Du bist genau wie alle anderen. Was geschehen ist, war ein Unglücksfall, der für andere nichts geändert hat und es auch für dich nicht sollte!« Sie schloß die Augen und wartete, daß er sie küßte. Triumphierend dachte sie: Jetzt ist es wohl soweit.
Statt dessen drückte er ihre Hand. Sie öffnete die Augen und kam sich ein bißchen lächerlich vor. »Es ist nett von dir, das zu sagen, Dulcie. Ich werde es nicht vergessen.«
Er sah auf die Uhr. »Mein Gott, so spät! Wollen wir gehen?«
Einen Augenblick lang war sie wütend. Spielte er mit ihr? Aber er meinte es wirklich so. Er wollte sich ihr nicht aufdrängen. Sie holte ihren Lippenstift aus der Handtasche. »In einer Minute bin ich fertig.«
Im Taxi schwiegen sie. Er bezahlte den Chauffeur und folgte ihr in den Hausflur. Schweigend warteten sie auf den Fahrstuhl und fuhren zu ihrer Wohnung hinauf. In der nur schwach beleuchteten Halle hielt er ihr verlegen die Hand hin. »Auf Wiedersehen, Dulcie.«
»Bleibst du lange weg, Johnny?«
»Bis März.«
»Oh«, sagte sie enttäuscht, »das ist sehr lange.«
»Nicht so schlimm, Dulcie. Ich seh' dich wieder, wenn ich zurück bin.«
Sie wandte ihr Gesicht ab und sagte klagend: »Vielleicht sehen wir uns nicht wieder. Warren will, daß ich nach Hause fahre und nicht zur Bühne gehe.«
»Vielleicht hat Warren recht. Es ist ein ziemlich hartes Leben.«
Sie wandte sich ihm wieder zu, leuchtend von einer inneren Flamme. »Nein, er hat nicht recht, ich weiß es! Aber ich kann nichts daran ändern, ich muß wohl nach Hause zurück.« Hilflos ließ sie die Schultern sinken.
Er legte ihr die Hand unters Kinn und hob ihr Gesicht zu sich empor. »Sei nicht niedergeschlagen, Dulcie. Wenn du etwas wirklich willst, bekommst du es!«
»Glaubst du wirklich, Johnny? Ich möchte Schauspielerin werden, eine große Schauspielerin. Glaubst, du, daß ich es schaffe?«
»Bestimmt, wenn du es stark genug wünschst.«

Sie warf ihm die Arme um den Hals und küßte ihn. Vor Überraschung stolperte er beinahe. Dann umschlang er sie; sie preßte ihren Körper an den seinen. »Ich weiß nicht, was ich ohne dich anfangen soll«, flüsterte sie an seinem Ohr.
Er ließ sie los. Plötzlich wurde er sich seiner Unbeholfenheit bewußt, sein Verstand sagte ihm, daß ihr nicht wirklich etwas an ihm lag, an einem Einbeinigen. Sie konnte nur Mitleid für ihn empfinden. Das war wie ein scharfer Stich in der Brust.
Unsicher sagte er: »Ich muß gehen, Dulcie.«
Sie starrte ihn ungläubig an. Der Mann war verrückt. Wollte er eine schriftliche Einladung? Wie betäubt hielt sie ihm die Hand hin. »Auf Wiedersehen!« Immer noch betäubt, sah sie, wie sich die Tür hinter ihm schloß. Dann erwachte sie plötzlich zum Leben, und in jäh aufflammendem Zorn warf sie einen ihrer Schuhe gegen die Tür.
Das Licht in der Diele ging an, Warren stand spöttisch lachend da. Lautlos applaudierte er und sagte leise: »Vorhang, zweiter Akt.«
»Was soll ich denn tun?« zischte sie. »Ihn an der Hose festhalten?«
Er schüttelte sanft den Kopf. »Zuviel Temperament! Kannst du nicht sehen, daß er Ideale hat und ein Gentleman ist?«
Mühsam beherrschte sie sich. Sie legte ihre Arme um ihn und sah zu ihm auf. »Was sollen wir jetzt tun, Warren?«
Er löste sich aus ihrer Umschlingung. »Eines weiß ich, mein Liebling«, sagte er gelassen, »nämlich, daß du von hier weggehst.«
Sie starrte ihn wütend an, dann lächelte sie. »Liebling«, fragte sie sanft, »hast du schon mal etwas haben wollen, was du nicht bekommen konntest?«
»Nein«, sagte er verwundert, »warum?«
Sie drehte sich voll zu ihm um und ließ ihren Abendumhang von den Schultern fallen. »Dann sieh es dir gut an, Liebling, denn eines Tages wirst du es so schrecklich gern haben wollen und wirst es nicht bekommen!«

Johnny sah aus dem Fenster. Der Zug fuhr durch Wiesengelände. Er lehnte sich behaglich in die Kissen zurück, als es klopfte.
Das war wahrscheinlich Rock, der die Hände voller Akten hatte und die Klinke nicht bewegen konnte. Er stand auf und öffnete.
»Kann ich hereinkommen, Johnny?« sagte eine flehende Stimme.
Er blieb überrascht stehen. »Dulcie! Was machst du denn hier?«
Sie kam in sein Abteil und zog die Tür hinter sich zu. Atemlos sagte sie: »Ich wollte bei dir sein, Johnny.«

Glück verdrängte auf seinem Gesicht die Überraschung, und er streckte den Arm nach ihr aus. »Aber deine Pläne?«

Sie schmiegte sich an ihn. »Gestern abend, als du mich geküßt hast, wußte ich plötzlich, was ich wollte. Ich wollte keine Schauspielerin mehr werden – ich will nur dich!«

»Aber ...«

»Kein Aber. Ich bin frei, vierundzwanzig Jahre alt und weiß, was ich will!« Sie preßte ihren Mund auf den seinen.

Ihre Lippen sagten ihm, daß es wahr sei. Er hörte es immer noch: »Ich weiß, was ich will!« Aber er wußte nicht, wie wahr das war.

7

Das Geräusch der Dusche weckte ihn, und er rollte sich auf den Rücken. Er hatte auf dem Bauch geschlafen. Er öffnete die Augen. Die Tür zum Badezimmer stand offen.

Er setzte sich auf und sah auf die Uhr. Es war fast sechs Uhr morgens. Er langte nach seinen Krücken, die neben dem Bett lagen, und stand auf; das Bett knarrte dabei.

Vom Bad her rief Dulcie: »Bist du auf, Liebling?«

Beim Klang ihrer Stimme war er hellwach. Er fühlte sich so voller Lebenskraft wie seit vielen Jahren nicht mehr. »Ja«, rief er zurück.

»Auf dem Ankleidetisch ist ein Brief für dich. Er lag heute früh, als ich aufwachte, unter der Tür.«

Es war ein Hotelumschlag, der Roccos Handschrift trug. Der Brief lautete:

»Lieber Johnny, ich hab' den Wagen auf sieben Uhr fünfzehn bestellt, wie du es wolltest. Ich bin mit dem Fünfuhrzehnzug zurück nach New York. Auf einer Hochzeitsreise ist ein Dritter überflüssig. Viel Glück. Rocco.«

Nachdenklich klopfte er mit dem Brief auf den Tisch. Roccos Benehmen gestern, als sie kurz hinter der kalifornischen Grenze geheiratet hatten, war ihm seltsam vorgekommen. In Pasadena waren sie um half elf abends dann ausgestiegen und direkt ins Hotel gegangen.

Er hatte Rocco gesagt, er hätte den Wagen gern um sieben Uhr fünfzehn. Rocco hatte gelacht: »Glaubst du, daß du so früh auf sein wirst?«

Er hatte etwas töricht zurückgelacht. »Natürlich. Ich hab' Peter gesagt, daß ich zum Frühstück bei ihm bin.«

Verlegen hatten sie sich gute Nacht gesagt, und er war nach oben gegangen.
Dulcie lag schon im Bett, irgendein dünnes Kleidungsstück um die Schultern. Nur ihre Nachttischlampe brannte, und sie sah ihm entgegen.
»Nervös?« hatte er gefragt.
»Ein bißchen. Ich war noch nie verheiratet.«
Er lachte, setzte sich aufs Bett und küßte sie zart. »Hab keine Angst, Liebling«, flüsterte er, »ich werde sanft mit dir sein.«
Er wußte es nicht, aber es war genau umgekehrt. Sie war sanft mit ihm, so sanft, daß er nicht ahnte, wie erfahren sie war.
Sie kam aus dem Badezimmer, einen Bademantel lose um die Schultern. »Was ist es?« Der Mantel stand offen, sie war bezaubernd darunter.
»Von Rock«, sagte er und sah sie an.
»Was schreibt er?«
Er gab ihr den Brief, den sie mit einem Gefühl der Befreiung überflog; denn Rocco hatte ihr Furcht eingeflößt mit seiner Anhänglichkeit für Johnny. »Komisch, daß er gestern abend nichts davon gesagt hat.«
»Ja«, sagte er nachdenklich. »Ich komme mir seltsam vor, es ist das erstemal sei dem Kriege, daß Rock nicht bei mir ist.«
Sie kam zu ihm und umarmte ihn. »Du brauchst ihn jetzt nicht mehr, Liebling, du hast ja mich.«
Er küßte sie aufs Ohrläppchen, das unter den Haaren hervorlugte. »Es ist nicht das, Dulcie, es ist was anderes.« Er hatte Rock gegenüber ein seltsames Schuldgefühl, als ob er ihn im Stich gelassen hätte.
»Was denn?« fragte sie, eng an ihn geschmiegt.
Er lachte verlegen. »Wer soll zum Beispiel heute morgen fahren?« Aber das war es nicht, was ihn bedrückte.
Sie nahm ihn jedoch beim Wort. »Ich bin sehr talentiert, Liebling, ich kann auch Auto fahren.«
Sie war so neugierig auf Peter und die ganze Familie, daß sie Johnny auf dem Weg mit Fragen überschüttete. Er merkte nicht, daß die meisten davon Doris galten.
Zuletzt sagte er lachend: »In ein paar Minuten lernst du sie alle kennen, also hör auf.«
»Ich frage nur, weil du sie so lange kennst«, sagte sie verletzt, »ich mach' mir Sorgen, ob sie mich wohl mögen.«
Er küßte sie auf die Wange. »Spiel kein Theater, Liebling, du weißt genau, daß sie dich gern haben werden.«
Sie fuhr schweigend weiter. Sie war nicht dumm. Als sie beschlossen

hatte, Johnny zu heiraten, versuchte sie, alles über ihn zu erfahren, was sie konnte. Warren mußte ihr erzählen, und sie hatte Freunde, die an einer Theaterzeitung waren, sorgfältig ausgefragt. Von ihnen hatte sie über Peter und seine Familie gehört. Ein Instinkt hatte ihr geraten, mehr über Doris in Erfahrung zu bringen. So hatte sie herausgefunden, daß Doris einen Roman geschrieben hatte, der gerade vor ein paar Monaten veröffentlicht worden war. Sie las das Buch und wußte Bescheid. Der Held ähnelte Johnny zu sehr.

Johnny unterbrach ihre Gedanken. »Noch diese Kurve, und wir sind vorm Haus.«

Sie blickte ihn an. Er sah glücklich aus, wie er nach Peters Haus Ausschau hielt. Im Moment mochte sie ihn wirklich gern. Er war so ein netter Junge, er hatte sich ihr gegenüber benommen wie ein Schuljunge bei seiner ersten Liebe. Sie legte ihre Hand auf seine. »Glücklich, Johnny?«

Er drückte ihre Hand. »Was glaubst du denn?«

8

Conrad von Elster starrte mit aufgestützten Ellbogen, den Kopf in den Händen, die Fotografien auf seinem Tisch an. Er war unglücklich und unzufrieden, er suchte einen bestimmten Frauentyp und konnte ihn nicht finden.

Nicht daß er persönlich über Frauenmangel zu klagen hatte, im Gegenteil. Trotz absichtlicher Manierenlosigkeit, trotz seines ungepflegten sandfarbenen Haares, seiner leicht schielenden blauen Augen und seiner öligen blassen Haut zog er viele Frauen an. Aber diesmal wollte er keine Frau für sich, sondern für einen Film, den er vorbereitete.

Elster war in Deutschland von Kessler persönlich als Regisseur engagiert worden, und der hatte ihm gesagt, Amerika warte nur auf seine Filme, und hatte ihm eine Wochengage von tausend Dollar geboten, in einer Zeit, als in Deutschland die Inflation auf ihrem Höhepunkt war.

Mitte November war er mit Kessler zusammen in New York angekommen. Er hatte ein Drehbuch durchgesehen und gebilligt und suchte nun nach der angemessenen Besetzung. Die war leicht – bis auf die Hauptdarstellerin. Keine der Schauspielerinnen, die bei der »Magnum« im Vertrag waren, paßte ihm. Kessler wies das Besetzungsbüro an, Elster jede nur mögliche Unterstützung zu geben, und sofort ertrank er

in einer Flut von Fotos hübscher junger Mädchen. Jede Minute läutete das Telefon, und die nächste Hoffnung stellte sich vor.
Aber Elster hatte nichts gefunden, was ihn zufriedenstellte. Die Fotos, die vor ihm lagen, waren schon die besten unter allen, aber ihm gefiel keins.
Er mußte ein Mädchen für die Rolle finden oder seinen Posten aufgeben. Um elf Uhr dreißig sollte er in Kesslers Büro sein. Vor dem ersten Januar hätte er der Zusammenkunft gelassen entgegengesehen, aber es war nach dem zweiten Januar, dem Tag, an dem Mr. Edge aus New York eingetroffen war.
Von Elster war nicht dumm. Er fühlte, wie sich sofort die ganze Atmosphäre veränderte. Sogar die Sekretärinnen waren jetzt früh da. Es war Ende Januar, und diese kurze Benachrichtigung, er möge um elf Uhr dreißig in seinem Büro sein, war das erste, was er von Kessler seit vier Wochen gehört hatte.
Seine Befürchtungen waren auch sonst nicht grundlos. Gewisse Autoren, Direktoren und Regisseure waren wegen Unfähigkeit entlassen worden. Zuerst hatte er diese Warnzeichen nicht beachtet. Hatte Mr. Kessler ihm nicht gesagt, er sollte mit der Produktion erst anfangen, wenn er mit allem vollkommen zufrieden wäre? Aber allmählich war ihm aufgegangen, was um ihn herum vorging, und er fühlte sich unbehaglich. Er wollte die tausend Dollar pro Woche nicht gern verlieren.
Die Zeiger der Uhr rückten auf elf. Er sah sich wieder die Fotos an, angewidert und verzweifelt. Das nannte man in Amerika Frauen? Sie waren alle gleich, schienen in Serienproduktion hergestellt worden zu sein wie die Autos. Zuviel Make-up, zu kurze Haare, zuwenig Kurven.
Sorgenvoll sah er aus dem Fenster, auf seiner Zigarre herumkauend. Da ging drüben die Tür der Besetzungsabteilung auf, und ein Mädchen kam heraus. Sie blieb oben auf der Treppe stehen und zündete sich eine Zigarette an. Das Licht ließ ihre Haare wie Gold aufleuchten. Elster betrachtete sie bewundernd. Das war eine Frau, wie sie sein sollte.
Sie trug ein einfaches weißes enganliegendes Sportkleid. Der kurze Rock gab lange schlanke Beine frei. Jetzt kam sie auf sein Fenster zu.
In diesem Augenblick läutete das Telefon. »Hallo, hier Conrad von Elster«, sagte er, ohne den Blick vom Fenster zu lösen.
»Mr. Kessler möchte Sie erst um vier Uhr dreißig heute nachmittag sehen. Paßt Ihnen die Zeit?«
»Ja, in Ordnung.«
Er hängte auf, als das Mädchen an seinem Fenster vorbeiging. Für eine

Sekunde konnte er ihr Gesicht sehen. »Gott im Himmel!« fluchte er, »warum schicken sie mir nicht solche Mädchen?« Geistesabwesend sah er auf die Fotos, während er sich eine Zigarre ansteckte.
Plötzlich ließ er das Streichholz fallen. Dummkopf! schrie er innerlich und lief hinaus auf die Straße. Schließlich entdeckte er das Mädchen, sie ging mit elastischen Schritten auf das Verwaltungsgebäude zu. »Fräulein!« rief er hinter ihr her, dann begann er zu laufen. Sein Herz hämmerte von der ungewohnten Anstrengung. »Fräulein! Fräulein!« Schließlich hörte ihn das Mädchen und blieb stehen. Er winkte ihr, sie solle warten; schwer atmend kam er auf sie zu.
Mit hochgezogenen Brauen und sorgfältig einstudiertem Lächeln sah sie ihm entgegen. Er fragte, noch ganz außer Atem: »Sind Sie Schauspielerin?«
Das Mädchen nickte verwundert.
»Gut«, sagte er, »beim Film brauchen Sie auch nicht zu sprechen. Ich werde Sie zum größten Filmstar machen, ich, Conrad von Elster!« Und er gestikulierte dramatisch mit den Händen.
Dulcie hätte am liebsten losgelacht. Einen Moment dachte sie nach, ob sie dem kleinen Mann sagen sollte, wer sie war. Dann überlegte sie es sich anders. Sie wollte sehen, wie es weiterging. Johnny saß für den ganzen Tag fest, und sie hatte nichts Besseres vor. Einfach dazusitzen und zu warten, wurde ihr allmählich langweilig.
Elster wartete nicht ab, bis sie etwas sagte, sondern führte sie in sein Büro. »Wir müssen sofort Probeaufnahmen machen.«
Probeaufnahmen! dachte Dulcie. Was Johnny wohl dazu sagen wird? Sie wußte, daß es ihm nicht gefallen würde, und begann bereits, nach Erklärungen für ihn zu suchen.
Elster rief das Atelier an. »Mr. Reilly, ich habe hier ein Mädchen, von dem gleich Probeaufnahmen gemacht werden müssen. Nein, nicht heute nachmittag, da habe ich eine Verabredung mit Mr. Kessler, jetzt sofort.« Er bedeckte die Muschel mit der Hand und zischte ihr zu: »Schnell, wie heißen Sie?«
Dulcie zögerte eine Sekunde. Noch konnte sie der Farce ein Ende machen – aber sie wollte gar nicht. Sie wollte Schauspielerin werden, jetzt genausogut wie früher. Sie antwortete: »Dulcie Warren.«
Der Atem stockte ihr, als Elster den Namen ins Telefon wiederholte, aber dann auf einmal entspannte sie sich. Es würde Johnny nicht passen, aber was machte das? Hatte sie ihn unter anderem nicht auch deswegen geheiratet?
Die Probeaufnahmen wurden gut. Dulcie wußte es, ohne daß es ihr

jemand zu sagen brauchte. Sie las es an der Reaktion der Leute um sie herum ab. Zuerst waren sie gelangweilt, es waren halt nur Probeaufnahmen.
Dann weckte der aufgeregte ausländische Regisseur ihr Interesse. Seine Anweisungen, sein Stil, seine Technik waren zweifellos einmal etwas anderes. Und sie waren einfach und gut zugleich.
Bis zu dem Augenblick, wo Dulcie vor der Kamera stand, war dies Interesse nur ein rein technisches gewesen. Aber plötzlich begriffen alle, daß der Regisseur jene Technik, jenen Stil nur für diese Schauspielerin geschaffen hatte, und sie bekamen Respekt vor dem kleinen Mann. Er gab Dulcie die letzten Anweisungen, dann trat er zurück und setzte sich.
Alle Blicke konzentrierten sich auf das Mädchen. Es wurde still im Studio, nur das Klicken der Kameras war zu hören. Die Scheinwerfer strahlten eine intensive Hitze aus. Schweiß überströmte Elsters blasses Gesicht, während er Dulcie beobachtete, die zu spielen begonnen hatte. Es mußte gut werden, es war die letzte Chance.
Plötzlich lag eine Spannung in der Luft. Es war, als ob das Mädchen elektrische Funken sprühte, die jeden trafen. Elster stieß einen langen Seufzer der Erleichterung aus und drehte den Kopf nach den anderen im Studio um. Das Script-Girl hatte das Drehbuch vergessen und beobachtete Dulcie. Aber vor allem die Männer waren von ihr fasziniert. Alle starrten sie an, alle mit dem gleichen Blick.
Und dieser Blick war alt wie die Zeit. Elster lehnte sich behaglich zurück. Er sah mit dem Auge der Kamera und wußte, daß er recht gehabt hatte. Sie würde auf der Leinwand kommen, in mehr als einer Beziehung, er brauchte sich keine Sorgen mehr zu machen.

9

Dulcie legte die Zeitung hin und zog sich das Bettjäckchen fester um die Schultern. Es wurde kühl. Es war fast Mitternacht, und Johnny war noch nicht da. Es war ein aufregender Tag gewesen.
Sie hörte immer noch Elsters Entsetzensschrei aus dem Vorführraum, während sie in der Halle wartete: »Aber, Mr. Edge, woher sollte ich wissen, daß es Ihre Frau ist? Sie hat mir nichts gesagt!« Dann war sie geflohen.
Etwas von Elsters Panik hatte auch sie ergriffen. Sie konnte sich Johnnys Verfassung vorstellen und wollte ihm nicht begegnen, jeden-

falls nicht dort, lieber in ihrer Wohnung, wo sie nicht nur mit den Lippen, sondern auch mit ihrem Körper zu ihm reden konnte. Sie kannte Johnny, und sie vertraute ihrem Körper.
Den ganzen Nachmittag war sie in der Nähe des Telefons geblieben, aber Johnny hatte erst gegen sieben Uhr angerufen.
Kühl und unpersönlich hatte er gesagt: »Ich komme zum Essen nicht nach Hause, ich habe noch im Studio zu tun. Iß bitte und geh zu Bett, um Mitternacht etwa komme ich.«
»Ja, Johnny«, hatte sie gehorsam gesagt und darauf gewartet, daß er etwas über die Probeaufnahmen sagen würde. Er zögerte, räusperte sich und sagte: »Auf Wiedersehen, Dulcie«, und sie hörte das Klicken, als er auflegte. Sie war enttäuscht, lächelte dann aber. So konnte sie unter günstigeren Umständen kämpfen.
Sie hörte, wie der Schlüssel im Schloß umgedreht wurde. Rasch löschte sie das Licht, warf das Bettjäckchen ab und legte sich in die Kissen.
Er öffnete die Tür und blieb auf der Schwelle stehen. »Johnny?« sagte sie leise, beinahe furchtsam. »Ja.« Sie knipste das Licht an, ein Träger des Nachthemdes rutschte, sie ließ ihn ganz über die Schulter fallen.
Er sah verletzt aus, wie er da stand. Sie sagte schwach: »Ich muß eingeschlafen sein, während ich auf dich wartete.«
Er gab keine Antwort und zog mit steifen Bewegungen seine Jacke aus. »Hattest du einen harten Tag, Liebling?« fragte sie mitfühlend. Er verzog keine Miene. »Du hast ihn nicht gerade leichter gemacht.«
Sie sah ihn flehend an und sagte ganz leise: »Du bist mir böse.«
Er band sich die Krawatte ab und knöpfte den Kragen auf, ehe er antwortete: »Nein, nicht böse, Dulcie, aber du hast mir weh getan.« Sein Gesicht zuckte. »Warum hast du das getan, Dulcie?«
Sie sprang aus dem Bett, lief zu ihm und umarmte ihn. Ihren Kopf legte sie an seine Brust. Seine Arme hingen wie leblos herunter. »Oh, Johnny, ich dachte, du würdest darüber lachen!«
Unfreiwillig umschlang er sie. Weicher sagte er: »Es war nicht zum Lachen.« Seine Stimme zitterte.
Sie küßte seine Brust, da, wo sein Hemd offenstand. Sie sah nicht zu ihm auf, aber sie wußte, daß er in ihrem Bann war. Ihre Stimme klang, als ob sie gleich in Tränen ausbrechen würde: »Johnny, wir streiten uns ja!« Er legte ihr die Hand unters Kinn, hob ihr Gesicht zu sich empor, sah ihr in die Augen, küßte sie und legte seine Wange gegen ihre. »Warum hast du es getan? Bist du nicht glücklich mit mir? Ich dachte, du hättest vergessen, daß du Schauspielerin werden wolltest!«
»Ich hatte es auch, Johnny«, sagte sie schnell, »ganz bestimmt. Aber

irgend etwas geschah. Vielleicht, weil ich den ganzen Tag allein war. Du warst immer im Studio und hattest soviel zu tun. Als der komische kleine Mann mir nachgelaufen kam, habe ich gar nicht nachgedacht. Es war mal etwas anderes, etwas, um die Zeit auszufüllen, bis ich dich wiedersah.« Sie sah zu ihm auf. »Es ist so einsam den ganzen Tag hier ohne dich. Ich kenne ja auch niemanden.«

»Es tut mir leid, Liebling«, sagte er mitfühlend und entschuldigend. »Ich hätte daran denken sollen. Bald sind wir auch zurück in New York.« Ein Gedanke kam ihm, und er lächelte: »Vielleicht brauchst du dir bald keine Sorgen mehr zu machen, wie du deine Zeit ausfüllen sollst«, setzte er bedeutungsvoll hinzu.

Sie stand ganz still in seinen Armen. Es war Zeit, daß er seine erste Lektion bekam. Sie wollte keinen solchen Zeitvertreib, niemals. Schweigend sah sie ihn an, während ihr die Tränen in die Augen stiegen. Verwundert blickte er auf sie nieder. Plötzlich riß sie sich von ihm los, warf sich aufs Bett und schluchzte.

Er setzte sich neben sie, legte ihr die Hand auf die Schulter und versuchte, sie zu sich zu drehen, aber sie schluchzte nur heftiger. Erschrocken fragte er: »Dulcie, Geliebtes, was ist denn? Was hab' ich gesagt?«

Sie setzte sich auf, ihr Nachthemd glitt herunter, die Tränen liefen ihr übers Gesicht. »Du wirst mich hassen, Johnny, ich hab' dich getäuscht.«

Er zog sie an sich und preßte seine Lippen an ihr Ohr. »Aber nein«, flüsterte er sanft, »warum weinst du?«

Sie vergrub ihr Gesicht an seiner Schulter. »Ich hätte es dir vorher sagen sollen, aber ich hatte Angst, du würdest mich nicht heiraten.«

Jetzt bekam er wirklich Angst. Er packte ihre Schultern, daß es ihr weh tat. »Dulcie, was ist?«

Sie sah tapfer zu ihm auf und sagte voller Selbstvorwurf: »Ich hatte vor Jahren einen Unfall. Der Arzt hat gesagt, ich könnte nie ein Kind haben.« Ihre Tränen flossen wieder. »Und nun bist du enttäuscht, du hast dir ein Kind gewünscht!«

Sie wußte nicht, daß sie die Wahrheit erraten hatte. Er preßte ihren Kopf an sich und log: »Nein, Liebling, es macht nichts.« Über ihre Schulter blickte er zu Peters Bild. Er hatte seinen ersten Sohn nach ihm nennen wollen.

Sie bedeckte seine Wange, sein Kinn, seinen Mund mit kurzen, schmetterlingshaften Küssen. »Du bist so gut zu mir, Johnny.«

»Warum nicht? Du bist doch mein Liebstes.«

»Dann bist du nicht mehr böse mit mir?«

Statt einer Antwort küßte er ihren Nacken. Sie nahm seinen Kopf an ihre Brust. Immer noch mit leiser Stimme fragte sie: »Wie waren die Probeaufnahmen?«
Er zuckte überrascht zusammen und wollte den Kopf heben, aber sie hielt ihn fest. »Sehr gut«, sagte er undeutlich.
Eine Weile schwieg sie. Seine Hände gingen über ihren Körper, und sie überließ sich ihnen. »Wirklich, Johnny?«
Er sagte, ohne nachzudenken: »Die besten, die wir je gesehen haben.«
Sie löschte das Licht aus und begann, sein Hemd aufzuknöpfen. Er lachte glücklich und stand auf, um sich auszuziehen. Ein paar Minuten später lagen seine Lippen auf den ihren, ihr Körper warm an seinem.

Sie schwiegen. Ihre Zigaretten glühten im Dunkeln. Sie liebkoste seine Brust mit der Hand. »Johnny.«
»Ja, was ist?«
»Dieser Film von Elster . . .«, ihr Herz schlug aufgeregt, und sie beendete den Satz nicht. »Wir sind doch bis Ende März hier?«
Er sah durch die Dunkelheit zu ihr hin. »Du möchtest ihn machen?«
Sie nickte, zu antworten wagte sie nicht.
»Warum?«
»Weil ich immer gesagt habe, ich könnte eine gute Schauspielerin sein und weil Cynthia und Warren mir nicht geglaubt haben. Ich möchte es ihnen zeigen, Johnny, sie haben mich immer ausgelacht. Du hast selbst gesagt, daß die Aufnahmen gut sind. Bitte, Johnny, nur diesen einen Film, das ist alles, was ich will!«
Er nahm einen tiefen Zug aus seiner Zigarette. Nur einen Film. Und sie war gut. Deshalb war er ja auch so zornig gewesen. Eine kalte Furcht hatte ihn erfüllt, als er ihr Gesicht auf der Leinwand sah. Er konnte nicht hoffen, sie für sich zu behalten.
Um ihn herum im Vorführraum waren sie alle hingerissen gewesen, sogar Peter. Peter hatte sich nett benommen und ihm keine Entscheidung abgenötigt.
Er liebte sie, und er liebte den Film. Plötzlich wußte er, daß sie zum Film gehörte und daß er sie davon fernhielt. Aber er hatte Angst, sie zu verlieren.
Er konnte ihren Atem hören, wie sie ganz still neben ihm lag, als hätte sie Angst, sich zu bewegen, ihm zu mißfallen. Zärtlichkeit und Liebe durchfluteten ihn. Sie war so gut zu ihm, wie er nie geglaubt hätte, daß eine Frau sein könnte. Sie tat ihm leid, und er wurde zornig auf sich selbst. Wie konnte er so herzlos sein, wenn sie um so wenig bat?

»Nur diesen einen Film?« fragte er leise.
»Nur diesen einen Film.«
Vom Fenster her fiel Licht auf ihr Gesicht. Sie war schön. Ihre Augen leuchteten vor Hoffnung, ihre Unterlippe zitterte leicht, die Zigarette hing vergessen zwischen ihren Fingern.
»Gut.«
Sie warf sich über ihn und küßte ihn. Er konnte fühlen, wie sie zitterte, und eine unbekannte Furcht erfüllte ihn. Er zog ihr Gesicht zu sich, er wollte ihre Wärme spüren. »Johnny«, sagte sie erregt, und ihre Zähne gruben sich in seinen Mund, »Johnny, ich liebe dich!« Seltsamerweise meinte sie in diesem Augenblick jedes Wort, das sie sagte.

10

Al Santos' Büro lag im Hintergrund der Bank, und durch die Glaswand konnte er alle Vorgänge beobachten. Das Büro war sehr einfach eingerichtet. Auch Als Anzüge waren schlicht und konservativ. Von dem Jahrmarktsbetrieb war wenig an ihm haftengeblieben. Er sah jetzt wie ein typischer Bankier aus. Nur seine Augen waren dieselben und die gegerbte Gesichtshaut – und geblieben war auch die lange schwere Zigarre zwischen seinen Zähnen. Es ging ihm gut, wie er da im Sessel zurückgelehnt saß, blaue Rauchwolken in die Luft blasend, und Johnny aus halbgeschlossenen Augen betrachtete, während Peter redete.
Johnny sah abgespannt aus, fand er. Er arbeitete zu angestrengt im Studio. Dort ging wenig vor, was Al nicht früher oder später erfuhr, und er war stolz auf Johnnys Arbeit. Seit einem Monat glichen die Magnum-Studios einem summenden Bienenhaus, und das meiste davon kam auf Johnnys Konto.
Aber Linien der Erschöpfung zeichneten sein Gesicht; in diesem Tempo konnte er nicht weiterarbeiten. Und dann war da Johnnys junge Frau. Al schmunzelte bei dem Gedanken vor sich hin. Sie gehörte zu dem Typ, der einem Mann auch nicht gerade viel Ruhe ließ.
Nur mit halbem Ohr hörte er Peter zu. Er war daran gewöhnt, daß Filmleute in seinem Büro saßen, die Geld leihen wollten. Es war eine eigenartige Branche. Ganz gleichgültig, wieviel Geld sie hatten, sie brauchten immer noch mehr, um etwas zu tun, wozu ihr eigenes Kapital nicht reichte. Im allgemeinen lieh er ihnen das Geld, und es ging in Ordnung.
Er erinnerte sich daran, wie er hierhergekommen war. Das letzte, wor-

an er damals gedacht hätte, war, Bankier zu werden. Aber eines Tages, als er mit seinem Bruder Luigi vor seiner Farm saß und die Wechsel ordnete, die er von den Filmleuten ringsum in Händen hatte und die er in einer kleinen Schachtel in seinem Toilettentisch aufhob, hatte er sie zufällig zusammengezählt – es waren eine Viertelmillion Dollar. Da hatte er im Scherz zu Luigi gesagt, er könnte ebensogut eine Filmbank aufmachen, und Vittorio, der Sohn seines Nachbarn, der Buchhalter in einer Bank in Los Angeles war und in diesem Augenblick gerade zu ihm und seinem Bruder trat und die Bemerkung hörte, hatte gesagt: »Warum nicht, Mr. Santos?«

Und er hatte es getan, zunächst in einem kleinen Laden. Über die Tür hingen sie ein kleines Holzschildchen: »Unabhängige Bank. Anleihen an die Filmindustrie.«

Die Filmindustrie wuchs, und mit ihr die Bank. Von jenem kleinen Laden bis zu dem großen Bankhaus, das er heute in Los Angeles besaß, war ein weiter Weg. Heute stand in Goldbuchstaben auf der Tür: »Fünfzig Millionen Dollar Kapital.«

Peter war fertig und wartete auf Antwort. Al riß sich aus seinen Gedanken und sah Peter durchdringend an. Er hatte immerhin genau genug zugehört, um zu wissen, worum es ging – um eine zusätzliche Anleihe von zwei Millionen Dollar, mit denen Peter Georges Anteil an den Magnum-Theatern kaufen wollte. »Warum will George verkaufen?« fragte er.

Peter antwortete schnell: »Er will mehr Zeit für seine eigenen Theater haben.«

Al lehnte sich zurück und dachte nach. Er hielt das keineswegs für Georges einzigen Grund. Außerdem waren noch andere Faktoren zu berücksichtigen. »Du schuldest uns bereits dreieinviertel Millionen«, sagte er gelassen, »und es wird schwer sein, den Vorstand dazu zu bewegen, dir weitere zwei Millionen zu bewilligen. Wie willst du die Wechsel einlösen?«

Peter räusperte sich nervös. Manchmal wußte er nicht, warum er das Geschäft immer größer werden ließ – er hatte nur mehr Sorgen dadurch. »Wir werden die Anleihe in Fünfundsiebzigtausend-Dollar-Wechsel umsetzen, pro Woche ist einer zahlbar. Auf diese Weise ist die neue Anleihe innerhalb eines Jahres abgezahlt und die alte erheblich reduziert. Als Sicherheit biete ich dir eine Zehnjahreshypothek auf alle Magnum-Theater. Sie sind etwa das Doppelte der Anleihe wert.«

»Fünfundsiebzigtausend Dollar ist eine Menge Geld«, sagte Al nachdenklich. »Bist du sicher, daß du sie jede Woche aufbringst?«

»Ganz sicher«, sagte Peter zuversichtlicher, als er sich fühlte. »Wir haben eine wöchentliche Bruttoeinnahme von dreihunderttausend, und Ende des Jahres, wenn die Auslandsorganisation auf vollen Touren läuft, müßten es vierhunderttausend werden.«
»Wer soll die Theater leiten, wenn George ausscheidet?«
»Johnny.«
»Und du hältst den Plan für gut?« wandte sich Al an Johnny.
Johnny hatte bisher geschwiegen. »Es wird 'ne Menge Schwierigkeiten geben«, sagte er aufrichtig, »aber ich denke, im Endergebnis wird es glattgehen.«
Al dachte nach – Georges Standpunkt in der Angelegenheit war ihm noch nicht ganz klar –, aber die übrigen Voraussetzungen für die Anleihe waren gut. Er stand auf. »Klingt, als ob alles in Ordnung wäre«, sagte er. »Ich werde deine Unterlagen an Vittorio weitergeben und sag' dir in ein, zwei Tagen Bescheid.«
Peter lächelte erleichtert. Er wußte aus Erfahrung, daß Vittorios Meinung nicht von Bedeutung war, wenn Al eine Sache für gut hielt. »Danke, Al.«
Sie schüttelten sich die Hand. An der Tür sagte er vorwurfsvoll zu Johnny: »Du bist erst einmal draußen auf der Farm gewesen, seit du hier bist.«
Johnny sah ihn rasch an. Er war so in Anspruch genommen, und außerdem wollte Dulcie nicht hin. Sie behauptete, die Farm mit ihrer Stille deprimiere sie. Entschuldigend sagte er: »Ich arbeite immer ziemlich lange.«
»Werde nur nicht ganz fremd! Ich möchte auch mehr von deiner hübschen Frau sehen. Ich bin zwar ein alter Mann, aber eine schöne Frau gefällt mir immer noch, besonders, wenn sie praktisch zur Familie gehört.«
Als Johnny und Peter gegangen waren, schüttelte Al den Kopf. Etwas quälte Johnny, und zwar nicht nur das Geschäft – er kannte Johnny zu gut. Vielleicht war es seine Frau. Sie sah nicht aus, als ob sie zu Hause bleiben und Kinder großziehen würde, vor allem, nachdem sie einmal gefilmt hatte. Al setzte sich wieder an seinen Schreibtisch und läutete nach Vittorio. Während er auf ihn wartete, blätterte er Peters Unterlagen durch, aber seine Gedanken waren noch bei Johnny. Schade, daß es zwischen ihm und Peters Tochter nichts geworden war. Sie hätte besser zu ihm gepaßt. Vittorio kam herein, und Al gab ihm die Papiere. »Sieh das durch, wir wollen Kessler weitere zwei Millionen leihen.«

Auf dem Weg zum Studio schwieg Peter fast die ganze Zeit.

Der Wagen hielt vor dem Verwaltungsgebäude, und Johnny folgte Peter ins Büro. Peter sagte verlegen: »Wenn wir die Anleihe kriegen, wirst du wohl eilig nach New York zurück müssen. Wir müssen hinter dem Geschäft her sein, wenn die Fünfundsiebzigtausend pro Woche aufgebracht werden sollen.«

Johnny gab keine Antwort, sondern sah aus dem Fenster. Peter fuhr fort: »Du hast hier alles getan, was nötig war, ich werd' jetzt schon zurechtkommen. Wir brauchen dich in New York.«

»Und Dulcie?« fragte Johnny bitter.

Peter sah unbehaglich drein. Es war wirklich eine Schande, ihre Flitterwochen zu stören – sie waren erst einen Monat verheiratet. Unbeholfen sagte er: »Ich werde mich um sie kümmern und sie nach New York zurückschicken, sobald der Film fertig ist.«

Johnny wußte, daß nichts anderes übrigblieb. Wenn die Anleihe zustande kam, mußte er nach New York zurück. »Erinnere mich daran, daß ich in Zukunft niemals wieder eine Frau von mir mit hierher bringe«, sagte er zornig. Aber die Worte taten ihm sofort leid, es war ja nicht Peters Schuld. Es war eben eine verrückte Branche, man wußte nie, was als nächstes geschehen würde.

11

»Rock!« Seine Stimme hallte in der Wohnung wider; er wartete auf Antwort, aber es kam keine. Er öffnete die Tür zu Roccos Zimmer, aber es war leer.

Er trug den Koffer in sein Zimmer. Seltsam, daß Rocco nicht zu Hause war. Wohin mochte er wohl gegangen sein? Noch etwas verwirrt begann er mit dem Auspacken. Zuallererst nahm er Dulcies Fotografie heraus und stellte sie auf seinen Toilettentisch.

Das Bild war erst vor ein paar Tagen draußen im Studio aufgenommen worden, und es zeigte die Unergründlichkeit ihrer Augen, die reizvolle Kurve ihrer Lippen über den ebenmäßigen weißen Zähnen und den weichen Fall ihres Haares.

Sie war außer sich gewesen über seine plötzliche Abreise und hatte ihre Filmarbeit im Stich lassen wollen. Er hatte sie überreden müssen zu bleiben; er lächelte noch in der Erinnerung daran. Sie hatte sogar geweint, weil er abreiste. Sie hatte es zwar vor ihm zu verbergen gesucht, aber er hatte es gemerkt.

Er war mit Auspacken fertig. Es war zwei Uhr morgens. Wo, zum Teufel, blieb Rocco? Plötzlich lachte er auf. Der Junge hatte auch ein Recht auf ein bißchen Vergnügen.
Er zog sich aus und setzte sich auf die Bettkante, um die Prothese abzunehmen. Unbehaglich, dies Alleinsein! Er stand auf und ging in Roccos Zimmer – vielleicht hatte er ihm einen Brief hinterlassen.
Aber es war nichts da. Impulsiv zog er eine Schublade auf – sie war leer. Er öffnete die andern Schubladen – gleichfalls leer. Er sah in den Schrank – Roccos Anzüge waren weg.
Nachdenklich tappte er in sein Zimmer zurück. Da fiel ihm etwas ein. Rocco hatte sicher geglaubt, er käme mit Dulcie zurück, und hatte deshalb Platz gemacht. Wie töricht, daß er nicht früher daran gedacht hatte!
Er nahm das Bein ab und legte sich hin. Er würde Rock vermissen. Dann tauchte Dulcies Gesicht vor ihm auf, und er dachte im Einschlafen: Man kann nicht alles haben.
Aber er schlief unruhig. Selbst im Traum quälte ihn ein Gefühl der Einsamkeit. Seltsamerweise vertrieb Dulcies Gesicht dies Gefühl nicht.

»Guten Morgen, Jane!« rief er, als er munter ins Büro trat.
»Du hast es also getan«, sagte sie mit gespieltem Ernst. »Du hast mich verlassen!«
Er lachte und nahm ihre Hand. »Sprichst du so mit deinem Chef, wenn er sich verheiratet hat?«
Sie tat so, als sähe sie sich um, ob er allein sei. »Die Luft scheint rein, ich sehe deine Frau nicht, so kann ich dir wohl einen Kuß geben.«
Sie küßte ihn rasch und sah ihn dann an, jetzt wirklich ernst. »Alles Gute, Johnny! Hoffentlich wirst du sehr glücklich.«
»Bestimmt«, sagte er zuversichtlich, »ich bin ein Glückspilz. Sag Rock, er soll zu mir kommen, wenn er aufkreuzt, ich hab' ihm was zu sagen.«
Er ging in sein Büro. Auf seinem Schreibtisch lag die Post, und er begann sie durchzusehen, als das Telefon läutete. Irving Bannon war am Apparat. »Johnny, alter Junge, du hast uns schön an der Nase herumgeführt.«
Johnny lächelte. Wahrscheinlich würde er sich den ganzen Tag ähnliche Dinge anhören müssen. »Irving, ich war genauso überrascht wie die andern.«
»Glaub' ich kaum. Aber ich will's vergessen, wenn du mich deiner Frau gleich vorstellst, wenn sie hier ist. Ich hab' Bilder von ihr aus dem Studio gesehen, sie ist eine Schönheit.«

Johnny war geschmeichelt. »Danke, Irv. Ich werde meiner Frau sagen, daß du angerufen hast. Sie wird sich freuen, ich hab' ihr eine Menge von dir erzählt.«
»Warte, bis sie hört, was ich ihr von dir erzähle!« sagte Irving lachend. »Wiedersehen, Johnny, und alles Gute für euch beide.«
»Danke, Irv. Auf Wiedersehen.« Johnny hing schmunzelnd auf. Im Büro zerbrachen sie sich wahrscheinlich die Köpfe über Dulcie. Wenn sie zurückkam, würde er eine Gesellschaft für sie geben und sie mit allen Leuten bekannt machen.
Dann rief George Pappas an. »Hallo, Johnny«, sagte George, »herzliche Glückwünsche!«
»Danke, George.«
»Als ich in der Zeitung gelesen hab', daß du geheiratet hast, haben mein Bruder Nick und ich gesagt: ›Das sieht Johnny ähnlich, daß er so im stillen heiratet.‹ Wie ist es denn dazu gekommen?«
»Frag mich nicht, George, ich kann es selbst noch kaum glauben. Ich bin ein Glückspilz.«
»Stimmt. Deine Frau ist wunderschön.«
Johnny freute sich. Alle sagten das, und er war stolz darauf, daß er eine soviel bewunderte Frau erobert hatte. »Danke, George.« Dann wechselte er das Thema. »Ich hab' mit Peter gesprochen, und ich hab' Nachrichten für dich.«
George lachte leise. In Gedanken war er immer noch bei Johnnys plötzlicher Heirat. Was für ein schönes Geschöpf! Und sie war sicher auch reizend, sonst hätte Johnny sie nicht geheiratet. »Was für Nachrichten?« fragte er geistesabwesend.
»Peter will die Theater nicht verkaufen.«
George war einen Moment still. Dann fragte er in geschäftsmäßigem Ton: »Und was will er tun?«
»Er will deinen Anteil kaufen, wenn wir uns über den Preis einig werden.«
George dachte darüber nach, was Johnny damit wohl meinte. Vorsichtig sagte er: »Der Preis muß natürlich nach der gegenwärtigen Marktlage kalkuliert werden.«
»Die Preise sind im Moment unnatürlich hoch.«
»Sicher«, stimmte George zu, »aber man kriegt sie.«
Johnny lachte. »Schau, George, wir sind alte Freunde und wollen offen miteinander reden. Wir können anderthalb Millionen für deinen Anteil aufbringen. Außerdem tragen wir alle Unkosten, die durch den Verkauf entstehen. Du verdienst also eine glatte halbe Million dabei.«

George zögerte. Die Theater waren im Moment mehr wert. Außerdem brauchte er eine größere Summe für sein Theaterbauprogramm. »Sag eindreiviertel Millionen, und es ist abgemacht.«
»In Ordnung«, sagte Johnny prompt. Peter würde sich über die Ersparnis von zweihundertfünfzigtausend Dollar freuen. Aber auch George war zufrieden. Er hatte mehr bekommen, als die Theater wirklich wert waren, und der Gewinn ließ ihm Spielraum genug für seine künftigen Pläne.
Sie kamen überein, sich am nächsten Tag zum Lunch zu treffen und alles Weitere zu besprechen.
Johnny läutete nach Jane. »Wo ist Rock?« Sie sah ihn verwundert an. »Ich weiß nicht, ich werde Bannon mal anrufen, vielleicht ist er zu ihm gegangen, nachdem er den Wagen geparkt hat.«
»Welchen Wagen?« fragte Johnny.
Plötzlich fühlte Jane, daß irgend etwas nicht stimmte. »Deinen Wagen, nachdem er dich hier abgesetzt hat«, sagte sie; ihr Herz schlug heftig.
»Meinen Wagen? Aber ich bin doch mit dem Taxi gekommen!«
Sie fühlte, wie ihr das Blut ins Gesicht stieg, und ihre Stimme zitterte. »Hat er dich denn nicht hergebracht?«
»Nein. Als ich heute nacht ankam, war er gar nicht zu Hause. Ich hab' ihn seit meiner Hochzeit nicht gesehen, seit er nach New York zurückfuhr.«
»Nach New York . . .?« Plötzlich wußte Jane, was geschehen war. Die Tränen traten ihr in die Augen. »Er ist nicht hiergewesen.« Sie taumelte leicht.
Johnny sprang vom Stuhl auf und hielt sie fest, sie zitterte am ganzen Körper. »Was ist los?«
Sie verbarg das Gesicht an seiner Schulter. »Hast du es denn nicht gewußt?«
»Du und Rocco?« fragte er überrascht.
Sie nickte stumm.
Was für ein Narr war er gewesen! Er hätte es sehen müssen. Und er hatte nur an sich gedacht, während es für sie viel mehr bedeuten mußte. Zögernd sagte er: »Vielleicht hat er mal Ferien gemacht, er . . .«, er brach mitten im Satz ab, er hatte sagen wollen, daß Rock sich in der letzten Zeit nicht besonders gut gefühlt hatte, aber das hätte die Sache nur noch schlimmer gemacht.
Sie gewann ihre Beherrschung zurück. Automatisch faßte sie nach ihren Haaren. »Ich seh' sicher schrecklich aus.«
Johnny mußte lächeln – eine echt weibliche Bemerkung unter diesen

Umständen! Er holte eine Flasche und zwei Gläser aus seinem Schreibtisch. »Du brauchst was zu trinken.«
Sie trank, und ihr Gesicht bekam wieder Farbe. »Schon besser.«
»Wirklich?« fragte er ängstlich.
Sie nickte und lächelte sogar etwas.
»Wahrscheinlich machen wir uns wegen nichts Sorgen«, sagte er zuversichtlicher, als ihm zumute war. »Rock hat sicher Ferien gemacht und ist noch nicht wieder da, weil er mich nicht so früh zurückerwartet hat.«
Sie sah ihn an, ohne zu antworten, er tat ihr leid. Er begriff nicht, was geschehen war. Aber sie konnte es ihm nicht sagen, er mußte es selbst herausfinden. In ihrem Zimmer läutete es. »Das Telefon«, sagte sie rasch und ging hinaus.
Johnny sah nachdenklich hinter ihr her. Rocco hätte ihm etwas über seine Pläne sagen sollen. Jane war auch erschrocken. Es sah Rocco gar nicht ähnlich. Langsam wurde er zornig, aber eine kleine Stimme flüsterte ihm zu: Worüber beklagst du dich? Rocco schuldet dir nichts, aber du ihm sehr viel.
Aber was wird mit Jane? fragte er sich.
Das geht dich nichts an, antwortete die Stimme. Du hast dir auch früher keine Gedanken über sie gemacht, du hast ja nicht einmal was gemerkt!
Das Telefon läutete, und er hob ab. Als das Gespräch beendet war, versuchte er sich zu erinnern, woran er vorher gedacht hatte, aber ohne Erfolg. Nur ein undeutliches Gefühl des Versagens blieb in ihm — ein Gefühl, das sich vor Ablauf des Tages noch verstärken solle.

12

Dienstag abends kam Jane immer spät aus dem Büro weg; es war der Abend, an dem die Wochenschau fertiggestellt wurde, und Johnny blieb da, bis sie fertig war. Sie ließen sich Kaffee und belegte Brote holen; wenn sie die gegessen hatten, war es gewöhnlich sieben Uhr und Zeit für Johnny, in Bannons Büro zur Abnahme der Wochenschau zu gehen, gegen neun kam er zurück, und dann gingen sie weg. Jane benutzte die Zwischenzeit, um Briefe zu schreiben, denn Anfang der Woche häuften sich die Posteingänge.
Dieser Dienstagabend bildete keine Ausnahme, obwohl Johnny erst

morgens aus Kalifornien eingetroffen war. Etwa um acht Uhr hatte Jane den letzten Brief getippt und seufzte erleichtert auf. Es war ein langer aufregender Tag gewesen, und sie fühlte sich müde. Einen Augenblick überlegte sie, ob sie nach Hause gehen sollte, aber dann beschloß sie doch, auf Johnny zu warten.

In diesem Augenblick ging die Tür auf, und Rocco stand da. Er sah etwas beschämt aus, doch zugleich zufrieden, ja stolz. Unbewußt griff sie mit der Hand nach ihrem Herzen. In ihr sang es: Er ist nicht fortgegangen! Und plötzlich war sie in seinen Armen und sagte immer wieder: »Rocco, Rocco . . .«, als ob es ein Lied wäre.

»Baby«, raunte er, ihr Haar streichelnd.

Sie lächelte strahlend zu ihm auf. »Sag es noch einmal, Rocco.«

Er küßte sie zart und sah sie an. »Baby!«

Er sagte es sanft, zärtlich und ehrerbietig zugleich, und sie würde glücklich sein, wenn er es ihr Leben lang so sagen würde. »Hör nie auf, es zu sagen, Rocco«, flüsterte sie.

»Nie!«

Sie betrachtete ihn. Er sah gut aus, gewisse Linien in seinem Gesicht waren verschwunden, und aus seinen Augen strahlte Zuversicht.

»Was machst du?« fragte sie.

Er antwortete nicht; während er sie nur forschend ansah, knöpfte er sich rasch den Mantel auf.

Sie starrte auf seine Jacke aus weißem Leinen. Auf der Brusttasche stand in kleinen roten Buchstaben: »Frisier-Salon Savoy-Hotel.« Sie sah ihn ungläubig an – er hatte gesagt, daß er zu seinem Beruf zurückgehen wollte, aber sie hatte es nicht geglaubt.

Kriegerisch fragte er: »Ist etwas nicht in Ordnung?«

Sie konnte in seinen Augen lesen, daß er Angst vor ihrer Antwort hatte, aber das war unnötig. »Nein, nichts – so lange du glücklich bist.«

Er lächelte und sagte schlicht: »Ich bin glücklich – der Spektakel hier war nie was für mich.«

Er hatte recht. Das war nur etwas für Leute wie Johnny, für jemand, der mit Leib und Seele dabei, der davon besessen war. Plötzlich war sie glücklich, daß Rocco nicht so war.

»Es wird Johnny nicht gefallen«, meinte sie.

»In Wirklichkeit bedeutet es Johnny nicht viel«, sagte er einsichtig, »er braucht mich nicht mehr. Ich bin für ihn wie die Krücke, die an seinem Bett steht – er braucht sie nur, wenn er sein Bein nicht anhat.«

Das stimmte. Seit Johnny gehen konnte und erst recht, seit er geheiratet hatte, war Rocco wirklich nur so etwas wie eine Ersatzkrücke für ihn.

»Woran denkst du?« fragte er.

»Ich hab' mir überlegt, wann du wohl um meine Hand anhältst.«

Er lachte. »Du hast sicher die Antwort schon bereit!«

»Ja.«

Plötzlich wurde er ernst. »Und die ist?«

Weich sagte sie: »Du hast es ja gerade gehört.«

Er zog sie an sich. »Worauf warten wir dann noch?« fragte er glücklich.

Als Johnny ins Büro zurückkam, saßen sie auf der Couch. Überrascht blieb er in der Tür stehen. Dann ging er auf Rocco zu und hielt ihm die Hand hin; er sah ehrlich erfreut aus. Sie schüttelten sich etwas verlegen die Hände, und Johnny sagte: »Warum jagst du uns einen solchen Schrecken ein? Jane ist heute morgen beinahe umgekippt.«

Johnny sah, wie Rocco einen Blick mit Jane austauschte. »Wo, zum Teufel, hast du gesteckt?« fragte er gutmütig.

»Ich hab' gearbeitet«, antwortete Rocco gelassen, »in einem Friseursalon.«

Johnny lachte. »Du willst mich wohl auf den Arm nehmen, was?«

»Keineswegs. Als ich nach New York zurückfuhr, hab' ich mich dazu entschlossen. Hier gibt's nichts mehr für mich zu tun.«

»Was meinst du damit? Du hast hier einen Job.«

»Das kann ein Laufbursche machen für sehr viel weniger, als du mir bezahlst«, sagte Rocco verächtlich.

Johnny schwieg. Rocco hatte recht. Wortlos gab er Rock eine Zigarette, er schämte sich plötzlich. »Es tut mir leid, Rock, ich hätte das sehen müssen. Sag mir, was du für eine Stellung haben willst, und du kriegst sie.«

Rocco sah Johnny an. Er wußte, daß dieser es wirklich gut mit ihm meinte, nur dachte er eben, Film sei das einzige auf der Welt. »Ich hab' die Stellung, die ich mir wünsche.«

»In einem Friseursalon?« fragte Johnny ungläubig.

»In einem Friseursalon.«

»Warum machst du dann nicht wenigstens ein eigenes Geschäft auf?«

»Das tu' ich eines Tages auch vielleicht.«

»Ich kann dir das Geld dazu geben«, schlug Johnny vor, »dann kannst du es jetzt schon tun.«

»Es ist nicht das Geld«, erklärte Rocco, »ich hab' nichts verbraucht, seit ich bei dir bin, und hab' fünfzehntausend im Strumpf, aber ich möchte jetzt noch nicht.«

»Nein.«

»Dann kann ich gar nichts für dich tun?«

Johnny sah plötzlich müde und erschöpft aus. »Es tut mir leid, Rock, daß alles so gekommen ist«, sagte er leise.

»Es ist nicht deine Schuld allein, Johnny, und ich hoffe, du bist mir nicht böse.«

»Nein, bestimmt nicht. Ich schulde dir viel, was ich dir nie bezahlen kann. Danke für alles, Rock.«

»Du schuldest mir nichts, Johnny«, sagte Rocco verlegen; er versuchte zu scherzen: »Laß dir nur die Haare bei mir schneiden, das ist alles, was ich von dir verlange.«

Sie schwiegen beide unbehaglich, keiner wußte, was er sagen sollte. Schließlich brach Rocco das Schweigen. »Ist es dir recht, wenn ich Jane jetzt mitnehme? Wir haben 'ne Menge zu besprechen.«

»Natürlich, du brauchst doch nicht zu fragen.«

Als sie gegangen waren, fühlte er sich seltsam allein. Er wünschte plötzlich, Dulcie wäre bei ihm. Er wollte sie anrufen, aber ihm fiel ein, daß sie noch im Studio sein mußte, vor elf würde sie nicht nach Hause kommen, sie wollten lange arbeiten. Er würde sie später anrufen. Er fühlte sich leer und erschöpft, in seinem Mund war ein bitterer Geschmack. Wenn er erst mit Dulcie gesprochen hatte, würde es ihm bessergehen.

Nachspiel 1938

Freitag

Es war ein Tag von der Sorte, an dem ich hätte im Bett bleiben sollen. Alles ging schief, und ich konnte es nicht ändern. Freitag war nicht mein Tag.

Es begann schon morgens, als ich zu Peter ging. Sie ließen mich nicht zu ihm, seine Temperatur war wieder gestiegen, und er durfte keinen Besuch haben.

Ich sprach mit Doris und Esther und versuchte sie ein bißchen aufzumuntern. Ich weiß nicht, ob es mir gelang; aber je mehr ich redete, desto deprimierter wurde ich.

Ich war länger in Peters Haus geblieben, als ich gedacht hatte, und kam erst nach dem Lunch ins Studio. Auf meinem Schreibtisch lag ein Zettel von Larry. »Ruf mich gleich an, wenn du kommst«, stand darauf.

Ich spürte ein seltsames Verlangen, nach Hause zu gehen und ihn erst Montag zu sehen, aber ich tat es nicht, sondern ließ mich mit ihm verbinden.

»Stan und ich hätten dich gern ein paar Minuten gesprochen, wenn du Zeit hast«, sagte er.

»Kommt gleich«, entschloß ich mich nach einer Sekunde des Zögerns.

»Gut.«

Ich überlegte noch, was sie wohl von mir wollten, als sie auch schon hereinkamen. »Setzt euch, Jungens. Was ist los?« fragte ich munterer, als mir zumute war.

Ronsen kam sofort zur Sache. Er sprach, aber es waren Farbers Gedanken. »Ich hab' beschlossen, für nächsten Mittwoch eine Sondersitzung des Vorstandes in New York einzuberufen. Wir müssen Stans Position ohne Aufschub klarstellen.«

»Klingt, als ob es in Ordnung wäre«, stimmte ich zu. »Was wollt ihr denn klarstellen?«

Ronsen antwortete unbehaglich: »Erstens müssen wir endlich eine Position für Dave schaffen. Er ist seit ein paar Monaten bei uns, aber bis jetzt ist das nicht Fisch noch Fleisch. Wir müssen seine Verantwortlichkeit klar abgrenzen. So, wie es jetzt steht, weiß niemand genau, was er eigentlich tun soll.«

»Ich hab' schon eine Idee, was er tun soll, aber sie wird wohl kaum mit eurer übereinstimmen«, bemerkte ich sanft.

Farber wurde rot, aber Ronsen ignorierte meine Bemerkung einfach. »Ich habe vor – hm« – er geriet etwas ins Stottern –, »ihn zum Vizepräsidenten wählen zu lassen. Er soll die Produktion übernehmen.«

Ich nickte. »Ein hübscher Titel. Bei der ›Metro‹ und auch bei der ›Fox‹ hatten sie mal einen. Aber die verstanden auch ihr Handwerk. Was, zum Teufel, aber kann der Junge? Er kann die Vorderfront einer Kamera nicht von seinem Hintern unterscheiden. Außerdem, ihr Herren, haben wir einen Produktionsleiter, der sein Geschäft versteht. Ich kann mir Dave nicht auf dem Posten vorstellen – er kann einfach nicht genug dafür.«

Ronsen warf Farber einen unbehaglichen Blick zu und sagte dann versöhnlich zu mir: »Es ist wirklich kein Grund zur Aufregung vorhanden, Johnny. Gordon soll ja bleiben, wir müssen Dave nur einen Titel geben.«

Er wurde unruhig unter meinem Blick und rutschte auf seinem Stuhl hin und her. »Warum?« fragte ich.

Zum erstenmal, seit er in mein Büro gekommen war, sprach Farber. »Das ist ein Teil des Preises, den ihr für die Million zu zahlen habt.«

Jetzt lagen die Karten auf dem Tisch, und ich konnte es ebensogut rasch hinter mich bringen. »Und was ist der Rest des Preises, Stan?« fragte ich. Er gab keine Antwort, Larry nahm wieder das Wort, aber ich fuhr fort, Stanley anzusehen.

»Stanley wird zusammen mit Dave in den Vorstand gewählt. Er erhält spezielle Befugnisse, die kaufmännische Abteilung nach gewissen Ideen, die er hat, umzuorganisieren.«

»Und was sind das für Ideen? Oder stehen da noch ein paar von seinen Verwandten im Hintergrund, von denen ich nichts weiß?«

»Einen Augenblick, Johnny«, sagte Ronsen rasch, »du kennst seine Pläne noch nicht und bist voreingenommen. Der Vorstand hat im Prinzip schon zugestimmt.«

»Wie kommt es, daß ich davon nichts weiß? Schließlich bin ich auch im Vorstand, oder nicht?«

Seine Augen gingen hinter der Brille hin und her. »Es war am Tag nach deiner Abreise, wir mußten schnell handeln. Wir versuchten, dich zu erreichen, haben's aber nicht geschafft.«

Ich lehnte mich bequem zurück. »Als Präsident der Gesellschaft bin ich für ihre Operationen verantwortlich, und zwar sowohl für die Produktion wie für den Verleih. Deine Verantwortung, Larry, ist die finanzielle Seite. Du hast darüber zu wachen, daß die finanziellen

Grundlagen der Gesellschaft gesund sind. Wenn du dich in Dinge mischst, die dich nichts angehen, gefährdest du diese Grundlage und damit deine eigene Stellung. Ich kann verstehen, daß du um das Geld besorgt bist, das du in die Gesellschaft investiert hast, aber ein sehr wichtiger Faktor bei jeder Veränderung der Geschäftsleitung ist nun einmal die Qualifikation der Leute.«

Ich steckte mir eine neue Zigarette an und betrachtete sie etwa so wie ein Lehrer seine Klasse. »Wir wollen diese Qualifikationen einmal untersuchen, zuerst deine. Deine früheren Erfahrungen beschränkten sich auf eine Verbindung mit der Bank, die jetzt Bordens Firma kontrolliert. Diese Bank hat versucht, die Firma nach ihren eigenen Ideen zu leiten, hat dabei Millionen verloren und sich schließlich nach einem Mann umgesehen, der die Firma profitabel leiten könnte, und ihn in George Pappas gefunden. Er allein trägt nun die volle Verantwortung, und daß diese Entscheidung richtig war, beweist der heutige finanzielle Status der Firma.

Die anderen Mitglieder unseres Vorstandes wissen genauso wenig oder noch weniger als du vom Filmgeschäft. Einer ist Bankier, ein anderer Börsenmakler, ein dritter ist in der Konservenindustrie, ein vierter Hotelier. Dann haben wir schließlich noch einen Mann, der von seinem Geld lebt, in den verschiedenen Jahreszeiten in den entsprechenden, gerade in Mode befindlichen Orten wohnt und Vorstandsmitglied der verschiedensten Firmen ist, in die er sein Geld investiert hat. Für sie alle bringt er eine vollkommene sachliche Unkenntnis mit, genau wie für uns. Soll ich fortfahren, meine Herren? Oder reicht es?«

Meine Stimme wurde kalt. »Ich werde nicht erlauben, daß die Geschäftsleitung unserer Firma sich durch die gleiche Inkompetenz auszeichnet, wie es unser Vorstand tut. Der Film mit seiner schwierigen und ungewissen Zukunft braucht erfahrene Leute, keine Amateure. Wenn ihr das Geld sichern wollt, das ihr investiert habt, kann ich euch nur einen Rat geben: Vorsicht in dieser Branche! Sie ähnelt keiner, mit der ihr früher in Berührung gekommen seid.«

Larrys Gesicht war blaß und angespannt. Ich lächelte ihm zu: »Ihr bringt dem Geschäft das Geld oder wißt doch, wo ihr es hernehmen könnt. Ich will das nicht unterschätzen, aber bleibt bei diesem Teil eurer Arbeit und mischt euch nicht in meinen.«

Larrys Stimme zitterte vor Wut, als er mir antwortete. Seit seiner Kindheit hatte wahrscheinlich niemand mehr so ungeschminkt zu ihm gesprochen. Aber jetzt blätterte der Lack der Höflichkeit von ihm ab, und er sagte wutentbrannt: »Deiner Absicht zum Trotz hat der Vor-

stand Stans Pläne bereits gebilligt und wird das auch noch offiziell tun. Er leitet die Gesellschaft und nicht du. Dies ist nicht länger ein Einmannkonzern wie zu Kesslers Zeiten, und wenn du das bisher geglaubt hast, dann ändere deine Ansicht schleunigst.« Er war zornig aufgestanden.
Diese Art Sprache verstand ich. Kühl sagte ich: »Ihr habt drei Millionen verloren, bevor ihr mich rieft, damit ich eure Kastanien aus dem Feuer hole. Gut, wenn ich das tun soll, muß ich es auf meine Weise tun. Eine zusätzliche Last unfähiger Leute nehme ich nicht auf mich.«
Larry hatte wohl nicht geglaubt, daß ich soweit gehen würde. Er dachte, ich wünschte mir diesen Posten wie nichts sonst auf der Welt, und es war gut, daß er nicht wußte, wie recht er damit hatte. Er rang nach Worten; er hatte seine Beherrschung wiedergefunden; seine Stimme war glatt und höflich: »Warum regen wir uns so auf? Es ist ja nur eine Meinungsverschiedenheit, ich bin sicher, es wird sich ein Weg finden, der uns alle zufriedenstellt – nicht wahr, Stan?« Die drei Millionen gingen ihm nicht aus dem Sinn.
Farber sah mich an, aber mein Gesicht war ausdruckslos. So wandte er sich wieder Ronsen zu und sagte zu dem klagenden Ton, den ich vor vielen Jahren schon einmal von ihm gehört hatte: »Und was bekomme ich dafür, daß ich schließlich die Million leihe?«
Ich wußte, daß ich sie vorübergehend in der Hand hatte. Aber es würde nicht dauern, früher oder später würden sie mich rausdrängen. Ich konnte sie nicht mehr ganz draußen halten, ich hatte der Millionenanleihe schon zugestimmt! Es blieb mir nichts anderes übrig, als den Preis dafür so niedrig wie möglich zu halten.
»Ich bin nicht uneinsichtig«, sagte ich, mich zu ihnen hinüberbeugend, »ich kümmere mich um meine Angelegenheiten und verlange nichts weiter, als daß ihr euch um eure kümmert. Ich hab' nichts dagegen, daß Stan Vorstandsmitglied wird, allerdings ohne Sonderbefugnisse, und ich bin auch vollkommen bereit, Dave eine Chance zu geben. Vielleicht entwickelt er sich so, daß er eines Tages die Produktion leiten kann, aber im Augenblick steht für uns zuviel auf dem Spiel, als daß wir ein solches Risiko eingehen können.«
Ronsen sah Farber an. »Das klingt fair, Stan. Was meinst du?« Seine Stimme war aalglatt.
Farber hätte mich wohl am liebsten zum Teufel gejagt, doch er hatte seine Million schon in unsern Topf geworfen, und er mußte sich, wenn er sie nicht gefährden wollte, wohl oder übel mit meinem Vorschlag einverstanden erklären. Aber der eigentliche Kampf würde nun

beginnen. Mir war klar, daß er nur auf den richtigen Zeitpunkt wartete, um mich abzuschieben.
»Ich werde es mir überlegen«, war alles, was er sagte, dann ging er.
Ronsen sprang auf. Ich lächelte und sagte herablassend: »Lauf ihm lieber nach, Larry, und sieh zu, daß er Verstand annimmt.« Einen Augenblick sah er mich wütend an, dann war auch er gegangen.
Ich wußte, daß ich mir beide zu Feinden gemacht hatte, aber es ließ mich kalt; Leute wie sie hatte man besser zu offenen Feinden. Tief innen freilich wußte ich, daß da eine Fehlerquelle war: Was wir auch im Laufe des Tages beschlossen, abends würden wir es umändern. Unser Geschäft war nun einmal so.

Die Uhr in Doris' Wagen zeigte nach zehn, das Radio spielte leise beim Fahren. Die Nacht war warm und voller Sterne. Sie war still gewesen, seit wir das Restaurant verlassen hatten, und ich sah sie an, während sie den Hügel zu ihrem Haus hinauffuhr.
Sie brachte den Wagen zum Halten. Wir rauchten und lauschten der Musik. Wir begannen gleichzeitig zu sprechen und lachten darüber. Die Spannung lockerte sich, die zwischen uns war, seit wir im Restaurant Dulcie gesehen hatten.
»Was wolltest du sagen?« fragte ich.
Sie zog an ihrer Zigarette, und ich sah die Schatten in ihren Augen. »Du hast sie einmal sehr geliebt.«
Hatte ich Dulcie wirklich geliebt, sie wirklich je gekannt? Ich zweifelte daran. Aber sie war eine gute Schauspielerin, und ich hatte das Geschöpf geliebt, von dem sie mich glauben ließ, daß sie es wäre. Doris würde mir nicht glauben, wenn ich ihr sagte, ich wüßte es nicht, und so antwortete ich: »Ich habe sie geliebt – früher einmal.«
Die Nacht war still, wir hörten die Grillen in den Büschen zirpen. Glühwürmchen leuchteten hier und da auf, und unter uns im Tal waren die langen Lichterketten der Häuser, der Straßenlampen, der Lichtreklamen.
Plötzlich richtete Doris sich auf. »Was geht im Studio vor sich, Johnny, ist was nicht in Ordnung?«
»Nichts von Bedeutung«, antwortete ich.
Aber sie blickte skeptisch drein, sie kannte Hollywood zu gut, um mir zu glauben. »Sag mir das nicht, Johnny. Ich hab' den ›Reporter‹ gestern gelesen. Ist es wahr?«
»Zum Teil«, gestand ich.

»Du hast Scherereien, weil du hierhergekommen bist, um Papa zu sehen. Ich hätte daran denken sollen, als ich dich anrief.«
Sie machte sich Sorgen um mich, trotz allem, was sonst auf ihr lag, und das tat mir gut. »Ich möchte es nicht anders haben, Schatz, auch wenn es bedeutete, daß ich aus der ›Magnum‹ ausscheiden müßte. Bei dir und Peter zu sein, ist mir wichtiger als alles andere.«
Ihre Augen waren verschleiert. »Hoffentlich bekommst du deswegen keine Schwierigkeiten.«
Ich drückte beruhigend ihre Hand. »Mach dir keine Gedanken wegen des alten Onkel Johnny, mein Liebes«, sagte ich zuversichtlicher, als ich empfand, »er ist Herr der Situation.«
Noch nicht zehn Minuten später sollte ich erfahren, wie sehr ich unrecht hatte. Wir hörten einen Wagen auf uns zukommen, und Doris sagte verwundert: »Wer das wohl ist?«
»Christopher«, antwortete ich. Ich erkannte den Wagen. »Ich hab' ihm gesagt, er soll mich kurz nach elf hier abholen.«
Christopher brachte den Wagen neben uns zum Stehen. »Ich soll Ihnen von Mr. Gordon ausrichten, Sie möchten ihn sofort anrufen, es sei dringend«, rief er mir zu.
»Danke, Christopher.« Ich kletterte aus dem Wagen und sagte zu Doris: »Ich nehm' dein Telefon, ja?«
Bob meldete sich sofort, er mußte am Telefon gewartet haben. »Bob, hier ist Johnny.«
Er schrie wütend: »Du hast mir doch gesagt, es käme alles in Ordnung!«
Warum, zum Teufel, war er so wütend? Trocken sagte ich: »Schrei nicht so, sonst hör' ich dich auch ohne Telefon. Natürlich hab' ich das gesagt. Was ist denn nun schon wieder los?«
Er schrie immer noch. »Der Teufel ist los. Du hast mich auch zum Narren gehalten, aber ich mach' nicht mehr mit, ich gehe.«
Jetzt wurde ich zornig. »Hör auf zu schimpfen und sag mir, was passiert ist, ich hab' keine Ahnung.«
»Du hast keine Ahnung?«
»Nein.«
»Dann hat man uns beide verschachert. Billy vom ›Reporter‹ hat mich gerade angerufen. Ronsens Büro hat die Zeitung benachrichtigt, daß Roth und Farber heute abend in New York in einer Sondersitzung des Vorstandes zu Vorstandsmitgliedern gewählt worden sind und daß Roth außerdem zum Vizepräsidenten ernannt und mit der Produktionsleitung beauftragt worden ist.«
Ich schwieg. Ich konnte mir gut vorstellen, wie Farber Larry dazu

überredet hatte: »Riskier es ruhig, Edge geht schon nicht. Er ist zu lange bei der Gesellschaft, sie ist sein Augapfel.« Und er hatte sogar recht. Zu Bob sagte ich: »Unternimm nichts, bevor ich dich gesehen hab'. Wenn ich dich am Wochenende nicht sehe, treffe ich dich Montag im Büro.«

Dann meldete ich ein Ferngespräch nach New York an, ich mußte Jane sprechen. In New York war es fast zwei Uhr nachts, aber ich mußte herausbekommen, was geschehen war.

Rocco meldete sich schlaftrunken.

»Rock«, sagte ich rasch, »es tut mir leid, aber ich muß Jane sprechen.«

Er war sofort hellwach, und nach einer Sekunde meldete sich Jane.

»Um welche Zeit heute abend war die Sitzung?« fragte ich.

»Um neun. Um sechs kam das Fernschreiben, daß sie einberufen werden sollte, aber es dauerte bis um neun, ehe sie alle zusammen waren. Ich dachte, du wüßtest davon, hab' dir aber auf alle Fälle telegrafiert.«

»Ich verstehe«, sagte ich. Auf meinem Schreibtisch im Büro lagen jetzt wahrscheinlich zwei Schreiben, die man dahin gelegt hatte, nachdem ich gegangen war. Ich war früh weggegangen, weil ich Peter noch sehen wollte.

»Sonst noch was, Johnny?« fragte sie besorgt. Plötzlich war ich müde.

»Nein, danke. Es tut mir leid, daß ich dich aufgeweckt habe.«

»Macht nichts, Johnny.«

Ich hing auf und sah Doris an. Sie las aus meinem Gesicht, daß ich schlechte Nachrichten hatte. »Schwierigkeiten, Johnny?«

Ich nickte. Nichts als Schwierigkeiten. Langsam sank ich in einen Stuhl. Was für ein Tag! Ein schwarzer Freitag. Ich hätte im Bett bleiben sollen.

Dreißig Jahre 1925

1

Johnny sah sich in dem vollgepfropften Raum nach Dulcie um, die vor einem Augenblick noch bei ihm gewesen war, als ihn eine kleine Frau mit einem schmalen Gesicht anrief. »Hallo, Johnny«, sagte sie mit einer hohen, aber nicht unangenehmen Stimme, »komm und laß uns ein bißchen miteinander plaudern. Wir haben so wenig Zeit dafür, daß ich schon fast vergessen habe, wie reizend du bist.«
Johnny lächelte und ging zu ihr. Niemand wagte es, Marian Andrews zu ignorieren. Sie schrieb Berichte, die durch alle Zeitungen gingen, und ihr ständiges Thema war Hollywood. Sie konnte Leute berühmt machen oder vernichten; sie wußte, wie wichtig sie war, und gebrauchte gelegentlich ihre Macht. Aber das alles lag geschickt verborgen hinter einer herzlichen impulsiven Art, sich zu geben, die irgendwie auch in ihre Berichte drang, so daß der Leser das Gefühl hatte, die Nachrichten direkt von einem Nachbarn beim Schwatz über den Gartenzaun hinweg bekommen zu haben.
»Marian, ich hab' dich gar nicht gesehen«, sagte Johnny.
Sie hob eine Augenbraue und entgegnete leichthin: »Eine Sekunde lang dachte ich, du wolltest mich nicht sehen.«
»Warum?« lachte er. »Ich war nur mit den Gedanken woanders.«
»Zum Beispiel bei deiner schönen Frau?«
»Ja — auch«, gestand er.
Sie lachte. »Mach dir keine Gedanken, sie ist nur ein bißchen an die frische Luft gegangen. Ihr Vetter Warren ist bei ihr.«
»Du siehst alles, Marian, nicht wahr?«
Ihre Augen glänzten stolz. »Das ist mein Beruf. Vergiß nicht, daß ich Reporterin bin. Und nun setz dich zu mir.«
Er setzte sich neben sie und dachte, sie nennt sich Reporterin, aber Oberklatschbase der Stadt träfe es besser.
»Gibt Peter nicht eine reizende Gesellschaft für ihren Vetter? Er ist so glücklich, daß Warren seinen ersten Film bei ihm gedreht hat, und du bist sicher glücklich darüber, daß Dulcie seine Partnerin darin ist.«
»Ja«, antwortete Johnny langsam, »wir sind alle sehr zufrieden. Warren Craig hat einen der größten Namen am Theater, und es ist ein entscheidender Gewinn für die ganze Branche, daß er gefilmt hat. Wir waren seit Jahren hinter ihm her.« Er sah sie direkt an.
»Ich hab' gehört, daß du Dulcie so kennengelernt hast«, sagte sie

überschwenglich. »Wie wundervoll für dich! Du gehst hinter die Bühne, um einen Schauspieler zu verpflichten, und gewinnst eine Frau, die einer der führenden Stars wird, und jetzt filmen die beiden zusammen! Wie im Kino!« Sie sah lächelnd zu ihm auf. »Es ist eine herrliche Geschichte. Darf ich darüber schreiben? Jeder würde es gern lesen.«

Er gab lächelnd zurück: »Tu's ruhig.« Du würdest es ja auch tun, wenn ich nein sagte, dachte er.

Sie redete weiter. »Du mußt sehr stolz auf Dulcie sein. Nicht jede wird gleich mit ihrem ersten Film ein Star und macht dann zwei Filme, die noch besser sind als der erste. Ich höre, ihre Filme sind die größten Kassenschlager, die ihr habt.«

Wenn sie nur nicht immer nach zwei Richtungen gleichzeitig sondieren würde, dachte er und sagte: »Ich bin sehr stolz auf sie. Sie wollte immer eine berühmte Schauspielerin werden, und ich wußte auch, daß sie das Zeug dazu hat, aber niemand sah diesen Riesenerfolg voraus. Sie filmte erst überhaupt nur zum Zeitvertreib.«

»Und dann war sie so gut, daß du sie nicht mehr davon weghalten konntest.«

Er lachte trocken. »Stimmt. Sie war zu gut.«

Sie sah ihn scharf an. »Hättest du sie gern vom Filmen zurückgehalten?«

»Es bleibt unter uns?« fragte er offen.

»Es bleibt unter uns.«

»Ehrlich gestanden, ja, aber als ich den Film sah, wußte ich, daß ich keine Chance hatte.« Er hoffte, sie würde Wort halten und es nicht in ihrem Bericht erwähnen.

»Hab' ich mir gedacht«, nickte sie selbstzufrieden. »Es muß schwer sein, mit einer der schönsten und meistbewunderten Frauen verheiratet zu sein und dreitausend Meilen von ihr zu leben.«

»Es ist nicht ganz so schlimm«, sagte er rasch. »Wir treffen uns, sooft wir können. Viermal im Jahr bin ich hier, und sie ist ebensooft in New York.«

Sie klopfte ihm auf die Wange. »Du bist so ein reizender, verständnisvoller Junge. Manchmal tust du mir leid.«

Er sah sie forschend an. Was meinte sie damit? Während seiner letzten Besuche im Studio hatte er gelegentlich schon das Gefühl gehabt, daß die Leute Mitleid mit ihm hatten. »Nicht nötig«, sagte er trocken. »Wir sind sehr glücklich miteinander, trotz der Entfernung.«

»Natürlich, Johnny, natürlich«, stimmte sie zu – beinahe zu rasch.

»Da sind Doug und Mary. Ich muß mit ihnen reden. Entschuldigst du mich?«
Er lächelte nachsichtig. Sie hatte ihn als Quelle für Klatsch erschöpft und suchte eine neue. »Natürlich.«
Sie zögerte einen Augenblick und sah ihn ernst an. »Ich mag dich, Johnny«, sagte sie unerwartet, »du bist ein sehr anständiger Kerl.«
Überrascht von ihrem plötzlichen Ernst sagte er einfach: »Danke, Marian. Aber warum ...?«
Sie unterbrach ihn. »Dies ist ein seltsamer Beruf, Johnny. Wir leben hier wie in einem Goldfischglas, und ich weiß, ich hab' viel dazu beigetragen, daß es so ist. Ich weiß auch, daß vieles, was geredet wird, nicht wahr ist und den Betroffenen nur weh tut und Unfrieden stiftet.«
»Ich weiß, Marian.«
Sie sah erleichtert aus. »Ich bin froh, daß du das verstehst, Johnny. Glaub nichts, was du nicht mit eigenen Augen siehst. Es gibt viele Neider, die dein Glück zerstören möchten.« Und schnell wie ein Vogel war sie weg.
Er sah ihr nach. Das Gespräch hatte zum Schluß eine seltsame Wendung genommen. Was hatte sie wohl gemeint? Er kannte niemanden, der ihn hätte verletzen wollen. In diesem Augenblick traten Dulcie und Warren wieder ins Zimmer. Plötzlich begriff er.
Davor hatte Marian ihn warnen wollen. Dulcie lachte und sah jung und glücklich aus. Sie hatte so schnell Karriere gemacht, daß die Leute ihr den Erfolg neideten. Das hatte Marian ihm begreiflich machen wollen. Er lächelte sicher. Er würde niemandem Glauben schenken, nicht einmal Marian Andrews.

2

Peter hielt die Tür auf und ließ sie eintreten. Nach dem Lärm der Gesellschaft draußen war es in dem kleinen Arbeitszimmer wohltuend still. Im Kamin brannte ein schwaches Feuer, das einen rötlichen Schein auf ihre Gesichter warf.
Er schloß von innen zu. »Damit wir nicht gestört werden«, sagte er lächelnd. »Diese großen Gesellschaften machen mich nervös.«
»Kann ich verstehen«, sagte Borden. »Ich bin froh, wenn ich wieder in New York bin. Das hier ist kein Leben für mich. Manchmal komme ich mir wie ein Sklave unserer Reklamefachleute vor.«
»Ihr mögt so empfinden«, warf Sam Sharpe ein, »aber meiner An-

sicht nach könnt ihr sie nicht entbehren. Draußen sind etwa zwanzig Leute, deren Beruf es ist, der ganzen Welt zu erzählen, was hier vorgeht. Morgen lesen zehn Millionen in Marian Andrews Bericht, daß ganz Hollywood auf der Gesellschaft war, die Peter Kessler zu Ehren von Warren Craig gab, der mit Dulcie Warren zusammen gefilmt hat. Und das ist nur *ein* Bericht. Bares Geld für euch, und ihr jammert!«

»Du brauchst dir ja auch keine Gedanken zu machen«, entgegnete Peter. »Du brauchst nur die zehn Prozent von der Gage deiner Klienten einzustreichen. Aber wir müssen sehen, daß sie auch die Gage wert sind, daß die richtigen Leute zu so einer Gesellschaft kommen.«

»Aber es lohnt sich«, bestand Sam, »es bringt die Kunden zur Kasse.«

Peter goß drei Gläser voll Whisky, und sie tranken. Dann sank er in einen Sessel vor dem Kamin, zog seufzend die Lackschuhe aus und stellte seine Füße auf ein Kissen. »Setzt euch, setzt euch. Ach, das tut gut, Esther hat mich gezwungen, meine neuen Schuhe anzuziehen, und ich bin beinahe umgekommen.«

»Du siehst müde aus«, sagte Borden nach einer Weile, in der jeder der drei seinen eigenen Gedanken nachhing.

»Bin ich auch.«

»Vielleicht arbeitest du zuviel.«

»Das ist es nicht. Aber seit Johnny hier ist, mach' ich mir Sorgen.«

Sie wußten beide, was Peter meinte.

»Wegen seiner Frau?« fragte Sharpe.

Peter nickte abgespannt.

»Ich hab' solche Frauen schon früher getroffen«, sagte Borden, »in unserer Branche läßt sich das nicht vermeiden, aber so schlimm war keine. Die Geschichten, die man sich über sie erzählt, sind haarsträubend.«

»Sie ist ein pathologischer Fall«, sagte Sam grob, »wenn sie so weitermacht, gibt's bald in Hollywood keinen Mann mehr, der nicht in ihrem Bett gelegen hat.«

Peter sah sie an. »Ihr wißt noch nicht die Hälfte. Wenn sie's bei ihrem eigenen Bett bewenden ließe, ginge es noch. Aber überall und zu jeder Zeit passiert es, wenn ihr danach ist. Ich hab' schon drei Männer deswegen entlassen müssen. Und eines Tages kam einer mit Fotos. Sie stand mit einem Kerl in einer Ecke der Dekoration und hatte das Kleid bis zum Gürtel hochgeschlagen. Ich mußte für das Negativ und die Abzüge tausend Dollar bezahlen, aber vielleicht hat er trotzdem Abzüge zurückbehalten. Ich hab' sie in mein Büro gerufen und ihr die Bilder gegeben. Und was sagte sie? Ihr werdet es nicht glauben. Sie

lachte und sagte: ›Der Mann, der die Bilder gemacht hat, ist ein Amateur. Wenn er noch eine Minute gewartet hätte, hätte er mich noch ganz anders erwischt!‹«
Sie schwiegen, und Peter fuhr fort: »Ich hab' zu ihr gesagt: ›Dulcie, du hast einen netten Mann. Wenn er das nun erfährt?‹ Sie hat mich angesehen und gefragt: ›Wer soll's ihm denn erzählen? Du?‹
Sie wußte genausogut wie ich, daß ich es nie tun würde. Sie wollte weggehen, besann sich aber, und auf einmal hatte sie Tränen in den Augen, und ihre Lippen zitterten. ›Du verstehst mich nicht, Peter‹, sagte sie. ›Ich bin nicht glücklich mit Johnny. Es ist nicht nur sein Bein. Er ist unfähig zur Liebe. Ich bin Schauspielerin und muß manchmal das empfinden, was ich spielen soll, sonst bin ich nicht gut.‹ In dem Augenblick tat sie mir beinahe leid. Dann dachte ich, deshalb braucht sie sich noch nicht wie eine Hure aufzuführen und könnte mindestens diskreter sein. Ich sagte ihr, sie solle sich benehmen, oder ich würde ihren Vertrag lösen. Ich war froh, als ich es hinter mir hatte.«
»Armer Johnny«, sagte Borden, »ist es wirklich so?«
Peter wurde rot. »Sie hat gelogen. Ich hab' mit Johnnys Arzt gesprochen, und der hat gesagt, es sei alles in Ordnung mit ihm.«
Er hustete verlegen.
»Was wohl passiert, wenn Johnny dahinterkommt?« meinte Sam.
»Daran mag ich gar nicht denken«, sagte Peter. »Sie ist eine so gute Schauspielerin, daß sie ihn hundertprozentig zum Narren hält.«
»Schade«, sagte Borden, »warum hat nicht ein nettes Mädchen dieses Talent?«
Peter nickte zustimmend.
Sam goß die Gläser wieder voll und fragte Borden: »Wann gehst du nach New York zurück?«
»In ein bis zwei Wochen. Ich hab' auf Long Island ein Haus gekauft, und meine Frau ist ganz aufgeregt vor lauter Einrichten.«
»Du machst die Sache also?« fragte Peter neugierig.
»Natürlich, warum nicht?«
Peter schwieg. Borden stellte seine ganze Firma auf völlig neue finanzielle Grundlagen, dem Rat einiger Bankiers folgend. Er gab Aktien aus, von denen er für sich nur so viel behielt, um sich eine ausreichende Kontrolle über die Firma zu sichern. Er hoffte, auf diese Weise seine Kredite zu reduzieren und künftige große Anleihen überflüssig zu machen.
»Mir gefällt es nicht«, sagte Peter schließlich.

Borden lachte. »Du bist zu altmodisch, Peter. Eine so große Firma leitet heut' nicht mehr ein Mann allein, das wäre verrückt. Warum soll ich gleichzeitig Bankier, Produzent, Theaterleiter und Verleiher sein? Das Geschäft wächst immer noch, und wer weiß, wie sehr? Man braucht dafür Spezialisten.«

»Ich traue ihnen nicht«, beharrte Peter. »Jetzt, wo alles gutgeht, sind sie in Ordnung, aber wie benehmen sie sich, wenn mal harte Zeiten kommen? Vor Jahren, als wir noch klein waren, haben sie uns verachtet. Jetzt, wo wir Geld haben, wollen sie uns helfen. Früher haben sie es nicht getan. Damals gingen wir zu Santos, wenn wir Geld brauchten, und der hat es riskiert.«

»Mit zwölf Prozent Zinsen«, unterbrach Borden.

»Zwölf Prozent war billig genug, wenn wir nirgendwo anders Geld kriegen konnten. Wieviel Aktienkapital behalten deine Bankleute denn für sich?« fragte er Borden.

»Nur fünf Prozent.«

Peter schüttelte den Kopf. »Genug, um Schwierigkeiten zu machen, wenn mal was schiefgeht.«

»Was soll schiefgehen?« fragte Borden. »Nichts. Das Land hat eine wirtschaftliche Blütezeit, sag' ich dir. Außerdem sind diese Leute nicht auf Geld aus, sie haben selber genug davon.«

Peter sah ihn an. »Und seit wann kennst du sie so gut? Was weißt du schon von ihnen?«

Borden lachte zuversichtlich. »Ich kenn' sie ganz gut. Letztes Jahr hab' ich mir das Haus auf Long Island gekauft, mitten unter ihnen. Zuerst hab' ich nicht gewußt, ob ich mit ihnen zurechtkäme, aber sie haben mich eingeladen, in ihre Klubs aufgenommen, und keiner hat mich je daran erinnert, daß ich Jude bin.«

Peter sah düster drein. »Vielleicht wär' es ganz gut, wenn sie dich daran erinnert hätten. Du vergißt, wo du herkommst: aus der Rivingtonstraße, mit Ratten im Hinterhof und den Toiletten im Treppenhaus.«

Borden sah leicht verärgert aus. »Ich vergesse gar nichts, aber ich mache niemanden für meine Herkunft verantwortlich, und heute nimmt mich jeder für das, was ich bin.«

»Nächstes Jahr stehst du vielleicht im goldenen Buch?« sagte Peter mit leichtem Spott.

»Und warum nicht? Wir leben in Amerika, da ist alles möglich.«

Peter starrte ihn mit offenem Mund an. Der kleine Willie Bordanow aus der Rivingtonstraße im goldenen Buch. Er hob versöhnlich die

Hand und sagte auf jiddisch: »Nu sei kein Narr, Willie, ich meine es ja gut, und ich will nur, daß du vorsichtig bist, weiter nichts.«
Borden wurde weicher: »Mach dir keine Sorgen, Peter. Willie Borden legt keiner rein.«
Peter zog die Schuhe wieder an und stand schwerfällig auf. »Ich glaube, wir gehen besser zurück, bevor Esther uns sucht!«
Sam Sharpe sah von einem zum andern. In vieler Beziehung waren sie sich sehr ähnlich; mit keinem war das Leben sanft verfahren. Für alles, was sie besaßen, hatten sie hart kämpfen müssen. Und außerdem hatten sie dauernd Sorgen, ob man sie ihre Abstammung nicht würde fühlen lassen. Er sah, wie sie langsam, als sie zur Tür gingen, wieder die Maske über das Gesicht zogen, die sie vor der Welt trugen, und einen Augenblick taten sie ihm leid. Es war doch wohl hart, Jude zu sein.

3

Warren sah die Frau auf sich zukommen, aber seine Gedanken waren noch bei dem, was Dulcie draußen auf der Terrasse zu ihm gesagt hatte.
Er hatte versucht, sie zu küssen, doch sie hatte ihn ausgelacht: »So bald schon, Warren?«
»Dulcie«, hatte er geantwortet, »du weißt nicht, wie es ohne dich ist. Ich konnte nicht mehr essen, nicht mehr schlafen, überhaupt nichts mehr tun. Was glaubst du wohl, warum ich so bereit war, für Johnny zu filmen?«
Sie hatte wieder gelacht, selbstbewußt, zuversichtlich. Er hatte die Arme um sie gelegt und durch den dünnen Stoff ihres Abendkleides ihre Wärme gespürt. Als er sich über sie beugte, um sie zu küssen, ganz dicht vor ihrem Mund, sagte sie leise: »Erinnerst du dich an das, was ich gesagt habe, als wir uns das letztemal sahen?«
Er hatte gelächelt. »Du warst schön, so schön wie nie zuvor, und zornig.«
Sie schloß die Augen und drängte sich an ihn, bis ihm schwindlig wurde. Dann plötzlich öffnete sie die Augen und starrte ihn mit einer Wut an, die ihn erschreckte. Immer noch leise, aber haßerfüllt sagte sie: »Ich habe es damals so gemeint, und ich meine es heute noch so. Jeder, der mir gefällt, kann mich haben, wenn er will – nur du nicht!«
Dann plötzlich lächelte sie und nahm seinen Arm, als ob nichts vorgefallen wäre. »Wollen wir nicht zur Gesellschaft zurück, Warren?«

Betäubt folgte er ihr ins Zimmer, aber er war zu sehr Schauspieler, um zu zeigen, was er empfand. Im Augenblick, als er über die Türschwelle trat und aller Augen auf sich fühlte, war sein Gesicht genauso strahlend wie das von Dulcie.

»Mr. Craig«, sagte die Frau da vor ihm, »den ganzen Abend schon hab' ich mir so brennend gewünscht, Sie mal allein zu erwischen und mit Ihnen zu plaudern!«

Er lächelte höflich und machte eine kleine Verbeugung. »Es ist mir eine große Ehre.«

»Ich liebe Ihre Stimme«, fuhr die Frau fort, »sie ist so kultiviert. Die meisten Schauspieler hier können überhaupt nicht sprechen!«

»Vielen Dank, Miß ...«, er machte eine beziehungsvolle Pause.

Unbewußt fuhr sie sich übers Haar. Craigs Stimme hatte auf viele Frauen diese Wirkung. »Wie töricht von mir! Ich vergaß, daß Sie hier noch neu sind und mich gar nicht kennen können. Ich bin Marian Andrews.«

Er zog die Augenbrauen hoch und beugte sich über ihre Hand. »Doch nicht *die* Marian Andrews? Eine ebenso große Ehre wie Überraschung.«

»Warum Überraschung?«

»Weil Sie viel jünger sind, als ich bei einer so weltberühmten Reporterin für möglich gehalten hätte.«

»Wie reizend von Ihnen, Warren. Ich darf Sie doch so nennen? Wir hier im Westen sind nicht so formell wie die Leute im Osten. Nennen Sie mich Marian. Ich hab' übrigens gerade mit Johnny Edge gesprochen, er ist so glücklich, daß Sie ›Rendezvous in der Dämmerung‹ für ihn gemacht haben. Es muß für Sie aufregend sein, mit Ihrer schönen Kusine zusammen zu filmen.«

Er lachte. »Das stimmt, Marian, Sie wissen gar nicht, wie sehr. Seit Jahren war Johnny hinter mir her, ich sollte für ihn filmen.«

»Ich weiß. Auch unter welchen romantischen Umständen Johnny und Dulcie sich kennengelernt haben. Doch in Ihrer Garderobe, nicht?«

Er nickte.

Sie sah ihn mit einem abwägenden Blick an. »Und was sagt Ihre reizende Frau zu dem allen? Sie filmt doch nicht mit?«

»Das ist das einzige, was schade ist. Cynthia muß zu den Proben für ihr neues Stück nach New York zurück. Aber hier ist sie, fragen Sie sie selbst.«

Cynthia trat zu ihnen. Und er sagte lächelnd: »Cyn, Marian Andrews möchte wissen, was du vom Film hältst.«

»Vom Film, Warren?« sagte Cynthia nicht ohne Spott.

»Ist es nicht zu aufregend, daß Ihr Gatte seinen ersten Film mit seiner Kusine dreht?«
»Es ist sicher aufregend«, sagte Cynthia sarkastisch, »aber anders, als Sie denken, Marian.«
Sie gefiel Marian sofort. Sie hatte ehrlichen Respekt vor Aufrichtigkeit.
»Ich weiß, was Sie meinen, Cynthia. Ich glaube, wir werden uns gut vertragen.«

4

Caroll Ragin ließ ein Bündel Papier auf Johnnys Schreibtisch fallen.
»Wieder einhundertzwanzig in der Morgenpost, Johnny«, sagte er bekümmert.
»Lauter Kündigungen?«
Ragin nickte. »Und einige unserer besten Kunden sind darunter.«
»Setz dich hin, Carrie, du siehst niedergeschlagen aus.«
»Bin ich auch. Den ganzén Morgen hab' ich rumtelefoniert, und jeder sagt dasselbe: ›Kommt raus aus dem Mittelalter und macht Tonfilme, der Tonfilm setzt sich durch.«
Johnny nahm einen der Verträge auf. Mit Rotstift war quer darübergeschrieben: »Abgelehnt. 10. September 1929.« Die Unterschrift war die eines der ältesten Kunden der ›Magnum‹.
»Hast du mit ihm auch gesprochen?«
»Ja. Er hat dasselbe gesagt wie die andern. Es tut ihm leid, aber...« Ragin schüttelte unglücklich den Kopf.
Johnny blätterte die anderen Verträge durch und stieß wieder auf eine vertraute Unterschrift. »Sogar Morris, der 1912 als erster den ›Banditen‹ gezeigt hat«, sagte er bitter.
»Ich weiß«, antwortete Ragin, »ich hab' ihn sogar daran erinnert, und er hat gesagt: ›Was soll ich machen? Das Publikum will Tonfilme; immer, wenn ich einen Stummfilm spiele, ist das Haus leer.‹ Jeder will Tonfilme – außer Peter. Ich sage dir, Johnny, du mußt Peter auch dazu überreden, oder ich gebe keine zwei Cents für unsere Chancen, im nächsten Jahr im Geschäft zu bleiben!« Seine Stimme war heftig geworden.
Johnny sah ihn verständnisvoll an. Ragin war Leiter des Verleihbetriebes und hatte guten Grund, heftig und gereizt zu sein. Bis zu diesem Jahr war alles glänzend gegangen, und jetzt konnte er arbeiten, soviel er wollte, es war stets umsonst.

Wenn Peter nur vor zwei Jahren auf ihn gehört hätte, als man anfing, den Tonfilm zu diskutieren! Aber Peter war der Ansicht gewesen, es sei nicht von Dauer.
Als Warner den ›Jazzsänger‹ herausbrachte, in dem Jolson sang, aber nur eine einzige Zeile Dialog sprach, hatte Peter gesagt: »Eine Neuheit, weiter nichts.« Aber Peter hatte unrecht gehabt, der ›Jazzsänger‹ kehrte die ganze Branche um.
Ein Film nach dem anderen kam heraus, in dem gesungen und geredet wurde, einige waren sogar schon mit durchgehendem Dialog versehen, aber Peter hielt an seiner Ansicht fest. Vor einem Monat waren die Zeitungen voller Schlagzeilen darüber gewesen, daß Fox in Zukunft nur noch Tonfilme produzieren werde. Borden war mit der gleichen Ankündigung am nächsten Tag gefolgt, und bald darauf alle andern. In der Woche danach erhielt die »Magnum« über vierzig Vertragsannullierungen, vierzehn Tage später waren es über hundert, und jetzt gingen beinahe täglich rund hundert ein. Johnny rechnete aus, daß es bei diesem Tempo nicht lange dauern würde, bis sie erledigt waren.
»Gut, Carrie«, sagte er schließlich, »ich werde noch mal mit ihm reden, aber ich weiß nicht, ob es was nützt. Du kennst Peter. Wenn er sich mal was in den Kopf gesetzt hat . . .«
Ragin stand auf. »Ich weiß. Du kannst ihm sagen, daß ich mir eine neue Stellung suche, wenn er seine Haltung nicht ändert, denn dann werd' ich hier bald nichts mehr zu tun haben.«
»Glaubst du wirklich?«
»Bestimmt. Ich mache mir nichts vor, auch wenn Peter das tut. Ich geh' rüber in mein Büro, falls du mich brauchen solltest. Mal sehen, was die zweite Post gebracht hat.«
Johnny sah noch einmal die Papiere auf seinem Schreibtisch durch, und während er sich klarmachte, was für Folgen das Geschehene haben würde, erfüllte ihm immer stärker ein Gefühl der Furcht.
Es war nicht länger eine Frage, ob Peter seine Ansicht ändern würde, sondern noch mehr die, ob sie sich eine solche Produktionsumstellung heute noch leisten konnten, wenn Peter nachgab. Von der Herstellung eines Films bis zu seinem Erscheinen im Theater verstrichen fast sechs Monate, in manchen Fällen sogar mehr. Diese Zeit brauchte man, um die nötige Anzahl von Kopien herzustellen, für die Reklame, für die Zensur. Es war ein langer und manchmal qualvoller Weg von der Produktion bis zum Zuschauer. Aus diesem Grunde hatten alle Filmgesellschaften einige Streifen in Reserve, und die »Magnum« bildete keine Ausnahme. Sechzehn Filme waren fertig, weitere fünf in Produktion.

Als Johnny daran dachte, preßte er die Lippen zusammen. Es war eine Situation, wie sie sich für gewöhnlich jeder Produzent wünschte, sie hatte nur einen Haken: die Filme waren alle stumm!
Johnny nahm ein Blatt Papier und begann zu rechnen. Das Ergebnis war, daß rund neun Millionen Dollar in Stummfilmen angelegt waren, die das Publikum nicht mehr sehen wollte. Wenn sie sich zur Herstellung von Tonfilmen entschlossen, mußte jeder dieser Filme neu gemacht werden. Abfall für neun Millionen Dollar!
Er rief Fred Collins an, den Oberbuchhalter der Gesellschaft, und fragte: »Fred, wie ist unsere gestrige Bilanz?«
Collin, ein großer Mann mit einer lauten Stimme, trompetete prompt durchs Telefon: »900 142 Dollar und sechsunddreißig Cent.«
»Ziemlich niedrig, nicht?«
»Ja, aber wir bekommen heute anderthalb Millionen von der Unabhängigen Bank.«
»Damit schulden wir insgesamt sechs Millionen Dollar, stimmt's?«
»Jawohl! Das ist das Maximum, was wir leihen können, laut unserem Vertrag mit der Bank. Eine neue Anleihe ist erst möglich, wenn wir unsere bisherigen Darlehen bis auf drei Millionen reduziert haben.«
»Danke, Fred.« Johnny taten die Ohren von Freds dröhnender Stimme weh, obwohl er vorsichtig genug gewesen war, den Hörer ein gutes Stück von seinem Ohr wegzuhalten. Warum mußte Peter auch ein Nebelhorn als Buchhalter engagieren! Aber Collin war in Ordnung, er leistete gute Arbeit.
Dann rief Johnny Ed Kelly an und fragte ihn: »Wieviel Verleihverträge haben wir für 1929/1930 abgeschlossen?«
»Augenblick, Mr. Edge, ich sehe sofort nach.«
Die Filmgesellschaften pflegten ein ganzes Jahresprogramm im voraus zu verleihen, oft sogar, ehe die einzelnen Filme gemacht, ja geplant waren. Man hatte auf diese Weise einen annähernden Überblick, wieviel Einnahmen man im kommenden Jahr zu erwarten hatte.
Kelly meldete sich wieder. »Gestern abend waren es noch achttausendeinhundertundzwölf Verträge, Mr. Edge. Die Annullierungen, die, wie ich höre, heute früh eingegangen sein sollen, sind davon noch nicht abgezogen.«
»Danke, Ed.«
Johnny begann abermals zu rechnen, und das Ergebnis sah nicht gut aus. Im letzten Monat hatten sie beinahe tausend Abschlüsse eingebüßt; jeder Abschluß bedeutete eine durchschnittliche Wocheneinnahme von fünfzig Dollar. Sie würden also im nächsten Jahr infolge der An-

nullierungen rund zweieinhalb Millionen Dollar verlieren. Gingen noch weitere Annullierungen in dem bisherigen Tempo ein, so mußten sie zumachen. Eine Fortführung der Produktion war dann ausgeschlossen. Johnny wischte sich die Stirn. Ob es Peter nun gefiel oder nicht – sie mußten Tonfilme produzieren. Aber woher das Geld nehmen? Von den Banken konnten sie nichts mehr bekommen, und Peter würde wohl kaum genügend eigenes Kapital dafür besitzen. Er mußte einen Weg finden.

5

Er verließ sein Büro und sagte zu Jane: »Ich gehe zum Lunch.« Sie guckte ihn überrascht an, es war erst zwölf Uhr dreißig, und er ging sonst gewöhnlich um eins. Sie sah auf ihren Block. »Vergiß nicht, daß du um zwei mit Rocco verabredet bist.«

»Werd' ich schon nicht, wenn du mich dauernd daran erinnerst.«

»Ich muß dafür sorgen, daß der Junge beschäftigt ist, schließlich ist er ja mein Mann.«

Einen Augenblick lang beneidete er sie. Er fühlte, wie nah die beiden einander waren, wie sie sich verstanden. Zwischen ihm und Dulcie war es nie so, vielleicht weil sie so häufig getrennt waren. Er seufzte fast unmerklich, vielleicht würde sich das auch eines Tages ändern lassen. Zu Jane sagte er: »Was soll ich? Mir die Haare schneiden lassen?«

Sie lachte. »Tu das, und ich kündige! Mindestens die ganze Behandlung mit allem Drum und Dran! Vergiß nicht, daß mein Mann am Geschäft beteiligt ist.«

»Schön, schön! Ich tu's, ich hab' keine Zeit, eine neue Sekretärin anzulernen. Aber es ist Erpressung.«

Sie half ihm in den Mantel. »Das ist ein Teil des Lohnes, den du für meine Tätigkeit zahlen mußt.«

»Ich geb's auf.« Er lachte, aber sein Lachen schlug in einen Hustenanfall um, und die Tränen traten ihm in die Augen.

»Sei vorsichtig, Johnny«, warnte Jane, »du hast deine Erkältung noch nicht überwunden.«

Er nickte und ging. Draußen war die Luft schon herbstlich, obwohl die Sonne, die ihm ins Gesicht schien, noch Wärme gab. Er steckte sich eine Zigarette an, aber der Rauch irritierte seine Lungen, und er bekam einen neuen Hustenanfall.

Er kaufte sich in der Hotelhalle eine Zeitung und betrat das Restaurant. Es war niemand da, der ihn hätte stören können. Deshalb war er so früh gegangen, er brauchte Ruhe, um nachzudenken. Er schlug die Filmseite auf, und sein Blick fiel auf einen Bericht von Marian Andrews. Er las den ersten Absatz:

»Die Warren Craigs lassen sich scheiden. Als ich davon hörte, fragte ich Cynthia Craig, ob es wahr sei, und sie sagte: ›Ja, es ist wahr. Warren und ich trennen uns freundschaftlich. Seine Arbeit hält ihn die ganze Zeit in Hollywood und mich die meine in New York, da sind wir übereingekommen, daß es so am besten ist.‹ Es tut mir sehr leid, denn ich kenne Warren und Cynthia, seit sie vor einigen Jahren zum erstenmal nach Hollywood gekommen sind, und sie sind so ein reizendes Paar. Ich hoffe immer noch, daß sie sich ihre Entscheidung noch einmal überlegen, fürchte aber, sie tun es nicht. Die Dinge sind zu weit gediehen, und außerdem höre ich, daß Warren lebhaftes Interesse an einer anderen jungen Dame nimmt, einem berühmten Filmstar, deren Ruf als Herzensbrecher das Tagesgespräch von Hollywood ist. Zu schade.«

Johnny dachte, als er zu Ende gelesen hatte, daß es Dulcie und ihm wenigstens nicht so schlimm ginge. Sie verstanden sich, und ihre Trennung beeinflußte ihre Beziehungen zueinander nicht.

Die nächste Seite zeigte Fotos von einer Hollywood-Party. Ein großes Bild in der Mitte erregte seine Aufmerksamkeit. Es zeigte Dulcie und Warren, die an einem Tisch saßen, sich bei den Händen hielten und einander zulächelten. Darunter stand:

»Dulcie Warren und Warren Craig, die Stars aus dem letzten Magnum-Film ›Tag der Trauer‹, auf der John-Gilbert-Party. Miß Warren ist mit Johnny Edge verheiratet, Mr. Craig hat gerade seine bevorstehende Scheidung von Cynthia Wright, einer prominenten Schauspielerin, angekündigt. Miß Warren und Mr. Craig sind Vetter und Kusine.«

Johnny lächelte. Dulcie hatte ihm geschrieben, daß die Presseabteilung wünschte, daß man sie und Warren zusammen sähe, es sei eine gute Reklame für ihre Filme. In letzter Zeit waren in den Zeitungen ziemlich viel Bilder mit den beiden erschienen.

Er legte die Zeitungen zusammen und wandte sich seiner Suppe zu, die heiß und würzig war, wie er es gern hatte. Aber er aß sie trotzdem nicht auf, denn die geschäftliche Situation bewegte ihn zu sehr.

Er war sicher, daß Peter keine Einwände mehr gegen die Produktion von Tonfilmen erheben würde, wenn er erst mit ihm gesprochen hatte. Nur, woher sollte das Geld kommen? Sie könnten es vielleicht auftreiben, wenn sie sich an die Bankiers der Wall Street wendeten, aber

zu einem solchen Schritt würde Peter sich nie entschließen. Er legte Messer und Gabel hin und rief den Kellner, um zu zahlen. Er konnte nichts essen.
Es war erst halb zwei, vielleicht war Rocco frei und konnte ihn eher drannehmen.
Rocco lächelte, als er ihn kommen sah. »Du bist früh.«
Johnny nickte. »Ich hab' nur Zeit zum Rasieren.«
»Wie geht's dir, Johnny?«
»Gut.«
»Jane hat mir erzählt, daß du eine schwere Erkältung hattest.«
»Die ist vorbei«, sagte Johnny kurz.
Während Rocco ihn rasierte, schwiegen sie. Als Johnny sich dann die Krawatte band, meinte Rocco, der ihn betrachtete: »Du siehst abgespannt aus.«
»Ich hab' viel zu tun. Aber du siehst gut aus, Rock.«
»Warum soll ich nicht? Ich hab' alles, was ich will.«
»Hm«, sagte Johnny mit einer leisen Spur von Neid, »das stimmt wohl. Ich wollte, ich könnte das auch von mir sagen.«
Rocco versuchte, das Thema zu wechseln. »Rate mal, wer heute hier war!«
»Wer denn?«
»Bill Borden. Junge, war der überrascht, mich hier zu sehen!«
»Das glaub' ich. Was hat er denn gesagt?«
»Nicht viel. Er will seinen Theaterring vergrößern.«
Eine Sekunde lang stand Johnny mit offenem Mund da, dann begann er zu lächeln. Was für ein vergeßlicher Narr war er gewesen! Letztes Jahr hatte Borden ihre Theater kaufen wollen, aber Peter hatte sich geweigert. Das war der Ausweg! Er umarmte Rocco. »Du bist der beste Friseur der Welt, und ich hab' dich gern.« Und weg war er, ohne bezahlt zu haben.
Der Geschäftsführer kam auf Rocco zu. »Ist der Kerl verrückt?«
»Verrückt wie ein Fuchs«, sagte Rocco und ging zur Kasse, um Johnnys Rechnung zu bezahlen. Johnny hatte sich überhaupt nicht verändert, man wußte bei ihm nie, was er als nächstes tun würde.

Aufgeregt und mit gerötetem Gesicht platzte er ins Büro. »Ruf Bill Borden an«, sagte er zu Jane.
Ein paar Sekunden später meldete sich Borden.
»Bist du noch an unsern Theatern interessiert?«
»Natürlich. Hat Peter seine Ansicht geändert?«

»Nein, aber ich glaube, er wird es.«

»Glaubst du wirklich?« Borden wollte die Theater gern haben, aber er kannte Peters Hartnäckigkeit.

Johnny zögerte eine Sekunde. »Ja, ich glaube schon, besonders, wenn ich ihm einen Scheck unter die Nase halten könnte.«

Borden räusperte sich. »Es ist ziemlich ungewöhnlich, einen Scheck über sechs Millionen Dollar auszustellen und nicht zu wissen, ob er angenommen wird oder nicht. Den Aktionären würde es nicht gefallen, wenn sie davon erführen. Ich muß Rücksicht auf sie nehmen.«

»Niemand braucht etwas davon zu wissen. Wenn Peter nein sagt, geb' ich dir den Scheck zurück; sagt er ja, was ich glaube, bist du für deine Aktionäre ein Mordskerl. Vergiß nicht, daß die Theater schließlich acht Millionen wert sind.«

Borden faßte seinen Entschluß, denn Johnny hatte recht. Nahm Peter sein Angebot an, dann besaß die Borden-Gesellschaft den größten Theaterring der Welt. »Wann gehst du weg?«

»Nicht später als fünf.«

»Ich halte den Scheck in meinem Büro bereit. Läßt du ihn abholen?«

»Ich hol' ihn selbst.«

Johnny legte auf und ging hinaus zu Jane. »Besorg mir Fahrkarten für einen Zug nach Hollywood nach fünf Uhr, ich muß heute noch hin.«

Sie starrte ihm immer noch überrascht nach, als ihr Telefon läutete. Es war Rocco. »Was ist mit deinem Chef los, Baby? Er ist hier weggerannt, ohne zu bezahlen.«

»Ich weiß nicht. Er hat mir eben aufgetragen, Fahrkarten nach Kalifornien zu bestellen.«

In diesem Augenblick klingelte Johnny nach ihr und trug ihr auf, in seiner Wohnung anzurufen, seine Koffer packen und hierher bringen zu lassen.

Es war Freitag nachmittag. Wenn er den Fünf-Uhr-Zug noch bekam, konnte er morgens um vier Uhr in Chikago sein und am Samstag gegen elf in Los Angeles.

Er wollte Peter anrufen, ließ es aber. Es wäre in diesem Fall vielleicht besser, ihn zu überraschen. Er wollte auch Dulcie überraschen. Zärtlich lächelte er ihrem Bild zu; in Gedanken hörte er sie vorwurfsvoll sagen: »Oh, Johnny, du hast mich erschreckt. Du hättest mir sagen sollen, daß du kommst.«

Er zog an seiner Zigarette und bekam sofort einen Hustenanfall. Er war seine Erkältung noch nicht los, aber ein paar Tage in der Sonne Kaliforniens würden ihn schon in Ordnung bringen.

6

Der Zug lief bei strömendem Regen in Los Angeles ein, und Johnny fröstelte. Aber sein Gesicht fühlte sich heiß an, und er überlegte, ob er wohl Fieber hätte.
Im Zug war seine Erkältung wieder stärker geworden. Kehle und Brust taten ihm weh, in seinem ganzen Körper hatte er dumpfe Schmerzen. Er nahm zwei Aspirintabletten, und das wunde Gefühl im Rachen ließ etwas nach.
Es war kurz nach zehn, und er beschloß, direkt zu Peter und dann nach Hause zu fahren.
Während er vor Peters Tür stand, prasselte der Regen auf ihn nieder. Er hustete und läutete noch einmal. Es war inzwischen Mitternacht geworden, und das Haus lag dunkel.
Endlich flammte Licht auf, und der Butler steckte seinen Kopf durch den Türspalt.
»Laß mich rein, Max, ich ertrinke hier draußen.«
»Mr. Edge! Wir haben Sie gar nicht erwartet.« Der Butler riß die Tür auf und nahm ihm den Koffer ab.
»Nein; ist Mr. Kessler zu Hause?«
»Er hat sich schon hingelegt.«
»Wecken Sie ihn auf, ich muß mit ihm reden. Ich gehe in die Bibliothek.«
Im Kamin war noch Glut, auf die Johnny etwas Holz warf. Auf dem Cocktailtisch stand eine Karaffe, und er goß sich etwas zu trinken ein.
Peter sah bestürzt aus, als er hereinkam und Johnny am Kamin stehen sah. Esther war direkt hinter ihm.
»Was machst du denn hier? Ich hab's gar nicht glauben wollen, daß du gekommen bist.«
Johnny trank sein Glas aus, er fühlte die Wärme langsam durch seine Kehle rinnen und hustete. »Ich bin hergekommen, um zu sehen, ob ich deinem deutschen Dickschädel nicht etwas Vernunft einhämmern kann«, sagte er freundlich.
Peter sank erleichtert in einen Sessel. »Ist das alles? Ich hab' gedacht, irgend etwas Schreckliches sei passiert.«
»Etwas Schreckliches wird passieren, wenn du nicht Vernunft annimmst.«
»Im Geschäft?«
»Ja.«
Peter stand auf. »Das kann bis morgen warten. Erst werden wir dir

was Heißes zu essen machen, während du dich umziehst. Du bist triefnaß.«
Johnny bekam einen Hustenanfall und preßte die Hand auf die Stirn – zum Überfluß hatte er jetzt auch noch rasende Kopfschmerzen.
Peter sah zu Esther hin. »Mama, hol ihm was Heißes zu trinken.«
Johnny hob protestierend die Hand. »Das ist nicht nötig. Sobald wir hier fertig sind, geh' ich nach Hause.«
»Erwartet Dulcie dich?«
»Nein, ich wollte sie gern überraschen.«
Peter sah aus dem Fenster. »Du solltest bei diesem Wetter nicht mehr raus. Bleib die Nacht hier, du kannst sie morgen früh überraschen.«
»Nein, der schlimmste Sturm ist ja vorbei.«
Esther kam mit einer Kanne Kaffee zurück und goß Johnny eine Tasse ein. »Trink erst, das wird dir guttun.«
»Danke.«
»Du siehst nicht gut aus«, meinte sie besorgt.
»Nur eine kleine Erkältung, weiter nichts.«
Sie setzten sich, und Esther zog den Morgenrock fester um sich. Es war trotz des Feuers kühl, und sie war froh, daß sie Peter dazu gebracht hatte, seinen Bademantel anzuziehen. Als er gehört hatte, daß Johnny gekommen war, hatte er nämlich im Pyjama hinunterlaufen wollen.
»Na, Johnny«, begann Peter nun das Gespräch, »was ist denn so schrecklich Dringendes, daß du mitten in der Nacht aus New York hier ankommst?«
Johnny schwieg einen Moment, dann setzte er seine Kaffeetasse hin und erklärte rundheraus: »Wir müssen Tonfilme produzieren.«
Peter sprang zornig auf. »Ich dachte, das sei alles längst erledigt. Ich hab' schon mal gesagt, daß der Tonfilm sich nicht halten wird.«
»Wir haben im letzten Monat rund tausend Abschlüsse eingebüßt. Täglich kommen etwa hundert Vertragsannullierungen im Büro an, und alle aus demselben Grund, weil wir keine Tonfilme haben. Ragin will sich nach einer anderen Stellung umsehen, weil wir in drei Monaten erledigt sind, wenn nichts geschieht.«
»Das geht vorbei«, sagte Peter, aufgeregt mit den Händen gestikulierend. »Was soll ich denn tun? Die Filme wegwerfen, die ich gemacht hab'? Unser ganzes Geld steckt drin.«
»Wenn die Theaterbesitzer sie nicht spielen, kriegen wir unser Geld nie zurück.«
Peters Gesicht verriet zum erstenmal Unsicherheit. »Glaubst du wirklich, daß sie sie auf keinen Fall spielen werden?«

Johnny wich seinem Blick nicht aus und erwiderte mit Überzeugung: »Bestimmt nicht.«
Peter sank in seinen Stuhl, sein Gesicht war plötzlich ganz grau. »Dann bin ich ruiniert!« sagte er mit brüchiger Stimme. Seine Hand, die eiskalt war, griff nach Esther.
»Nicht, wenn wir sofort Tonfilme herstellen.«
Peter hob hilflos die Hände. »Wie sollen wir das machen? Unser ganzes Geld steckt in der bisherigen Produktion.«
»Du kannst dich an Wall Street wenden wie Borden.« Es kostete Johnny Überwindung, das zu sagen, aber er wollte ganz sichergehen, um Peters Zustimmung zu seinem Plan zu bekommen.
Peter schüttelte den Kopf. »Dazu ist es zu spät. Wir schulden Santos sechs Millionen und können erst neue Kredite aufnehmen, wenn unsere Schuld auf drei Millionen reduziert ist. Laut Vertrag.«
Johnny holte aus seiner Tasche einen Umschlag und gab ihn Peter mit einer melodramatischen Gebärde. »Vielleicht löst das unser Problem.«
Peter öffnete den Umschlag, der Scheck fiel heraus und flatterte zu Boden. Peter hob ihn auf und sah ihn an. »Wofür will Borden mir sechs Millionen geben?« fragte er ungläubig, fast betäubt.
»Für unsere Theater.«
»Aber sie sind fast acht Millionen wert«, protestierte Peter schwach.
Johnny mußte beinahe darüber lächeln, wie fest Peter den Scheck hielt. Wenn er das Angebot ablehnen wollte, hätte er ihm den Scheck vor die Füße geworfen. »Ich weiß, aber wir haben keine Wahl. Wir müssen das Angebot annehmen oder überhaupt aufgeben.«
Peters Augen wurden feucht, und er sah hilflos zu Esther auf.
Johnny, der den Blick auffing, fühlte, wie sich ihm die Kehle zuschnürte. Er stand auf und klopfte Peter tröstend auf die Schulter. »Es kann alles für etwas gut sein, Peter, wer weiß? Wenn wir wieder auf die Beine kommen, holen wir uns die Theater vielleicht zurück. Vielleicht machen wir sogar ein gutes Geschäft. George Pappas ist der Ansicht, daß der Theatermarkt jeden Tag zusammenbrechen muß. Unter Umständen kann es unser Glück sein, wenn wir rechtzeitig aussteigen.«
»Ja, vielleicht. Wir können wohl auch nichts anderes tun.«
»Nein, es bleibt uns nichts anderes übrig.«
»Ich hätte es besser wissen sollen, ich werde alt. Ich sollte mich zur Ruhe setzen und das Geschäft jungen Leuten wie dir überlassen.«
»Unsinn! Jeder macht mal einen Fehler. Und du hast weniger gemacht als andere aus unserer Branche, die ich dir nennen könnte.«
Peter fühlte sich gleich etwas wohler. »Glaubst du das wirklich?«

»Natürlich; ich würde es nicht sagen, wenn ich es nicht meinte.«
Esther lächelte dankbar vor sich hin. Johnny war ein guter Junge, er wußte, wieviel es bedeuten konnte, einmal etwas Freundliches zu sagen.
Da Johnny darauf bestand, nach Hause zu gehen, bestellte Peter den Wagen. Er sah noch, wie Johnny wieder zu husten anfing, als der Wagen abfuhr.
Nachdenklich ging er in die Bibliothek zurück. Er war ein Narr gewesen, die Zukunft des Tonfilms nicht zu sehen. Ohne Johnny wäre er erledigt gewesen. Es gab nicht viele von Johnnys Art.
Plötzlich fiel ihm ein, daß Johnny gesagt hatte, Dulcie erwartete ihn nicht, und ihm wurde heiß und kalt. Er kannte Dulcie und wußte nicht, was Johnny zu Hause vorfinden würde. Was mit Dulcie geschah, war ihm gleichgültig, aber er wollte Johnny Leiden ersparen, und so lief er ans Telefon und wählte Dulcies Nummer. Mindestens fünf Minuten hörte er den Apparat läuten, ohne daß sich jemand meldete. Schließlich legte er auf und ging schweren Herzens zu Bett mit dem Vorgefühl, daß irgend etwas Schreckliches passieren würde.
»Wen hast du angerufen?« fragte Esther.
»Johnnys Frau«, sagte er zögernd, er konnte sich nicht überwinden, ihren Namen auszusprechen, »ich wollte nicht, daß sie erschrickt.«
Esther verstand. »Es ist eine Schande«, sagte sie kopfschüttelnd auf jiddisch.

7

Das Läuten des Telefons weckte ihn, und er knipste die Nachttischlampe an. Dulcie, die ihn beobachtete, fragte träge: »Wozu tust du das?«
»Das Telefon klingelt«, sagte er unsicher, wollte den Hörer abnehmen und ihr geben, aber sie hielt ihn fest. »Laß es ruhig klingeln, Warren.«
»Vielleicht ist es was Wichtiges.«
»Oder eine falsche Nummer.«
Das Läuten störte ihn. In der nächtlichen Stille hatte es einen warnenden Klang. Er setzte sich auf und steckte sich mit leicht zitternden Händen eine Zigarette an.
»Aber, Warren«, sagte sie spöttisch, »du bist ja nervös.«
Er antwortete nicht, stand auf und ging zum Fenster. Draußen regnete es in Strömen, der Wind heulte. »Das Wetter macht mich verrückt«, sagte er gereizt, »schon drei Tage nichts als Regen!«
Seit der Ankündigung seiner bevorstehenden Scheidung war er durch-

einander. Sie streckte die Arme nach ihm aus. »Komm zurück ins Bett, Baby«, sagte sie mit leiser heiserer Stimme, »Mami hat etwas, was dich beruhigt.« Das Telefon schwieg.
»Siehst du, es hat aufgehört.« Sie neigte den Kopf zur Seite, so daß ihr Haar in Wellen über ihre Schultern flutete.
Die Sprungfedern knirschten, als er sich neben sie aufs Bett setzte. »Erschreckt dich denn nie etwas, Dulcie?«
Sie lachte und zuckte die Schultern, wobei ihr Nachthemd herunterglitt. »Warum sollte es? Ich hab' nichts zu fürchten.« Sie preßte seine Hände gegen ihre Brüste.
Er fühlte ihre Wärme in seinen Armen, und seine Gereiztheit ließ nach. Statt dessen empfand er eine wachsende Erregung, und für eine Zeitlang hörte man nur ihrer beider Atemzüge.
Er wollte das Licht löschen, aber sie sagte mit weit geöffneten, seltsam funkelnden Augen: »Laß es an, ich seh' gern, wohin ich gehe.«
Er beugte sich über sie, ihre Zähne bissen in seine Unterlippe, ihre Arme umschlangen ihn und zogen ihn hinunter.
Minuten verstrichen. Sein ganzer Körper war lebendig und wild, wie er es nie zuvor gekannt hatte. Ihm war, als ob er in einem Meer ungekannter Empfindungen und Erregungen ertränke.
Einmal öffnete er die Augen und sah sie an. Ihre Augen waren halb geschlossen, durch die schmale Öffnung der Lider glitzerten sie vor Lust, Lust an der Macht und an den Begierden ihres Körpers. Zwischen ihren weißen Zähnen sah er ihre Zungenspitze rosa schimmern, ihr Atem schlug in heftigen Wogen gegen sein Gesicht.
Er schloß die Augen wieder und überließ sich diesem dunklen Meer der Lust. Doch plötzlich hörte er ein Geräusch und wandte erstarrt den Kopf: die Klinke wurde niedergedrückt, und langsam öffnete sich die Tür.

Johnny lehnte sich im Wagen in den Sitz zurück. Er fühlte sich müde, hatte rasende Kopfschmerzen und fröstelte. Er zündete sich eine Zigarette an, aber der erste Zug rief einen wütenden Hustenanfall hervor, und er mußte sich das Gesicht abtrocknen, das schweißbedeckt war. Er sah nach dem Haus zurück, auf das Peter so stolz war, besonders auf den Swimming-pool. Johnny war froh, daß er trotz seines schlechten Gesundheitszustandes die Reise unternommen hatte. Der dankbare Gesichtsausdruck von Peter, als ihm klar wurde, daß noch nicht alles verloren sei, war schon eine Erkältung wert.
Er warf seine Zigarette aus dem Wagenfenster und nahm wieder zwei

Aspirintabletten. Ihm war entsetzlich kalt, er konnte nicht verhindern, daß er am ganzen Körper zitterte.
Der Wagen hielt vor seinem Haus, und der Chauffeur fragte: »Soll ich Ihren Koffer nach oben bringen, Mr. Edge?«
Der arme Teufel sah müde aus, er war sicher aus dem Schlaf geholt worden, um ihn nach Hause zu fahren. »Nein, danke, es geht schon.«
Der Nachtportier schlief hinter seinem Pult. Johnny fuhr nach oben und öffnete leise die Wohnungstür. Seine Fußtritte weckten auf den dicken weichen Teppichen keinen Laut. Die Tür zum Schlafzimmer war zu, aber unten fiel durch einen Spalt etwas Licht. Dulcie mußte wohl eingeschlafen sein, während das Licht noch brannte, das kam öfter vor.
Es tat gut, zu Hause zu sein. Morgen früh, nach einer richtigen Nachtruhe, würde er sich besser fühlen, er hatte im Zug wenig geschlafen.
Er drückte die Türklinke nieder und öffnete langsam die Tür zum Schlafzimmer.

Ihm wurde plötzlich schlecht, sein Magen drehte sich um, und er lief hinaus in die Küche. Seine Augen brannten, während er sich wieder und wieder übergab. Zuletzt hörte es auf, und er ging halbbetäubt ins Wohnzimmer.
Er fühlte sich völlig leer, die Augen hielt er fest geschlossen, als ob er das Bild ausschließen wollte, das er soeben gesehen hatte. Eine kreischende Stimme riß an seinem Gehör, und langsam, mühsam schlug er die Augen auf.
Dulcie stand nackt und mit wutverzerrtem Gesicht vor ihm und schrie ihn an. Er ging ausdruckslos und ohne ein Wort um sie herum, um seinen Hut und Mantel aufzunehmen. Sie schrie immer noch. Was sagte sie?
Plötzlich verstand er es, und im ersten Schock streckte er die Arme aus und legte die Hände um ihre Kehle. Seine Hände waren stark — sie hatten ja lange Krücken umklammert.
Ihre Stimme erstarb, und sie sah ihn in hilfloser Angst an. Sie wollte sprechen, konnte es aber nicht. Sie konnte auch nicht atmen, und ihre Hände zerrten an den seinen, um den Griff um ihre Kehle zu lockern.
Er schüttelte sie so wild, daß sie dachte, er würde ihr das Genick brechen. Er knurrte wie ein Tier dabei. Vom Schlafzimmer aus sah Warren ihm wie hypnotisiert zu, mit weißem verzerrtem Gesicht.
Plötzlich war ihm zumute, als ob er Dulcie zum erstenmal sähe. »Was tue ich mit dir?« sagte er angeekelt, ließ ihre Kehle los und schlug ihr mit dem Handrücken ins Gesicht.

»Das ist meine Frau«, sagte er wieder und wieder zu sich.

Sie sah zu ihm auf mit einer Mischung aus Triumph und Furcht. »Was anderes hab' ich nicht erwartet – von einem Krüppel«, warf sie ihm ins Gesicht. »Hast du je gedacht, du wärst zu was anderem zu gebrauchen?«

Einen Moment starrte er sie an, dann ging er hinaus und an den Fahrstuhl.

Der Nachtportier schlief immer noch, als er an ihm vorbei in die regnerische Nacht trat. Hut und Mantel waren oben geblieben, und der Regen prasselte auf ihn nieder. Er schlug den Kragen seiner Jacke hoch und ging weg.

Er wußte nicht, wie lange er so gegangen war, aber der Himmel wurde schon grau. Es regnete immer noch, er war bis auf die Haut durchnäßt. Sein Kopf, sein ganzer Körper schmerzte. Mit jedem Schritt schnitt es wie mit Messern durch den Beinstumpf.

Worte, die sie ihm zugeschrien hatte, verfolgten ihn. »Geh zu Doris zurück, geh zu Doris zurück, die kleine Hure wird immer noch heiß, wenn du nur in ihre Nähe kommst!« Da hatte er sie an der Kehle gepackt.

In wilder Hast begann er die Straße hinunterzulaufen. Er lief und rief mit schriller Stimme: »Doris, Doris, warte auf mich!« In der leeren Straße hallte seine Stimme wider.

Dann stolperte er und fiel. Mühsam kam er wieder auf die Füße, lief ein paar Schritte und fiel ein zweites Mal. Diesmal lag er in einer Pfütze. Er versuchte, wieder hochzukommen, aber er war zu erschöpft. Er legte seinen Kopf in das Wasser, das an seinem brennenden Gesicht angenehm kühl war.

Wie im Traum hörte er, wie ein Wagen zum Stehen gebracht wurde und jemand sagte: »Da scheint einer auf der Straße zu liegen.«

Fußtritte näherten sich, und eine Männerstimme rief aufgeregt: »Es ist ein Mann!«

Jemand drehte ihn um. Er wünschte, sie möchten doch weggehen und ihn in Ruhe lassen, er begann gerade, sich wohl zu fühlen.

Ungläubig sagte die Stimme: »Nanu, es ist Mr. Edge!«

Was ist daran so Ungewöhnliches? dachte er, soll ich jemand anders sein? Er fühlte, wie sie ihn aufhoben und in den Wagen trugen. Ihm war wieder kalt, und er zitterte.

»Was sollen wir mit ihm anfangen? Er sieht aus, als ob er krank wäre«, fragte die Männerstimme.

Eine Frauenstimme antwortete kalt: »Er ist wahrscheinlich betrunken. Weißt du, wo er wohnt? Wir müssen ihn nach Hause bringen.«
Das Wort »nach Hause« brannte sich in Johnny ein, er zwang sich, die Augen zu öffnen. »Nicht nach Hause«, sagte er mit brüchiger, heiserer Stimme, »ich hab' kein Zuhause!«
Die Gesichter im Vordersitz wandten sich zu ihm und starrten ihn bestürzt an. Johnny erkannte den Mann, Bob Gordon, den Leiter der Wildwestfilm-Produktion. Die Frau kannte er nicht, es war wahrscheinlich seine Frau.
»Gordon«, sagte er so schwach, daß sie ihn kaum hören konnten, »Bring mich zu Doris Kessler.« Und er schloß die Augen.

8

Peter drehte sich unruhig im Bett um, öffnete die Augen. Hinter dem Fenster spannte sich der Himmel grau, und Regen rauschte in den Dachrinnen. Er sah auf seinen Wecker, es war fast sechs Uhr früh, wie er erleichtert feststellte – in einer Stunde konnte er aufstehen, er hatte die ganze Nacht nicht geschlafen.
Müde streckte er sich. Es war töricht gewesen, sich wegen Johnny Sorgen zu machen, wahrscheinlich war alles in Ordnung, dachte er, als er ein Auto vorfahren hörte. Er setzte sich lauschend im Bett auf.
Jemand ging über den Kiesweg und läutete an der Haustür – es klang in dem stillen Haus wie ein Alarm.
Er sprang auf, griff nach seinem Bademantel und lief die Treppen hinunter. Bob Gordon stand an der Tür und sagte aufgeregt: »Mr. Kessler, ich hab' Mr. Edge draußen in meinem Wagen.«
Peter sah ihn verständnislos an, aber Gordon erklärte hastig: »Ich fand ihn in Ihrer Straße in einer Pfütze liegend, nur zwei Häuserblocks entfernt. Er sieht krank aus.«
Peter fand seine Stimme wieder und stammelte: »Bringen Sie ihn herein, worauf warten Sie noch?«
Er folgte Gordon durch den Regen zum Wagen, in dem eine Frau saß, aber er achtete nicht auf sie. Johnny lag im Rücksitz, zu einem Bündel zusammengesunken, mit kalten blauen Lippen. Er bewegte sich nicht. Peter griff Johnny bei den Beinen, während Gordon ihm die Arme unter die Schultern schob, und so trugen sie ihn ins Haus.
Esther stand an der Tür und fragte mit erschrockenen Augen: »Was ist geschehen?«
»Ich weiß nicht«, sagte Peter auf jiddisch. Sie legten Johnny auf die

Couch in der Halle, aus seinen nassen Kleidern rann das Wasser auf den Teppich.
Esther kniete an Johnnys Seite nieder, lockerte seinen Kragen und fühlte seine Stirn. Die anderen standen herum und sahen ihr mit typisch männlicher Hilflosigkeit zu. »Er glüht«, sagte sie und stand auf. »Papa, hol sofort den Arzt.« Und Gordon und den Butler, der inzwischen gekommen war, wies sie an: »Tragt ihn hinauf und bringt ihn ins Bett, in Marks Zimmer.« Mark war in Europa, und sein Zimmer stand leer.
Ein paar Minuten später kam Peter zurück. »Der Arzt kommt gleich. Wie geht es ihm?«
»Ich weiß nicht«, antwortete Esther, »er hat entsetzlich hohes Fieber.«
Peter nieste. »Papa«, befahl Esther, »geh und zieh dir trockene Kleider an. Ein Kranker im Haus ist genug.«
Dann wandte sie sich mitleidig an Gordon. »Sie müssen auch durch und durch naß sein. Kommen Sie, ich mache Ihnen heißen Kaffee.«
Gordon protestierte. »Mir geht's gut. Meine Frau wartet draußen im Wagen, und ich muß ins Studio.«
»Sie haben Ihre Frau im Wagen gelassen?« fragte Esther ungläubig und setzte dann mit allem Nachdruck hinzu: »Bringen Sie die Arme sofort herein, ich lasse keinen von euch weg, bevor ihr nicht richtig durchgewärmt seid. Das Studio kann warten.«
Als Peter ins Eßzimmer kam, hatte Gordon berichtet, wie er Johnny gefunden hatte, und Gordon wiederholte für ihn gerade seine Erzählung noch einmal, als es läutete. Es war der Arzt.
Während er Johnny untersuchte, sahen sie ihm ängstlich zu. Schließlich sagte er: »Er ist sehr krank und müßte eigentlich in eine Klinik, aber ich habe Angst vor einem Transport bei diesem Wetter. Er hat eine doppelseitige Lungenentzündung, die durch einen mir unverständlichen Schock kompliziert wird. Er muß unter ein Sauerstoffzelt.«
Peter sah Esther an, dann den Arzt. »Tun Sie alles, was nötig ist, Herr Doktor, und scheuen Sie keine Ausgabe. Der Junge muß wieder gesund werden.«
»Ich kann nichts versprechen, Mr. Kessler, aber ich werde alles versuchen. Wo ist das Telefon?«
Esther flüsterte Peter zu, während der Arzt telefonierte: »Wir müssen Dulcie verständigen.«
Peter nickte zögernd. »Das müssen wir wohl.«
Johnny bewegte sich im Bett. Er öffnete die Augen und starrte sie fiebrig an, wollte den Kopf heben, konnte es aber nicht. Erschöpft san-

ken ihm die Lider zu. So schwach, daß sie es kaum hören konnten, aber mit so verzweifelter Entschlossenheit, daß es wie eine Explosion wirkte, sagte er: »Sagt – Dulcie – nichts« – seine Lippen bewegten sich kaum –, »sie – taugt – nichts!«
Unbewußt preßte Peter Esthers Hand. Mit Tränen in den Augen sah er auf Johnny nieder, er wußte jetzt, was geschehen war.

Es war am Sonntagnachmittag, drei Wochen später. Die schrägen Sonnenstrahlen ließen das Wasser des Schwimmbeckens schillern und wärmten noch ihre Gesichter, die sich über das Schachbrett zwischen ihnen beugten.
Peter machte einen Zug. »Schach!« verkündete er lächelnd, »ich glaube, jetzt hab' ich dich!«
Johnnys Gesicht war noch blaß und schmal, wie er dasaß und das Schachbrett studierte. Seine Position war hoffnungslos, er sah zu Peter auf, in seinen Augen funkelte es übermütig. »Jetzt muß ich was Geniales tun.«
Peter triumphierte. »Nu, los, tu was Geniales«, krächzte er, »es wird dir nichts nützen.«
Johnny lachte. »Ich tu's! Ich geb' auf.«
Peter stellte die Schachfiguren neu auf. »Noch ein Spiel?«
Aber Johnny schüttelte den Kopf. »Nein, danke. Zwei Niederlagen am Tag sind genug für mich.«
Peter lehnte sich zurück und ließ sich von der Sonne bescheinen. Eine Weile schwiegen sie. Johnny steckte sich eine Zigarette an.
Peter beobachtete ihn – sein Gesicht war düster und nachdenklich. »Hast du dich entschlossen? Fährst du morgen hin?«
Johnny nickte. »Ich will es so schnell wie möglich hinter mir haben.«
»Kann ich verstehen. Aber geht es dir gut genug dafür?«
»Ich kann mich ebensogut in Reno erholen wie irgendwo anders.«
Sie schwiegen eine Weile, dann sagte Peter: »Am Freitag hab' ich ihnen ihre Verträge zurückgeschickt, annulliert. Aus moralischen Gründen.«
Johnnys Stimme war rauh und angespannt. »Du hättest es nicht zu tun brauchen. Sie sind schließlich Kassenmagneten.«
»Glaubst du, ich hätte sie nach all dem noch im Studio haben mögen?« fragte Peter indigniert. »Ich könnte ihre Gesichter nicht mehr ertragen!«
Johnny sah über das Schwimmbecken. »Wenn ich es nur früher gewußt hätte, wenn ich nur eine Ahnung gehabt hätte! Was für ein Narr war ich doch! Ich hätte es wissen müssen – all die Artikel in den Zeitungen, über die ich gelacht, denen ich nicht geglaubt habe! Und die ganze

Zeit war ich der, über den man gelacht hat.« Seine Stimme wurde bitter, und er schlug die Hände vors Gesicht. »Warum hat mir niemand etwas gesagt?« fragte er gebrochen.
Peter legte Johnny die Hand auf die Schulter. »Das konnte dir niemand sagen, Johnny, du mußtest selbst dahinterkommen.«

Die Luft im muffigen alten Gerichtssaal war abgestanden, tot, als der Gerichtsschreiber halb singend aufrief: »Fall Johnny Edge contra Dulcie W. Edge. Ist der Kläger anwesend?«
»Ja.« Johnnys Rechtsanwalt bedeutete ihm, er solle aufstehen.
Der weißhaarige Richter sah müde und gelangweilt drein. Für ihn war das alles bloße Routine. »Mr. Edge«, fragte er mit eintöniger Stimme, während er die Augen dabei schloß, »ist es noch immer Ihr Wunsch, geschieden zu werden?«
»Ja, Euer Ehren.«
Der Richter öffnete die Augen, unterzeichnete das Schriftstück, das vor ihm lag, und erklärte: »Das Gericht gibt Ihrem Wunsche statt.«
Der Gerichtsschreiber verlas das Urteil, und Johnnys Rechtsanwalt sagte zu ihm: »Das ist alles. Jetzt sind Sie ein freier Mann.«
Johnny gab keine Antwort, er nahm die Papiere in Empfang, die ihm der Anwalt hinhielt, und bedankte sich.
An der Tür blickte er noch einmal zurück auf die schmutziggrauen, mit braunem vermorschtem Holz getäfelten Wände des Saales. Die hellgelben Bänke waren mit Bleistiftgekritzel und Messereinschnitten bedeckt. Wirklich der richtige Ort für das Ende seiner Ehe.
Plötzlich waren seine Augen naß, und er beeilte sich, auf die Straße hinauszukommen. Was hatte der Anwalt gesagt? »Jetzt sind Sie ein freier Mann.« Er schüttelte den Kopf. Würde er je frei sein? Er fühlte sich leer, wie ausgelöscht.
An einem Zeitungsstand blieb er stehen und kaufte sich eine Zeitung. Müßig überflog er die Schlagzeilen. Auf der ersten Seite war ein roter Balken mit der Schlagzeile:
»Zweiter Börsenkrach in diesem Monat!
Wall Street in Panik, Millionen-Verluste!
New York, 29. Oktober. Vor drei Stunden schrien an der New Yorker Börse konservative solide Geschäftsleute laut und erkämpften sich einen Weg durch eine aufgebrachte Volksmenge. Sie wollten nur eins: verkaufen, verkaufen! Verkaufen, bevor ihr gesamtes Vermögen verloren war und die Aktien noch tiefer fielen. Es war der größte Sturz in der Geschichte der Börse.«

Samstag

Ich wachte mit rasenden Kopfschmerzen auf. Die Pulse an meinen Schläfen hämmerten. Als ich mich im Bett aufsetzte, schwankte ich einen Augenblick. Ich preßte meine Hände an die Schläfen, um den Schmerz zu dämpfen, aber vergeblich.
Plötzlich drehte sich mein Magen um, mein Mund füllte sich mit einem bitteren Geschmack. Ich kämpfte gegen die Übelkeit, das Schlimmste war vorbei. »Christopher!« schrie ich.
Wo, zum Teufel, steckte er? Er war nie da, wenn ich ihn brauchte. »Christopher!«
Er kam mit dem Frühstückstablett eilig an mein Bett. »Ja, Mr. Johnny!« sagte er und hob den Deckel von einer Schüssel.
Der Essensgeruch brachte meinen Magen abermals in Aufruhr, mir wurde fast schlecht. »Was ist heute los mit dir?« schrie ich gereizt. »Nimm das weg und gib mir ein Alka-Seltzer.«
Er deckte das Tablett wieder zu und wollte es hinaustragen. »Laß die Zeitungen hier!«
Ich sah nach den Schlagzeilen im »Reporter«. »Farber und Roth im Vorstand der ›Magnum‹«, stand da.
Ich lehnte mich zurück, es war also kein Traum. Langsam las ich den Bericht, der das, was Bob gesagt hatte, voll bestätigte. Sie hatten gestern abend in der Vorstandssitzung Roth zum Vizepräsidenten gewählt und Farber zum Vorstandsmitglied mit besonderen Vollmachten.
Zornig knüllte ich die Zeitungen zusammen und schleuderte sie auf den Boden, als Christopher mit dem Glas hereinkam. »Das können sie mir nicht antun!« sagte ich laut.
»Was meinten Sie, Mr. Johnny?«
»Nichts.« Ich trank und fühlte mich etwas besser.
»Welchen Anzug soll ich zurechtlegen, Mr. Johnny?« fragte Christopher besorgt.
Ich bereute nun schon, daß ich ihn angeschrien hatte. »Irgendeinen, Chris. Such einen aus. Es tut mir leid, daß ich dich angebrüllt hab'.«
Er lachte breit. »Macht nichts, Mr. Johnny, ich weiß, daß Sie's nicht so meinen. Sie haben einfach zuviel im Kopf.«
Ich lehnte mich zurück und schloß die Augen. Die Schmerzen ebbten langsam ab, ich konnte wieder klar und kühl denken.
Jetzt war ich an der Reihe. Zuerst war Borden drangekommen, dann

Peter. Und jetzt ich. Einer nach dem andern waren wir hinausgedrängt worden – gab es denn keinen Weg, sie zu schlagen? Ich ballte die Fäuste. Mich hatten sie noch nicht draußen, und sie würden es auch nicht schaffen. Nicht ohne harten Kampf jedenfalls. Langsam entspannten sich meine Finger, mir fiel ein, wie alles angefangen hatte.

Anfang 1931 hatte es begonnen. Peter war in New York auf einem seiner halbjährlichen Besuche, und ich saß in meinem Büro mit einer Menge Leute und diskutierte. Der Tabaksqualm wölkte sich unter der Zimmerdecke.

Alles in allem war die Lage nicht schlecht. Wir setzten zwar Geld zu, aber das taten alle andern Filmgesellschaften auch, mit Ausnahme der »Metro«. Wir schrieben noch immer die neun Millionen ab, die wir in Stummfilmen angelegt hatten. Unsere neuen Filme waren nicht besser und nicht schlechter als die der andern Firmen. Wir beherrschten alle die Tonfilmtechnik noch nicht vollkommen.

Aber die Zukunft sah hoffnungsvoll aus. Wir hatten einen Film in Reserve, der ein Kassenschlager zu werden versprach. Und Peter sagte, andere würden folgen, was ich zwar hoffte, aber bezweifelte.

In die Produktion durfte ich nicht hineinreden. Als wir begannen, Tonfilme zu produzieren, hatte ich darauf bestanden, den Ton auf Platten aufzunehmen statt auf das Filmband direkt. Ich setzte das durch, indem ich darauf hinwies, daß ich auch in bezug auf den Tonfilm als solchen recht behalten hatte. Jetzt kostete es uns weitere Millionen, die Produktion umzustellen: der Ton wurde direkt aufs Filmband aufgenommen. Peter hatte sich sehr anständig benommen und es mir nicht unter die Nase gerieben; aber er hatte mir klargemacht, daß ich mich nicht mehr in Produktionsangelegenheiten einzumischen hatte.

Zuerst war ich wütend, beruhigte mich aber allmählich. Ich rechnete mir aus, daß auch darüber einmal Gras wachsen würde, wenn alles erst wieder in normalen Bahnen lief.

Ich weiß nicht mehr, wer gerade redete, als Peter sich in der Sprechanlage meldete. »Johnny, komm gleich in mein Büro.«

»Ja, Peter.«

»Und schick die Tagediebe in deinem Büro wieder an ihre Arbeit.«

Sie lachten. »Ihr habt's gehört, Jungens. Also zurück in die Tretmühle.«

Nacheinander gingen sie aus dem Büro. Es waren gute Leute, so gut wie die besten in der Branche bestimmt. Manche arbeiteten schon seit der Zeit vor dem Krieg bei uns. Als der letzte von ihnen verschwunden war, öffnete ich die Verbindungstür zu Peters Büro und ging hinüber.

Peter saß hinter seinem großen Schreibtisch. Er, der Kleinwüchsige, hatte eine manische Vorliebe für Riesenschreibtische. Dieser war groß genug, um ihn glücklich zu machen. Er nahm sich dahinter aus wie ein Zwerg. Jetzt sah er ernst zu mir auf. »Johnny, ich möchte, daß wir Bill Borden anderthalb Millionen leihen.«
»Anderthalb Millionen!« Ich erstickte beinahe, es war unsere ganze Reserve, falls einmal etwas schiefging. Und der Betrag war in unserer Branche nur ein Tropfen auf den heißen Stein.
Peter nickte. »Du hast mich schon richtig verstanden.«
»Aber, Peter, was soll werden, wenn bei uns der Laden mal nicht klappt?«
Hinter mir hustete jemand diskret. Es war Borden, der zusammengesunken in einem Sessel saß und den ich beim Hereinkommen gar nicht gesehen hatte. Erschrocken bemerkte ich, daß er hager und abgespannt aussah. Er war vollständig grau geworden. »Bill, ich hab' dich gar nicht gesehen«, sagte ich verlegen und gab ihm die Hand.
Er stand auf und antwortete mit vollkommen veränderter unsicherer Stimme: »Hallo, Johnny.«
»Ich wollte dich nicht verletzen, Bill.«
Er lächelte verzagt. »Ich versteh' dich, Johnny. Wenn ich an deiner Stelle wär', würde ich genauso reagieren.«
»Vielleicht ist es besser, wenn ich erfahre, was los ist«, sagte ich zu Peter.
»Es ist so ...«, begann Peter, aber Borden unterbrach ihn. »Laß mich erzählen, Peter.«
Er setzte sich schwerfällig und sah mich ein paar Sekunden an. Als er zu sprechen begann, klang seine Stimme bitter, und ich wußte, daß er sich schämte.
»Es kommt dir sicher komisch vor, Johnny, daß Bill Borden sich von euch ein paar Dollar leihen muß, daß der Präsident der größten Filmgesellschaft der Welt nicht zu den Banken geht und alles Geld bekommen kann, das er braucht. Aber es ist so – ihr seid meine einzige Hoffnung.«
Ich starrte ihn gebannt an, wie er sich vor uns preisgab, wie sein Unternehmungsgeist, sein Stolz vor unseren Augen zusammenbrachen.
»Vor dem Börsenkrach 1929 war ich auf dem Gipfel der Welt. Als ich euch eure Theater abgekauft hatte, hatten sich alle meine Träume erfüllt. Ich besaß mehr Theater als irgend jemand sonst im Filmgeschäft, meine Bruttoeinnahmen waren die größten in der Branche. Ich war smart – zu smart.« Er lachte gallig. »Ich vergaß, daß der, der das

größte Geschäft macht, auch am meisten Geld verlieren kann. Und genau das passierte. Ich verlor das meiste Geld. Ein Jahr nach dem Börsenkrach waren unsere Theater genau die Hälfte dessen wert, was wir dafür bezahlt hatten, sogar die Theater, die ich von euch gekauft hatte. Ihr wißt gar nicht, was für ein Glück es für euch war, daß ihr sie noch rechtzeitig verkauft habt.«

Ich wollte sprechen, aber er hob die Hand. »Ich mache euch keine Vorwürfe, Johnny. Ihr konntet genauso wenig wie ich ahnen, was kommen würde. Ich wollte die Theater haben und kaufte sie. 1929 schlossen wir mit einem Verlust von elf Millionen ab. 1930 war es noch schlimmer, wir verloren fast sechzehn Millionen, und die ersten sechs Monate von diesem Jahr ist es auch nicht viel besser gegangen. Wir haben bisher sieben Millionen eingebüßt.«

Er sah mich an. »Vielleicht haltet ihr mich für verrückt, daß ich danach noch anderthalb Millionen von euch geliehen haben will? Aber ich will das Geld nicht fürs Geschäft, Johnny, ich will es für mich.«

Er sah mir an, daß ich nicht recht begriff. »Siehst du, Johnny«, erklärte er, »es ist nicht mehr wie in den alten Zeiten, wo ich der Herr in meiner Firma war und tun konnte, was ich wollte. Heute ist das anders. Die Firma gehört mir nicht mehr. Sicher, ich bin der Präsident, aber ich leite sie nicht wirklich, das besorgt eine Gruppe von Direktoren. Männer, die von den Aktionären gewählt worden sind und die nichts vom Geschäft verstehen, geben die Befehle, und Willi Borden muß sie ausführen – oder, wenn er das nicht will, aus der Firma ausscheiden.«

Er lehnte sich erschöpft zurück und schwieg für ein paar Sekunden. Dann fuhr er ironisch fort: »Aber sogar die große Borden-Gesellschaft kann es sich nicht leisten, vierunddreißig Millionen zu verlieren. Natürlich hat sie noch zwanzig Millionen in bar, siebzig weitere Millionen in Sicherheiten, aber jemand muß für die Aktionäre den Sündenbock abgeben, auf den sie die ganze Schuld abwälzen können, und dieser Sündenbock soll Willi Borden sein, der mit nichts angefangen hat, von einer Straßenkarre kommt und diese ganze Firma aufgebaut und geschaffen hat. So hatten sie einen glänzenden Einfall. Sie wollen die alten Aktien einziehen und neue ausgeben, für jede alte eine neue. Aber es ist ein Trick dabei. Statt der zwei Millionen Aktien wie bisher wollen sie vier Millionen ausgeben.« Er tat einen tiefen Atemzug.

»Es bedeutet ihnen gar nichts, daß der Markt die zusätzlichen Aktien überhaupt nicht absorbieren kann, denn sie verfolgen einen ganz bestimmten Plan damit. Zwischen der Borden-Gesellschaft und Willi Borden besteht ein Vertrag, wonach Willi Borden das Recht zusteht,

fünfundzwanzig Prozent der gesamten Aktien zu besitzen, und er auf jede neue Ausgabe von Aktien, die diesen Anteil beeinflussen würde, eine Erst-Option hat. Übt er diese Option nicht aus, werden die Aktien auf den Markt geworfen. Sehr geschickt! Sie wußten genau, daß ich diese fünf Millionen nicht habe, die nötig sind, um fünfundzwanzig Prozent der neuen Aktien zu kaufen. Mein Anteil, haben sie sich ausgerechnet, würde dann auf die Hälfte reduziert, er würde mir bei den Versammlungen der Aktionäre kein ausreichendes Gewicht mehr verleihen, und so könnten sie mir die Schuld an der Katastrophe in die Schuhe schieben, zumal wenn alle anderen Stimmberechtigten sich gegen mich einig sind. Aber sie haben etwas Wichtiges vergessen. Willi Borden war im Filmgeschäft, ehe sie überhaupt etwas davon wußten, und er hat viele Freunde, die nicht wollen, daß er in die Schlinge gerät.«
Er sah mich an. »Mit Hilfe meiner Freunde habe ich dreieinhalb Millionen zusammengebracht, und wegen des Restes komm' ich zu euch. Ich kenne eure Lage, ich weiß, wie prekär sie ist, wie ungewiß die nächste Zukunft, aber ich hab' niemanden sonst, an den ich mich wenden kann.«
Er schwieg, und es war still im Zimmer. Endlich rutschte Peter auf seinem Stuhl hin und her und fragte unbehaglich: »Nun, Johnny, was meinst du?«
Ich sah von Borden zu ihm. »Wie du immer sagst, Peter: wozu ist Geld gut, wenn nicht, um seinen Freunden zu helfen?«
Borden sprang auf und kam auf uns zu. Neues Leben, neue Energie strahlte aus seinem Gesicht. Er lächelte glücklich. »Das vergesse ich euch nie! Ich verspreche euch, es ist nur ein Darlehen, in einem Jahr hab' ich's euch zurückgezahlt.«
Borden verließ das Büro mit unserm Scheck in der Tasche. Peter sah auf seine Uhr und seufzte. »Hast du eine Verabredung zum Lunch, Johnny?«
Ich hatte eine, konnte sie aber absagen.
Während des ganzen Essens war er sehr still. Ich sah, daß er nachdachte, und störte ihn nicht. Erst beim Kaffee, als er sich eine von seinen großen Zigarren angesteckt hatte, sprach er, das heißt, er dachte eigentlich laut.
»Weißt du, was das bedeutet?« Ich schüttelte den Kopf. »Es bedeutet, daß eine neue Ära in der Filmbranche beginnt. Ich hab' es seit Jahren kommen sehen, seit ich Willi davor gewarnt hab', sich mit den Leuten von Wall Street einzulassen. Tief innen mögen sie uns nicht, weil wir

neu sind, weil wir ohne sie große Geschäfte gemacht haben und weil wir Juden sind.« Er sah mich unter zusammengezogenen Augenbrauen an, wie ich das wohl aufnehmen würde.
Ich gab keine Antwort, ich war nicht seiner Ansicht, wollte aber im Augenblick nicht mit ihm debattieren. Mir schien es einfach nur eine Geldfrage, die mit seiner jüdischen Abstammung nichts zu tun hatte.
Er nahm mein Schweigen für Zustimmung und fuhr fort: »Und nun weiß ich, daß ich recht hatte, nach dem, was Borden und andern passiert ist. Die Antisemiten versuchen, uns aus dem Geschäft rauszudrängen.«
Einen Moment tat er mir leid. Er konnte wohl nicht anders denken, seine Haltung war das Ergebnis langer Jahre der Verfolgungen, der Entbehrungen, des Lebens in engen schmutzigen Gettos. Die jüdische Geschichte war eine Geschichte der Unterdrückungen, und es war natürlich, daß das seine Auswirkungen hatte.
Aber tief innen mußte er doch wissen, daß er unrecht hatte! Das Filmgeschäft war ebensowenig wie das Bank- oder Versicherungswesen eine jüdische Branche. Unsere Firma gab das beste Beispiel. Von den drei Begründern war nur Peter Jude. Joe Turner war irischer Katholik gewesen und ich Methodist, soviel ich wußte. Und wir drei konnten erst anfangen, nachdem uns ein Italiener das nötige Geld geliehen hatte.
Als wir das Restaurant verließen, sagte Peter noch: »Wir müssen von jetzt an sehr vorsichtig sein, Johnny. Sie werden auch uns rausdrängen wollen.«
Peters Haltung beunruhigte mich. Sie konnte seine Urteilskraft trüben und dadurch Schaden anrichten. Ich machte mir Sorgen deswegen, beschloß aber, es zu vergessen. Vielleicht war er auch nur aufgeregt wegen der Dinge, die seinem Freund widerfahren waren.
Borden hielt übrigens sein Wort und zahlte das Darlehen innerhalb von drei Monaten zurück. Aber der Kampf ging weiter.
Das Ziel zeichnete sich deutlich ab, es war der alte Kampf um die Kontrolle des Filmgeschäftes. Wer sollte die Branche beherrschen, die Finanzmächte oder die Produktion? Die ganze Filmindustrie beobachtete den Kampf innerhalb der Borden-Gesellschaft. Die Handelszeitungen brachten täglich Berichte über die neuesten Entwicklungen und bemühten sich sorgfältig, unparteiisch zu sein. Sie wußten nicht, mit wem sie nach beendetem Kampf Geschäfte machen würden, und wollten diese zukünftigen Geschäftsbeziehungen nicht durch eine Stellungnahme gefährden.
Ende 1931 hatte die Borden-Gesellschaft weitere sechs Millionen ver-

loren, und einige der Hauptaktionäre hatten gegen Borden einen Prozeß wegen schlechter Geschäftsführung angestrengt und die Einsetzung eines Treuhänders beantragt, bis die finanziellen Grundlagen der Gesellschaft wieder gesundet seien. Es war offenes Geheimnis innerhalb der Branche, daß einige der Leute, die als Zeugen für die Verteidigung auftraten, insgeheim bemüht waren, die Lage zu verschärfen, um Borden aus seiner Position zu verdrängen. Anfang 1932 wurde der Fall vor Gericht verhandelt. Bill Borden hatte gleich zu Beginn der Verhandlungen im Zeugenstand enthüllt, daß er seit zwei Jahren der Gesellschaft als Präsident gedient hatte, ohne einen Cent dafür zu beziehen; er hatte auch keinerlei Aufwandsentschädigungen erhalten, sondern alle entsprechenden Ausgaben aus seiner eigenen Tasche bezahlt. Er legte ferner eine Liste von Vorschlägen vor, die er dem Vorstand der Gesellschaft in den letzten Jahren gemacht hatte, die ihre Verwaltungskosten erheblich reduziert und ihnen ein paar Millionen Dollar gespart hätten. Der Vorstand hatte diese Vorschläge – wie andere seiner Ideen auch – in Bausch und Bogen abgelehnt.
Die Kläger legten dem Gericht ihrerseits ebenfalls eine lange Liste von Übergriffen Bordens vor. Einer der Punkte war der Erwerb unserer Theater ohne Befragen des Vorstands. Borden zeigte auf, was ich auch wußte, daß dieser Vorwurf grundlos war, weil der Vorstand ein Jahr vorher dem Ankauf zugestimmt hatte, worauf sie entgegneten, diese Zustimmung habe nur für eine bestimmte Zeit gegolten und wäre ein Jahr später nicht mehr erteilt worden.
Ich erinnere mich noch an den Tag, an dem das Urteil im Borden-Prozeß gefällt wurde, und zwar aus mannigfachen Gründen. Es war der Tag nach der Amtsübernahme von Präsident Roosevelt, und die Worte, die er vor vierundzwanzig Stunden im Radio gesagt hatte und die ich jetzt in allen Morgenzeitungen las, klangen mir noch im Ohr: »Das einzige, was wir zu befürchten haben, ist die Furcht.«
Morgens hatte ich noch mit Peter gesprochen, und er hatte mir versichert, Borden könnte gar nicht verlieren. Um neun Uhr dreißig läutete das Telefon, es war Peter. Das bedeutete, daß es in Hollywood sechs Uhr dreißig war, selbst für Peter reichlich früh.
»Peter, warum bist du denn so früh auf?«
»Ich möchte mich noch mal vergewissern, daß du mich sofort anrufst, wenn im Fall Borden etwas entschieden ist.«
»Das ist doch heute, nicht?«
»Ja. Rufe mich bestimmt gleich an!«
»Bestimmt. Was glaubst du denn, wie es ausgeht?«

»Willi gewinnt.«
»Weshalb glaubst du das?« Ich war gar nicht so sicher.
»Ich hab' schon mit Borden gesprochen, und er ist ganz sicher.«
Nach ein paar weiteren Worten hängten wir auf. Ich hoffte, daß Borden gewinnen würde, aber die andere Seite hatte eine ganze Menge gegen ihn vorgebracht – und hatte außerdem die besseren Verbindungen.
Ich rief Bannon an, er solle für die Wochenschau die Verhandlungen aufnehmen. Es lag mir gar nicht an den Aufnahmen, ich wollte nur jemanden da haben, der mich im Augenblick nach der Entscheidung sofort benachrichtigte.
Um zwei Uhr rief ich Peter an, mit dem Urteil des Gerichts in den Händen.
Ich versuchte, jede Gefühlsbewegung aus meiner Stimme fernzuhalten. »Er hat verloren. Gerard Powell von Powell & Co. ist vorläufig als Treuhänder eingesetzt.«
Drüben am Draht war Stille. »Peter, hast du mich gehört?«
»Ja, ich hab' dich gehört«, sagte er leise und gebrochen, und dann war die Verbindung abgerissen – er hatte aufgehängt.
Morgens war Borden noch sicher gewesen, daß er gewinnen würde. Wie ihm wohl zumute war? Es konnte für ihn nicht allzu schlimm sein, er war immer noch ein wohlhabender Mann. Aber ich bekam nur zu bald Antwort auf meine Frage. Am nächsten Morgen beging er Selbstmord.
Irving Bannon teilte es mir am Telefon mit, als ich gerade vom Lunch zurückgekommen war. Zuerst wollte ich es nicht glauben, aber Bannon las mir die Nachricht aus dem Fernschreiber vor:
»Heute um ein Uhr fünfzehn fand die Polizei den Leichnam von William Borden, dem prominenten Filmmagnaten, in einer Wohnung in der Rivingtonstraße im Osten New Yorks. Er hatte eine Kugelwunde an der Schläfe, neben dem Leichnam lag eine Pistole, .38er Kaliber. Die Polizei ist sicher, daß es sich um einen Selbstmord handelt. Für Mr. Bordens Gesellschaft wurde gestern vom Gericht ein Treuhänder eingesetzt, und die Polizei nimmt an, daß hierin das Motiv für den Selbstmord zu suchen ist. Weitere Nachrichten folgen.«
Ich mußte Peter anrufen. Es war keine angenehme Aufgabe, aber ich mußte es tun. Während ich auf die Verbindung wartete, machte ich mir über Borden Gedanken. Wie wohl sein letzter Tag gewesen war? Die gestrigen Abendzeitungen hatten gemeldet, daß er Berufung einlegen wolle. Was hatte ihn umgestimmt und zu dieser letzten unwiderruflichen Tat getrieben?

Aus dem, was die Zeitungen am nächsten Tag berichteten, was Peter mir erzählte und was ich schon wußte, setzte ich mir ein Bild zusammen und begann zu verstehen, wie es soweit gekommen war.

Bordens letzter Tag hatte normal genug angefangen. Er war früh aufgestanden und hatte mit seiner Frau gefrühstückt. Sie sagte, er hätte nicht gut geschlafen, aber das war unter den gegebenen Umständen ja verständlich.

Er frühstückte kräftig und mit gutem Appetit, wobei er optimistisch genug zu sein schien und davon sprach, wie er die Kontrolle über seine Gesellschaft zurückzugewinnen hoffte. Er wollte für ein paar Minuten ins Büro gehen und dann zu seinem Anwalt, um die Vorkehrungen für die Berufung zu treffen.

Das erste, was ungewöhnlich schien, war, daß der Chauffeur, als er den Wagen bestellte, um ins Büro zu fahren, erklärte, beide Wagen seien nicht in Ordnung. Daraufhin beschloß Borden, mit dem Zug nach New York zu fahren, und ließ sich von einem Taxi an den Bahnhof bringen. Um acht Uhr zwanzig bestieg er den Zug, nachdem er sich eine New Yorker Times gekauft hatte.

Mit der Zeitung unterm Arm ging er durch den Zug zum letzten Wagen, der, besonders bequem und luxuriös, als »Sonderwagen der Bankiers« bekannt war und dessen Plätze stets für dieselben Reisenden reserviert waren, die für dieses Privileg das Fünffache des gewöhnlichen Fahrpreises bezahlten, und Borden war sehr stolz darauf gewesen, als man ihm nach seinem Einzug in sein Haus auf Long Island mitgeteilt hatte, ein Platz in diesem Wagen sei für ihn reserviert. Es gab ihm das Gefühl, daß er es wirklich zu etwas gebracht hatte.

Er nahm also seinen üblichen Platz ein und schlug die Zeitung auf. Er überflog die Schlagzeilen, las den Bericht über seinen Prozeß, lehnte den Kopf zurück und schloß die Augen. Er war müde nach der schlaflosen Nacht und wollte ruhen. Nach einer Weile öffnete er die Augen und sah sich um. Die üblichen Leute saßen auf ihren Plätzen, und er lächelte und nickte ihnen zu. Aber sie erwiderten seinen Gruß nicht und starrten ihn nur kalt an, als ob er gar nicht da sei.

Er begriff das nicht; gestern waren sie noch seine Freunde gewesen, hatten mit ihm gelacht und geredet, und heute taten sie, als ob sie ihn nicht kennen würden. Was konnte die Tatsache, daß er seinen Prozeß verloren hatte, für sie schon ausmachen, deshalb war er doch der gleiche, der er gestern und immer gewesen war.

Er beugte sich vor und tippte dem Mann im Sitz vor sich auf die Schulter. »Schöner Tag heute, Ralph, nicht?«

Der Angeredete senkte seine Zeitung und blickte Willi an. Einen Augenblick schien es, als ob er antworten wollte, aber er tat es dann doch nicht, sondern hob mit kaltem mißbilligendem Gesichtsausdruck und ohne ein Wort wieder seine Zeitung. Ein paar Sekunden später setzte er sich ein paar Plätze weiter weg.

Ich hab' mich oft gefragt, ob Borden wohl auch Selbstmord begangen hätte, wenn dieser Mann ein freundliches Wort für ihn gehabt hätte.

Bordens Gesicht erstarrte. Er sank in seinem Sitz zusammen und äußerte für die restlichen vierzig Minuten der Fahrt weder ein Wort, noch machte er eine Bewegung. Es muß wie ein Alpdruck für ihn gewesen sein. Ich kannte ihn, er war ein freundlicher, geselliger Mensch, der gern lachte und redete. Er hatte gern Leute um sich und kam gut mit ihnen aus, was viel zu seinem Erfolg beigetragen hatte.

In seinem Büro war es ganz ähnlich, er war in seinem eigenen Hause plötzlich ein Fremder geworden. Die paar Leute, die mit ihm redeten, taten das verstohlen und mit so ängstlichen Blicken, ob man sie beobachtete, daß Borden selber die Unterhaltung rasch abbrach, um diese peinliche Situation zu beenden.

Zwanzig Minuten vor elf bestieg er ein Taxi vor dem neunzehnstöckigen Gebäude der Borden-Gesellschaft, dem Chauffeur gab er eine Adresse in der unteren Pinestraße an – die Adresse seines Anwaltes. Aber er kam niemals dort an.

Als sie die Delanceystraße überquerten, klopfte Willi Borden an die Scheibe und sagte: »Ich hab's mir anders überlegt, ich steige hier aus.« Borden gab dem Chauffeur zwei Dollar – einen Dollar und dreißig Cent betrug der Fahrpreis – und sagte, er solle den Rest behalten. Dann drehte er sich um und ging die Delanceystraße zurück, wo er sich in der Menge verlor.

Als nächstes wurde er dann wieder in der Rivingtonstraße gesehen, wo er sich an einer Karre zwei Äpfel kaufte. Einen Apfel steckte er sich in die Tasche, und während er in den andern biß, fragte er den Mann an der Karre auf jiddisch: »Nu, Schmulke, wie geht's Geschäft?«

Der alte Mann sah ihn aus entzündeten Augen an; sein weißer Bart wehte im Wind, während er versuchte, den Mann da zu erkennen, der seinen Namen wußte. Um ihn besser sehen zu können, ging er um die Karre herum, dann lächelte er breit und zahnlos. »Es ist der kleine Willi Bordanow!« krächzte er. »Wie geht es dir?« Und er schüttelte Willi aufgeregt die Hand.

Willi lächelte, erfreut darüber, daß der alte Mann ihn erkannt hatte. »Mir geht's gut«, sagte er, in seinen Apfel beißend.

Der Alte blinzelte ihm schlau zu. »Spaßig, daß du Äpfel von mir kaufst, statt sie zu klauen!«
»Na, ich bin ja inzwischen auch ein bißchen älter geworden!«
Der Alte schüttelte nachdenklich den Kopf. »Du warst ein rechter Lausebengel, ich mußte tausend Augen im Kopf haben, um auf dich aufzupassen; immer stelltest du was an.«
»Die Zeiten haben sich geändert.«
Der alte Mann kam so nahe an Borden heran, daß dieser seinen schlechten Atem riechen und die gelben Tabakflecke in seinem Bart sehen konnte, und legte die Hand auf Willis Mantel. »Ein gutes Stück Tuch«, sagte er kritisch und rieb es zwischen den Fingern, »weich wie Butter. Hast dein Leben beim Filmgeschäft?«
»Ich verdien' mein Brot«, antwortete Borden, aber das Lächeln verschwand aus seinem Gesicht. Er begann weiterzugehen und rief über die Schulter zurück: »Wiedersehen, Schmulke.«
Der alte Mann schaute ihm nach, wie er die Straße überquerte, ging dann zum nächsten Karren und ergriff den Mann dort am Arm. »Schau, Herschel«, sagte er aufgeregt, »das ist Willi Bordanow. Er ist ein großer Mann im Filmgeschäft. Seine Eltern sind mit demselben Schiff wie ich rübergekommen. Siehst du ihn? Er steht vor dem Haus, wo er früher gewohnt hat.«
Der andere sah hinüber. »Ein Schauspieler?« fragte er.
»Was sonst?« sagte der Alte indigniert.
Sie beobachteten Borden, der vor dem Haus stand und daran hinaufsah und dann die Treppen hinaufstieg und im Eingang verschwand.
Vor einer Tür im zweiten Stock blieb er stehen und holte Luft. Früher war er die Treppen hinaufgesprungen und hatte zwei, drei Stufen auf einmal genommen.
Aus seiner Tasche nahm er einen Schlüsselbund und öffnete die Tür. Sie knarrte rostig. Die Wohnung stand leer, seitdem sein Vater gestorben war. Er hatte den Vater zu sich nehmen wollen, aber der alte Mann hatte sich geweigert. Nach seinem Tod hatte Willi die Miete weiterbezahlt – es waren nur neunzehn Dollar im Monat.
Er schloß die Tür und sah sich um. Die armselige Einrichtung war vermodert und mit Staub bedeckt. Mitten im Zimmer stand eine Kiste, auf der sein Vater gesessen hatte, als er die Totenwache für Willis Mutter hielt, und die er immer da stehen ließ zur Erinnerung an sie.
Mit dem Fuß drehte Willi die Kiste um, und eine Maus rannte eilends fort; der Fußboden darunter war hell mitten in dem staubigen Zimmer. Borden ging durch die Wohnung, in seinem früheren Schlafzimmer

blieb er stehen. Sein Bett war noch da, und in der Wand darüber war in unbeholfener Schrift sein Name eingekerbt: William Borden. Er hatte ihn eines Nachts dort eingeritzt, als er beschlossen hatte, seinen Namen zu verkürzen, damit er amerikanischer klänge.

Das Vorderzimmer hatte zwei Fenster – die einzigen Fenster der Wohnung, von denen alle andern Zimmer Luft empfingen. Im Sommer standen sie weit offen, und er schlief auf dem Fußboden direkt darunter. Er versuchte, das Fenster zu öffnen, aber es klemmte. Die Luft im Zimmer war dumpf und feucht, und er sah sich nach einem Stock um, um das Fenster aufzustoßen, fand aber keinen. So schlug er mit der Hand dagegen, und plötzlich ging es auf, ein Windstoß blies herein, und die Rufe der Straßenhändler drangen zu ihm.

Er sah auf die Straße hinunter, die voller Menschen war. Ich weiß nicht, wie lange er so stand und was er dabei dachte – niemand wird das je wissen. Wir wissen nur, daß er den andern Apfel aus seiner Tasche holte und anbiß, aber offenkundig schmeckte er ihm nicht mehr, denn er legte ihn nach ein paar Bissen auf das Fensterbrett.

Dann ging er in die Mitte des Zimmers und nahm aus einer andern Tasche einen Revolver. Die Polizei fand nie heraus, wie und wo er ihn sich beschafft hatte.

Ein dumpfer Schuß hallte in dem Raum wider, das Aufschlagen eines Körpers. Kleine Stückchen Stuck fielen von der Decke. Draußen auf der Straße trat eine erschrockene Stille ein.

Willi Borden war nach Hause gekommen, um zu sterben. Auf die harte Weise.

»Wie wär's mit dem Grauen mit den Nadelstreifen, Mr. Johnny?« sagte Christopher.

Ich sah ihn verständnislos an, meine Gedanken waren weit weg.

»Er paßt gut zu der blauroten Krawatte und den braunen Schuhen«, versicherte er ernsthaft.

Ich holte tief Atem. »Gut, Christopher, mach's nur, wie du willst.«

Ich rasierte mich und nahm ein Bad. Das heiße Wasser beruhigte meine erregten Nerven, und bald war ich ganz entspannt, ja schläfrig. Als Christopher mich abfrottierte, hatten sich meine Kopfschmerzen verflüchtigt.

Kurz nach drei traf ich bei Peter ein. Es war einer jener ungewöhnlich warmen Frühlingstage, wie sie in Kalifornien nicht selten sind, und ich trocknete mir das Gesicht mit dem Taschentuch ab, als ich die Stufen hinaufging. Da rief Doris vom Schwimmbecken her.

Sie kam gerade aus dem Wasser, kleine Tropfen hingen noch an ihrem schwarzen Badeanzug und glitzerten im Sonnenlicht wie winzige Diamanten. Sie nahm die Badekappe ab und schüttelte ihr Haar. Es sah so einladend aus, daß ich nicht widerstehen konnte.
Ich küßte sie, und wir gingen zum Haus. »Wie geht's Peter?«
»Heute viel besser«, sagte sie glücklich, »er hat schon gefragt, wann du kommst, er möchte dich sehen.«
»Das freut mich.«
»Geh du zuerst zu ihm, ich zieh' mich um und komm' dann nach.«
»Gut. Wo ist Mutter?«
»Sie schläft.«
Als ich hereinkam, lächelte Peter mir entgegen. Die Handelszeitungen lagen auf seinem Bett, und mir war klar, daß er über alles Bescheid wußte, was in den letzten Tagen vor sich gegangen war.
»Ermüden Sie ihn nicht zu sehr, Mr. Edge«, ermahnte mich die Pflegerin noch, ehe sie das Zimmer verließ.
Heute hatte Peters Händedruck bereits wieder Wärme und Festigkeit.
»Wie geht's dir?«
»Gut. Ich möchte aufstehen. Aber sie lassen mich nicht.«
»Spiel nicht den starken Mann, tu, was man dir sagt, und du bist bald gesund. Du warst ziemlich krank, also überstürz nichts.«
Er sah ernst drein, und zum erstenmal sprach er von Mark. »Ich hab' für meine Fehler bezahlt. Ich hätte den Jungen nicht so behandeln dürfen.«
»Mach dir keine Vorwürfe. Du hast getan, was du für deine Pflicht hieltest.«
Er schüttelte den Kopf. »Ich hätte es besser wissen müssen.«
»Vergiß es. Es ist vorbei, und du kannst die Zeit nicht zurückdrehen.«
»Nein, das kann man nicht.« Er sah mich mit feuchten Augen an. »Ich weiß, er war verzogen und egoistisch, aber das war meine Schuld. Ich ließ ihm immer seinen Willen und dachte, er sei noch zu jung, morgen würde er anders. Aber dieses Morgen kam nie.«
Tränen rollten ihm über die Wangen. Ich schwieg – es gab nichts zu sagen.
Er wischte sich die feuchten Spuren ab und sagte mit brüchiger Stimme: »Ich war ein solcher Narr, ich hab' ihm gar keine Zeit gelassen, sich zu bewähren. Er war mein Fleisch und Blut, und im Zorn hab' ich ihn verstoßen. Er war mein einziger Sohn, und ich hatte ihn doch lieb.«
»Ich weiß, Peter.«
Die Uhr tickte in unser Schweigen hinein. Schließlich sagte Peter, und

seine Tränen waren versiegt: »Jetzt sind sie hinter dir her.« Dabei zeigte er auf den »Reporter«, der vor ihm lag.
Ich nickte schweigend.
»Wie, glaubst du, geht es aus?«
Ich zuckte die Schultern, er sollte nicht sehen, wie besorgt ich in Wirklichkeit war. »Ich weiß es nicht, ehrlich nicht. Sie haben das Geld.«
Er nickte. »Ja, sie haben das Geld. Ich hatte unrecht, weißt du. Das war es die ganze Zeit, es hatte nichts mit Antisemitismus zu tun, und dies hier beweist es.«
»Wie meinst du das?«
Ein Ausdruck, gemischt aus Sympathie und Trauer, trat in sein Gesicht. »Wenn sie Antisemiten wären, würden sie nicht Farber und Roth über dich hinweg hineinbringen wollen. Die beiden sind Juden, du nicht.«
Ich hatte es noch nie so gesehen, aber er hatte recht. Ich antwortete nicht, aber war innerlich beinahe froh, daß er endlich die Dinge so sah, wie sie waren.
»Was willst du tun?« fragte er nach einer kleinen Pause.
Ich rieb mir die Stirn, ich begann müde zu werden. Die schlaflose Nacht machte sich bemerkbar. »Ich weiß es nicht. Ich weiß nicht, ob ich bleiben soll, bis sie mich rausdrängen, oder ob ich jetzt schon ausscheiden soll.«
»Du möchtest nicht ausscheiden?«
Ich schüttelte den Kopf.
»Hab' ich mir gedacht«, sagte er nachdenklich, »du und ich, wir waren zu lange drin und haben zu viel von uns reingesteckt. Es ist ein Teil von uns geworden. Dir geht's jetzt wie mir damals, als ich verkaufen mußte. Seit der Zeit hab' ich mich leer gefühlt.«
Wir schwiegen wieder, jeder mit seinen eigenen Gedanken beschäftigt, bis Doris kam. »Dein Bett ist aber unordentlich, Papa!«
Sie ordnete die Zeitungen, glättete die Leintücher und schüttelte sein Kissen auf. »Schläft Mama noch?« fragte er.
»Ja. Sie hat nicht richtig geschlafen, seit du krank bist. Jetzt ist sie müde.«
»Eine wundervolle Frau, deine Mutter. Ich könnte ohne sie gar nicht zurechtkommen.« Seine Augen hatten einen warmen Glanz, seine Stimme einen weichen Klang, als er das sagte.
Doris antwortete nichts, sondern fragte mich, ob ich gegessen hätte.
Aber Peter blieb hartnäckig. »Du hast mich vielleicht nicht gehört, ich sagte, daß deine Mutter eine wundervolle Frau ist.«
Doris lächelte. »Ich streite mich nicht mit dir, ich glaube, ihr seid beide prachtvoll.«

Peter wandte sich mir zu. »Wenn es nur eine Geldfrage ist, könnte Santos dir vielleicht helfen.«
Für einen Augenblick war ich verwirrt. »Aber Al hat sich zur Ruhe gesetzt. Was könnte er außerdem tun? Sie kriegen all ihr Geld von den Bostoner-Banken.«
»Der Kredit muß jetzt fällig sein. Wenn er nun nicht verlängert wird? Haben sie genug Geld, um ihn abzudecken?«
Ich betrachtete ihn respektvoll, in irgendeiner Weise überraschte er mich immer wieder. Wenn man dachte, daß er an einer Sache völlig uninteressiert sei, kam er mit einer Bemerkung oder Frage, die bewies, daß er die Situation sehr genau beobachtet hatte. So war es diesmal auch. »Nein, wir haben das Geld nicht«, erwiderte ich bedächtig, »aber das macht keinen Unterschied. Konstantinow hat uns versichert, daß wir ohne Schwierigkeiten eine Prolongierung erhalten werden.« Konstantinow war der Präsident der größten Bostoner Bank, von der Ronsen das Geld geliehen hatte, um Peters Anteile aufzukaufen. Später war die Anleihe auf die Firma übertragen worden.
»Es schadet ja nichts, mal mit Al darüber zu reden«, Peter blieb seltsamerweise hartnäckig, »vier Millionen sind eine Menge Geld, und wenn soviel auf dem Spiel steht, kann immer was passieren. Warum suchst du ihn nicht auf und sprichst vorsichtshalber mit ihm?«
»Weißt du irgendwas?« fragte ich, weil es mir so vorkam, als ob er einen besonderen Grund für seine Hartnäckigkeit hätte.
Er schüttelte den Kopf. »Nein, aber ich meine, du solltest nichts außer acht lassen und auf jede Möglichkeit vorbereitet sein.«
Ohne daß ich wußte, warum, empfand ich plötzlich neue Zuversicht und Hoffnung. Al hatte sich auf eine Ranch, dreihundertfünfzig Meilen von Los Angeles, zurückgezogen. Es würde sechs Stunden dauern, bis ich dorthin käme, und jetzt war es nach vier, also zu spät. Al ging um acht zu Bett. »Vielleicht hast du recht«, sagte ich zu Peter, »aber für heute geht es nicht mehr.«
»Warum übernachtest du nicht hier?« schlug Doris vor, »Ich fahr' dich morgen hin, wir können dann sehr früh aufbrechen.«
Peter antwortete für mich. »Eine gute Idee.«
Ich lachte, zum erstenmal seit gestern. »Dann ist ja alles geregelt.«
Peter sah mich an. »Natürlich ist alles geregelt.« Und mit einem merkwürdigen Lächeln fragte er Doris: »Liebes Kind, holst du deinem alten Papa wohl das Schachbrett?«
Es ging ihm offenkundig besser. Ich verlor zwei Spiele, bis die Pflegerin kam und Doris und mich aus dem Zimmer jagte.

Dreißig Jahre 1936

1

Johnny nahm den Brief vom Schreibtisch auf und schnitt eine Grimasse. Eine neue Gehaltskürzung. Die dritte seit 1932. Diesmal waren es zehn Prozent für alle Angestellten der Firma. Zornig klingelte er nach Jane.
»Schick ihn Freitag ab.«
Sie nahm das Schreiben und ging wortlos hinaus, während er aus dem Fenster starrte und über die Nutzlosigkeit der Maßnahme grübelte.
Gehaltskürzungen waren niemals eine Lösung. Am Freitag würde es überall sorgenvolle Gesichter geben, jeder würde auszurechnen versuchen, wie er dabei weiter existieren sollte, aber nur wenige würden sich zu beklagen wagen – Stellungen waren zu knapp. Sie würden schweigend, aber mit anklagenden Augen an ihm vorbeigehen und ihm und Peter die Schuld daran zuschieben – und vielleicht hatten sie recht. Sie konnten ja nicht wissen, daß Peter und er seit fast dreieinhalb Jahren kein Gehalt mehr bezogen hatten, daß Peter von seinem Geld fast drei Millionen in die Firma gesteckt hatte, um sie durchzuhalten – sein gesamtes Vermögen.
Trotzdem hatten sie vielleicht recht. Ganz bestimmt hatten Peter und er nicht nur aus Selbstlosigkeit so gehandelt, schließlich ging es auch um ihren Hals dabei. Einige andere Filmgesellschaften hatten bereits den Bankrott erklärt, aber Peter hatte geschworen, daß er das nie tun würde.
»Wem sollen sie denn die Schuld geben, wenn nicht Peter und mir?« fragte er sich voller Selbstvorwurf. Zweifellos hatten nicht die Angestellten die Fehler begangen, die die Ursache ihrer schwierigen Lage waren. Es waren seine und Peters Fehler – ja, er hatte auch seinen Anteil an ihnen.
Was bedeutete es, daß Peter sich in bezug auf den Tonfilm geirrt hatte? Er selbst hatte sich über den Typ des Tonfilms geirrt, hatte darauf bestanden, den Ton auf Platten statt auf das Filmband aufzunehmen. Es hatte fast eine Million gekostet, ihre Produktion umzustellen.
Seitdem hatte er sich nicht mehr um Produktionsfragen kümmern dürfen. Peter war zornig gewesen, nicht ohne Grund. Eine Million war eine Menge Geld, und an Peters Stelle wäre er auch wütend gewesen.
Es waren noch andere Fehler gemacht worden, aber was half es, jetzt darüber nachzugrübeln? Sie bewiesen nur, daß Peter und er eben auch nur Menschen waren.

Aber am schlimmsten ging es mit den Filmen. Wären die gut gewesen, hätte alles glattgehen können, trotz aller sonstigen Schwierigkeiten. Aber die Filme waren ganz einfach schlecht, Peter war niemals ganz in die Geheimnisse der Tonfilmtechnik eingedrungen.
Er hatte einen guten Tonfilm gemacht, 1931. Es war der einzige, der gelungen war, und er hatte Peter eine irrsinnige Anstrengung gekostet, aber danach schien er nicht mehr mitkommen zu können.
Johnny meinte, daß es möglicherweise an Peters fixer Idee lag, daß die Juden aus der Filmbranche hinausgedrängt werden sollten. Die Produktion von Filmen war schließlich etwas Schöpferisches, und niemand konnte als Künstler sein Bestes leisten, wenn er innerlich zerrissen und angespannt war.
Johnny steckte sich eine Zigarette an und dachte noch weiter zurück – an die Anfänge des Films, als niemand auch nur im Traum ahnte, wie er sich eines Tages entwickeln würde. Damals war das Filmgeschäft eine verhältnismäßig einfache Sache gewesen. Man machte Filme und verkaufte sie. Heute war es sehr anders.
Heute mußte ein Filmproduzent Finanzmann, Wirtschaftler, Politiker und Künstler zugleich sein. Er mußte Bilanzen genauso gut lesen wie Drehbücher, Marktanalysen ebenso wie Erzählungen. Er mußte den Publikumsgeschmack ein halbes bis ein Jahr im voraus erfühlen, denn so lange brauchte ein Film von der Herstellung bis zur Vorführung.
Johnny nahm die kleine Büste von Peter in die Hand, die auf seinem Schreibtisch stand. Vielleicht lag es daran, daß Peter versuchte, zu vieles gleichzeitig zu sein. Er wollte alles selbst tun, er traute niemandem zu, daß er es ebenso gut wie er selbst machen könnte, seine Methoden waren noch die gleichen wie im Anfang, vor vielen Jahren.
Ein Mann mußte elastisch sein, um in der vielgestaltigen Welt der Filmindustrie von heute seinen Platz zu behaupten, und Peter war nicht elastisch. Er war zu sehr daran gewöhnt, das Ganze allein zu leiten, und diese jahrelange Gewohnheit war schwer abzulegen.
Johnny stellte die kleine Büste auf den Schreibtisch zurück. Vieles Geschehene überzeugte ihn von der Richtigkeit seiner Auffassung, zum Beispiel Peters Weigerung, nach Bordens Selbstmord noch Geschäfte mit der Borden-Gesellschaft zu machen. Er bestand darauf, mit diesen Antisemiten, wie er sie nannte, nichts zu tun zu haben. Sie hatten in seinen Augen seinen Freund ermordet. Sie hatten durch diese Haltung nicht nur die Möglichkeit verloren, in den Borden-Theatern ihre Filme zu zeigen, sie konnten auch nicht mehr mit der Borden-Produktion wegen der Stars, der Regisseure oder anderer Talente verhandeln wie bisher.

Das Geschäft war ständig schlechter geworden, aber wenn Peter seine voreilige Entscheidung in bezug auf die Borden-Gesellschaft je bereute, so zeigte er es nie. Und seine letzte Handlung, nämlich Mark mit der Überwachung der Produktion zu betrauen, während er geschäftlich nach Europa fuhr, war ebenso schlimm wie diese früheren Dinge, jedenfalls nach Johnnys Ansicht.
Mark war 1932 aus Europa zurückgekommen und sollte Peter eine Menge Kleinarbeit abnehmen. Das einzige, was er nach Johnnys Meinung Peter wirklich abnahm, war die Sorge um den Wohlstand der Hollywooder Nachtbars.
Mark war der Liebling der Reporter. Er gab immer Stoff für einen Bericht her, man brauchte nur an seinem Tisch stehenzubleiben und ihm zuzuhören. Er erzählte nur zu gern, was mit der Filmproduktion in Hollywood nicht in Ordnung war. Johnny hätte nichts dagegen gehabt, wenn Mark auf der anderen Seite irgend etwas getan hätte, aber Mark vermied erfolgreich jede Art von Arbeit, bis Peter sich zu jener Europareise entschloß.
Bis dahin hatte jedermann, einschließlich Johnny, geglaubt, daß Peter in einem solchen Fall Bob Gordon mit der Produktionsleitung beauftragen würde. Er war der gegebene Mann dafür, und Johnny war immer der Meinung gewesen, daß die Firma besser dran wäre, wenn Peter ihm überhaupt die Produktion anvertraute.
Peters Entschluß hatte wie eine Bombe auf ihn gewirkt. Er hatte Peter gefragt, warum Gordon nicht den Posten erhielte, und Peter hatte ihm wütend erklärt, daß er Gordon nicht traue, er sei zu freundlich mit den Antisemiten der Borden-Gesellschaft. Mark sei sein Sohn, auf den er sich verlassen könne, und außerdem ein smarter Junge. Zitierten die Zeitungen nicht dauernd seine Ansichten über die Filmindustrie? Er brauchte nur eine Chance, und jetzt sollte er sie haben.
Johnny war müde, sein Bein schmerzte, und er massierte es nachdenklich. Er wußte nicht, wohin das alles führen würde, aber er machte sich Sorgen. Das Geschäft hatte sich seit seinen Anfängen sehr verändert und veränderte sich noch täglich. Sie mußten bereit sein, sich mit ihm zu verändern. Man brauchte Erfahrung und Elastizität zugleich, aber er kannte niemand in der Firma, der beides besaß, Peter hatte Erfahrung, aber keine Elastizität, Mark besaß Elastizität, vielleicht sogar zuviel, aber keine Erfahrung. Blieb nur er selbst.
Aber er fragte sich, ob er es schaffen könnte, selbst wenn Peter ihm eine Chance gäbe. Was getan werden mußte, war höchst unerfreuliche Arbeit, und man würde nicht mehr viel Freunde haben, wenn man da-

mit fertig war. Die ganze Gesellschaft müßte durchgekämmt werden, von der Spitze bis zum letzten Mann — darüber war er sich im klaren. Unwillkürlich zuckte er die Achseln: was ging es ihn an? Das war Peters Sorge. Peter hatte ihm einen genau abgegrenzten Bezirk zugewiesen, für den er verantwortlich war, und ihm klargemacht, daß er keinerlei sonstige Einmischung dulden würde. Fast seit vier Jahren, seit sie in Schwierigkeiten geraten waren, hatte Peter ihn nicht mehr um seine Meinung befragt.
Ein Seufzer entschlüpfte ihm. Trotz allem wußte er, daß Peter ihn gern hatte und hochschätzte. Was war schiefgegangen zwischen ihnen? War Peter sich plötzlich seiner Macht bewußt geworden und wollte sie zeigen? Oder lag es daran, daß Peter alt wurde und befürchtete, Johnny könnte Mark aus seinem Erbe verdrängen?
Johnny wußte es nicht, aber das Herz war ihm schwer. Die Erinnerung an die alten Zeiten, als sie um ein gemeinsames Ziel kämpften, war lebendig und warm in seinem Herzen. Damals hatten sie sich nur um das Geschäft gesorgt und hatten sich nicht davor gescheut, einander zu trauen.
Johnny schüttelte den Kopf und rief Jane an. »Schick den Brief lieber morgen ab, Jane.« Bis Freitag waren es noch drei Tage, und Peter hatte gesagt, er solle die Gehaltskürzung sofort mitteilen. Der Aufschub würde ihm nicht gefallen.

2

Mark goß den Champagner in ihre Gläser. Das sanft erhellte Zimmer hatte für ihn schon einen rosafarbenen Schein angenommen; sie war noch schöner als in seiner Erinnerung, schöner als irgendeine Frau, die er gekannt hatte. Kein Wunder, daß Johnny sie nicht hatte halten können, er war kein Mann für eine solche Frau.
Es war spaßig, auf welche Weise er sie wiedergetroffen hatte. Er hatte mit ein paar Freunden an seinem Tisch im »Trocambo« gesessen. Dann war er aufgestanden, um einen Freund zu begrüßen, den er an der Bar stehen sah, und dabei war er mit einer Dame zusammengestoßen, die gerade vorbeikam. Er hatte sie am Arm festgehalten und sich entschuldigt: »Tut mir leid, es ist sowenig Platz zwischen diesen verdammten Tischen.« Da erkannte er sie.
Sie sah ihn mit einem amüsierten Lächeln an. »Schon gut, es ist ja nichts passiert.«

Ihr blondes Haar schimmerte in der blauen Beleuchtung, und sie wußte nicht, wie sehr sie unrecht hatte – es war etwas passiert, wenn auch nicht ihr. »Seltsam, sich so wiederzusehen, Miß Warren.«
»Hollywood ist in Wirklichkeit eine Kleinstadt, Mark.«
Es freute ihn, daß sie seinen Namen noch wußte. Der Freund an der Bar war vergessen, statt dessen überredete er sie, sich an seinen Tisch zu setzen.
Das war vor sechs Wochen gewesen, kurz nachdem sein Vater nach New York gefahren war, um zu sehen, ob er den Verleih nicht etwas ankurbeln könnte.
Mit einem Lächeln erinnerte er sich an Johnnys Debatte mit seinem Vater über seine Ernennung zum Produktionsleiter. Johnny traute ihm nicht genug Erfahrung zu und hielt Gordon für die richtige Besetzung, aber der alte Herr hatte seinen Willen durchgesetzt.
Letzte Woche war sein Vater nach Europa abgereist; so wie die Lage des inländischen Marktes nun einmal war, hoffte er, im Ausland bessere Resultate zu erzielen. Der Auslandsvertrieb der »Magnum« gehörte zu den besten in der Branche.
Seit er Dulcie in dem Nachtlokal wiedergetroffen hatte, hatte Mark sie ein paarmal gesehen und war auch einmal mit ihr ausgegangen, und jedesmal wuchs seine Verzauberung.
Vor vielen Jahren hatte er in Paris gelernt, daß es eigentlich nur zwei Grundtypen von Frauen gab: diejenigen, die das Fleisch erregten, und die andern, die den Geist gefangennahmen. Er zog die erste Art vor, und Dulcie gehörte ganz zweifellos zu dieser Art.
Heute war er zum erstenmal in ihrem Heim. Als er sie am Nachmittag angerufen und sie ihm gesagt hatte, sie sei viel zu müde zum Ausgehen, er solle zu ihr kommen, war er sehr glücklich gewesen.
Bis jetzt hatten sie schon zwei Flaschen Champagner getrunken. Sie hatte ihn in einem Hausgewand aus schwarzem Samt empfangen. Ihr blondes Haar umrahmte ihr herzförmiges, goldbraun gebranntes Gesicht, und sie lächelte ihn mit schimmernden Zähnen an.
Er dachte, das Lächeln gelte ihm, aber darin hatte er unrecht. Sie amüsierte sich darüber, daß er bei ihr war, der Sohn des Mannes, der sie aus moralischen Gründen hinausgeworfen hatte. Sie hatte damals nicht gewagt, dagegen zu klagen, um die ganze Angelegenheit nicht an die Öffentlichkeit zu zerren, aber sie hatte sich geschworen, eines Tages mit Peter abzurechnen.
Sie betrachtete Mark. Sein Blick war etwas verglast, er war leicht angetrunken. Vielleicht konnte sie sich durch ihn rächen? Sie hatte ihm

zugehört, wie er über die Firma redete, die letzten Jahre waren anscheinend nicht leicht gewesen. Und jetzt war Peter weg und hatte Mark an der Spitze des Studios zurückgelassen.
Mark hatte versucht, seinen Vater dazu zu überreden, einige Filme nach seinen Ideen zu gestalten, aber Peter hatte sich geweigert. Die Ideen wären undurchführbar und würden zuviel kosten.
Während der Alkohol sich seiner bemächtigte, erzählte er ihr von diesen Ideen und seines Vaters Weigerung. Er setzte ihr den Plan zu einem Film auseinander, und während sie zuhörte, mußte sie sich das Lachen verbeißen. Die Idee war nicht nur unbrauchbar, sie war auch einfach dumm. Sie wußte sofort, daß Mark vom Film ebenso wenig verstand wie von einem Flug nach dem Mond. Sie betrachtete ihn nachdenklich – vielleicht war hier eine Gelegenheit zur Rache.
Sie lächelte, und ihre Augen öffneten sich weit. »Aber, Mark«, sagte sie scheinbar beeindruckt, »was für eine herrliche Idee! Und wie töricht von deinem Vater, das nicht zu sehen! Aber das ist hier ja nichts Ungewöhnliches, sie haben nicht das Gefühl für subtile Dinge, so wie du. Sagt man nicht, der Prophet gilt nichts in seinem Vaterland?«
Mark hatte Schwierigkeiten, seine Worte zu bilden, er hatte schon einen leichten Zungenschlag. »So ist es. Sie mögen Ideen nicht, sie haben immer Angst vor dem Neuen.«
Sie beugte sich zu ihm, so daß ihr Kleid etwas auseinanderglitt, und sagte ermutigend: »Vielleicht könntest du den Film doch auf irgendeine Weise machen?«
Sein Blick haftete auf ihrem Busen, den das auseinanderklaffende Gewand sehen ließ. »Aber wie? Wir haben gerade genug Geld für die Filme, die er machen will.«
Sie strich ihm leicht über die Wange. »Du könntest es vielleicht einrichten. Ich hörte einen ähnlichen Fall aus einem anderen Studio, wo der Produktionsleiter einen Film herstellte, den er nicht machen sollte, und das unter den Produktionsberichten über einen ganz anderen Film verbarg. Als der Film fertig war, wurde er ein Riesenerfolg, und jeder hielt ihn für ein Genie.«
»Glaubst du, ich könnte das?«
»Ich weiß nicht«, sagte sie vorsichtig. »Ich erwähne es nur als eine Idee. Schließlich leitest du das Studio, solange dein Vater nicht da ist.«
Er setzte sich auf, goß sich mit unsicherer Hand ein neues Glas ein und trank es aus. »Vielleicht ginge es.«
»Natürlich, Mark. Du wirst schon einen Weg finden, klug genug bist du dazu.«

Sie ließ sich von ihm küssen und seine Hände über ihren Körper streichen. Plötzlich hielt sie sie fest. »Wie willst du es anfangen, Mark?«
Er sah sie töricht an. »Was anfangen?«
»Den Film produzieren, ohne daß sie etwas merken«, sagte sie ungeduldig, sich nur mit Mühe im Zaum haltend.
»Ich hab' nicht gesagt, daß ich es tun werde, nur daß ich es mir überlegen will.« Sein Gesicht nahm einen dummschlauen Ausdruck an.
Sie schmollte. »Ich hab' geglaubt, du hättest keine Angst.«
Er stand schwankend auf und fragte betrunken: »Wer hat Angst? Ich hab' vor niemandem Angst.«
»Dann wirst du es ihnen also zeigen?«
»Ich würde es gern tun, aber die Arbeitsberichte, die wir nach New York schicken, würden es verraten.«
»Du könntest sagen, es sei nur eine Änderung des Filmtitels. Dann merken sie es erst, wenn er fertig ist.«
»Dulcie, das ist eine gute Idee!«
»Natürlich ist es eine gute Idee.« Sie schmiegte sich an ihn und küßte ihn.
Er legte die Arme um sie und preßte sein Gesicht an ihren Hals. Sie überließ sich ihm, bis seine Küsse fordernder wurden und sein Körper sich spannte. »Nicht, Mark!« sagte sie scharf und löste sich aus seiner Umarmung.
Er war bestürzt und verwirrt. »Warum, Dulcie? Ich dachte, du magst mich!«
Sie lächelte ihn verwirrend an. »Ich mag dich auch, Liebling. Aber ich muß morgen arbeiten, und du weißt, was die Kamera alles entdeckt.«
Er versuchte, sie an sich zu ziehen, aber sie steuerte ihn sanft zur Tür. Sein schmerzlicher Ruf: »Dulcie, ich begehre dich so sehr, daß es weh tut!« war wie Musik in ihren Ohren. Seine Augen funkelten wild vor Leidenschaft.
Sie öffnete die Tür und schob ihn nach draußen. »Ich weiß, Liebling. Später vielleicht.« Ihr Blick war voller Versprechungen.
Sie schloß lächelnd die Tür und ordnete ihr Gewand. Es gab so viele Wege ...

3

Peter betrachtete anerkennend den Mann ihm gegenüber, während er leicht auf seinem Stuhl hin- und herrückte. Diese Engländer hatten keine Ahnung von Komfort. Wenn man bequem saß, konnte man besser arbeiten und denken. Er sah sich rasch im Büro um: es war dunkel und langweilig und sah genauso aus wie das, was es war: das Büro eines englischen Verleihers.

Er wandte sich wieder seinem Gegenüber zu, Mr. Philipp Danvere. Vor einem Monat noch hatte er nie von ihm gehört, aber seit seiner Ankunft in London waren die Handelszeitungen voll von diesem Namen. Philipp Danvere, einer der reichsten Männer von Europa, war in das Filmgeschäft eingestiegen. Wie er auf die Idee gekommen war, wußte anscheinend niemand. Gebürtiger Schweizer, war er vor dem ersten Weltkrieg zur Vollendung seiner Erziehung nach England geschickt worden. Während er noch in Oxford studierte, brach der Krieg aus, und er hatte sich freiwillig zum britischen Heer gemeldet. Sein Vater, Haupt der weltberühmten Danvere-Textil-Gesellschaft, hatte sich mit typisch schweizerischem Neutralitätsbestreben dem widersetzt, aber ohne Erfolg. Nach dem Krieg starb der Vater, und Philipp kehrte in sein Geburtsland zurück, um die Firma zu übernehmen, und hatte bis vor einem Monat ruhig dort gelebt.

Die Ankündigung, daß er mehrere Filmtheaterringe auf dem Kontinent und schließlich den Martin-Ring, den größten britischen Theaterring, erworben hatte, versetzte die Filmwelt in Aufregung. Die verschiedensten Gerüchte über seine Motive zu diesen Ankäufen gingen um, aber Mr. Danvere äußerte sich nicht dazu. Er war ein großer Mann, dunkeläugig, mit festem Mund und Kinn. Seine Sprache und Gebärden waren englischer als die vieler gebürtiger Engländer.

Peter hatte sofort alle Hebel in Bewegung gesetzt, um den Martin-Ring für die Magnum-Filme zu sichern. Es wäre ein riesiges Geschäft. Großbritannien bedeutete für die amerikanischen Filme die Hälfte des gesamten Auslandsmarktes.

Mr. Danvere war zu dem Vertreter der »Magnum«, Mr. Rosenberg, äußerst höflich, aber auch äußerst zurückhaltend gewesen. Er erklärte, er sei noch ein Neuling im Filmgeschäft und könne mit einer amerikanischen Firma erst zu einem Abkommen gelangen, wenn er sich von ihrer absoluten Zuverlässigkeit überzeugt habe.

Mr. Rosenberg hatte darauf hingewiesen, daß die »Magnum« seit 1910 im Filmgeschäft war und einen der ältesten Namen in der Branche darstellte.

Mr. Danvere hatte erklärt, daß er sich dessen wohl bewußt und unter bestimmten Voraussetzungen und Bedingungen an einem Abkommen mit der »Magnum« durchaus interessiert sei. Auf die Frage, was er damit meinte, hatte er erklärt, daß er als Textilfabrikant die Erfahrung gemacht habe, daß man am besten zu einer Verständigung käme, wenn Produzent und Verteiler in möglichst engem Kontakt miteinander ständen. Da Peter Kessler gerade in London war, wurde ein Zusammentreffen arrangiert, und nun saßen die beiden einander gegenüber, mit dem besorgten Mr. Rosenberg im Hintergrund.

Mr. Danvere sagte: »Ich muß bekennen, Mr. Kessler, daß ich mich seit dem Krieg für Ihre Firma interessiert habe. Ich war Offizier der britischen Armee und erinnere mich mit großer Dankbarkeit an die Filme, die Sie der Armee kostenlos zur Verfügung stellten.«

Peter lächelte. Eines seiner Lieblingsprojekte war die kostenlose Überlassung von Filmen an die Armee der Alliierten gewesen. Mr. Danvere gab das Lächeln zurück und entblößte dabei ziemlich große Zähne. »Deshalb wollte ich Sie gern persönlich sehen, damit ich offen und vertraulich zu Ihnen sprechen kann.«

Peter sah Rosenberg an, der sofort mit einer Entschuldigung aus dem Zimmer verschwand, und Mr. Danvere fuhr fort: »Wenn ich richtig verstehe, Mr. Kessler, sind Sie der einzige Eigentümer Ihrer Gesellschaft.«

»Das ist im großen und ganzen richtig. Die Firma gehört mir bis auf zehn Prozent des Gesamtkapitals, die Mr. Edge gehören, dem Mitbegründer und jetzigen Vizepräsidenten der Gesellschaft.«

»Ich verstehe. Ich glaube, Mr. Rosenberg hat Ihnen meinen Standpunkt in bezug auf eine Übernahme Ihrer Firma für meine Theater klargemacht?«

»Nicht genau. Bitte legen Sie ihn mir doch dar.«

»Sehen Sie, Mr. Kessler, von Haus aus bin ich ein einfacher Textilkaufmann. Als solcher habe ich bestimmte Grundregeln, die sich als sehr erfolgreich für mich erwiesen haben. Eine davon ist die, daß der Verteiler ein Produkt besser verkauft, wenn er an dessen Erzeugung interessiert ist. Und das gilt, glaube ich, auch für die Filmbranche. Die Martin-Theater z. B. würden interessierter sein, den Magnum-Filmen zum Erfolg zu verhelfen, wenn sie an der Filmproduktion selbst mit interessiert wären und aus diesen ihren zusätzlichen Bemühungen zweifach Vorteil zögen, das heißt, an ihrer Produktion ebenso verdienten wie an ihrer Vorführung.«

Peter betrachtete Mr. Danvere. Was dieser meinte, war in dürren Worten: Laß mich bei dir einsteigen, und ich sehe zu, daß du zurechtkommst. Laut sagte er: »Sie möchten also einen Anteil an der Magnum-Gesellschaft erwerben.«

»Etwas Derartiges, Mr. Kessler.«
»Und wie hoch sollte dieser Anteil sein?«
Mr. Danvere räusperte sich. »Etwa fünfundzwanzig Prozent.«
»Und für wieviel?«
»Fünfhunderttausend Pfund.«
Innerlich rechnete Peter diesen Betrag in Dollar um — zweieinhalb Millionen. Es würde eine Menge Probleme lösen. »Wie kommen Sie gerade auf diesen Betrag, Mr. Danvere?«
»Ich unternehme niemals blindlings ein Geschäft, Mr. Kessler. Als ich die Martin-Theater kaufte, war ich mir klar, daß die Verbindung mit einer amerikanischen Filmgesellschaft für beide Teile sehr vorteilhaft sein würde. Ihre Firma interessiert mich persönlich am meisten. Sie sind unabhängig, das nötigte mir Respekt ab. Unser Familienvermögen wurde auf dem gleichen Grundsatz der Unabhängigkeit aufgebaut.«
Wider Willen war Peter beeindruckt. Daß dieser Mann seinen Kampf anerkannte, schmeichelte ihm. »Sehr freundlich von Ihnen, mir das zu sagen«, meinte er bescheiden.
»Keineswegs. Mein Respekt gehört Ihnen, gleichgültig, wie Sie sich in dieser Sache entscheiden.«
»Ich werde über Ihr freundliches Angebot nachdenken, Mr. Danvere, aber da ist noch etwas Wichtiges, was Sie wissen müssen. Die ›Magnum‹ hat seit 1929 schwere Jahre gehabt und runde zehn Millionen verloren.«
»Es ist mir bekannt, Mr. Kessler, aber ich würdige Ihre Ehrenhaftigkeit, mich darauf hinzuweisen. Einige dieser Verluste waren sicher unvermeidlich durch Ihre schwierige Position gegenüber der übrigen Industrie. Jedenfalls habe ich einen Plan, der der ›Magnum‹ finanziell von großem Nutzen sein könnte.«
Peter zog eine Augenbraue hoch. Er hatte bereits eine hohe Meinung von den Ansichten seines Gegenübers. Die ganze Unterhaltung hatte ihn zu der Überzeugung gebracht, daß er es in Danvere mit einem sehr soliden konservativen Geschäftsmann zu tun hatte. »Und der wäre?«
Mr. Danvere schlug die Beine übereinander. »Meine Grundidee ist sehr einfach. Ich kaufe von Ihnen fünfundzwanzig Prozent des gegenwärtigen Aktienkapitals der Firma. Dann lösen wir die jetzige Gesellschaft auf und reorganisieren sie neu auf der Basis, daß Ihnen fünfundsechzig, Mr. Edge zehn und mir fünfundzwanzig Prozent des Kapitals gehören. Um das Vertrauen der Öffentlichkeit und der Industrie in die neue Gesellschaft zu stärken, würde ich vorschlagen, zwanzig Prozent

der Aktien auf den Markt zu werfen. Dann bleiben Ihnen immer noch fünfundvierzig Prozent – ein ausreichender Prozentsatz, um die Firma zu kontrollieren.« Er schwieg einen Augenblick, um Peters Reaktion zu beobachten, dessen Gesichtsausdruck aber ruhig und interessiert blieb, und fuhr dann fort: »Der Verkauf dieser zwanzig Prozent würde Ihnen ungefähr vierhunderttausend Pfund einbringen, was zusammen mit der Summe, die ich einbringe, neunhunderttausend Pfund oder, in Ihrer Währung ausgedrückt, viereinhalb Millionen Dollar ergibt. Dann würden ferner die Martin-Theater der ›Magnum‹ à conto der Verleihgebühren weitere vierhunderttausend Pfund vorschießen, so daß die ›Magnum‹ etwa vier Millionen Dollar Betriebskapital zur Verfügung hätte, eine ausreichende Summe, um das Produktionsprogramm zu garantieren. Außerdem halte ich es für möglich, daß die Verbindung mit den Martin-Theatern die Kreditfähigkeit der ›Magnum‹ erheblich stärken wird, so daß gegebenenfalls eine zusätzliche Finanzierung möglich sein würde.«

Peter saß schweigend da. Wenn ein Bankier der Wall Street ihm einen solchen Vorschlag gemacht hätte, er hätte ihn kurz und bündig abgelehnt. Aber dieser Mann da vor ihm war, wie er selbst gestand, ein einfacher Textilkaufmann. Seine Familie hatte ihr Vermögen auf ziemlich die gleiche Art erworben wie er das seine: im Kampf gegen größere Gesellschaften und ihre Finanzverbindungen. Außerdem war der Vorschlag ein sehr verlockender – nahm er ihn an, so war das Geschäft wieder flott und sein persönliches Vermögen gerettet.

»Ich muß die Angelegenheit natürlich mit meinem Partner, Mr. Edge, besprechen, bevor ich Ihnen eine Antwort geben kann, Mr. Danvere, aber ich muß zugeben, daß Ihr Vorschlag mir sehr gefällt.«

»Natürlich, Mr. Kessler.« Er schüttelte Peter fest die Hand. »Es war mir ein Vergnügen, mit Ihnen zu reden. Übrigens, ich hab' da eine kleine Besitzung in Schottland, und wenn Sie fürs Wochenende nichts Besseres vorhaben, würde ich mich freuen, wenn Sie mich besuchen. Wir könnten ein bißchen jagen.«

»Sehr gern. Ich hab' keine Pläne.«

»Fein. Mein Chauffeur holt Sie Freitag nachmittag ab, wenn es Ihnen paßt.«

»Vielen Dank, Mr. Danvere.«

»Sagen Sie Philipp, wir verstehen uns und brauchen nicht so formell miteinander zu sein.«

»Richtig, Philipp.«

»Auf Wiedersehen, Peter«, sagte Mr. Danvere von der Tür her.

Rosenberg kam aufgeregt ins Büro zurück.
»Wie ist es gegangen, Peter?«
Peter sah verwirrt auf. »Wie soll das mit der Jagd werden übers Wochenende? Ich kann ein Gewehrende nicht vom andern unterscheiden!«

4

Johnny sah die Studioberichte auf seinem Schreibtisch verwundert durch. Was, zum Teufel, bedeutete dieser neue Film »Wir gehören zusammen«? Er konnte sich nicht erinnern, früher davon gehört zu haben, und rief Jane herein. Aber sie wußte auch nichts. Seine Verwunderung stieg. »Spaßig«, sagte er, »er hat schon hunderttausend gekostet, und erst sechs Drehtage sind vorbei. Es ist auch kein endgültiger Kostenvoranschlag dafür da. Ruf Mark im Studio für mich an, ja, Jane?«
Ein paar Minuten später rief Peter aus London an, und Johnny sagte Jane, sie solle das Gespräch mit Mark noch nicht anmelden, er wollte Peter erst nach dem Film fragen.
»Hallo, Johnny!« meldete Peter sich.
»Peter, wie geht es dir? Was ist los?«
»Ich glaube, unsere Sorgen sind vorbei«, sagte Peter aufgeregt.
Peters Aufregung wirkte ansteckend auf Johnny. »Wie meinst du das?«
»Ist dir Danvere ein Begriff?«
»Der Schweizer Textilkönig?«
»Ganz recht. Er hat mir einen sehr interessanten Vorschlag gemacht. Er will unsern Filmen in seinen Theatern den Vorrang geben, wenn wir ihn mit fünfundzwanzig Prozent in die Gesellschaft einsteigen lassen.«
»Einen Augenblick«, unterbrach Johnny ihn, »ich dachte, du wolltest keine Anteile verkaufen?«
»Wollte ich auch nicht. Aber der Bursche ist richtig. Er hat zweieinhalb Millionen für den Anteil geboten, und außerdem will er uns zwei Millionen auf die Verleihverträge vorschießen.«
»Ich begreife es nicht – was hat er vor?«
»Nichts, bestimmt nichts. Sein Prinzip ist nur, daß der Verteiler härter arbeitet, wenn er am Produkt interessiert ist. Das scheint mir vernünftig. Was hältst du davon, Johnny?«
»Ich weiß nicht recht«, sagte er vorsichtig, »aber das Geld ist sehr verlockend.«

»Er hat noch einen anderen Plan, der uns weitere zwei Millionen einbringen soll. Er ist ein smarter Bursche, Johnny.«
»Nun, Peter, du mußt am besten wissen, was gut für uns ist.«
»Du hast also nichts dagegen, wenn ich ihm einen Anteil verkaufe?«
Johnny zögerte. Der Plan gefiel ihm nicht, aber er wußte nicht, was er dagegen einwenden sollte. Schließlich gehörte die Firma Peter, und wenn er wollte, hatte er das Recht, Anteile zu verkaufen. Peter mußte fast blank sein, und dies war eine Gelegenheit für ihn, sein Privatvermögen zum Teil wiederzugewinnen.
»Ich hab' nichts dagegen, Peter, aber sei vorsichtig.«
»Sicher.«
Dann fiel Johnny der Film aus dem Studiobericht ein. »Weißt du irgend etwas von einem Film ›Wir gehören zusammen‹?«
»Nein, nie davon gehört. Warum?«
»Er tauchte im letzten Studiobericht auf.«
Peter lachte. »Warum machst du dir dann Sorgen? Mark wird irgendeinen Filmtitel geändert haben.«
»Aber ...«
Peter unterbrach ihn. »Ich hab' Mark über alles Instruktionen erteilt. Wenn er einen Titel ändert, ist nichts dabei. Ein bißchen Freiheit müssen wir ihm ja schließlich lassen, nicht?«
Johnny beherrschte sich nur mühsam. Seit jenem Fehlschlag mit dem Ton auf Platten brachte Peter ihn stets zum Schweigen, wenn er irgend etwas über Produktionsfragen äußerte. »Wir haben nichts im Arbeitsprogramm, worauf der Titel passen würde«, sagte er ausdruckslos.
»Woher weißt du das?« fragte Peter kriegerisch. »Mark leitet das Studio, nicht du. Er muß es besser wissen.« Er war noch immer gekränkt, weil Johnny sich Marks Ernennung zum Studioleiter widersetzt hatte.
Johnny erkannte diesen Tonfall. Er bedeutete, daß Peter sich jedem Argument verschloß und sich durch nichts umstimmen ließ. So sagte er nichts weiter darüber, er wollte Peter nicht mitten in den Verhandlungen mit Danvere erregen. Er hatte ohnehin das Gefühl, daß Peter dafür all seine Kraft brauchen würde. »Gut, gut. Wann kommst du zurück?«
»Ich weiß noch nicht. Wenn ich mit Danvere einig werde, wollte ich für zwei Monate auf den Kontinent und nach unseren dortigen Vertretungen sehen. Es ist mehr als zwei Jahre her, seit ich mich persönlich um sie gekümmert habe.«
»Eine gute Idee. Vielleicht kannst du sie ein bißchen ankurbeln.«
»Ich werd's versuchen.«

»Soll ich deiner Familie was bestellen?«
»Nein, danke, ich hab' ein Gespräch mit Esther angemeldet und spreche sie gleich.«
»Na, dann will ich dich nicht aufhalten – bis bald.«
»Auf Wiedersehen, Johnny.«
Johnny sah nachdenklich vor sich hin. Hoffentlich wußte Peter, was er tat.

Doris saß am Frühstückstisch und las die Zeitung, als Mark hereinkam. Seine Augen waren gerötet und verschwollen von zuwenig Schlaf.
»Morgen, Schwester«, sagte er, noch heiser vor Verschlafenheit.
»Guten Morgen, Mark. Wann bist du denn gestern ins Bett gekommen?«
»Warum?«
Sie zuckte die Achseln. »Nur aus Neugier. Ich war bis nach drei auf und hab' dich nicht kommen hören.«
Gereizt erwiderte er: »Ich bin kein Baby mehr, du brauchst nicht auf mich zu warten.«
»Ich hab' nicht auf dich gewartet, ich hab' gearbeitet. Was hast du bloß? Seit ein paar Wochen bist du brummig wie ein Bär.«
»Ich hab' wahrscheinlich zuviel gearbeitet«, sagte er mit einem Versuch, versöhnlich und beschwichtigend zu lächeln.
»Du könntest trotzdem versuchen, ein bißchen früher schlafen zu gehen. Es würde dir nichts schaden.«
Er gab keine Antwort und trank seinen Orangensaft, während sie ihre Zeitung weiter las. Plötzlich hörte er sie lachen. »Was ist da so spaßig?«
»Ein Artikel von Marian Andrews.« Und sie las vor: »Dem prominenten Sohn eines prominenten Vaters steht ein hartes Erwachen bevor, wenn Papa von seiner Geschäftsreise nach Hause kommt. Dieser Sohn nämlich ist viel mit einer Schauspielerin zusammen, die der Vater aus moralischen Gründen entlassen hat.‹ . . . Wen sie wohl meint?«
Mark fühlte, wie ihm die Röte ins Gesicht stieg, und hoffte, daß sie es nicht bemerken würde. Der Teufel sollte diese Reporterin holen! Woher sie die Nachrichten nur bekam? Sie hatten sich doch nach jenem ersten Zusammentreffen sorgfältig genug bemüht, nicht miteinander gesehen zu werden. Er war froh, daß in diesem Augenblick das Telefon klingelte und Doris abgelenkt wurde.
Sie nahm auf und hielt die Muschel mit der Hand zu. »Hol Mama«, sagte sie aufgeregt, »schnell, Papa ruft von London aus an!«

Er sah sie töricht an. Sollte der Alte schon von dem Film gehört haben? Aber das konnte nicht möglich sein. Er lief in die Küche.
Wie gewöhnlich stand Esther am Herd und briet die Eier, während die Köchin ihr zusah. »Mama, schnell, Papa ist am Telefon!«
Esther ließ die Pfanne los und lief ins Wohnzimmer, wobei sie sich die Finger an der Schürze abwischte. Ihre Hand zitterte so, daß sie kaum den Hörer halten konnte. »Hallo, Papa, wie geht es dir?«
Sie schwieg, während Peter sprach, und antwortete dann: »Mir geht es gut, Doris und Mark auch. Ja, Papa, Mark arbeitet tüchtig. Er kommt jeden Abend spät aus dem Studio nach Hause. Gestern nacht war es fast vier Uhr.« Ihre Augen leuchteten vor Stolz.

5

Sie sah ihn, als er den Zug verließ, hob sich auf die Zehenspitzen und winkte. »Johnny! Hier bin ich!« Sie lief auf ihn zu. »Ich bin so froh, daß du gekommen bist!«
Er lächelte. »Ich bin auch froh, daß ich da bin, aber warum all die Geheimnistuerei?«
Ihre Augen umwölkten sich plötzlich. »Es handelt sich um Mark, irgend etwas ist mit ihm los, ich weiß nur nicht genau, was. Jedenfalls stimmt im Studio irgend etwas nicht, der Film, an dem er arbeitet, ist nicht das, was er scheint.«
»Ich verstehe dich nicht, Doris.«
»Mama bekam letzte Woche einen Brief von Papa, und da sie ihre Brille nicht zur Hand hatte, hab' ich ihn ihr vorgelesen. Papa schrieb, er hoffte, daß alles viel leichter wäre, wenn Mark erst die sechs Filme fertiggestellt hätte, die in der Produktion seien.«
Johnny nickte. »Das hoffen wir alle.«
»Aber als ich am nächsten Tag ins Studio kam, sagte mir Papas Sekretärin, daß alle wegen ›Wir gehören zusammen‹ so aufgeregt und in Anspruch genommen seien, daß die ganze sonstige Arbeit liegenbliebe. Dieser Film sei die größte Sache, die die ›Magnum‹ je unternommen habe, er koste über zwei Millionen Dollar.«
»Zwei Millionen! Sie muß verrückt sein. Alle sechs in Arbeit befindlichen Filme kosten nicht soviel.«
»Das hab' ich mir gedacht. Ich konnte mir nicht vorstellen, daß Papa alles Geld, was er von Danvere bekommen hat, in *einen* Film steckt.«
»Hast du Mark danach gefragt?« Johnny durchfuhr ein eisiger Schreck.

»Ja, beim Essen, und er wurde zornig und sagte, ich solle mich um meine eigenen Angelegenheiten kümmern. Papa hätte ihm das Studio anvertraut, nicht mir. Es sei an der Zeit, daß jemand zeigte, wie man es machen müßte. Ich fragte ihn, ob der Film wirklich über zwei Millionen kosten würde.« Sie beobachtete Johnny, der sehr still saß, aus den Augenwinkeln.

»Und was gab er zur Antwort?«

»Er sagte sehr ungezogen: ›Na, und wenn schon! Willst du zu Johnny laufen und es ihm erzählen?‹ Dann aber lächelte er mich an und sagte in seiner reizenden Art (und du weißt ja, er kann sehr nett sein, wenn er will): ›Mach dir keine Sorgen, Schwesterchen, Papa ist mit allem einverstanden.‹ Aber mir schien es besser, daß du kommst – am Telefon konnte ich nicht darüber reden. Dich kann Mark nicht zum Narren halten.«

Er sah ziemlich grimmig aus. Wenn das alles stimmte, was sie ihm berichtet hatte, waren sie in des Teufels Küche. Sie mußten nächsten Monat sechs Filme an die Martin-Theater liefern. Außerdem hatte er auf der ersten Zusammenkunft des neu ernannten Vorstandes bereits mitgeteilt, daß sechs Filme in der Produktion seien, und dies würde den Herren wenig gefallen. Hatte Mark vergessen, daß er unter dem neuen Status zu allem, was er tat, der Zustimmung des Vorstandes bedurfte? Der hatte dem Produktionsprogramm von sechs Filmen zugestimmt, und Ronsen, der Vertreter Danveres, war kein Dummkopf. Er hatte bei der Borden-Gesellschaft bereits reiche Erfahrungen gesammelt, und es kam Johnny so vor, als ob er nur darauf wartete, daß etwas schiefging.

Er schwieg so lange, daß sie schließlich ängstlich fragte: »Johnny, woran denkst du?«

Seine blauen Augen blitzten zornig. »Wir sollten den Jungen mal im Studio besuchen und sehen, was da vorgeht.«

Etwas in seiner Stimme ängstigte sie. »Johnny, sind wir in Schwierigkeiten, wenn er es getan hat?«

»Kindchen, dann sind wir in der Tinte wie nie zuvor«, und er lachte, aber ohne eine Spur von Humor.

Mark sah auf die Uhr, es war kurz nach zwei. »Ich muß ins Studio zurück, Dulcie.«

»Und ich bin den ganzen Nachmittag allein«, schmollte sie.

»Ich muß den Film machen, Baby. Du möchtest doch nicht, daß ich mich damit verspäte.«

»Nein, keinesfalls, aber ...«
»Aber was?«
Sie sah ihn herausfordernd an. »Ich hab' soviel davon gehört, ich möchte einmal selber sehen, wie er vorankommt.«
»Du weißt, daß das nicht geht.«
»Warum nicht? Hast du Angst?«
Er lachte unsicher. »Nein, es könnte unangenehm für dich sein, das ist alles.«
»Das macht mir nichts. Und ich möchte dich so gern einmal bei der Arbeit sehen!« sagte sie flehend.
»Nein, lieber nicht. Es wird schon genug geredet.«
»Du hast doch Angst!« Plötzlich wurde sie widerspenstig. »Wenn du mich nicht mitnimmst, brauchst du überhaupt nicht mehr zu mir zu kommen.«
Er versuchte sie in die Arme zu nehmen. »Dulcie, du weißt doch, daß ich nicht kann.«
Sie entwand sich ihm. »Ich weiß nur, daß du mich nicht mitnehmen willst. Du willst nicht mit mir gesehen werden«, sagte sie kalt.
»Dulcie, das stimmt nicht, ich hab' dich doch gefragt, ob du mich heiraten willst«, flehte er.
Sie gab keine Antwort, und plötzlich gab er nach. »Na, schön, komm mit.«
Als er ihr aus dem Wagen half und sie zusammen ins Studio gingen, sah er auf allen Gesichtern Überraschung und hörte erregtes Getuschel, wenn sie vorbei waren. Laß sie reden, dachte er zornig. Aber er war doch froh, als er sie erst in seinem Büro hatte. »Na, bist du jetzt zufrieden?« fragte er so nahe am Zorn, wie er es je ihr gegenüber gewesen war.
Sie sah zufrieden aus. Peter hatte ihr verboten, je wieder einen Fuß in sein Studio zu setzen, und sein eigener Sohn hatte sie hergebracht! Sie küßte Mark leicht auf die Wange. »Ja, Liebling, ich bin zufrieden.«
Er sah sie bewundernd an – sie hatte Nerven, das mußte man ihr lassen. Er legte den Arm um sie und küßte sie. »Du hast etwas Verrücktes an dir, Baby, aber es gefällt mir. Du gehörst zu der Art Frauen, die ich gern habe.« Er sah ihr nach, wie sie zur Tür ging. Ihr Gang hatte etwas Pantherhaftes, ihr prachtvoller Körper sagte mehr als Worte. »Rufst du mich heute abend an?« sagte sie mit ihrer heiseren Stimme.
Er wollte gerade antworten, als die Tür aufging und Doris und Johnny plötzlich hereinkamen, dann stehenblieben und sie ansahen.

Dulcie lächelte langsam, ging an ihnen vorbei und klopfte Johnny auf die Wange. »Laß dich nicht stören, Liebling, ich wollte ohnehin gerade gehen.«

6

Im nachtdunklen Gras zirpten die Grillen, und das Wasser des Schwimmbeckens, an dem sie saßen, schimmerte im Mondlicht. Sie hatten eine lange Zeit geschwiegen – düster und gedankenvoll.
»Johnny, was willst du tun?«
Er schüttelte langsam den Kopf; er wußte es nicht. Es war alles noch viel schlimmer, als er gedacht hatte. Anderthalb von den zwei Millionen, die für die Produktion von sechs Filmen gedacht waren, waren bereits in ›Wir gehören zusammen‹ hineingesteckt worden.
»Sag Papa nichts, es würde ...«, sie brach mitten im Satz ab, ihr Gesicht war angespannt und gequält. Zögernd sagte er: »Ich möchte es ihm viel lieber nicht sagen, aber ich muß es wohl. Wir haben sehr wenig bares Geld, es reicht nicht, um die Filme herzustellen.«
»Aber, Johnny, es wird ihm das Herz brechen. Er hat so an Mark geglaubt.«
Er lächelte bitter: Das war es ja gerade. Wenn Peter Gordon nicht hätte gehen lassen, säßen sie jetzt nicht so in der Tinte. Plötzlich hatte er es satt, immer wieder Peters Fehler auszugleichen. Aber irgendwo mahnte ihn sein Pflichtgefühl, daß er Peter jetzt nicht im Stich lassen könne. Peter hatte auch stets zu ihm gehalten, persönlich ebenso wie geschäftlich. Sie hatten zu viele Jahre miteinander durchgestanden, er konnte das nicht alles abschütteln.
»Ich weiß. Warum säße ich sonst wohl hier und dächte über einen Ausweg nach?«
Sie rückte näher zu ihm und schob ihren Arm in den seinen. »Du weißt, daß ich dich gern habe«, flüsterte sie vertrauensvoll.
»Ich kann mir gar nicht vorstellen, warum.«
»Man fühlt, daß man dir vertrauen kann, daß du zuverlässig bist – genau wie Papa.«
Er hätte gern geglaubt, daß sie recht hatte, aber er konnte es nicht. Es gab zu vieles, was ihn ängstigte. Als er zum Beispiel Dulcie in Marks Büro getroffen hatte, hatte er gezittert und nicht reden können – weil er nicht wußte, was er sonst alles sagen würde. Und als sie seine Wange berührte, war es wie eine Flamme gewesen, eine Erinnerung an

lange Nächte und leidenschaftliches Geflüster. Auch jetzt noch fühlte er die Berührung ihrer Hand auf seinem Gesicht – würde er je seine Erinnerungen loswerden? »Ich wünschte, du hättest recht«, brachte er bitter hervor.
Ihre Augen waren voller Vertrauen. »Ich weiß, daß ich recht habe, Johnny.«
Sie schwiegen wieder. Der Gedanke an Dulcie durchschnitt Doris mit einem scharfen Schmerz, der aber nicht ihr selbst galt, sondern Johnnys Leiden, seinen qualvollen Erinnerungen. Konnte sie ihn je alles vergessen machen? Sie wußte es nicht. Sie wußte nur, daß sie ihn liebte, ihn immer geliebt hatte. Sie wollte versuchen, ihm zu helfen. Es würde zuerst schwierig sein, aber mit Geduld und Zeit würde es vielleicht gehen.
»Vielleicht könnte ich genug Geld auftreiben, um die anderen Filme fertigzumachen, ohne daß dein Vater es erfährt«, sagte er nachdenklich.
»Aber woher könntest du soviel Geld nehmen?«
»Ich könnte meinen Anteil verkaufen!«
»Aber, Johnny, du hast dein ganzes Leben lang dafür gearbeitet.«
»Na und? Ich kann ihn ja zurückkaufen, wenn wieder alles in Ordnung ist. Es ist der einzige Ausweg.«
»Und wenn du ihn dann nicht zurückbekommen kannst? Dann hast du alles, was du besitzt, verloren.«
Irgendwo innen wußte er, daß er ihn nie zurückbekommen würde. Sein Herz begann heftig zu schlagen, und bevor er wußte, was er sagte, drängten sich die Worte auf seine Lippen: »Würde es dir was ausmachen, einen armen Mann zu heiraten, Liebling?«
Sie saß sehr still da, die Tränen stiegen ihr in die Augen. Dann aber warf sie die Arme um seinen Nacken. »Oh, Johnny, ich würde dich immer heiraten! Ich liebe dich doch.«
Er hielt sie ganz fest und schloß die Augen. Dafür lebte man in Wirklichkeit, um einen solchen Satz zu hören.

Mark saß in seinem Zimmer und sah nervös nach dem Telefon. Es war zwei Uhr nachts, ein leichter Windhauch blähte die Gardinen. Als er leise das Fenster schloß, sah er Doris und Johnny am Schwimmbecken sitzen. Der Teufel soll sie holen! dachte er zornig.
Sie sollten nicht wissen, daß er noch wach war, deshalb knipste er das Licht aus. Warum das Gespräch nicht durchkam? Drüben in Paris war es jetzt elf Uhr vormittags, Peter müßte also im Büro sein.
Endlich klingelte es.
»Hallo, Papa?«

»Mark, was ist los? Geht es Mama gut?«
»Ja, der ganzen Familie geht es gut; ich muß dich geschäftlich sprechen.«
»Na, dann los, jede Minute kostet zwanzig Dollar.«
»Es ist wegen Johnny, er kam heute ins Studio und hat einen großen Krach gemacht. Er hat sich über alles mögliche beklagt, die Filme gefielen ihm nicht, und er bestand darauf, daß wir vor allem ›Wir gehören zusammen‹ fertigmachen.«
Peter lachte. »Reg dich nicht auf, Mark. Die in New York sagen uns immer, was wir tun sollen. Hast du ihn nicht nach dem Grund gefragt?«
»Ja, aber er hat mir keine klare Antwort gegeben. Er war in der letzten Zeit überhaupt so sonderbar.«
»Vielleicht hat er seine Gründe. Er ist ein smarter Junge, nur manchmal ist er etwas hartnäckig. Mach dir keine Sorgen, ich rede mit ihm, wenn ich zurück bin.«
»Er benimmt sich aber sonderbar. Heute hab' ich zufällig gehört, wie er am Telefon zu Gordon sagte: ›Vielleicht arbeiten wir wieder eher zusammen, als du denkst.‹«
»Das verstehe ich nicht.«
»Ich auch nicht. Aber wir müssen vorsichtig sein, deshalb hab' ich dich angerufen.«
»Wir sprechen darüber, wenn ich zurück bin, mach du deine Arbeit weiter.«
Als Mark aufgehängt hatte, sah er noch einmal aus dem Fenster.
Johnny und Doris gingen Hand in Hand zum Haus. Mark lächelte vor sich hin; er würde schon mit Johnny fertig werden. Und mit Doris auch. Das Lächeln verschwand aus seinem Gesicht.

7

Vittorio Guido wunderte sich, warum Johnny in sein Büro gekommen war. Sie mochten einander nicht. »Was ist los, Johnny?«
»Ich brauche Geld«, sagte Johnny zögernd. Wenn nur Al Santos da wäre, aber der war auf seiner Ranch. Er kam ungern damit zu Vittorio, aber er hatte keine andere Wahl.
Vittorio betrachtete Johnny halb verächtlich. Diese Filmleute waren alle gleich, sie konnten nicht mit Geld umgehen.
»Wieviel?«
»Eine Million.«

»Wofür brauchst du das Geld?«
»Ich möchte den halben Anteil an unserem neuen Film ›Wir gehören zusammen‹ damit kaufen.«
Vittorio hatte von dem Film gehört – er hieß in Hollywood nur Mark Kesslers Verrücktheit. Angeblich kostete er über zwei Millionen. Warum Johnny wohl einen Anteil daran kaufen wollte? Nach allem, was er gehört hatte, war der Film eine Pleite. »Du kennst unsere Linie, Johnny. Die ›Magnum‹ schuldet uns zwei Millionen, und wir können ihre Filme nicht beleihen.«
Unsinn! dachte Johnny zornig. Vic konnte tun, was er wollte – er wollte ihm ganz offenkundig das Geld nicht leihen. »Kann ich das Geld auf andere Art und Weise bekommen?«
Vic sah ihn interessiert an. Wenn Johnny so auf dem Geld bestand, mußte bei der »Magnum« etwas wirklich Wichtiges vorgehen. »Hast du eine andere Sicherheit anzubieten?«
»Wie wär's mit meinem Anteil an der Firma?«
Vics Puls schlug schneller. Anteile waren das einzige, was diese Leute im allgemeinen nicht verpfändeten. Sie handelten mit Stars, Direktoren, Verträgen, einige, die er kannte, hätten gegebenenfalls sogar ihre Frauen verhandelt, aber niemals ihre Anteile. Johnny mußte in einer verzweifelten Lage sein, wenn er das anbot. »Ich könnte dir keine langfristige Anleihe geben, Johnny, dazu ist der Markt zu unbeständig. Aber drei Viertel des Wertes könnte ich auf einen Dreimonatswechsel geben.«
Siebenhundertfünfzigtausend waren besser als nichts, dachte Johnny.
»Gut, wann kann ich das Geld haben?«
»Sobald du die Papiere ablieferst.«
»Morgen hast du sie.«
Vic sah Johnny zufrieden nach. Aber er mußte herausbekommen, was bei der »Magnum« vorging. Wenn er das Santos erzählte, würde der vielleicht Johnny nicht mehr so hoch einschätzen!

Mark saß wütend hinter seinem Schreibtisch. Er ärgerte sich über Johnny und Doris, die ihn seiner Ansicht nach nur kleinkriegen wollten. Aber eine innere Stimme sagte ihm, daß sie recht hatten, daß er mit dem einen Film zu weit gegangen war.
Aber wenn der Film erst fertig war, würden sie vielleicht doch sehen, daß er recht gehabt hatte.
Johnny stand vor ihm und betrachtete ihn mit eiskalten Blicken. »Ich tu' das alles keineswegs nur für dich, sondern weil deinem Vater das

Herz brechen würde, wenn er je herausbekäme, was geschehen ist. Hör zu, wenn er zurückkommt, werden wir ihm sagen, daß mir der Film so gut gefallen hat, daß ich die Hälfte der Produktionskosten übernommen habe und du mir dafür die Hälfte der Einnahmen aus dem Film abgetreten hast. Klingt das überzeugend?« fragte er Doris. Sie nickte. Mark unterdrückte nur mit Mühe ein Grinsen. Der Narr spielte ihm glatt in die Hände! Mit dieser Geschichte konnte er seinen Vater davon überzeugen, daß Johnny an allem schuld war.

8

Draußen fiel dichter Schnee, der sich in den Straßen New Yorks schon in schmutzigen Brei verwandelte.
»Ich verstehe nicht, warum wir von Danvere noch keine Antwort auf unser Telegramm haben«, sagte Peter sorgenvoll.
Johnny sah auf die Uhr. »Es ist nicht mehr viel Zeit bis zur Vorstandssitzung.«
Peter nickte. »Ich hätte die Antwort gern vor der Sitzung gehabt. Ich kann nicht verstehen, warum er uns das Geld nicht leiht, wie er versprochen hat.«
Als Peter den Vertrag mit Danvere abgeschlossen hatte, war er sehr optimistisch gewesen. Die Zukunft hatte verheißungsvoll ausgesehen, aber inzwischen hatte es nichts als Schwierigkeiten gegeben. Mark hatte ihr Produktionsprogramm über den Haufen geworfen, nur zwei von den sechs versprochenen Filmen waren fertig, und die beiden waren nicht der Rede wert. »Wir gehören zusammen« war immer noch ein Sorgenkind – zwei Millionen waren schon hineingesteckt worden, und es sah so aus, als ob es noch ein paar Hunderttausend kosten würde, ihn fertigzustellen.
Zu allem Überfluß war das Geschäft auch sonst flau gewesen, und ihr Bankkonto war dahingeschwunden. Das Geld, das Peter von Danvere bekommen hatte, war ebenso weg wie das, was Johnny aufgebracht hatte. Jetzt hatte Peter nach der Summe telegrafiert, die Danvere ihm als Vorschuß auf die künftigen Verleihgebühren hatte geben wollen und die seit vier Monaten fällig war.
Johnny sah noch einmal auf die Uhr. »Ich glaube, die Antwort kommt nicht mehr vor der Sitzung, wir können ebensogut anfangen.«
»Jane soll mir Bescheid geben, wenn das Telegramm während der Sitzung eintrifft«, sagte Peter und nahm Hut und Mantel vom Haken.

»Protokoll der Vorstandssitzung der Magnum-Filmgesellschaft vom 12. November 1936.
Ort der Zusammenkunft: Hotel Waldorf-Astoria, New York.
Zeit: Zwei Uhr dreißig nachmittags.
Anwesende Vorstandsmitglieder:
Peter Kessler
John Edge
Laurence G. Ronsen
Oskar Floyd
Xavier Randolph
Abwesende Vorstandsmitglieder:
Mark Kessler
Esther Kessler
Philipp Danvere
Protokollführer:
John Edge

Nach Annahme verschiedener Vorschläge in bezug auf Gagen und Gehälter erfolgte eine Diskussion der allgemeinen Geschäftslage. Der Präsident der Gesellschaft erklärte, daß er für die nächste Zukunft sehr optimistisch sei, da die abgeschlossenen Verleihverträge für den Inlandsmarkt im letzten Jahr um sechshundert neue Abschlüsse angestiegen seien und er für das kommende Jahr eintausend weitere Abschlüsse erwarte. Bei seiner letzten Europareise habe er den europäischen Markt infolge dauernder politischer Störungen sehr unbeständig gefunden. In bezug auf die Geschäftsmöglichkeiten innerhalb Großbritannien äußerte er sich hingegen auf Grund seines Abkommens mit Mr. Danvere wieder sehr zuversichtlich. Er erklärte ferner, daß er von Mr. Danvere stündlich Nachricht wegen einer Bevorschussung der kommenden Verleihgebühren in Höhe von zwei Millionen Dollar erwarte, wodurch die Flüssigkeit der Gesellschaft beträchtlich erhöht würde.
Mr. Ronsen stellte dann die Frage, warum von den sechs Filmen, die bis jetzt vollendet sein sollten, erst ein Drittel fertig sei.
Der Präsident erwiderte, daß unvorhergesehene Produktionsschwierigkeiten aufgetreten seien, aber daß die ausstehenden Filme hoffentlich in Kürze fertiggestellt seien.
Mr. Ronsen legte dann ein Telegramm von Mr. Danvere an ihn vor, das folgendermaßen lautete:

›Lieber Mr. Ronsen, bin in großer Sorge um die Produktion der ‚Magnum'. In meiner letzten Unterredung mit Mr. Kessler versicherte er mir, daß bis zum 15. September sechs neue Filme zur Vorführung in unseren Theatern zur Verfügung ständen; bis jetzt sind aber erst zwei bereit, und beide auch erst seit Ende Oktober. Ich bitte Sie, Mr. Kessler in Antwort auf sein Telegramm davon in Kenntnis zu setzen, daß der Vorstand der Martin-Theater zu dem Vorschuß von zwei Millionen erst bereit ist, wenn alle sechs Filme zur Verfügung stehen. Gezeichnet Philipp Danvere.‹

Daraufhin stand der Präsident auf und erklärte, Mr. Danvere habe ihm gesagt, die Zustimmung des Vorstandes der Martin-Theater zu dem Vorschuß sei eine reine Formalität; er bedauere, daß Mr. Danvere ihm nicht selbst geantwortet habe, würde sich aber in dessen Lage auch zu sehr schämen, diesen Bescheid direkt zu geben.

Mr. Ronsen machte dann folgenden Vorschlag: Ein Ausschuß wird eingesetzt, um im Studio Nachforschungen darüber anzustellen, warum die Filme nicht rechtzeitig fertig geworden seien.

Der Vorschlag wurde gegen Mr. Kesslers Widerspruch durch Abstimmung angenommen. Für den Vorschlag stimmten Ronsen, Floyd, Randolph, dagegen Kessler und Edge.

Um fünf Uhr zehn schloß die Sitzung.«

Seit zwei Stunden nach Schluß der Vorstandssitzung tobte Peter wie ein Irrsinniger. »Diese verdammten Schmarotzer! Warum hast du ihnen eine Chance gegeben?«

Johnny blieb der Mund offenstehen. »Ich? Welche Chance hätte ich ihnen gegeben? Du hast doch das Abkommen mit Danvere getroffen!«

»Abkommen, Abkommen! Hättest du deine Nase nicht ins Studio gesteckt, wären die sechs Filme fertig. Aber du wußtest es mal wieder besser und hast Mark getrieben, alles in den einen Film zu stecken und die anderen zu vernachlässigen, er hat es mir erzählt. Warum hast du das getan, Johnny? Hast du unser ganzes Geschäft gefährdet, weil du dein Geld in diesen Film gesteckt hattest?«

Johnny gab keine Antwort; alle Farbe war aus seinem Gesicht gewichen, er klammerte sich am Schreibtisch fest und starrte Peter nur an.

Peter sackte plötzlich in sich zusammen. »Warum hast du das getan, Johnny? Und die ganze Zeit, in der ich Geld so dringend brauchte, hattest du es, aber nur dafür, nicht für mich. Wäre es umgekehrt gewesen, ich hätte es dir gegeben.«

9

Die Entfremdung, die zwischen Peter und Johnny eingetreten war, machte sich sofort spürbar, obwohl beide der Überzeugung waren, daß sie es sich nicht merken ließen. Jane machte sich Sorgen deswegen, und Johnny bekam es allmählich satt, daß Peter ihm immer wieder vorhielt, er sei an allen Schwierigkeiten schuld. Aber er konnte nichts antworten, er hatte Doris versprochen zu schweigen.

Das Telefon läutete, und Jane meldete: »Mr. Ronsen ist hier und möchte dich gern sprechen.«

Johnny wunderte sich noch, warum Ronsen gekommen war, als die Tür aufging und dieser hereinkam. »Ich wollte Sie noch einmal sehen, bevor ich nach Kalifornien fahre, Mr. Edge.«

Sie schüttelten sich die Hände, und Johnny war überrascht über den kräftigen Druck der fleischigen Finger. »Sie wundern sich sicher, warum ich gekommen bin, Mr. Edge?«

»Ein bißchen schon.«

Ronsen beugte sich vor, hinter den dicken, schildplattgefaßten Brillengläsern funkelten seine Augen. »Ich hab' mich gefragt, ob Sie mir nicht vielleicht etwas zu berichten hätten?«

»Worüber?« fragte Johnny vorsichtig.

»Über das Studio. Ich fahre morgen ja hin«, sagte Ronsen lächelnd.

Johnny lächelte ausdruckslos zurück; *das* Spiel konnten auch zwei spielen. »Leider hab' ich Ihnen nichts zu berichten, Mr. Ronsen, außer daß das Studio in fähigen Händen ist. Die Leitung hat Mark Kessler und nicht ich, und ich glaube, er weiß, was er tut.«

»Dann liegt der Fehler nicht im Studio, sondern vielleicht woanders?«

»Was meinen Sie damit, Mr. Ronsen?«

»Nennen Sie mich doch Larry.«

»Gut, also Larry. Aber das ist doch keine Antwort auf meine Frage.«

Ronsen betrachtete ihn. Edge wußte mehr über diese Gesellschaft als irgend jemand sonst außer Kessler selbst. Er konnte mit diesen Kenntnissen ungeheuer nützlich sein. »Vielleicht liegt die Verantwortung dafür bei Mr. Kessler.«

»Wie kommen Sie darauf, Larry?«

»Er wird alt, wissen Sie. Er muß über sechzig sein. Vielleicht ist er ein bißchen senil?«

Johnny lachte laut auf. »Das ist lächerlich, Larry. Gut, ich gebe zu, er ist kein Jüngling mehr, aber er hat mehr Arbeitskraft und Verständnis für das Geschäft als mancher junge Mann.«

»Mehr als Sie, zum Beispiel?«
»Er ist der Präsident, nicht wahr? Ihm gehört die Firma.«
»Glauben Sie nicht, Johnny, Sie könnten genausoviel leisten, wenn Sie der Präsident wären?«
»Das glaube ich nicht«, sagte Johnny kalt.
»Kommen Sie, Johnny, seien Sie nicht so bescheiden.«
Was wollte der Bursche, fuhr es Johnny durch den Kopf. Sicher war er nicht gekommen, um ihm Komplimente zu machen. »Es ist keine Bescheidenheit. Ich bin mit Kessler nahezu dreißig Jahre zusammen, er ist der fähigste Kaufmann in der Branche.«
Ronsen klatschte lautlos Beifall. »Bravo! So viel Loyalität ist lobenswert.«
»Aber nicht an mir, sondern an dem Mann, der sie einflößt. Loyalität ist das Kostbarste im Leben und das einzige, was man nicht mit Geld kaufen kann.«
Ronsen war auch in diesem Punkt anderer Ansicht, aber er schwieg dazu. Nach kurzem Zögern sagte er: »Ich möchte vertraulich mit Ihnen reden, Johnny.«
»Bitte.«
»Eine Gruppe von Leuten hat mir angedeutet, daß sie an einem Ankauf von Mr. Kesslers Firmenanteil interessiert sei.«
Johnny zog die Augenbrauen hoch – er hätte wissen sollen, daß das kam. »Wer?«
»Ich habe kein Recht, die Namen zu nennen, aber man hat mir gesagt, daß Sie der Gesellschaft als Präsident sehr erwünscht seien, wenn man sich einig werden könnte.«
Johnny mußte lächeln. Glaubte der Kerl wirklich, er sei so leicht zu bestechen? »Diese Großmut ist sehr schmeichelhaft für mich, aber die Entscheidung über den Verkauf der Firma liegt doch wohl bei Mr. Kessler, nicht?«
»Sie könnten sehr dazu beitragen, Mr. Kesslers Zustimmung zu gewinnen.«
Es war gut, daß sie nicht wußten, wie die Dinge zwischen ihm und Peter lagen, dachte Johnny. »Ich würde niemals versuchen, Mr. Kessler in einer solchen Frage zu beeinflussen. Er hat da außerdem seine eigenen Ideen.«
Ronsen lachte. »Ideen, die in unserm modernen Zeitalter lächerlich sind, nicht wahr?«
»Das ist wiederum Mr. Kesslers Sache, und er hat seine Gründe dafür. Ich will Dinge nicht beurteilen, die mich nichts angehen.«

»Was schlagen Sie dann vor, Johnny?«
»Sprechen Sie direkt mit Mr. Kessler, er ist der einzige, der Ihnen eine solche Frage beantworten kann.«
»Die Leute werden einen guten Preis zahlen.«
»Es liegt bei Mr. Kessler.« Johnny stand auf zum Zeichen, daß die Unterredung beendet war.
Ronsen gefiel diese Entlassung wenig, aber er zeigte es nicht. »Vielleicht spreche ich mit ihm, wenn ich aus Hollywood zurückkomme. Möglicherweise nimmt er dann Vernunft an.« Ronsens Stimme klang außerordentlich zuversichtlich, es war die Stimme eines Mannes, der sich seiner Macht bewußt war. »Wer steckt noch hinter dieser Sache außer Ihnen und Danvere, Larry?« fragte Johnny plötzlich.
»Ich darf im Augenblick keine Auskunft darüber geben, ich sagte es schon vorhin.«
»Floyd und Randolph sind es nicht«, versuchte Johnny das Gelände abzutasten, »das sind nur Strohmänner. Vielleicht Gerard Powell von der Borden-Gesellschaft, so was sähe ihm ähnlich.«
Ronsens Ausdruck bewies ihm, daß er richtig geraten hatte. »Ich will Sie nicht länger mit Fragen quälen, ich habe mich auf jeden Fall gefreut, daß Sie noch mal gekommen sind. Ich wollte Sie schon immer gern näher kennenlernen.«
»Mir ging's genauso, Johnny.«
Johnny begleitete ihn noch die Halle hinunter. »Gute Reise, Larry.«
Er sah nicht, daß Peter mit weitgeöffneten Augen in der Tür seines Büros stand und ihnen nachstarrte. Was tat Johnny mit diesem Burschen? Und er war so freundlich, als ob sie die besten Freunde wären! Peter wollte es nicht glauben – aber vielleicht hatte Mark doch recht. Johnny benahm sich in der letzten Zeit sonderbar.

10

Dulcie hörte Mark geistesabwesend zu. Er begann ihr auf die Nerven zu gehen – es war Zeit, ihn loszuwerden, er hatte ihr nichts mehr zu bieten.
Seit Warren sie verlassen hatte, war sie ruhelos und wechselte von einem Mann zum andern. Aber sie fand keinen, der sie so fesselte wie Warren. Früher oder später kamen sie angekrochen und bettelten um ihre Gunst, und dann hatte sie sie satt.
Warren war anders gewesen, ihr viel zu ähnlich, um sich unterjochen

zu lassen. Er hatte die Fähigkeit besessen, sie in höchstem Maße fühlen zu lassen, daß sie lebte. Wenn er in ihrer Nähe war, spürte sie jeden Nerv in ihrem Körper und war voller Erregung.

Aber er war zu Cynthia zurückgekehrt – dieser blassen Nachahmung einer Frau. Womit konnte die einen Mann wie Warren nur an sich fesseln? Aber es war ihr gelungen, und jetzt hatten sie zwei Kinder. Es hatte wohl alles damals angefangen, als Johnny unerwartet nach Hause gekommen war und sie mit Warren überrascht hatte.

Als Johnny die Wohnung verlassen hatte, war sie ins Schlafzimmer zurückgegangen, wo Warren sich eilig anzog. Sie legte einen Arm um ihn. »Was willst du tun?«

»Ihm nachgehen. Er ist krank und sollte bei diesem Wetter nicht draußen sein.«

»Sei kein Narr. Laß ihn gehen, er bringt dich um, wenn du in seine Nähe kommst. Du hast gesehen, wie er mich behandelt hat.«

Er knöpfte sich das Hemd zu. »Was hast du erwartet? Beifall für unsere Vorstellung? Es ist schon die Hölle, nach Hause zu kommen und so was zu finden.«

Sie schmiegte sich an ihn und sagte aufreizend: »Du wirst ja moralisch.«

»Der Mann ist krank, das kann man mit halbem Auge sehen.«

»Na und? Er weiß ja, wo er hingehen kann.«

Er sah ihr in die weitgeöffneten Augen, griff in ihr Haar und bog plötzlich ihren Kopf nach hinten. Ihr Gesicht verriet, daß es weh tat, aber in ihren Augen war keine Furcht, und sie preßte ihren Körper an ihn.

»Dulcie, du bist eine Hure«, sagte er wild.

»Gut, dann bin ich das. Aber komm zurück ins Bett, wir sind noch nicht fertig!«

Danach war etwas zwischen ihnen verändert gewesen, und eines Tages, als sie nach Hause kam, waren seine Sachen weg, und auf dem Tisch lag ein kurzer, knapper Brief:

»Dulcie, ich bin zu Cynthia zurückgegangen. Warren.«

Sie hatte sogar geweint und ihm Rache geschworen, aber es war vorbei, und seit der Zeit war sie allein; mit welchem Mann sie sich auch einließ, keiner nahm sie so gefangen, ihr Inneres und ihren Körper, wie Warren.

Wie langweilig war Mark mit seinem ewigen Flehen und Winseln! Zuerst hatte es ihr Spaß gemacht, ihn zu quälen. Manchmal hatte sie sich gewundert, daß er sich so quälen ließ, daß er sie nicht einfach nahm. Wahrscheinlich hatte er nicht den Mut dazu. Sie lächelte vor sich hin

– dabei hielt er sich für einen Mann von Welt! Er hatte in Europa gelebt, in Paris und Wien, wo die Männer angeblich mit Frauen, wie sie eine war, umzugehen verstanden. Plötzlich bekam sie Lust, selber nach Europa zu reisen und dort überall Mittelpunkt der Anziehung zu sein – ihre Filme waren drüben sehr populär.
Aber irgend etwas, was Mark sagte, fesselte sie. Der Vorstand habe das Studio von jemand überprüfen lassen, und Mark habe ihm etwas vorgemacht, so daß er nicht weit gekommen sei.
»Wie heißt er?« fragte sie neugierig.
»Ronsen. Er soll ein ziemlich scharfer Hund sein. Aber ich werd' mit ihm fertig wie mit einem Baby.«
»Was steckt dahinter?«
»Jemand will dem Alten wahrscheinlich das Geschäft nehmen. Aber sie haben keine Chance.«
»Erzähl mir mehr.« Sie wollte alles wissen, vielleicht konnte sie etwas dazu tun, um ihre alte Rechnung mit Peter auszugleichen.

Ronsen saß unbehaglich auf der Sesselkante, seine Augen wanderten immer wieder zu ihrem Ausschnitt, der den Ansatz ihrer Brüste freigab, und huschten dann schuldbewußt weg.
»Noch etwas Kaffee, Mr. Ronsen?« Innerlich hatte sie ihn bereits eingeordnet. Ein Geldmann, sehr langweilig, wahrscheinlich mit Frau und vier Kindern zu Hause.
»Nein danke, Miß Warren. Zu dem Geschäft, von dem wir am Telefon sprachen . . .«, er räusperte sich.
Sie setzte die Kaffeekanne hin. »Gewiß, Mr. Ronsen. Wenn ich richtig verstanden habe, kamen Sie hierher, um die Magnum-Studios zu überprüfen?«
Er nickte unbehaglich – dies war eine seltsame Art, Informationen zu bekommen, aber er war eben in Hollywood, nicht in Wall Street. Hier handhabten sie Geschäfte etwas anders. Die Frau ihm gegenüber machte ihn nervös, sie hatte einen fast brutalen Sex-Appeal. Sein Gesicht begann sich zu röten.
»Vielleicht kann ich Ihnen helfen?« schlug sie vor.
»Ich wäre Ihnen sehr dankbar, Miß Warren«, antwortete er steif.
Ausführlich berichtete sie ihm über das, was Mark getan hatte. Während ihrer Erzählung bemächtigte sich seiner eine steigende Erregung, und ein paarmal unterbrach er sie. »Sie wollen also sagen, daß in den Arbeitsberichten absichtlich der Verteilung der Gelder an die einzelnen Filme falsch angegeben worden ist?«

»Ja, und zwar so lange, bis Johnny Edge dahinterkam und einen Riegel vorschob.«
»Aber wie ersetzte er das Geld, das bereits vertragswidrig für diesen einen Fall ausgegeben worden war?«
»Es war alles sehr einfach.« Sie wußte durch Mark Bescheid. »Er lieh sich von der Unabhängigen Bank Geld auf seinen Anteil an der ›Magnum‹. Damit kaufte er die Hälfte des Filmes und ersetzte so die fehlenden Beträge.«
»Wie langfristig ist die Anleihe?« fragte er erregt. Endlich arrangierten sich die Dinge für ihn – vielleicht würde es leichter sein, als er gedacht hatte.
»Wenn ich mich recht erinnere, liefen sie über drei Monate. Peter war noch in Europa.«
»Dann wäre der Wechsel jetzt fällig?«
»Stimmt.«
»Ob er das Geld hat, um ihn einzulösen?«
»Das glaube ich nicht. Er ist von den Einnahmen des Filmes abhängig, und der ist jetzt gerade erst fertig geworden.«
Er lehnte sich mit breitem Lächeln im Sessel zurück und rieb seine Brille mit dem Taschentuch blank. Dann sah er sie an. »Sieh einer an.«
»Halten Sie es nicht auch für eine sehr interessante kleine Geschichte, Mr. Ronsen?«
»Sehr interessant.«
Sie verstanden einander.

11

Das Telefon auf Johnnys Schreibtisch läutete heftig, und Jane meldete, daß es Vittorio war. Was konnte er wollen? Der Wechsel war erst in einer Woche fällig. Johnny zuckte die Achseln, er konnte ebensogut jetzt schon um eine Prolongierung bitten, er hatte das Geld erst, wenn der Film herauskam, und das würde aller Wahrscheinlichkeit nach noch sechs Wochen dauern. Plötzlich schoß ihm durch den Sinn, daß auch Al irgend etwas zugestoßen sein könnte, aber Vics Stimme unterbrach seine Gedanken.
»Ich wollte dich nur an den Wechsel erinnern, du weißt ja, er ist nächste Woche fällig.«
Johnny wußte nicht, ob er froh oder betrübt sein sollte, auf jeden Fall war er erleichtert, daß nichts mit Al los war. »Ich weiß, Vic, ich wollte dich schon deshalb anrufen.«

»Hast du das Geld?« Seltsamerweise schien Vics Stimme ängstlich zu klingen.
»Nein. Deshalb wollte ich ja mit dir reden. Ich hätte gern eine Prolongierung.«
Vics Stimme wurde wieder herzhaft und freundlich. »Tut mir leid, Johnny, aber das kann ich nicht. Der Vorstand würde es ohne zusätzliche Sicherheiten nicht genehmigen.«
»Heiliger Christ! Wieviel Sicherheiten braucht ihr denn? Sind hundertdreißig Prozent noch nicht genug?«
»Ich mache die Bestimmungen ja nicht, Johnny.«
»Aber, Vic, ich kann doch meinen Anteil nicht verlieren, er ist jetzt wichtiger denn je.«
»Vielleicht kannst du das Geld irgendwie auftreiben.«
»Unmöglich.«
»Versuch es. Es wär' mir wirklich schrecklich, wenn ich deine Papiere verkaufen müßte. Du würdest selbstverständlich nichts dabei verlieren, was wir über deinen Kredit hinaus erlösen, überweisen wir abzüglich der Zinsen auf dein Konto.«
»Daran liegt mir nichts, es geht nicht um Geld, sondern um den Anteil.«
»Ich werde sehen, was sich tun läßt, Johnny. Halt mich auf dem laufenden, wenn irgend etwas passiert.«
Johnny stand noch mit dem Hörer in der Hand da, als Vittorio aufgehängt hatte. Er wußte, was er von Vic zu halten hatte. Für eine Sekunde schoß es ihm durch den Kopf, ob er nicht Al draußen auf der Ranch anrufen sollte, aber dann lehnte sich irgend etwas in ihm dagegen auf. Er konnte nicht sein Leben lang zu Al rennen, wenn er in Schwierigkeiten war, er war alt genug, um auf eigenen Füßen zu stehen. Vielleicht ging ja alles gut; Mark sagte, Ronsen hätte im Studio nichts Greifbares aufgespürt. Hoffentlich stimmte es. Aber im Grunde wußte er, daß er den Kopf in den Sand steckte.

Vic legte den Hörer auf und lächelte über den Schreibtisch hinweg seinem Besucher zu. »Es sieht so aus, als ob Sie den Anteil kriegen, Mr. Ronsen.«
»Das freut mich, Mr. Guido. Für mich persönlich wird es eine große Erleichterung sein, wenn die ›Magnum‹ wieder ordnungsmäßig arbeitet. Diese liederliche Art gefällt mir nicht.«
»Ich stimme vollkommen mit Ihnen überein, Mr. Ronsen. Wenn es nicht wegen Mr. Santos gewesen wäre, hätten sie von uns keinen Cent Kredit bekommen.«

»Seien Sie versichert, daß die ›Magnum‹ in Zukunft in der Lage sein wird, ihren Verpflichtungen Ihnen gegenüber nachzukommen. Dafür werde ich schon sorgen.«

»Ich rufe Sie also nächste Woche an.«

»Gut, nächste Woche.«

Vic ging mit seinem Besucher zur Tür. Vielleicht würde Al ihm jetzt glauben, daß Johnny nicht so ein Genie war.

Das Telegramm lag auf seinem Schreibtisch, als er vom Lunch zurückkam. Er sank in einen Stuhl, während er es las. Ihm wurde kalt – es war vorbei. Vic hatte seinen Anteil verkauft. Er ballte die Faust. Der Schuft! Er las das Telegramm noch einmal:

»Lieber Johnny, bedauere die Notwendigkeit, mußte Sicherheit heute für eine Million Dollar verkaufen. Zweihundertfünfzigtausend auf dein Konto überwiesen. Erwarte deine diesbezüglichen Aufträge. Grüße, Vic.«

Er zerknüllte das Telegramm zornig und warf es in den Papierkorb. Er erwartete seine Aufträge! Vic konnte das verdammte Geld einschaufeln, jeden Dollar einzeln.

12

Peter sah müde und abgespannt aus, wie er da am Fenster stand und auf den Platz hinunterblickte. Der große Weihnachtsbaum brannte mit tausend Kerzen, und in ihrem Licht schimmerte die Eisbahn wie Elfenbein. Die wenigen Eisläufer bewegten sich anmutig auf der glatten Bahn. Es war fast sechs Uhr, und die Menschen eilten in Scharen heimwärts.

Peter hatte aus seiner eigenen Tasche eine weitere Million in die Firma gesteckt, nachdem Danvere den Vorschuß verweigert hatte. Er hatte es tun müssen, sie waren gefährlich knapp an barem Geld gewesen.

Müde ging er an seinen Schreibtisch zurück und sah noch einmal das Fernschreiben durch. Die letzte Version von »Wir gehören zusammen« war endlich fertig, und sie wollten sie morgen in einem kleinen Theater in einem Vorort von Los Angeles zum erstenmal vorführen.

Er setzte sich und schloß die Augen. Wenn er doch zu Hause wäre! Seit sechs Monaten hielten ihn die Geschäfte in New York fest. Zum Glück brauchte er sich um die Produktion keine Sorgen zu machen. Mark war ein guter Junge. Auf sein eigenes Fleisch und Blut konnte man sich verlassen, wo man niemandem sonst trauen durfte.

Wäre es nur nicht so ein harter Winter gewesen, dann hätte Esther zu ihm nach New York kommen können, und alles wäre nicht so schlimm. Aber er konnte das bei diesem Wetter nicht von ihr verlangen, ihre Arthritis hätte sie hier zu sehr gequält.
Die Tür ging auf, und ein Mann fragte: »Mr. Kessler?«
Peter kannte ihn nicht. Wie kam er durch seinen Privateingang hier herein? »Ja«, sagte er müde.
Der Mann legte einen Zettel vor Peter hin, sagte: »Fröhliche Weihnachten«, und war auch schon wieder verschwunden.
Auf dem Zettel stand in großen schwarzen Lettern: »Vorladung.«
Sein müder Kopf erfaßte nicht sofort die Bedeutung der Worte, und er begann zu lesen. Plötzlich lief er rot an, sprang auf und öffnete die Tür, aber der Mann war nirgends mehr zu sehen. Die Halle war leer.
Er ging hinüber in Johnnys Büro. Johnny diktierte Jane gerade einen Brief, beide sahen überrascht auf, als Peter hereinkam – es war lange her, seit er das zuletzt getan hatte.
Peters Gesicht wurde puterrot, als er Johnny wütend das Papier hinwarf. »Lies das«, sagte er mit erstickter Stimme, »lies, was deine Freunde getan haben!«

Die Stadt lag hell erleuchtet hinter dem Fenster, an dem Peter saß. Der Anwalt ihm gegenüber tippte langsam auf das zusammengefaltete Papier. »Es scheint mir, daß der Hauptpunkt der Anklage dieser Film ist, ›Wir gehören zusammen‹. Die andern Anklagepunkte – Unfähigkeit, schlechte Geschäftsführung, Veruntreuung – sind zu vage und schwer zu belegen. Wenn der Film gut ist, bricht die Anklage zusammen. Ist er es nicht, liegt der Fall schon schwieriger. Dann müssen Sie es bei der Vollversammlung der Aktionäre durchkämpfen. Sie können natürlich eine Menge tun, um die Sache hinauszuzögern und auf unbestimmte Zeit zu verschieben – das heißt, solange Sie genug Stimmen kontrollieren, um sich die Majorität zu sichern.«
Peter nickte. »Stimmen genug habe ich«, sagte er zuversichtlich. Johnny und er besaßen zusammen fünfundfünfzig Prozent der Aktien.
»Dann brauchen wir nur um den Film zu sorgen. Ist er gut?«
»Ich weiß nicht, ich habe ihn noch nicht gesehen«, gestand Peter ehrlich.
»Es wäre wichtig für unseren Standpunkt, das zu wissen«, meinte der Anwalt nachdenklich.
»Übermorgen wissen wir es. Morgen ist eine Testvorführung in Los Angeles.« Plötzlich kam ihm ein Gedanke. »Ich werde hinfliegen und ihn mir ansehen, dann sind wir ganz sicher.«

»Gute Idee. Aber dann sind Sie die ganze Nacht unterwegs.«
»Macht nichts. Dann bin ich wenigstens für die nächste Vorstandssitzung gewappnet.«
»Wann ist die?«
»Am Mittwoch nächster Woche.« Er konnte Esther nicht mehr verständigen, daß er auf dem Heimweg war, aber es machte nichts. Morgen nachmittag war er ja da.

13

Peter platzte ins Haus, als sie gerade beim Essen saßen. Er stand in der Eßzimmertür, noch erhitzt vom Treppenlaufen. Vor noch nicht einer Stunde war er in Los Angeles angekommen.
Esther war sofort auf den Beinen und in seinen Armen. »Peter, du bist da! Ich kann's kaum glauben!«
Seine Augen wurden verdächtig feucht, als er auf ihren Kopf niedersah, der an seiner Brust lag. Ihr volles Haar hatte trotz der grauen Strähnen noch immer seinen dunklen Glanz. »Nu, Mama, du siehst ja, daß ich da bin«, sagte er rauh.
Doris küßte seine Wange. »Ich hatte so eine Ahnung, daß du die Feiertage zu Hause sein würdest«, flüsterte sie.
Es tat gut, zu Hause zu sein. Manchmal machte er sich Gedanken, ob das Geschäft eigentlich all die Opfer wert war. Man war nie Herr seiner Zeit. Jetzt war er über sechs Monate weg gewesen. Er sah sich um. »Wo ist Mark?«
»Er ißt auswärts«, sagte Doris.
Peter sah aus, als ob er nicht verstanden hätte. »Auswärts?«
Esther nickte. »Er sagte, er hätte noch etwas Geschäftliches zu erledigen, was sehr wichtig sei.«
Er sah sie fragend an. Es war bei ihnen immer üblich gewesen, daß sie vor einer Vorschau zusammen aßen und dann gemeinsam hingingen. »Geht ihr denn nicht zu der Vorschau?«
Esther sah verständnislos zu ihm auf. »Zu welcher Vorschau?«
»Von ›Wir gehören zusammen‹«, sagte er ungeduldig.
»Wir wissen von nichts«, warf Doris ein, »wann ist sie denn?«
»Heute abend um halb neun im Rivoli.«
»Das ist ganz was Neues für uns.«
»Manchmal verstehe ich den Jungen nicht«, sagte Peter irritiert. »Warum hat er euch nichts davon gesagt?«
»Vielleicht hatte er zuviel zu tun und hat es vergessen«, meinte Esther.

»Das sollte er nicht vergessen.«
Esther nahm seine Hand. »Reg dich nicht auf. Du bist zu Hause, wir gehen zusammen hin, nichts ist verloren. Der Junge hat schließlich hart gearbeitet, da kann man mal was vergessen. Setz dich jetzt hin und iß, du mußt müde von der Reise sein.«

Die ursprüngliche Idee einer Hollywood-Vorschau war folgende: Man führte in einem kleinen Kinotheater vor einem normalen Publikum den neuen Film vor, verteilte Postkarten mit der vorgedruckten Studioadresse und bat die Zuschauer, ihre Meinung über den Film daraufzuschreiben. Das sollte dem Produzenten die Möglichkeit geben, sich eine Meinung zu bilden, ob der Film gut war, oder nicht.
Mit der Zeit freilich ging das Überraschungsmoment verloren. Auf geheimnisvolle Weise sickerte jedesmal durch, wann und wo eine solche Vorschau stattfand, und vor dem Kino staute sich eine Menschenmenge, zumal häufig prominente Schauspieler bei diesen Vorschauen anwesend waren.
Die Halle des Kinos war dicht gefüllt, als Peter mit Esther und Doris ankam. Der Pressechef der Magnum-Studios, der an der Tür stand und Peter erkannte, sagte ehrerbietig: »Guten Tag, Mr. Kessler. Der Film fängt gerade an, ich suche Ihnen Plätze.«
Sie folgten ihm in das bereits dunkle Kino. Verschiedene Reihen waren für die Vertreter der Produktion reserviert worden, und sie nahmen in der letzten davon Platz.
Peter sah sich um. Seine Augen gewöhnten sich rasch an die Dunkelheit, er erkannte verschiedene Leute. Über diesem Teil des Theaters lag eine angespannte Atmosphäre – hier saßen die, für welche der Film Aufstieg oder Abstieg bedeutete. Peters Stirn wurde feucht, wie immer bei einer Vorschau.
Er griff nach Esthers Hand. »Nervös?« flüsterte sie.
»Mehr als bei meinen eigenen Filmen.«
Sie nickte verstehend; sie wußte, wie wichtig dieser Abend für ihn war. Peter hielt Ausschau nach Mark, als er direkt vor sich seine Stimme hörte. Er redete mit einem Mädchen, dessen Profil Peter irgendwie bekannt vorkam, aber er konnte sie im Dunkeln nicht genau erkennen. Er wollte Mark gerade auf die Schulter klopfen, um ihm zu sagen, daß sie da seien, als die Musik mit dem Magnum-Thema einsetzte. So lehnte er sich zurück und sah erwartungsvoll zur Leinwand. Er würde Mark nachher überraschen.
Auf der Leinwand erschien das Firmenzeichen, die große Sektflasche,

aus der die golden sprühende Flüssigkeit in einen Kelch floß, und dann in großen Lettern:
»Mark G. Kessler, Vizepräsident und Produktionsleiter, zeigt
›Wir gehören zusammen‹«
Peter flüsterte Esther zu: »Was bedeutet das G.?«
»Es muß wohl für Greenburg stehen, meinen Mädchennamen.«
Jemand klopfte ihm auf die Schulter, und eine Stimme sagte zornig: »Nur weil Sie Freikarten haben, brauchen Sie noch nicht solchen Lärm zu machen!«
»Verzeihung«, sagte Peter. Der Mann hatte recht, er war ein zahlender Kunde und durfte nicht verärgert werden.
Als der Film abrollte, drehte sich Peters Inneres um; nach ein paar Minuten wußte er, daß der Film nichts taugte. Er brauchte auch gar nicht mehr auf die Leinwand zu sehen, um das bestätigt zu finden – die Kommentare der Zuschauer, ihre Ruhelosigkeit, das Husten und das Gelächter an den falschen Stellen sagten genug. Immer mehr sackte Peter in seinem Sitz zusammen.
Und zum erstenmal wurde ihm alles klar. An Marks Film erkannte Peter nun auch seine eigenen Fehler. Zum erstenmal überwältigte ihn das Gefühl, ein Versager zu sein, die Empfindung, daß das Geschäft über ihn hinausgewachsen sei, daß er niemals wirklich etwas vom Tonfilm verstanden habe.
Johnny hatte in bezug auf Gordon recht gehabt, er hätte auf ihn hören sollen. Er sah zu Esther hinüber – sie blickte tiefunglücklich drein. Zorn stieg in ihm auf, wenn er auch wegen Gordon recht gehabt hatte, so hätte Johnny doch niemals darauf bestehen dürfen, daß dieser Film gemacht wurde.
Vor ihm flüsterte Mark mit dem Mädchen an seiner Seite. Peter hörte ihr Lachen, das ihm ebenfalls vertraut vorkam. Er beugte sich vor, um zu hören, was Mark sagte, und plötzlich erstarrte er: Was redete Mark da? Daß er jedermann an der Nase herumgeführt habe, daß der Alte sogar Johnny die Schuld an allem zuschiebe. War er nicht smart? Das Mädchen lachte und schob ihren Arm in seinen, das Gerede schien ihr zu gefallen.
Peter begann zu zittern. Den Rest des Filmes sah er nicht mehr, seine Augen hatten sich mit Tränen gefüllt, die brannten und ihn blendeten. Sein Sohn, sei eigen Fleisch und Blut tat ihm das an! Wem konnte man da noch trauen?
Der Film war zu Ende, die Lichter flammten auf. Mark stand auf und half dem Mädchen in den Mantel. Peter beobachtete dumpf, wie die

beiden in den Gang traten, wo sie sofort von Leuten umringt waren, als ihm das Mädchen plötzlich das Gesicht zukehrte.
Die Überraschung war für Peter wie ein Schlag. Dulcie Warren? Mark mit ihr? Er wußte doch, was sein Vater von ihr hielt. Während er die beiden noch beobachtete, küßte sie Mark leicht auf die Wange. Dann schoben sich Leute dazwischen, und er konnte sie nicht mehr sehen.
Jemand sagte tröstend zu Mark: »Der Film ist zu gut für das breite Publikum, sie können nichts damit anfangen«, während Peter sich zornig einen Weg durch die Menge bahnte. Dulcie lehnte auf Marks Arm und sah mit amüsiertem Lächeln zu ihm auf.
»Das hab' ich gefürchtet, der durchschnittliche Kinobesucher ist ja nicht gerade intelligent«, sagte Mark, als sein Blick auf seinen Vater fiel.
»Peter! Was machst du denn hier?« Er fühlte, wie Dulcies Arm aus seinem glitt.
Einen Augenblick brachte Peter kein Wort heraus. Aber dann brach er mit schriller, schreiender Stimme los: »Du wußtest nicht, daß ich da war. Ich war nur zu sehr da! Ich hab' während des ganzen Drecksfilms hinter dir gesessen und jedes Wort gehört, das du zu dieser — dieser billigen Hure gesagt hast! Jedes Wort!«
Mark sah sich angstvoll um. Die Gesichter ringsum zeigten eifrige Erwartung, noch mehr Leute drängten sich herzu. »Papa!« sagte er mit weißen Lippen und wies auf die Menge.
Aber Peter war zu wütend, um Marks flehendem Blick Beachtung zu schenken. »Hast du Angst davor, daß die Leute erfahren, was du getan hast? Du hast also einen Film gemacht, der zu gut für die Masse ist? Na, dann laß dir sagen, daß ein Film immer dann zu schade fürs Publikum ist, wenn er so zum Himmel stinkt wie deiner!«
Die Leute ringsum lachten beifällig. Mark wurde ziegelrot im Gesicht, er wünschte, der Boden unter ihm könnte sich öffnen und ihn verschlingen. Er sah sich hilflos nach Dulcie um, aber sie war schon weg, er sah sie eilig dem Ausgang zustreben. »Aber, Papa ...«, sagte er, den Tränen nahe.
»Nach wem schaust du aus? Nach deinem Weibsstück? Willst du mit ihr gehen?« schrie Peter. »Worauf wartest du dann noch? Lauf ihr nach, lauf doch! Du hast hier genug Schaden angerichtet, du kostest mich die Firma! Du gehörst in die Gosse mit ihr zusammen!« Seine Stimme brach, als Esther zu ihm trat.
Esthers Augen standen voller Tränen, und als Mark auf sie zugehen wollte, schüttelte sie sanft den Kopf und wies über Peters Schulter schweigend zum Ausgang.

Peter schrie ihm noch nach: »Und komm mir nicht zurück, du Schmarotzer, du!«
Halb blind stolperte Mark zum Ausgang. Er hörte jemanden voller Bosheit sagen: »Das war besser als der ganze Film, dafür hat sich der Eintrittspreis gelohnt! Ich sag' dir, so sind die Filmleute alle, keiner taugt was!«
Zorn stieg in ihm auf, seine Kehle war wie ausgedörrt. Morgen würde ganz Hollywood über ihn lachen und klatschen. In seinem Wagen legte er den Kopf aufs Steuer und begann zu weinen.

Während der Fahrt sagte Peter leise zu Esther: »Meine einzige Chance liegt jetzt bei den Anteilen. Wenn Johnny für mich stimmt, geht alles vielleicht noch einmal gut.«
Esther beschwichtigte ihn. »Ruh dich jetzt aus und quäl dich nicht. Auf Johnny kannst du dich verlassen.« Aber ihr Herz schrie: Mark, Mark, du warst so ein süßes kleines Kind. Wie konntest du deinem Vater das antun?

14

»Bringst du mich nicht nach Hause?« fragte Dulcie gelassen vom Rücksitz. Als sie aus dem Kino gekommen war, hatte sie kein Taxi bekommen können und war in Marks Wagen gestiegen, um sich der gaffenden Menge zu entziehen.
Langsam hob er den Kopf und sah sich nach ihr um. Im schwachen Schein ihrer Zigarette waren ihre Augen dunkel und unerschüttert.
Schweigend fuhren sie zu ihrer Wohnung. Er sah nur manchmal aus den Augenwinkeln zu ihr hin. Wenn man sie so sah, hätte man meinen können, nichts sei vorgefallen. Und doch wußte er aus der Art, wie sie eine Zigarette an der andern anzündete, daß auch sie erregt war.
Sie schloß die Tür auf und sagte ruhig: »Gute Nacht, Mark.«
»Ist das alles, was du mir nach dem, was heute abend geschehen ist, zu sagen hast?«
Sie zuckte die Achseln. »Was soll ich sonst sagen? Es ist geschehen und vorbei.« Sie wollte die Tür schließen.
Er schob seinen Fuß dazwischen und starrte sie zornig an. Noch immer ruhig und selbstsicher sah sie zu ihm auf. »Ich bin müde, Mark. Ich möchte schlafen.«
Statt aller Antwort schob er sie in die Wohnung und schloß die Tür hinter sich.

Ihre Augen waren ohne Furcht. »Warum gehst du nicht nach Hause, Mark? Es war für uns alle ein ziemlich harter Tag.«
Er ging zum Schrank, nahm eine Flasche Whisky heraus und trank direkt aus der Flasche. »Hast du gehört, was mein Vater sagte?«fragte er heiser.
»Morgen früh hat er es überwunden. Gehst du nun?«
Er griff hart nach ihr und zog sie an sich. Sein Mund tat ihren Lippen weh. Sie versuchte sich zu befreien. »Mark, du weißt nicht, was du tust!« Zum erstenmal verriet ihre Stimme so etwas wie Furcht.
Er hielt sie fest. »So, weiß ich das nicht? Ich hätte das schon längst tun sollen!«
Sie bekam jetzt wirklich Angst. Sein Ausdruck hatte etwas Irres, so hatte sie ihn noch nie gesehen. Sie kratzte ihn und stieß ihn von sich, und plötzlich kam sie von ihm los. »Hinaus mit dir!« schrie sie.
Er lächelte nur. »Du siehst wirklich hübsch aus, wenn du zornig bist. Aber das weißt du ja wohl? Das haben dir schon viele Männer gesagt.« Er griff nach ihrer Schulter.
Sie riß sich los, aber er hielt ihr Kleid fest, und der dünne Stoff zerriß unter seiner Hand. Ihre Nägel zerkratzten sein Gesicht. »Laß mich los, du Wahnsinniger, laß mich los!«
Plötzlich schlug er sie ins Gesicht, so daß sie taumelte. Er schlug noch einmal zu, und sie fiel hin; der Rest ihres Kleides blieb in seiner Hand. Er beugte sich über sie und schlug immer weiter zu.
Mit den Händen schützte sie entsetzt ihr Gesicht. »Nicht! Nicht mein Gesicht!«
Er grinste. »Was ist los, Dulcie? Hast du Angst um dein Aussehen?«
Er riß ihr den Rest ihrer Kleidung herunter; aus ihrem Mundwinkel rann etwas Blut, an ihrem Körper waren dunkelblaue Stellen. Sie begann vor Furcht zu zittern.
Er kniete über ihr und traf sie noch einmal. »Zu schade, daß keine Gosse zur Hand ist«, sagte er im Konversationston, »wir müssen mit dem Fußboden vorliebnehmen!«
Und dann fiel er über sie her.

15

Der Versammlungsraum im »Waldorf« war schon voller Rauch, als Johnny sich umsah. Ihm gegenüber saß Ronsen, der mit Floyd und Randolph flüsterte; seine Stirn war mit feinen Schweißtropfen bedeckt.

Johnny sah auf die Uhr: Peter mußte jede Minute hier sein, sein Flugzeug war vor fast einer Stunde angekommen.
Ronsen rückte unter Johnnys Blick unruhig hin und her. Sie hatten nur einen kurzen Gruß ausgetauscht, als Johnny gekommen war, und dann nicht mehr miteinander geredet; sie warteten auf Peter. Plötzlich trat Stille ein, eine leise Spannung schien in der Luft zu hängen. Man hörte Stimmen draußen, und Peter kam mit Esther und Doris herein. Johnny sah überrascht auf, er hatte nicht gewußt, daß Doris mitkommen würde.
Verlegen erhoben sich die Männer und guckten auf die beiden Frauen. Peter sah müde aus, während er sie vorstellte. Esther nahm am Tisch neben ihm Platz, während Doris sich abseits an die Wand setzte.
»Können wir anfangen?« fragte Peter. »Dann eröffne ich die Versammlung.« Er schlug mit dem kleinen Hammer des Vorsitzenden auf den Tisch.
Während Johnny als Protokollführer die Zeit in sein Notizbuch eintrug, war Ronsen schon aufgestanden und hatte das Wort erbeten.
»In Anbetracht der im Studio herrschenden Bedingungen und der allgemeinen Geschäftslage – Angelegenheiten, die den Vorstand natürlich stark betreffen – wollte ich die Frage stellen, ob der Präsident ein Angebot annehmen würde, ihm seinen Anteil an der Firma abzukaufen?«
»Nein«, sagte Peter kalt und ohne Ausdruck.
Johnny beobachtete ihn; Peter war ohne Zweifel zornig, und Ronsen hatte einen schweren Kampf vor sich. Plötzlich war Johnny stolz auf Peter. Ihm fiel ein, wie er vor vielen Jahren gegen den Verband gekämpft hatte. Damals hatte er Mut gehabt, und die Zeit hatte ihn nicht gebrochen.
Ronsen stand noch. Auch sein Gesicht verriet Entschlossenheit. »Ich muß den Präsidenten darauf hinweisen, daß verschiedene Aktionäre eine Klage gegen ihn eingereicht haben, die ihm große Verlegenheit bereiten dürfte, wenn sie vor Gericht käme.«
Peter schüttelte sanft den Kopf. »In unserm Geschäft, Mr. Ronsen, haben wir seit langem gelernt, nicht verlegen zu sein. Wir haben uns daran gewöhnt, im Mittelpunkt der öffentlichen Aufmerksamkeit zu stehen, und haben keine Angst davor. Solange ich die Firma kontrolliere, verkaufe ich weder, noch lasse ich mich einschüchtern, am wenigsten durch Leute, die ihre Verträge brechen und in meinen Augen nichts als Gauner sind.«

Ronsens Augen begannen seltsam zu funkeln. »Würde der Präsident einer Abstimmung der Aktionäre über diese Frage zustimmen?«
Peter nickte.
Ronsen fuhr mit leisem Triumph in der Stimme fort: »Ich glaube, daß alle Aktionäre anwesend sind. Genügt dem Präsidenten eine mündliche Abstimmung? Eine schriftliche könnte, falls gewünscht, später folgen.«
Peter wandte sich an Johnny. »Die Abstimmung lautet: ob ich meinen Anteil verkaufen soll oder nicht. Würde der Protokollführer die Abstimmung vornehmen?«
Johnnys Blick wurde starr, während sein Herz wie wild schlug. Wußte Peter denn nicht, daß er seinen Anteil nicht mehr hatte? Hatte Doris ihm nichts gesagt? Er sah zu ihr hin – sie starrte ihn mit weitgeöffneten Augen an, ihr Gesicht war weiß vor Furcht, sie preßte die Hand gegen die Lippen.
Er stand auf. »Ich glaube nicht, daß eine solche Entscheidung dem Vorstand in dieser Sitzung vorgelegt werden kann«, sagte er mit dem verzweifelten Versuch, das Unvermeidliche aufzuschieben.
Peter sah ihn an. »Los, Johnny, laß abstimmen!« Und als Johnny immer noch zögerte, stand er zornig auf: »Gut, ich mache die Abstimmung selbst.«
Johnny zitterten die Knie, als er sich hinsetzte. Seine Hand bebte so, daß er kaum schreiben konnte.
Peters Stimme war fest. »Ich will es kurz machen, meine Herren. Ich stimme dagegen, das sind fünfundvierzig Prozent. Nun du, Johnny.«
Johnny öffnete den Mund, aber es kam kein Ton heraus. Als er schließlich sprach, erkannte er seine eigene Stimme nicht. »Ich – ich kann nicht stimmen, Peter!«
Peter kniff die Lider zusammen. »Was heißt das? Sei kein Narr, wir wollen es hinter uns bringen!«
»Ich habe meinen Anteil nicht mehr«, brachte Johnny heraus.
»Wer hat ihn denn?«
Ronsen stand mit kaltem Triumph auf. »Ich, Herr Präsident.«
Johnny warf jäh den Kopf zu ihm herum – das hätte er vermuten können. Ronsen war damals in Kalifornien gewesen, als Vic seinen Anteil verkaufte.
Peter wurde weiß im Gesicht und sank in sich zusammen. Bitter und anklagend sagte er: »Du hast mich verkauft, Johnny! Du hast mich verkauft!«

Er läutete, und Doris stand vor ihm, als die Tür sich öffnete. Er trat in die Halle und küßte sie. »Hast du schon mit Peter reden können?« fragte er.
Hoffnungslos ließ sie den Kopf sinken. »Nein. Niemand darf von dir sprechen. Ich habe Mama alles gesagt, aber ohne Erfolg. Sie darf auch nichts sagen. Er will nie wieder etwas von dir oder von Mark hören.«
»Der hartnäckige alte Dickschädel! Was wird aus uns? Heiraten wir, oder nicht?«
Sie legte ihm die Hand an die Wange. »Wir müssen warten, Johnny. Es wäre jetzt zu schlimm für ihn.«
Er hielt ihre Hand fest. »Ich hab' die Warterei satt.«
Sie gab keine Antwort, nur ihre Augen baten um Geduld.
»Was tust du hier?« brüllte Peter von der Treppe her.
»Ich wollte sehen, ob ich deinem deutschen Dickschädel nicht etwas Vernunft einhämmern kann.«
Peter kam auf ihn zu und schrie mit schriller zitternder Stimme: »Raus aus meinem Haus, du Judas, du!«
Johnny stand auf und hob beschwichtigend die Hand: »Peter, hör doch mal zu! Du mußt doch wissen, daß ich . . .«
Peter fiel ihm ins Wort: »Lüg mir nichts vor! Ich weiß, was du getan hast!« Er wandte sich an Doris. »Hast du ihn hergebeten?«
»Nein«, sagte Johnny, ehe sie antworten konnte, »das war meine Idee. Wir haben Verschiedenes miteinander zu regeln.«
»Willst du sie auch gegen mich aufhetzen? Bist du noch nicht zufrieden mit dem, was du angerichtet hast?«
»Wir wollen heiraten«, sagte Johnny hartnäckig.
»Heiraten? Doris dich heiraten? Einen Antisemiten? Lieber wollte ich, sie wäre tot! Geh weg, ehe ich dich hinauswerfe!«
»Papa, du mußt Johnny anhören!« Doris legte den Arm um Peter. »Er hat dich nicht verkauft! Er verpfändete seinen Anteil für . . .«
»Schweig! Wenn du mit ihm gehst, bin ich fertig mit dir, dann wendest du dich gegen dein eigenes Fleisch und Blut. Meinst du, ich hätte nicht gewußt, daß er all die Jahre eifersüchtig auf mich war? Daß er hinter meinem Rücken Pläne schmiedete, um mir die Firma zu stehlen? Ich könnte weinen, wenn ich daran denke, was für ein Narr ich war. Er ist nicht besser als die andern auch. Sie hassen die Juden, er auch, und jetzt versucht er noch, dich gegen mich aufzuhetzen!«
Sie starrte ihren Vater hilflos und mit Tränen in den Augen an.

Johnnys Gesicht war eine steinerne Maske. »Du willst mir nicht zuhören«, sagte er bitter, »und wenn du es tätest, würdest du mir nicht glauben. Du bist ein alter Mann und voller Gift und Galle. Aber du bist noch nicht zu alt, um eines Tages zu erfahren, daß auch du im Unrecht sein kannst.« Von der Tür aus sah er zu Doris zurück.
Esther kam an ihm vorbei ins Zimmer, aber er sah sie nicht einmal, die Tränen blendeten ihn. Mit zitternder Stimme und flehend wie nie zuvor sagte er: »Doris, kommst du mit mir?«
Sie schüttelte den Kopf. Er sah sie lange an, bis Peter wütend schrie: »Geh! Worauf wartest du noch? Sie kommt nicht. Geh zu deinen Freunden, deinen heimlichen Partnern! Glaubst du, du könntest ihnen trauen, dich auf sie verlassen? Du wirst schon noch das Gegenteil herausbekommen. Wenn sie dich nicht mehr brauchen, werden sie dich hinauswerfen, so wie du es mit mir gemacht hast. Du hast aus dem kleinen Eisenwarenhändler aus Rochester einen Filmmann machen wollen, der tat, was du wolltest, und jetzt, wo du ihn nicht mehr nötig hast, wolltest du ihn loswerden, nicht wahr? Ich hätte es wissen sollen. Ich hab' dir vertraut, und du hast über mich gelacht. Du hast mir vorgemacht, es sei mein Geschäft, und dabei war es die ganze Zeit über deines. Du hattest deinen Spaß mit dem kleinen Juden aus Rochester, und nun ist es vorbei. Du kannst stolz sein, du hast mich die ganzen Jahre hindurch zum Narren gehalten. Jetzt ist es aus, und du kannst gehen!« Peters Stimme brach ab, er begann zu weinen.
Johnny tat ein paar Schritte auf ihn zu; Peters Stimme klang alt und gebrochen, als er fortfuhr: »Warum hast du es getan, Johnny? Du hättest ja zu mir kommen und sagen können: ›Peter, ich brauche dich nicht mehr. Das Geschäft ist über dich hinausgewachsen.‹ Meinst du, ich hätte es nicht gewußt? Wenn du zu mir gekommen wärst, hätte ich dir das Geschäft gegeben, ich brauchte das Geld und den Kampf nicht mehr, ich hatte genug davon in meinem Leben. Aber nein, du mußtest es anders machen, mußtest mir das Messer in den Rücken stoßen!«
Sie sahen einander in die Augen, es war, als ob sie ganz allein im Zimmer wären. Johnny suchte vergeblich nach einem Schimmer von Wärme in Peters Augen: sie blickten hart und unversöhnlich.
Er sah Esther und Doris an, die schweigend und voller Mitleid zu sagen schienen: Laß ihm Zeit, laß ihm Zeit!
Ohne ein Wort und mit einem Herzen, das zu Blei geworden zu sein schien, verließ er das Haus. Dreißig Jahre, dreißig lange Jahre. Ein halbes Leben – und nun dies!

Nachspiel 1938

Sonntag und Montag

Um sechs Uhr dreißig morgens fuhren wir weg, Frühstück und Lunch nahmen wir unterwegs ein. Es war zwei Uhr, die Sonne stand hoch über unseren Köpfen, als wir in die enge staubige Straße einbogen, die zu der Ranch führte. Auf den Feldern richteten sich ein paar Männer auf, um uns nachzusehen: die braunen Gesichter blickten neugierig unter den breitrandigen Strohhüten hervor, die sie zum Schutz gegen die Sonne trugen. Ein paar Minuten später hielten wir vor dem Haus.

Ein Mann kam heraus, um zu sehen, wer wir waren, ein großer Mann mit rundem Gesicht und dunklem Haar. Ich erkannte ihn, es war Vic Guido. »Johnny Edge! Was tust du hier?« Es klang nicht gerade begeistert.

Während ich für Doris den Wagenschlag aufhielt, antwortete ich beiläufig: »Ich wollte mal deinen Chef besuchen. Wo ist er?«

»Beim Jahrmarktwagen; er schaut einem Bocciaspiel zu. Soll ich dir den Weg zeigen?«

»Nein, danke, ich weiß Bescheid.«

Er ging wortlos ins Haus zurück.

»Ich krieg' immer eine Gänsehaut, wenn ich ihn sehe«, sagte Doris schaudernd.

»Er ist schon in Ordnung, er benimmt sich nur immer so, wenn ich in der Nähe bin. Ich glaube, er ist eifersüchtig, weil sein Chef mich mag.«

Wir waren jetzt an der Rückseite des Hauses und hörten aufgeregtes Stimmengewirr. Ungefähr hundert Meter hinter dem Haus stand auf flachem Weideland der hellrot angestrichene Wagen; etwa zwanzig Männer standen neben der Bocciabahn.

Al saß auf den Wagenstufen, die vertraute schwarze Zigarre, die aber nicht brannte, im Mundwinkel. Sein braunes gefurchtes Gesicht verzog sich zu einem Lächeln, als er uns sah. »Johnny«, und er streckte die Arme nach mir aus.

Ich war etwas verlegen angesichts dieser offenen Freudenbezeigung und zugleich schuldbewußt, wenn ich an die Gründe dachte, die mich hergebracht hatten.

Er umarmte mich und sah mich dann an. »Fein, daß du gekommen bist, ich hab' gerade an dich gedacht«, sagte er einfach.

Ich wurde rot und sah nach den Männern hinüber, ob sie uns beobachteten, aber sie waren zu sehr in ihr Spiel vertieft. »Es war ein schöner Tag für die Fahrt hierher«, sagte ich lahm.

»Es tut auch gut, dich zu sehen«, lächelte er Doris an.
Sie küßte ihn auf die Wange. »Du siehst gut aus, Onkel Al.«
»Wie geht es deinem Vater?«
»Viel besser, danke. Ich glaube, das Schlimmste ist überstanden. Was er jetzt noch braucht, ist Ruhe und Zeit.«
»Er wird bald wieder wie früher sein«, sagte Al und setzte zu mir gewandt hinzu: »Und wie geht es dir?«
Ich trocknete mir das Gesicht mit dem Taschentuch ab, es war heiß hier draußen. »Mir geht's gut.«
»Wir gehen besser in den Wagen«, meinte er besorgt, »die Sonne ist ziemlich heftig, besonders für jemand, der sie nicht gewöhnt ist.«
Innen im Wagen war es kühl und dunkel, und Al steckte die alte Öllampe an.
In ihrem sanften goldenen Schein sah ich mich neugierig um. Es war alles ziemlich so, wie ich es in Erinnerung hatte. An der Wand stand der große Rollschreibtisch, hinten die Schlafkojen waren gemacht, sogar der alte Stuhl, in dem Al seine Zeitung zu lesen pflegte, stand noch da.
»Ich bin froh, daß ich den Wagen gekauft hab'«, sagte Al, »manchmal braucht ein Mann etwas aus seiner Jugend um sich, das ihn daran erinnert, was er wirklich ist.«
Es war seltsam, daß er das sagte – und doch war es die Wahrheit. Er sah sich trotz seines Riesenerfolges nie als Bankier, sondern stets als einen Mann vom Rummelplatz. Der Raum barg viele Erinnerungen für mich, aber meine Empfindungen waren anders als die von Al. Ich war kein Schaubudenmann, war vielleicht nie einer gewesen, ich gehörte zum Film. Als nächste Worte überraschten mich.
Er schloß sorgsam die Tür und fragte mit plötzlichem Ernst: »Was ist los, Johnny? Hast du Schwierigkeiten?«
Doris sah mich lächelnd an. »Erzähl es ihm ruhig, Johnny. Jeder, der dich gern hat, liest ohnehin in dir wie in einem offenen Buch.«
Ich tat einen tiefen Atemzug und begann meine Geschichte. Er hörte mir aufmerksam zu, und wie er mir in dem kleinen Wagen so gegenübersaß, fühlte ich mich viele Jahre zurückversetzt in die Zeit, wo wir abends, wenn der Betrieb geschlossen war, auch so gesessen und miteinander geredet hatten. Er hatte sich nicht viel verändert seit damals – ich konnte es kaum glauben, daß er mindestens siebenundsiebzig Jahre alt war.
Als ich geendet hatte, steckte er sich sorgfältig seine Zigarre an und betrachtete mich lange und forschend. Doris tastete nach meiner Hand,

und Al, dessen scharfen Augen nichts entging, sah es. »Und was soll ich tun?« fragte er schließlich ruhig.

»Ich weiß nicht. Wahrscheinlich kannst du nichts tun. Du warst nur meine letzte Hoffnung, ich mußte mit dir reden.«

»Du hättest die Firma gern, nicht?«

Mir fiel ein, was Peter gestern gesagt hatte. »Ja«, antwortete ich schlicht. »Ich hab' dreißig Jahre meines Lebens hineingesteckt, und sie ist ein Teil meines Wesens geworden, das ich nicht gern verlieren möchte. Es ist das Bein, das ich in Frankreich verloren hab'. Ich kann wahrscheinlich ohne das Geschäft leben und etwas ebenso Gutes finden, aber es wird mir immer wie das da vorkommen.« Ich klopfte gegen meine Prothese. »Es erfüllt seinen Zweck, aber du weißt tief innen doch, daß du nie mehr derselbe sein wirst.«

»Du könntest unrecht haben, Johnny. Als ich so alt war wie du, hab' ich den einzigen Beruf aufgegeben, den ich je geliebt habe. Das Ergebnis war, daß ich ein sehr reicher Mann geworden bin. Vielleicht ist es Zeit für dich, aufzuhören.«

»Wenn ich es täte, könnte ich mir kein Filmstudio kaufen und es im Hinterhof aufstellen.« Ich sah mich im Wagen um.

Er saß ganz still, nur das Glühen seiner Zigarre bewahrte ihn davor, wie eine Bildsäule auszusehen. Nach einer Weile nahm er die Zigarre aus dem Mund und seufzte tief auf. »Kommt mit.«

Draußen brannte die Sonne, die Männer waren noch immer in ihr Spiel vertieft. Wir betraten das Haus durch die Küchentür. Eine dunkle dicke Frau knetete Teig auf einem großen hölzernen Tisch. Sie wechselte mit Al ein paar Worte auf italienisch, und er brachte uns in das geräumige altmodische Besuchszimmer und verschwand in die Halle.

Wir wunderten uns noch, was er wohl vorhatte, als wir ihn draußen rufen hörten: »Vittorio! Vittorio!« Von oben kam undeutlich Antwort, Al sagte etwas und kam zurück. »Vittorio kommt sofort.«

Ich überlegte mir noch, was Vic wohl sollte, als Al plötzlich meine Gedanken unterbrach: »Wann heiratet ihr beide endlich? Ich hab' es satt, noch länger darauf zu warten.«

Wir lachten, und Doris erklärte: »Seit Papas Krankheit waren wir so durcheinander, daß wir noch keine Zeit hatten, darüber zu reden.«

»Was gibt's da noch zu reden?« explodierte Al. »Wißt ihr immer noch nicht, was ihr wollt?«

Ich wollte antworten, als ich ihn verschmitzt lachen sah – er hatte uns nur aufgezogen. In dem Augenblick kam Vittorio herein, der uns völlig übersah. »Was möchtest du, Al?«

»Ruf Konstantin Konstantinow in Boston an.«
Vittorio sah schnell zu mir hin und dann wieder zu seinem Chef. Eine Flut von Protest brach in italienischer Sprache aus ihm heraus.
Al hob die Hand, und Vic war sofort still wie eine Muschel, trotz seines Umfanges. »Ich sagte, du sollst ihn anrufen, ich will ihn sprechen. Und im übrigen besinn dich auf deine Manieren und sprich englisch, wenn Leute da sind, die unsere Sprache nicht verstehen.« Seine Stimme war sanft, aber zugleich von stählerner Entschlossenheit. »Ich kenne Johnny von Kindesbeinen an, und ich weiß, daß ich ihm vertrauen kann. Er behält schon für sich, was er etwa hier erfährt.«
Ich hatte nicht gewußt, daß Al Konstantinow kannte. Was wollte, was konnte er tun? Es war Sonntag, und Konstantinow, Präsident der Bostoner Kreditbank und, wie es hieß, einer der reichsten Männer des Landes, saß in Boston.
»Was wird es schon nützen, wenn du mit ihm sprichst, Al?« fragte ich. »Er wird dich gar nicht anhören.«
»Er wird mich schon anhören«, antwortete Al ruhig und überzeugend.
In dem Augenblick meldete Vittorio, daß Konstantinow am Apparat sei.
»Hallo, Konstantin, wie geht es dir?« sagte Al.
»Mir geht's ziemlich gut dafür, daß ich ein alter Mann bin«, antwortete er dann auf eine Frage und fuhr fort: »Ich möchte mit dir über die Lage der ›Magnum‹ reden; die Vorgänge innerhalb der Firma machen mir Sorge. Ich denke, wir müssen eine klare Stellung dazu einnehmen. Meine persönliche Anschauung ist, daß Farber nur Verwirrung in der Firma anstiften wird.«
Die Stimme drüben am andern Ende redete aufgeregt. Al hörte geduldig zu. Endlich sagte er gelassen und mit Autorität: »Es ist mir gleichgültig, was Ronsen dir berichtet hat. Farber wird die Gesellschaft spalten, und möglicherweise ihre Gesundung aufhalten. Informiere Ronsen, daß der Kredit nicht erneuert wird, wenn Farber in die Gesellschaft eintritt. Sage ihm, daß wir unter keinen Umständen dulden, daß in die Geschäftsführung der Gesellschaft eingegriffen wird. Ich ruf' dich Ende der Woche noch mal an.«
Er legte auf und kam zu uns zurück. »Das ist in Ordnung, Johnny, du wirst keine Schwierigkeiten mehr mit ihnen haben.«
Ich starrte ihn mit offnem Mund an. »Wieso kannst du ihn so rumkommandieren?«
Al lachte. »Ganz einfach. Mir gehört die Bostoner Bank.« Und er erzählte mir noch etwas, was mich sogar noch mehr überraschte.

Auf dem Rückweg war ich sehr still. Der kleine Mann mit dem braunen runzligen Gesicht in dem verschossenen blauen Hemd und dem abgetragenen Overall war tatsächlich der mächtigste Mann im Filmgeschäft, er kontrollierte die gesamten Filmfinanzierungen.
Jetzt, nachdem ich Bescheid wußte, sah ich, wie einfach es in Wirklichkeit war, und wieder setzte mich die Tüchtigkeit des kleinen Kerls in Erstaunen, der sich stets für einen Mann vom Rummelplatz gehalten hatte und noch hielt. Er war klug genug gewesen, um vorauszusehen, daß die Filmindustrie über ihre Methode der Finanzierung – ein Film durch den andern – eines Tages hinauswachsen würde, und 1925, als die Filmgesellschaften eine nach der andern mit den Banken der Wall Street zu liebäugeln begannen, eröffnete er im Osten ein kleines Büro, auf dessen Glastür »Bostoner Kreditbank« stand.
Das Büro enthielt zwei Räume, einen Empfangsraum und ein Privatbüro, auf dessen Eingangstür einfach stand: »Konstantin Konstantinow, Vizepräsident.« Konstantinow war bis dahin einfacher Angesteller in Vics Büro gewesen.
Innerhalb von zwei kurzen hektischen Jahren, als eine Filmgesellschaft nach der andern sich wegen ihrer Finanzierung ostwärts wandte, wuchs das Büro und nahm 1927 eine ganze Etage eines Bürohauses mitten im Herzen von Bostons konservativem Geschäftsviertel ein.
Ich lächelte vor mich hin, als ich darüber nachdachte. Finanzierung eines Filmes? Geh zur Unabhängigen Bank in Los Angeles. Finanzierung des gesamten Produktionsprogramms einer Firma in Höhe von vierzig Filmen? Dann zur Bostoner Kreditbank. Ja, ich mußte lächeln, wenn ich daran dachte, wie viele Männer aus den andern Gesellschaften sich gerühmt hatten, daß sie sich aus Santos' Klauen gelöst hatten, die nie erfuhren oder je erfahren würden, daß sie weiterhin mit ihm Geschäfte machten, nur unter einem andern Namen.
Wieviel Geld Al wohl wirklich hatte? Fünfzig Millionen? Oder mehr? Aber es spielte keine Rolle, mir war es recht – wo es dieser uranständige Kerl war.
Es war beinahe zehn, als wir zu Hause ankamen. Wir gingen in die Bibliothek und mixten uns etwas zu trinken, als die Pflegerin hereinkam.
»Mr. Kessler möchte Sie gleich sprechen.«
»Ist er noch wach?« fragte ich überrascht.
Sie nickte. »Er wollte nicht einschlafen, bevor er Sie gesehen hat«, sagte sie mißbilligend. »Machen Sie es so kurz wie möglich, er hat keinen guten Tag gehabt und braucht Ruhe.«

Esther saß an seinem Bett und hielt seine Hand, als wir hereinkamen.
»Hallo, Kinder.«
Vielleicht war es nur das Licht – es brannte nur eine kleine gedämpfte Lampe –, aber mir kam es so vor, als ob Peter blaß und erschöpft aussah. Er hob den Kopf und sah mich an. »Nu?«
»Du hattest recht, Boß. Er hat uns geholfen. Alles in Ordnung.«
Er sank matt in die Kissen zurück und schloß die Augen. Einen Augenblick lag er still so da, dann öffnete er sie wieder, und sie kamen mir matt und verschleiert vor – aber vielleicht war das gedämpfte Licht schuld. Es schien ihm schwerzufallen, scharf zu sehen. Aber seine Stimme hatte einen festen Klang. »Dann heiratet ihr jetzt bald?«
Das war das zweitemal, daß ich das heute gefragt wurde, und wieder antwortete Doris für mich. »Sobald es dir gut genug geht, um Brautführer zu sein, Papa«, und sie küßte ihn zart.
»Wartet nicht zu lange, Kinder, ich hielte gern noch Enkel auf meinen Knien.« Mir kam es vor, als ob er Tränen in den Augen hätte.
Ich trat ans Bett. »Da mach dir keine Sorgen, Peter, das sollst du bestimmt!«
Er lächelte, aber gab keine Antwort, sondern drehte nur den Kopf erschöpft zur Seite.
Die Pflegerin vertrieb uns.
»Gute Nacht, Peter.«
»Gute Nacht, Johnny«, sagte er schwach.
Doris küßte ihn und fragte ihre Mutter: »Kommst du mit?« Esther schüttelte den Kopf. »Ich bleibe bei ihm, bis er eingeschlafen ist.«
Ich weiß noch, daß ich noch einmal zurücksah, als wir hinausgingen. Esther saß mit Peters Hand in ihrer am Bett und lächelte uns zu.
Schweigend gingen wir in die Bibliothek zurück, und Doris sagte leise und zitternd: »Johnny, ich hab' Angst.«
Ich nahm sie in die Arme: »Wovor, Liebling?«
»Ich weiß nicht. Ich hab' so ein schlechtes Vorgefühl.«
Ich hob ihr Gesicht zu mir empor. »Mach dir keine Sorgen, Liebling«, sagte ich zuversichtlich, »das ist nur die Reaktion auf die ganze vergangene Woche. Der Tag heute war auch anstrengend, du hast fast zwölf Stunden am Steuer gesessen. Es wird schon alles gut werden.«
Sie sah vertrauensvoll zu mir auf. »Glaubst du wirklich, Johnny?«
»Bestimmt.«
Aber ich irrte mich. Es war das letztemal, daß ich Peter lebend sah.
Ich ging früh ins Büro, ich wollte da sein, wenn die Burschen die Neuigkeiten von ihrer Bank hörten.

Aber es war beinahe zehn Uhr, als Larry sich meldete. Seine Stimme hatte einen verstörten und sorgenvollen Klang: »Bist du jetzt in deinem Büro, Johnny? Ich möchte dich gern sprechen.« Für seine Verhältnisse war er nahezu bescheiden.

»Komm nur, Larry, für dich bin ich immer da.«

Sein Gesicht war bestürzt, als er in mein Büro kam. Ich brauchte ihn nur anzusehen, um zu wissen, was geschehen war. Konstantinow hatte sich gemeldet.

»Johnny es ist ein schrecklicher Irrtum passiert!« waren seine ersten Worte – er war noch nicht ganz im Zimmer.

Ich stellte mich dumm. »Irrtum? Wieso?«

»Hast du übers Wochenende die Zeitungen gelesen?«

Ich nickte wortlos; auf der Stirn stand ihm der Angstschweiß um seine drei Millionen.

»Es haben sich Telegramme gekreuzt. Der Vorstand sollte ohne deine Zustimmung Farber und Roth nicht unterstützen.«

Ich antwortete nicht gleich. Ich sah ihn gern im dunklen tappen, es tat meinem Selbstgefühl wohl. »Sehr bedauerlich.«

Er sah noch besorgter aus. »Wie meinst du das?«

»Erinnerst du dich, was ich gestern gesagt habe? ›Wenn die reinkommen, scheide ich aus.‹ Ich scheide also aus.«

Einen Augenblick sah es so aus, als ob er ohnmächtig würde. Sein Gesicht wurde aschgrau, er rang nach Luft. »Aber, Johnny, ich sagte dir doch, es ist alles ein Irrtum! Die Telegramme hatten sich gekreuzt!«

»Man kann es Irrtum nennen – oder Verrat!« murmelte ich. Der Bumerang, der mich hatte treffen sollen, war zu ihm zurückgeflogen. Plötzlich war mir dieses ganze Getue zuwider. Warum sagte er nicht offen, daß er versucht hatte, mich kaltzustellen? Und daß es ihm nur leid tat, weil es fehlgeschlagen war? Dann hätten wir deutlich und ohne Umschweife miteinander reden können. Wir waren ja keine Säuglinge mehr.

Aber natürlich kann man solche Dinge nicht sagen. In der Filmbranche gibt es ein ungeschriebenes Gesetz, daß Ehrlichkeit sich nicht lohnt.

»Wie steht es also nun?« fragte ich geduldig, fast gelangweilt.

Die Farbe kehrte allmählich in sein Gesicht zurück. »Ich habe die Zeitungen bereits verständigt, daß die Geschichte, die gemeldet wurde, nicht stimmt. Es tut mir leid, daß es passiert ist, Johnny«, sagte er ernst und mit einem leisen Hoffnungsschimmer.

Ich glaubte es ihm sogar, denn für einen Mann wie ihn war es nicht angenehm, bei einer Unredlichkeit ertappt zu werden. »Schön, Larry,

Fehler werden überall gemacht, vergessen wir es.« Ich konnte es mir leisten, großmütig zu sein.
Er lächelte zuerst zaghaft, dann erleichtert. Die Angst um seine drei Millionen verschwand aus seinen Augen. Als er ging, war er fast wieder sein normales Selbst, und ich hatte Hunger.
Nach dem Lunch war ich müde und faul. Ich hatte zur Feier des Tages ein bißchen getrunken. Die Hochspannung des Vormittags hatte etwas nachgelassen, aber ich war immer noch sehr guter Stimmung.
Auf meinem Tisch lag ein Zettel, ich möchte Miß Kessler zu Hause anrufen. Als sie sich meldete, klang ihre Stimme seltsam matt.
»Hallo, Liebling, was ist los?«
»Johnny, Papa ist tot.«
Mir wurde eiskalt. »Wann ist es geschehen?«
»Vor einer Stunde.«
»Ich bin sofort draußen. Wie nimmt Mama es auf?«
»Sie ist oben bei ihm.« Sie begann zu weinen.
»Komm, Liebling, faß dich. Peter würde das gar nicht mögen.«
»Nein, bestimmt nicht. Er konnte mich nie weinen sehen. Wenn ich als Kind was haben wollte, brauchte ich nur zu weinen.«
Es war ein schöner Tag, aber für mich war sein Glanz entschwunden. Ich weiß noch, daß mir die Tränen in die Augen kamen und daß ich zu mir sagte: »Komm, Johnny, benimm dich nicht wie ein Baby. Niemand kann ewig leben, und er hat ein schönes reiches Leben gehabt.« Aber er hatte auch eine Menge Kummer gehabt – und ich legte meinen Kopf auf den Tisch und benahm mich wie ein Baby. Ich hatte ebenso viel Recht, um ihn zu weinen, wie irgendeiner sonst, zum Teufel.

Jemand kam herein, es war Bob. »Du hast es also schon gehört?« Er sah mir schweigend und voller Mitgefühl zu, während ich aufstand und meinen Hut nahm. »Ich weiß, wie dir zumute ist, Johnny, er war ein prachtvoller alter Bursche.«
»Er war größer, als die meisten von uns wußten; wenigstens lief er nie mit einem Messer in der Hand rum.«
Gordon nickte.
Draußen hatten sich kleine Gruppen gebildet, die mir mitleidig nachsahen. Der eine oder andere kam sogar zu mir und gab mir schweigend die Hand.
In den Hallen drei, vier und zwei war alles still, die Leute standen in kleinen Gruppen davor, und ihr Mitgefühl folgte mir wie eine tröstende Woge.

Plötzlich traf mich ein Schwall von Musik aus Tonhalle eins. Es tat weh wie ein körperlicher Schmerz. Welches Recht hatten sie, im Betrieb fortzufahren wie sonst? Die anderen hatten auch Takt genug gehabt, aufzuhören.
Ich ging hinein. Die Musik war jetzt laut wie ein Gewitter, verklang dann zu einem sanften Hauch, und eine volle junge Stimme sang. Ein junges Mädchen stand vor dem Mikrofon, die Melodie strömte aus ihrer Kehle wie aus einer goldenen Flöte.
Jemand packte mich am Arm: es war Dave. Seine Augen leuchteten. »Hör nur diesen Kanarienvogel singen, Johnny!«
Das Kind konnte wirklich singen, aber mir war nicht nach Zuhören zumute. Larry und Farber kamen auf mich zu. Ob Larry ihm schon Bescheid gesagt hatte? Aber auch das war nicht wirklich wichtig. Ich wollte nichts als hier heraus.
Dave hielt meinen Arm, bis sie bei uns waren. »Das Mädchen ist Bargeld!« sagte er aufgeregt. »Bei jeder Note, die sie singt, hör' ich die Kassen klingeln.«
Die andern nickten lächelnd, zustimmend.
»Wißt ihr, daß Peter Kessler tot ist?«
Larry nickte. »Ja. Es kam ja nicht unerwartet, er war ein alter Mann.«
Ich starrte sie einen Moment lang an, dann riß ich meinen Arm los und ging weg.
Ich hörte noch, wie Dave sagte: »He! Was ist dem denn über die Leber gelaufen?«
Ihre Antwort hörte ich nicht mehr, ich hatte die Tür hinter mir ins Schloß geworfen.

Das Büro war leer, als ich mich an meinen Schreibtisch setzte und zu schreiben begann: »An den Vorstand der Magnum-Filmgesellschaft.«
Ich sah für einen Augenblick durch die offene Tür in den Korridor und dann wieder auf die Worte vor mir, und alles fügte sich zu einem Bild zusammen. Mir fiel ein, was Al mir noch berichtet hatte, nachdem er mir gesagt hatte, daß ihm die Bostoner Kreditbank gehörte. »Peter sagte, du würdest eines Tages zu mir rauskommen.«
Ich hatte überrascht aufgeblickt. »Wirklich? Wie konnte er das wissen? Wir haben es doch gestern erst beschlossen?«
Al schüttelte den Kopf. »Du irrst dich, Johnny. Es ist beinahe zwei Jahre her – als er seinen Anteil an der ›Magnum‹ verkaufte.«
»Wie konnte er das damals wissen?« fragte ich bestürzt und ungläubig.

Al sah Vic an, der sich zornig umdrehte und hinausging. »Erinnerst du dich an den Tag, an dem du einen Streit mit ihm hattest und er dich aus seinem Haus hinauswarf?«

Ich nickte; aus den Augenwinkeln sah ich, daß Doris mich beobachtete. Al steckte sich eine neue Zigarre an. »Gleich, nachdem du gegangen warst, rief er mich an. Stimmt doch, nicht Doris?«

»Ja. Es war, ehe ich aus dem Zimmer ging. Das Gespräch hab' ich dann nicht mehr gehört.«

»Seine ersten Worte waren: ›Johnny hat mich verkauft!‹ Dann bat er mich, ihm das Geld zu leihen, das für die Kontrollierung der Firma nötig war. Ich hatte gerade erfahren, was Vic getan hatte, und war wahnsinnig wütend auf ihn, aber es war geschehen und ließ sich nicht mehr ändern. Ich sagte Peter, ich würde ihm gern das Geld leihen, aber ob das wirklich alles sei, was er wollte?

›Wie meinst du das?‹ fragte er.

›Sie bieten dir viereinhalb Millionen für deinen Anteil‹, sagte ich, ›warum willst du dich in Schwierigkeiten stürzen und dir Sorgen machen, wie du deine Schulden abbezahlen sollst, wenn du dich mit diesem Geld zurückziehen und wie ein Gentleman leben kannst?‹

Er schwieg eine Minute und dachte nach. Dann erzählte ich ihm, was Vic mit dir gemacht hatte, und er sagte gebrochen: ›Dann hab' ich Johnny Unrecht getan?‹

›Du hast ihm Unrecht getan!‹

›In dem Fall *muß* ich das Geld haben!‹

›Warum?‹

›Weil Johnny alles verloren hat. Ich muß ihm helfen. Wenn ich nicht mehr in der Firma bin, verliert er seine Stellung.‹

›Johnny wird seine Stellung nicht verlieren, sie brauchen ihn, er ist der einzige, der die Firma genau kennt.‹

›Aber eines Tages werden sie ihm antun, was sie mir auch angetan haben. Was soll er dann machen? Er hat nur dich oder mich.‹

›Dann helfe ich ihm. Inzwischen nimm's leicht. Du hast hart gearbeitet, um die Firma aufzubauen, jetzt mach es dir mal bequem. Genieß dein Leben mit deiner Frau, deiner Familie. Mit viereinhalb Millionen hat man keine Sorgen.‹

Dann nahm er mir das Versprechen ab, dir zu helfen, wenn es nötig sein sollte – ich hätte es ohnehin getan –, und verkaufte.«

Es war still, als Al geendet hatte. Mein Herz war so voll, daß ich nicht sprechen konnte. Diese beiden Männer waren immer meine Schutzengel gewesen, ich schuldete ihnen so viel, daß ich es nie vergelten konnte. Ich war nie so smart gewesen, wie ich geglaubt hatte.

Wir vom Film waren so beschäftigt damit, Träume auf Zelluloid zu bannen, daß wir nie sahen, daß wir die einzigen waren, die an diese Träume glaubten. Wir waren so in unserer eigenen Traumwelt gefangen, daß wir vor Panik schrien und die Glieder unserer Zelluloidrüstung auszubessern suchten, wenn die harte Realität des Tages in diese Welt einbrach.

Ich war nicht besser als die andern. Ich hatte mir auch ein Haus aus Zelluloid gebaut. Aber Zelluloid schmilzt in der Hitze der Sonne, und ich hatte das vergessen, wie die andern auch. Ich hatte geglaubt, mein Haus sei stark genug, um mich gegen die Welt zu schützen. Es war nicht so.

Es war nur so stark, wie die Leute ringsum es für mich machten – am meisten Peter. Er war das Fundament und die Mauer. Ohne ihn gab es kein Haus, keine Traumwelt, in der ich leben konnte. Das wußte ich jetzt und hätte es längst wissen sollen.

Meine Feder kratzte, als ich weiterschrieb: »Hiermit lege ich mein Amt als Präsident und Vorstandsmitglied Ihrer Gesellschaft nieder.«

»Das darfst du nicht tun, Johnny!«

Doris stand neben mir, ihre weitgeöffneten Augen brannten zornig in ihrem blassen Gesicht. »Warum bist du nicht zu Hause bei deiner Mutter?« fragte ich barsch.

Sie ignorierte meine Frage. »Du darfst es nicht tun, du kannst nicht so ausscheiden!«

Ich stand auf, meine Hände zitterten. Aus der Tonhalle gegenüber kam Musik. »Ich kann nicht, so? Hör dir das an. Ich will nicht, daß sie in meinem Haus Geschäfte treiben wie gewöhnlich, wenn ich gerade gestorben bin. Sie sollen aufhören, und wenn es nur für einen Tag, wenn es nur für eine einzige Minute ist. Sie sollen sich erinnern!«

Sie kam langsam auf mich zu, ihre Augen schienen in weite Fernen zu sehen, den Kopf hatte sie zur Seite geneigt wie immer, wenn sie intensiv zuhörte. Sie lauschte nach innen, sie erinnerte sich. Sanft erwiderte sie endlich in einem neuen, mir ganz unbekannten, ergreifenden Tonfall: »Welch größeres Denkmal könnte ein Mann hinterlassen als die Gabe, Freude und Zuflucht vor den Sorgen des Alltags zu bringen?«

Ich gab keine Antwort. Sie sah mir in die Augen. »Deshalb darfst du nicht ausscheiden, Johnny. Du und Papa hattet einen Vertrag miteinander, auch wenn ihr es nicht wußtet. Du kannst ihn jetzt nicht im

Stich lassen. Er wollte nicht, daß du seinetwegen ausscheidest. Deshalb hat er dich zu Santos geschickt, obwohl er wußte, daß er selber nie mehr zurückkommen würde. Und es gibt noch andere Gründe, Johnny.« Sie wies zum Fenster. »Die Leute da draußen, die von dir abhängen. Du mußt ihnen ihre Stellung erhalten, ihr Heim, ihre Familie. Es sind doch deine Leute – Filmleute. Und du selbst, du wärst nie glücklich, wenn du weggingst. Erinnere dich an das, was du zu Santos gesagt hast: Du kannst dir kein Studio im Hof aufstellen. Aber vor allem kannst du nicht weg, weil du vor dreißig Jahren in einer kleinen Stadt mit einem Mann, der über seinem Eisenwarengeschäft lebte, einen Vertrag geschlossen hast, der euch beide weit von dieser kleinen Stadt weggeführt hat, dreitausend Meilen über den Kontinent, dahin, wo du heute bist.« Sie nahm meine Hand. »Du bist der einzige, der geblieben ist, um den Vertrag zu erfüllen, das Versprechen, das ihr euch gegeben habt.«

Ich tat einen tiefen Atemzug – sie hatte recht, ich wußte es beim ersten Wort, das sie sagte. Wenn ich ein rechter Mann war, durfte ich nicht wegen eines noch so großen Schmerzes vor dem Leben davonlaufen.

Ihr Vater war gestorben, und sie tröstete mich, anstatt ich sie. Ich küßte die Innenseite ihrer Hand und fühlte ihre Finger an meiner Wange, leicht, so leicht.

Ich nahm den Bogen Papier vom Schreibtisch, und zusammen verließen wir das Büro. Draußen im Sonnenlicht fühlte ich mich besser, die Musik tat meinen Ohren nicht mehr weh. Es war in Ordnung. Es war ein Monument, das hinter sich zu lassen jeder Mann stolz sein konnte. Zusammen schritten wir durchs Tor.

Über mir hörte ich das Spritzen von Wasser und sah auf. Es funkelte in der Sonne, wie es aus der großen Sektflasche in den Kristallkelch rann.

Meine Augen waren plötzlich feucht. Als ich sie schloß, hörte ich Esthers Stimme sagen, vor vielen, vielen Jahren: »Laßt sie uns ›Magnum‹ nennen . . .« nach dem Champagner, den Peter bestellt hatte, um unsern Eintritt ins Geschäft zu feiern.

Seit damals war allerlei geschehen. Viele Menschen waren gekommen und gegangen. Ich hielt Doris den Wagenschlag auf, und während ich noch mit dem Fuß auf dem Trittbrett stand und auf sie niedersah, merkte ich, daß ich immer noch den Bogen Papier in der Hand hielt. Ich zerriß ihn in winzige Fetzen, die ich auf die Straße streute. Sie flatterten im Wind wie Schneeflocken.

Doris nahm meine Hand, ihre Augen leuchteten. Mein Herz wurde froh bei ihrer Berührung.
»Du hast mir vorhin meine Frage nicht beantwortet. Warum bist du nicht bei deiner Mutter?«
Sie sah mich mit einer Tiefe des Verstehens an, die ich nie erreichen würde. »Sie sagte mir, ich sollte dich holen. Und ich sagte, du brauchtest mich gerade jetzt mehr als sonst jemand auf der Welt.«
Ich sah auf sie nieder und stieg dann in den Wagen. »Sie hatte recht, Doris. Laß uns nach Hause fahren.«

Beachten Sie bitte
die folgenden Seiten

Harold Robbins

Die Unersättlichen
Ullstein Buch 2615

Die Moralisten
Ullstein Buch 2659

Die Traumfabrik
Ullstein Buch 2709

Die Manager
Ullstein Buch 2723

Die Playboys
Ullstein Buch 2824

Die Wilden
Ullstein Buch 2885

Die Profis
Ullstein Buch 2946

Die Bosse
Ullstein Buch 3100

Der Clan
Ullstein Buch 3198

Der Pirat
Ullstein Buch 3494

Sehnsucht
Ullstein Buch 20080

Träume
Ullstein Buch 20114

ein Ullstein Buch

»Harold Robbins' Romane sind eine Anatomie unserer Gesellschaft.«
Books

John Fowles

Die Geliebte des französischen Leutnants

Ullstein Buch 3042

ein Ullstein Buch

Wir schreiben das Jahr 1867 in Lyme, einem Städtchen an der Südküste Englands. Eine junge Frau, deren schlechter Ruf ständiger Gesprächsstoff ist, steht am Ende einer verlassenen Hafenmole und starrt auf das Meer hinaus. Die Bürger glauben, daß sie auf die Rückkehr eines französischen Leutnants wartet. Aber sehnt sich die geheimnisvolle Einsame wirklich nach einem Mann, oder wartet sie auf jemanden, der sie nicht nur von ihrer Melancholie, sondern auch von ihrem Jahrhundert befreit?

Horst Biernath

ein Ullstein Buch

Liebe auf südlichen Straßen
Ullstein Buch 3254

Keiner geht an dir vorbei, Cornelia
Ullstein Buch 3321

Eine Frau für Caracas
Ullstein Buch 3343

Achtung, Kurven!
Ullstein Buch 3442

Die Glut und die Asche
Ullstein Buch 20074

Seelenverkäufer
Ullstein Buch 20124

Robert Traver

Anatomie eines Mordes

Roman

Ullstein Buch 3416

ein Ullstein Buch

Der weltberühmte Roman, von Otto Preminger verfilmt: Die Geschichte eines Strafprozesses, dem der Leser beizuwohnen glaubt. So minuziös, so plastisch rollt er vor seinen Augen ab. Oberleutnant Frederick Manion erschoß vor Zeugen einen Barbesitzer, weil dieser seine Frau überfallen hatte. Rechtsanwalt Biegler steht vor der heiklen Aufgabe, ein faires Urteil für Manion zu erwirken. Er löst sie mit einer Bravour, die den Leser bis zur letzten Zeile in atemloser Spannung hält.

Christopher Isherwood

Leb' wohl, Berlin

Ein Roman in Episoden

Ullstein Buch 3087

Berlin zu Beginn der dreißiger Jahre, das sind die strahlenden Avenuen und Caféhäuser, die Nachtschwärmer und Phantasten, Laster, Intrigen und Dekadenz, die mit Geld umsichwerfenden Millionäre und die notleidenden Massen, eine Stadt über deren ekstatischem Taumel sich bereits drohend die ersten braunen Schatten einer heraufziehenden Katastrophe ankündigen – in fünf Impressionen ist es Christopher Isherwood, der von 1929 bis 1933 in Berlin lebte, gelungen, die Atmosphäre dieser Stadt und ihrer Menschen einzufangen.

Isherwoods Buch ist die Grundlage für den amerikanischen Erfolgsfilm »Cabaret« mit Liza Minelli, Michael York, Helmut Griem und Joel Grey in den Hauptrollen.

ein Ullstein Buch

Dino Buzzati

Die Tatarenwüste

Ullstein Buch 3362

ein Ullstein Buch

Die Besatzung der Grenzfeste Bastiani, allen voran der junge Leutnant Drogo, fiebert dem langerwarteten Tatarenüberfall entgegen, der ihren harten Dienst erst rechtfertigen wird. Wann dürfen sie sich endlich bewähren?

Dieser Roman über ein Heldentum, das sich ohne Gegner erschöpft, wurde in alle Weltsprachen übersetzt und ist Buzzatis Hauptwerk. Als Parabel über den Sinn des Lebens weckt er Erinnerungen an Kafka und Camus.

Verfilmt mit Vittorio Gassman, Helmut Griem, Jean-Louis Trintignant, Max von Sydow.